CW01659174

LA FILEUSE D'ARGENT

De la même autrice
aux Éditions J'ai lu

Déracinée, *J'ai lu* 12284

NAOMI NOVIK

LA FILEUSE D'ARGENT

ROMAN

Traduit de l'anglais (États-Unis)
par Thibaud Eliroff

J'AI LU

Collection dirigée par Thibaud Eliroff

Retrouvez-nous sur Facebook :
www.facebook.com/jailu.collection.imaginaire

Titre original
SPINNING SILVER

Editeur original
This translation is published by arrangement with Del Rey,
an imprint of Random House,
a division of Penguin Random House LLC

© 2018 by Temeraire LLC

Pour la traduction française
© Éditions Pygmalion, département de Flammarion, 2020

Chapitre premier

La véritable histoire est loin d'être aussi belle que celle que vous avez entendue. La véritable histoire, la voici : la fille du meunier aux longs cheveux d'or veut séduire un seigneur, un prince, le fils d'un notable, aussi se rend-elle chez le prêteur et y emprunte-t-elle une bague, un collier, qui la feront paraître à son avantage à la fête du village. Et comme elle est resplendissante, le seigneur, le prince, le fils d'un notable la remarque, danse avec elle et la culbute dans un grenier à foin quand l'heure n'est plus à la danse. Après quoi il rentre chez lui et épouse la riche héritière que sa famille a choisie pour lui. Puis la fille du meunier spoliée raconte à tous que le prêteur est en affaires avec le diable, et les villageois le chassent, lui jettent même peut-être quelques pierres, ainsi peut-elle au moins garder les bijoux pour se constituer une dot et donner sa main au forgeron, avant que naisse son premier enfant au terme d'une grossesse un peu courte.

Tel est le sujet de la véritable histoire : comment on paie ses dettes. Ce n'est pas comme ça qu'on la raconte, mais moi, je la connais. Mon père était prêteur, voyez-vous.

Il n'était pas très bon dans son domaine. Si vous ne lui rendiez pas son argent en temps et en heure, il ne vous faisait pas la moindre réflexion. Ce n'est que lorsque nos placards étaient vraiment vides, que nos chaussures se décomposaient sous nos pieds et que ma mère le sermonnait à voix basse après l'heure du coucher, qu'il allait, malheureux, frapper à quelques portes et demander, presque en s'excusant, qu'on lui rende une partie de ce qu'on lui devait. Et s'il y avait de l'argent dans la maison et que quelqu'un lui réclamait un prêt, il détestait dire non, même s'il n'y en avait pas assez pour nous. Tout son pécule, principalement la dot de ma mère, se trouvait donc chez d'autres. Et tous, quoique conscients de la honte qu'ils auraient dû en concevoir, s'en félicitaient. Aussi racontaient-ils souvent l'histoire de la fille du meunier, surtout quand j'étais à portée de voix.

Le père de ma mère était également prêteur, mais lui excellait. Il vivait à Vysnia, quarante milles[1] plus loin sur la vieille route commerciale criblée de trous qui s'étirait de village en village comme une corde pleine de petits nœuds vicieux. Maman m'emmenait souvent le voir, quand elle avait de quoi payer une place assise à l'arrière de la charrette ou du traîneau de quelque marchand ambulant. Il fallait changer cinq ou six fois de véhicule avant d'arriver à destination. Parfois, nous avions un aperçu de l'autre route entre les arbres, celle qui appartenait aux Staryk, miroitante comme la surface de la rivière en hiver quand la neige en était absente. « Ne regarde pas, Miryem », me disait ma mère, mais je regardais quand même du coin de l'œil, en espérant que nous ne nous en éloignerions pas trop, car le trajet s'en trouvait raccourci : le charretier fouettait les chevaux et les pressait jusqu'à ce que la route disparaisse de notre vue.

---

1. Comme le *mile* anglais, le mille terrestre équivaut à 1 609 mètres. *(Toutes les notes sont du traducteur.)*

Une fois, nous avions entendu les sabots derrière nous, venant de l'autre route, un bruit rappelant celui de la glace qui se fend. Notre roulier avait cravaché les chevaux jusque sous le couvert d'un arbre, et nous nous étions terrés dans la charrette, au milieu des sacs, le bras de ma mère enroulé autour de ma tête pour que je ne puisse même pas risquer un regard. Ils nous avaient dépassés sans s'arrêter. Le marchand n'était pas riche, sa charrette ne contenait que de tristes pots en fer-blanc, et les chevaliers Staryk ne se dérangeaient que pour l'or. Le vacarme métallique des sabots s'était éloigné et un vent tranchant s'était levé, si bien que lorsque je m'étais redressée, le bout de ma fine natte était blanc de givre, tout comme nos dos et la manche du bras sous lequel ma mère m'avait cachée. Mais le gel avait fondu rapidement, et le colporteur avait dit à ma mère : « Bien, nous nous sommes assez reposés, n'est-ce pas ? », comme s'il avait oublié pourquoi nous nous étions arrêtés.

« Certes », avait répondu ma mère en hochant la tête, manifestement oublieuse elle aussi, et l'homme était remonté sur son banc et avait encouragé de la voix les chevaux à reprendre leur route. J'étais assez jeune pour n'en garder qu'un souvenir flou, et pas encore à l'âge de me soucier davantage des Staryk que de mon estomac vide et du froid qui mordait à travers mes vêtements. J'étais restée muette pour ne pas retarder davantage la charrette, car j'étais impatiente d'arriver en ville, chez mon grand-père.

Ma grand-mère avait toujours une nouvelle robe pour moi, brune et d'une coupe simple, mais chaude et de bonne qualité, et chaque hiver une paire de chaussures neuves en cuir qui ne me meurtrissaient pas les pieds et qui n'étaient pas trouées ou rapiécées aux entournures. Elle me gavait trois fois par jour, et le dernier soir avant notre départ elle me préparait toujours un gâteau au fromage, son gâteau au fromage, doré à l'extérieur, épais, blanc et friable à l'intérieur, qui avait très légèrement le goût de pomme et qu'elle décorait de raisins secs blonds sur le dessus. Après que j'avais lentement savouré jusqu'à la dernière bouchée d'une part plus large que ma paume, on me couchait à l'étage, dans la grande et confortable chambre où ma mère et ses sœurs avaient dormi, enfants, dans le même lit étroit sculpté de colombes. Ma mère s'asseyait près de la sienne, devant la cheminée, et posait la tête sur son épaule. Elles ne parlaient pas, mais quand, un peu plus grande, je restais un peu avec elles, je voyais à la lueur des flammes leurs joues striées d'une rigole humide.

Nous aurions pu y vivre. Il y avait de la place chez mon grand-père, et nous y étions les bienvenues. Mais nous retournions toujours à la maison, car nous aimions mon père. Sa gestion de nos finances était déplorable, mais il débordait de chaleur et de gentillesse, et il faisait son possible pour compenser ses insuffisances : il passait la plus grande partie de son temps dehors, dans le froid, à chasser notre nourriture et à ramasser du bois de chauffe, et quand il était à la maison, il mettait toute son énergie au service de ma mère. Chez nous, les tâches ménagères n'ont jamais été un travail de femme, et quand la faim nous tenaillait, il était le premier à en souffrir, car il ne rechignait jamais à vider son assiette pour remplir la nôtre. Lorsqu'il s'asseyait près du feu le soir, ses mains, jamais au repos, taillaient dans le bois un nouveau jouet pour moi, ou quelque chose pour ma mère, cuiller ou décoration de chaise.

Mais l'hiver était toujours long et rigoureux, et d'aussi loin que je me souvienne, chaque année était pire que la précédente. Notre bourg n'avait pas de remparts, et presque pas de nom ; certains l'appelaient Pakel, du fait de sa proximité avec la route, et ceux qui ne voulaient pas entendre parler des Staryk leur rétorquaient vertement qu'il se nommait Pavys, parce qu'il se trouvait près de la rivière. Mais comme il ne serait venu à l'idée de personne de le placer sur une carte, aucune décision n'a jamais été arrêtée. Quand nous en parlions, nous disions simplement *le bourg*. Pour les voyageurs, il était idéalement situé au tiers de la distance séparant Vysnia de Minask, et la petite rivière qui traversait la route d'est en ouest permettait à de nombreux fermiers d'acheminer leurs marchandises par bateau. Le jour du marché était toujours très animé. Mais là se limitait notre importance. Aucun seigneur ne nous prêtait grande attention, et encore moins le tsar à Koron. J'aurais été incapable de vous dire pour qui travaillait le collecteur d'impôts jusqu'au jour où, lors d'une visite chez mon grand-père, j'ai entendu dire que le duc de Vysnia était mécontent de ce que les recettes de notre bourg baissaient lentement mais sûrement d'année en année. Le froid qui sourdait des bois de plus en plus tôt nous volait nos récoltes.

L'année de mes seize ans avait aussi vu venir les Staryk, durant ce qui aurait dû être la dernière semaine de l'automne, avant que nous n'ayons rentré l'orge tardive. Jusqu'alors, leurs raids occasionnels se limitaient à l'or ; les gens racontaient des histoires de rencontres fugaces à moitié oubliées, évoquaient les cadavres qu'ils laissaient derrière eux. Mais ces sept dernières années, avec les hivers qui empiraient, ils se montraient de plus en plus voraces. Quelques feuilles s'accrochaient encore aux arbres quand ils avaient quitté leur route pour rejoindre la nôtre, gagné le riche monastère une dizaine de milles en aval du bourg, tué une douzaine de moines, volé les candélabres en or, les calices, toutes les icônes dorées et emporté leur butin dans ce qui leur tenait lieu de royaume au bout de leur route.

Cette nuit-là, le sol avait gelé à leur passage, et chaque jour par la suite la forêt avait soufflé une bise chargée de flocons piquants. Notre petite maison se dressait seule à la périphérie du bourg, sans aucun autre mur à proximité pour contrer le vent, et nous avions souffert comme jamais du froid et de la faim. Mon père continuait de se trouver des prétextes pour éviter ce travail qu'il ne supportait pas. Mais même quand il avait fini par se secouer sous la pression de ma mère, il n'était revenu qu'avec une poignée de pièces, en disant pour leur défense : « L'hiver est mauvais. Pour tout le monde », alors que, je l'aurais parié, pas un de ses débiteurs ne s'était même embarrassé d'une telle excuse. Le lendemain, quand j'étais allée porter notre miche chez le boulanger pour la faire cuire, j'avais entendu des femmes qui nous devaient de l'argent parler des festins qu'elles prévoyaient de cuisiner, des friandises qu'elles achèteraient au marché. Le solstice d'hiver approchait. Tout le monde voulait mettre un mets de choix sur sa table ; quelque chose qui sortait de l'ordinaire pour la fête, leur fête.

Ils avaient donc renvoyé mon père chez lui les mains vides, tandis qu'une vive lumière et l'odeur de la viande rôtie filtraient par le moindre interstice de leurs maisons, et que j'échangeais contre un vieux penny une miche grossière de pain à moitié brûlé qui n'était pas du tout celle que j'avais faite. Le boulanger avait donné une bonne miche à l'un de ses autres clients et gardé la mauvaise pour nous. À la maison, ma mère préparait une soupe au chou clairette et fouillait la cuisine à la recherche de la moindre goutte d'huile de cuisson usagée afin d'allumer la lampe pour la troisième nuit de notre célébration, le tout en toussant : une nouvelle vague de froid nous venant des bois pénétrait par toutes les fissures et l'avant-toit de notre petite maison délabrée. Les flammes n'avaient brillé que quelques minutes avant qu'une bourrasque ne les mouche, et mon père avait dit : « Ma foi, ça veut peut-être dire qu'il est l'heure d'aller au lit », plutôt que de les rallumer et de brûler le peu d'huile qu'il nous restait.

Le huitième jour, ma mère, fatiguée d'avoir tant toussé, n'était même pas sortie du lit. « Elle sera bientôt sur pied », avait dit mon père sans oser croiser mon regard. « Ce froid va bien finir par s'arrêter. Ça n'a que trop duré. » Il était en train de tailler des chandelles en bois, de petits bâtons à brûler, car nous étions venus à bout de l'huile la nuit précédente. Aucune lumière miraculeuse ne brillerait plus chez nous.

Puis il était sorti ramasser du bois sous la neige pour la cheminée. Notre réserve s'épuisait, elle aussi. « Miryem », avait appelé ma mère d'une voix enrouée, après son départ. Je lui avais apporté une tasse de thé léger avec une pointe de miel, tout ce que j'avais pour la réconforter. Elle en avait siroté quelques gorgées avant de se reposer sur les oreillers, et avait déclaré : « Quand l'hiver sera passé, je veux que tu ailles chez mon père. Il t'emmènera chez mon père. »

Lors de notre dernier séjour là-bas, les sœurs de ma mère étaient venues dîner, avec leurs maris et leurs enfants. Toutes portaient des robes en laine épaisse, des manteaux de fourrure qu'elles avaient laissés dans l'entrée, des bagues et des bracelets en or. Elles riaient, chantaient, il faisait bon à l'intérieur, malgré l'hiver, et nous avions mangé du pain frais, du poulet rôti, de chaudes soupes dorées, savoureuses et salées, dont la vapeur me collait au visage. Les paroles de ma mère m'avaient remis en mémoire toute la chaleur de ce souvenir, et l'envie m'avait serré les poings en petits nœuds douloureux et froids. J'avais envisagé de m'installer là-bas, tel un parasite, laissant mon père seul et l'or de ma mère entre les mains de nos voisins.

J'avais pincé les lèvres, puis je l'avais embrassée sur le front en lui disant de se reposer, et quand elle était retombée dans un sommeil agité, je m'étais rendue dans le réduit près de la cheminée où mon père gardait son grand-livre. Je l'avais sorti, ainsi que son vieux stylo, j'avais mélangé de l'encre avec les cendres dans la cheminée et j'avais dressé une liste. Une fille de prêteur, même une fille de mauvais prêteur, ça sait compter. J'avais écrit, calculé, écrit, calculé, prenant en compte les intérêts, les délais et tous les petits paiements sporadiques. Mon père les avait soigneusement consignés, aussi scrupuleux avec ses débiteurs qu'ils étaient négligents avec lui. Une fois ma liste terminée, j'avais sorti mon tricot de mon sac, j'avais enfilé mon châle et j'étais partie dans le froid matinal.

Je m'étais présentée chez chacun de nos clients, après avoir frappé à leur porte sans ménagement. Il était tôt, très tôt, il faisait encore sombre, car la toux de ma mère nous avait réveillés en pleine nuit. Tous étaient encore chez eux. Les hommes m'avaient ouvert, surpris, je les avais regardés droit dans les yeux et je leur avais dit, d'une voix froide et dure : « Je suis venue régler nos comptes. »

Ils avaient essayé de m'éconduire, bien sûr ; certains m'avaient ri au nez. Oleg, le charretier aux mains immenses, avait serré les poings sur les hanches et m'avait dévisagée, tandis que sa femme menue, restée près du feu la tête basse tel un rongeur affairé, me lançait des regards à la dérobée. Kajus, qui avait emprunté deux pièces d'or l'année précédant ma naissance, et qui avait fait un commerce florissant du krupnik qu'il brassait dans les chaudières en cuivre qu'il avait achetées avec notre argent, m'avait souri et m'avait invitée à entrer boire quelque chose de chaud. J'avais refusé. Je ne voulais pas être réchauffée. J'étais restée sur le pas de leur porte, j'avais sorti ma liste, et je leur avais rappelé le montant de leur prêt, le peu qu'ils avaient remboursé et les intérêts qu'ils devaient aussi.

Ils avaient bafouillé, argumenté, certains m'avaient même houspillée. Personne ne m'avait jamais houspillée, ni mon père ni ma mère à la voix si calme. Mais j'avais trouvé une amertume en moi, quelque chose de cet hiver logé dans mon cœur : la toux de ma mère et le souvenir de l'histoire telle qu'on l'avait si souvent racontée sur la place du bourg, à propos d'une fille qui s'était faite reine grâce à l'argent d'un autre et qui n'avait jamais payé ses dettes. J'étais restée sur le pas de leur porte, immobile. Mes calculs étaient exacts, eux et moi le savions, et quand ils sortaient de leurs gonds, je leur demandais : « Vous avez l'argent ? »

Ils y voyaient une porte de sortie. Ils répondaient que non, bien sûr que non, ils n'avaient pas une telle somme.

« Alors donnez-m'en une partie maintenant, puis un peu chaque semaine jusqu'à ce que votre dette soit réglée. Et n'oubliez pas les intérêts, si vous ne voulez pas que mon grand-père y mêle la loi. »

Aucun d'eux ne voyageait beaucoup. Ils savaient que le père de ma mère était riche, qu'il vivait dans une grande maison à Vysnia et qu'il avait prêté de l'argent à des chevaliers et même, d'après la rumeur, à un seigneur. Ils m'avaient donc donné un peu, à contrecœur ; seulement quelques pennies parfois, mais tous avaient mis la main à la poche. Je les laissais me payer en nature, également : douze mètres de chaude laine bordeaux, un bocal d'huile, deux douzaines de grandes bougies en cire blanche, un couteau de cuisine sortant tout juste des forges. Je leur avais compté le juste prix – celui qu'ils auraient obtenu au marché en vendant ces biens –, l'avais inscrit sur ma liste sous leurs yeux et leur avais dit que je repasserais la semaine suivante.

Sur le chemin du retour, je m'étais arrêtée chez Lyudmila. Elle n'empruntait pas ; elle-même aurait pu prêter, mais il lui aurait été impossible d'appliquer des intérêts, et de toute façon personne dans le bourg n'aurait été assez idiot pour s'adresser à un autre prêteur que mon père, qui les laissait rembourser à leur guise, voire pas du tout. Elle m'avait ouvert sa porte avec son sourire professionnel – elle fournissait le gîte aux voyageurs. Mais il s'était effacé quand elle avait vu à qui elle avait affaire. « Quoi ? » avait-elle fait avec brusquerie. Elle croyait que je venais mendier.

« Ma mère est malade, Panova », avais-je poliment répondu, sans la détromper, de sorte qu'elle avait été soulagée d'entendre ensuite : « Je suis venue t'acheter à manger. Combien coûte ta soupe ? »

J'avais ensuite demandé le prix des œufs, du pain, feignant d'essayer de les faire entrer dans un budget réduit, et comme elle n'avait aucune raison de se douter du contraire, elle m'avait donné les vrais prix au lieu de les gonfler, sans se départir de sa rudesse. Et puis elle s'était agacée quand j'avais finalement compté six pennies pour une mesure de soupe chaude, un demi-poulet, trois œufs frais, un pain de mie et un bol de miel couvert d'une serviette. Elle m'avait donné ces denrées à contrecœur, et j'avais repris le long chemin jusqu'à chez nous.

Mon père, qui était rentré avant moi, alimentait le feu. Il avait levé vers moi des yeux inquiets quand j'avais poussé la porte d'un coup d'épaule, les bras chargés de nourriture et de laine. J'avais posé le tout par terre avant d'aller ranger les pennies et le kopek d'argent restants dans le bocal près de l'âtre, qui ne contenait plus que deux pièces, puis je lui avais tendu ma liste et j'étais partie m'occuper de ma mère.

Après cela, j'étais devenue la prêteuse du bourg. J'étais bonne, et comme beaucoup de gens nous devaient de l'argent, la paille de notre plancher avait bientôt laissé la place à des lattes de bois clair, les fissures de notre cheminée avaient été comblées par de la bonne argile, notre toit s'était vu garnir d'un chaume tout neuf, et ma mère avait eu une fourrure, qu'elle pouvait utiliser comme couverture ou comme manteau pour garder sa poitrine au chaud. Elle ne l'aimait pas du tout, pas plus que mon père qui, le jour où je l'avais rapportée, était sorti verser des larmes silencieuses sur son sort. Odeta, la femme du boulanger, me l'avait proposée pour solder la dette de sa famille. Elle était belle, d'une teinte sombre veinée de brun clair ; elle faisait partie de sa dot, cette fourrure d'hermines que son père avait chassées dans les forêts du boïar.

Cette partie de la vieille histoire s'est révélée vraie : il faut être cruel pour faire un bon prêteur. Mais j'étais prête à me montrer aussi dépourvue de compassion que ses débiteurs l'avaient été avec mon père. Je n'enlevais pas les premiers-nés, mais une fois, vers la fin du printemps, quand les routes ont enfin rouvert, j'étais allée chez un paysan dont la ferme se trouvait de l'autre côté des champs. Il n'avait rien à me donner, pas même un morceau de pain. Gorek avait emprunté six kopeks d'argent, une somme impossible à rembourser à raison d'une récolte par an ; je doutais que sa main ait jamais serré plus de cinq pennies en même temps. Il avait d'abord essayé de me chasser par des insultes, mais en voyant que je tenais bon et en m'entendant en appeler à la loi, sa voix s'était chargée de désespoir. « J'ai quatre bouches à nourrir ! On ne tond pas un œuf ! »

J'aurais dû le prendre en pitié, je suppose. Mon père l'aurait fait, ma mère aussi, mais engoncée dans ma froideur, la seule chose que j'avais ressentie, c'était le danger. Si j'effaçais sa dette, si j'acceptais ses excuses, la semaine suivante chacun en aurait une ; et tout s'effondrerait.

Sa fille, robuste, les cheveux couverts d'un foulard, était passée devant nous en chancelant sous le poids d'un joug d'où pendaient deux seaux d'eau – le double de ce que j'étais capable de porter quand j'allais au puits. J'avais dit : « Alors ta fille va venir travailler chez nous pour payer ta dette, pour un demi-penny par jour » et j'avais repris le chemin de la maison, ravie comme une chatte, me laissant même aller à quelques pas de danse, seule sous les arbres.

Elle s'appelait Wanda. Elle s'était présentée chez nous le lendemain à l'aube, avait trimé comme un bœuf jusqu'au dîner et s'en était repartie ensuite, sans un mot, la tête basse du matin jusqu'au soir. Elle était si forte qu'elle parvenait presque à abattre l'ensemble des tâches ménagères en une demi-journée. Elle portait l'eau, fendait le bois, s'occupait des quelques poules qui grattaient maintenant la terre de notre jardin, récurait les sols, la cheminée, toutes nos casseroles... J'étais très contente de ma solution.

Après son départ, j'avais entendu pour la première fois de ma vie ma mère adresser des reproches pleins de colère à mon père, ce qu'elle n'avait pas fait même au plus fort de sa maladie. « Tu t'en fiches de ce que ça lui fait ? » avait-elle crié de sa voix toujours enrouée, tandis que je décrassais les talons de mes bottes au portail ; débarrassée des corvées matinales, j'avais emprunté une mule et parcouru le long trajet jusqu'aux villages les plus éloignés pour récupérer notre argent chez des gens qui pensaient sans doute qu'ils ne verraient jamais personne venir le leur réclamer. Le seigle d'hiver avait été rentré, et j'avais deux pleins sacs de grain, deux autres de laine, un panier des noisettes préférées de ma mère que le froid avait conservées, ainsi qu'un casse-noix en fer, usé mais de bonne facture, si bien que nous n'aurions plus à les écaler avec un marteau.

« Que veux-tu que je lui dise ? avait-il crié en retour. Que veux-tu que je dise ? Non, crève plutôt de faim ? Mieux vaut geler et porter des haillons ?

— Peut-être bien que tu n'as pas assez de froideur en toi pour faire ton boulot, pourtant il en faut pour la laisser y aller à ta place. Notre fille, Joseph ! »

Ce soir-là, mon père avait essayé de me parler, à voix basse, en butant sur les mots : j'en avais fait assez, ce n'était pas mon travail, demain je resterais à la maison. Je n'avais pas levé les yeux de mes noisettes, je ne lui avais pas répondu, gardant le froid noué sous mes côtes. J'avais songé à la voix enrouée de ma mère, et pas aux mots qu'elle avait prononcés. Au bout d'un petit moment, il s'était tu. La froideur en moi l'avait trouvé et l'avait repoussé, comme elle le faisait chaque fois qu'il la croisait au bourg, quand il réclamait son dû.

Chapitre deux

P'pa disait souvent qu'il allait voir le prêteur. Il empruntait de l'argent pour acheter une nouvelle charrue, des cochons, une vache laitière. Je ne savais pas vraiment ce qu'était l'argent. Notre cottage était loin du bourg et on payait les impôts en grain. Dans la bouche de P'pa, c'était magique, mais pour M'man, c'était dangereux. « N'y va pas, Gorek, elle disait. Quand on doit de l'argent, il y a toujours des problèmes, tôt ou tard. » Alors P'pa lui criait de se mêler de ses oignons et la giflait, mais il n'y allait pas.

Il y était allé quand j'avais onze ans. Un nouveau bébé était venu au monde et reparti la même nuit, et M'man était malade. On n'avait pas besoin d'un autre bébé. On avait déjà Sergey et Stepon, et quatre autres morts et enterrés au pied de l'arbre blanc. P'pa enterrait toujours les bébés à cet endroit, même si la terre était dure à creuser, parce qu'il ne voulait pas empiéter sur les terres cultivables. Et c'était impossible de cultiver quoi que ce soit près de l'arbre blanc. Il mangeait tout autour de lui. Les pousses de seigle germaient, et puis, un matin d'hiver, on les trouvait toutes fanées, et l'arbre avait quelques feuilles blanches de plus. Et P'pa ne pouvait pas non plus le couper. Il était tout blanc, donc il appartenait aux Staryk. S'il le coupait, ils viendraient le tuer. La seule chose qu'il pouvait planter à cet endroit, c'étaient les bébés morts.

Après que P'pa était revenu en colère et en sueur d'avoir enterré le nouveau bébé mort, il avait dit d'une voix forte : « Votre mère a besoin de médicaments. Je vais voir le prêteur. » On s'était regardés, moi, Sergey et Stepon. Ils étaient trop petits et trop effrayés pour dire quoi que ce soit, et M'man était trop malade pour dire quoi que ce soit. Je n'avais rien dit non plus. M'man était toujours au lit, il y avait du sang, elle était rouge et brûlante. Elle n'avait rien dit quand je lui avais parlé. Elle avait seulement toussé. Je voulais que P'pa nous rapporte un miracle, qu'elle sorte du lit et qu'elle aille mieux.

Alors il y était allé. Il avait bu deux kopeks au bourg et en avait perdu deux autres au jeu avant de revenir avec le docteur. Le docteur avait pris les deux derniers et m'avait donné une poudre à mélanger avec de l'eau chaude pour M'man. Ça n'avait pas fait tomber la fièvre. Trois jours plus tard, j'avais essayé de lui donner de l'eau. Elle toussait encore. « M'man, j'ai de l'eau », j'avais dit. Elle n'avait pas ouvert les yeux. Elle avait posé ses grosses mains sur ma tête, un geste bizarre, vague et lourd, et puis elle était morte. J'étais restée assise auprès d'elle tout le reste de la journée, jusqu'à ce que P'pa revienne des champs. Il l'avait regardée en silence et il m'avait dit : « Change la paille. » Et il l'avait prise sur son épaule comme un sac à patates, l'avait emmenée à l'arbre blanc et l'avait enterrée avec les bébés morts.

Le prêteur était venu quelques mois plus tard et avait demandé qu'on lui rende son argent. Je l'avais fait entrer. Je savais que c'était un serviteur du diable, mais je n'avais pas peur de lui. Ses mains, son corps, son visage, tout était étroit chez lui. M'man avait une icône taillée dans une branche très fine accrochée au mur. Il ressemblait à ça. Il parlait doucement. Je lui avais donné une tasse de thé et un morceau de pain, en souvenir de M'man qui donnait toujours quelque chose à manger aux visiteurs.

Quand P'pa était rentré à la maison, il avait hurlé sur le prêteur et l'avait mis dehors. Puis il m'avait mis cinq grandes beignes avec sa ceinture pour l'avoir laissé entrer, sans même parler de lui avoir donné à manger. « Qu'est-ce qu'il croyait en venant ici ? On ne tond pas un œuf », il avait dit en remettant sa ceinture. J'avais gardé le visage caché dans le tablier de ma mère jusqu'à ce que les larmes s'arrêtent.

Il avait dit la même chose quand le collecteur d'impôts était venu nous voir, mais dans sa barbe. Le collecteur venait toujours le jour où on finissait de rentrer la dernière récolte, en hiver et au printemps. Je ne savais pas comment il le savait, mais il le savait. À son départ, l'impôt était payé. Ce qu'il ne prenait pas, c'est ce qui nous restait pour vivre. Jamais beaucoup. En hiver, M'man disait à P'pa : « On mangera ceci en novembre, et cela en décembre », en montrant ceci et cela jusqu'à ce que tout soit réparti jusqu'au printemps suivant. Mais M'man n'était plus là. Alors P'pa avait emmené un des chevreaux au bourg. Ce soir-là, il était revenu très tard et très soûl. On dormait dans la maison, près du four, et P'pa avait trébuché sur Stepon en rentrant. Stepon avait pleuré, et P'pa s'était mis en colère, avait enlevé sa ceinture et nous avait battus tous les trois jusqu'à ce qu'on se sauve de la maison. La chèvre ne donnait plus de lait, et à la fin de l'hiver on n'avait plus rien à manger. Il avait fallu qu'on creuse la neige pour trouver des vieux glands jusqu'au printemps.

L'hiver suivant, quand le collecteur était venu, P'pa avait quand même emporté un sac de grain au bourg. On était tous allés se coucher dans l'étable avec les chèvres. Sergey et Stepon n'avaient pas eu d'ennuis, mais P'pa m'avait battue le lendemain, même s'il était sobre, parce que son dîner n'était pas prêt quand il était revenu. Du coup, l'année d'après, j'avais attendu dans la maison jusqu'à ce que je voie P'pa arriver sur la route. Il avait une lanterne qui se balançait dans tous les sens, tellement il était soûl. J'avais mis un bol plein de nourriture chaude sur la table et j'étais partie en vitesse. Il faisait déjà nuit, mais je n'avais pas pris de bougie parce que je ne voulais pas que P'pa me voie partir.

Je voulais aller dans l'étable, mais je regardais sans cesse derrière moi pour voir si P'pa me suivait. Sa lanterne gigotait à l'intérieur de la maison. On aurait dit que les fenêtres étaient des yeux qui me cherchaient. Au bout d'un moment, elle s'était arrêtée, et j'avais compris qu'il l'avait posée sur la table. Je m'étais crue en sécurité. J'avais jeté des coups d'œil autour de moi, mais je n'y voyais rien dans le noir. Les fenêtres éclairées m'avaient rendue aveugle. Je n'étais pas sur le chemin menant à l'étable. Je n'entendais ni les chèvres ni les cochons. C'était une nuit sans lune.

Je m'étais dit que j'allais finir par tomber sur la clôture ou sur la route d'un moment à l'autre. J'avais continué à marcher, les mains tendues devant moi pour attraper la clôture, mais rien ne venait. Il faisait noir. Au début j'avais peur, puis je n'avais plus eu que froid, après quoi la fatigue m'avait prise. Mes orteils s'engourdissaient. La neige passait entre les mailles de mes semelles en corde.

Puis il y avait eu une lumière devant moi. J'avais marché vers elle. J'étais près de l'arbre blanc. Ses branches étaient fines et il avait toutes ses feuilles, malgré l'hiver. Le vent soufflait et les feuilles faisaient comme un murmure trop faible pour qu'on l'entende. De l'autre côté de l'arbre, il y avait une large route, lisse comme de la glace et brillante. Je savais que c'était la route des

Staryk. Mais elle était si belle, et je me sentais tellement bizarre, j'avais froid, sommeil. Je ne me souviens pas d'avoir eu peur. J'étais allée vers elle.

Les tombes étaient alignées sous l'arbre. Il y avait une pierre plate sur chacune. M'man était allée les chercher dans la rivière pour les autres bébés. C'est moi qui avais trouvé celles pour elle et pour le dernier bébé. Les leurs étaient plus petites que les autres, parce qu'à cette époque je n'étais pas aussi forte que M'man. Quand j'avais enjambé les tombes pour aller sur la route, une branche m'avait frappée à l'épaule. Je m'étais étalée par terre. Ça m'avait coupé la respiration. Le vent avait soufflé dans les feuilles blanches et je les avais entendues dire : *Rentre vite chez toi, Wanda !* Ça m'avait réveillée d'un coup, et j'avais eu si peur que j'avais couru jusqu'à la maison. Je la voyais de loin, car la lanterne brillait toujours aux fenêtres. P'pa ronflait déjà dans son lit.

Un an plus tard, notre voisin Jakob était venu chez nous et m'avait demandée à P'pa. Il voulait aussi une chèvre en plus, alors P'pa l'avait chassé de la maison en disant : « Une pucelle, costaude et en bonne santé, et il faudrait que je lui donne une chèvre, par-dessus le marché ! »

J'avais travaillé très dur, après ça. Je faisais autant à la ferme que je le pouvais. Je ne voulais pas avoir une ribambelle de bébés morts et mourir. J'étais devenue grande, mes cheveux jaunes avaient poussé, mes seins aussi. Deux autres hommes m'avaient demandée au cours des deux années suivantes. Le deuxième, je ne le connaissais pas du tout. Il venait de l'autre côté du bourg, à six milles de chez nous. Il avait même proposé un cochon pour moi. Mais comme je trimais pas mal, P'pa était devenu très cupide, et il avait dit trois cochons. L'homme avait craché par terre et était parti.

Mais les récoltes étaient mauvaises. La neige arrivait de plus en plus tôt et fondait de plus en plus tard. Une fois que le collecteur avait pris sa part, il ne restait plus grand-chose à boire. J'avais appris à cacher de la nourriture dans certains endroits pour qu'on ne se retrouve pas à court, comme le premier hiver sans M'man, mais Sergey, Stepon et moi, on grandissait. L'année où j'ai eu seize ans, après la moisson du printemps, P'pa était revenu du bourg seulement à moitié soûl et aigri. Il ne m'avait pas battue, mais il m'avait regardée comme si j'étais un des cochons, comme s'il me pesait dans sa tête. « Tu viendras au marché avec moi la semaine prochaine », il m'avait dit.

Le lendemain, j'étais allée à l'arbre blanc. Je ne m'en étais pas approchée depuis cette nuit où j'avais vu la route des Staryk, mais ce jour-là j'avais attendu que le soleil soit haut dans le ciel. J'avais dit que j'allais chercher de l'eau, mais en fait j'étais allée à l'arbre. Je m'étais agenouillée sous les branches et j'avais dit : « Aide-moi, M'man. »

Deux jours plus tard, la fille du prêteur était venue à la ferme. Elle était comme son père, une branche maigrichonne avec des cheveux bruns et des joues étroites. Elle n'arrivait pas à l'épaule de P'pa, mais elle était restée devant la porte, avec son ombre qui portait loin dans la maison, et elle avait dit qu'elle ferait appel à la loi s'il ne la remboursait pas. Il lui avait crié dessus, mais elle n'avait pas peur. Quand il avait fini de lui dire qu'on ne tondait pas un œuf, et qu'il lui avait montré nos placards vides, elle avait dit : « Alors ta fille va venir travailler chez nous pour payer ta dette. »

Quand elle était repartie, j'étais retournée à l'arbre blanc et j'avais dit : « Merci, M'man », et j'avais enterré une pomme entre les racines, une pomme entière, alors que j'avais si faim que j'aurais pu la manger avec tous les pépins. Au-dessus de ma tête, une petite fleur blanche a poussé sur l'arbre.

J'étais allée chez le prêteur le matin suivant. J'avais peur d'aller au bourg toute seule, mais ça valait mieux que d'aller au marché avec P'pa. De toute façon, je n'avais pas besoin de rentrer dans le bourg : leur maison était la première en sortant de la forêt. Elle était grande, avec deux chambres et un plancher en lattes de bois qui sentait le neuf. La femme du prêteur était au lit dans la chambre de derrière. Elle était malade et elle toussait. Ça me crispait les épaules de l'entendre.

La fille du prêteur s'appelait Miryem. Ce matin-là, elle avait mis en route une marmite de soupe, et l'odeur qui avait rempli le cottage m'avait fait comme un nœud au ventre. Puis elle avait pris la pâte qui levait dans un coin et elle était partie. Elle était revenue en fin d'après-midi, le visage dur et les chaussures pleines de crasse. Elle rapportait une miche de pain brune, tout juste sortie du four du boulanger, un seau de lait, une livre de beurre et un sac rempli de pommes. Elle avait posé des assiettes sur la table, dont une pour moi, contre toute attente. Le prêteur avait dit une formule magique sur le pain quand on s'était assis, mais j'en avais quand même mangé. Il était bon.

Je m'étais donnée à fond, pour qu'ils veuillent que je revienne. Avant que je quitte la maison, la femme du prêteur m'avait demandé de sa voix enrouée : « Tu as un nom ? » Au bout d'un moment, je lui avais répondu. Elle avait dit : « Merci, Wanda. Tu nous as bien aidés. » Quand j'étais partie, je l'avais entendue dire que j'en avais tant fait que la dette serait vite remboursée. Je m'étais arrêtée dehors pour écouter à la fenêtre.

Miryem avait dit : « Il a emprunté six kopeks ! À un demi-penny par jour, elle en a pour quatre ans à rembourser. Et elle dîne avec nous… Ne va pas me dire que ce n'est pas un marché honnête. »

Quatre ans ! Mon cœur s'était rempli de papillons.

Chapitre trois

Les bourrasques de neige et la toux de ma mère se sont poursuivies jusque tard dans le printemps, mais les jours ont fini par se réchauffer, et la toux par partir, noyée dans la soupe, le miel et le reste. Sitôt qu'elle a pu se remettre à chanter, elle m'a dit : « Miryem, la semaine prochaine, nous irons voir mon père. »

Je savais que c'était une tentative désespérée de m'éloigner de mon travail. Je ne le souhaitais pas, mais je voulais voir ma grand-mère, lui montrer que sa fille ne dormait pas dans un lit glacé, que sa petite-fille n'avait plus rien d'une mendiante ; je voulais la voir sans que notre visite lui tire des larmes, pour une fois. J'ai donc effectué une dernière tournée, en prévenant tous nos débiteurs que je partais en ville, et que je ne manquerais pas d'ajouter les intérêts accumulés en mon absence s'ils ne passaient déposer leur paiement à la maison. J'ai dit à Wanda qu'elle devait quand même venir tous les jours préparer à manger à mon père, nourrir les poules et nettoyer la maison et le jardin. Elle a hoché la tête en silence.

Puis nous nous sommes mises en route, mais cette fois j'avais engagé Oleg pour qu'il nous emmène là-bas sans détour, avec ses chevaux et sa confortable carriole garnie de paille, de couvertures et de clochettes tintinnabulantes, et le manteau de ma mère étendu sur nous pour nous protéger du vent. Quand nous nous sommes arrêtés devant la maison, ma grand-mère est sortie à notre rencontre, surprise, et ma mère est tombée dans ses bras sans un mot et en cachant son visage. « Allons, entrez vous réchauffer », a lancé ma grand-mère en regardant la carriole et nos robes neuves en laine rouge doublées de fourrure de lapin. La mienne était fermée par une broche dorée qui avait appartenu à la tisseuse.

Elle m'a envoyé porter de l'eau chaude à mon grand-père dans son bureau, afin de pouvoir parler en tête-à-tête avec ma mère. Mon grand-père s'était rarement fendu à mon égard de plus d'un grognement et d'un regard désapprobateur à la vue des robes que m'achetait ma grand-mère. J'ignore comment je savais ce qu'il pensait de mon père, car je ne me rappelle pas l'avoir jamais entendu prononcer un mot à son sujet, mais le fait est que je savais.

Cette fois il m'a jeté un long regard de sous ses sourcils broussailleux froncés. « De la fourrure, maintenant ? Et de l'or ? »

En règle générale, j'étais une personne bien élevée, et je savais que je ne devais pas répondre à mon grand-père, mais la réprobation de ma mère et de ma grand-mère m'avait mise en colère, et plus encore le fait qu'il me questionne, lui entre tous. « Ne croyez-vous pas que la fourrure me va mieux qu'à ceux qui en achètent avec l'argent de mon père ? »

Mon grand-père, comme vous pouvez l'imaginer, a été fort surpris d'entendre sa petite-fille lui répondre de la sorte, mais il n'en a pas moins écouté ce que je lui avais dit et a froncé derechef les sourcils. « C'est donc ton père qui t'a acheté ça ? »

La loyauté et l'amour m'ont interdit d'aller plus loin. J'ai baissé les yeux pour finir de remplir le samovar et changer le thé en silence. Mon grand-père ne m'a pas retenue quand j'ai quitté la pièce, mais le lendemain matin il savait toute l'histoire, et il m'a accordé sa considération, comme il ne l'avait jamais fait, comme personne ne l'avait jamais fait.

Ses deux autres filles s'étaient mieux mariées que ma mère, à de riches commerçants de la ville, mais aucune d'elles ne lui avait donné de petit-fils disposé à reprendre son affaire. En ville, les gens comme nous étaient assez nombreux pour être autre chose que des banquiers ou des fermiers cultivant leur propre pitance. Les citadins étaient plus enclins à acheter nos marchandises, et il y avait un marché florissant dans le quartier, au pied de la maison.

« Ce n'est pas convenable pour une fille », a tenté ma grand-mère, mais mon grand-père a grogné.

« L'or ne connaît pas la main qui le tient », a-t-il dit, et il m'a regardée en fronçant une fois de plus les sourcils, mais avec bienveillance. « Tu vas avoir besoin d'assistants. Un, pour commencer. Une femme ou un homme simple, mais costaud, que ça ne dérange pas de travailler pour une Juive. Tu peux trouver ça ?

— Oui », ai-je répondu en songeant à Wanda : elle avait déjà l'habitude de venir chez nous, et dans notre bourg les occasions de toucher un salaire ne couraient pas les rues pour une fille de fermier sans le sou.

« Bien. Ne va plus chercher l'argent en personne. Envoie ton assistant, et si les clients veulent discuter, ils doivent te rendre visite. Trouve-toi un bureau, pour pouvoir t'y asseoir pendant qu'ils restent debout. »

J'ai hoché la tête, et quand nous sommes reparties, il m'a donné l'équivalent de cinq kopeks en pennies dans une bourse pour que je prête dans des villages à proximité du nôtre qui n'avaient pas leur propre prêteur. Lorsque nous sommes arrivées à la maison, j'ai demandé à mon père si Wanda était venue en notre absence. Il m'a regardée de ses yeux tristes profondément enfoncés dans leurs orbites en dépit du fait que nous mangions à notre faim depuis plusieurs mois, et il m'a répondu d'une petite voix : « Oui. Je lui ai dit que c'était inutile, mais elle est venue tous les jours. »

Satisfaite, je suis allée lui parler une fois ses tâches terminées, ce jour-là. Presque aussi massive que son père, elle avait de grandes mains carrées rougies par le travail, des ongles coupés court, un visage sale, de longs cheveux jaunes cachés sous un fichu et l'air résigné d'un bœuf. « Je veux passer plus de temps à faire mes comptes, lui ai-je dit. J'ai besoin de quelqu'un pour aller collecter l'argent pour moi. Si le cœur t'en dit, je te paierai un penny par jour, au lieu d'un demi. »

Elle est restée immobile un long moment, comme si elle n'était pas vraiment sûre de m'avoir comprise. « La dette de mon père serait remboursée plus tôt », a-t-elle fini par répliquer, comme pour s'en assurer.

« Quand elle sera remboursée, je continuerai de te payer », ai-je déclaré, à moitié à contrecœur. Mais si Wanda se chargeait de la collecte pour moi, je pourrais aller contracter de nouveaux prêts dans les villages alentour. Je comptais bien prêter ce petit lac d'argent que mon grand-père m'avait offert et en récolter de grandes rivières de pennies.

Wanda ne disait toujours rien, puis elle a demandé : « Vous me donnerez des pièces ?

— Oui. Alors ? »

Elle a acquiescé, et j'ai acquiescé en retour. Je ne lui ai pas tendu la main ; personne ne serrerait la main d'une Juive, personne de sincère en tout cas. Si Wanda ne s'en tenait pas au marché, je cesserais de la payer ; c'était là la meilleure garantie possible.

P'pa était furieux et de mauvaise humeur depuis que j'allais travailler chez le prêteur. Il ne pouvait plus me vendre à personne, je n'étais pas là pour travailler et on n'avait toujours pas grand-chose à manger. Il criait plus fort et avait la main plus lourde. Stepon et Sergey restaient le plus souvent avec les chèvres. J'évitais P'pa autant que possible et encaissais ses reproches en silence quand je ne le pouvais pas. Je fermais la bouche et je comptais. S'il fallait quatre ans pour rembourser la dette de mon père à un demi-penny par jour, alors ça ne faisait plus que deux ans. Deux ans valaient six kopeks. Je pourrais travailler deux ans de plus sans que mon père se doute que je ne remboursais plus sa dette. Ça me rapporterait six kopeks. Six kopeks d'argent pour moi toute seule.

Je n'avais jamais fait qu'apercevoir autant d'argent, quand mon père avait laissé tomber deux pièces brillantes dans la main du docteur. Peut-être que s'il n'avait pas bu et joué les quatre autres kopeks, il y en aurait eu assez.

Ça ne me dérangeait pas d'aller frapper chez des étrangers pour leur réclamer de l'argent. Ce n'était pas moi qui réclamais, c'était Miryem, et c'était son argent, et elle allait m'en donner une partie. Debout sur le perron, je voyais l'intérieur de leurs maisons, leurs beaux meubles, le feu qui crépitait. Chez eux, personne ne toussait. « Je viens pour le prêteur », je disais, et je leur disais combien ils devaient, et je ne disais rien quand ils prétendaient que les chiffres étaient faux. Dans certaines maisons, on me disait qu'on ne pouvait pas payer, alors je leur disais qu'ils devaient aller la voir chez elle s'ils ne voulaient pas qu'elle y mêle la loi. Ils trouvaient finalement quelque chose à me donner, donc c'est qu'ils avaient menti. Ça me dérangeait encore moins, dans ce cas.

Je mettais tout ce qu'ils me donnaient dans mon gros panier. Miryem était inquiète que j'oublie qui avait donné quoi, mais je n'oubliais pas. Je me souvenais de chaque pièce, de chaque denrée. Elle écrivait tout dans son grand-livre noir, maniant l'épaisse plume d'oie sans hésitation. Les jours de marché, elle sortait tous les biens dont elle ne voulait pas, et je l'accompagnais au bourg avec le panier. Elle vendait et troquait jusqu'à ce que le panier soit vide et sa bourse pleine, changeant les habits, les fruits, les boutons en pièces. Des fois, elle n'allait pas directement au marché : si un fermier lui avait donné dix écheveaux de laine, elle les apportait chez une tisseuse qui lui devait de l'argent et lui faisait faire une cape en remboursement de sa dette, puis elle vendait la cape au marché.

À la fin de la journée, elle déversait un lac de pennies sur le plancher et les roulait dans du papier pour les changer en kopeks ; un rouleau de pennies de la longueur de mon annulaire faisait un kopek. Je le savais, parce que quand elle allait au marché la fois suivante, très tôt le matin, quand les marchands étaient en train de monter leurs étals, elle en trouvait un qui n'était pas du bourg, elle lui donnait le rouleau, il l'ouvrait, comptait les pennies, et il lui donnait un kopek d'argent en échange. Les pièces d'argent, elle ne les dépensait pas au marché, pas plus qu'elle ne les changeait. Elle les rapportait à la maison et en faisait un rouleau de la longueur de mon petit doigt qui valait une pièce d'or. Elle les mettait de côté dans la bourse en cuir que son grand-père lui avait donnée, et que je ne voyais que les jours de marché. Ces jours-là, la bourse était sur la table quand j'arrivais, et y restait jusqu'à ce que je reparte. Elle ne la cachait pas ni ne la mettait dans un endroit où je ne pouvais pas la voir, et ni son père ni sa mère n'y touchaient jamais.

Je ne comprenais pas comment elle devinait combien on lui donnerait pour tel ou tel objet qu'elle ne voulait pas garder. Mais petit à petit j'ai appris à lire les chiffres qu'elle écrivait dans son livre, et quand j'entendais les prix qu'elle avait au marché, les deux étaient à peu près les mêmes chaque fois. Je voulais comprendre comment elle faisait. Mais je n'ai pas posé la question. Je savais qu'elle ne me voyait que comme un cheval ou un bœuf, une chose terne, silencieuse et forte. C'est comme ça que je me sentais, auprès de sa famille. J'avais l'impression qu'ils parlaient toute la journée, ou alors ils chantaient, et même ils se disputaient. Mais il n'y avait pas de cri ni de main levée. Ils se touchaient tout le temps entre eux. Sa mère mettait sa main sur la joue de Miryem ou son père l'embrassait sur le front, chaque fois qu'elle passait près de l'un ou de l'autre. Des fois, quand je partais de chez eux à la fin de la journée, quand j'arrivais sur la route entre les champs, hors de vue, je mettais ma main sur ma nuque, ma main qui était devenue grosse, lourde et forte, et j'essayais de me rappeler les caresses de ma mère.

Chez moi, il n'y avait que le silence, épais comme la terre. On avait eu un peu faim pendant tout l'hiver. J'avais un dîner en plus, mais aussi six milles à parcourir. Le printemps était arrivé, et on avait toujours faim. Sur le chemin du retour, je cueillais des champignons, un navet sauvage quand j'avais de la chance, et tous les légumes que je voyais. Il n'y en avait pas beaucoup, et des comestibles encore moins. La plupart étaient pour les chèvres. Dans notre jardin je déterrais quelques-unes des pommes de terre nouvelles, trop jeunes pour être mangées, mais qu'on mangeait quand même. J'enlevais les yeux et je les replantais. À l'intérieur, je ravivais les tisons sous la marmite où j'avais mis un chou à cuire le matin, et j'y ajoutais les petits bouts de pommes de terre avec ce que j'avais pu trouver. On mangeait autour de la table, la tête basse, sans jamais parler.

Rien ne poussait comme il fallait. On était en avril, mais la terre restait dure, tassée et froide. Même le seigle était paresseux. Quand P'pa a enfin pu commencer à semer des haricots, la neige s'est remise à tomber une semaine plus tard et a tué la moitié des plants. Quand je me réveillais le matin, j'avais l'impression qu'il faisait encore nuit. Le ciel était gris pierre, et la neige tombait si fort qu'on ne voyait pas la clôture du voisin. P'pa s'est mis à jurer et nous a réveillés avec de grandes claques. On s'est dépêchés de sortir pour rentrer les chèvres et les cinq chevreaux dans la maison. Un d'eux était déjà mort. Ils ont bêlé, boulotté nos couvertures et manqué de se mettre dans le feu, mais ils ont survécu. Quand la neige s'est arrêtée, on a découpé le chevreau mort et salé le peu de viande qu'on a pu en tirer. J'ai fait une soupe avec les os, et nous avons mangé le foie et les poumons. Pour une fois, on a mangé à notre faim.

Sergey aurait pu avaler trois fois sa part. Il commençait à devenir costaud. Je le soupçonnais d'aller chasser, même s'il savait qu'il risquait la pendaison pour braconnage, ou pire s'il le faisait dans la forêt. On ne pouvait prendre dans la forêt que les animaux marqués, ceux qui avaient des taches noires ou marron. Mais il n'en restait presque plus, et les animaux blancs, tout blancs, étaient aux Staryk. Je ne sais pas ce qu'ils auraient fait s'ils avaient pris quelqu'un à chasser leur gibier, parce que personne ne s'y était jamais risqué, mais ils lui auraient fait quelque chose, c'est sûr. Il ne fallait rien prendre qui appartenait aux Staryk. Ils volaient les gens, mais ils n'aimaient pas qu'on les vole.

Mais parfois Sergey rentrait et mangeait sans lever la tête, sans s'arrêter, sa part tout entière, comme moi. Comme s'il savait qu'il avait mangé plus que les autres. Donc je me doutais qu'il chassait quand on avait le dos tourné. Je ne lui ai rien dit : il savait qu'il ne fallait pas le faire. Quoi qu'il en soit, chez moi les choses étaient bien différentes de chez le prêteur. Je ne pensais pas le mot *amour*. L'amour était enterré avec ma mère. Sergey et Stepon n'étaient rien d'autre que les bébés qui avaient rendu ma mère malade. Ils n'étaient pas morts, mais ils lui avaient demandé encore plus de travail, et maintenant à moi. Ils mangeaient la nourriture, et je devais filer la laine des chèvres, tricoter et laver leurs vêtements. Donc je ne m'inquiétais pas beaucoup de ce qui pouvait arriver à Sergey s'il se faisait attraper par les Staryk. Je me suis dit que je devrais peut-être lui demander de me rapporter les os pour la soupe, mais après j'ai pensé que si on en mangeait tous, on aurait tous des problèmes, et quelques os brisés qu'il avait déjà nettoyés n'en valaient pas la peine.

Mais Stepon, lui, aimait Sergey. J'avais demandé à Sergey de prendre soin de lui, quand ma mère est morte. J'avais onze ans et je savais filer, et Sergey n'en avait que sept, donc P'pa m'y a autorisée. Quand Sergey est devenu assez grand pour aller aux champs, il tolérait Stepon et ne me le renvoyait pas. Stepon le suivait, ne se mettait pas dans leurs pattes et leur apportait de l'eau. Il aidait avec les chèvres, et ils se tenaient chaud quand mon père était en colère et qu'ils devaient dormir à l'extérieur de la maison, même en hiver. Sergey le giflait parfois, mais pas très fort.

Stepon est donc venu me voir le jour où Sergey est tombé malade. Il n'était pas encore midi. Je travaillais dans le jardin du prêteur, où je coupais les têtes des choux. Ils n'étaient pas encore vraiment prêts à être récoltés, mais il avait gelé cette nuit-là, bien que l'automne ne soit pas très avancé, et Miryem avait dit qu'il valait mieux les rentrer maintenant. Je gardais un œil sur la porte. Elle s'ouvrirait bientôt et la femme du prêteur m'appellerait pour le dîner. Ce matin-là, il y avait eu un quignon de pain rassis dans le grain des poules. Je l'avais pris pour moi et je l'avais mâché pour le ramollir avec de l'eau du bac de récupération, froide sous la croûte de glace, mais j'avais encore le ventre noué. Je levais encore une fois les yeux vers la porte quand j'ai entendu Stepon crier : « Wanda ! » Il se penchait par-dessus la clôture, tout essoufflé. « Wanda ! »

Quand il a crié mon nom, j'ai sursauté en pensant que P'pa était venu me chercher avec une badine. « Qu'est-ce qu'il y a ? » J'étais furieuse de voir Stepon ici. Je ne voulais pas qu'il vienne.

« Wanda, viens », il a dit en faisant de grands gestes. Il ne parlait jamais beaucoup. Il n'en avait pas besoin pour se faire comprendre de Sergey, la plupart du temps, et quand mon père remplissait la maison de sa voix, il s'éloignait s'il le pouvait. « Wanda, viens.

— Il y a un problème chez toi ? » La femme du prêteur se tenait sur le pas de la porte, un châle sur les épaules pour se protéger du froid. « Vas-y, Wanda, je préviendrai Miryem que je t'ai dit de rentrer. »

Je ne voulais pas y aller. J'avais deviné qu'il était arrivé quelque chose à Sergey, sinon Stepon ne serait pas venu. Je ne voulais pas faire une croix sur mon dîner pour aider Sergey, qui ne m'avait jamais aidée. Mais je ne pouvais pas dire ça à la femme du prêteur. Je me suis levée et j'ai franchi le portail en silence, et quand on s'est retrouvés sur la route entre les arbres, j'ai secoué Stepon par les épaules et j'ai dit, furieuse : « Ne viens plus jamais ici. » Il n'avait que dix ans et était encore assez petit pour que je le secoue.

Mais il m'a seulement pris la main et m'a tirée en avant. Je l'ai suivi. J'aurais dû rentrer à la maison et dire à P'pa que Sergey s'était attiré des ennuis, mais c'était hors de question. Je n'aimais pas Sergey, mais il ne m'aurait pas dénoncée à P'pa. Stepon essayait encore de courir. Je le suivais sans réfléchir, puis je ralentissais, et lui s'arrêtait pour reprendre son souffle, et il repartait de plus belle. On a parcouru les six milles en une heure seulement. Un peu avant la maison, il m'a guidée à l'écart de la route, dans la forêt. J'ai commencé à me méfier. « Qu'est-ce qui lui est arrivé ? j'ai demandé.

— Il n'arrive pas à se lever. »

Sergey était au bord du ruisseau où on allait parfois chercher de l'eau en été, quand celui près de la maison était à sec. Il était allongé sur le côté. Il n'avait pas l'air de dormir. Il avait les yeux ouverts, et quand j'ai mis un doigt sur ses lèvres, j'ai senti qu'il respirait, mais rien ne remuait en lui. Ses bras étaient lourds et mous quand j'ai essayé de les soulever. J'ai regardé autour de moi. Il y avait un lapin blanc mort à moitié dans l'eau près de lui, avec un cordon en poils de chèvre grossièrement tressés autour de la patte. Aucune trace de pas. Une couche de givre recouvrait les chemins, et les bords du ruisseau étaient gelés. C'est comme ça que j'ai su que les Staryk l'avaient surpris à braconner et lui avaient pris son âme.

J'ai reposé son bras. Stepon m'a regardée comme s'il pensait que j'allais faire quelque chose. Mais il n'y avait rien à faire. Le prêtre ne viendrait pas nous aider si loin du bourg, et de toute façon Sergey savait très bien qu'il n'aurait pas dû voler. Même Dieu ne pouvait pas vous sauver des Staryk quand vous l'aviez bien cherché.

Je n'ai rien dit. Stepon n'a rien dit, mais il me fixait toujours, comme s'il savait que je pouvais faire quelque chose, jusqu'à ce que je commence à le croire aussi au plus profond de moi, même si je n'en avais aucune envie. J'ai serré les dents et essayé de ne pas penser à essayer de faire quelque chose, et puis j'ai tenté de réveiller Sergey en le giflant, en lui jetant de l'eau froide au visage, même si je savais que ça ne servirait à rien. Et ça n'a servi à rien. Il n'a pas bougé. L'eau a coulé sur son visage ; quelques gouttes lui sont même rentrées dans les yeux avant de lui faire comme des larmes, mais il ne pleurait pas, il restait seulement étendu là, vide comme une vieille souche pourrie de l'intérieur.

Stepon ne regardait pas Sergey. Il a gardé les yeux sur moi tout du long presque sans les cligner. Je voulais le gifler, ou le chasser avec mon bâton. Quel bien m'avaient-ils fait, l'un et l'autre, pour que je leur doive quelque chose ? J'ai arrêté mon manège et me suis levée, les poings serrés, et j'ai dit : « Prends-le par les jambes. » Les mots avaient le goût de glands avariés sur ma langue.

Sergey n'était pas si costaud qu'on ne puisse le porter à nous deux. Je l'ai tourné sur le dos et je l'ai pris sous les aisselles. Stepon a mis les chevilles de Sergey sur ses maigres épaules, et on l'a porté comme ça jusqu'à la limite entre la forêt et nos champs, jusqu'à l'arbre blanc. Ma colère avait grossi tout au long du trajet. J'étais tombée trois fois dans la forêt, en marchant à reculons les mains lestées par son poids, en trébuchant sur les racines et en glissant dans la boue à moitié gelée. Je m'étais écorchée sur une pierre, et j'étais couverte de poussière et de jus vénéneux de baie écrasée. J'allais devoir laver tous mes habits. Mais ce n'est pas ça qui me rendait furieuse. Ils m'avaient tout pris, tous autant qu'ils étaient : Sergey, Stepon, tous les bébés morts et enterrés dans la poussière. Ils m'avaient pris ma mère. Je n'avais jamais voulu la partager avec eux. Quel droit avaient-ils sur elle ?

Mais je n'ai rien dit à voix haute. J'ai lâché les épaules de Sergey au pied de l'arbre blanc, près de la tombe de notre mère, je suis restée là un instant et puis j'ai dit : « M'man, Sergey est malade. »

L'air était immobile et froid. Devant nous, le seigle était à peine sorti, dans un long champ à moitié vert à perte de vue, mais les plants étaient beaucoup plus petits qu'ils n'auraient dû l'être. Je voyais de la fumée grise s'élever de notre maison à la verticale. Notre père n'était pas en vue. Il n'y avait pas de vent, mais l'arbre blanc soupirait et ses branches tremblaient, et un petit morceau d'écorce se détachait du tronc. Je l'ai attrapé par le bout et j'ai tiré une longue bande.

On a soulevé Sergey et on l'a porté jusqu'à notre ruisseau, et j'ai envoyé Stepon à la maison chercher un tison et un gobelet. J'ai ramassé de l'herbe sèche et des brindilles et j'en ai fait un petit tas. Quand Sergey est revenu, j'ai allumé un feu et préparé une infusion avec l'écorce. L'eau a pris la couleur de la cendre, ça sentait la terre. On a levé la tête de Sergey pour lui en faire avaler. Il a tremblé comme un animal qui essaie de se débarrasser des mouches en été. Je lui ai donné une autre gorgée, puis une troisième, et il s'est retourné pour vomir, sans plus s'arrêter. Un affreux tas de chair crue, puante et fumante, est sorti de sa bouche. Je me suis écartée pour ne pas vomir moi aussi. Quand il s'est enfin arrêté, il s'est éloigné du tas en rampant et en pleurant un peu.

Je lui ai donné de l'eau à boire, et Stepon a enterré la viande crue qui était sortie de lui. Sergey a encore un peu sangloté et hoqueté. Il était maigre à faire peur, comme s'il était en train de mourir de faim, mais au moins il était de retour. Il a dû s'appuyer sur moi quand on s'est levés. On a suivi le ruisseau jusqu'au rocher où les chèvres s'abreuvaient, et elles étaient là, à paître et à mâchonner des feuilles au bord de l'eau. La plus vieille est venue vers nous en frétillant des oreilles, et Sergey a mis ses bras autour de son cou et pressé le visage contre son flanc, pendant que je trayais de quoi remplir le gobelet avant de le lui donner à boire.

Il a bu jusqu'à la dernière goutte, et puis il m'a regardée, méfiant. Notre père ne manquait jamais de le remarquer, si une chèvre donnait moins de lait que prévu, et il nous battait tous les trois, s'il ne savait pas qui avait fait le coup. Mais j'ai repris le gobelet des mains de Sergey, l'ai rempli à nouveau et le lui ai rendu. Je ne sais pas pourquoi j'ai fait ça. Mais je l'ai fait, et plus tard dans la matinée quand mon père est revenu avec les seaux de lait et s'est mis à crier, je me suis levée et j'ai dit d'une voix forte : « Sergey a besoin de manger plus ! »

Mon père m'a dévisagée. Sergey et Stepon aussi. Je l'aurais fait moi-même, si j'avais pu. Au bout d'un moment, il m'a donné une claque et m'a dit de tenir ma langue, mais il est ressorti, et ça n'est pas allé plus loin. Sergey, Stepon et moi, on est restés là, en s'attendant à moitié à ce qu'il revienne, mais il n'est pas revenu. Il ne nous a pas battus. On s'est regardés en silence, Sergey et moi. On a attendu encore une minute, puis j'ai repris mon fichu et mon sac et je suis partie travailler. Mes habits étaient toujours sales et pleins de boue. Je n'aurais pas le temps de les laver avant le jour de la lessive.

Quand je suis revenue à la mi-journée, Sergey avait sorti la cuve de lavage et Stepon était allé la remplir au ruisseau. Ils avaient même fait bouillir de l'eau, pour que les taches partent plus facilement. Je les ai regardés, et j'ai sorti de ma poche les trois œufs que m'avait donnés la femme du prêteur. Elle m'avait demandé ce qui s'était passé. Quand je lui avais dit que mon frère était tombé malade à cause de quelque chose qu'il avait mangé, elle avait dit que le mieux pour un estomac barbouillé, c'étaient les œufs frais crus, et elle m'en avait donné trois. J'en ai mangé un, Sergey un et demi, et Stepon la moitié restante. Puis ils ont coupé nos petits choux pendant que je lavais mes habits, et quand j'ai eu fini, j'ai préparé le dîner.

Chapitre quatre

Tout au long de cette année glaciale, j'ai semé mon argent. Le printemps, tardif une fois de plus, avait précédé un été court. Même les légumes du jardin poussaient lentement. La neige était tombée jusqu'en avril. Les gens venaient me voir de loin, d'une douzaine de villages alentour, pour m'emprunter de quoi vivre. Quand nous sommes retournées à Vysnia au printemps suivant, j'ai rapporté à mon grand-père sa bourse pleine de rouleaux de kopeks, prêts à être changés en zlotek d'or et à être mis en banque, à l'abri des Staryk derrière les épais murs du coffre et ceux, plus épais encore, de la ville. Mon grand-père est resté silencieux, se contentant de soupeser la bourse dans sa paume un moment, mais sa fierté était visible.

Mes grands-parents n'avaient habituellement pas d'invités quand nous allions chez eux, à l'exception des sœurs de ma mère. Je ne m'en étais jamais aperçue, mais je l'ai remarqué cette fois-là quand la maison s'est soudain retrouvée envahie de visiteurs venus prendre le thé ou le dîner, de lumière, de robes froufroutantes et de voix animées. J'ai rencontré plus de citadins au cours de ces deux semaines que durant l'ensemble de nos précédents séjours. J'avais toujours vu mon grand-père comme un homme plus ou moins important, mais je me rendais compte à présent que j'étais loin de la vérité : les gens l'appelaient respectueusement par son nom complet, Panov Moshel, même le rabbin. À table, lui et plusieurs autres hommes discutaient de la politique du quartier avec le plus grand sérieux, arrêtant souvent des décisions, comme s'ils étaient fondés à le faire.

Je ne comprenais pas pourquoi ces invités n'étaient pas là les autres fois. Tous étaient gentils et contents de me voir. « Serait-ce la petite Miryem ? » a demandé Panova Idin en me souriant et en posant ses mains sur mes joues. C'était la femme d'un des amis de mon grand-père. Je devais être toute petite lors de notre précédente rencontre, car je ne m'en souvenais pas. « Déjà si grande ! On dansera bientôt à ton mariage. » À ces mots, ma grand-mère a pincé les lèvres ; ma mère semblait encore plus malheureuse. Elle restait dans un coin du salon quand les invités arrivaient, penchée sur une chemise en lin uni qu'elle était en train de coudre pour mon père, et leur parlait juste assez pour ne pas les insulter – la même qui se montrait aimable avec ceux qui, dans notre village, lui avaient ôté le pain de la bouche et ne l'auraient jamais fait entrer chez eux.

« On ne peut pas faire d'une buse un épervier », m'a déclaré abruptement mon grand-père, quand j'ai fini par lui demander pourquoi je n'avais jamais vu ces invités. « Ton père ne pouvait pas t'habiller à l'image de ce que les invités de cette maison attendraient de ma petite-fille, et j'ai juré à ta mère quand elle l'a épousé que je ne lui donnerais pas un kopek de plus. Hors de question de revenir là-dessus. »

J'ai alors compris pourquoi il n'avait pas invité ses riches amis plus tôt, et pourquoi il avait refusé que ma grand-mère m'achète des robes garnies de fourrure et de boutons dorés. Il ne voulait pas faire d'une fille de meunier une princesse avec des parures qui ne lui appartenaient pas, et lui trouver un mari assez idiot pour être dupe, ou qui se désengagerait une fois qu'il aurait appris la vérité.

Je n'en concevais aucune colère. Je ne l'en aimais que davantage pour cette froide et brutale honnêteté, et j'étais fière qu'il invite à présent tous ces gens, qu'il m'affiche comme un trophée, la petite-fille qui était partie avec une bourse d'argent et l'avait rapportée pleine d'or. J'aimais sentir sur moi leurs regards qui me jaugeaient comme on soupèse un pécule, et pouvoir les soutenir la tête haute, consciente de ma valeur.

C'est contre ma mère que ma colère était tournée. Ses sœurs sont venues dîner la veille de notre départ, nous étions douze autour de la table, plus une ribambelle de bambins chahutant dans le jardin. Ma cousine Basia était assise à côté de moi : d'un an plus âgée, belle avec ses bras charnus, ses cheveux bruns raides et brillants, son collier et ses boucles d'oreilles en perle, gracieuse et maîtresse d'elle-même. Elle avait consulté l'entremetteuse un mois plus tôt, et elle baissait à présent pudiquement la tête, un sourire aux lèvres et au coin des yeux, alors que sa mère évoquait le jeune homme qu'ils envisageaient pour elle : Isaac, un bijoutier réputé habile, comme son père. Mon grand-père a cependant secoué la tête avec un brin de scepticisme et posé beaucoup de questions sur son affaire. Les mains de ma cousine étaient lisses et douces. Elle n'avait jamais eu à faire de travail pénible, et ses vêtements aux coutures fines étaient délicatement brodés de fleurs et d'oiseaux chanteurs.

Je ne la jalousais pas, surtout maintenant que je pouvais me payer moi-même un tablier brodé, si l'envie m'en prenait. J'étais heureuse avec mon travail. Mais je sentais ma mère crispée à côté de moi. Le lendemain, nous sommes reparties dans le traîneau qui glissait sur la croûte de neige gelée, en coupant par la forêt sombre. Malgré le printemps, le froid était mordant, mais j'avais mon propre manteau de fourrure et trois jupons sous ma robe, et nous étions assises sous trois confortables couvertures chaudes. Ma mère n'en portait pas moins le malheur sur son visage. Nous ne parlions pas. « Est-ce que tu aurais préféré que nous restions pauvres et affamés ? » ai-je fini par éclater quand le silence entre nous est devenu trop épais au milieu des bois obscurs. Elle a passé le bras autour de mes épaules, m'a embrassée et m'a dit, de légers sanglots dans la voix : « Ma chérie, ma chérie, je suis désolée.

— Désolée ? D'avoir chaud et non plus froid ? D'être riche et de vivre dans le confort ? D'avoir une fille capable de changer l'argent en or ? ai-je demandé en me dégageant.

— Qu'il te faille devenir aussi dure que la glace », a-t-elle répondu. Pour tout commentaire, je me suis blottie dans ma robe. Oleg donnait des ordres rapides à ses chevaux : un éclat argenté était apparu entre les arbres à quelque distance : la route des Staryk. Les chevaux ont accéléré la cadence, mais la route étincelante est restée visible tout le reste du trajet. Je la sentais à proximité, miroitement de vent glacé qui se pressait contre moi et s'efforçait de me percer la peau, mais je n'en avais cure. J'étais plus froide à l'intérieur qu'à l'extérieur.

Wanda était arrivée en retard le lendemain matin, essoufflée et le visage rouge de transpiration, les bas et la jupe encroûtés de neige tassée, comme si elle avait coupé à travers champs plutôt que d'emprunter la route du bourg. « Les Staryk sont dans les bois », a-t-elle dit sans lever la tête. Quand nous sommes sortis dans le jardin, nous avons vu que leur route était toujours là, miroitant faiblement entre les arbres, à moins d'un quart de mille de là.

À ma connaissance, la route ne s'était jamais tant rapprochée du bourg. Nous n'avions pas de remparts, mais nous n'étions pas assez riches pour attirer leur attention. Nous payions nos impôts en grain et en laine, et les plus aisés changeaient leur argent en or à l'abri des remparts de la ville et le déposaient à la banque, comme je l'avais fait. Une femme avait peut-être un collier ou une bague en or – j'ai songé après coup au bouton de mon propre col –, mais même en mettant à sac toutes les maisons de l'artère principale, ils n'auraient pas pu remplir un coffret à bijoux.

Un froid plus mordant irradiait des bois ; en se baissant et en tendant sa main nue, on le sentait ramper au ras du sol, comme soufflé doucement par quelque lointain géant, et l'air était lourd d'une odeur persistante de branche de pin brisée. La forêt avait beau être enneigée, le froid ne semblait pas naturel. J'ai regardé vers le bourg et j'ai vu que nos voisins étaient également dehors, les visages tournés comme les nôtres vers la route. Panova Gavelyte m'a jeté un regard noir quand nos yeux se sont croisés, puis elle est rentrée chez elle, comme si c'était notre faute.

Mais les choses sont restées ainsi, et les tâches matinales nous attendaient tous, si bien que chacun a regagné sa maison, et quand la route est sortie de notre champ de vision, nous avons cessé d'y penser. Je me suis assise à mes livres pour inspecter tout ce que Wanda avait rapporté chez nous durant les deux semaines où nous avions été absentes. Elle a pris le panier rempli de pain rassis et de grain pour les poules et est sortie les nourrir et ramasser les œufs. Ma mère, qui avait à mon grand soulagement fini par renoncer à tout travail d'extérieur, pelait des pommes de terre, assise à table dans la chaleur du feu. Ses joues légèrement rosies avaient retrouvé cette petite rondeur que l'hiver avait mangée. J'ai préféré ignorer le regard en coin qu'elle me lançait tandis que je faisais mes comptes.

Les chiffres étaient nets et sans bavure, et les sommes correspondantes avaient été perçues. Mon grand-père m'avait demandé si mon assistante était douée ; il ne m'avait pas trouvé imprudente d'avoir promis à Wanda de la payer en espèces. « Un assistant peut facilement devenir malhonnête quand il passe ses journées à manipuler de l'argent dont il ne verra jamais la couleur. Laisse-lui sentir que ta fortune fera la sienne. »

Je considérais cette fortune avec circonspection, même avec quatorze pièces d'or en sécurité dans le coffre de la banque de mon grand-père. Je savais que cet argent n'était pas le fruit des prêts que j'avais consentis ; il s'agissait de la dot de ma mère, qui nous était enfin revenue. Mon père avait prêté cette somme si vite après leur mariage qu'elle s'était retrouvée disséminée dans d'autres poches dès avant ma naissance, et si peu lui avait été rendu que chacun de nos voisins dans un rayon de plusieurs milles nous devait toujours. Ils avaient réparé leurs maisons et leurs granges, ils avaient acheté du bétail et des semis, ils avaient marié leurs filles et donné à leurs fils de quoi démarrer dans la vie, pendant que ma mère mourait de faim et que mon père se faisait chasser de leur jardin. J'étais décidée à récupérer la moindre pièce, avec les intérêts.

Mais j'avais mangé mon pain blanc. Certaines sommes ne nous seraient jamais rendues. Plusieurs débiteurs de mon père étaient morts, ou partis si loin que je n'avais aucun moyen de connaître leur adresse. Je devais déjà accepter de percevoir la moitié de mes paiements en denrées, en travail ou autre, et convertir cela en pièces n'avait rien de facile. Notre maison était désormais confortable, et nous possédions autant de poules que nécessaire. On m'avait proposé qui un mouton, qui une chèvre, mais nous n'aurions pas su comment nous en occuper. Je pouvais toujours les vendre, mais c'était difficile, et il était hors de question d'essayer de décompter de leur dette une somme inférieure à ce que j'aurais obtenu de leur bien au marché. Ils m'auraient traitée de tricheuse, quand bien même la vente m'aurait coûté du temps.

Je ne prêtais de l'argent frais qu'à ceux qui avaient un espoir raisonnable de le rembourser, et seulement de petites sommes, mais ça ne me garantissait que de petites rentrées d'argent, et j'ignorais encore combien de mes débiteurs parviendraient à rembourser l'intégralité de leur dette. Mais même ainsi, les yeux plongés dans mes comptes où apparaissaient tous ces montants bien ordonnés, j'ai décidé que j'allais commencer à payer Wanda dès maintenant : chaque jour, elle rembourserait un demi-penny de la dette de son père et repartirait chez elle avec un autre demi-penny, une pièce sonnante et trébuchante, ainsi elle et son père auraient la sensation qu'elle gagnait de l'argent, et pas seulement un chiffre dans mes livres.

Je venais de me résoudre à le lui annoncer l'après-midi même, avant qu'elle ne rentre chez elle, quand la porte s'est ouverte à la volée et qu'elle s'est précipitée à l'intérieur, le panier serré contre sa poitrine, encore plein de grain. « Ils sont venus devant la maison ! » s'est-elle écriée.

J'ignorais de quoi elle parlait, mais je ne m'en suis pas moins levée d'un bond ; la peur avait chassé toute couleur de son visage, pourtant il n'était pas dans ses habitudes de s'alarmer. « Montre-moi », a dit mon père en prenant le tisonnier en fer de la cheminée.

« Des voleurs ? » a soufflé ma mère. Ç'avait aussi été ma première pensée, quand mon cerveau s'était remis à fonctionner. J'étais soulagée d'avoir emporté mon argent à la banque. Mais alors nous avons suivi mon père à l'extérieur et fait le tour de la maison, jusqu'au poulailler dont les occupantes manifestaient bruyamment leur déception de ne pas avoir été nourries, et Wanda nous a montré les traces. Ça n'était pas des voleurs.

Les empreintes s'étaient à peine imprimées sur la couche de neige fraîche, sans atteindre la croûte verglacée en dessous, mais elles étaient très grandes, de la taille de sabots de chevaux, quoique fendues comme celles d'un cerf et hérissées de pics à l'avant. Elles venaient jusqu'au mur de notre maison ; quelqu'un avait visiblement mis pied à terre pour regarder par notre fenêtre, quelqu'un qui portait d'étranges bottes au bout effilé.

Au début, je n'y ai pas vraiment cru. Je me suis dit qu'on nous jouait un tour, comme ces gamins du bourg qui m'avaient parfois jeté des cailloux quand j'étais petite. Quelqu'un s'était faufilé dans notre jardin et avait laissé ces empreintes pour nous faire peur ou, pire, pour faire diversion en vue d'un cambriolage futur. Mais avant même d'ouvrir la bouche pour exprimer mes soupçons, je me suis rendu compte que personne n'aurait pu faire ces empreintes sans briser la glace, à moins d'être passé par le toit et d'avoir utilisé un bâton. Mais le toit était inviolé, et les empreintes de sabots fendus dessinaient une longue piste qui traversait notre jardin et disparaissait dans la forêt, en direction de la route argentée qui étincelait entre les arbres.

Je n'ai rien dit, et mon père et ma mère non plus, les yeux tournés vers les bois et la route. Seule Wanda a parlé, pour déclarer platement : « Ce sont les Staryk. Les Staryk sont venus ici. »

Mais je ne voyais pas ce que les Staryk auraient fait dans notre jardin, au milieu des poules, à regarder chez nous par la fenêtre : il n'y avait rien à voir au-delà de mon lit étroit, sinon la cheminée et sa petite marmite, le placard qu'avait fabriqué mon père pour ma mère et les sacs de grain dans notre cellier. Une maison, si ordinaire et si inintéressante que l'idée même de l'espionner était ridicule, si bien que lorsque je me suis redressée et que j'ai jeté un nouveau coup d'œil aux empreintes, je m'attendais à moitié à ce qu'elles aient disparu et que le monde se soit remis à tourner rond.

Mon père a alors brouillé les traces avec le tisonnier, qu'il a ensuite traîné derrière lui jusqu'à la lisière de la forêt, avant de revenir en les foulant d'un pas lourd. En nous rejoignant, il a dit : « Je ne veux plus entendre des idioties pareilles. On ne saura jamais qui a fait ça, probablement un jeu de gamins stupides. Retourne à tes corvées, Wanda. »

Je l'ai dévisagé. Je n'avais jamais entendu mon père parler si durement. Je ne savais même pas qu'il en était capable. Wanda hésitait. Elle a considéré les traces qui n'étaient plus là, a lentement enjambé la neige retournée et a commencé à nourrir les poules. Ma mère se tenait près d'elle en silence, enroulée dans son châle, les lèvres pincées, les poings serrés. « Rentre, Miryem, et viens m'aider à éplucher les pommes de terre. » J'ai suivi ma mère, qui a jeté un coup d'œil à la route menant au bourg. Mais tout le monde vaquait à ses occupations d'intérieur ; il n'y avait plus personne pour nous voir.

Quand nous sommes rentrés, mon père a pris un fin bâton sur le tas de bois et s'est approché de la fenêtre au-dessus de mon lit, dont il a mesuré la longueur et la largeur en marquant le bâton avec son couteau. Puis il a pris son manteau et sa hachette et il est ressorti, sans lâcher son bâton. Je l'ai regardé partir, puis je me suis tournée vers ma mère, qui observait Wanda déjà occupée à balayer le jardin.

« Miryem, a dit ma mère. Je crois qu'il serait bon pour ton père d'avoir un jeune homme à ses côtés. Nous allons demander au frère de Wanda de venir passer ses nuits avec nous, et nous le paierons.

— Payer quelqu'un pour dormir dans la maison ? Et qu'est-ce qu'il pourrait bien faire, contre un Staryk ? » L'idée était tellement grotesque que j'ai ri avant même de finir ma phrase. Je n'arrivais pas vraiment à me souvenir comment j'avais pu croire qu'il s'agissait d'autre chose que d'une mauvaise blague. J'avais la sensation d'avoir fait un rêve, qui s'effilochait déjà.

Mais ma mère m'a sèchement rétorqué : « Ne parle pas de ça. Je ne veux plus t'entendre dire quoi que ce soit là-dessus. Et ne parle des Staryk à personne, surtout pas au bourg. » Ce que je comprenais encore moins. Les Staryk et leur route, si proche dans les bois, seraient sur toutes les langues, demain au marché. « Alors n'y va pas », a ordonné ma mère après que je lui en ai fait la remarque. Quand j'ai protesté en disant que j'avais des marchandises de Vysnia à vendre, elle m'a prise par les épaules. « Miryem, nous allons payer le frère de Wanda pour rester là le soir, ainsi elle ne dira à personne que les Staryk sont venus chez nous. Et tu ne le diras à personne non plus. »

J'ai abandonné. Ma mère a ajouté, d'une voix plus calme : « Il y a deux ans, dans les environs de Minask, une bande de Staryk s'en est prise à trois villes, des bourgs pas beaucoup plus grands que le nôtre. Ils ont brûlé les églises et les maisons des notables, et ils ont pris tous les petits objets en or qu'ils ont trouvés. Mais quand ils sont passés à proximité du village de Yazuda, où vivaient les Juifs, ils n'ont pas touché à leurs maisons. Les gens ont commencé à dire que les Juifs avaient conclu un pacte avec les Staryk. Il n'y en a plus un à Yazuda. Est-ce que tu comprends, Miryem ? Tu ne dois rien dire des Staryk qui sont venus chez nous. »

Il n'était pas là question d'elfes, de magie ou de toute autre fadaise, mais de quelque chose que je comprenais très bien. « J'irai au marché demain », ai-je dit au bout d'un moment, et quand ma mère a fait mine de protester, je me suis empressée d'ajouter : « Ce serait étrange que je n'y aille pas. J'irai donc, je vendrai les deux nouvelles robes que j'ai achetées, et je parlerai de la mode en vogue à Vysnia. »

Ma mère a fini par acquiescer, m'a caressé les cheveux et m'a pris les joues dans ses mains. Puis nous nous sommes assises à la table et nous sommes mises à peler le reste des pommes de terre. J'entendais Wanda qui fendait des bûches à l'extérieur, au rythme monotone du *tchac-tchac* de la hache. Mon père est revenu rapidement, les bras chargés de branches vertes, et il a passé le reste de la matinée à les tailler et à les assembler pour en faire de petites grilles, qu'il a ensuite accrochées aux cadres des fenêtres.

« Nous pourrions engager le frère de Wanda pour rester avec nous la nuit, a déclaré ma mère sans lever les yeux de son tricot, tandis qu'il travaillait.

— Ça ne ferait pas de mal d'avoir un jeune homme dans les parages, a acquiescé mon père. Je ne suis jamais tranquille quand il y a de l'argent à la maison. Et puis, je ne serais pas contre un petit coup de main. Je ne suis plus aussi vigoureux que je l'étais.

— On va peut-être pouvoir avoir des chèvres, après tout, suis-je intervenue. Il s'en occupera pour nous. »

Le matin après son retour, Miryem m'a dit : « Wanda, nous voudrions qu'un jeune homme vienne nous aider à surveiller la maison la nuit, et qu'il s'occupe des chèvres que nous allons acheter. Est-ce que ton frère pourrait faire ça ? »

Je ne lui ai pas répondu tout de suite. Je voulais dire non. J'avais tenu ses livres de compte, les deux semaines où elle était absente. Moi, toute seule. Tous les jours, je faisais ma tournée, chaque fois dans des maisons différentes, puis je revenais à la maison, je lançais le dîner pour moi et pour son père, le prêteur, et je m'asseyais à la table avec les livres, les mains un peu tremblantes. Le cuir était si doux sous mes doigts, et à l'intérieur les fines pages étaient toutes couvertes de lettres et de chiffres. Je les tournais l'une après l'autre pour trouver les maisons que j'avais visitées le jour même. Elle avait un numéro différent pour chaque maison, suivi du nom de la personne qui y vivait. Je trempais la plume dans l'encre, l'essuyais, la trempais à nouveau, et j'écrivais très lentement en formant les chiffres aussi bien que possible. Après quoi je refermais le livre, lavais la plume et la rangeais avec l'encre sur l'étagère. J'ai fait ça toute seule.

Cet été-là, quand les jours avaient rallongé et que je pouvais rester un peu plus tard, Miryem m'avait appris à tracer les chiffres avec une plume. Elle m'emmenait dehors après le dîner et les dessinait dans la poussière avec un bâton, encore et encore. Elle m'avait appris comment *fabriquer* un nombre à partir de deux autres, et aussi comment en enlever un à un autre. Pas seulement les petits que j'aurais pu calculer sur mes doigts ou en comptant des cailloux, mais des gros. Elle m'avait appris comment faire un kopek avec cent pennies et un zlotek d'or avec vingt kopeks d'argent, et dans l'autre sens comment casser une pièce d'argent en pennies.

J'avais eu peur, au début, quand elle avait commencé. Cinq jours plus tard, je prenais le bâton et traçais les lignes qu'elle avait dessinées. Quand elle en parlait, ç'avait l'air de quelque chose de très ordinaire, mais je savais qu'elle m'initiait à la magie. Après ça, la peur ne m'avait pas quittée, mais je ne pouvais pas m'empêcher de continuer. J'avais appris à tracer les formes magiques dans la poussière, puis à les dessiner sur une pierre plate avec une vieille plume usée et de la cendre mêlée d'eau, et enfin avec sa plume et son encre sur une feuille de papier usée, grise à force d'avoir été noircie et effacée. À la fin de l'hiver, quand elle s'absentait, je pouvais tenir les livres pour elle. Je commençais même à être capable de lire les lettres. Comme je connaissais les noms sur chaque page, je les prononçais à voix basse en touchant les lettres, et je savais lesquelles produisaient quels sons. Des fois quand je me trompais, Miryem m'arrêtait et me corrigeait. Elle me donnait sa magie et je ne voulais pas la partager.

Un an plus tôt, je lui *aurais* dit non, pour tout garder pour moi. Mais c'était avant que j'aie sauvé Sergey des Staryk. Maintenant, quand je rentrais tard, il avait lancé le dîner pour moi. Pendant tout l'hiver, lui et Stepon m'avaient ramassé des poils de chèvre sur les buissons et dans le foin, assez pour faire un châle, que je portais pour aller au bourg. C'était mon frère.

Puis j'ai failli dire non par peur. Et s'il laissait échapper le secret ? Il était si gros que j'avais moi-même bien du mal à le garder pour moi. Tous les soirs, j'allais me coucher en pensant à six kopeks d'argent serrés dans ma main, froids et brillants. Je les fabriquais en ajoutant des pennies, un par un, jusqu'à ce que le sommeil me prenne.

Mais au bout d'un moment, j'ai dit : « Est-ce que son travail aidera à payer la dette plus tôt ?

— Oui. Chaque jour, toi et lui gagnerez deux pennies. La moitié remboursera la dette, et je vous donnerai l'autre moitié. Voilà la première paie, pour aujourd'hui. »

Elle a sorti un penny tout rond, tout propre et tout brillant et me l'a mis dans la main, comme une récompense pour avoir pensé oui plutôt que non. J'ai regardé le penny, puis j'ai refermé ma main dessus. « Je vais parler à Sergey », j'ai dit.

Mais quand je lui en ai parlé, à voix basse, dans les bois, loin des oreilles de P'pa, il a demandé : « Ils veulent juste que je reste chez eux ? Ils vont me donner de l'*argent*, juste pour rester dans la maison et nourrir les chèvres ? Pourquoi ?

— Ils ont peur des voleurs », j'ai dit, mais sitôt que les mots sont sortis, je me suis souvenue que ce n'était pas vrai. Je n'arrivais pourtant pas à me rappeler la vérité.

Il a fallu que je me lève et que je fasse semblant de porter le panier des poules, pour que les souvenirs du matin me reviennent. J'étais sortie et j'avais mangé un peu du pain rassis en douce, debout au coin de la maison où ils ne me verraient pas, ni eux ni les poules, puis j'avais tourné au coin et j'avais vu les traces de pas…

« Les Staryk ! » Le mot était froid dans ma bouche. « Les Staryk sont venus. »

Si Miryem ne m'avait pas donné le penny, je ne sais pas ce qu'on aurait fait. Je savais que la dette de mon père n'avait plus d'importance. Aucune loi ne me ferait aller dans une maison où les Staryk venaient et espionnaient par la fenêtre. Mais Sergey a regardé le penny dans ma main, et je l'ai regardé aussi, et il a dit : « Un penny chacun, tous les jours ?

— La moitié rembourse la dette, pour l'instant. Donc un penny par jour pour nous deux.

— Tu n'as qu'à garder celui-là, il a dit au bout d'un moment, et je prendrai le prochain. »

Je n'ai pas dit : *Allons demander conseil à l'arbre blanc*. J'étais devenue comme P'pa. Je ne voulais pas entendre la voix de M'man dire : *N'y allez pas, il va y avoir des problèmes*. Je savais qu'il y aurait des problèmes. Mais je savais aussi ce qui se passerait si j'arrêtais de travailler. P'pa dirait que je n'avais pas à passer une minute de plus dans une maison de démons, et puis il irait me vendre au marché pour deux chèvres, à quelqu'un qui voulait une femme avec un dos puissant et pas de chiffres dans la tête. Je ne vaudrais même pas six kopeks.

À la place, j'ai dit à mon père que le prêteur voulait quelqu'un pour s'occuper de ses chèvres, et que sa dette serait remboursée plus vite s'il laissait Sergey aller chez eux le soir. Il a regardé Sergey d'un œil mauvais et lui a dit : « Sois rentré une heure après le lever du soleil. Quand est-ce que la dette sera payée ? »

Sergey m'a regardée. J'ai ouvert la bouche et dit : « Dans trois ans. »

Je m'attendais à ce qu'il me frappe, qu'il me crie que j'étais une idiote qui ne savait pas compter. Mais P'pa a seulement grogné : « Des parasites et des sangsues », puis il a ajouté pour Sergey : « Ils ont intérêt à te donner le petit déjeuner ! On n'aura plus de lait à tirer des chèvres. »

On avait maintenant trois ans devant nous. D'abord un penny tous les deux jours, puis un penny par jour. Sergey et moi avons joint nos mains derrière la maison. « Qu'est-ce qu'on va acheter avec ça ? » il a chuchoté.

Je ne savais pas quoi lui répondre. Je n'avais jamais pensé à ce que j'achèterais avec cet argent. Je n'avais pensé qu'à l'avoir pour de vrai dans ma main. Alors Sergey a dit : « Si on le dépense, même un petit peu, il le verra. Il nous le prendra. »

J'ai commencé par me dire qu'au moins P'pa ne voudrait plus m'emmener au marché. Si je rapportais un penny par jour à la maison, il serait ravi de me laisser travailler pour le prêteur. Mais après je me suis vue devoir mettre chaque pièce brillante dans sa pogne. Je l'ai imaginé aller au bourg les boire, les jouer et s'arrêter de travailler. Il serait heureux tous les jours. « Pas question », j'ai dit. Mon estomac me brûlait. « Il n'en aura pas un seul. »

Mais on ne savait toujours pas quoi faire. Alors j'ai dit : « On le cachera. On cachera tout notre argent. Si on travaille pendant trois ans et qu'on ne le dépense pas, on aura dix kopeks chacun. Un zlotek à nous deux. Une pièce d'or. On emmènera Stepon et on partira. »

Où pourrait-on aller ? Aucune idée. Mais j'étais sûre qu'avec autant d'argent, on irait où on voudrait. On ferait ce qu'on voudrait. Sergey a hoché la tête ; il pensait pareil. « Où est-ce qu'on peut le cacher ? » il a demandé.

Alors on est allés à l'arbre blanc, finalement, et sous la pierre de la tombe de ma mère, on a creusé un trou, on a mis le penny dedans et on a remis la pierre en place. « M'man, j'ai dit, garde-le en sécurité pour nous, s'il te plaît. » Puis on est partis vite fait sans attendre de voir s'il se passait quelque chose. Sergey non plus ne voulait pas entendre M'man nous dire de ne pas le faire.

Ce soir-là après le dîner, il est parti pour le bourg, avec un bonnet de chiffon que je lui avais fait pour garder ses oreilles au chaud. Je suis restée dans le jardin devant la maison pour le regarder partir. La route des Staryk brillait toujours, pas loin dans la forêt. Pas comme une lanterne, mais comme des étoiles dans un ciel nuageux. Si on essayait de la regarder directement, on ne la voyait pas. Si on tournait la tête, on apercevait son éclat du coin de l'œil. Sergey s'en était tenu à distance autant que possible. Il n'aimait plus aller dans la forêt. Il a longé la route du bourg tout du long, restant sur le bas-côté opposé aux arbres, même si ça l'obligeait à marcher dans la neige, épaisse maintenant. Mais il a bientôt disparu dans le noir.

Le lendemain matin, j'ai vu ses empreintes de pas dans la neige en me rendant moi-même au bourg.

J'aurais presque préféré qu'il marche sur la route pour ne pas les voir, parce que maintenant j'avais peur qu'elles s'arrêtent quelque part en chemin. Mais ça n'a pas été le cas. Je les ai suivies jusque chez Miryem, et Sergey était là, attablé devant un bol de kasha chaud qui sentait les fruits secs. Mon estomac a gargouillé. On ne prenait plus de petit déjeuner, chez nous. Il n'y avait pas assez à manger.

« Ç'a été calme toute la nuit », il m'a dit. J'ai pris le panier et je suis sortie nourrir les poules. Dedans, il y avait un gros croûton de pain, dont la mie était encore molle. Je l'ai mangé et je suis allée voir les poules, mais elles ne sont pas sorties.

Je me suis approchée prudemment. Il y avait des empreintes autour du poulailler. Des traces de sabots de cerf, mais en plus gros, avec des griffes. La petite fenêtre du haut, que j'avais fermée la veille en partant, était grande ouverte, comme si quelque chose y avait fourré son nez. Je me suis baissée et j'ai mis les mains dans le poulailler. Les poules étaient là, accroupies, les plumes toutes gonflées. Il n'y avait que trois petits œufs, dont un à la coquille grise, un gris pâle comme les cendres dans l'âtre.

J'ai jeté l'œuf gris le plus loin possible dans la forêt et envisagé de balayer les traces en prétendant que je n'avais rien vu. Et si le prêteur renvoyait Sergey, parce qu'il ne les avait pas protégés des Staryk ? Peut-être qu'il me renverrait aussi. En effaçant les traces, je les oublierais, comme la veille. Je suis rentrée pour aller chercher le balai que j'utilisais pour le jardin. Mais il était appuyé contre le mur de la maison, et quand je suis allée le prendre, j'ai vu les empreintes de bottes. Il y en avait beaucoup. Le Staryk était venu derrière la maison, le même, avec les bottes pointues, et il avait fait trois allers-retours le long du mur, celui derrière lequel ils dormaient.

Chapitre cinq

Le frère de Wanda n'était guère plus qu'un garçon : grand, large d'épaules et mal dégrossi, cheval famélique dont les longs os saillaient aux coudes et aux poignets. Quand il est arrivé ce soir-là, il a dit, sans lever les yeux, que son père ne le laisserait venir que si nous lui donnions le souper et le petit déjeuner. Gorek savait très bien ce qu'il faisait en posant cette condition : son fils mangeait comme un loup. Nous aurions aussi bien pu doubler ses gages, avec le prix de la nourriture qu'il ingurgitait. Mais je n'ai rien objecté, et ma mère lui a même servi une deuxième tartine de beurre. Mes parents avaient déménagé mon lit dans leur chambre, et donné à Sergey une paire de couvertures pour dormir dans l'espace ainsi libéré.

Je me suis réveillée au plus noir de la nuit. Mon père était debout, et une bourrasque d'air mordant s'infiltrait par la porte ouverte, dont les gonds grinçaient. J'ai entendu Sergey taper des pieds pour chasser la neige de ses bottes, et déclarer à mon père : « Rien à signaler. »

« Retourne te coucher, Miryem, a dit ma mère doucement. Sergey est seulement sorti jeter un coup d'œil dehors. »

Le bruit de ses pas et le baiser glacé du vent m'ont encore tirée deux fois du sommeil cette nuit-là, mais je me suis vite rendormie. Il ne s'est rien passé. Au matin, nous nous sommes levés et avons préparé le kasha. Dehors, Sergey plantait à grands coups de marteau des piquets qui délimiteraient l'enclos des chèvres. La route des Staryk était toujours là, sous les arbres, mais elle m'a semblé un peu plus éloignée. C'était une journée froide et grise, sans soleil, mais la route n'en étincelait pas moins. Quelques garçons du bourg étaient sortis et se mettaient au défi de jeter une pierre sur la route des Staryk, ou de la toucher ; je les entendais se moquer les uns des autres de leurs voix insouciantes et haut perchées.

Wanda est arrivée alors que son frère était encore à table, et elle est ressortie avec le panier à grain. À son retour, il ne contenait que deux œufs, alors que nous avions maintenant neuf poules pondeuses. Elle les a posés sur la table et nous avons tous pu constater qu'ils étaient petits, et leur coquille très blanche. Puis elle a déclaré d'une voix sèche : « Il y a encore des empreintes derrière la maison. »

Nous sommes sortis les voir. Je les ai reconnues immédiatement, bien que j'aie oublié à quoi elles ressemblaient : avant que Wanda n'en parle, je ne me rappelais même plus qu'ils étaient venus. Les bottes pointues avaient longé le mur de la chambre, trois fois dans chaque sens, et l'animal aux sabots fendus avait rôdé près du poulailler, laissant dans la neige des traces semblables à celles qu'aurait laissées un renard à la recherche d'un trou pour s'y introduire. Les poules, blotties les unes contre les autres, formaient un gros tas de plumes à l'intérieur.

« J'ai surveillé, je le jure ! » s'est écrié Sergey, mais mon père lui a dit : « Ne t'en fais pas. » Wanda a balayé le jardin, et nous avons jeté les deux œufs dans le tas d'ordures. Ma mère s'accrochait fermement à mes épaules quand nous sommes rentrés.

Sergey est reparti chez son père, et Wanda a fait le ménage et est allée chercher de l'eau. Cette fois je n'ai pas oublié les empreintes – j'aurais bien voulu, pourtant –, mais lorsque Wanda est revenue, je me suis levée et je lui ai dit : « Viens, on va au marché », et je suis allée chercher mon châle, comme s'il ne s'était rien passé d'étrange ou sortant de l'ordinaire. Quand nous sommes sorties, j'ai pris garde à rester dos à la forêt. Le vent glacial qui soufflait sur mes talons insinuait ses doigts crochus sous l'ourlet de ma robe. Je ne me suis pas retournée pour voir si le miroitement argenté de la route des Staryk était toujours là.

Wanda portait le panier contenant toutes les babioles que j'avais achetées à Vysnia pour les revendre, ainsi que deux magnifiques et chaudes robes en laine rouge, dont les ourlets s'ornaient de grands motifs de fleurs bleues et vertes. Je me les étais offertes par pure extravagance rebelle quand ma mère avait refusé que j'en prenne une pour elle. Je me suis rendue directement à l'étal de la couturière, Marya, et je lui ai montré les ourlets en disant : « Regarde les nouveaux patrons qu'ils ont à Vysnia, cette année. »

Un petit attroupement de femmes s'était immédiatement formé autour de moi, coupant court à tout autre bavardage. Un nouveau patron suscitait plus d'intérêt que la route des Staryk, à laquelle de toute façon personne n'avait trop envie de penser. Elle était invisible depuis la place du marché. Évidemment, Marya m'a demandé combien je voulais pour les robes. Je ne lui ai pas répondu tout de suite. Il y avait six femmes autour de nous, les yeux posés sur moi comme des corbeaux prêts à donner un coup de bec. L'espace d'un instant, j'ai songé à en demander une somme modique pour m'attirer leur sympathie, un sentiment qui me serait utile si quelqu'un se mettait à parler de la route des

Staryk, si proche de chez nous. J'ai soudain mieux compris mon père.

J'ai pris une inspiration, et déclaré : « Je ne sais pas si je peux les vendre tout de suite. Voyez le travail qu'elles ont demandé, des couturières les plus douées de Vysnia. Ce sont des vêtements de mariage. Je les ai payées cher, et les ai rapportées de loin. Je ne peux pas les laisser pour moins d'un zlotek chacune. »

J'ai passé la journée au marché, à la même place, tandis que des femmes venaient voir les robes qui valaient un zlotek, échangeant des commentaires murmurés sur la broderie, la coupe, les couleurs vives. Elles examinaient les coutures et hochaient la tête quand je faisais solennellement remarquer la perfection des points et la qualité visible du fil utilisé. Entre-temps, je leur ai vendu tous les autres articles que j'avais rapportés de Vysnia, plus cher que je ne l'espérais, comme s'ils avaient été contaminés par le luxe des robes. Et en fin de journée, le collecteur d'impôts, qui aimait se rendre de temps à autre au marché, même s'il avait un servant pour lui faire ses courses, est passé me voir et m'a payé deux zlotek pour les robes, qu'il destinait au coffre de mariage de sa fille.

Je suis rentrée à la maison le cœur en fête, la poitrine gonflée d'un triomphe féroce, presque effrayée de ma propre audace. Les robes m'avaient coûté un kopek chacune. Ma mère et mon père n'ont rien dit quand j'ai posé les deux zlotek sur la table, ainsi que tous les pennies et les trois kopeks que j'avais aussi gagnés. Mon père a poussé un léger soupir, presque silencieux. « Eh bien, ma fille s'y entend pour changer l'argent en or », a-t-il dit, d'une voix presque désespérée, et il m'a caressé les cheveux d'un geste plus navré que fier.

De chaudes larmes de colère m'ont picoté les yeux, mais j'ai serré les dents et rangé l'or dans ma bourse, puis j'ai donné à ma mère le bocal de cerises confites que je nous avais acheté par gourmandise. Après le dîner, elle a préparé un thé fort et disposé les cerises dans un plat en verre avec une minuscule cuiller en argent, dernier reliquat du service à thé de sa dot. Le reste était parti au marché des années plus tôt, quand la nourriture manquait. Nous avons plongé les fruits dans le thé et bu le liquide chaud et sucré, puis nous avons mangé chacune des cerises et craché très délicatement les noyaux dans nos cuillers.

Wanda a débarrassé la table et mis son fichu pour partir, mais elle s'est interrompue et a levé les yeux alors que la lumière baissait subitement dans la pièce. Dehors, la neige s'était mise à tomber d'un coup, et lorsque nous avons ouvert la porte, elle formait déjà un rideau si épais que nous ne voyions plus la maison de nos voisins. De l'autre côté, la route des Staryk était toujours visible, parvenant j'ignorais comment à briller plus fort que la neige et, un instant, j'ai presque cru voir quelque chose bouger parmi les arbres.

Ma mère a dit : « Tu ne peux pas sortir par ce temps. Reste avec nous jusqu'à ce que ça s'arrête. » Wanda recula et dut forcer contre le vent pour refermer la porte.

La neige ne s'est cependant pas arrêtée de tout l'après-midi. Elle ne s'est même pas calmée. La nuit venue, Wanda et mon père sont sortis déblayer la neige sur le toit et autour du poulailler, pour que les poules n'étouffent pas. Nous nous sommes nous-mêmes blottis au fond de la maison comme des poules dans un poulailler. L'odeur du ragoût s'était estompée, alors que les restes du dîner étaient encore au chaud dans la cheminée et que ma mère avait des patates à rôtir dans les braises pour notre souper. La pièce avait été investie par un froid glacial qui laissait dans mes narines une sensation mordante, sans rien de chaud ni de vivant, pas même une odeur d'humus ou de feuilles pourrissantes.

J'ai essayé de m'intéresser à mes livres, puis de coudre, mais j'ai dû arrêter. Il faisait trop sombre ; même la lueur de la bougie semblait incapable d'éclairer au-delà de la table.

« Allons, ça ne sert à rien de se morfondre », a fini par dire mon père. Nous étions tous assis en silence, à ne rien faire, sous nos manteaux de fourrure, nos châles et nos couvertures. « Et si on chantait ? »

Wanda nous a écoutés, et a demandé abruptement, alors que nous faisions une pause pour respirer : « C'est de la magie ? »

Mon père s'est tu ; ma mère a répondu d'une voix ferme : « Non, Wanda, bien sûr que non. C'est un chant à la gloire de Dieu.

— Oh », a-t-elle fait, et nous n'avons plus chanté. Au bout d'un moment, elle a ajouté : « Mais ça va les empêcher de venir, n'est-ce pas ? »

Mon père a laissé passer un silence avant de répondre : « Je ne sais pas, Wanda. Dieu ne nous épargne aucune souffrance sur terre. Les Staryk s'en prennent autant aux vertueux qu'aux pécheurs, comme la maladie et le chagrin. »

Il nous a alors conté l'histoire du livre de Job, de mémoire. Elle n'avait rien de réconfortant, bien sûr, à moins d'en apprécier la fin, ce qui n'était pas mon cas, mais de toute façon mon père n'est pas arrivé jusque-là ; il en était au moment où Job se lamentait de l'injustice de Dieu, une fois ses enfants morts, quand on frappa à la porte, un coup sourd, comme avec un lourd bâton. Nous avons tous sursauté, et mon père s'est tu. Nous sommes restés assis en silence, les yeux tournés vers la porte. Mon père a fini par dire d'une voix sèche : « Ma foi, Sergey n'aurait pas dû sortir dans une telle tempête. »

Il s'est levé et s'est avancé vers la porte. J'ai voulu lui crier de ne pas y aller, de reculer ; j'ai vu Wanda se recroqueviller davantage dans ses couvertures, la mine stupéfaite. Elle ne pensait pas non plus qu'il s'agissait de son frère. Même mon père n'y croyait pas ; il a pris le tisonnier au passage, puis il s'est saisi de la poignée de la main gauche et a ouvert le battant d'un mouvement vif, son arme de fortune levée bien haut.

Mais il n'y avait personne à la porte. Même le vent ne s'est pas invité à l'intérieur. La neige s'était arrêtée aussi vite qu'elle était venue, et une nuit parfaitement ordinaire avait repris ses droits, à l'exception de quelques ultimes flocons terminant leur course dans la lumière du feu. Je me suis tournée vers les fenêtres barrées, celles qui donnaient sur la forêt : la route des Staryk n'était plus là.

« Qu'est-ce que c'est, Joseph ? » a demandé ma mère.

Mon père se tenait toujours dans l'encadrement de la porte, les yeux baissés. J'ai repoussé mes couvertures, me suis levée et l'ai rejoint. Le froid n'avait plus rien de mordant ; mon châle suffisait. Mais sur le chemin menant à notre maison, la neige me montait de nouveau au genou, et même sous l'avant-toit, elle recouvrait notre vieux perron d'une couche épaisse. Une piste d'empreintes de sabots fendus s'étirait depuis l'arrière de la maison, et une paire de bottes pointues avait foulé la neige fraîche juste devant notre porte. Pile au milieu du perron, comme posé sur la surface blanche, il y avait un petit sac de cuir blanc fermé par un cordon.

Mon père a regardé autour de lui. Les maisons voisines étaient de nouveau visibles : toutes s'étaient changées en champignons blancs trapus, le haut de leurs fenêtres jetant une lumière jaune sur la neige encombrant leurs rebords. Il n'y avait pas âme qui vive sur la route, mais j'ai aperçu un mouvement à une fenêtre, la main d'un enfant traçant un cercle sur le givre de la vitre. Mon père s'est baissé prestement et a ramassé le sac en cuir. Il l'a emporté à l'intérieur, et j'ai refermé la porte derrière lui.

Il a posé l'objet sur la table. Nous nous sommes approchées et l'avons fixé du regard comme s'il s'agissait d'un tison brûlant capable d'embraser la maison à tout instant. C'était bien du cuir, du cuir blanc, mais il ne semblait pas avoir été teint par aucune des méthodes ordinaires que je connaissais : on aurait dit qu'il avait toujours été ainsi. Il n'y avait aucune couture ni point visible sur toute sa surface. Comme personne ne se décidait à le toucher, j'ai défait le cordon en soie blanche qui le retenait fermé et en ai vidé le contenu. Six petites pièces d'argent, fines, plates et parfaitement rondes, glissèrent sur la table où elles rebondirent avec un léger tintement. Malgré la lumière chaude du feu, elles brillaient d'un éclat froid, comme si on les observait sous la lune.

« Quelle délicate attention de leur part », a déclaré mon père d'une voix sèche. Bien sûr, les Staryk ne feraient jamais un tel cadeau. On entendait parfois des histoires dans lesquelles des fées vous apportaient un présent. Ma grand-mère en racontait une, de temps à autre, qu'elle tenait de sa grand-mère, qui prétendait que sa propre grand-mère, durant son enfance à Elkurt, quelque part à l'ouest, avait un jour trouvé un renard blessé sur le rebord de la fenêtre de sa chambre au grenier, qui semblait avoir été malmené par un chien. Elle l'emmena à l'intérieur, pansa ses plaies et lui donna de l'eau. Après l'avoir lapée, il déclara, avec une voix humaine : « Tu m'as sauvé. Un jour, je m'acquitterai de ma dette envers toi », puis il ressortit par la fenêtre d'un bond. Quand elle fut devenue adulte et mère, elle entendit un jour des grattements à la porte de la cuisine. Le renard était là, et il lui dit : « Prends toute ta famille, tout l'argent que tu possèdes et va te cacher dans la cave. »

Alors qu'elle suivait en tout point ces conseils, des rugissements furieux leur parvinrent depuis l'extérieur. Des hommes entrèrent chez elle, défoncèrent les meubles et brisèrent tout ce qu'ils purent trouver sur leur tête. Une épaisse odeur de fumée se propagea. Mais les pilleurs ne découvrirent pas la porte de la cave, et le feu ne descendit pas jusque-là.

Ils en ressortirent prudemment une fois la nuit tombée, pour constater que leur maison, toutes celles de leurs voisins et la synagogue avaient été carbonisées. Ils rassemblèrent les quelques biens qui avaient été épargnés et coururent jusqu'aux limites de leur quartier, où ils payèrent un cocher pour les emmener loin à l'est, et c'est ainsi qu'ils arrivèrent à Vysnia, dont le duc avait ouvert les portes aux Juifs, pourvu qu'ils aient de l'argent.

Mais cette histoire s'était déroulée dans un autre pays. On n'en entendait pas de telles sur les Staryk. Ici, on entendait dire qu'une étrange bête blanche avait erré jusqu'à une ferme, un chevalier Staryk blessé sur son dos. Les paysans terrorisés l'avaient emmené chez eux et avaient soigné ses blessures. Quand il s'était réveillé, il les avait tous passés par le fil de l'épée, s'était traîné jusqu'à son étalon et était reparti dans les bois en laissant derrière lui une piste sanglante. L'histoire n'était connue que parce que la mère avait envoyé ses deux jeunes enfants se cacher dans le grenier à foin de la grange et leur avait dit de ne pas en ressortir avant le départ du Staryk.

Donc nous savions que les Staryk ne nous avaient pas fait cadeau d'une bourse d'argent. Je n'en comprenais pas la raison, pourtant les pièces se trouvaient bel et bien sur notre table, brillant tel un énigmatique message. Ma mère a alors pris une profonde inspiration, m'a regardée et a dit d'une voix grave : « Ils veulent que tu le changes en or. »

Mon père s'est assis sur une chaise et s'est caché le visage dans les mains, mais je savais que c'était ma faute, que je n'aurais pas dû parler au fond des bois, dans le traîneau qui nous conduisait en ville, de changer l'argent en or. Les Staryk voulaient toujours plus d'or.

« Nous allons retirer notre or du coffre, a ajouté ma mère. Au moins, nous avons ce qu'il faut.

— Je retournerai en ville demain », furent mes seules paroles. Mais je suis sortie dans le jardin, sur la neige fraîche, et j'ai serré les poings. La couche supérieure avait déjà durci : le voyage n'en serait que plus rapide. Il y avait six pièces d'argent dans le sac, et j'en avais mis quatorze d'or de côté, rien que lors de ma dernière visite. Je pouvais louer le traîneau d'Oleg, faire le trajet jusqu'à Vysnia, retirer six pièces d'or du coffre de la banque de mon grand-père et les donner aux Staryk, six pièces d'or que j'avais durement gagnées, pour prix de ma sécurité.

Wanda sortit à son tour, enveloppée dans son châle, pour aller nourrir les chèvres que nous venions de rapporter du marché. Sergey n'était évidemment pas venu, à cause de la tempête, et il était trop tard pour qu'elle rentre chez elle. Elle m'a regardée, puis elle est partie en silence vers la grange. Quand elle est revenue, elle m'a demandé abruptement : « Est-ce que tu vas leur donner ton or ?

— Non, ai-je répondu tant pour elle que pour les Staryk dans la forêt. Non, je ne leur donnerai rien. Ils veulent que je change l'argent en or, eh bien c'est ce que je vais faire. »

Chapitre six

Le lendemain matin, Miryem a pris la bourse des Staryk et est allée chez Oleg pour lui demander de la ramener à Vysnia. Elle ne m'a pas demandé de tenir ses livres. Elle ne m'a même pas rappelé d'aller collecter les paiements. Sa mère lui a fait ses adieux au portail, et elle est restée là un long moment en serrant son châle sur les épaules, après le départ du traîneau.

Mais je n'avais pas besoin qu'on me dise ce que j'avais à faire. J'ai pris le panier et je suis partie pour ma tournée. On était le sixième jour du mois, jour de collecte au bourg. Personne n'aimait me voir, mais Kajus me souriait tout le temps, comme si on était amis, alors qu'on ne l'était pas. Quand j'ai commencé à travailler pour Miryem, il payait toujours en pots de krupnik. Miryem n'aimait pas ça, parce qu'il vendait le même krupnik chaud au marché en hiver, et que tout le monde le lui achetait à lui plutôt qu'à elle. Elle avait trouvé une maison d'hôtes sur la route qui lui en achetait quand elle avait dix pots à vendre, mais ça lui faisait du souci, et elle devait payer l'envoi.

Mais un jour il m'avait donné une mauvaise bouteille, qui avait l'air bien de l'extérieur, mais Miryem en avait reniflé le haut près de la cire, puis elle l'avait ouverte, et une odeur de feuilles pourries en était sortie. Elle l'avait regardée avec un air furieux, mais elle m'a dit de ranger la bouteille à part, dans un coin de la maison, et n'a rien dit à Kajus. Il m'a donné deux autres mauvaises bouteilles d'affilée, les deux mois suivants. Après la troisième, elle m'a donné les trois bouchons et m'a renvoyée lui dire que trois fois c'était trop pour être une coïncidence, et qu'elle n'acceptait plus qu'il la paie en krupnik. Ce seraient des pennies ou rien. Cette fois-là il ne m'a pas souri.

Mais aujourd'hui, si. « Viens te réchauffer à l'intérieur ! » il a dit, même s'il ne faisait pas si froid. « Il va falloir que tu attendes un peu. Mon grand fils est parti livrer ma dernière cuvée à Panova Lyudmila. Il va revenir avec l'argent. » Il m'a même donné un verre de krupnik. En général, l'argent était prêt quand j'arrivais, il n'avait pas besoin de m'inviter à entrer. « Alors comme ça Miryem est retournée chercher des robes à Vysnia ? Elle a le sens des affaires ! Et elle a de la chance de t'avoir à la maison pour garder la boutique.

— Merci, j'ai dit poliment en reposant le verre. Il est bon, ton krupnik. » Je me suis demandé s'il allait essayer de me soudoyer pour que je lui prenne moins. D'autres avaient tenté de le faire. Je ne comprenais pas pourquoi ils pensaient que je ferais ça. Si je ramenais moins à Miryem, si je lui mentais en lui disant qu'ils n'avaient rien de plus, elle écrirait de plus petits chiffres dans son livre, et ils continueraient de lui devoir ce qu'ils n'avaient pas payé. La seule façon d'économiser de l'argent serait de dire que je les avais volés quand arriverait le terme de leur remboursement, et je ne pourrais rien dire, puisque je les avais aidés à tricher.

« Oui, elle sait ce qu'elle fait, a poursuivi Kajus. On peut lui faire confiance pour se dégotter une assistante qui travaille dur. Tu n'es pas que jolie ! Ah, voilà Lukas. »

Son fils est entré dans la maison, avec une caisse de pots vides. Il était un peu plus vieux que Sergey, pas aussi grand que lui, ou que moi, mais il avait le visage rond, de la chair sur les os. Il n'avait pas l'air d'avoir faim. Il m'a regardée de haut en bas, et son père a dit : « Lukas, donne-lui sept pennies pour le prêteur. » Lukas compta la somme et la déposa dans ma main. C'était plus qu'ils ne devaient payer. « Moi aussi, j'ai fait des affaires, a expliqué Kajus avec un clin d'œil amical. Avec un temps pareil, un honnête homme a besoin de chaleur dans son ventre. Ça doit être particulièrement difficile, chez vous. Je n'ai pas vu ton père au bourg depuis longtemps.

— Oui », j'ai répondu, méfiante. Mon père ne venait plus parce qu'on n'avait plus rien à dépenser en alcool.

« Tiens », a fait Kajus en me tendant une bouteille, une petite, de celles qu'il vendait au marché pour une bouchée de pain si vous la lui rameniez, une fois vide. Je l'ai regardée sans la prendre. Je ne savais pas pourquoi il me la donnait ; il m'avait déjà payée. Mais Kajus a insisté. « Un cadeau pour ton père, il a dit, tu me rapporteras le pot quand tu en auras l'occasion.

— Merci, Panov Simonis », j'ai dit, par obligation. Je ne voulais pas apporter un pot de krupnik à mon père, car il se soûlerait et nous battrait, mais je ne voyais pas comment m'en sortir autrement. La prochaine fois que P'pa viendrait au bourg, Kajus s'attendrait à être remercié, et s'il apprenait que je ne lui avais rien donné, il me battrait encore plus fort. Donc j'ai mis le pot dans mon panier.

Aucun autre débiteur ne m'a invitée à boire un krupnik. Marya, la couturière, est la seule à m'avoir adressé un mot en me donnant l'argent. Elle m'a demandé abruptement : « Alors comme ça, Miryem est allée chercher d'autres robes à Vysnia ? » Elle ne m'avait donné qu'un seul penny. « Ça fait un sacré trajet, et pour des articles très chers. Qui sait si elle arrivera à en vendre d'autres.

— Je ne sais pas si elle rapportera d'autres robes, Panova.

— Eh bien, elle n'a qu'à en faire qu'à sa tête », a dit Marya en me claquant la porte au nez.

Je suis retournée à la maison et j'ai déballé mes paiements. Un débiteur m'avait donné une vieille poule qui avait arrêté de pondre, bonne pour la casserole. « Vous voulez que je la fasse aujourd'hui, Panova Mandelstam, j'ai demandé à la mère de Miryem. Je peux lui tordre le cou et la plumer, si vous voulez. »

Elle cousait. Quand je lui ai posé la question, elle a levé les yeux et regardé autour d'elle comme si elle cherchait quelque chose qu'elle avait perdu. « Où est Miryem ? » elle m'a demandé, comme si elle avait oublié. Puis elle a secoué la tête et dit : « Oh, suis-je bête. Elle est repartie à Vysnia chercher d'autres robes.

— Oui, elle est allée à Vysnia chercher des robes », j'ai répété lentement. Quelque chose sonnait faux à mes oreilles. Mais c'est bien pour ça qu'elle était repartie là-bas. C'est ce que pensait tout le monde.

« Ma foi, nous avons assez à manger. Nous garderons la poule pour une autre fois, a dit Panova Mandelstam. Mets-la avec les autres pour l'instant et rentre. C'est l'heure de dîner. »

J'ai emporté la vieille poule au poulailler. Puis j'ai regardé un instant la neige derrière la maison, qui formait une épaisse congère sans aucune trace, et le balai à moitié enseveli reposant contre le mur : le balai que j'avais utilisé pour effacer les empreintes du Staryk, qui était venu à la maison la nuit dernière et avait laissé une bourse d'argent pour que Miryem le change en or. J'ai frissonné et suis rentrée pour vite oublier tout ça.

Après le dîner, je devais partir. Mon père devait être furieux que je n'aie pas été là hier pour lui préparer à manger, à cause de la tempête. Mais j'ai balayé le plancher, je suis allée voir les poules et j'ai rempli le cahier avant de partir. J'avais passé la nuit sur la paillasse qu'ils avaient installée pour Sergey, au chaud dans la grande pièce, avec le four et les odeurs de pâte, de ragoût, de miel et de kasha. Chez moi, ça ne sentait pas comme ça. La mère de Miryem m'avait donné une tasse de lait de vache frais avec mon dîner, tiré d'un seau que Panova Gizis m'avait remis en guise de paiement, ainsi que deux pennies pour les deux jours, même si Sergey n'était pas venu à cause de la tempête, et un paquet à mettre dans mon panier contenant du pain, du beurre et des œufs. « Sergey n'a eu ni son souper ni son déjeuner », elle a dit. J'ai mis mon châle et suis partie. Sa gentillesse pesait lourd au bout de mon bras.

Je suis passée par la forêt et j'ai caché le paquet au milieu des racines de l'arbre blanc. Puis j'ai enterré les pennies. J'en ai mis un sur ma pile et un sur celle de Sergey. Puis je suis partie pour la maison. Stepon essayait de remuer une casserole de porridge qui avait durci. Il y avait une marque rouge vif sur son visage, et chaque mouvement le faisait grimacer. Il m'a regardée, l'air malheureux. Notre père lui avait dit de faire le dîner, et il l'avait battu parce qu'il ne savait pas comment faire. « Assis-toi et repose-toi, je lui ai dit. Tu auras quelque chose plus tard. »

J'ai délayé le porridge avec de l'eau et fait cuire des choux. Mon père est entré, furieux, et s'est mis à crier, avant même d'avoir fini d'enlever ses bottes, que je n'avais pas à rester au bourg pour trois flocons de neige, et que le prêteur allait compter un jour de plus à sa dette pour m'avoir gardée. « Je leur en parlerai », j'ai dit en posant rapidement le chou sur la table, sans attendre qu'il soit complètement entré dans la maison. « Panov Simonis m'a donné un cadeau pour toi, P'pa », j'ai ajouté en sortant la bouteille de krupnik. Autant éviter une raclée maintenant, puisqu'il m'en donnerait de toute façon une quand il serait soûl.

« En quel honneur ? » a fait P'pa en ouvrant la bouteille et en la reniflant avec suspicion. Mais bientôt il la vidait à grosses lampées, en mangeant la moitié du chou et du porridge. Nous autres avons avalé notre part rapidement, sans lever les yeux.

« Je vais aller chercher du bois maintenant, puisque je n'étais pas à la maison », j'ai dit. P'pa n'a pas protesté. Sergey et Stepon se sont éclipsés avec moi, et je les ai emmenés à l'arbre blanc. Le paquet était toujours là où je l'avais laissé, et il n'avait pas gelé. On a partagé la nourriture, et ils m'ont aidée à ramasser du bois. Après ça, Sergey a pris la route du bourg. On s'est serrés l'un contre l'autre près du tas de bois, Stepon et moi, pour se tenir chaud pendant qu'on écoutait P'pa chanter à tue-tête.

À un moment, il s'est arrêté pour crier après moi. « La petite idiote, elle est allée trop loin, a-t-il grogné comme je ne répondais pas. Le feu est en train de s'éteindre. » Il s'est passé du temps avant qu'il n'aille au lit et ne se mette à ronfler. On se les gelait, dehors. On est entrés sur la pointe des pieds et on a alimenté le feu, comme ça il ne mourrait pas avant le matin, et j'ai mis le kasha à cuire pour le petit déjeuner. J'ai montré à Stepon comment faire, pour la prochaine fois. Puis on s'est glissés dans nos lits et on s'est endormis. Le matin, mon père m'a mis six coups de ceinture pour être partie trop loin, alors que le feu brûlait et que le petit déjeuner était prêt. Je crois qu'il me battait simplement parce qu'il n'avait pas pu le faire la veille. Mais il avait un mauvais mal de tête et une faim de loup, du coup quand Stepon a posé un gros bol de kasha fumant sur la table, il m'a laissée tranquille et s'est assis pour manger. Je me suis essuyé le visage, j'ai dégluti et je me suis assise à côté de lui.

Il était tard, quand je suis arrivée à Vysnia dans le traîneau d'Oleg. J'ai passé la nuit chez mon grand-père, et je suis partie très tôt le lendemain matin pour le marché de notre quartier, où j'ai demandé mon chemin jusqu'à l'étal d'Isaac le joaillier, celui que ma cousine Basia projetait d'épouser. C'était un jeune homme à lunettes, trapu mais aux doigts délicats, bel homme, avec de bonnes dents et de jolis yeux noisette, la barbe taillée pour ne pas le gêner quand il travaillait. Il était penché sur une enclume miniature, sur laquelle il martelait un disque d'argent de ses minuscules outils, avec une incroyable précision. Je l'ai regardé travailler pendant une dizaine de minutes avant qu'il ne lâche un soupir et un « Oui ? » résigné, comme s'il avait espéré que je parte plutôt que de le déranger pour faire des affaires. J'ai produit ma bourse blanche et fait glisser les six pièces d'argent sur le tissu noir sur lequel il travaillait.

« Ce n'est pas assez pour acheter quoi que ce soit ici, a-t-il dit d'un ton neutre, en y jetant à peine un coup d'œil ; il s'apprêtait à se remettre à l'ouvrage, mais alors il a légèrement froncé les sourcils et est revenu à moi. Il s'est saisi d'une pièce et l'a regardée de près, l'a fait tourner entre ses doigts, l'a frottée, puis il l'a reposée et m'a dévisagée. « Où les avez-vous eues ?

— Elles viennent des Staryk, croyez-le ou non. Est-ce que vous pouvez en faire quelque chose ? Un bracelet, une bague ?

— Je vous les achète, a-t-il proposé.

— Non, merci.

— Je peux vous en fabriquer une bague pour deux zlotek. Ou vous les acheter pour cinq. »

Mon cœur a fait un bond : s'il me proposait cette somme, c'est qu'il pensait pouvoir vendre l'objet réalisé plus cher que cela. Mais je n'ai pas essayé de marchander. « Je dois redonner aux Staryk six pièces d'or en échange. Donc je peux vous payer un zlotek pour fabriquer une bague, ou si vous préférez, vous vendez le bijou et nous partageons les profits une fois déduite la part des Staryk », option que je privilégiais nettement ; j'étais certaine qu'Isaac serait plus à même de vendre un tel objet que moi. « Je suis la cousine de Basia, Miryem », ai-je ajouté, gardant ça pour la fin.

« Oh », a-t-il fait en examinant de nouveau les six pièces et en les tripotant ; puis il a fini par accepter. Je me suis assise sur un tabouret derrière son comptoir, et il s'est mis au travail. Il a fondu les pièces dans un petit four partagé par tous les bijoutiers, au milieu de leurs étals, puis il a fait couler l'argent liquide dans un gros moule en fer. Une fois à la température idoine, il l'a sorti du moule du bout de ses doigts gantés de cuir et a gravé sur sa surface un motif élaboré de feuilles et de branches entrelacées.

Ça ne lui a pas pris longtemps : l'argent fondait facilement, refroidissait facilement et la pointe de son stylet y pénétrait tout aussi facilement. Une fois sa tâche terminée, Isaac a posé la bague sur le velours noir, et nous l'avons contemplée en silence pendant un petit moment. Le motif donnait l'impression étrange de remuer : il attirait l'œil et le gardait, dégageant une brillance froide même sous le soleil de midi. Isaac a alors déclaré : « Le duc l'achètera », et il a envoyé son apprenti courir à travers la ville. Le garçon est revenu avec un grand et impérieux serviteur habillé de velours et de galons dorés, dont chaque trait du visage exprimait clairement son agacement d'avoir dû interrompre la tâche importante à laquelle il se livrait, quelle qu'elle ait été. Mais son expression a changé du tout au tout lorsqu'il a vu et tenu la bague dans sa paume.

Il nous en a donné dix zlotek sur-le-champ et l'a emportée dans une boîte serrée entre ses mains. Isaac s'est retrouvé plus riche de dix zlotek, mais même cela n'a pas détourné nos yeux de la boîte jusqu'à ce que le serviteur disparaisse à notre vue, comme si le pouvoir d'attraction de la bague se jouait de la distance et des obstacles. L'homme avait beau s'éloigner dans les allées encombrées du marché, je n'avais aucun mal à le repérer dans la foule. Mais il a fini par franchir les portes du quartier, et le charme s'est rompu, nous laissant tout loisir d'observer notre butin, ces dix pièces d'or que nous avions tirées de l'argent des Staryk.

J'en ai remis six dans la bourse blanche. Isaac en a gardé deux – qui s'ajouteraient à son douaire –, et j'ai fièrement apporté les deux dernières à mon grand-père, pour qu'il les mette au coffre avec le reste de mon or. Il m'a gratifiée d'un petit sourire, plein de satisfaction contenue, et m'a tapoté le front de l'index. « La petite maligne que voilà », a-t-il dit, et je lui ai souri en retour, avec la même satisfaction contenue.

« Tu ne vas pas repartir à cette heure-ci ! » a protesté ma grand-mère quand j'ai fait mine de remettre mon châle après dîner : nous étions vendredi.

« J'arriverai avant le coucher du soleil, si nous ne traînons pas, ai-je fait observer. Et c'est Oleg qui conduira, pas moi. » Je lui avais demandé de m'attendre une nuit sur place, en déduction de son prochain paiement ; cela me coûtait moins cher que de payer un charretier de Vysnia pour me ramener à la maison. Il avait dormi dans l'étable de mon grand-père avec sa jument, mais il n'aurait pas voulu rester plus longtemps, pas sans que je le paie davantage, et le lendemain nous n'aurions pas pu partir avant le coucher du soleil. De toute façon, les Staryk ne faisaient pas shabbat, et je ne savais pas trop comment j'allais pouvoir leur rendre leur dû. Peut-être que j'allais devoir laisser la bourse sur le perron de la maison pour qu'ils la récupèrent.

« Elle arrivera à temps », a tranché mon grand-père. J'ai donc grimpé dans le traîneau.

La neige verglacée et le poids réduit du traîneau nous ont permis de maintenir une bonne allure. Il faisait de plus en plus sombre sous les arbres, mais le soleil n'était pas encore couché, et nous n'étions plus très loin de la maison. J'avais bon espoir que nous arrivions à temps, mais alors la jument a ralenti, son trot s'est fait pas, puis elle s'est arrêtée. Elle est restée immobile, les oreilles dressées par l'anxiété, son souffle chaud formant des nuages autour de ses naseaux. Je me suis dit qu'elle avait peut-être besoin de se reposer un peu, mais Oleg ne lui avait rien dit, et il ne faisait rien pour la remettre en mouvement.

« Pourquoi est-ce qu'on s'arrête ? » ai-je finalement demandé. Oleg ne m'a pas répondu. Il s'est affaissé dans son siège, comme s'il dormait. Un vent glacé s'est levé, murmurant contre mon dos, brossant les contours du traîneau et se faufilant entre les couvertures jusqu'à ma peau. Des ombres bleues se sont étirées sur la neige, jetées par l'éclat pâle d'une lumière derrière moi, et tandis que ma respiration s'élevait en petits nuages autour de mon visage, la neige s'est mise à craquer sous le poids d'une créature immense qui se dirigeait vers le traîneau. J'ai dégluti et serré mon manteau autour de moi, puis j'ai rassemblé tout mon courage et toute ma froideur et je me suis retournée.

Le Staryk ne m'a pas paru si terriblement étrange de prime abord ; c'est ce qui le rendait justement si terrible. Mais alors que je le regardais, son visage est devenu quelque chose d'inhumain, taillé dans la glace et le verre, et ses yeux avaient le tranchant de couteaux d'argent. Son visage, glabre comme celui d'un enfant, était pourtant celui d'un adulte, et il était grand, trop grand, quand il s'est arrêté et s'est penché sur moi telle la statue de marbre sur la place de Vysnia plus grande que nature. Ses cheveux blancs lui faisaient de longues tresses. Ses vêtements, à l'instar de sa bourse, étaient tous de ce même cuir blanc artificiel, et il montait un cerf, plus grand qu'un cheval de trait, avec des andouillers qui se divisaient douze fois et d'où pendaient des stalactites de glace, et lorsqu'il a sorti sa langue pour s'humecter le museau, ses dents étaient aussi aiguisées que celles d'un loup.

Je voulais trembler, me recroqueviller. Mais au lieu de ça, j'ai tenu mon manteau de fourrure d'une main autour de ma gorge pour me protéger du froid qu'il irradiait de lui, et de l'autre je lui ai tendu la bourse quand il s'est approché du traîneau.

Il a marqué un temps d'arrêt, durant lequel il m'a lorgnée d'un œil bleu argent, le visage de biais, comme un oiseau. Il a tendu sa main gantée et pris le sac, qu'il a ouvert pour faire tomber les six pièces dans sa main en coupe. Le léger tintement a résonné sourdement dans le silence. Les pièces avaient un aspect différent dans sa paume ; elle jetait un éclat chaud et brillant sur le cuir blanc contre nature de son gant. Il a baissé les yeux sur elles avec un air surpris et vaguement déçu, comme s'il était navré que j'aie réussi. Il les a remises dans la bourse, a tiré le cordon sur la lumière dorée, comme s'il mouchait un rayon de soleil, et la bourse a disparu dans son long manteau.

La route des Staryk formait une large voie brillante derrière lui, entre les arbres. Il a dirigé sa monture vers elle sans un mot, emportant les six pièces d'or que j'avais gagnées à la sueur de mon front et de ma peur comme si elles lui étaient dues. La colère m'a saisie. « Ça sera plus long, la prochaine fois, si vous voulez que je vous en change d'autres », ai-je dit à son dos, jetant les mots à l'assaut du silence glacial qui nous isolait du reste du monde.

Il a tourné la tête vers moi et m'a dévisagée, comme surpris que j'aie osé lui parler, puis le cerf aux bois tranchants a posé le sabot sur la route, et il a disparu ; Oleg s'est secoué et a fait claquer sa langue, et soudain nous trottions de nouveau. Je me suis affalée dans les couvertures en frissonnant tant l'air m'avait paru s'être rafraîchi ; le bout de mes doigts qui avaient tenu la bourse était engourdi. J'ai retiré mes gants et mis mes mains sous mes aisselles pour les réchauffer, en grimaçant quand elles ont touché ma peau. Une neige légère s'est mise à tomber autour de nous jusqu'à notre destination.

J'ai remarqué la bague en argent au doigt de mon père ce soir-là au son cliquetant qu'elle produisait alors qu'il tapotait son gobelet pour manifester son irritation. Il m'obligeait à dîner à sa table une fois par semaine ; pour parfaire mes manières en courtoise compagnie, prétendait-il. Mes manières étaient déjà bien assez parfaites – Magreta y avait veillé –, mais quelles qu'eussent été les véritables motivations de mon père, son plaisir n'en faisait pas partie. Il semblait désappointé chaque fois qu'il me voyait, comme s'il espérait que je fusse devenue plus belle, plus spirituelle, plus séduisante. Hélas, non. J'étais cependant sa seule enfant en âge qu'il s'en préoccupât, mes demi-frères tétant encore le sein, et mon père détestait qu'aucune de ses possessions restât inactive.

Je suis donc descendue dîner et ai fait montre de mes plus belles manières, dispensant Magreta de la tâche de me punir. Quand un chevalier, un boïar ou un baron de passage mangeait à la table de mon père, je baissais pudiquement les yeux et les écoutais parler de choses militaires, d'impôts, de frontières ou de politique, aperçus d'un vaste monde aussi éloigné de mes petits appartements à l'étage que l'était le paradis. J'aurais aimé croire que j'aurais l'occasion de m'y faire une place un jour ; c'était le cas de ma belle-mère, qui accueillait nos invités d'un sourire et s'assurait que sa table et son hospitalité convinssent à la fierté et la condition de chacun, silhouette flatteuse et richement dotée au côté de mon père quand nous partions nous-mêmes en visite ou que nous recevions des nobles de haut rang. Elle glanait la vérité sur leur situation financière auprès des épouses, des sœurs et des filles, et, le soir venu, son mari écoutait ses conseils ; elle avait l'oreille de mon père. J'aurais aimé pouvoir en dire autant.

Mais l'irritation du duc m'affirmait tout le contraire. J'avais été une déception avant même de voir le jour, ma mère ayant laissé passer de nombreuses années avant de me mettre au monde, et perdant la vie peu après en donnant naissance à un garçon mort-né. Il avait fallu du temps pour trouver une remplaçante à la hauteur des espérances de mon père, mais quoique Galina eût fait de son mieux, il n'avait aujourd'hui que moi et deux petits garçons encore à la nurserie, quand tous les hommes de sa cohorte, ceux qui avaient aidé le vieux tsar à conquérir son trône, disposaient de filles à marier, et de fils en quête d'une beauté et d'une grâce que je n'avais pas à offrir, ou à défaut de plus d'argent que mon père n'en serait prêt à payer pour compenser l'absence de ces qualités.

Quand j'étais plus jeune, et qu'il existait encore une chance que je lui devinsse utile, il me posait parfois des questions à brûle-pourpoint sur les livres que j'avais lus, ou me demandait de lui réciter la liste de tous les nobles du Lithvas, depuis le tsar jusqu'aux comtes par ordre de préséance, mais ces derniers temps cela lui était passé. Ma dernière gouvernante avait commencé à enseigner à l'aîné de mes deux frères à déchiffrer les lettres, et je n'avais de livre à lire que ceux que je parvenais à attraper moi-même sur les étagères les plus basses en de rares occasions. Et quand il n'y avait personne d'autre à sa table pour distraire mon père de mon silence et de mon étroit visage blême, il fronçait les sourcils et tapotait son gobelet.

Ce soir-là, il n'y avait aucun invité. Le tsar nous rendrait bientôt visite, aussi n'avions-nous convié personne depuis des mois afin d'économiser en vue de ces inévitables frais. Mon père entendait dépenser le moins possible, mais même ainsi le gaspillage le rendait encore plus insatisfait de ma personne qu'à l'accoutumée. Peut-être cela lui rappelait-il cruellement le maigre revenu qu'il tirerait de moi, quoique même si j'avais été belle, il n'aurait certainement pas été de ces seigneurs qui se mettaient en frais pour recevoir le tsar, lançant leurs filles tels des appâts et nourrissant des espoirs ridicules.

Le tsar n'épouserait aucune d'elles, fussent-elles magnifiques ; il épouserait la princesse Vassilia. Elle n'était pas plus belle que moi, mais son père, le prince Ulrich, régnait sur trois villes, disposait de dix mille soldats et exploitait la grande mine de sel. Elle n'avait donc pas besoin d'être séduisante pour devenir tsarine. Le tsar aurait déjà dû l'épouser, mais il préférait bien évidemment entretenir l'espoir chez ses autres nobles le plus longtemps possible ; un jeu dangereux, eu égard à la fierté d'Ulrich, mais cela donnait au tsar une excuse pour voyager et faire peser sur d'autres le coût de sa cour somptueuse, plutôt que d'offrir lui-même l'hospitalité.

Et comme mon père avait une fille en âge de se marier, en théorie, le tsar pouvait lui imposer sa présence. Je devenais dès lors la cause d'une dépense excédant ma valeur, d'autant que mon père n'espérait même pas en tirer quelque avantage secondaire – il n'envisageait pas qu'un membre influent de la cour du tsar pût penser à moi pour un de ses fils ou de ses cousins. J'étais pour ma part ravie d'être invisible aux yeux du tsar, qui était aussi jeune et beau que cruel, mais j'aurais bien aimé être assez jolie ou charmante pour qu'au moins quelqu'un voulût m'épouser, plutôt que de me voir comme un codicille à la dot qu'on parviendrait à arracher à mon père. Ou au moins être sûre que quelqu'un m'épouserait un jour et m'offrirait une échappatoire à cette vie entre quatre murs étroits. L'irritation de mon père en disait long sur le lamentable destin qui m'attendait.

Mais alors que sa bague produisait un léger tintement aigu contre son gobelet, j'ai observé la façon dont l'argent froid captait la lumière, au point d'en oublier mon impatience. Je ne pensais plus qu'à des flocons tombant devant une fenêtre éclairée, au silence du début de l'hiver, aux feuilles du jardin prises dans une gangue de glace étincelante. J'ai même négligé d'écouter ce qu'il était en train de me dire, jusqu'à ce qu'il me rappelle sévèrement à l'ordre. « Irina, tu es là ? »

Je n'avais que la vérité pour excuse. « Pardonnez-moi, père. Je regardais votre bague. Est-elle magique ? »

Encore un motif de déception chez ma mère : la magie qu'elle ne possédait pas. Son arrière-grand-mère avait été violée par un chevalier Staryk au cours d'un raid où son mari avait été tué, une nuit de solstice d'hiver. Le garçon qui était né neuf mois plus tard avait eu les cheveux et les yeux argent, et la capacité de traverser les blizzards et de refroidir n'importe quoi rien qu'en le touchant. Ses enfants avaient hérité des mêmes cheveux, mais guère de ses pouvoirs. C'est la force de cette légende, attestée par les yeux pâles de ma mère et la mèche argent qui prenait naissance au sommet de son front, qui avait poussé mon père à l'épouser.

Mais elle n'avait eu de magique que la beauté de son regard, et même de cela je ne pouvais m'enorgueillir. Je n'avais que d'ordinaires cheveux bruns, les yeux marron de mon père, et je ne frissonnais pas moins que quiconque dans le froid. Pourtant, quand je regardais la bague de mon père, je sentais la neige tomber. Il s'est interrompu et l'a lui aussi contemplée. Elle était un peu petite pour lui. Il la portait au-dessus de la jointure de son index droit, et en caressait la surface du pouce. Il l'avait touchée ainsi durant tout le repas, sans y penser. Au bout d'un moment, il a déclaré : « Confection inhabituelle, rien d'autre », avec ce ton définitif qui coupait court à toute discussion. Il ignorait donc qu'elle était magique, il ne connaissait rien de son pouvoir et il se fichait bien que quelqu'un en sache plus que lui à ce sujet.

Sans un mot de plus, j'ai baissé les yeux et l'ai écouté avec attention durant le reste du repas m'expliquer platement ce qu'il attendait de moi lors de la visite du tsar – c'est-à-dire rien. Pour éviter d'avoir à m'acheter plusieurs nouvelles robes, il voulait que je prétende être un peu malade et que je reste à l'étage, hors de vue, ce qui permettrait à Galina d'en avoir trois. Il n'a rien dit de plus à propos de la bague et n'a pas non plus mentionné ma distraction passée.

J'étais contente de rester hors du chemin du tsar, mais trois robes neuves auraient été plus utiles à moi qu'à Galina, si mon père avait l'intention de proposer ma main dans un avenir proche. Ce soir-là, j'ai posé ma bougie sur le rebord de la fenêtre et observé les flocons tomber à la lueur de la flamme pendant que Magreta me brossait les cheveux, traquant consciencieusement les nœuds de la pointe à la racine avec le peigne d'argent et la brosse qu'elle gardait toujours à sa ceinture, dans une bourse. Puis elle les peignerait dix-sept fois de la racine à la pointe pour faire bonne mesure, une par année de pousse. Elle soignait mes cheveux comme un jardinier ses massifs, et ils le lui rendaient bien ; ils étaient aujourd'hui plus longs que je n'étais grande. Si je m'asseyais à la fenêtre, elle pouvait s'occuper des pointes sans se lever de sa chaise devant le feu. « Magra, est-ce que mon père aimait ma mère ? » lui ai-je demandé.

De surprise, elle a interrompu son brossage. Je savais qu'elle avait servi ma mère avant ma naissance, mais je ne lui avais encore jamais posé de questions sur elle. Ça ne m'était jamais venu à l'idée. J'étais si jeune quand elle était morte que je ne voyais en elle qu'un lointain ancêtre. Mon père m'avait parlé d'elle en termes suffisamment précis pour que je comprenne qu'elle avait été un échec. Il ne m'avait pas donné envie d'en savoir plus.

« Ma foi, oui, dushenka, bien sûr qu'il l'aimait. » Elle aurait dit la même chose même si ça n'avait pas été vrai, mais le fait qu'elle n'ait pas hésité me prouvait qu'elle y croyait, en tout cas. « Il l'a épousée sans dot, après tout », a-t-elle ajouté, et à mon tour je me suis redressée, surprise. Il ne m'avait jamais dit *ça*. C'était presque inimaginable.

« Il n'en parle pas comme de quelqu'un qu'il a aimé », ai-je fait observer, non sans une certaine imprudence moi aussi.

Magreta a hésité un instant avant de répondre : « Eh bien, c'est parce qu'il doit penser à ta belle-mère. »

Je n'avais pas besoin de Magreta pour me rappeler que l'amour avait ferré mon père comme un poisson récalcitrant et que, s'étant libéré de l'hameçon, il avait été tout disposé à oublier y avoir un jour mordu.

Ma belle-mère n'avait décroché ce mariage qu'au prix d'une dot conséquente, un coffre plus grand que moi et lourd de pièces d'or venu garnir le trésor dans les caves de notre maison. Mon père ne s'était pas fait prendre une deuxième fois. La déception que lui avait causée ma mère devait être d'autant plus cuisante qu'elle s'était montrée assez magicienne pour le charmer au point qu'il en perdît tout sens commun.

Cette nuit-là, j'ai rêvé de la bague, mais elle était portée par une femme, le front barré par une mèche d'argent – assortie à l'anneau. Son visage ne m'apparaissait pas clairement. Elle s'est cependant détournée de moi et a traversé une forêt d'arbres blancs et argentés. Lorsque je me suis réveillé, je ne pensais pas à ma mère, mais à l'anneau ; je voulais le toucher, le tenir entre mes doigts.

Magreta s'appliquait à ne pas me mettre en travers du chemin de mon père, mais chaque jour elle m'emmenait faire de l'exercice dans un coin des jardins, même par temps froid. Ce matin-là, j'ai pris le virage menant à la partie la plus ancienne du parc, loin de la maison ; une chapelle à moitié en ruine s'y dressait toujours, partiellement ensevelie sous des plantes grimpantes effeuillées. Le bois gris avait un peu pourri, et des pointes sculptées saillant du toit enneigé lui faisaient comme des épines. Magreta est restée en bas en manifestant sa désapprobation, mais ça ne m'a pas empêchée de grimper les marches grinçantes du beffroi vide et d'aller jeter un coup d'œil par la fenêtre circulaire à la grande cour, de l'autre côté du mur des jardins, où mon père entraînait quotidiennement ses hommes.

C'était un devoir qu'il ne négligeait jamais. Il n'était plus tout jeune, mais il était né boïar et non duc. Bien des années plus tôt, il avait occis trois chevaliers le même jour au cours d'une bataille, et brisé les défenses de Vysnia au nom du père du tsar, pour revendiquer la ville comme sienne. Il supervisait toujours l'entraînement de ses chevaliers et recrutait des garçons de ferme costauds pour en faire les hommes d'armes de la cité. Deux archiducs et un prince avaient même daigné lui envoyer leurs fils, car ils savaient qu'ils récupéreraient des hommes rompus au métier des armes.

Je me suis dit qu'il avait peut-être retiré sa bague pour s'exercer, auquel cas elle se trouverait quelque part dans son étude, sur son bureau. J'étais déjà en train d'échafauder des plans. Magreta ne me laisserait pas y entrer, mais je pourrais la convaincre de m'emmener dans la bibliothèque attenante et la semer entre deux étagères ; je n'aurais plus qu'à pénétrer dans l'étude et mettre la main sur la bague, juste un instant.

Mais lorsque j'ai regardé dans la grande cour, où les soldats marchaient au pas au son de la voix de leur instructeur, mon père allait mains nues, lui qui d'ordinaire portait d'épais gants, ou parfois des gantelets de métal. Il les gardait dans son dos, la gauche négligemment serrée autour du poignet droit. L'anneau d'argent brillait comme en plein soleil, quoique le ciel fût gris et qu'il tombât une neige légère, aussi loin de ma portée qu'un autre monde.

Le seigneur Staryk a continué de hanter mes pensées longtemps après mon retour à la maison. Je ne me souvenais pas de lui en permanence ; seulement quand je me retrouvais seule quelque part, au milieu d'une tâche quelconque. Quand je suis allée derrière la maison pour m'occuper des poules, je me suis rappelé ses empreintes, qui heureusement n'étaient plus là. Dans l'abri, alors que je nourrissais les chèvres dans la faible clarté du petit matin, j'ai vu un râteau dans un coin sombre, qui m'a remis en mémoire le moment où il avait émergé du couvert des arbres avec ses tresses blanches et son sourire cruel. Lorsque je suis sortie chercher un peu de neige afin de la faire fondre pour le thé, mes mains se sont refroidies et je me suis dit : *Et s'il revenait ?* Cela m'a rendue furieuse, ce qui valait mieux que d'avoir peur, mais quand je suis rentrée avec mon seau de neige et me suis retrouvée debout devant le feu sans savoir la raison de ma colère, ma mère m'a jeté un regard perplexe.

Elle ne m'avait rien demandé sur le Staryk, seulement comment allaient mes grands-parents, si j'avais fait bon voyage, comme si elle aussi avait oublié le but de ma visite à Vysnia. Je n'avais plus aucune des pièces féeriques pour fixer le souvenir dans ma mémoire, pas plus que la bourse blanche. Je me remémorais la place du marché, Isaac travaillant, mais l'image de l'anneau m'échappait.

Je gardais cependant de toute cette histoire un souvenir suffisamment prégnant pour aller chaque matin jeter un coup d'œil derrière la maison. Lundi, Wanda est venue nourrir les poules alors que je m'y trouvais. Elle m'a rejointe, a baissé les yeux vers la surface immaculée et m'a demandé à brûle-pourpoint : « Tu l'as payé, finalement ? Il est parti ? »

Un instant, j'ai failli dire : *De qui tu parles ?* puis je me suis rappelé et j'ai serré les poings. « Je l'ai payé », ai-je confirmé, et au bout d'un moment Wanda a hoché la tête, une fois, d'un geste brusque, comme si elle comprenait que je n'en savais pas plus, s'il reviendrait ou pas.

J'avais rapporté des tabliers de Vysnia, brodés du nouveau motif en vogue – des tabliers plutôt que des robes, que je pouvais vendre moins d'un zlotek sans faire passer mes robes pour des arnaques. Ils sont tous partis rapidement au marché, ainsi que les mouchoirs que j'avais également achetés. Une femme d'une ferme éloignée m'a même demandé si je comptais retourner bientôt à Vysnia, et si je pensais pouvoir tirer un bon prix de sa laine là-bas. Aucun d'eux n'avait jamais commercé avec moi avant ce jour-là, s'ils pouvaient l'éviter, sinon pour m'acheter des articles bon marché et m'en vendre au prix fort ; en temps normal, elle aurait plutôt demandé à l'un des charretiers, Oleg ou Petrov, d'emporter ses marchandises en ville si elle ne parvenait pas à les vendre elle-même au marché. Mais ces dernières années, les moutons et les chèvres donnaient tellement de laine, à cause de la rigueur des hivers, que le prix de la matière première s'était effondré, et ça ne lui aurait pas rapporté grand-chose.

Sa laine, douce et épaisse, était de meilleure qualité que le tout-venant ; elle l'avait visiblement démêlée, lavée et filée avec soin. J'ai fait passer un fil entre mes doigts et me suis souvenue que mon grand-père avait dit qu'il comptait envoyer des marchandises au sud, par la rivière, le printemps venu. Il avait loué une barge. Il pensait empaqueter ses biens dans de la paille, mais peut-être pourrait-il remplacer cette dernière par de la laine, que nous vendrions plus cher au sud, où il n'avait pas fait si froid.

« Donne-moi un échantillon ; je l'emporterai lors de ma prochaine visite et je te dirai combien je peux en tirer, me suis-je bornée à lui dire. Tu en as beaucoup à vendre ? » Seulement trois sacs, mais j'ai vu d'autres villageois écouter notre conversation. La chute du cours affectait tous ceux qui vendaient leur laine au marché comme à-côté, voire comme source de revenu principal ; si je revenais au marché et lui disais à portée d'oreilles indiscrètes que je pouvais lui en offrir un bon prix, ils seraient nombreux à venir me voir.

Le temps que je rentre du marché ce jour-là, il était clair dans mon esprit que j'étais allée à Vysnia pour me procurer des marchandises à vendre. Je tirais derrière moi trois nouvelles chèvres, acquises à bas prix en raison de la chute du cours de la laine, et j'avais des plans plein la tête : je demanderais à mon grand-père d'utiliser les profits réalisés sur la laine pour m'acheter des robes confectionnées dans le sud, exotiques juste ce qu'il fallait, que je vendrais à Vysnia et au marché de notre bourg.

Ce soir-là, la table était garnie d'un poulet rôti doré à souhait et de carottes glacées dans la graisse, et pour une fois ma mère a fait le service sans donner l'impression que la moindre bouchée allait l'empoisonner. Nous avons mangé, après quoi Wanda est rentrée chez elle et nous nous sommes rassemblés autour du feu. Les lèvres de mon père remuaient silencieusement alors qu'il lisait la nouvelle Bible que je lui avais rapportée de Vysnia ; ma mère faisait au crochet, à partir de beaux fils de soie, une pièce de dentelle qui garnirait peut-être un jour une robe de mariée. La lumière dorée baignait leurs visages doux et usés, et l'espace d'un instant le monde entier semblait suspendu dans la joie, la paix, comme si j'avais trouvé une place que je n'avais jamais été même capable d'imaginer jusque-là.

Puis on frappa à la porte, un coup vigoureux et lourd. « J'y vais », ai-je dit en posant ma couture. Mais quand je me suis mise debout, mes parents n'ont même pas levé les yeux. Je suis restée figée un instant, mais ils ne me regardaient toujours pas ; ma mère fredonnait doucement tandis que son crochet allait et venait sur le fil. Je me suis lentement approchée de la porte et l'ai ouverte. Le Staryk se dressait sur le perron, précédant l'hiver, un nuage de neige tourbillonnante qui ne tombait pas au-delà des fenêtres.

Il m'a tendu une autre bourse, qui tintait comme des chaînes, et a dit d'une voix sifflante et haut perchée, comme le bruit du vent dans les feuilles : « Trois jours vous aurez, cette fois, avant que je ne vienne réclamer mon dû. »

J'ai considéré la bourse. Elle était énorme et lourde de pièces. Il y avait plus d'argent que mon coffre ne contenait d'or ; bien plus. La neige fondait en se déposant sur mes joues et parsemait mon châle de flocons. J'ai envisagé d'accepter en silence, l'échine courbée par la peur. J'*avais* peur. Il avait des éperons à ses talons et des bijoux à ses doigts qui rappelaient d'énormes cristaux de glace, et les voix de toutes les âmes perdues dans le blizzard hurlaient derrière lui. Bien sûr que j'avais peur.

Mais j'avais appris à craindre d'autres choses bien davantage : d'être méprisée, dépouillée de ma fierté petit morceau après petit morceau, moquée ou dupée. J'ai levé haut le menton et j'ai dit, avec autant de froideur que je pouvais en rassembler : « Et que me donnerez-vous en échange ? »

Toute couleur a déserté ses yeux écarquillés. La tempête a redoublé derrière lui, et une lance d'air gelé chargé de neige et de glace m'a frappé au visage. Un douloureux picotement a envahi mes joues. Je m'attendais à ce qu'il me brutalise, et c'est bien ce qu'il semblait vouloir faire, mais au lieu de ça, il a scandé, presque comme s'il s'agissait d'une chanson : « Trois fois, servante mortelle. Trois fois tu changeras l'argent en or pour moi, ou tu seras toi-même changée en glace. »

C'était déjà à moitié le cas. Mes mains étaient si froides que j'avais l'impression de sentir mes os sous la chair engourdie. J'étais même trop frigorifiée pour frissonner. « Et après ? » ai-je demandé d'une voix qui ne tremblait pas.

Il a poussé un rire aigu et sauvage, et il a répondu d'un air moqueur : « Après, si tu y parviens, je ferai de toi ma reine », et il a jeté la bourse à mes pieds, où elle a atterri avec un tintement puissant. Quand j'ai relevé les yeux, il était parti, et derrière moi ma mère a dit, d'une voix lente et pénible, comme si elle devait faire un effort pour parler : « Miryem, ferme donc la porte, tu laisses entrer le froid. »

Chapitre sept

La bourse laissée par le Staryk était dix fois plus lourde que la précédente, remplie de pièces brillantes. Je les ai comptées en érigeant des tours cylindriques, mettant de l'ordre dans mon esprit par la même occasion. « Nous allons partir », a dit ma mère en me regardant faire. Je ne lui avais confié ni la promesse ni la menace du Staryk, mais l'idée même qu'un seigneur de conte de fées vienne exiger que je lui donne de l'or ne lui plaisait pas. « Nous irons chez mon père, ou quelque part ailleurs. » J'avais cependant la certitude que ça ne ferait aucun bien. Jusqu'où devrions-nous aller pour fuir l'hiver ? Même s'il existait un pays à un millier de milles d'ici où il ne pourrait nous atteindre, cela supposerait de franchir de coûteuses frontières, de fonder un nouveau foyer là où nous arriverions, et qui sait comment nous y serions traités. Nous avions entendu quantité d'histoires sur ce qui était advenu à notre peuple dans d'autres pays, sous la coupe de rois et d'évêques qui voulaient ne rien devoir à personne et remplir leurs bourses de richesses confisquées. Un de mes grands-oncles vivait jadis dans un pays ensoleillé, dans une maison où poussaient des orangers entre les murs de son jardin ; quelqu'un d'autre cueillait à présent les fruits que sa famille avait patiemment plantés et fait mûrir, et encore mon grand-oncle avait-il de la chance d'être parvenu jusqu'ici.

Et même dans un pays ensoleillé, je ne pensais pas pouvoir lui échapper pour toujours. Un jour le vent se lèverait et la température chuterait, et au beau milieu de la nuit, le givre s'emparerait du pas de ma porte. Il viendrait et tiendrait sa promesse, une vengeance qui mettrait un point final à ma fuite éperdue, et me laisserait gelée sur un perron désert.

J'ai donc rangé les six tours de dix pièces chacune dans la bourse. Sergey était arrivé entre-temps ; je l'ai envoyé chez Oleg, pour lui demander de passer me chercher avec son traîneau et de m'emmener à Vysnia cette nuit même. « Dis-lui que je déduirai un kopek de sa dette, s'il m'y emmène et me ramène samedi soir », ai-je ajouté d'un air sombre : c'était deux fois le prix de la course, mais je devais partir immédiatement. Le Staryk m'avait peut-être donné trois jours, mais je n'avais que jusqu'au coucher du soleil de vendredi pour m'acquitter de ma tâche ; je doutais qu'il accepte shabbat comme excuse.

J'arpentais les allées du marché le lendemain à la première heure, et à l'instant où Isaac m'a vue devant son étal, il m'a demandé avec impatience : « Avez-vous d'autres de ces pièces d'argent ? » Puis il a rougi et ajouté : « Je veux dire, bonjour.

— Oui, j'en ai d'autres, ai-je répondu et j'ai vidé la lourde bourse, dont le contenu a formé un lac argenté sur le velours noir ; il n'avait même pas encore déballé ses articles. « Je dois leur rendre soixante pièces d'or, cette fois », lui ai-je expliqué.

Il faisait déjà tourner les pièces entre ses doigts, les traits animés d'une expression gourmande. « Je ne me *rappelais* pas », a-t-il déclaré, à moitié pour lui-même, et puis il a entendu ce que j'avais dit et m'a regardée bouche bée. « J'ai besoin de tirer un petit profit du travail que ça va me demander !

— Il y en a assez pour faire dix bagues, à dix pièces d'or chacune.

— Je n'arriverais pas à en vendre autant.

— Bien sûr que si. » De cela, j'étais sûre : maintenant que le duc possédait un anneau d'argent enchanté, tout ce que la cité comptait de nantis voudrait avoir le même, sur-le-champ.

Il a considéré les pièces en les remuant de ses doigts, les sourcils froncés, et a poussé un soupir. « Je vais faire un collier, et je verrai ce qu'on peut en tirer.

— Vous ne pensez vraiment pas pouvoir vendre dix bagues ? » me suis-je enquise, surprise, me demandant si je me trompais, après tout.

« J'ai envie de faire un collier », a-t-il insisté, ce qui ne me paraissait pas très sensé, mais peut-être pensait-il ainsi faire la démonstration de ses talents et se faire un nom. Ça ne me dérangeait pas tant que je pouvais payer mon Staryk et gagner du temps.

« Et ça doit être fait avant shabbat, ai-je précisé.

— Pourquoi faut-il que vous me réclamiez l'impossible ? a-t-il grogné.

— Et *ça*, c'est possible, d'après vous ? » ai-je rétorqué en montrant les pièces, et il n'a rien trouvé à répondre.

J'ai dû rester assise près de lui pendant qu'il travaillait et m'occuper de ses clients ; il ne voulait parler à personne et encore moins être interrompu. La plupart de ceux qui venaient le voir étaient des serviteurs pressés et irrités ; certains passaient récupérer des commandes. Ils me parlaient d'un ton sec et me jetaient des regards noirs, s'attendant à ce que je baisse les yeux, mais je soutenais leur agressivité et répondais froidement : « Voyez la tâche qui absorbe maître Isaac. Je suis sûre que votre maîtresse ou votre maître ne voudraient pas vous voir interférer avec un client que je ne peux nommer, mais qui achèterait un tel chef-d'œuvre », et je détournais par geste leur regard vers la table, où le soleil de midi se reflétait sur l'argent entre les mains d'Isaac. Son éclat froid les réduisait au silence ; ils se levaient, observaient un instant l'artiste à l'œuvre, puis s'en allaient sans insister davantage.

Isaac a travaillé sans relâche jusqu'au coucher du soleil et s'est remis à l'ouvrage le lendemain dès l'aube. J'ai remarqué qu'il essayait de garder quelques pièces toujours à portée d'œil, comme pour ne pas oublier. J'ai songé à lui en demander une pour moi, mais ça n'était pas utile. À midi, il a poussé un soupir et pris la dernière de celles qu'il avait mises de côté, pour la faire fondre et parachever le dessin d'un dernier motif délicat. « C'est fini », a-t-il annoncé en soulevant le bijou : l'argent pendait entre ses larges paumes telles des stalactites de glace, et nous sommes restés un moment à le regarder en silence.

« Allez-vous faire prévenir le duc ? » me suis-je enquise.

Il a secoué la tête et sorti de sous sa table une boîte carrée en bois sculpté garnie à l'intérieur de velours noir, dans laquelle il a soigneusement disposé le collier. « Non, a-t-il répondu. Pour ça, je vais aller le voir moi-même. Voulez-vous m'accompagner ? »

Nous avons franchi les portes de notre quartier, puis emprunté des rues que je n'avais jamais parcourues à pied. Les maisons situées près des remparts étaient rudimentaires, basses, délabrées ; Isaac nous a fait traverser de plus larges artères, et nous sommes passés devant une énorme église en pierres grises aux fenêtres aussi colorées et brillantes que des bijoux, avant d'arriver aux demeures seigneuriales. Je ne pouvais pas m'empêcher d'admirer les grilles en fer forgé à l'effigie de lions et de dragons furieux et les murs couverts de plantes fruitières grimpantes et de fleurs sculptées dans la pierre.

Je voulais être fière, garder à l'esprit que j'étais la petite-fille de mon grand-père, avec de l'or en banque, mais j'étais soulagée de ne pas être seule quand nous avons grimpé les larges marches dont on avait balayé la neige.

Isaac s'est entretenu avec un des serviteurs. Nous avons été guidés dans une petite salle d'attente. Personne ne nous a offert à boire ou même un siège. Un domestique s'est même levé pour nous toiser d'un regard réprobateur. Je lui en ai presque été reconnaissante : son irritation m'a permis de résister à la tentation d'ouvrir de grands yeux impressionnés. Enfin, le serviteur qui était venu au marché la fois précédente s'est présenté et nous a demandé ce que nous voulions. Isaac a sorti la boîte et lui a montré le collier ; il l'a observé un instant, puis il a lâché : « Très bien », et il est reparti. Il a réapparu une demi-heure plus tard, et nous a ordonné de le suivre. Il nous a conduits dans l'escalier de service, et nous avons émergé dans une salle plus somptueuse que tout ce que j'avais jamais vu, aux murs tendus de tapisseries colorées et au sol couvert d'un tapis aux motifs magnifiques qui avalait le bruit de nos pas.

Nous avons abouti dans un salon encore plus luxueux, où un homme richement vêtu, le cou ceint d'une chaîne en or, nous attendait dans un gigantesque fauteuil doublé de velours, derrière un secrétaire. L'anneau d'argent enchanté brillait à son index. Il ne le regardait pas, mais j'ai remarqué qu'il le caressait du pouce de temps à autre, comme pour s'assurer qu'il n'avait pas disparu. « Très bien, voyons cela, a-t-il dit en reposant sa plume.

— Votre Grâce. » Isaac s'est incliné et lui a montré le collier.

Le duc a plongé les yeux dans la boîte. Son visage n'a traduit aucune émotion, mais il a délicatement manipulé le collier dans son écrin du bout du doigt, déplaçant à peine les fins entrelacements. Il a finalement pris une grande inspiration et exhalé par le nez. « Et combien en voulez-vous ?

— Votre Grâce, je ne peux vous le céder pour moins de cent cinquante.

— Absurde », a grogné le duc. J'ai dû me faire violence pour moi-même ne pas me mordre la lèvre : c'était outrageux.

« À défaut, je me verrais obligé de le fondre et d'en faire des bagues », a ajouté Isaac, les mains écartées en signe d'excuse. C'était là un habile argument : le duc ne voudrait évidemment pas voir son anneau à d'autres doigts que le sien.

« Où trouvez-vous cet argent ? a interrogé le duc. C'est une matière peu ordinaire. »

Isaac a tourné vers moi des yeux hésitants.

Le duc a suivi son regard. « Eh bien ? »

Je me suis fendue d'une révérence aussi respectueuse que possible sans m'effondrer. « Il m'a été donné par… un Staryk, monseigneur. Il veut que je le lui change en or. »

J'ai craint qu'il ne me croie pas. Ses yeux ont pesé sur moi, mais il ne m'a pas traitée de folle ou de menteuse. Il a de nouveau considéré le collier et dit d'une voix sombre : « Et vous comptez sur ma bourse pour vous acquitter de votre dette, je vois. De quelle quantité de cet argent allez-vous disposer ? »

Je m'étais inquiétée à ce sujet : le Staryk m'apporterait-il encore plus d'argent la prochaine fois ? Qu'allais-je en faire ? D'abord six pièces, puis soixante… Comment allais-je trouver six cents pièces d'or ? J'ai dégluti. « Je ne sais pas… peut-être beaucoup plus.

— Hum », a fait le duc, en se replongeant dans la contemplation du collier. Puis il a tendu la main et s'est saisi d'une clochette, qu'il a fait tinter ; le serviteur réapparut dans l'encadrement de la porte. « Dites à Irina que je veux la voir », a-t-il ordonné, et l'homme s'est incliné. Une poignée de minutes plus tard, une jeune fille est entrée dans la pièce. Elle n'était pas plus âgée que moi, menue et timide dans sa modeste robe en laine grise unie à col haut, et un voile de la même couleur en soie délicate lui couvrait les cheveux. Son chaperon, une femme plus âgée, est entré après elle et nous gratifiés d'un regard noir, surtout Isaac.

Irina a fait une révérence en gardant les yeux baissés. Le duc s'est levé et a passé le collier autour du cou de sa fille. Puis il a reculé de trois pas pour la regarder. Elle n'était pas spécialement jolie, pour autant que je pouvais en juger, assez banale, à l'exception de ses longs et épais cheveux brillants ; mais une fois le bijou en place, tout cela n'avait plus grande importance. Il était difficile de seulement détourner les yeux d'elle, de l'hiver qui lui étreignait la gorge, de l'éclat argenté qui se reflétait sur son voile et dans ses yeux sombres lorsqu'elle se contempla dans le miroir accroché au mur.

« Ah, Irinushka », a murmuré son chaperon d'un air approbateur.

Le duc a hoché la tête et dit, sans la quitter des yeux : « Ma foi, joaillier, vous êtes en veine. Je vous donnerai cent pièces d'or pour votre collier, et la prochaine fois vous me ferez une couronne de reine, pour la dot de ma fille. Vous aurez dix fois cent pièces d'or quand je la verrai ceindre son front. »

« Sa Grâce vous demande, madame », m'a annoncé la domestique, et j'ai même eu droit à une révérence, des égards dont se passaient généralement les serviteurs aguerris du château ; ils ne donnaient du *madame* qu'à ma belle-mère. Elle était un message en elle-même, dans sa robe grise impeccable : c'était l'une des femmes de chambre distinguées que l'on autorisait à lustrer les meubles, pas une de ces paysannes mal dégrossies qui récuraient les sols et nourrissaient les feux ; celles-là faisaient également ma chambre, où il n'y avait rien de valeur qu'elles pussent briser.

« Vite, vite », m'a pressée Magreta en délaissant sa couture. Elle a rajusté ma tenue avec des gestes agités et touché la natte enroulée autour de ma tête, qu'elle avait tressée l'avant-veille ; je sentais qu'elle aurait voulu pouvoir la refaire, mais elle a secoué la tête et s'est contentée de m'ôter mon tablier et de brosser mes chaussures et le bas de mes jupons. Je suis restée immobile en la regardant faire, tandis que j'évaluais mes chances de disparaître.

Il n'y avait qu'une seule raison qui pouvait pousser mon père à me convoquer dans son étude, en plein jour, ce qu'il n'avait jamais fait, d'autant qu'il me verrait le soir même au dîner : quelqu'un avait enfin demandé ma main, et l'affaire était bien avancée. Si la dot n'était pas déjà fixée, d'âpres négociations devaient se dérouler à cet instant précis ; j'en avais la certitude, quand bien même il ne m'en avait soufflé mot la dernière fois que j'avais dîné avec lui.

La précipitation était parfaitement logique : puisque la visite du tsar était inévitable, autant s'épargner les dépenses que lui coûterait un mariage en groupant les deux événements. Et il ferait d'une pierre deux coups, car il aurait ainsi le privilège de voir le tsar et la cour aux noces de sa fille. Ils boiraient à ma santé et à celle de mon mari, et m'apporteraient des présents dont la valeur serait à n'en point douter déduite de ma dot.

Mais je ne voyais rien qui pût me plaire dans le mariage. Bien sûr, la perspective d'être la maîtresse de ma propre maison, tout autant que celle d'échapper à un plus funeste destin, ne manquait pas d'attraits, mais pas dans ces conditions et pas pour satisfaire les seuls intérêts de mon père. Un homme qui m'épouserait de la sorte n'aurait que faire de moi ; il s'achèterait une fille d'argile à utiliser selon *son* bon plaisir, et il n'aurait pas besoin de me tenir en haute estime, quand mon propre père ne cachait rien du mépris qu'il me portait. Le mieux que je pusse espérer serait quelqu'un d'un rang inférieur, un riche et ambitieux boïar, vassal de mon père, désireux de rafler la fille du duc à moindre coût pour s'élever au sein du duché ; au moins vaudrais-je cela à ses yeux. Mais je ne voyais aucun candidat possible. Après sept mauvais hivers, les boïars de mon père passaient plus de temps à songer à la maigreur de leur bourse qu'à leur rang à la cour. Aucun d'eux n'était en position de nourrir de telles aspirations.

De toute façon, mon père n'y aurait vu aucun intérêt. Il avait plus probablement trouvé un noble incapable de faire un bon mariage, quelqu'un d'assez déplaisant pour que des pères hésitassent à lui donner la main de leur fille. Un homme cruel, peut-être, et d'autant plus intéressé par une fille dont le seul parent ne s'opposerait guère aux mauvais traitements qu'il lui réservait.

Je suis cependant descendue ; je n'avais pas le choix. Magreta tremblait presque dans l'escalier. Elle savait comme moi ce qui se tramait, mais elle n'aimait pas songer au pire avant qu'il ne fût advenu, aussi devait-elle rêver à un heureux mariage qui ferait d'elle la nourrice à la retraite d'une maîtresse de maison plutôt qu'un chaperon emmuré au grenier avec une fille négligée. Je l'ai laissée à son excitation en me demandant si j'allais rencontrer le prétendant en personne et, le cas échéant, si cela vaudrait la peine de risquer le courroux de mon père en me faisant passer pour une très mauvaise affaire. C'était là un bien maigre espoir auquel se raccrocher.

Mais aucunes fiançailles ne m'attendaient derrière la porte, pas même le représentant d'un mari potentiel ; seulement deux Juifs, un homme et une femme, maigres, la peau mate et l'œil sombre. L'homme tenait une boîte pleine d'hiver qui a accaparé toute mon attention. En fait, j'ai même cessé de penser. L'argent glacé flamboyait sur son lit de velours noir, et soudain j'étais de nouveau dans le jardin, les joues vivifiées par le souffle de l'hiver et les doigts engourdis par le givre recouvrant le rebord de la fenêtre derrière laquelle j'essayais désespérément d'atteindre quelque chose hors de ma portée.

Je me suis fait violence pour ne pas me précipiter dessus, mains tendues en avant ; je les ai serrées sur ma jupe et j'ai péniblement effectué une révérence, en me forçant à garder les yeux baissés, mais quand je me suis relevée, je n'ai pas pu m'empêcher de l'observer à nouveau. J'étais toujours incapable de penser ; mon esprit est resté vide même quand mon père a pris le collier dans sa boîte, et lorsqu'il s'est dirigé vers moi, je l'ai dévisagé, les yeux écarquillés : que faisait-il ? Il n'avait sûrement pas l'intention de me donner une chose pareille. Mais il a fait un geste impatient, et un instant plus tard je me retournais et lui présentais ma nuque.

Il faisait chaud dans la pièce où brûlait un feu vigoureux, bien plus que dans mes petits appartements à l'étage. Mais le métal demeurait froid contre ma peau, merveilleusement froid, aussi rafraîchissant que le contact de mains humides sur des joues surchauffées par un après-midi d'été. J'ai redressé la tête et me suis de nouveau retournée. Mon père m'observait. Tous me fixaient du regard. « Ah, Irinushka », a tendrement murmuré Magreta. J'ai porté les doigts au collier pour en caresser les délicats chaînons. Même sur ma peau, il restait froid au toucher, et quand je me suis regardée dans le miroir, je n'ai pas vu mon reflet dans le bureau de mon père ; je me trouvais au cœur d'un bosquet d'arbres sombres, sous un ciel gris pâle d'où tombait une neige que je parvenais presque à sentir.

Je suis restée là un long moment suspendu dans le temps, à remplir mes poumons d'air glacé parmi les branches de pin coupées, la neige épaisse et les bois profonds qui m'environnaient. Quelque part au loin, j'ai entendu la voix de mon père promettre aux Juifs qu'il leur donnerait mille pièces d'or s'ils lui fabriquaient une couronne pour ma dot. J'avais donc raison : il avait bel et bien des fiançailles en tête, et pour bientôt.

Il ne m'a pas laissée garder le collier, évidemment. Après que les Juifs sont partis, il m'a fait signe de m'approcher, et quoiqu'il restât un instant à m'observer, il a passé les mains derrière mon cou, a détaché le collier et l'a rangé dans la boîte. Il m'a ensuite dévisagée, comme s'il avait du mal à se rappeler à quoi je ressemblais sans lui, puis il a secoué la tête et m'a dit d'une voix cassante : « Le tsar sera là dans deux semaines. Travaille ta danse. Tu dîneras avec moi tous les soirs d'ici là. Occupe-toi de ses vêtements, a-t-il ajouté à l'attention de Magreta. Il lui faut trois nouvelles robes. »

Je me suis inclinée et je suis remontée avec Magreta, qui s'agitait autour de moi comme une nuée d'oiseaux nerveux s'ébattant dans les airs avant de regagner leur arbre. « Je vais demander de l'aide à certaines servantes », a-t-elle déclaré en attrapant brusquement sa couture, pour s'occuper les mains. « Il y a tant à faire ! Rien n'est prêt. Ton coffre n'est même pas à moitié plein ! Et trois robes à coudre !

— Oui. Tu devrais en parler immédiatement à la gouvernante.

— Oui, bien sûr », a répondu Magreta avant de ressortir en trombe, me laissant enfin le loisir de m'asseoir près du feu, seule, avec ma propre couture, une robe de chambre agrémentée de broderies pour une nuit de noces.

J'avais rencontré le tsar une fois, sept ans auparavant, alors que son père et son frère venaient de mourir ; mon père était allé à Koron pour assister au couronnement et rendre hommage au nouveau tsar, ou plus précisément au nouveau régent, l'archiduc Dmitir. J'avais vu Mirnatius pour la première fois à l'église, alors que le prêtre conduisait la cérémonie d'un ton monocorde, mais je n'avais pas vraiment fait attention à lui ; je m'ennuyais tant que j'avais fini par m'assoupir sur le banc à côté de Galina dans mes habits raides et trop chauds. Je m'étais réveillée en sursaut au moment où on le ceignait enfin de la couronne, avec la sensation d'avoir été piquée profondément par une aiguille, un instant avant que tout le monde ne se lève pour l'acclamer.

Personne n'avait fait grand cas de lui après ça. Les grands seigneurs avaient dîné entre eux à la table du tsar et fait la cour à Dmitir, tandis que Mirnatius se retirait, seul, dans les jardins derrière le palais, où je jouais aussi, n'étant pas d'une importance capitale. Il avait un petit arc, des flèches et des écureuils à tirer ; lorsqu'il en tuait un, il s'approchait de son corps menu et le regardait avec un plaisir évident. Pas avec la fierté d'un jeune chasseur en herbe : il attrapait la flèche par le fût et secouait légèrement l'infortunée créature dans l'espoir de la voir convulser une dernière fois, avec une expression fascinée.

Il avait surpris mon air indigné. J'étais trop jeune pour avoir appris la prudence. « Qu'est-ce que tu regardes ? avait-il demandé. Il reste toujours un peu de vie en eux. Ce n'est pas de la sorcellerie. »

La différence ne devait pas lui échapper : sa mère, sorcière de son vivant, avait séduit le tsar après la mort de la première tsarine. Personne n'avait approuvé le mariage, bien sûr, et quelques années plus tard seulement, elle était montée sur le bûcher après avoir tenté d'assassiner le fils de la tsarine pour faire du sien l'héritier du trône. Mais à présent le tsar et le prince héritier étaient morts, ce qui, comme le disait Magreta, prouvait que sorcellerie et sagesse étaient deux choses différentes.

La sagesse n'était pas non plus ma qualité première à cette époque, mais j'avais l'excuse de la jeunesse. Tout tsar qu'il était, je lui avais dit : « Vous les avez déjà tués. Vous ne pouvez pas les laisser tranquilles ? » Ce qui, en soi, ne voulait pas dire grand-chose, mais je me comprenais : le voir maltraiter ces petits corps, les faire convulser pour son bon plaisir ne me plaisait pas.

Ses beaux yeux verts s'étaient réduits à deux petites fentes furieuses, et il avait levé l'arc dans ma direction et encoché une flèche. J'étais assez âgée pour savoir que j'étais en danger de mort. J'avais voulu fuir, au lieu de quoi j'étais restée figée, le corps incapable du moindre mouvement et le cœur en suspens, puis il avait éclaté de rire, avait baissé l'arme et avait persiflé : « Gloire à la championne des écureuils morts ! », avant de me gratifier d'une caricature de révérence et de repartir d'un pas nonchalant. Tout au long de la semaine, chaque fois que j'allais jouer dans le jardin, je pouvais être sûre de tomber sur un cadavre d'écureuil – toujours caché hors de vue des jardiniers, et pourtant ma balle roulait invariablement dessus. Ou si je jouais à cache-cache avec Magreta, il suffisait que je m'accroupisse dans un buisson pour trouver un de ces rongeurs ouvert en deux, placé là à ma seule intention.

J'avais envisagé de le dénoncer. On m'aurait crue : Mirnatius était si beau, et sa mère avait été sorcière. Les gens disaient déjà des choses sur lui, à mi-voix. Mais j'en avais d'abord parlé à Magreta, et quand elle avait su toute l'histoire, elle m'avait expliqué que ceux par qui le scandale arrive s'en sortent rarement sans dommage, comme les écureuils auraient dû me l'enseigner, et qu'il valait mieux en rester là. Après quoi elle m'avait gardée enfermée dans notre chambre, à filer la laine jusqu'à la fin de notre séjour, à l'exception des repas rapidement avalés.

Nous n'avons jamais évoqué cet épisode, depuis lors, mais je savais que Magreta ne l'avait pas plus oublié que moi. Nous sommes retournés à Koron, il y a quatre ans, pour assister aux fastueuses funérailles de l'archiduc Dmitir. Mirnatius avait convoqué tous ses nobles, sans doute pour leur montrer qu'il n'avait plus – et plus besoin – de régent, et leur avait fait jurer fidélité à sa personne. Nous y sommes restés deux semaines, durant lesquelles Magreta m'a fermement tenu la bride, ne me laissant jamais sortir de la chambre le visage découvert, quand bien même je n'étais pas encore femme, et elle ne permettait à personne d'autre qu'elle de m'apporter mes repas. Mirnatius conduisait lui-même le deuil : il avait alors seize ans et était au faîte de sa croissance et de sa beauté, avec ses cheveux noirs et ses yeux clairs qui brillaient comme des joyaux sur sa peau mate de Tatar, avec sa bouche pleine de dents blanches bien alignées, avec sa couronne et ses habits dorés, qui lui donnaient l'air d'une statue ou d'un saint. Je l'observais à travers le brouillard de mon voile vaporeux quand sa tête s'était tournée vers moi, et j'avais baissé les yeux pour me faire encore plus petite et insignifiante au troisième rang des princesses et des filles de duc.

Mais dans deux semaines, il serait chez nous, et il n'y aurait plus de camouflage possible. Mon père ne se contenterait pas de lui servir trois bons dîners et de l'emmener chasser le sanglier dans les bois obscurs en veillant à la dépense. Il allait lui offrir trois jours d'un festin ponctué de numéros de jongleurs, de magiciens et de danseurs, pour les divertir, lui et sa cour, sans que jamais ils quittassent les murs du château. Et il m'achèterait finalement trois robes et lui proposerait ma main. Mon père semblait bien décidé à ferrer le tsar pour sa fille, avec un anneau, un collier et une couronne en argent enchanté en guise d'appât.

J'ai contemplé mon visage dans le reflet de la fenêtre et me suis demandé ce que les yeux durs de mon père y avaient vu, lorsque je portais le collier, pour lui laisser croire que son plan avait une chance de fonctionner. Je l'ignorais. Moi-même n'avais pu voir mon visage. Mais je ne le croyais pas fou. Cette consolation m'était interdite.

Je me tenais toujours près de la fenêtre, les mains sur la pierre froide et sur ma couture abandonnée, quand Magreta est revenue, pépiant toujours, et m'a tendu une tasse de thé sucré et chaud. Elle m'avait même rapporté une épaisse tranche de gâteau aux graines de pavot, mon préféré, qu'elle avait dû obtenir de la cuisinière en se montrant très persuasive ; de telles douceurs n'avaient rien d'habituel. Une femme de chambre était entrée à sa suite, les bras chargés de bûches pour le feu. J'ai laissé Magreta me ramener vers la cheminée, reconnaissante de ce qu'elle essayait de faire, sans lui dire que tout allait de travers. La seule chose que je voulais, c'était passer le collier d'argent à mon cou, quand bien même il précipiterait mon destin ; je voulais le mettre, trouver un grand miroir et m'évader dans ce vaste hiver boisé.

Nous étions samedi, le soleil venait de se coucher quand j'ai grimpé dans le traîneau d'Oleg. J'avais mis vingt pièces d'or supplémentaires dans le coffre de mon grand-père, et j'emportais la bourse blanche replète du

Staryk, dont le cuir s'étirait sous le poids de l'or. Mes épaules se sont contractées alors que nous pénétrions dans la forêt. Je me demandais à tout instant quand et si le Staryk s'y manifesterait de nouveau, mais alors, au plus profond des bois, le traîneau a ralenti et a fini par s'arrêter sous le couvert des branches. Je me suis figée, cherchant des yeux des signes de sa présence, sans en voir aucun ; la jument piétinait et soufflait bruyamment par les naseaux, et Oleg ne s'est pas avachi. Au contraire, il accrochait les rênes sur le marchepied.

« Vous avez entendu quelque chose ? » ai-je demandé d'une voix étouffée. Il est descendu sans répondre et s'est approché de moi en sortant un couteau de sous son manteau, et j'ai soudain pris conscience que j'avais négligé les dangers les plus ordinaires. J'ai repoussé les couvertures en boule et la paille vers lui pour me faire un rempart de fortune tandis que je me ruais hors du traîneau par l'autre côté. « Non… ai-je laissé échapper. Oleg, ne faites pas ça. » Le bas de ma robe s'accrochait dans la neige alors qu'il contournait le traîneau. « Oleg, je vous en prie », mais son visage était fermé, plus froid que l'hiver le plus glacial. « Cet or ne m'appartient pas ! » me suis-je écriée d'une voix désespérée, en tenant la bourse entre nous. « Il n'est pas à moi, je dois le rendre… »

Ça ne l'a pas arrêté. « Rien n'est à toi, a-t-il grondé. Rien n'est à toi, espèce de vautour, qui prends le pain de la bouche des honnêtes travailleurs. » Chaque mot qu'il prononçait m'était aussi familier que le couteau qu'il brandissait : toujours la même histoire, avec quelques variantes ; une histoire qu'Oleg se racontait pour se persuader qu'il n'agissait pas mal, que ce qu'il me prenait lui revenait de droit, et tout ce que je pourrais dire serait vain. Il abandonnerait mon cadavre aux loups, rentrerait chez lui riche de vingt pièces d'or et dirait que je m'étais perdue dans les bois.

Lâchant la bourse, j'ai agrippé les replis de ma jupe des deux mains et pataugé à reculons dans la poudreuse qui m'arrivait à mi-cuisses. Il a bondi vers moi, et je suis tombée en arrière pour esquiver son assaut. La croûte de neige verglacée a cédé sous mon poids, des branches basses m'ont griffé les joues. Impossible de me relever. Il se dressait au-dessus de moi, le couteau dans une main et l'autre cherchant à m'attraper. Mais il s'est soudain immobilisé ; ses bras sont retombés le long de son corps.

Cela n'avait rien à voir avec de la pitié. Un froid plus intense s'était emparé de son visage, bleuissant ses lèvres et chargeant de givre son épaisse barbe brune. Je me suis remise debout tant bien que mal. Je tremblais. Le Staryk se tenait derrière lui, une main posée sur sa nuque tel un maître soumettant son chien.

Au bout d'un moment, il a ôté sa main. Oleg se tenait immobile entre nous, le corps gelé et exsangue. Il s'est retourné, a regagné le traîneau à pas lents et a grimpé sur le banc du conducteur. Le Staryk ne l'a pas regardé partir, comme si ce qu'il avait fait lui était parfaitement égal ; il n'avait d'yeux que pour moi, des yeux qui luisaient comme la lame d'Oleg. Je me sentais tremblante et nauséeuse. Mes larmes gelaient sur mes cils, que j'avais de plus en plus de mal à séparer. J'ai cligné plusieurs fois des paupières et serré les poings jusqu'à ce que les tremblements cessent, puis je me suis baissée pour extirper la bourse de la neige et je la lui ai tendue.

Le Staryk s'est approché de moi et me l'a prise. Il n'en a pas vidé le contenu : elle était trop pleine pour ça. Au lieu de cela, il y a plongé la main et en a extrait une poignée de pièces d'or qu'il a laissées s'écouler entre ses doigts, et elles sont retombées dans la bourse en tintant. Gardant la dernière, qui brillait comme le soleil, au creux de son gant blanc, il l'a considérée en fronçant les sourcils. Puis il a tourné les yeux vers moi.

« Elles sont toutes là, soixante pièces », ai-je confirmé. Mon cœur s'était ralenti. C'était ça ou exploser, je suppose.

« Ainsi soit-il. Échoue, et en glace tu te changeras, mais tiennes seront ma main et ma couronne si tu réussis. » Il a prononcé ces mots avec autant de conviction que de colère. Bien qu'il ait lui-même établi les règles, j'ai eu l'impression qu'il aurait presque préféré me pétrifier qu'obtenir son or. « Rentre chez toi, servante mortelle, et attends ma prochaine demande. »

J'ai jeté un regard désespéré au traîneau : Oleg était assis sur son banc, son visage gelé tourné vers l'hiver. Je n'avais pas du tout envie de monter avec lui. Mais je ne pouvais pas rentrer à pied ni rejoindre aucun village où je pourrais engager un autre charretier. Oleg avait quitté la route depuis un moment : je n'avais pas la moindre idée de l'endroit où nous nous trouvions. Je me suis retournée pour protester, mais le Staryk était déjà parti. Je suis restée seule sous les branches des pins alourdies par la neige, entourée de silence, d'empreintes de pas et du trou profond que j'avais creusé en m'affalant, silhouette féminine qu'une enfant aurait pu dessiner dans la congère par jeu.

Une neige épaisse et drue s'est mise à tomber, m'obligeant à me décider. J'ai prudemment regagné le traîneau et m'y suis juchée. Oleg a secoué les rênes en silence, et la jument s'est ébranlée. Il l'a dirigée vers les arbres et nous nous sommes enfoncés dans la forêt. Si je lui parlais, je ne savais pas si je craignais davantage sa réponse ou son silence. Fallait-il que j'essaie de sauter en marche ? Et soudain, nous avons franchi un passage étroit entre deux troncs et nous sommes retrouvés sur une autre route, dont la surface était aussi pâle et lisse qu'une pellicule de glace, d'un blanc étincelant. Les patins du traîneau ont raclé au moment où nous sommes montés dessus, puis ils n'ont plus fait aucun bruit. Les sabots lourdement ferrés de la jument battaient la glace à vive allure, et le traîneau glissait derrière elle. Autour de nous, les arbres se sont allongés et ont pris une teinte opaline, leurs feuilles bruissaient ; il n'y en avait pas de tels dans notre forêt, et ils auraient dû être nus à cette époque de l'année. J'ai vu des oiseaux et des écureuils blancs filer entre les branches. La clochette du traîneau produisait une étrange musique, aiguë, enjouée et froide.

Je n'ai pas jeté un regard en arrière pour voir d'où venait la route. Je me suis recroquevillée sous les couvertures et j'ai serré les paupières jusqu'à ce que la neige se remette subitement à crisser sous nos patins. Un instant plus tard, le traîneau s'arrêtait au portail de mon jardin. J'ai bondi du véhicule et ne me suis retournée qu'une fois à la porte de la maison. Ma précipitation n'avait cependant pas lieu d'être : Oleg était déjà parti sans un regard pour moi.

Chapitre huit

« Wanda, peux-tu aller porter ceci chez Oleg ? m'a demandé Miryem le matin suivant son retour. J'ai déduit un kopek de sa dette pour m'avoir attendue, à Vysnia. » Et elle m'a donné un reçu, mais sans me regarder. Il y avait des estafilades rouges sur le côté de son visage, comme si elle s'était fait griffer par une branche ou par un animal.

« J'y vais », j'ai dit. J'ai enfilé mon châle et pris le reçu, mais quand je suis arrivée chez Oleg, en bas de la rue après le coin, je me suis figée en face de sa maison. Deux hommes étaient en train d'emporter son corps à l'église. J'ai vu son visage pendant un court moment. Il avait les yeux ouverts et la bouche bleue. Sa femme était recroquevillée près de l'écurie. Des voisins se dirigeaient vers la maison avec des plats couverts. L'une d'eux, Varda, s'est arrêtée devant moi. Je l'avais déjà rencontrée : elle devait encore une petite somme quand j'ai commencé à collecter, qu'elle avait remboursée avec trois jeunes poules pondeuses. Elle m'a dit sèchement : « Eh bien ? Qu'est-ce que tu viens chercher ici ? La chair du mort ? »

Kajus arrivait lui aussi à la maison avec sa femme et son fils, un grand pot de krupnik fumant sous le bras. « Allons, Panova Kubilius, c'est dimanche. Wanda n'est sûrement pas venue collecter, il a dit.

— Il a gagné un kopek sur sa dette en amenant Miryem à Vysnia, j'ai répondu. Je suis là pour le reçu.

— Tu vois bien », a dit Kajus à Varda, qui nous a jeté un regard noir, à lui et à moi.

« Un kopek ! Un de moins que sa femme ôtera de la bouche de ses enfants pour engraisser la bourse des Juifs. Donne-le-moi ! C'est moi qui vais le lui amener, pas toi.

— Très bien, Panova », j'ai dit en lui donnant le papier. Puis je suis retournée chez Miryem et lui ai raconté qu'Oleg était mort, devant son écurie, qu'on l'avait retrouvé gelé, les yeux ouverts sur le ciel, son cheval et son traîneau à leur place.

Elle m'a écoutée en silence. Je suis restée un peu avec elle, et comme je ne savais pas trop quoi faire d'autre, j'ai dit : « Je vais aller nourrir les chèvres », et elle a hoché la tête.

Le lendemain, je suis allée faire ma tournée en dehors du bourg, sur la route de l'est. Tout le monde avait entendu la nouvelle. Ils m'ont demandé si c'était vrai et ont été désolés quand je leur ai dit oui. Oleg était un grand et joyeux gaillard qui partageait sa bière et sa vodka avec ses amis dans la maison commune pendant l'hiver, et qui n'oubliait jamais de rapporter une brassée de bois de chauffe à une veuve quand il allait en chercher une pour lui. Même mon père, quand je suis revenue à la maison et que je le lui ai dit, a été désolé. Quand on l'a enterré, mardi, sa veuve était la seule à avoir les yeux secs au retour du cimetière.

Tout le monde en parlait, mais personne ne disait que c'était un coup des Staryk. Son cœur avait éclaté, disait-on, en secouant la tête. C'était triste quand une chose pareille arrivait à un homme si costaud, en bonne santé. Personne ne trouvait étrange qu'il ait gelé, dur comme un bloc de glace, pendant une froide nuit d'hiver.

Je n'en ai rien dit à personne, sauf à Sergey, quand on s'est retrouvés sur la route, au milieu des bois silencieux éclairés par la lune. Il était en chemin pour chez Miryem, où il passerait la nuit. Elle ne lui avait pas dit de ne plus venir, même s'il ne pouvait rien contre les Staryk. Elle n'avait pas non plus arrêté de nous donner nos pennies. La plupart du temps, on arrivait à oublier, à se convaincre qu'il allait seulement s'occuper des chèvres. Donc il a continué à y aller, à manger deux repas par jour chez eux, et on enterrait nos pennies sous l'arbre blanc quand on revenait.

« Est-ce que tu te souviens ? » je lui ai demandé, et on s'est arrêtés. On n'avait jamais parlé de ce qui lui était arrivé dans les bois, jamais.

Il ne voulait pas en parler, je le voyais bien, mais je suis restée devant lui, mon silence parlant pour moi, et il a fini par dire : « J'étais en train de vider un lapin. Il est sorti de sous les arbres. Il m'a dit que les bois lui appartenaient et que j'étais un voleur. Et puis il a dit… » Sergey s'est tu, avec une expression étrange et vide, et il a secoué la tête. Il ne se rappelait pas, ne le voulait pas.

« Est-ce qu'il montait un truc avec des griffes sur ses sabots ? Est-ce qu'il portait des bottes pointues ? » j'ai demandé, et Sergey a hoché la tête une fois.

C'était bien le même : pas seulement un Staryk, mais un seigneur Staryk, et s'il n'avait pas menti, il régnait sur toute la forêt. J'avais entendu des gens dire au marché qu'elle allait jusqu'à la côte de la mer du nord. Un grand seigneur Staryk allait voir Miryem pour lui réclamer de l'or, et si elle ne pouvait pas lui en donner, c'est *elle* qu'on retrouverait morte dans son jardin, avec des empreintes de bottes pointues tout autour d'elle.

Et alors il n'y aurait plus de dette à payer. Aussitôt qu'il apprendrait sa mort, mon père me dirait qu'il avait bien assez payé. Il serait prêt à chasser le père de Miryem de chez nous, mais il n'aurait même pas à le faire. Sa mère aurait les yeux rouges de larmes, mais elle penserait à moi malgré son chagrin. La fois suivante, elle me dirait que la dette est payée, que j'en avais fait assez. Pour continuer à travailler, je devrais dire à mon père qu'ils me payaient, et alors il me prendrait toutes mes pièces. Tous les jours il reviendrait ivre du bourg, me prendrait mes pennies et me battrait pour que je lui prépare à dîner. Et ça durerait jusqu'à la fin de sa vie.

« On pourrait lui dire qu'on est payés, mais moins », j'ai dit à Sergey, mais il n'avait pas l'air convaincu, et moi non plus. Notre père ne soupçonnait rien pour le moment. Pourquoi est-ce qu'on nous paierait, alors qu'il nous envoyait là-bas gratuitement et que rien ne les y obligeait ? Mais si on lui disait qu'on était payés pour qu'il nous laisse continuer à y aller, il deviendrait méfiant. Il irait demander au père de Miryem combien il nous payait, et Panov Mandelstam lui répondrait honnêtement. On ne pouvait pas lui demander de mentir pour nous. Si on le faisait, il nous regarderait avec un air désespéré et serait désolé de ne pas pouvoir nous aider.

Et une fois que notre père saurait qu'on ne lui a pas dit la vérité, il nous demanderait combien on *avait* gagné. Alors il saurait qu'il y avait de l'argent caché quelque part. Et pour lui avoir caché de l'argent, ce n'est pas avec la ceinture ou avec ses grosses mains qu'il nous battrait, c'est avec le tisonnier, et peut-être bien qu'il ne s'arrêterait pas avant qu'on lui dise où il était.

Lorsqu'elles ont sonné pour Oleg trois jours plus tard à son enterrement, les cloches de l'église m'ont rappelé les clochettes de son traîneau et leur tintement trop aigu dans une forêt d'arbres blancs. On me trouverait gelée, exactement comme lui, si je ne donnais pas son or au Staryk, mais je devais tout autant craindre ce qui se passerait si j'y parvenais. Est-ce qu'il me prendrait sur son étalon blanc derrière lui et m'emmènerait dans cette forêt froide et blanche, où je vivrais le reste de ma vie, seule avec une couronne d'argent enchanté ? Je n'avais jamais ressenti la moindre compassion pour la fille du meunier de l'histoire que racontaient les villageois ; seulement de la pitié pour mon père, pour moi, et de la colère. Mais qui aimerait être mariée à un roi qui vous aurait joyeusement coupé la tête si vous n'aviez pas réussi à filer sa paille en or ? Je ne voulais pas plus devenir la reine du Staryk que son esclave, ou être gelée sur place.

Je ne parvenais plus à l'oublier. Il restait dans un coin de mon esprit en permanence, et gagnait un peu plus de terrain chaque jour, comme le givre sur un carreau de fenêtre. Je me réveillais en sursaut toutes les nuits, haletante, tremblant sous l'effet d'un froid intérieur contre lequel les bras de ma mère ne pouvaient rien et du souvenir de ses yeux d'argent.

« Est-ce que tu peux lui avoir son or ? » m'a demandé Wanda, sans plus d'ambages que d'habitude.

Je n'avais pas besoin de lui demander de qui elle parlait. Nous nous occupions des chèvres, et ma mère se trouvait dans le jardin, à quelques mètres seulement, m'interdisant d'éclater en sanglots ; mon père et elle avaient déjà des soupçons, ils me jetaient des regards inquiets et perplexes. J'ai pressé le dos de ma main contre ma bouche pour retenir un cri de protestation. « Oui, ai-je lâché. Oui, je peux lui avoir l'or. »

Wanda n'a rien dit, elle m'a seulement dévisagée, les lèvres pincées, et ma gorge s'est serrée. « Si… si quelque chose devait me tenir éloignée de la maison quelque temps… est-ce que tu resterais pour aider mon père ? Il continuera de te payer. Il doublera tes gages », ai-je ajouté, soudain désespérée. J'ai songé à mes parents seuls au bourg sans moi, à la colère que j'avais inspirée chez tous les villageois, qui se retournerait contre eux. Un instant, je me suis retrouvée dans la clairière, pataugeant dans la neige face au visage non pas gelé, mais rouge et haineux d'Oleg.

Wanda ne m'a rien répondu pendant quelque temps, puis elle a dit, lentement : « Mon père voudra que je reste à la maison. » Elle a levé les yeux de l'auge et m'a lancé un regard de biais. Je l'ai considérée avec surprise, mais j'ai compris, bien sûr. Elle ne donnait pas l'argent à son père ; il ne voudrait jamais qu'elle reste à la maison si elle lui rapportait un penny par jour. Elle gardait l'argent pour elle.

Je me suis remise à brosser ma chèvre en songeant à ce qu'elle venait de dire. Depuis le début, je croyais traiter avec son père, et tout ce que j'avais à faire, c'était lui donner un peu d'argent, plus qu'il ne pourrait en obtenir en faisant travailler sa fille à la ferme. Il ne m'était pas venu à l'esprit qu'elle puisse vouloir l'argent pour elle-même. « Est-ce que tu te constitues une dot ? lui ai-je demandé.

— Non ! » a-t-elle vigoureusement protesté.

Je ne voyais pas pourquoi elle voudrait garder l'argent, si ce n'était pas pour ça. Entre elle et son frère, je leur avais déjà versé douze pennies, et elle portait toujours sa vieille robe en lambeaux et ses chaussures en corde. Quand j'étais allée chez Gorek, la première fois, en faisant ma tournée, la ferme m'avait parue miséreuse. Ils auraient pu dépenser ces douze pennies une bonne dizaine de fois. J'ai prudemment demandé : « Qu'est-ce que ton père a fait des six kopeks qu'il a empruntés ? »

Elle me l'a dit. Le savoir ne changeait pas grand-chose, bien sûr. C'était son père. Il avait le droit d'emprunter de l'argent à quiconque était disposé à lui en prêter, le droit de le dépenser aussi stupidement qu'il le souhaitait, le droit de mettre sa fille au travail pour payer sa dette et le droit de lui prendre le moindre sou qu'elle gagnait. Si elle ne voulait pas se marier, il n'y avait rien qu'elle puisse faire pour se libérer de lui. Elle ne m'a pas dit ce qu'elle avait fait de l'argent, mais elle n'avait rien pu en faire, sinon le stocker comme un trésor quelque part. Il l'aurait déjà percée à jour, si elle avait dépensé quoi que ce soit. Raison pour laquelle elle ne s'était pas acheté une robe convenable ou des bottes. Elle avait eu de la chance que son père ne soit pas beaucoup venu au bourg, ces derniers temps : s'il m'avait parlé, ou s'il avait dit tout haut que nous profitions de la misère d'un pauvre homme, je lui aurais répondu vertement, sans me douter du danger, et il aurait découvert le pot aux roses. Je n'osais songer à ce qui se serait passé. J'imaginais qu'un homme capable de jouer et de boire quatre kopeks qu'il n'avait aucun espoir de rembourser serait aussi le genre à battre sa fille jusqu'au sang, sans même penser à l'argent qu'elle lui rapporterait s'il continuait à la faire travailler.

« Tu pourras lui raconter que je suis partie épouser un homme riche. » Ce serait vrai, après tout. « Dis-lui que lorsque je reviendrai, je vérifierai tous mes livres de compte. » La vérité, là encore. « Et… quand la dette sera remboursée, dis-lui que nous proposons de le payer un penny par semaine, pour que toi et ton frère continuiez à venir. Payables une fois par mois. Et alors tu lui donneras les quatre pennies immédiatement. Une fois qu'il les aura dépensés, il sera de nouveau débiteur, et ne pourra donc s'opposer à ce que vous veniez. Idem le mois suivant. »

Wanda m'a répondu d'un sec hochement de tête. J'ai soudain tendu la main vers elle, sans réfléchir, et me suis sentie idiote ainsi, tandis qu'elle la regardait. Mais juste avant que je la laisse retomber, elle l'a prise dans sa grande paume carrée aux doigts rougis et rugueux. Elle me l'a serrée un peu trop fort, mais ça ne me dérangeait pas.

« Je retournerai à Vysnia demain », ai-je annoncé, plus calme. Je doutais que les remparts puissent tenir le Staryk à distance, mais ça ne coûtait rien d'essayer. Au moins ne serais-je pas à la maison. Il ne laisserait pas d'empreintes partout dans le jardin de mes parents, dont le reste du bourg ferait des gorges chaudes. « Il faudra de toute façon que j'y aille, quand il viendra », et j'ai parlé d'Isaac à Wanda, et de la façon dont j'obtenais l'or du Staryk.

Je n'en ai rien dit à ma mère, cependant ; je ne lui ai pas rappelé le Staryk, même quand elle a demandé : « Tu repars déjà ? » J'étais soulagée qu'elle ne s'en souvienne pas, je préférais sa perplexité à sa peur.

« Je veux rapporter d'autres tabliers », ai-je expliqué. L'après-midi, je me suis assurée que le grand-livre était en ordre, après quoi je suis sortie et j'ai regardé notre maison, désormais calfeutrée derrière des volets que le charpentier avait installés pour moi, avec nos poules et notre poignée de chèvres qui mettaient un beau bazar dans le jardin, et puis j'ai pris mon panier et je suis allée me promener dans le bourg. J'ignore pourquoi. Ce n'était pas un jour de marché, et Wanda avait déjà fait la tournée. Je n'avais aucun besoin d'aller en ville, où rien n'avait changé, sinon le regard des gens sur moi : noir plutôt que narquois, comme jadis, à l'époque où la vue d'une petite fille aux chaussures rapiécées et aux vêtements en loques leur rappelait plaisamment qu'ils n'auraient jamais à rembourser l'argent qu'ils avaient dans les poches.

C'était peut-être la raison de ma présence dans ces rues : j'ai poussé jusqu'aux maisons les plus éloignées, et quand je suis rentrée chez moi, je n'étais pas triste de quitter ces lieux. Je n'aimais rien ni personne dans le bourg, même maintenant qu'il m'était familier. Je n'étais pas peinée que ses habitants ne m'apprécient pas, je ne regrettais pas d'avoir été dure avec eux. J'étais satisfaite, férocement satisfaite. Ils avaient voulu que j'enterre ma mère et que je laisse mon père mourir seul. Ils avaient voulu que je sois une mendiante dans la maison de mon grand-père, que je vive le reste de ma vie comme un animal effrayé claquemuré dans sa cuisine. Ils auraient dévoré ma famille et rongé les os, sans le moindre remords. Mieux valait encore être changée en glace par le Staryk, qui ne se faisait pas passer pour un voisin.

Je ne pouvais plus engager Oleg, aussi le lendemain suis-je allée me planter sur la route du marché. Quand un colporteur prometteur est passé devant moi avec son gros traîneau chargé de barils de harengs salés, je lui ai fait signe et je lui ai proposé cinq pennies pour m'emmener directement à Vysnia. J'aurais pu payer plus, mais j'avais retenu la leçon. Cette fois j'avais attendu un homme âgé dans un traîneau aussi vieux que lui, et j'avais caché ma robe garnie de fourrure au col et aux poignets sous la cape en laine de mon père usée jusqu'à la corde, que j'avais gardée pour en faire des chiffons maintenant que je lui en avais acheté une nouvelle, en fourrure.

Durant le trajet, le vieux roulier m'a parlé de sa petite-fille et s'est enquis de mon âge ; il était fier qu'elle soit déjà mariée, elle qui avait un an de moins que moi, et m'a demandé si j'allais en ville pour trouver un mari. « On verra », ai-je répondu, et puis j'ai éclaté de rire avec un soulagement aussi soudain que réel, devant l'absurde de la situation. Assise dans ce traîneau rempli de poisson, avec mes bottes crottées, avec la cape rapiécée de mon père qui me donnait l'air d'un épouvantail… Que pouvait bien me vouloir un seigneur Staryk ? Je n'étais pas une princesse, pas même une paysanne aux cheveux d'or. Je suppose qu'il se fichait de ma judaïté, mais j'étais petite, osseuse, j'avais le teint olivâtre, un nez bossu trop gros pour mon visage. En fait, il y avait une raison à mon célibat : mon grand-père m'avait conseillé d'attendre encore deux ans avant d'aller voir l'entremetteuse, deux ans durant lesquels ma dot et moi-même aurions le temps de grossir, et ainsi je pourrais trouver un mari qui aurait suffisamment les pieds sur terre pour rechercher chez une femme davantage que la beauté, mais pas si cupide qu'il ne s'intéresse pas à son apparence.

Tel était le genre d'époux qu'il me fallait, un homme sensible aux yeux clairs qui voudrait de moi en toute honnêteté ; un seigneur de conte de fées n'avait que faire de ma personne. Le Staryk avait sûrement dit ça pour rire, parce qu'il ne me croyait pas capable de m'acquitter de ma tâche. Il ne le pensait pas vraiment. Quand je lui donnerais son troisième sac d'or, il trépignerait de colère – ou, plus probablement, me suis-je dit, dégrisée, il me changerait quand même en glace, pour se venger de l'avoir détrompé. Je me suis frictionné les bras en tournant le regard vers la forêt : aucun signe de la route des Staryk aujourd'hui, rien que les arbres sombres, la neige blanche et la rivière gelée qui glissait sous les patins.

Je suis arrivée tard chez mon grand-père, juste avant le coucher du soleil. Ma grand-mère a répété trois fois à quel point elle était contente de me revoir si vite, et s'est enquise un peu nerveusement de la santé de ma mère, et si j'avais déjà vendu toutes mes marchandises.

Mon grand-père n'a posé aucune question. Il m'a jeté un regard dur sous ses sourcils et a seulement dit : « Assez parlé. Il est presque l'heure de se mettre à table. »

J'ai été ranger mes affaires puis, durant le dîner, j'ai entretenu mes grands-parents des tabliers que j'avais vendus, et du chargement de laine qui partirait avec la barge de mon grand-père, quand la rivière voudrait bien dégeler : trente balles, pas une très grande quantité, mais assez pour démarrer. J'étais soulagée d'être entourée par les murs de brique de la maison de mon grand-père, aussi solides et prosaïques que notre conversation. Mais ce soir-là, alors que je cousais avec ma grand-mère dans le confortable salon, la porte de la cuisine derrière nous a grincé dans ses gonds et, malgré le raffut, ma grand-mère n'a même pas levé la tête. J'ai lentement posé mon ouvrage et me suis dirigée vers la porte. J'ai eu un mouvement de recul en l'ouvrant : l'étroite allée derrière le Staryk avait disparu, tout comme le mur de brique de la maison voisine et le verglas sous ses pieds. Il se tenait dehors au milieu d'une clairière ceinte d'arbres pâles, et derrière lui s'étirait à perte de vue la route de glace opaline sous un ciel gris baigné d'une lumière blafarde. J'ai eu l'impression qu'un seul pas au-delà du seuil me ferait quitter ce monde.

Il n'y avait pas de bourse sur le perron, mais une boîte, un petit coffre en bois blanchi comme de l'os, fermé par d'épaisses lanières de cuir blanc, et muni de charnières et d'un fermoir en argent. Je me suis mise à genoux et je l'ai ouvert. « Sept jours je t'accorde cette fois pour changer mon argent en or », a déclaré le Staryk de sa voix flûtée, tandis que j'observais les pièces à l'intérieur. Il y avait là de quoi forger une couronne assez grande pour contenir la lune et les étoiles. Je ne doutais pas un seul instant que le tsar épouserait Irina, avec une telle dot.

Le Staryk me toisait de ses yeux d'argent acérés, avides et vicieux comme ceux d'un faucon. « Tu croyais pouvoir m'échapper par des routes mortelles, te cacher derrière des murs mortels ? » a-t-il demandé. Non, bien sûr que non. « Ne songe pas à te sauver, jeune fille, car dans sept jours je reviendrai pour toi, où que tu aies fui. »

Ses mots s'accompagnaient d'un sourire cruel et suffisant, certain qu'il était de m'avoir confié une tâche impossible, ce qui m'a mise en colère. Je me suis levée, j'ai redressé le menton et j'ai déclaré d'une voix glacée : « Je serai là, avec votre or. »

Son sourire s'est effacé, une maigre victoire qu'il m'a immédiatement fait payer : « Si tu t'acquittes de ta tâche, je t'emmènerai et ferai de toi ma reine », a-t-il répliqué, et ça n'avait pas du tout l'air d'être pour plaisanter, là, sur le perron de la maison de mon grand-père dont la pierre s'ornait à présent d'une dentelle de givre rampant depuis ses bois, dans la lumière froide qui sourdait de son coffret.

« Attendez ! ai-je lancé alors qu'il se retournait. Pourquoi voulez-vous m'emmener ? Vous savez que je n'ai pas de pouvoirs magiques, pas vraiment : je ne pourrai pas changer l'argent en or dans votre royaume, si vous me prenez avec vous.

— Bien sûr que si, mortelle », a-t-il dit par-dessus son épaule, comme si c'était moi l'idiote. « Un pouvoir revendiqué, mis au défi et par trois fois prouvé est vrai ; c'est ainsi qu'il advient. » Puis il a fait un pas en avant et la lourde porte m'a claqué au visage, me laissant seule avec mon désarroi et un coffret rempli d'argent.

Isaac a terminé la couronne au bout d'une semaine de travail acharné, sans quitter son étal au marché. Il sortait l'argent du feu par tasses entières et le martelait pour en faire les grandes et fines feuilles qui constitueraient la structure circulaire de la couronne, haute comme deux têtes. Puis, avec un soin méticuleux, il ajoutait des gouttes de métal fondu, des perles qu'il ordonnait en de gracieuses spires qui se déployaient telles des plantes grimpantes. À l'aide de moules empruntés à tous les autres joailliers du marché, il confectionnait de minuscules maillons aplatis par centaines et en faisait des chaînes brillantes qui couraient d'un côté à l'autre de la couronne et formaient une frange sous son bord inférieur. Le deuxième jour, des hommes et des femmes s'arrêtaient près de son étal, juste pour le voir travailler. Je restais assise là, silencieuse et maussade, mon rôle se limitant à les empêcher d'approcher. Le soir, il emportait son ouvrage chez lui, et je reprenais le coffret chaque fois un peu plus léger, que les deux domestiques de mon grand-père portaient pour moi. Personne ne nous cherchait querelle. Même les petits pickpockets, dont l'ambition se limitait à subtiliser une pièce sur la table, étaient saisis par la lumière hivernale ; quand ils s'en approchaient trop, leur bouche béait d'émerveillement, leurs yeux s'écarquillaient, et ils sursautaient au moindre de mes regards avant de disparaître dans la foule.

Le soir du cinquième jour, le coffret était vide et la couronne terminée ; une fois toutes les pièces assemblées, Isaac s'est retourné et m'a dit : « Venez par ici », et il a posé son œuvre sur ma tête pour juger de son équilibre. Elle me paraissait fraîche et pas plus lourde qu'une pluie de flocons. Son miroir en bronze me renvoyait une image sous-marine de moi-même, le front rehaussé des étoiles de minuit. Une onde d'un silence comparable à celui qui avait régné dans la clairière du

Staryk s'est propagée à tout le marché. J'aurais voulu éclater en sanglots ou m'enfuir à toutes jambes, au lieu de quoi j'ai ôté la couronne et l'ai rendue à Isaac. Une fois cette dernière enveloppée de lin et de velours noir, la foule s'est finalement dispersée en murmurant.

Les domestiques de mon grand-père nous ont escortés jusqu'au palais du duc, où régnait une grande agitation : le tsar arrivait dans deux jours, et toute la maisonnée bourdonnait d'excitation contenue ; les serviteurs, qui tous connaissaient au moins en partie les projets du duc, suivaient des yeux la forme empaquetée de la couronne dans les mains d'Isaac à travers les couloirs. On nous a fait attendre dans une antichambre plus luxueuse cette fois, puis le chaperon est venu me chercher. « Prenez-la avec vous. Les hommes restent ici », a-t-elle dit en leur jetant un regard suspicieux.

Elle m'a emmenée au premier, dans deux petites chambres contiguës qui n'avaient rien à voir avec le faste de l'étage inférieur : je suppose qu'une simple fille de duc ne méritait pas mieux jusque-là. Irina se tenait assise, raide comme un piquet, devant un miroir de verre. Elle portait une robe en soie gris argent et blanche dont le corsage descendait cette fois beaucoup plus bas pour mettre le collier en valeur. Sa magnifique chevelure formait plusieurs tresses épaisses, prêtes à être relevées, et elle serrait fermement les mains sur son giron.

Ses doigts remuant légèrement les uns contre les autres trahissaient sa nervosité, tandis que son chaperon lui épinglait ses nattes. J'ai alors déballé la couronne et l'ai soigneusement posée sur sa tête. La lumière étincelante d'une douzaine de bougies s'y est reflétée, et le chaperon s'est figé, les yeux écarquillés. Irina s'est levée et a fait un pas vers le miroir, les mains tendues en avant comme pour toucher la femme qui s'y reflétait.

Apparemment, j'étais désormais immunisée contre la magie que l'argent dispensait autour de lui ; j'aurais pourtant bien aimé être subjuguée au point d'oublier tout le reste. Au lieu de quoi j'ai observé le visage fin et pâle d'Irina dans le miroir, transporté par son reflet couronné, et je me suis demandé si elle serait contente d'épouser le tsar, de quitter ses petites pièces tranquilles pour un trône et un palais lointains. Alors qu'elle laissait ses bras retomber le long de son corps et qu'elle se retournait, nos regards se sont croisés : nous n'avons pas prononcé un mot, mais l'espace d'un instant nous étions comme des sœurs, dont les vies étaient pareillement régies par d'autres. Elle n'avait probablement pas plus le choix que moi dans cette histoire.

La porte s'est ouverte : le duc venait en personne la voir. Il s'est arrêté dans l'encadrement. Irina lui a fait une révérence puis elle s'est redressée, le menton légèrement levé pour contrebalancer le poids de la couronne ; elle avait déjà l'air d'une reine. Le duc l'a contemplée, semblant à peine reconnaître sa propre fille ; il s'est secoué, comme pour s'arracher à cette vision, avant de se tourner vers moi. « Très bien, Panovina », a-t-il dit sans la moindre hésitation, alors que je n'avais pas ouvert la bouche. « Vous aurez votre or. »

Il nous a donné mille pièces d'or : assez pour remplir le coffret du Staryk à ras bord, et il en restait encore quelques centaines : une fortune, mais qui ne me servirait pas à grand-chose. Les serviteurs ont emporté l'or jusque chez mon grand-père. Ce dernier est descendu en entendant les exclamations de ma grand-mère et a considéré notre trésor ; puis il a pris quatre pièces des sacs destinés au coffre-fort et en a donné deux à chaque domestique avant de les congédier. « Dépensez-en une et gardez l'autre ; souvenez-vous de la règle du sage », leur a-t-il dit, et tous deux se sont inclinés, l'ont remercié et sont partis en vitesse faire la fête en se donnant des coups de coude, un sourire aux lèvres.

Puis il a envoyé ma grand-mère préparer son gâteau au fromage pour fêter ma bonne fortune ; une fois que nous avons été seuls, il s'est tourné vers moi et m'a dit : « Maintenant, Miryem, raconte-moi toute l'histoire », et j'ai éclaté en sanglots.

Je n'avais rien dit ni à mes parents ni à ma grand-mère, mais je savais que je pouvais lui confier mon secret : il était capable de le supporter, contrairement aux autres, qui se seraient brisé le cœur en voulant me sauver. Je savais ce que ma mère et mon père feraient, s'ils le découvraient : un rempart de leur corps entre le Staryk et moi, et je les verrais tomber l'un après l'autre, congelés, avant qu'il ne m'emmène.

Et il m'emmènerait, j'en étais à présent certaine. Le sens de tout cela m'avait échappé jusqu'à maintenant : pourquoi un seigneur de conte de fées irait s'embarrasser d'une simple mortelle, vantarde certes, et à raison puisque j'étais parvenue tant bien que mal à constituer une dot de six cents pièces d'or, mais une mortelle néanmoins. Je comprenais à présent qu'une reine capable de changer l'argent en or, mortelle ou pas, était un bien inestimable aux yeux d'un roi Staryk. Les Staryk voulaient toujours plus d'or.

Mon grand-père s'est contenté d'écouter en silence mon histoire entrecoupée de larmes, puis il a dit : « Au moins ce Staryk n'est-il pas idiot, si telle est la raison qui motive son choix. Une épouse pareille ferait la fortune de n'importe quel royaume. Que sais-tu d'autre sur lui ? » Je lui ai retourné un regard vide, le visage toujours humide. Après un haussement d'épaules, il ajouta : « Ce n'est peut-être pas ce que tu espérais, mais il existe de pires choses que de devenir reine. »

Ce disant, il m'a offert un cadeau : à l'écouter, c'est une union ordinaire dont il fallait peser les pour et les contre. J'ai ravalé mes larmes et me suis sentie mieux. Après tout, si l'on considérait froidement les choses, c'*était* un bon parti, pour la fille d'un homme pauvre. Mon grand-père a hoché la tête tandis que je me calmais. « Bien. On réfléchit toujours mieux les idées claires. Les seigneurs et les rois ne demandent pas ce qu'ils veulent, ils le prennent, mais ils peuvent se le permettre. Il n'y a personne d'autre, n'est-ce pas ?

— Non », ai-je dit en secouant vaguement la tête. Il n'y avait personne, mais j'étais rentrée du palais du duc en compagnie d'Isaac, et lorsque nous nous étions séparés, il était parti de son côté avec ses quatre sacs d'or et m'avait lancé : « Dis à ton grand-père que je viendrai le voir demain matin », en d'autres termes, qu'il avait maintenant assez d'argent pour se marier, et j'avais ressenti une telle jalousie que j'aurais pu me consumer sur place. Ce n'était pas tant Isaac que d'imaginer Basia mariée à un homme aux mains prévenantes et aux yeux sombres, dans sa propre maison, où l'amour fleurirait sur le terreau de l'or que je lui avais mis entre les mains.

« Tu te présenteras à ton mari les bras chargés de richesses », a dit mon grand-père en désignant le coffret, comme s'il lisait dans mon cœur. « Et il est assez sage pour connaître la valeur de ce que tu lui apportes, même s'il est encore loin de savoir ce que tu vaux réellement. Ce n'est pas rien, d'être capable de garder la tête haute. » Il a pris mon menton dans ses mains et l'a serré fort. « Garde la tête haute, Miryem », et j'ai hoché la tête, les paupières scellées sur les larmes que je ne verserais plus.

Mirnatius est arrivé dans un grand traîneau noir et or tiré par quatre chevaux noirs fumant et trépignant dans l'air froid, suivi et entouré par plusieurs soldats montés qui chevauchaient en rangs serrés. Les membres de sa cour devaient aussi être là, avec leurs propres traîneaux, mais il était difficile de prêter attention à qui que ce soit d'autre quand il a ouvert la porte du sien à la volée et en est descendu dans un nuage de vapeur. Il portait également du noir, une lourde cape de laine délicatement brodée de fils d'or et assortie à ses cheveux de jais, qu'il avait longs et bouclés. Tous se sont légèrement tournés vers lui, papillons de nuit attirés par la flamme.

Il a salué mon père sans enthousiasme. Interrogé sur son voyage, il s'est vaguement plaint de la rigueur de l'hiver et de la maigreur du gibier. La remarque aurait mis un coup aux festivités de mon père, s'il avait eu l'intention d'emmener le tsar à la chasse – ce qui était bien sûr le cas, et Mirnatius savait parfaitement manier l'art de la provocation. Mon père n'y répondit cependant pas et se contenta de dire : « De fait, la chasse ne présente plus guère d'intérêt, Majesté, mais j'espère que l'hospitalité de ma maison ne vous décevra pas. » À cet instant, le tsar s'est détourné de lui.

Quoique presque entièrement dissimulée derrière un rideau, j'ai vivement reculé quand il a levé les yeux et scruté la façade de la maison comme un faucon cherchant à débusquer une proie au milieu d'un champ. Heureusement, son regard s'intéressait à l'étage principal et non à la fenêtre de mon pigeonnier – mon père ne m'avait pas attribué de nouveaux appartements. Il y avait beaucoup d'invités dans l'entourage du tsar qu'il voulait impressionner, et de toute façon, il espérait me voir partir bientôt.

Puis Mirnatius a souri à mon père, du sourire de celui qui s'attend à être richement diverti aux frais d'un autre, et il a déclaré : « Je l'espère aussi. Dites-moi, Erdivilas, comment se porte votre famille ? La petite Irina doit être devenue femme. Une beauté, à ce que j'ai entendu dire, n'est-ce pas ? » Il n'y avait là que moquerie de sa part : il n'avait évidemment rien entendu de la sorte. Je m'étais rendue au palais du tsar avec mon père ; la cour et ses conseillers savaient que je n'avais rien d'extraordinaire, rien qui pût en tout cas faire tourner la tête d'un tsar – fût-il seulement disposé à le faire autrement que pour surveiller ses arrières.

« Tout le monde va bien, et Irina est en bonne santé, sire. N'est-ce pas là tout ce qu'un père peut demander à Dieu ? Je ne la qualifierais pas de beauté aux yeux des hommes. Mais je ne vais pas vous mentir : je pense qu'elle a en elle quelque chose de plus que les autres filles. Vous en jugerez par vous-même quand vous la verrez. Votre avis m'est précieux, car elle est en âge de se marier, et j'aimerais lui trouver un époux convenable. »

Une déclaration directe, voire grossière selon les codes de conversation de la cour, dont les membres mettaient un point d'honneur à parler des choses de façon détournée, sans jamais les aborder frontalement. Mais mon père savait ce qu'il faisait : toute malice a disparu du visage de Mirnatius. Le front barré d'un pli soucieux, il a suivi le duc à l'intérieur. Il avait compris le message – non seulement mon père songeait sérieusement à lui proposer ma main en dépit de l'incongruité politique d'une telle union, mais il n'était pas idiot au point d'essayer de coller un laideron dans le lit du tsar à la faveur de trop d'alcool et trop peu de lumière. Il avait donc quelque chose d'inhabituel à offrir.

Puis ils se sont retrouvés à l'intérieur, au chaud, où ma belle-mère et toute la maisonnée les ont accueillis. Je suis restée derrière le rideau sans bouger tandis qu'on s'occupait du cortège du tsar, flot de soldats, de courtisans et de serviteurs qui se déversaient dans les moindres recoins de la maison et des écuries. Quand il n'y a plus rien eu à voir, les femmes qui avaient investi mes petits appartements se sont écartées de l'autre fenêtre où elles s'étaient agglutinées, ont regagné leur siège et repris leur couture frénétique, et les filles de l'arrière-cuisine sont revenues avec leurs seaux vider les deux baignoires qui se trouvaient toujours devant l'âtre : l'une avait servi à me laver le corps, l'autre les cheveux.

« Pardon, madame », m'a timidement interpellée l'une d'elles, façon de me demander si elle pouvait utiliser la fenêtre devant laquelle je me tenais, qui possédait une corniche bien commode pour évacuer le trop-plein d'eau et empêcher qu'il pleuve sur les fenêtres en contrebas. J'ai fait un pas en arrière pour la laisser travailler. Mes cheveux encore humides couraient librement sur mes épaules et descendaient bas dans mon dos. Ils sentaient vaguement le myrte, dont Magreta avait infusé l'eau du bain. « On dit que ça protège des malédictions et des mauvais sorts, avait-elle expliqué avec le plus grand sérieux. En tout cas, ça sent très bon. »

On avait vigoureusement alimenté le feu pour que je n'eusse pas froid, en conséquence de quoi toutes les autres femmes suaient abondamment sur leur ouvrage, le visage rougi. Je ne partageais pas leur excitation. Elles étaient toutes plus ou moins des étrangères à mes yeux ; je connaissais leurs noms et leurs visages, mais rien d'autre. Ma belle-mère avait pris en main le recrutement de toutes les suivantes de la maison, qu'elle connaissait et à qui elle parlait, ainsi travaillaient-elles bien pour elle, mais elle n'avait jamais daigné m'impliquer dans le travail de supervision de la maisonnée. Elle aurait peut-être sa propre fille un jour, après tout.

Mais elle n'avait jamais fait preuve de méchanceté à mon égard ; elle m'avait même envoyé ses meilleures employées pour confectionner ma robe, quand bien même elle aurait volontiers profité de la visite du tsar pour s'en faire offrir de nouvelles elle-même. Bien sûr, elle voyait le bénéfice que nous tirerions d'une telle position – si mon père arrivait à ses fins. En regagnant leur siège, les autres femmes ont mis un terme à leurs bavardages excités pour me considérer avec un scepticisme que j'aurais aimé partager. Mais elles ne m'avaient pas vue avec le collier, avec la couronne. Seule Magreta avait eu ce privilège, et elle se tordait les mains quand elle croyait que je ne regardais pas et m'adressait de grands sourires encourageants quand elle croyait que je le faisais.

Les femmes travaillaient à présent sur du linge de maison. Mes robes, en trois teintes de gris qui rappelaient un ciel d'hiver, étaient terminées et m'attendaient. Mon père les avait commandées sans aucun ornement, en soie délicate, sobrement rehaussées de discrètes broderies blanches. J'en avais passé une pour un dernier essayage la veille, quand l'assistante du joaillier m'avait apporté la couronne avant de la poser sur ma tête et, dans le miroir, j'étais devenue une reine dans une sombre forêt glacée. J'avais tendu la main en avant et senti la cruelle morsure du froid du bout de mes doigts. Je me demandais si je pourrais réellement m'enfuir dans le monde blanc du miroir. La sensation que j'avais ressentie résonnait comme un avertissement : rien de mortel ne pouvait vivre dans cet endroit gelé.

Quand je m'en étais détournée, remplie d'envie autant que de peur, l'assistante du joaillier – qui devait avoir à peu près mon âge ou à peine plus, mais un visage maigre et dur – m'a regardée comme si ce que j'avais vu dans le miroir ne lui était pas inconnu. J'aurais voulu lui poser mille questions – comment la couronne avait-elle été fabriquée, d'où venait l'argent –, mais comment l'aurait-elle su ? Elle n'était qu'une servante. Mon père était alors entré dans la pièce, coupant court à tout dialogue. Il l'a payée rubis sur l'ongle, un prix somme toute modéré pour un trône ; il n'avait même pas dépensé la moitié de ce que contenait le gros coffre que ma belle-mère avait apporté dans ses bagages.

Cette dernière m'a rejointe dans mes appartements un peu plus tard, après s'être acquittée de l'accueil des invités. Sa placidité soigneusement étudiée semblait avoir été mise à mal. « Quel tracas ! s'est-elle exclamée. Piotr ne veut pas faire sa sieste. Tes cheveux sont-ils secs ? Dieu que c'est long ! Je l'oublie toujours quand ils sont coiffés. » Elle a avancé la main comme pour me caresser la tête, mais elle s'est ravisée et m'a seulement souri. J'aurais été agacée qu'elle le fît, et pourtant j'étais à moitié déçue qu'elle ne l'eût pas fait. Le plus désolant, c'était de ne pas l'avoir fait dix ans plus tôt, quand j'étais une petite orpheline irritante, l'enfant d'une autre – la femme que son mari avait plus aimée qu'elle, je le comprenais à présent, raison pour laquelle elle n'avait pas eu de tels gestes, que j'aurais pourtant été en droit d'attendre.

Mais il valait peut-être mieux qu'elle ne m'eût pas aimée, et qu'elle n'eût pas recherché mon amour, car elle n'aurait rien pu faire pour m'aider aujourd'hui. Si je disais à mon père que le tsar était un sorcier, il m'écouterait et même il me croirait. Tout le monde savait que sa mère avait été sorcière. Mais mon père se bornerait à me dire de me dépêcher de porter un enfant avant que le tsar ne versât dans la magie noire, ce qui ferait de moi la mère du prochain tsar. Qui serait son petit-fils – un outil d'autant plus utile entre les mains si l'enfant venait à perdre son père à un âge encore assez tendre pour avoir besoin d'un régent. Qu'un tel mariage me fût difficile ou déplaisant était un mal nécessaire ; après tout, lui-même avait trouvé la guerre difficile et très déplaisante. Il avait hissé notre famille à ce niveau, et il m'incombait de lui faire franchir un nouveau palier, si je le pouvais ; il n'hésiterait pas à me sacrifier sur l'autel du devoir comme lui-même s'était sacrifié.

Pour quelle raison Galina voudrait-elle m'épargner un tel destin ? Elle s'était sacrifiée, elle aussi. Veuve, sans enfants, elle aurait pu vivre une existence confortable et prospère, sans personne. Au lieu de quoi elle avait donné ce coffre rempli d'or à mon père pour qu'il fasse d'elle une duchesse. Elle avait aujourd'hui la possibilité de devenir la belle-mère du tsar : un excellent retour sur investissement.

« Vous avez raison, madame, est intervenue Magreta, les cheveux d'Irina sont secs. Il est temps de les brosser. » Elle m'a fait asseoir sur une chaise dans un coin et a posé les mains sur ma tête. Elle s'est attelée aux nœuds avec une lenteur et une douceur dont elle n'était pas coutumière, en chantant d'une toute petite voix la chanson que j'aimais entendre quand j'étais plus jeune, celle de la petite futée qui s'échappait de l'isba de Baba Yaga.

Il lui a fallu une heure pour brosser mes cheveux à sa convenance, puis une autre encore pour en faire des tresses et les enrouler autour de ma tête comme une couronne. L'intendant de mon père est monté et a frappé à la porte, mais il est resté dehors avec la boîte à bijoux. Ce soir, je ne porterais que la bague, à laquelle on ajouterait le collier le lendemain, puis la couronne le troisième jour, pour précipiter la décision si elle n'avait pas encore été prise. J'avais tâté l'idée de passer un substitut à mon doigt ; ma mère avait laissé quelques colifichets en argent que Galina n'avait pas daigné réclamer, parmi lesquels une bague. Elle était jolie et bien polie, mais personne ne me trouverait belle en la voyant.

Non seulement mon père ne serait pas dupe, mais je n'avais aucun substitut pour le collier. Ce soir, le tsar était seulement censé me regarder, froncer les sourcils, me jeter un nouveau coup d'œil, et me garder dans un coin de sa tête telle une pensée irritante toute la journée suivante, comme mon père lorsqu'il passait son temps à frotter l'anneau de son pouce. Le deuxième soir serait celui où on m'emmènerait au marché, et le troisième celui où mon père et son gendre m'exhiberaient comme un trophée partagé – du moins mon père l'espérait-il.

Mais à la vérité, je voulais la bague. Je voulais la passer à mon doigt et sentir l'argent froid contre ma peau, qu'il soit mien. Je me suis levée et j'ai accompagné Magreta dans ma chambre à coucher, où j'ai enfilé ma robe dont elle a attaché les manches et ajusté la camisole de soie en dessous. Une fois habillée, je suis retournée dans le salon et j'ai appelé l'intendant. L'anneau, que mon père avait porté sur son épaisse phalange endurcie par l'escrime, a trouvé sa place à la base de mon pouce gauche, où il s'est niché douillettement. J'ai tenu la main levée devant moi pour admirer le résultat, et le bavardage des femmes assises autour de moi s'est interrompu, ou peut-être est-ce mon ouïe qui avait cessé de fonctionner. Dehors, le soleil déclinait rapidement, et le monde sombrait dans le bleu et le gris.

Chapitre neuf

Mes tantes et leurs familles sont venues dîner mercredi soir chez mon grand-père, et tout le monde s'est entassé autour de la table dans un joyeux brouhaha. Ma cousine Basia était là, évidemment, et tandis que nous mettions tous la table, elle m'a prise à part, m'a serrée contre elle et a murmuré à mon oreille : « Ils sont enfin d'accord ! Merci, Miryem, merci, merci ! » et elle m'a embrassée sur la joue, avant de retourner dans la cuisine. Ma foi, pourquoi Basia ne devrait-elle pas être heureuse ? J'aurais préféré qu'elle me gifle et me rie au nez, ainsi j'aurais pu la haïr. Je ne voulais pas être la bonne fée de son histoire, saupoudrant son foyer de bénédictions. D'où venaient donc ces fées, et de quels trésors de joie disposaient-elles pour passer leurs journées à voleter autour de filles plus ou moins méritantes pour réaliser tous leurs vœux ? La vieille femme solitaire de la maison voisine morte sans personne pour la regretter et laissant une maison vide à piller, avec des poules et un coffre plein de robes à rafraîchir, voilà le seul genre de fée marraine à laquelle je croyais. Comment Basia osait-elle me remercier, alors que je n'avais rien voulu lui donner ?

À table, je me suis coupé une grosse part de gâteau au fromage et l'ai mangée en silence, avec autant d'appétit que de grossièreté et de colère, en essayant de me convaincre que je serais contente de les quitter et de monter sur le trône du Staryk. Je voulais devenir assez froide pour le vouloir. Mais j'étais aussi la fille de mon père. J'aurais voulu serrer Basia dans mes bras et me réjouir avec elle ; j'aurais voulu courir à la maison voir mes parents et les supplier de me sauver. Le goût familier du gâteau au fromage, doux et sucré, agissait comme un baume dans ma gorge serrée, et quand je l'eus terminé, je me suis éclipsée et suis montée dans la chambre de ma grand-mère, où je me suis aspergée d'eau. Puis j'ai pressé la serviette contre mon visage et respiré quelques instants à travers le tissu.

Un joyeux chahut m'est parvenu d'en bas, et quand je suis redescendue, Isaac était là avec sa mère et son père, venus partager un verre de vin avec nous ; les parents de Basia venaient d'annoncer les fiançailles, mais tout le monde ici était déjà au courant, évidemment. J'ai bu à leur santé en essayant sincèrement d'être heureuse, même quand j'ai entendu Isaac exposer ses projets à mon grand-père, la main de Basia dans la sienne : une petite maison venait d'être mise en vente à seulement deux portes de chez ses parents ; il allait l'acheter sur-le-champ grâce à l'or que je lui avais apporté, et dans une semaine – une semaine ! – ils seraient mariés et s'y installeraient dans la foulée ; un coup de baguette magique n'aurait pas fait mieux.

Mon grand-père a hoché la tête et a dit que puisque la maison était petite, une taille convenable pour une jeune famille, peut-être préféreraient-ils que le mariage ait lieu chez lui ? Il leur donnait ainsi sa bénédiction tout en ne faisant pas peser sur leurs finances le coût d'une fête qu'il voulait plus somptueuse. Ma grand-mère avait déjà pris les deux mères à part pour commencer à discuter à voix basse des faire-part, de la liste des invités, tandis qu'Isaac et Basia venaient vers moi, tout sourires. Basia m'a pris la main et m'a dit : « Promets-nous que tu danseras à notre mariage, Miryem ! C'est le seul cadeau que nous te demandons. »

Je suis parvenue à leur rendre leur sourire et leur ai répondu que je viendrais. Mais les bougies étaient presque consumées, et il y avait d'autres fiançailles à célébrer cette nuit. Au milieu de tout ce joyeux tapage, j'ai entendu les clochettes d'un traîneau tinter, un étrange son aigu de plus en plus fort, et le martèlement de sabots qui se rapprochaient de la maison. Ces bruits ont cessé brusquement, et on a cogné à la porte. Personne ne s'en est aperçu. Les autres continuaient de bavarder et de chanter, mais leurs voix étaient comme étouffées par la profonde réverbération.

Laissant le salon et ma famille derrière moi, je suis passée dans l'entrée. Le coffret plein d'or était toujours là, à moitié dissimulé sous les manteaux et les pèlerines accrochés à la patère ; nous avions oublié sa présence. J'ai ouvert la porte. Sur la route blanche, il y avait un traîneau ouvert aux lignes pures fait de bois clair, tiré par quatre créatures apparentées à des cerfs harnachés de cuir blanc. Un cocher en occupait le banc, et deux hommes à pied se tenaient debout à l'arrière. Tous trois avaient le teint blafard et étaient grands comme… *mon* Staryk – je suppose que je devais le considérer comme tel –, mais loin d'être aussi impressionnants que lui. Leurs cheveux étaient noués en une tresse unique, agrémentée ici et là de perles brillantes, et ils portaient un camaïeu de gris.

Leur seigneur se dressait sur le seuil, paré de ses attributs de cérémonie : il arborait cette fois une couronne, un ruban d'or et d'argent qui lui ceignait le front, orné de pointes déployées formant des feuilles de houx, au centre desquelles miroitait quelque pâle pierre précieuse. Il était vêtu de cuir blanc et d'une cape coupée dans une fourrure de la même couleur, auxquels pendaient d'autres cristaux qui lui faisaient une frange de verre. Il m'a toisée de toute sa hauteur d'un air furieux et mécontent, les coins de sa bouche étirés vers le bas, comme si ce qu'il voyait ne lui plaisait pas. Y avait-il là de quoi lui flatter l'œil ? Je portais ma plus belle robe, les manches ourlées aux poignets de broderies rouges assorties à ma jupe, un pourpoint en laine et un tablier aux motifs orange, mais cela n'avait rien d'extravagant : la tenue d'une fille de marchand, sans plus. Même les petits boutons en or et le col en fourrure noire de mon pourpoint n'indiquaient qu'une modeste prospérité. Petite, sombre, bariolée comme un roitelet, une parodie de femme pour lui ; avant même qu'il n'ouvre la bouche, j'ai lâché : « Vous ne pouvez pas m'épouser. Qu'en dira-t-on ? »

Ses lèvres se sont encore plus étirées et ses yeux se sont étrécis. « Ce que j'ai promis, je ferai, m'a-t-il sifflé au visage, même si cela doit signer la fin du monde. As-tu changé mon argent en or ? »

Il n'y avait même pas de malveillance dans sa question, cette fois, comme s'il avait abandonné l'idée que je puisse échouer. Je me suis baissée et j'ai ouvert le coffret d'un geste brusque, sans même le dégager des manteaux et les pèlerines en laine qui l'encombraient ; j'aurais de toute façon été incapable de le déplacer. « Voilà ! Prenez-le et laissez-moi tranquille ; c'est absurde de m'épouser alors que ni vous ni moi n'en avons envie. Vous ne pouviez pas vous contenter de me promettre une breloque ?

— Il faut être mortel pour croire qu'une telle faveur mérite moins que ça », a-t-il déclaré, suintant le mépris, et je lui ai lancé un regard noir, contente d'éprouver plus de colère que de peur.

« *J'ai* rempli ma part du marché. M'arracher à mon foyer et à ma famille n'est pas vraiment ce que j'appelle une récompense.

— Une récompense ? Qu'est-ce qui te fait croire que je dois te récompenser ? C'est *toi* qui as réclamé une juste rétribution en échange de la preuve de ton talent ; croyais-tu que je me renierais en prétendant être une créature inférieure, incapable de m'acquitter du juste prix ? Je suis le seigneur de la montagne de verre, pas un innomé, et je paie mes dettes. Trois fois tu as été mise à l'épreuve, trois fois tu as triomphé – peu importe comment, a-t-il ajouté d'une voix déraisonnablement amère, et je ne me parjurerai pas, quel qu'en soit le coût. »

Il m'a tendu la main, et j'ai dit d'une voix désespérée : « Je ne connais même pas votre nom. »

Il m'a décoché un regard aussi outragé que si je lui avais demandé de se couper lui-même la tête. « Mon *nom* ? Tu crois pouvoir connaître mon *nom* ? Tu auras ma main et ma couronne, et tu t'en contenteras ; comment oses-tu me demander davantage ? »

Il m'a attrapée par le poignet, et j'ai ressenti la brûlure glacée de ses doigts gantés, puis il m'a brutalement fait franchir le seuil. Toute sensation de froid s'est instantanément évanouie, comme un lever de soleil réchauffe une rivière, alors même que je me tenais dans cette forêt blanche seulement chaussée de mes bottes d'intérieur et sans même un châle sur les épaules. J'ai essayé de me dégager de son étreinte. Sa force était incommensurable, mais quand j'ai résisté de tout mon poids, il m'a lâchée. J'ai trébuché dans la neige et me suis retournée, à moitié à quatre pattes, avec l'intention de fuir à toutes jambes.

Mais il n'y avait nulle part où aller. Il n'y avait que la route qui s'étirait entre les arbres blancs derrière et devant moi, et nulle part aucun signe de la porte de mon grand-père ou des remparts de la ville. Seul demeurait le coffret d'une blancheur d'os, ouvert à mes pieds. Dans la lumière froide de la forêt, l'or qu'il contenait brillait comme si chaque pièce renfermait un petit soleil ; peut-être s'écoulerait-il entre mes doigts comme du beurre fondu si j'essayais de le saisir.

Les deux hommes à pied sont passés devant moi et ont refermé le couvercle avec précaution, presque révérencieusement. J'ai vu dans leurs yeux le même désir que suscitait l'argent enchanté au marché. Ils ont soulevé le coffret avec tout autant de soin, mais sans effort, alors que les deux serviteurs costauds de mon grand-père ne l'avaient porté qu'à grand renfort de grognements. Je me suis retournée pour le suivre des yeux tandis qu'ils le hissaient dans le traîneau, avant de revenir se poster près de mon seigneur Staryk. Ce dernier a tendu une main péremptoire vers moi.

Qu'étais-je censée faire ? Je suis venue à lui sans grâce dans la neige profonde et j'ai grimpé dans le traîneau à sa suite. Il se tenait raide comme un piquet aussi loin de moi qu'il était possible de le faire sans s'écarter d'un doigt de la place centrale du traîneau, mais c'était là ma seule consolation. « Allez », a-t-il lancé sèchement au cocher, et les clochettes du harnais ont tinté une fois alors que nous nous mettions en route, survolant la large piste blanche. Il y avait sur le plancher du traîneau une courtepointe en fourrure blanche, que j'ai tirée sur mes genoux pour le seul plaisir d'éprouver sa douceur entre mes doigts serrés. Je ne ressentais pas le moindre froid.

Magreta et moi nous sommes assises dans le bureau de mon père, attendant d'être appelées. J'entendais déjà la musique à l'étage inférieur, mais mon père voulait que les festivités fussent déjà bien avancées avant de me voir faire une apparition plus subtile que pompeuse. J'étais censée entrer naturellement et venir m'asseoir à côté de ma belle-mère. Magreta, toujours penchée sur sa couture, m'entretenait gaiement du linge de maison qu'il restait encore à confectionner pour ma dot, mais sa voix s'éteignait chaque fois que je bougeais la main et que son regard accrochait l'anneau d'argent. Quand Galina était venue me dire d'aller patienter dans l'étude, même elle avait marqué un temps d'arrêt, légèrement déconcertée.

Je n'ai pas essayé de coudre. J'avais sur les genoux un livre provenant de l'étagère de mon père, mais je ne parvenais même pas à apprécier ce rare plaisir. J'ai contemplé l'illustration de la conteuse et du sultan – une créature de l'ombre filiforme prenant naissance dans la fumée du brasier entre les mains de la conteuse –, mais je n'arrivais pas à finir la moindre phrase. Dehors la neige tombait toujours. Elle avait commencé à le faire soudainement en fin d'après-midi, très épaisse, comme pour moquer toute velléité d'évasion que j'aurais pu nourrir, ce qui était de toute façon absurde.

Un éclat de rire étouffé a filtré par le plancher, couvrant presque le cliquetis de la poignée de la porte, mais pas totalement. J'ai rapidement fermé le livre sur mes genoux et caché ma main, celle qui portait l'anneau, dessous. Il était trop tôt pour que mon père eût envoyé quelqu'un me chercher, aussi n'ai-je pas été surprise de voir Mirnatius apparaître dans l'encadrement, seul. Magreta s'est tue et s'est figée près de moi, les mains serrées sur son ouvrage. J'avais le visage découvert, et nous étions seuls ; elle aurait dû le chasser. Mais bien sûr, il s'agissait du tsar. Et quand bien même ne l'eût-il été, Magreta connaissait sa véritable nature.

« Tiens, tiens, a-t-il dit en entrant dans la chambre. Ma petite protectrice des écureuils, un peu moins petite maintenant. Mais pas plus belle qu'alors, hélas, a-t-il ajouté avec un sourire.

— Non, sire », ai-je répondu sans parvenir à détacher les yeux de lui. Lui *était* très beau, plus encore de près, avec sa bouche sensuelle encadrée d'une barbe courte et ses yeux irréels qui brillaient comme des joyaux. Mais ce n'est pas la raison pour laquelle je ne pouvais détourner le regard. J'étais trop sur mes gardes pour ne pas le fixer, tel un rongeur en présence d'un chat.

« Non ? » a-t-il répété d'une voix douce en avançant d'un autre pas.

Je me suis levée de ma chaise afin qu'il ne me dominât point. Magreta, tremblante, s'est levée à son tour, et lorsqu'il a fait mine de tendre la main vers moi, elle a demandé précipitamment : « Sa Majesté apprécierait-elle un verre de cognac ? » en désignant la bouteille et les verres en cristal sur le buffet, dans une vaine tentative de diversion.

« Oui, s'est-il empressé de répondre. Pas celui-là. Celui qu'on sert en bas. Allez le chercher. »

Magreta a campé sur ses positions, les yeux fuyants. « Elle n'est pas autorisée à me laisser seule, ai-je expliqué.

— Pas autorisée ? C'est absurde. Je lui en donne la permission. Je me porte personnellement garant de votre honneur. *Allez-y.* » L'ordre a jailli comme un coup de tisonnier tout juste sorti du feu, et Magreta s'est sauvée de la pièce.

J'ai serré les doigts de chaque côté de la bague, reconnaissante de la froideur qu'elle instillait en moi, tandis que les yeux du tsar revenaient se poser sur ma personne. Il s'est encore avancé et m'a pris le visage entre les mains, le relevant d'un geste sec. « Qu'as-tu dit à ton père, mon courageux écureuil gris, pour qu'il croie pouvoir me contraindre à te prendre pour femme ? »

Il pensait donc que mon père allait essayer de le faire chanter. « Sire ? » ai-je dit, en essayant toujours de m'accrocher à la rigidité des convenances, mais il a serré plus fort.

« Ton père me divertit à grands frais, alors qu'il n'est pas vraiment connu pour sa prodigalité. » Son pouce a suivi la ligne de ma mâchoire, s'y enfonçant légèrement ; j'ai eu l'impression de sentir l'odeur de la sorcellerie sur lui, un mélange âcre de cannelle, de poivre et de résine de pin, et derrière de la fumée. C'était aussi agréable et séduisant que le reste de sa personne, et pourtant étouffant. « Dis-le-moi », a-t-il repris, ses mots me chauffant le visage comme on dépose une pellicule de condensation en soufflant sur un carreau glacé.

Mais mon anneau est resté froid, et toute rougeur m'a désertée. Je n'avais pas à lui répondre. Mais ne pas le faire lui laisserait le loisir d'imaginer ce qu'il voudrait. « Rien. Je n'aurais pas osé », ai-je dit, lui accordant au moins cela, tout en tentant de me soustraire à son étreinte.

« Pourquoi pas ? Tu ne veux pas être tsarine, avec une belle couronne dorée sur la tête ? a-t-il persiflé.

— Non », ai-je répondu en faisant un pas en arrière.

L'étonnement lui avait fait lâcher prise. Il m'a dévisagée, et alors une terrifiante avidité s'est emparée de ses traits, déformant un instant sa beauté comme à travers des ondes de chaleur au-dessus d'un feu de joie. J'ai même cru voir un éclat rouge dans ses prunelles alors qu'il réduisait une nouvelle fois l'espace entre nous… mais alors la porte s'est ouverte et mon père est entré dans la pièce, inquiet et furieux : ses plans étaient éventés, et il ne pouvait rien y faire.

« Sire », s'est-il écrié, et son expression s'est durcie quand il a vu que je cachais ma main derrière le livre. « Je venais justement chercher Irina pour qu'elle nous rejoigne. Merci d'avoir veillé sur elle. »

Il s'est avancé vers moi et a tendu la main pour que j'y dépose le livre. Je me suis exécutée à contrecœur, et l'anneau a répandu son éclat glacé entre nous. J'ai observé Mirnatius, guettant lugubrement un froncement de sourcils perplexe, l'étincelle de l'enchantement dans ses yeux, mais ces derniers étaient déjà animés par la faim et le plaisir, et son expression est restée la même. Il me dévisageait, moi et rien d'autre, sans un regard pour la bague.

Au bout d'un moment, il a cligné des yeux, et le miroitement brûlant qui s'y trouvait a disparu. Puis il s'est tourné vers mon père. « Pardonnez-moi, Erdivilas. Vos éloges ont attisé en moi un irrépressible désir de revoir Irina, sans le brouhaha de la grande salle entre nous. Vous avez assurément dit vrai. Elle n'a rien d'une fille ordinaire. »

Mon père s'est immobilisé, surpris ; comme si le lièvre avait soudain fait volte-face pour sauter dans la gueule du loup. Mais sa détermination a vite repris le dessus. « Vos paroles honorent ma maison.

— Oui, a repris Mirnatius. Peut-être devrait-elle descendre sans nous. Je crois que nous devrions immédiatement parler de son mariage. Je la destine à un prétendant très particulier, et je dois vous avertir qu'il n'est guère enclin à la patience. »

Chapitre dix

Cette semaine-là, le père de Miryem m'a demandé tous les jours, d'un air hésitant : « Wanda, tu as vu Miryem ? », et tous les jours je lui rappelais qu'elle était allée à Vysnia. Alors il disait : « Oh, oui, bien sûr, quel idiot je fais. » Chaque soir au dîner, la mère de Miryem mettait une quatrième assiette, la remplissait, et tous les deux étaient surpris de ne pas la voir. Je ne disais rien parce qu'ils me donnaient sa part à manger.

Je faisais les tournées et recopiais soigneusement les paiements dans le livre. Avec Sergey, on s'occupait des chèvres et des poules. On laissait le jardin bien en ordre, la neige tassée et ratissée. Le mercredi, quand je suis allée faire les courses au marché, un homme venu du nord vendre ses poissons m'a demandé si Miryem avait encore des tabliers : il les avait vus sur d'autres et voulait en acheter pour ses trois filles. Il restait justement trois tabliers à la maison. La gorge nouée par l'audace, je lui ai dit : « Je peux aller les chercher si vous voulez. Deux kopeks pièce.

— Deux kopeks ! Je ne peux pas vous donner plus d'un kopek par tablier.

— C'est le prix. Ma maîtresse n'est pas là. Elle ne les a vendus à personne pour moins que ça », j'ai ajouté.

Il a froncé les sourcils, mais il a dit : « Eh bien, j'en prendrai deux. » Quand j'ai hoché la tête et dit que j'allais les chercher, il m'a rappelée et m'a demandé de rapporter les trois. Ce que j'ai fait. Il les a inspectés sous toutes les coutures à la recherche d'un fil décousu ou d'une teinture passée. Puis il a sorti sa bourse et a compté l'argent dans ma main : un, deux, trois, quatre, cinq, six. Six kopeks, brillant dans ma paume. Ils n'étaient pas à moi, mais j'ai refermé les doigts dessus, dégluti et dit : « Merci, Panov », et puis j'ai repris mon panier et me suis tranquillement éloignée du marché jusqu'à ce que personne ne puisse plus me voir, et alors j'ai couru jusqu'à la maison et fait irruption dans la grande pièce, essoufflée. La mère de Miryem était en train de servir le dîner. Elle m'a regardée, surprise.

« J'ai vendu les tabliers », j'ai dit. J'ai cru que j'allais me mettre à pleurer. J'ai ravalé la boule que j'avais dans la gorge et je lui ai tendu l'argent.

Elle l'a pris, mais n'a même pas regardé les pièces. Elle a posé la main sur mon visage – si petite, si fine, mais chaude. Elle m'a souri et a demandé : « Wanda, comment faisions-nous sans toi ? » Après quoi elle s'est retournée et a rangé l'argent dans un pot sur l'étagère. Je me suis caché le visage dans les mains, et puis je me suis essuyé les yeux avec mon tablier avant de m'asseoir à table.

Elle avait encore fait trop à manger. « Wanda, est-ce que tu as encore faim ? Ce serait dommage de jeter de la nourriture », a dit son père une fois de plus en poussant la quatrième assiette vers moi. La mère de Miryem regardait par la fenêtre avec une étrange expression, un peu confuse. Elle a demandé d'une voix lente : « Depuis combien de temps Miryem est-elle partie ?

— Une semaine, j'ai dit.

— Une semaine », elle a répété, et on aurait cru qu'elle essayait de fixer l'information dans sa tête.

« Elle sera bientôt revenue, Rakhel », a ajouté son père d'une voix enjouée, comme s'il essayait de se convaincre lui-même.

« C'est un long voyage », a dit sa mère. Elle avait encore son regard bizarre. « Ça fait si loin pour elle. » Puis elle s'est reprise et m'a souri. « Eh bien, Wanda, je suis contente de voir que tu apprécies ma cuisine. »

Je ne sais pas pourquoi, mais une pensée très nette s'est imposée à moi : *Miryem ne reviendra pas*. « C'est très bon », j'ai dit. J'avais une sensation étrange dans la gorge. « Merci. »

Elle m'a donné mon penny du jour, et je suis rentrée chez moi sans me presser. J'ai pensé : Miryem serait toujours sur le point de revenir. Ils l'attendraient et l'attendraient encore. Chaque jour ils lui serviraient son assiette. Chaque jour ils seraient déconcertés de ne pas la voir. Chaque jour ils me donneraient sa part à manger. Peut-être qu'ils me donneraient aussi sa part d'autres choses. Je m'occuperais des affaires de Miryem. Sa mère me sourirait encore comme elle l'avait fait aujourd'hui. Son père m'apprendrait d'autres nombres. J'ai essayé de ne pas vouloir ces choses. J'en étais presque à souhaiter qu'elle ne revienne pas.

Je suis allée enterrer mon penny sous l'arbre, puis j'ai regagné la maison et je me suis arrêtée à la porte. J'avais vu des empreintes de pas tout au long du trajet. Ça n'avait rien de bizarre. D'autres gens vivaient sur cette route. Mais celles-ci avaient dévié et se dirigeaient droit vers la porte de chez moi : deux hommes, avec des bottes en cuir, ce qui était très étrange. Ce n'était pas l'époque de la collecte des impôts. Je m'étais approchée lentement. En arrivant à la porte, j'ai entendu des rires et des voix masculines qui portaient un toast. Ils buvaient. Je ne voulais pas entrer, mais je n'avais pas le choix. Le trajet m'avait frigorifiée, je devais me réchauffer les mains et les pieds.

J'ai ouvert la porte. Je n'avais pas la moindre idée de ce que j'allais trouver à l'intérieur, mais je m'attendais à être surprise. C'était Kajus et son fils Lukas. Il y avait une grande bouteille de krupnik sur la table et trois gobelets. Mon père avait le visage rougeaud, donc ça faisait un moment qu'ils buvaient. Stepon se faisait tout petit dans un coin, près de l'âtre. Il a levé les yeux vers moi. « La voilà ! Kajus a dit quand je suis entrée. Ferme la porte, Wanda, et viens faire la fête avec nous. Vas-y, Lukas, va l'aider ! »

Lukas s'est redressé, est venu à ma rencontre et s'est étiré pour essayer de m'aider à enlever mon châle. Je ne savais pas bien pourquoi il se donnait cette peine. Je m'en suis sortie toute seule et je l'ai accroché près du feu, avec mon écharpe. Quand je me suis retournée, j'ai vu que Kajus souriait toujours. « Je suis sûr qu'elle te manquera, il a dit à mon père, mais c'est le lot de ceux qui ont une fille ! Et elle n'habitera pas loin. » Je me suis figée. J'ai regardé Stepon. « Wanda, Kajus a continué, tout est arrangé ! Tu vas épouser Lukas. »

J'ai regardé Lukas. Il n'avait pas l'air très heureux, mais pas mécontent non plus. Il me lorgnait seulement d'un œil appréciateur. J'étais une truie au marché qu'il avait décidé d'acheter. Il espérait que j'engraisse comme il faut et que je lui donne plein de petits porcelets avant qu'il soit l'heure de finir en bacon.

« Ton père m'a parlé de cet arrangement pour la dette, a continué Kajus. Mais je lui ai dit qu'il n'aurait plus à la payer. On la mettra sur mon compte, et tu travailleras pour la payer. Et toutes les semaines, tu viendras lui apporter un pot de mon meilleur krupnik, comme ça il n'oubliera pas à quoi sa fille ressemble. À ta santé et à ton bonheur ! » Il a levé son gobelet vers moi et y a trempé les lèvres, et mon père a trinqué aussi, mais il a bu cul sec. Kajus a aussitôt rempli son gobelet.

Donc mon père n'avait même pas réussi à tirer de moi une chèvre laitière ou des cochons. Pas même quatre pennies par mois. Il m'avait vendu pour boire. Un pot de krupnik par semaine. Kajus souriait toujours. Il avait dû deviner qu'on me donnait de l'argent pour mon travail. Ou il s'était peut-être dit que, si j'étais dans sa maison, Miryem allégerait sa dette. Et s'il allait en parler au père de Miryem, il aurait raison. La dette serait effacée. Ce serait comme un cadeau de mariage pour moi. Alors peut-être que Kajus continuerait à me faire travailler pour eux et leur réclamerait de plus en plus d'argent. Miryem était partie. Elle ne pourrait pas s'opposer à lui. Il n'y avait que ses parents, et eux ne pourraient rien contre lui. Ni contre personne.

« Non », j'ai dit.

Ils m'ont tous regardée. Mon père clignait des yeux. « Quoi ? il a bredouillé.

— Non, j'ai répété. Je n'épouserai pas Lukas. »

Kajus ne souriait plus. « Allons, Wanda », il a commencé, mais mon père n'a pas attendu qu'il aille plus loin. Il s'est levé d'un coup et m'a giflée si fort que je suis tombée par terre.

« Tu dis non ? il a beuglé. Tu dis non ? Tu crois que c'est qui le maître ici ? Tu ne me dis pas non ! Ferme-la ! Tu vas l'épouser aujourd'hui, espèce de vache idiote ! » Il était en train d'enlever sa ceinture, enfin il essayait, mais il n'arrivait pas à la déboucler.

« Gorek, elle a seulement été surprise », disait Kajus, une main tendue entre nous, mais sans se lever. « Je suis sûre qu'elle va changer d'avis si elle y réfléchit un peu.

— Je vais lui apprendre à réfléchir ! » a dit mon père, et il m'a attrapée par les cheveux et m'a redressé la tête. J'ai aperçu Lukas qui reculait vers la porte, l'air apeuré. Mon père était costaud, plus que lui ou Kajus. « Tu dis non ? » répétait-il sans s'arrêter, en me frappant d'un côté puis de l'autre. J'ai essayé de me couvrir le visage, mais il a chassé mes mains.

« Gorek, elle n'aura pas bonne mine à son mariage », a dit Kajus, comme s'il essayait de faire une blague. Sa voix paraissait un peu effrayée à mes oreilles bourdonnantes.

« On s'en cogne, de son visage ! a dit mon père. C'est pas ça qui compte, chez une femme. T'avise pas de lever les mains devant moi, il m'a crié. Tu dis non ? » Il avait lâché l'affaire avec sa ceinture. Il m'a jetée violemment contre la cheminée et a pris le tisonnier près du feu.

Alors Stepon a dit « Non ! », et il a attrapé l'autre bout du tisonnier. Mon père s'est arrêté. Même à moitié aveuglée par les larmes, j'ai levé la tête, incrédule. Stepon était encore petit et maigrichon comme un arbrisseau. Mon père aurait pu le soulever de terre en tirant simplement le tisonnier. Mais Stepon s'y agrippait quand même des deux mains et il a dit encore « Non ! » à mon père.

Qui était si choqué qu'il n'a rien fait pendant un moment. Puis il a essayé de dégager le tisonnier, mais Stepon, qui le serrait fort, est venu avec. Mon père l'a attrapé par l'épaule et a essayé de lui faire lâcher prise, mais le tisonnier était plus long que son bras, et il était trop soûl pour penser à le poser par terre, alors il a commencé à le secouer d'avant en arrière, promenant Stepon dans toute la maison avec. Mon père s'est énervé de plus en plus fort, et puis il a poussé un rugissement qui ne voulait rien dire et a finalement jeté le tisonnier, soulevé Stepon et l'a frappé au visage de son énorme poing.

Stepon est tombé, du sang plein le visage, les mains toujours serrées sur le tisonnier, et a encore dit « Non ! » dans un sanglot.

Mon père était si furieux qu'il n'arrivait même plus à crier. Il a pris son tabouret et l'a fracassé en mille morceaux sur le dos de Stepon, qui s'est écroulé par terre comme une poupée de chiffon. Mon père tenait toujours le pied du tabouret, et il l'a abattu de toutes ses forces sur les mains de mon frère jusqu'à ce qu'il finisse par lâcher prise. Et alors mon père a repris le tisonnier.

Il avait le visage et les yeux rouges de rage, les lèvres retroussées sur ses dents. S'il se mettait à frapper Stepon avec le tisonnier, il ne s'arrêterait pas. Il le tuerait. « Je vais épouser Lukas ! j'ai dit. P'pa, je vais l'épouser ! » Mais alors j'ai tourné mon visage enflé et j'ai vu que Lukas était déjà parti, et que Kajus essayait de se faufiler vers la porte.

« Où tu vas ? a beuglé mon père.

— Si la fille refuse, ça règle la question, Kajus a dit. Lukas ne veut pas d'une fille qui ne veut pas de lui. » Ce qu'il voulait dire, c'est qu'il ne voulait pas de ça chez lui. Il était venu avec son krupnik et ses plans finauds, avait soûlé mon père et attisé cette rage en lui comme un feu de joie, et maintenant que le feu était devenu incontrôlable, il voulait s'en aller le plus loin possible.

Et il pouvait s'en aller. Comme Lukas l'avait déjà fait. Mon père ne pouvait pas les forcer à faire ce qu'il voulait, même en leur hurlant dessus. C'étaient deux hommes riches qui payaient leurs impôts. S'il essayait de les frapper, ils iraient chercher le boïar pour le faire fouetter, et mon père le savait. Il m'a crié : « Tout ça, c'est ta faute ! Quel homme voudrait d'une femme qui ne sait pas obéir ? »

Il s'est avancé vers moi et a levé le tisonnier. Au même moment, Kajus a ouvert la porte, et Sergey était là, dehors. Il nous avait entendus crier. Il s'est précipité à l'intérieur et a attrapé le tisonnier avant qu'il ne s'abatte sur ma tête. Mon père a essayé de le lui arracher des mains, mais il n'y est pas arrivé. Sergey le tenait fermement. Il était aussi grand que lui, maintenant, et il avait commencé à prendre du poids depuis qu'il mangeait deux fois par jour chez Miryem. Alors que mon père était maigre comme l'hiver et ivre. Il a encore essayé de libérer le tisonnier, et puis il a voulu mettre un coup de poing à Sergey, mais mon frère a réussi à s'emparer du tisonnier, et c'est *lui* qui a frappé mon père.

Je pense que ça a surpris P'pa plus que toute autre chose, de prendre un coup. Personne ne s'était jamais battu avec lui, pas même au bourg. Il était trop costaud. Il a reculé en titubant et trébuché sur Stepon qui était toujours recroquevillé par terre, et alors il a basculé en arrière dans la cheminée, décrochant au passage la marmite de kasha de la crémaillère. La bouillie brûlante s'est renversée sur son visage.

Kajus a poussé un cri effrayé et s'est enfui en courant, alors que P'pa criait et s'agitait dans tous les sens. Je me suis brûlé les mains en dégageant la marmite et on l'a tiré des cendres, mais ses cheveux et ses habits étaient en feu. Tout son visage cloquait et ses yeux étaient enflés comme de gros oignons sous les paupières. On a étouffé les flammes avec nos vêtements, mais il avait cessé de crier et de remuer.

On est tous les trois restés autour de lui. On ne savait pas quoi faire. Il ne ressemblait plus à une personne. Sa tête était devenue une grosse chose rouge et enflée. « Il est mort ? » a fini par demander Sergey. P'pa ne bougeait toujours pas et ne disait rien, et c'est comme ça qu'on a su qu'il était mort.

Stepon s'est tourné vers Sergey puis vers moi, il avait l'air effrayé. Il avait toujours du sang plein le visage et son nez était tout de travers. Il voulait savoir ce qu'on allait faire. Sergey était pâle. Il a dégluti. « Kajus va le dire à tout le monde. Il va leur dire… »

Kajus dirait à tout le monde que Sergey avait tué notre père. Les hommes du boïar viendraient, l'emmèneraient et le pendraient. Ça ne changerait rien qu'il ne l'ait pas fait exprès. Ça ne changerait rien que mon père ait été sur le point de nous tuer. On ne tue pas son père. Peut-être qu'ils m'emmèneraient aussi. Kajus dirait à tout le monde que j'avais refusé d'épouser son fils, et que Sergey avait tué mon père pour l'empêcher de me cogner pour ça. Donc on était complices. En tout cas, Sergey serait pendu, et même si j'étais épargnée, le boïar prendrait la ferme et la donnerait à quelqu'un d'autre. Stepon était trop jeune pour s'en occuper tout seul, et j'étais une fille.

« On doit partir », j'ai dit.

On est allés à l'arbre blanc. On a déterré les pennies. Il n'y en avait que vingt-deux, c'était tout ce que nous avions. On les a regardés. Maintenant je savais ce qu'on pouvait acheter avec vingt-deux pennies : pas beaucoup de nourriture pour trois, et on aurait un long chemin à faire avant de trouver du travail quelque part.

« Stepon, j'ai dit, va voir Panova Mandelstam. » Stepon m'a regardé avec des yeux affolés. Il avait peur. « Tu es petit. Personne ne dira que tu y es pour quelque chose. Elle te laissera rester.

— Pourquoi elle ferait ça ? a demandé Sergey. Il ne peut pas l'aider.

— Il peut s'occuper de leurs chèvres », j'ai dit, mais seulement pour les rassurer. Je savais que la mère de Miryem le laisserait rester, même s'il ne pouvait rien faire. Cela dit, il leur serait utile. Stepon s'en sortait très bien avec les chèvres. Donc même si personne n'allait plus collecter l'argent, ils auraient toujours à manger. Et il leur tiendrait compagnie, tous ces jours où Miryem ne reviendrait pas. Au bout d'un moment, Stepon s'est frotté les yeux et a hoché la tête. Il comprenait. Sergey et moi, on pouvait marcher vite et longtemps.

On pouvait gagner de l'argent en travaillant. Pas lui, pas encore. Ça serait plus sûr pour nous tous. Mais il fallait qu'on se sépare, peut-être pour toujours. Sergey et moi, on ne reviendrait pas. Et Stepon ne saurait pas où nous serions.

« M'man, je suis désolée », j'ai dit à l'arbre. L'argent avait causé des problèmes, au bout du compte. On aurait dû l'écouter. Le vent dans les feuilles blanches faisait comme un long et profond soupir. Puis l'arbre a baissé trois de ses branches basses, qui nous ont touché chacun une épaule. J'avais l'impression que quelqu'un posait sa main sur ma tête. Celle de Stepon portait un unique fruit pâle, une amande mûre. Il l'a observée et s'est tourné vers nous.

« Prends-la », j'ai dit. M'man nous avait tous les deux sauvés une fois, Sergey et moi, et on avait quand même causé tous ces problèmes. Stepon n'avait rien demandé.

Il a donc pris l'amande et l'a mise dans sa poche, puis Sergey m'a demandé : « Où est-ce qu'on va aller ?

— D'abord à Vysnia, j'ai répondu au bout d'un moment. On peut aller voir le grand-père de Miryem. Peut-être qu'il nous donnera du travail. » Je savais que son grand-père s'appelait Moshel, mais je ne croyais pas qu'on puisse trouver Vysnia, ou lui. Mais il fallait bien qu'on ait un but. Et je me suis rappelé que Miryem avait parlé d'envoyer de la laine au sud, quand la rivière dégèlerait. Si on le faisait, si on partait vers le sud par la rivière, il n'y aurait plus personne pour nous chercher. Personne ne nous poursuivrait si loin.

Sergey a fait oui de la tête. On est allés à notre enclos et on a attaché ensemble les quatre chèvres qui nous restaient. Stepon est parti sur la route du bourg en les tirant derrière lui. Il nous a jeté des regards par-dessus son épaule à chaque pas, jusqu'à ce qu'il soit hors de vue. On s'est alors partagé les pennies, moitié-moitié, et chacun a mis sa part dans sa poche la plus sûre.

On ne voulait pas retourner dans la maison, pour ne pas voir notre père étendu, mais on y est quand même allés récupérer son manteau accroché à la patère, et la marmite vide dans les cendres pour pouvoir cuisiner. Et puis on est partis dans les bois.

On nous a mariés, Mirnatius et moi, le matin du troisième jour de sa visite. Je portais ma bague, mon collier et ma couronne. Mon père avait offert ces bijoux en dot, en prétendant qu'ils avaient appartenu à ma mère. Mirnatius avait commenté, sans grand enthousiasme : « Oui, ça fera l'affaire », comme s'il s'en moquait. Je pense qu'il m'aurait prise sans rien du tout, mais mon père était un peu décontenancé par la facilité de sa victoire, qui lui faisait perdre toute saveur ; il voulait croire que ce mariage était le fruit de ses machinations. La cour m'avait dévisagée lorsque j'étais entrée dans l'église, comme si je portais toutes les étoiles du monde à mon cou et sur mon front, mais l'acier enchanté eût tout aussi bien pu être en cuivre aux yeux de mon fiancé. Malgré toute son insistance à conclure ce mariage dans les plus brefs délais, il a prononcé ses vœux avec un ennui manifeste, après quoi il m'a lâché la main aussi vite que s'il s'était agi d'une braise. J'en étais réduite à supposer qu'il trouvait délicieuse l'idée de se marier par malveillance, avec une fille qui ne voulait pas de lui, quand toutes les vierges du royaume soupiraient après lui et se seraient coupé les orteils pour être à ma place.

Nous sommes partis immédiatement après. On a attaché à la va-vite mon coffre de mariée à moitié terminé à l'arrière d'un traîneau repeint de frais en blanc et argent – de très frais même, car c'était le cadeau de dernière minute d'un des boïars de mon père, qui lui avait cédé l'un des siens – et on m'a à mon tour installée sur mon siège. Personne ne m'accompagnait. Mirnatius avait prévenu mon père qu'il n'y avait pas de place dans sa domesticité pour une autre vieille femme, aussi Magreta était-elle restée, sanglotant inconsolablement sur le seuil, cachée derrière les autres femmes de la maisonnée.

Mirnatius a embrassé mon père sur les deux joues, comme il seyait entre membres proches d'une même famille, et s'est hissé à côté de moi. J'étais soulagée de ne pas me retrouver confinée avec lui dans son traîneau fermé ; il n'était pas assez grand pour deux, si l'un des occupants était le tsar du Lithvas. De toute façon il faisait presque trop chaud dans notre traîneau, encombré de lourdes fourrures et de chaufferettes pleines de pierres brûlantes à nos pieds et sous nos sièges. Mirnatius s'est installé confortablement et m'a tendu une bourse. « Jette donc des pièces au peuple en passant, ma bien-aimée, afin que tous partagent notre bonheur, m'a-t-il dit d'une voix traînante. Montre-leur la joie qu'à n'en point douter tu ressens intérieurement. *Souris-leur* », a-t-il ajouté. Encore une injonction qui m'a traversée comme les vagues de chaleur s'élevant des chaufferettes, mais l'argent de l'anneau logé sous mon gant m'en protégeait. J'ai pris la bourse d'une main circonspecte et lancé des poignées de kopeks et de pennies par-dessus le garde-fou du traîneau, sans regarder où elles tombaient ; personne dans la rue ne remarquerait que je ne leur souriais pas alors qu'il y avait de l'argent à ramasser, et je ne pouvais de toute façon détourner les yeux de lui, qui me toisait en silence, les sourcils froncés, les paupières mi-closes.

Le traîneau a suivi la rivière gelée, la survolant presque, s'arrêtant quatre fois pour changer de chevaux, jusqu'à ce que, la nuit tombant, nous fissions halte chez le duc Azuolas. C'était un riche propriétaire qui possédait de vastes terres, mais sa ville, plus petite que Vysnia, s'apparentait à un bastion davantage conçu pour résister aux assauts des Staryk qu'à une quelconque conquête. Ce lieu silencieux ne pouvant accueillir toute la suite du tsar, Mirnatius a ordonné à presque tout son cortège de continuer et de trouver à se loger pour la nuit chez les boïars et les chevaliers plus loin sur la route. Je me tenais sur les marches de la maison du duc lorsqu'ils sont partis, tous ces gens qui avaient assisté à mon mariage, et un frisson glacé m'a parcouru l'échine. Il y avait de la place à l'intérieur pour au moins certains d'entre eux, et de nombreux chevaliers ont manifesté avec aigreur leur indignation de se voir tenus à l'écart. Les serviteurs avaient déchargé mon coffre et le portaient dans la maison. J'ai observé Mirnatius. Peut-être n'était-ce que le reflet du soleil couchant, mais il m'a semblé voir un éclat rouge dans ses yeux lorsqu'il m'a retourné mon regard.

Je suis entrée dîner avec tout mon argent sur moi : je n'avais même pas ôté la couronne. Tout autour de la table, les hommes me dévisageaient tels des enfants impressionnables, à la fois perplexes et jaloux du tsar, sans vraiment savoir pourquoi. J'ai parlé à autant de ces hommes hypnotisés par l'argent que je l'ai pu, mais j'avais à peine entamé mon dessert que Mirnatius m'excusait, me confiait aux bons soins des servantes et envoyait deux gardes à notre suite. « Surveillez bien la porte de ma tsarine, je ne voudrais pas qu'elle prenne la poudre d'escampette », leur a-t-il dit, et tout le monde a ri de son bon mot. Alors que je quittais la table, il s'est brusquement tourné vers moi, m'a pris la main, l'a vivement tirée vers sa bouche et y a déposé un baiser littéralement brûlant. « Je viendrai m'occuper de vous *bientôt* », a-t-il murmuré d'une voix dure avant de me laisser partir, et ses mots ont résonné comme une ardente promesse.

Le baiser avait coloré mes joues, et les servantes qui m'attendaient ont gloussé, me croyant impatiente de convoler avec mon beau promis. Je leur étais reconnaissante de leur erreur. Sitôt fermée la porte de ma chambre, je les ai renvoyées plutôt que de les laisser m'aider à me déshabiller. « Mon seigneur préférera s'en charger, je pense », ai-je expliqué en baissant pudiquement les yeux pour qu'elles crussent que l'excitation, et non la peur, motivait mes paroles. Elles ont encore ri et se sont glissées hors de la pièce sans discuter, me laissant seule et toujours vêtue de ma lourde robe.

Deux jours plus tôt, j'avais dit à Galina : « Le trajet entre Vysnia et Koron est long et froid, et mes vieilles fourrures sont devenues trop petites. » Je savais qu'une grande agitation régnait parmi les courtisans du tsar et les boïars et les chevaliers de mon père à la recherche désespérée d'un cadeau de dernière minute, et j'avais estimé probable qu'ils consultassent ma belle-mère. J'avais donc à présent un bel ensemble de fourrures d'hermine, digne d'une tsarine, qui formait un tas blanc et doux dans un coin de la chambre. Sitôt les servantes parties, j'avais enfilé le manteau, la lourde cape et le manchon. Je ne pouvais pas porter et la couronne et le chapeau, mais je ne voulais pas laisser ce dernier pour autant, car il aurait trahi l'absence du reste, aussi l'ai-je fourré dans le manchon.

Puis je me suis mise face au grand miroir accroché au mur et j'y ai contemplé mon reflet, là dans la forêt sombre, sous la neige tourbillonnante. Je me suis approchée et j'ai senti les vagues de froid mordant sur mon visage. Fermant les yeux, j'ai fait un pas en avant, terrifiée à l'idée de ce qui pourrait se passer : allais-je me cogner le nez contre le verre et rester coincée ici, ou passer au travers et me retrouver seule dans la nuit d'un autre monde dont je ne reviendrais peut-être jamais ?

Mais je n'ai rencontré nulle résistance, seulement l'hiver qui m'a fouetté les joues. J'ai rouvert les yeux. J'étais seule, dans une forêt de pins enneigés à perte de vue dans toutes les directions. Il ne brillait aucune étoile dans le plomb du ciel crépusculaire, et il faisait si froid que je devais presser le manchon contre mes lèvres afin que mon souffle ne me glaçât point le visage. De fins flocons de neige dérivaient autour de moi et me picotaient la peau comme autant de petites aiguilles. Ce n'était pas simplement une froide nuit d'hiver, ni même un blizzard ; c'était un froid rongeant, surnaturel, qui cherchait à s'insinuer au cœur de mon être et qui me demandait ce que je faisais là.

Il n'y avait nulle part où s'abriter, aucune maison où trouver refuge. Mais en me retournant je me suis rendu compte que je me tenais sur la berge d'une profonde rivière gelée, presque solide, d'un noir aussi brillant que du verre, et quand j'ai regardé la surface, ce n'est pas mon reflet que j'ai vu, mais la pièce vide que je venais de fuir, comme si je me trouvais de l'autre côté du miroir.

La porte s'est ouverte et je me suis tendue comme la corde d'un arc, mais un instant m'a suffi pour avoir la certitude que Mirnatius ne me voyait pas. Il est entré dans la chambre avec un sourire affamé qui s'est encore agrandi lorsqu'il s'est avisé que la pièce était vide en apparence. Il a refermé la porte derrière lui et s'y est adossé, puis il a cherché la clef à tâtons et l'a ostensiblement tournée. Le claquement du pêne m'est parvenu légèrement déformé, comme assourdi par l'eau. « Irina, Irina, est-ce que tu te *caches* de moi ? a-t-il susurré d'une voix réjouie en mettant la clef dans sa poche. Je vais te trouver… »

Il s'est alors mis à me chercher – derrière le pare-feu de la cheminée, sous le lit, dans la penderie. Il s'est même approché du miroir, et j'ai eu un mouvement de recul, mais il venait simplement s'assurer qu'il n'y avait pas quelque compartiment secret derrière. Quand il s'en est écarté, son sourire s'est enfin évanoui ; il est allé à la fenêtre et a vivement tiré les rideaux, mais il avait choisi la chambre avec soin : l'ouverture, toute petite, était bien fermée.

Lorsqu'il s'est retourné, la colère déformait son visage. Je me suis entourée de mes bras pour me protéger du froid, tandis qu'il commençait à saccager la chambre. Après un moment, il s'est arrêté, haletant, les rideaux du lit arrachés dans une main, la moitié du mobilier retournée autour de lui, dans une rage perplexe. « *Où es-tu ?* a-t-il crié d'une voix perçante et écorchée qui n'avait plus rien d'humain. *Sors de là, laisse-moi te voir ! Tu es mienne, Irina, tu m'appartiens !* » Il a tapé si fort du pied que le massif lit sculpté a tremblé. « *Sinon je les tuerai, je les tuerai tous ! Ta famille, tes semblables, tous tomberont sous mes coups !* À moins que tu ne te montres maintenant… Je ne te ferai aucun mal… », a-t-il ajouté d'un ton soudain devenu enjôleur, comme s'il pensait que j'allais le croire. Il s'est tu un instant, mais comme je n'apparaissais pas, il a laissé exploser sa rage : désormais il ne cherchait plus, il frappait, déchirait ce qui se trouvait à sa portée sans plus aucun discernement, telle une bête sauvage dévastant tout sur son passage, y compris elle-même.

Cela a continué un long moment, puis il a lâché un cri de fureur soudain et s'est violemment jeté au sol. Tout son être s'est mis à convulser, l'écume aux lèvres. Et puis, tout aussi soudainement, il s'est affalé par terre, immobile, la bouche molle et les yeux ouverts sur le vide, qui semblaient me fixer sans me voir. Je lui ai rendu son regard aveugle durant ce qu'il m'a semblé être de longues minutes avant qu'il ne cligne enfin des paupières.

Mirnatius a alors roulé sur le ventre et s'est mis à quatre pattes, avant de se relever avec une grimace. Des lambeaux de ses vêtements pendaient à ses épaules. Il a regardé la chambre ravagée autour de lui. La lueur affamée avait quitté son regard, où régnait seulement la confusion. « Irina ? » a-t-il appelé, et il a soulevé le couvre-lit déchiré pour s'assurer que je n'y étais pas apparue par magie. Il est même retourné vérifier la fenêtre, comme s'il ne se rappelait pas l'avoir fait quelque temps plus tôt.

L'air toujours abasourdi, Mirnatius a traversé la chambre à grands pas, s'est posté devant le feu et a dit à voix haute, comme s'il attendait une réponse : « Te voilà partie pour de bon… Regarde dans quelle situation tu m'as mis ! Une fille de duc ! Et tu n'as même pas laissé de corps. Qu'est-ce que tu en as *fait* ? »

Les flammes ont rugi, projetant une gerbe d'étincelles dans la chambre et sur le tsar. Mais il les a ignorées, et, de fait, les brûlures qu'elles ont causées sur sa peau ont disparu aussi vite qu'elles étaient apparues. *« Trouve-la ! »* ont dit les flammes d'une voix dévorante tout en sifflements et en craquements. *« Ramène-la !*

— Quoi ? Elle n'était pas là ?

— *Il me la faut ! Je la veux ! ramène-la-moi ! »* a insisté le feu d'une voix perçante semblable à celle qui était sortie des lèvres de Mirnatius un peu plus tôt.

« Oh, magnifique. Elle a dû soudoyer les gardes. Que veux-tu que *j*'y fasse ? C'est toi qui as insisté pour que j'épouse la seule fille au monde qui me fuit comme la peste ! Expliquer à son père qu'elle a succombé à un tragique accident aurait déjà été difficile sans ça, mais maintenant qu'elle a *disparu…* »

« Tue-le ! a craché le feu. *Elle est à moi, ils me l'ont donnée ! Tue-les tous, s'ils l'ont aidée à s'échapper ! »*

Mirnatius a fait un geste impatient. « Ne dis pas n'importe quoi ! Il était ravi de se débarrasser d'elle ; il ne l'aurait pas fait sortir en douce. Elle s'est échappée toute seule. Elle est probablement déjà dans un autre royaume. Ou au couvent : ce serait merveilleux, n'est-ce pas ? »

Le feu a grésillé comme si on avait jeté de l'eau sur ses braises. *« La vieille femme »*, a-t-il sifflé, et l'horreur m'a noué la gorge. *« La vieille femme que tu ne voulais pas qu'elle voie. Va la chercher ! Elle sait ! Elle me dira ! »*

Mirnatius a grimacé, visiblement dégoûté, mais il s'est contenté de dire : « D'accord, d'accord. Il faudra un jour pour aller la chercher. Pendant ce temps, je suppose que tu comptes sur *moi* pour inventer une histoire expliquant pourquoi ma chère femme s'est enfuie au beau milieu de la nuit, et la faire gober à tout le monde ? Et que suis-je censé faire de ce saccage ? Tu vas devoir me donner l'équivalent d'un mois de pouvoir pour arranger les choses, et je me *fiche* que tu sois assoiffé. »

Les flammes ont réagi si vivement que le feu a rempli l'âtre et est monté à l'assaut de la cheminée, jetant une lumière orange sur le visage du tsar, mais ce dernier est resté immobile, les bras croisés. Au bout d'un moment, une vrille de feu s'est détachée à contrecœur des flammes et s'est étirée vers lui. Il a fermé les yeux, renversé la tête en arrière et entrouvert les lèvres. Avec un claquement soudain, la vrille a plongé dans sa gorge, et une vive chaleur a éclairé tout son corps de l'intérieur, si bien que, l'espace d'un instant, j'ai vu d'étranges formes s'illuminer au-dedans de lui et des lignes brillantes qui dessinaient un motif sous sa peau.

Une tension et un tremblement l'ont habité tout au long du processus, jusqu'à ce que le flot igné finisse par se séparer du feu et que la vrille eût disparu au fond de sa gorge, tarissant peu à peu la source de lumière. Il a rouvert les yeux, chancelant comme sous l'effet d'une ivresse irrépressible, les joues colorées et d'une beauté sans pareille. « Aahhh », a-t-il exhalé.

Le feu a diminué. *« Trouve-la, trouve-la »*, a-t-il encore crépité, avec la force déclinante de tisons mourants. *« J'ai faim, j'ai soif... »* Puis il s'est effondré sur lui-même sans plus dire un mot, et les flammes se sont éteintes, ne laissant que des braises chaudes dans l'âtre.

Mirnatius s'est retourné, un reste de sourire aux lèvres, les paupières lourdes. Il a levé le bras et paresseusement exécuté un geste circulaire ; partout, les esquilles de bois ont réintégré les meubles défoncés, les fils épars ont reformé les tissus auxquels ils avaient été arrachés, répondant avec grâce à son injonction. Son sourire s'est élargi, me rappelant celui qui avait animé ses traits lorsqu'il torturait les petits cadavres d'écureuils dans la poussière.

Quand il a finalement laissé retomber sa main le long de son corps avec une indolence toute théâtrale, la chambre aurait tout aussi bien pu n'avoir jamais été touchée, sinon par le génie d'un artiste : les sculptures du lit avaient gagné des détails complexes et le couvre-lit s'ornait à présent d'un motif brodé argent, vert et or assorti aux coussins. Après avoir contemplé son œuvre avec satisfaction, il a hoché la tête et quitté la chambre en chantonnant à mi-voix et en frottant légèrement ses doigts les uns contre les autres, comme s'il ressentait encore le pouvoir qui les avait traversés.

Lui parti, la chambre est retombée dans le silence. Le feu enragé était mort ; il n'en restait rien de plus que des braises ordinaires dont le rougeoiement m'attirait irrésistiblement, malgré la terreur qu'elles m'inspiraient. Je ne voulais pas y retourner – comment savoir si ce démon ne s'était pas attardé parmi les braises ? Mais j'avais les pieds engourdis, et seul mon pouce, celui qui portait l'anneau, avait encore des sensations. Je tremblais, mais plus pour longtemps, et je n'avais nulle part où aller. Il fallait que j'y retourne pour me réchauffer, au moins un moment.

J'ai cependant dû me faire violence pour me mettre à genoux et tendre une main tremblante vers la surface lisse de la rivière gelée. Elle est passée au travers aussi facilement que dans l'eau d'un bain, et je l'ai vue émerger dans la chambre de l'autre côté. J'ai attendu ainsi un instant, sans quitter la cheminée des yeux ; mais je ne pouvais pas patienter trop longtemps. La chaleur qui se diffusait dans ma main me faisait ressentir le froid mille fois plus durement. En constatant qu'aucune flamme n'a bondi du feu dans ma direction, j'ai pris une inspiration et me suis laissée tomber dans l'eau.

J'ai atterri sans grâce sur le plancher de la chambre, dans cette agréable, si agréable chaleur, et me suis immédiatement relevée, une main sur le miroir, prête à repartir aussi vite dans l'autre sens. Mais nul craquement ou sifflement n'a retenti dans l'âtre. Quelle que fût cette chose, elle était partie. Je me suis approchée du foyer avec circonspection, puis j'ai ôté mes fourrures glacées de mes doigts tremblants et raidis par le froid pour laisser la chaleur me pénétrer. Mais je n'ai pas enlevé mes bijoux, mon argent, même au plus fort des douloureux frissons qui me traversaient, non plus causés par le froid mais par la peur. Je savais qu'il ne me voulait aucun bien, mais j'avais été loin d'imaginer une chose pareille – Baba Yaga projetant de me passer au four, de me manger et d'emporter le moindre de mes os dans l'autre monde. Et encore moins n'avoir pour seule cachette que cet endroit glacé.

Quand mon sang s'est enfin calmé et que j'ai commencé à avoir trop chaud dans ma robe, j'ai pressé mes paumes encore froides contre mes joues et je me suis forcée à me concentrer, à réfléchir. J'ai embrassé du regard la chambre et l'horreur de sa perfection méticuleuse : encore un mensonge de Mirnatius et de son démon, qui recouvraient la vérité de ces meubles dévastés et de ces tentures déchirées et arrachées d'un vernis de beauté. Il avait emporté la clef, mais j'ai calé une chaise sous la poignée de la porte, aussi serai-je aussitôt prévenue si quelqu'un essayait d'entrer. Puis je suis retournée au miroir.

J'ai ôté la couronne et l'ai précautionneusement posée à mes pieds. Je voyais toujours l'endroit où je m'étais tenue sur la berge glacée, la neige encore dérangée par ma présence que les flocons tendaient déjà à oblitérer. Quand j'ai touché le verre, j'ai eu l'impression de devoir pousser de lourds rideaux, mais en forçant un peu, mes mains se sont retrouvées de l'autre côté, alors que je ne portais que la bague et le collier. Ils suffisaient donc. J'ai alors enlevé le collier et réessayé, mais cette fois ma main est restée bloquée contre le verre, quoique je visse encore la neige et sentisse le froid surnaturel s'insinuer autour de mes doigts. La surface du miroir avait une sorte de mollesse poreuse au lieu de son habituelle rigidité lisse, mais il m'était impossible de le franchir. Je les ai essayés un par un, mais aucun ne suffisait à faire fonctionner le charme ; il en fallait au moins deux pour passer de l'autre côté. Autant je pouvais garder l'anneau sur moi à toute heure du jour et de la nuit, autant le collier et la couronne ne manqueraient pas d'attirer l'attention. Et si Mirnatius venait à deviner comment je lui avais échappé, il s'assurerait que je ne pusse recommencer.

J'ai de nouveau tourné les yeux vers la berge enneigée dans le miroir. Je m'étais assez réchauffée. J'aurais pu enfiler tous mes jupons, superposer mes trois robes et mes bas et doubler mes bottes de mes épaisses guêtres. J'aurais pu traverser le miroir et disparaître à nouveau. Si je suivais la rivière, peut-être trouverais-je un abri. Ma boîte à bijoux contenait un certain nombre de colifichets, d'autres présents du mariage ; j'aurais pu les fourrer dans mes poches et m'en servir pour quérir de l'aide ou un refuge, si jamais quelqu'un vivait dans ces bois. J'ignorais comment fonctionnerait la magie, mais j'étais prête à prendre le risque de mourir de froid, si c'était le seul moyen de rester à distance de cette chose dans le feu.

Mais au matin, le tsar ferait aller chercher Magreta. Elle viendrait sans la moindre hésitation, le cœur en fête ; remplie d'espoir, elle penserait que j'avais réussi à persuader mon mari de me la confier comme dame de compagnie, qu'il ne devait pas être si méchant, après tout, qu'il était sans doute déjà tombé amoureux de moi et qu'il était prêt à faire des concessions. Et alors il la livrerait au démon qui tenterait de lui arracher par la torture des secrets qu'elle ne connaissait pas.

Le traîneau du Staryk allait bon train sur la route d'argent. Il est passé entre deux rangées de grands arbres blancs, dont l'écorce cendreuse s'éclaircissait au niveau des branches, sur lesquelles poussaient des feuilles laiteuses nervurées de veines translucides. De petites fleurs à six pointes évoquant d'énormes flocons se sont posées sur nos épaules et notre giron au son tambourinant des sabots des cerfs sur la surface lisse comme un étang gelé. Je ne voyais rien que l'hiver, tout autour de nous. J'ai essayé de rompre le silence à plusieurs reprises, en demandant où nous allions et combien de temps durerait le trajet, mais j'aurais tout aussi bien pu poser la question aux cerfs. Le Staryk n'avait même pas daigné me regarder.

Enfin, une montagne a commencé à se dresser devant nous. J'ai d'abord cru que c'étaient la brume et la distance qui la rendaient indistincte, mais elle ne devenait pas plus nette à mesure que nous nous en rapprochions. Durant un instant, la lumière est passée au travers pour en souligner les contours, puis elle a trouvé un autre versant à illuminer, comme si l'éminence était constituée de verre et non de roche et de terre. La route gravissait ensuite une rampe à flanc de montagne menant à un haut portail en argent.

Une fois celui-ci en vue, la route a étrangement ralenti. Les sabots la percutaient toujours avec la même vigueur, et les arbres continuaient de défiler, mais la montagne ne paraissait pas plus proche, occupant une portion de ciel qui ne grossissait pas. Nous semblions ne faire aucun progrès. Le Staryk demeurait parfaitement immobile, les yeux fixes devant lui. Puis le cocher a très légèrement tourné la tête, un geste suggestif en direction de la montagne, et les lèvres du Staryk se sont serrées immédiatement après. Il n'a rien fait, rien dit, mais la montagne a soudain bondi à notre rencontre, comme si seule sa volonté l'avait retenue.

Nous avons émergé de la forêt, quittant la canopée des arbres blancs. La route des Staryk se perdait dans une rivière s'écoulant en sens opposé, couverte d'une fine couche de glace discontinue dans laquelle de gros blocs de banquise glissaient paresseusement vers l'aval. Quand nous nous sommes rapprochés, j'ai constaté qu'une étroite cascade alimentait le courant, un fin rideau aquatique qui se jetait du versant de la montagne de verre dans un bassin baigné par les brumes, à partir duquel la rivière reprenait son chemin. Je ne comprenais pas d'où venait l'eau : il n'y avait sur ces étranges pentes cristallines nul glacier susceptible de fondre, et pas la moindre parcelle de terre à pomper. Mais nous sommes passés assez près pour que je sente les embruns sur mes joues avant que la route ne s'élève et que le portail d'argent ne s'ouvre devant nous.

Le traîneau s'est engouffré dans la montagne sans ralentir, passant en un clin d'œil d'une lumière à une autre, un étrange scintillement qui semblait provenir des murs eux-mêmes, veinés de sinueuses lignes argentées et ponctués ici et là de cristaux qui étincelaient de couleurs vives. De sombres bouches s'ouvraient sur des tunnels autour de nous, mais notre route continuait de monter en colimaçon, captant la lumière jusqu'à ce qu'enfin elle débouche sur une vaste prairie blanche de givre. J'ai d'abord cru que nous avions traversé la montagne et que nous étions de nouveau à l'extérieur, mais non : nous nous trouvions *à l'intérieur* d'un grand espace creux non loin du sommet ; des facettes de cristal brillaient loin au-dessus de nos têtes. Le gris sans fin du ciel éclatait ici en une myriade de joyaux sur lesquels se reflétaient de petits arcs-en-ciel aveuglants, et au centre de la prairie, sous ce toit de diamants, poussait un bosquet d'arbres blancs.

Même malade de peur, de colère et frustrée par ma propre impuissance, l'impossible magnificence des lieux m'a saisie. Mes yeux éblouis par l'hiver se perdaient dans la voûte de la montagne, et j'ai presque réussi à me convaincre que je rêvais. Je n'arrivais pas à m'inclure dans ce décor. Il était plus simple de m'imaginer au fond de mon petit lit, chez mon grand-père, peut-être même brûlante de fièvre. Mais le décor ne me laissait pas partir. Le traîneau a ralenti et fini par s'arrêter lorsque le cocher a tiré sur les rênes à proximité du bosquet ; sous les branches, une foule de visages Staryk s'est tournée vers moi.

Une seconde plus tard, mon Staryk se levait et descendait du traîneau d'un pas raide. Puis il est resté là, dos à moi, dans une parfaite immobilité, jusqu'à ce que je m'extirpe prudemment du véhicule à mon tour.

Le sol, couvert d'une herbe gris argent rendue cassante par le givre qui y dessinait des motifs blancs, a légèrement crissé sous mes pieds. Cela semblait trop réel. Il ne me donnait toujours pas la moindre explication. « Allez mettre ça dans la réserve », a-t-il sèchement ordonné au cocher, en montrant d'un geste brusque le coffret d'or qui trônait toujours à l'arrière du traîneau. Hochant la tête, le conducteur a remis l'attelage en mouvement et repris sa route sur la prairie, contournant le bosquet et disparaissant à notre vue. Puis le seigneur Staryk s'est retourné et s'est instantanément mis en marche vers les arbres ; j'ai dû accélérer le pas pour rester à son niveau.

Les arbres blancs du bosquet étaient plantés en cercles concentriques, formant des anneaux dans lesquels les autres Staryk se tenaient par ordre de préséance, ou tout au moins de splendeur. Les occupants des cercles extérieurs, les plus nombreux, portaient des vêtements gris et quelques touches d'argent ; quelques bijoux aux couleurs foncées faisaient leur apparition dans les cercles suivants. Plus ces derniers se réduisaient, plus les pierres précieuses et les vêtements s'éclaircissaient. Vêtus de blanc et de gris clair, ceux qui peuplaient les plus petits cercles étincelaient de joyaux du rose, du jaune et du blanc le plus pur.

Mais pas d'or, sinon dans le tout dernier cercle, et encore sa présence se limitait-elle à de menus ornements sur un fermoir de manteau ou sur une bague en argent, comme si ce métal était ici aussi rare que l'argent Staryk dans mon propre monde. Seul mon Staryk arborait une tenue intégralement blanche constellée de pierres précieuses claires et une couronne d'argent dont la base était constituée d'un ruban d'or. Il m'a conduite à travers les différents cercles et ne s'est arrêté qu'au sommet du tertre qui s'élevait au cœur du bosquet. Il y avait là une grande grappe dentelée de perles translucides, de glace ou de cristal, et un petit torrent gelé dont les boucles étroites s'enroulaient autour de sa base avant de filer entre les arbres comme un fil d'argent.

À côté de la grappe, un serviteur se tenait dans une telle immobilité qu'on l'aurait cru lui-même taillé dans la glace. Les yeux baissés, il portait un coussin blanc sur lequel reposait une haute couronne en argent qui m'était étrangement familière : Isaac aurait pu l'utiliser comme modèle. Le Staryk s'est arrêté devant elle, son regard s'attardant un instant sur la délicatesse et la sophistication de l'ouvrage, puis il s'est tourné vers ses gens, le visage aussi impassible que la pierre. Sans me regarder, il a déclaré d'une voix glaciale. « Contemplez devant vous ma dame, votre reine. »

Mon regard s'est porté sur la mer scintillante de ces visages impossiblement gelés, dont la désapprobation était palpable : eux non plus n'arrivaient pas à m'intégrer dans ce décor, et ils ne le souhaitaient pas. Il y avait bien quelques sourires dans les cercles les plus proches, mais cruels et tristement familiers : je côtoyais de tels sourires depuis ma plus tendre enfance, ceux qu'on m'adressait quand on me racontait l'histoire de la fille du meunier, ceux qu'on me réservait quand je venais frapper à la porte pour la première fois. Sauf que cette fois, je n'en étais pas la cible : j'étais trop insignifiante pour ça. C'est à *lui* qu'ils souriaient de la sorte, avec une pointe d'incrédulité. Tous ces nobles se délectaient de voir leur propre roi s'abaisser à épouser ce petit bout brun de mortelle.

Il s'est empressé de prendre la couronne, comme pour mettre fin à son humiliation le plus vite possible. Moi-même, je n'avais aucune envie d'être là, sous leurs regards moqueurs, mais je savais ce que mon grand-père m'aurait dit : ils me regarderaient de cette façon tant que je les laisserais faire. Mais je ne voyais pas comment il pourrait en être autrement. Ces grands chevaliers avec leurs pommettes blanches et leurs barbes stalactitiques arboraient des épées et des poignards d'argent à la ceinture, des arcs blancs à l'épaule, ceux-là mêmes qu'ils utilisaient pour la chasse récréative aux mortels, et j'avais vu leur roi voler l'âme d'un homme d'une simple imposition de la main. Chacun d'entre eux aurait pu me tuer de mille façons.

Mais quand le roi s'est tourné vers moi, la couronne entre les mains et au visage une expression de froid mécontentement, je n'ai pas attendu qu'il la laisse tomber lourdement sur ma tête : j'ai posé d'autorité les mains dessus. Il m'a jeté un regard consterné à défaut d'autre chose, auquel j'ai répondu par une noire détermination. La colère familière montait en moi, non pas froide, mais si chaude que les paumes me démangeaient et que de la vapeur aurait pu s'élever de mes joues. La couronne s'est d'ailleurs échauffée au contact de mes mains, et tout autour de moi les sourires acérés se sont évanouis lorsque des filaments d'or se sont mis à fuser de sous mes doigts pour se mêler à l'argent, s'étendant progressivement à toute sa surface, s'enroulant autour de chacun des délicats motifs spiralés.

Le roi Staryk est resté immobile, les lèvres serrées tout au long de la transmutation, jusqu'à ce que la couronne entre nos mains brille d'une vive lueur solaire, incongrue sous ce ciel couvert. La foule a poussé un soupir collectif, à peine un murmure, une fois l'opération terminée. Il l'a tenue ainsi encore un moment, puis nous l'avons placée ensemble sur ma tête.

Elle était bien plus lourde que ne l'avait été la couronne d'argent ; elle pesait sur mon cou et sur mes épaules, cherchait à me faire ployer. Et je me suis souvenue seulement à cet instant que tel était le pouvoir qu'il était venu chercher en moi, ce qu'il avait voulu de moi depuis le début, dont je leur faisais à présent la démonstration à tous. Il n'y avait aucune chance qu'il me laisse partir un jour. Mais j'ai gardé la tête haute et me suis tournée pour leur faire face. Plus aucun sourire n'était visible, et la désapprobation avait laissé place à de la circonspection. J'ai scruté leurs froids visages et décidé qu'ici non plus, je ne m'excuserais pas.

Nous n'avons échangé aucun vœu, il n'y a pas eu de banquet et encore moins de félicitations. Quelques grimaces en verre taillé et des regards en biais pour moi, mais la plupart des Staryk nous ont simplement tourné le dos et se sont glissés hors du bosquet, dans toutes les directions, nous laissant seuls sur le tertre. Même le serviteur s'est incliné et s'est éclipsé. Le roi est resté immobile encore un instant avant de *lui aussi* se détourner brusquement et s'en aller en suivant la surface polie du petit torrent gelé.

Je lui ai emboîté le pas. Qu'aurais-je pu faire d'autre ? Alors que nous nous rapprochions de la brillante paroi de verre de ce lieu voûté, j'ai vu d'autres Staryk s'engager dans des ouvertures, parfois fermées par des portes, des bouches de tunnels, comme si ces murs de cristal étaient autant de maisons alignées autour d'une prairie. Le torrent gelé s'élargissait à mesure que nous avancions ; près de l'orée du bosquet, à l'approche de la paroi, la glace en surface est devenue suffisamment fine pour me laisser voir l'eau couler en dessous, avant qu'elle ne s'engouffre dans un tunnel obscur et ne disparaisse.

Un long escalier taillé à même la montagne partait de là. Je me suis lancée à la suite du roi Staryk dans une ascension éprouvante et douloureuse qui nous a conduits loin au-dessus de la canopée blanche. Lorsque j'ai jeté un regard fortuit en contrebas – j'avais fait de mon mieux pour l'éviter, par peur de tomber tête la première ; il n'y avait pas de garde-fou –, j'ai distingué plus nettement les cercles formés par les arbres, et l'étendue blanche de la prairie autour. Ma main ne décollait jamais de la paroi de la montagne, et j'assurais le moindre de mes pas, aussi avait-il atteint le sommet longtemps avant moi. L'escalier débouchait sur une unique et vaste salle, où il m'attendait, les poings sur les hanches, dos à moi.

La salle, excessivement longue et occupant toute la largeur de la paroi de la montagne, était fermée à son extrémité par un fin mur de verre, parfaitement transparent. Je m'y suis rendue d'un pas lent et j'ai embrassé du regard le versant que nous surplombions à présent. La cataracte jaillissait directement d'une fissure à même la montagne, aux bords ourlés de fumée, comme du verre fendu par le feu. Puis elle cascadait dans un nuage d'eau en suspension qui me masquait le bassin d'où la rivière à moitié gelée émergeait pour se perdre dans la sombre forêt de sapins poudrés de blanc. Nulle part la route des arbres blancs n'était en vue. Nous n'avions chevauché que quelques heures, et pourtant Vysnia n'était pas visible au loin, ni aucun village de mortels. Seulement la forêt sans fin qui s'étirait dans toutes les directions.

La vision de cette immense étendue sombre couverte de son linceul de neige me mettait mal à l'aise ; je n'aimais pas contempler le vide où aurait dû se trouver Vysnia et la route mortelle conduisant à mon bourg. Est-ce que je manquais aux miens ? Ou avais-je simplement été oblitérée de leur esprit, comme le Staryk l'avait été du mien chaque fois que je ne le regardais pas ? Ma mère oublierait-elle pourquoi je n'étais pas encore rentrée ? M'oublierait-elle *moi* ? Oublierait-elle même avoir un jour eu une fille qui avait gagné trop d'argent et s'en était si bien vantée qu'un roi l'avait enlevée ?

Les murs de la salle étaient tendus de vaporeuses tentures en soie moirée, et la pièce ne jouissait pas du confort d'un âtre, mais à intervalles réguliers, de grands cristaux de glace s'élevaient plus haut que ma tête, capturaient la lumière et la gardaient prisonnière. Pour tout banquet de mariage, une petite table en pierre blanche dressée nous attendait, avec deux gobelets déjà servis en argent sculpté, l'un à l'effigie d'un cerf, l'autre d'une biche. J'ai pris ce dernier, mais avant que je ne le porte à la bouche, le roi Staryk s'est retourné, me l'a arraché des mains et l'a projeté contre le mur avec une telle force que le métal s'est déformé au niveau de l'impact. Par terre, au milieu de la flaque de vin, un étrange résidu blanc et écumeux s'était formé autour de la lie, sans doute en réaction à un produit qu'on y avait mêlé.

« Vous vous apprêtiez à m'empoisonner ! me suis-je exclamée sans quitter le liquide des yeux.

— Évidemment ! a-t-il répondu d'une voix féroce. Comme s'il ne suffisait pas que je doive vous *épouser*, il faut maintenant que je me soumette à… » Il a jeté un regard de dégoût autour de lui, et j'ai compris que les tentures délimitaient une sorte de boudoir, de chambre à coucher.

« Il ne fallait pas m'épouser, pour commencer ! » ai-je rétorqué, pour l'heure plus déroutée qu'effrayée, mais il a balayé ma remarque d'un geste de mépris irrité, comme si je retournais le couteau dans la plaie. L'honneur avait dicté qu'il m'épouse, car il avait promis qu'il le ferait, mais qu'est-ce qui l'empêchait de me tuer après cela ? Il ne m'avait fait aucun serment, après tout ; il avait seulement dit que j'étais sa reine et posé une couronne sur ma tête, il n'avait pas juré de me chérir et de me protéger.

Puis il m'avait amenée ici pour m'assassiner, et il ne m'avait épargnée que parce que… Je suis prudemment allée chercher le gobelet par terre et j'ai ravivé la sensation qui m'avait envahie lorsque la couronne avait changé de nature sous mes mains, la chaleur rayonnante, et alors le pied que je tenais a progressivement pris une teinte dorée. Lorsque je me suis retournée vers lui, la transmutation était terminée. Il a jeté sur le gobelet un regard lugubre, comme si je tenais sa mort entre mes mains. « Je n'ai pas besoin que tu me rafraîchisses la mémoire. Je m'acquitterai de mes devoirs », a-t-il dit, et d'un geste il s'est débarrassé de sa fourrure blanche sur le dossier de la chaise, puis il a déboutonné ses manchettes et le plastron de sa chemise ; il avait manifestement l'intention de se déshabiller sur-le-champ, et…

J'ai failli dire qu'il n'avait pas à faire ça, mais j'ai pris conscience avec une inquiétude croissante que ça ne servirait à rien : il m'avait déjà épousée et couronnée parce qu'il me le *devait*, quoi que j'en pense, et même s'il m'aurait volontiers empoisonnée, il ne faillirait pas à sa parole. Notre mariage me donnait droit aux plaisirs du lit conjugal, donc je les aurais, que je le veuille ou non. C'était comme si j'avais souhaité avoir un client qui paierait toujours ses dettes en temps et en heure et qu'une fée maléfique avait réalisé mon vœu.

« Mais pourquoi tenez-vous tant à avoir de l'or ? » lui ai-je demandé, désespérée. « Vous avez de l'argent, des joyaux, une montagne de diamant. Est-ce que cela en vaut vraiment la peine ? » Il m'a ignorée aussi superbement que dans le traîneau : il fallait en passer par là. Il avait une cinquantaine de boutons d'argent à défaire, mais les derniers sautaient rapidement entre ses doigts. Tentant le tout pour le tout, j'ai demandé : « Que me donnerez-vous en échange si je renonce à vos devoirs conjugaux ? »

Il s'est aussitôt tourné vers moi, sa chemise à moitié ouverte sur son torse nu, révélant une peau laiteuse aussi claire que les marbres du palais du duc. « Un coffre de pierres précieuses de mon trésor. »

Le soulagement m'a presque fait accepter dans l'instant, mais je me suis forcée à prendre trois profondes inspirations pour réfléchir, technique que j'appliquais au marché quand un client me faisait une offre que je souhaitais ardemment accepter. Le Staryk m'observait de ses yeux étroits, et il n'était pas stupide ; quoiqu'il n'ait aucune envie de coucher avec moi, il savait que je ne le voulais pas non plus. Il m'avait donc fait une offre basse, qui ne lui coûterait rien, et attendait de voir si j'allais mordre à l'hameçon.

J'avais envie d'accepter malgré tout – à présent, je ne pouvais plus m'*empêcher* de voir le lit derrière les tentures, et j'étais certaine qu'il se montrerait cruel, par excès de précipitation, sinon délibérément. Mais je me suis efforcée de penser à ce que mon grand-père m'aurait dit : mieux valait ne pas faire affaire qu'en conclure une mauvaise et passer pour un pigeon. Ignorant le nœud dans mon ventre, j'ai dit : « Je suis capable de transformer l'argent en or. Vous ne pouvez pas me payer sur votre *trésor.* »

Il a froncé les sourcils, mais il n'y a eu aucune explosion. « Que veux-tu, alors ? Réfléchis bien avant de m'en demander trop », a-t-il froidement averti.

J'ai lentement laissé échapper la respiration que je retenais. Je faisais maintenant face à une nouvelle difficulté : je n'avais pas voulu me faire avoir, mais je ne souhaitais pas trop en réclamer non plus ; comment aurais-je pu savoir où se situait sa limite ? Par ailleurs, je savais qu'il ne me laisserait pas partir, et qu'il ne me tuerait pas non plus ; en dehors de ça, il n'y avait pas grand-chose que je veuille de lui. Si, des réponses. « Chaque soir, en échange de mon dû, je vous poserai cinq questions, et vous y répondrez, même si elles vous semblent idiotes.

— *Une* question, et tu ne me demanderas jamais mon nom.

— *Trois* », ai-je répliqué, enhardie : au moins n'avait-il pas paru outré. Il a croisé les bras et plissé les paupières, mais il n'a pas dit non. « Bon… Doit-on se serrer la main pour sceller un accord, chez vous ?

— Non, a-t-il répondu du tac au tac. Plus que deux questions. »

J'ai pincé les lèvres d'agacement, puis j'ai demandé : « Alors comment concluez-vous une affaire ? » car je sentais que ça allait avoir son importance.

Il m'a regardée en biais. « Offre faite, marché passé. »

Soit, je ne voulais pas lui chercher querelle, mais je voyais bien qu'il me testait à nouveau, et à raison de trois questions par soir, apprendre quoi que ce soit à partir de ces bribes sibyllines allait me prendre une éternité. « Ça ne répond pas vraiment à la question, en ce qui me concerne, et si vos réponses me sont inutiles, alors demain je ne vous demanderai rien », ai-je fait opportunément remarquer.

Il m'a jeté un regard assassin, mais il a reformulé sa réponse. « Tu as énoncé tes termes et nous avons négocié, jusqu'à ce que je cesse de te demander de les amender. C'est sous ces termes que tu as posé tes questions, et je t'ai donné des réponses en retour ; quand tu auras posé la troisième et que j'y aurai répondu, la transaction sera complète, et je ne te devrais rien de plus. Que faudrait-il d'autre ? *Nous* n'avons pas besoin des garanties fallacieuses de vos papiers et de vos gesticulations. Que valent-ils si l'on fait affaire avec quelqu'un qui n'est pas digne de confiance ? »

Il avait donc scellé le marché en répondant à ma première question comme si elle en faisait partie – ce qui m'avait tout l'air d'être de la triche. Mais je n'avais aucune intention d'ergoter. Cela signifiait donc que je n'avais plus qu'une seule question jusqu'à demain, bien peu en regard des milliers de réponses dont j'avais besoin. J'ai commencé par la plus importante de toutes : « Qu'accepteriez-vous pour me laisser partir ? »

Il m'a gratifiée d'un rire féroce. « Que n'ai-je déjà donné pour t'avoir ? Ma main, ma couronne et ma dignité, et tu me demandes encore d'augmenter ton prix ? Non. Tu devrais te satisfaire de ce que tu as obtenu de moi, en échange de ton talent. Sois prévenue, mortelle », a-t-il ajouté dans un sifflement glacé, ses yeux réduits à des ombres bleues comme de profondes crevasses dans une rivière gelée, la promesse d'une noyade dans ses eaux implacables, « que seul ce don te permet de rester ici. *Souviens-t'en.* »

Là-dessus, il a attrapé sa cape d'un geste sec et l'a enfilée dans le même mouvement, puis il est sorti en trombe et a claqué la porte derrière lui.

Chapitre onze

J'aime les chèvres parce que je sais toujours ce qu'elles vont faire. Si je laisse l'enclos ouvert, ou s'il y a un piquet mal attaché, elles sortent et se sauvent, et vont manger les cultures, et si je ne fais pas attention, elles me donnent des coups de patte quand je les trais. Et si je les tape avec un bâton, elles se sauvent aussi, mais si je les tape très fort, alors là elles se sauvent sitôt qu'elles me voient, sauf si elles ont très faim et que j'ai de la nourriture. Je comprends les chèvres.

J'ai essayé de comprendre P'pa, parce que je me disais qu'alors il me cognerait moins, mais je n'ai jamais réussi, et pendant longtemps je n'ai pas non plus compris Wanda, parce qu'elle me disait toujours de déguerpir, mais elle me faisait à manger avec les autres et des fois elle me donnait des habits. Sergey était gentil avec moi le plus souvent, mais des fois il ne l'était pas, et je ne savais pas non plus pourquoi. Une fois j'ai pensé peut-être que c'était parce que j'avais tué notre M'man en étant né, mais j'ai demandé à Sergey et il m'a dit que j'avais trois ans quand notre M'man est morte, et que c'était un autre bébé qui l'avait tuée.

Le jour où je suis allé à l'arbre et où j'ai vu sa tombe et celle du bébé, je lui ai dit que j'étais triste qu'elle soit morte. Elle m'a dit qu'elle était triste aussi, et que je devais éviter les problèmes et bien écouter Wanda et Sergey, alors c'est ce que j'ai fait, autant que possible.

Mais maintenant Wanda et Sergey étaient partis et P'pa était mort, et il n'y avait plus que les chèvres et moi et la longue route jusqu'au bourg devant nous. Je n'étais allé qu'une seule fois au bourg avant ça, le jour où le Staryk avait attrapé Sergey, et encore, je n'y étais même pas entré vraiment. Quand je l'avais trouvé, j'avais commencé par me dire que personne ne m'aiderait, mais ensuite j'avais pensé que peut-être je me trompais là-dessus comme je me trompais sur beaucoup de choses, et que je devrais au moins essayer. Puis je m'étais demandé qui je devais aller chercher, P'pa ou Wanda. P'pa, qui travaillait dans le champ, était beaucoup plus près, et Wanda était très très loin au bourg, et elle ne serait pas là avant des heures et des heures, et pendant ce temps Sergey resterait tout seul dans les bois. Mais je n'étais toujours pas sûr de ce qu'il fallait faire, alors j'avais couru à l'arbre blanc et j'avais demandé à M'man, et elle m'avait dit d'aller chercher Wanda, donc c'est ce que j'avais fait. Et c'était la seule fois où j'étais allé au bourg.

Je ne pouvais pas aller aussi vite, maintenant, avec les chèvres, mais je n'étais pas très pressé. Je savais que Wanda aimait bien Panova Mandelstam, qui des fois nous donnait des œufs, mais ce serait encore quelqu'un que je ne connaissais pas et que je ne comprendrais pas, et je ne savais pas ce que je ferais si elle me disait de partir. Je ne pensais pas que je pourrais retourner à l'arbre demander à M'man de m'aider encore ; sinon elle ne m'aurait pas donné l'amande, qui était faite pour que je l'emporte. Donc j'avais peur d'arriver au bourg et d'être renvoyé par Panova Mandelstam, parce que je me retrouverais tout seul avec quatre chèvres et que je ne saurais pas quoi faire.

Mais Wanda avait eu raison, parce que quand je suis arrivé là-bas, Panova Mandelstam est sortie tout de suite et elle a dit : « Stepon, qu'est-ce que tu fais là ? » comme si elle me connaissait, alors que je n'étais venu ici qu'une seule fois et que je ne lui avais jamais parlé, seulement à Wanda. Je me suis demandé si elle n'était pas une sorcière. « Est-ce que Sergey est malade ? Il n'a pas pu venir ce soir ? Mais pourquoi es-tu venu avec les chèvres ? »

Elle disait tellement de choses et posait tellement de questions que je ne savais pas à laquelle je devais répondre en premier. « Est-ce que je peux rester ici ? » j'ai dit finalement, parce qu'il fallait que je le sache avant tout le reste. Je me suis dit qu'elle pourrait reposer toutes ses questions plus tard. « Et les chèvres aussi ? »

Elle s'est arrêtée de parler, m'a regardé et a dit : « Oui. Va les mettre dans le jardin et rejoins-moi à l'intérieur. Je vais faire du thé. »

J'ai fait comme Panova Mandelstam m'a dit, et quand je suis rentré dans la maison, elle m'a donné une tasse de thé chaud qui était bien meilleur que celui qu'on avait chez nous, et elle m'a donné du pain avec du beurre, et quand je l'ai fini, elle m'en a donné un autre morceau, et quand j'ai fini celui-là aussi, elle m'en a donné un troisième avec du *miel*. Mon ventre était tellement rempli qu'il faisait une bosse sous ma main.

Panov Mandelstam est rentré pendant que je mangeais. J'étais un peu inquiet au début, je pensais que peut-être tout se passait bien parce que Panova Mandelstam était une mère. Je ne savais pas vraiment ce que c'était, une mère, vu que la mienne était dans un arbre, mais je savais qu'elles étaient bonnes et qu'on était très en colère et très triste quand on les perdait, parce que Wanda l'était, et Sergey aussi, et de toute façon, chaque fois que P'pa rentrait à la maison, je voulais toujours me sauver, comme les chèvres. Mais quand Panov Mandelstam est rentré, ça n'a pas fait pareil que quand c'était P'pa qui rentrait : ça n'a pas fait de bruit. Il m'a seulement regardé, et puis il allé près de Panova Mandelstam et lui a dit très doucement, comme s'il ne voulait pas que j'entende : « Est-ce que Wanda est venue avec lui ? »

Elle a secoué la tête. « Il a amené ses chèvres. Que se passe-t-il, Joseph ? Il y a eu un drame ? »

Il a fait oui et il a mis sa tête tout près de la sienne pour que je n'entende pas les mots qu'il a chuchotés, mais ça ne servait à rien parce que je savais déjà ce qui se passait, que Wanda et Sergey étaient partis et que P'pa était mort dans notre maison. Panova Mandelstam a serré son tablier et a mis sa main devant sa bouche, et puis elle a dit d'une voix forte : « Je ne le crois pas ! Pas une seconde. Pas notre Wanda ! Ce Kajus n'est qu'un voleur, depuis toujours. Faire des misères à cette pauvre fille… » Panov Mandelstam essayait de la calmer, mais elle s'est tournée vers moi et elle a dit : « Stepon, on dit des choses terribles sur Wanda et sur ton frère au bourg. On dit que… qu'ils ont tué ton père.

— C'est vrai », j'ai dit, et ils m'ont tous les deux regardé. Puis ils se sont regardés l'un et l'autre, et alors Panov Mandelstam s'est assis à côté de moi et m'a demandé calmement, de la même façon que je parlais à une chèvre effrayée : « Stepon, peux-tu nous expliquer ce qui s'est passé ? »

J'étais inquiet à l'idée de devoir lui dire tout ça, de tous les mots que ça prendrait, parce que je n'étais pas très doué pour parler. « Je vais en avoir pour un moment à vous le dire », j'ai fait. Mais il a seulement hoché la tête, alors j'ai fait de mon mieux, et ils ne m'ont pas coupé la parole, même si ça a pris beaucoup de temps. Panova Mandelstam s'est assise elle aussi au bout d'un moment, la main toujours sur la bouche.

Quand j'ai eu terminé, ils sont restés silencieux encore un peu, et puis Panov Mandelstam a dit : « Merci de nous avoir tout raconté, Stepon. Je suis content que Wanda t'ait envoyé ici. Tu es ici chez toi aussi longtemps que tu le voudras.

— Même si je veux rester pour toujours ? » j'ai demandé, juste pour être sûr.

« Cette maison est la tienne tant qu'elle sera la nôtre », il a dit. Panova Mandelstam pleurait à côté de moi, mais elle s'est essuyé les yeux, s'est levée et m'a donné encore du thé et du pain.

Jamais tsarine n'aura passé plus étrange première nuit. J'avais disposé mes fourrures blanches au pied du miroir et m'étais allongée dessus, de façon à pouvoir les ramasser et bondir à travers le miroir dans le même mouvement. Je n'ai dormi que d'un œil, l'oreille attentive au moindre bruit. Mais personne n'est venu. Je me suis finalement réveillée aux premières lueurs de l'aube, alors qu'on sonnait laudes. Un moment plus tard, je me suis levée et j'ai retiré la chaise de sous la poignée de la porte, puis j'ai frappé au battant jusqu'à ce que des gardes bayant aux corneilles m'ouvrissent – pas les mêmes que ceux qui m'avaient escortée là la veille au soir. Je me suis demandé ce qui était arrivé à ces hommes. Rien de bon, si Mirnatius les soupçonnait de s'être laissé soudoyer.

« Je dois me rendre à l'office du matin », ai-je annoncé aux nouveaux gardes, en mettant autant de conviction que possible dans les mots : je *dois* me rendre. « Voulez-vous me montrer le chemin ? Je ne connais pas la maison. »

Menacée de dévoration par un démon, je me sentais encline à la piété, et il n'y avait personne ici pour dire aux aux gardes que j'étais loin d'avoir fait preuve de la même dévotion chez mon père, aussi ma requête n'éveillait-elle aucun soupçon. Ils m'ont emmenée dans la chapelle, où je me suis agenouillée, tête baissée, pour réciter les prières à voix basse. Il n'y avait pas foule, seulement le prêtre et quelques vieilles femmes de la maisonnée qui m'ont jeté des regards approbateurs, ce qui pourrait se révéler utile. Un froid inhabituel pour la saison s'infiltrait par les défauts des murs en bois. Mais c'est à peine si je l'ai remarqué, car il était loin d'égaler celui du royaume de l'hiver de l'autre côté du miroir, mon refuge. Il m'a cependant aidée à rester concentrée, à réfléchir.

Dans une niche près de moi se dressait une statue de Sainte Sophie enchaînée, les yeux tournés vers les cieux. Un tsar païen lui avait mis ces chaînes et l'avait décapitée pour l'empêcher de prêcher, mais elle avait gagné la guerre à défaut de la bataille, et les chaînes en question étaient aujourd'hui conservées avec les reliques sacrées en la cathédrale de Koron. On les sortait lors des couronnements et d'autres cérémonies d'importance. On les avait utilisées lorsque la précédente tsarine, la mère de Mirnatius, avait été condamnée pour avoir tenté d'assassiner par sorcellerie le prince héritier ; même si elle avait eu son propre démon, les chaînes l'avaient immobilisée suffisamment longtemps pour qu'elle brûlât sur le bûcher.

Mirnatius avait donc de bonnes raisons de ne pas faire étalage de ses pouvoirs. Il ne s'en était pas pris à moi au milieu de la salle du banquet, ni dans le traîneau d'ailleurs, et il préférerait s'éviter l'embarras de persuader tout le monde que je m'étais enfuie. Je me suis efforcée d'y trouver quelque réconfort, quoiqu'il y en eût peu à tirer. Je pouvais essayer de circonscrire son pouvoir, mais celui-ci était effroyablement grand : c'était mon mari, le tsar et un sorcier secondé par un démon igné, un démon qui en avait après *moi*. Le seul pouvoir dont je disposais, moi, consistait à pouvoir m'évader dans un monde glacé où m'attendait une mort à peine moins horrible.

Mais je ne pourrais pas rester éternellement dans la chapelle. L'office terminé, je ne pouvais rien faire d'autre que me lever et suivre les vieilles femmes dans la maison. Quand nous sommes arrivées dans la grande salle où l'on servait le petit déjeuner, Mirnatius était là, et il demandait à la femme du duc : « Quelqu'un a-t-il vu ma chère épouse ce matin ? », comme s'il n'avait pas la moindre idée de ce qui avait pu m'arriver. Les yeux qu'il fixait sur elle brillaient d'un éclat intense, comme s'il essayait d'instiller quelque chose dans sa tête.

Rassurée par la présence des femmes attroupées autour de moi, des domestiques qui servaient le repas et même du duc Azuolas qui venait de faire son entrée, j'ai lancé d'une voix claire de l'autre bout de la salle : « Je priais, monseigneur. »

Mirnatius a manqué de tomber de sa chaise, puis il a fait volte-face et m'a dévisagée comme si j'étais un fantôme, ou une démone moi-même. « Où es-tu partie cette nuit ? » a-t-il éclaté, malgré tous ces témoins.

Mais il n'a pas invoqué son démon ni n'a bondi sur moi pour me traîner hors de la pièce en hurlant ; j'ai laissé échapper un soupir de soulagement silencieux et baissé les yeux avec pudeur. « J'ai dormi d'un profond sommeil après votre départ, monseigneur. J'espère que vous aussi. »

Il m'a dévisagée de haut en bas, puis les gardes à mes côtés, qui avaient accueilli ma remarque avec une expression grivoise et manifestement dénuée du moindre soupçon ; tous se retenaient de sourire à mon enthousiasme de jeune mariée. Quand les yeux de mon mari se sont reposés sur moi, ils étaient devenus méfiants. La fureur dont il avait fait étalage dans ma chambre n'avait pas épargné mon coffre de mariée et toutes mes robes, mais sa magie les avait remises en état. Je voyais à son regard qu'il avait reconnu le fruit de sa propre imagination dans les arabesques élaborées de la dentelle qui couvrait ma robe. Il ne savait de toute évidence pas quoi en penser.

Dominant ma peur, j'ai traversé la salle et lui ai pris le bras. « J'ai grand-faim », ai-je ajouté, sans faire cas de son léger mouvement de recul. « Voulez-vous rompre le jeûne avec moi ? »

Je ne mentais pas. Il ne m'avait guère laissé l'occasion de profiter du banquet la veille, et le froid m'avait affamée. Nous nous sommes attablés, et j'ai mangé comme deux, tandis que mon époux picorait, me lançant d'occasionnels regards de biais, comme pour s'assurer que j'étais vraiment là. « Je me rends compte, ma chère, que la passion que vous m'inspirez m'a conduit à vous arracher à la maison de votre père avec peut-être un peu trop d'empressement, m'a-t-il finalement dit. Vous devez vous sentir bien seule sans personne de votre maisonnée pour vous tenir compagnie. »

Sans lever les yeux, je lui ai répondu d'une voix claire : « Mon bien-aimé, je n'ai nul besoin de compagnie maintenant que je vous ai vous, mais j'avoue que ma chère vieille nourrice, à mes côtés depuis la mort de ma mère, me manque. »

Il a ouvert la bouche pour me dire qu'il allait immédiatement la faire quérir, mais il s'est ravisé. « Eh bien, a-t-il déclaré avec une méfiance grandissante, quand nous serons installés à Koron, nous l'enverrons chercher… au plus tôt. » J'avais au moins obtenu ce petit surcroît de sécurité pour Magreta, en lui faisant croire que je souhaitais sa présence. Je l'ai remercié avec sincérité.

Une neige épaisse était tombée pendant la nuit, nous confinant dans la maison un jour de plus, tout au long duquel j'ai sauté sur chaque occasion de fuir la compagnie de mon mari : mon vieux catéchiste aurait eu un choc en apprenant le bien que le mariage avait eu sur mes habitudes religieuses. La femme du duc a paru un peu surprise quand j'ai demandé à retourner prier après le petit déjeuner, mais je lui ai confié que ma mère était morte en couches et que je demandais à la Sainte Mère d'intercéder en ma faveur, et elle a approuvé que je fasse preuve d'une telle lucidité à l'égard de mes devoirs.

Ça ne plaisait à personne, que le tsar – qui plus est un tsar doté d'une si délicate constitution – n'eût pas encore l'ombre d'un héritier. À la table de mon père, les convives secouaient la tête en disant qu'il aurait dû être marié depuis longtemps. Nous ne pouvions nous permettre une guerre de succession. Si tel était le cas, il y en aurait déjà eu une, sept ans plus tôt, quand le vieux tsar et son fils aîné étaient morts, laissant le trône entre les mains d'un garçon de treize ans à la beauté suspecte et d'une ribambelle d'archiducs et de princes prêts à se sauter à la gorge.

Quelques-uns d'entre eux étaient même venus à Vysnia au cours des années passées pour tenter d'obtenir le soutien de mon père. Je gardais alors les yeux baissés sur mon assiette en silence et j'écoutais ses réponses. Ils parlaient toujours de façon détournée, et mon père leur répondait sur le même mode. Il pouvait leur tendre un plateau de pâtisseries fraîches à la confiture aigre de Svetia et dire nonchalamment : « Nous voyons de nombreux marchands venant de Svetia au marché. Ils passent leur temps à se plaindre des droits de douane », faisant ainsi observer que le roi de Svetia disposait d'une flotte importante et convoitait notre port septentrional. Ou alors il disait : « Il se raconte que le troisième fils du Khan a mis à sac Riodna le mois dernier, à l'est », rappelant de cette façon que le Grand Khan avait sept fils avides de butin, des guerriers éprouvés à la tête de puissantes bandes de pillards.

L'an dernier, nous-mêmes avions rendu visite au prince Ulrich. Le soir, après que Vassilia et ses amies chuchotantes avaient quitté la table en me lançant des regards aimables – mon visage commun n'était pas une menace pour elles –, j'étais restée avec mon père. Ulrich, dont la fille n'était pas encore mariée au tsar alors qu'elle aurait déjà dû l'être, avait parlé de l'augmentation du prix du sel, qui avait fait de lui un homme riche, et des talents prometteurs de ses jeunes chevaliers. Le dernier soir de notre visite, mon père avait tendu la main par-dessus la table pour prendre quelques noisettes dans un bol, et fait remarquer distraitement : « Les Staryk ont brûlé un monastère à une journée de cheval de Vysnia, cet hiver », tout en écalant les fruits secs sur son assiette.

Tous les seigneurs présents avaient compris le sens de ses paroles : même une victoire, et il était peu probable qu'elle fût rapide, les laisseraient à la merci des plus gros prédateurs qui rôdaient à nos frontières, ou de nos ennemis intérieurs. Jusqu'ici, tous avaient pris son conseil à cœur. Seul l'archiduc Dmitir aurait éventuellement pu s'emparer du trône sans provoquer une sanglante lutte de pouvoir : il régnait sur les Marches de l'Est et sur cinq cités, et disposait d'une armée de cavaliers tatars. Mais même lui s'était contenté de la régence, jusqu'à ce que Mirnatius soit en âge d'épouser sa fille.

Naturellement, sitôt qu'un héritier aurait été produit, le tsar à la santé fragile aurait contracté une regrettable maladie, et Dmitir aurait continué à exercer la régence quand son petit-fils aurait accédé au trône. Mais au lieu de ça, trois jours avant le mariage, il était mort inopinément d'une fièvre foudroyante – ou d'une bonne dose de magie noire, comme je le présumais à présent ; tout comme les décès du vieux tsar et de son fils me paraissaient remarquablement opportuns –, après quoi Mirnatius avait déclaré qu'il était trop submergé par le chagrin pour songer à se marier jusqu'à nouvel ordre. La princesse avait disparu dans un couvent et on n'avait plus jamais entendu parler d'elle. Quant aux cinq villes, elles avaient été attribuées à cinq de ses cousins.

Depuis lors, Mirnatius avait régné sans partage, et personne n'avait essayé de le renverser. Mais de grands seigneurs continuaient de venir à la table de mon père ou de lui envoyer des invitations, de plus en plus souvent ces derniers temps. Quatre ans s'étaient écoulés depuis le mariage avorté, et Mirnatius n'avait épousé ni Vassilia ni personne d'autre. Il se murmurait que sa couche était froide. J'ai une fois entendu un baron indiscret venu nous voir de Koron se plaindre, l'alcool et l'heure tardive aidant, qu'au train où allaient les choses, on ne risquait même pas de voir des bâtards. Évidemment, ces seigneurs ignoraient que le tsar consultait un démon sur ces questions. Mais ils savaient que si Mirnatius n'enfantait pas un héritier, une guerre de succession arriverait tôt ou tard. Et ils étaient nombreux à préférer tôt que tard.

Mon père avait plus d'une raison de vouloir voir le tsar prendre épouse : dans le cas contraire, il devrait bientôt décider à qui il allait devoir unir sa destinée, avec tous les dangers que cela supposait. Il n'était pas le seul non plus à voir se profiler à l'horizon une guerre où il y aurait peu à gagner. Le duc Azuolas se trouvait à peu près dans la même situation : pas assez puissant pour revendiquer le trône lui-même, mais trop pour qu'on le laisse en dehors de la mêlée. Voilà pourquoi personne dans sa maisonnée n'a soulevé la moindre objection à me voir prier plus que de raison, et toutes les femmes ont été ravies de m'apporter leur aide quand je leur ai demandé quels aliments favorisaient la fertilité. Le soir venu, je me suis retrouvée avec un grand panier plein de victuailles que chacune m'avait encouragée à prendre dans les cuisines. « Il faut vous engraisser, dushenka », m'avait dit la duchesse douairière en me tapotant la joue ; ses choix remplissaient à eux seuls la moitié du panier.

Il attendait au pied du miroir tandis que je me parais de mon argent pour le dîner. Une foule de dames s'égayait autour de moi, et j'ai enlevé ma couronne en prétextant un mal de tête. Plutôt que de descendre, j'allais peut-être rester tranquillement dans ma chambre afin d'être plus reposée quand mon mari viendrait me rejoindre. Elles ont vigoureusement approuvé et m'ont laissée seule. Je me suis dépêchée d'enfiler l'une sur l'autre mes trois robes en laine ainsi que mes fourrures et de me recoiffer de la couronne. Puis j'ai pris mon panier et j'ai traversé le miroir.

Juste à temps : Mirnatius s'était précipité à l'étage sitôt qu'on lui avait dit que je ne descendrais pas. Il avait eu l'intention de ne pas me quitter des yeux du dîner et de m'emmener en personne dans la chambre, je présume. Mais je suis passée de l'autre côté avec mon panier au moment même où il faisait tourner sa clef dans la serrure, et bientôt j'étais assise en sécurité au bord de l'eau avec mes huîtres, mon pain noir et mes cerises, et je l'observais faire irruption dans la chambre où je n'étais plus.

Il a embrassé la pièce vide du regard et levé les bras de frustration. Pas de crise de hurlements, cette fois, mais une fouille minutieuse de plusieurs minutes ; puis il a regagné le centre de la pièce, les yeux tournés vers la fenêtre où s'encadrait le soleil couchant, les mâchoires et les poings contractés. Les derniers rayons orange glissaient sur son visage, et soudain ses traits se sont déformés en une fureur sauvage, une rage contrariée, et j'ai craint qu'il ne saccage de nouveau la chambre.

Mais il a haleté d'une voix étranglée : « Me donneras-tu le pouvoir de tout réparer une fois encore ? », et il a serré les paupières et s'est mis à trembler de tous ses membres. Le feu a alors rugi en émettant de puissants craquements énervés, et Mirnatius est tombé à genoux avant de s'écrouler en avant sur ses mains. Il est resté ainsi un instant, tremblant, pantelant, la tête basse, puis il s'est relevé en grimaçant et a dit au feu : « C'est pour *ça* que tu la voulais ? C'est une sorcière ?

— *Non*, a sifflé le feu. *Elle est comme ceux de l'hiver, douce et froide ; aussi profonde qu'un puits. Je boirai longtemps avant de la tarir... Je la veux ! Trouve-la !*

— Que veux-tu que je fasse ? Comment fait-elle pour disparaître, si ce n'est pas une sorcière ? Les hommes à sa porte n'ont *pas* été soudoyés, ni aujourd'hui ni hier. Il n'y a aucune autre sortie – ni aucune autre entrée, d'ailleurs. »

Le feu a produit quelques craquements sourds, comme des marmonnements. « *Je ne sais pas. Je ne vois pas. La vieille femme, es-tu allé me la chercher ?* »

— Non, a répondu le tsar avec circonspection au bout d'un moment. Irina voulait que je le fasse. Et si c'était elle qui lui avait appris tous ces tours ?

— *Fais-le ! Amène-la-moi ! Et si Irina est toujours enfuie, je boirai la vieille femme à la place... mais oh, je ne la veux pas ! Elle est vieille, fragile, elle ne durera pas ! Je veux* Irina *!* »

Mirnatius a froncé les sourcils. « Et il ne me restera plus qu'à expliquer comment ma femme et sa vieille nourrice sont mystérieusement mortes toutes les deux à un jour d'intervalle ? Vas-tu entendre raison ? Je ne peux pas les effacer de tous les esprits ! »

Le feu a soudain jailli de l'âtre en rugissant, et Mirnatius a fait un bond terrifié en arrière. Les flammes ont formé un horrible visage à la bouche et aux orbites vides, immense, qui s'est jeté sur lui. *« Je la veux ! »* a-t-il hurlé à quelques mètres de lui, avant de prendre la forme d'un gourdin enflammé pour lui assener des coups répétés d'un côté puis de l'autre, tel un chat monstrueux brutalisant une souris, avant de se retirer et de réintégrer les bûches du foyer, laissant le tsar prostré, les vêtements fumants et brûlés là où le feu l'avait touché.

Ce dernier a fini par s'éteindre avec force sifflements et murmures. Mirnatius est resté immobile, la tête couverte d'un bras, recroquevillé en position fœtale. Quand il n'est plus resté du feu que des braises silencieuses, il s'est animé lentement, le visage tordu par une grimace, comme s'il avait été passé à tabac. Mais il demeurait d'une beauté sans égale : en tombant, les lambeaux cendreux de ses vêtements ont révélé son corps intact. Le démon aimait maintenir les apparences, je suppose. Pris de faiblesse, il a chancelé, et après avoir considéré la porte un moment, il s'est écroulé dans le lit – *mon* lit – et s'est endormi presque aussitôt.

Sur la berge, j'ai serré mes mains l'une contre l'autre. Je n'étais pas aussi frigorifiée que la nuit précédente, grâce à mes robes empilées et au panier de nourriture. J'avais craint que celle-ci ne gèle immédiatement, mais non, et avec chaque bouchée me venait le souvenir attendri de la femme qui m'avait donné tel ou tel aliment, de ses conseils et de ses encouragements murmurés, et cela m'a tenu chaud. Mais c'était inefficace contre la peur qui me glaçait le ventre. Demain, Mirnatius enverrait chercher Magreta, en dépit de toute l'ingéniosité que je pourrais déployer au petit déjeuner, et je n'avais toujours aucun moyen de la sauver, ou de me sauver moi-même.

Après que le Staryk m'a laissée seule, j'ai arpenté ma nouvelle chambre à coucher de long en large durant un long moment, animée par la peur et la colère. Sur la table, le verre en or cabossé faisait écho à ce que mon mari m'avait inutilement rappelé. Voilà à quoi allait ressembler ma vie à partir de maintenant : piégée parmi ces gens au cœur de glace à remplir d'or les coffres du trésor de leur roi. Et si je refusais… un autre verre de poison m'attendrait au prochain repas.

J'ai dormi d'un sommeil agité derrière les voilages en soie qui murmuraient étrangement quand on les frottait l'un contre l'autre, et je me suis rendu compte au matin que je n'avais pas posé la question la plus importante de toutes : j'ignorais comment sortir de ma chambre. Les murs n'avaient aucune ouverture. J'étais certaine d'être entrée par le côté opposé à la paroi de verre, et de l'avoir vu partir par le même endroit, mais en passant ma main sur chacune des aspérités de la surface, je n'ai pas trouvé la moindre porte. Je n'avais aucun moyen de me procurer à boire ou à manger, et personne n'est venu me voir.

Ma seule – et amère – consolation était de me dire que s'il convoitait l'or au point de m'épouser, il ne me laisserait pas mourir de faim ; et j'avais stipulé qu'il devait répondre à mes questions chaque soir. Mais rien ne l'empêchait de me faire vivre dans l'inconfort le reste du temps. Et d'ailleurs, quand était-ce, le soir ? J'ai fait les cent pas dans la chambre en fulminant jusqu'à en être fatiguée, puis je suis allée m'asseoir face au mur de verre pour contempler l'infinie forêt sans rien faire d'autre qu'attendre, mais les heures ont passé, ou du moins en ai-je eu l'impression, et la lumière n'a jamais changé. Seule une neige légère tombait paresseusement ; la couverture posée sur les pins s'était épaissie durant la nuit.

Ma faim et ma soif se sont intensifiées, jusqu'à ce que je boive la liqueur contenue dans son gobelet abandonné, qui m'a tourné la tête. J'étais aussi frigorifiée que furieuse quand il est finalement apparu par une porte qui n'était pas là la seconde d'avant – et j'avais la certitude qu'elle ne se trouvait pas au même endroit que la veille. Deux serviteurs le suivaient, les bras chargés d'un robuste coffre qui tinta lorsqu'ils le posèrent à mes pieds. Mais alors qu'ils s'apprêtaient à l'ouvrir, j'ai posé le pied sur le couvercle et j'ai croisé les bras. « Si vous aviez la chance de mettre la main sur une poule aux œufs d'or, ai-je déclaré d'un ton acide en toisant le roi, et que vous souhaitiez la voir pondre régulièrement, vous veilleriez à sa satisfaction, si vous aviez une once de sens commun. Est-ce le cas ? »

Les serviteurs ont tressailli, et lui-même s'est raidi, silhouette menaçante qui se découpait loin au-dessus de moi, étincelant littéralement de colère : des stalagmites de glace ont poussé sur ses épaules telles des dagues brillantes et ses pommettes ont sailli à la manière de pierres taillées. Mais je suis restée bien droite, pleine de fureur moi aussi, le menton haut. Il a alors mis un terme brusque à la confrontation en allant se poster devant le mur de verre, les yeux sur la forêt et les poings serrés sur les hanches, comme s'il cherchait à se calmer, puis il s'est retourné et a répondu d'une voix glaciale : « Oui… si ses demandes sont *raisonnables*.

— Dans l'immédiat, ce que je demande, c'est un *dîner*, ai-je lancé sèchement. À votre table, servie comme vous, comme la reine adorée que vous étiez fou de joie d'épouser. Si difficile que soit pour vous cet effort d'imagination. »

Il étincelait toujours, mais il a congédié les serviteurs d'un geste impatient ; ils se sont inclinés et ont rapidement quitté la pièce, avant de revenir, beaucoup plus nombreux ; quelques instants leur ont suffi pour dresser sur la table un banquet que j'ai eu du mal à ne pas trouver impressionnant : assiettes en argent et verres en cristal, nappe blanche, pas moins de vingt plats à disposition, tous froids et pour la plupart inconnus de moi, mais comestibles à mon grand soulagement. Poisson à la chair rose épicée et acide, tranches d'un fruit à la peau claire d'un jaune tirant sur le vert, gelée transparente où flottaient des cubes durs et salés, et dans un bol quelque chose qui ressemblait à de la neige, mais qui sentait la rose et avait un goût sucré. J'ai cru reconnaître un plat de petits pois, mais ils étaient minuscules et aussi durs que des glaçons. Il y avait également de la venaison, crue mais tranchée si finement qu'on la mangeait aisément, servie sur des blocs de sel.

Une fois le repas terminé, les serviteurs ont débarrassé, et le roi a désigné deux des femmes comme mes suivantes. L'idée n'a pas semblé leur plaire plus qu'à moi. Il ne m'a pas donné *leur* nom non plus, et j'avais bien du mal à les différencier des autres ; l'une avait des cheveux très légèrement plus longs et portait sur la gauche une fine natte ornée de petites perles de cristal, et l'autre arborait un minuscule grain de beauté blanc sous l'œil droit ; c'étaient là les seules différences perceptibles. Toutes deux avaient les cheveux gris-blanc et des vêtements gris, à l'instar de toute la domesticité royale.

Mais des vêtements pourvus de boutons d'argent sur le devant, que je suis allée toucher pour les changer en or. Tous les serviteurs m'ont lancé des regards furtifs. « Pour que tous sachent que vous êtes *mes* suivantes », ai-je annoncé d'une voix égale une fois l'opération terminée, et elles ont eu l'air de trouver leur sort un peu moins pénible. Le roi Staryk, lui, semblait au comble du déplaisir, ce qui *m'*a fait plaisir. C'était sans doute mesquin, mais je n'en avais cure. « Comment dois-je vous prévenir, quand j'ai besoin de quelque chose ? », ai-je interrogé, mais elles sont restées muettes et ont jeté des regards désespérés à leur seigneur – j'ai alors compris qu'il leur avait ordonné de ne pas répondre à mes questions, afin de m'obliger à en dépenser une en la lui posant à *lui*. Je me suis mordu la lèvre et me suis froidement tournée vers lui. « Alors ? »

Un discret sourire de satisfaction a étiré ses lèvres. « Avec ceci », a-t-il répondu en inclinant la tête vers celle au grain de beauté, qui m'a tendu une clochette. Puis il les a congédiées ; après leur départ, il m'a dit d'une voix glacée : « Il te reste une question. »

J'avais un millier d'interrogations pratiques, surtout si je ne pouvais compter sur personne d'autre pour me renseigner – où allais-je me baigner, où trouverais-je des vêtements propres –, mais c'est la plus urgente et la moins pratique, celle dont je savais que je ne voulais pas connaître la réponse, qui a jailli de ma bouche. « Comment retourner à Vysnia ? Ou chez moi ?

— *Toi ?* Aller de mon royaume au monde du soleil ? » Son dédain ne laissait aucun doute quant à mes chances d'y parvenir. « C'est impossible, à moins que je ne t'y emmène. » Puis il s'est levé et a quitté la pièce sans autre forme de procès, et je suis allée dans mon boudoir, dont j'ai tiré les rideaux pour ne plus voir l'éternel crépuscule ; là, j'ai enfoui le visage dans mes bras, les dents serrées et les paupières closes sur des larmes brûlantes.

Mais, le lendemain matin, je me suis levée et j'ai fait tinter ma clochette avec détermination. Mes nouvelles domestiques sont venues immédiatement, et plutôt que de leur poser des questions, je me suis contentée de leur adresser des requêtes. Cela a plutôt bien fonctionné : elles ont apporté et rempli une baignoire immense et joliment incurvée, où je pouvais m'allonger sans que mes pieds touchent au bout. Les rebords étaient couverts d'une couche de givre, et de la glace s'était formée là où l'eau les rencontrait, mais lorsque j'y ai plongé la main avec méfiance, l'eau m'a paru être à la bonne température, aussi y suis-je entrée en faisant la grimace, m'attendant à tout instant à pousser de hauts cris, mais de toute évidence ce que le Staryk m'avait donné pour m'amener dans son royaume m'avait rendu résistante au froid.

Elles m'ont aussi apporté de la nourriture et des vêtements propres, tout de blanc et d'argent – argent que je me suis empressée de changer en or : j'avais bien l'intention de poursuivre ce que j'avais commencé, et faire en sorte que personne n'ignore ma présence. Mais bien que les deux femmes m'aient servie toute la matinée, aucune d'elles ne m'a confié son nom, et je n'avais pas l'intention de gâcher une question pour ça. Au lieu de quoi, quand je me suis enfin mise à table pour petit déjeuner, j'ai dit à celle qui avait un grain de beauté : « Je t'appellerai Flek. Et toi Tsop, ai-je ajouté en me tournant vers l'autre. À moins que vous ne préfériez d'autres noms. »

Flek a eu un tel sursaut qu'elle a manqué de renverser la boisson qu'elle était en train de me servir ; elle m'a lancé un regard abasourdi, puis elle a relevé les yeux vers Tsop, qui me dévisageait avec le même saisissement. Je me suis demandé, inquiète, si je ne les avais pas offensées, mais leurs visages se sont colorés d'une délicate teinte bleu-gris, et Flek a dit, en baissant les yeux : « Nous sommes honorées », et elle semblait le penser. Ces noms, les premiers qui m'étaient venus à l'esprit, n'avaient pourtant rien de formidable – ils n'avaient été qu'un prétexte pour leur faire dire les leurs.

Je n'en ai pas moins ressenti une certaine satisfaction, du moins jusqu'à la fin du repas. Le reste de la journée s'étirait devant moi, vide à l'exception de ce coffre rempli d'argent qui trônait au milieu de la pièce. Je l'ai regardé avec un froncement de sourcils, mais je n'avais rien de mieux à faire ; je n'avais rien à faire du tout. Et au moins le roi avait-il contenté mes demandes. Je n'avais aucune envie de lui donner ce qu'il voulait, et encore moins l'or qu'il convoitait avec tant d'avidité, mais il ne faisait aucun doute que ma vie tenait à ce marché. Si je refusais, je pouvais tout aussi bien défoncer le mur de verre et me jeter contre les rochers en contrebas.

« Videz-le entièrement sur le sol », ai-je ordonné à contrecœur à Tsop et à Flek, et elles se sont exécutées sans grand effort avant de reposer le coffre au bout du torrent d'argent. Puis elles se sont inclinées et m'ont laissée seule.

J'ai ramassé une des pièces d'argent. Dans mon monde, elles avaient semblé vierges de toute inscription, mais dans la lumière singulière qui filtrait entre mes murs de cristal, des lignes brillantes dessinaient des motifs : un de ces arbres blancs élancés sur une face, et la montagne de verre avec son portail en argent sur l'autre, mais sans la cascade. Dans ma main, au prix d'un très léger effort de volonté, l'or s'est peu à peu étendu à toute la pièce, lueur butyreuse entre mes doigts.

Le contraste entre cette chaleur baignée de soleil prisonnière de ma main et la lumière extérieure éternellement grise et froide m'a mise en colère – ou du moins ai-je fait en sorte qu'il l'attise. J'ai jeté sans ménagement la pièce dans le coffre, puis une autre, et encore une autre. Je m'amusais à les prendre par poignées et à les laisser s'écouler une à une, l'argent se changeant en or au cours de leur chute. Ce n'était pas difficile, mais je ne me suis pas pressée pour autant. Il m'en donnerait de toute façon un autre à transmuter quand j'aurais fini.

Une fois le coffre rempli au quart environ, je suis allée m'asseoir devant le mur de verre pour contempler mon nouveau royaume. La neige avait redoublé. Seule distraction dans l'immensité de la forêt, le mince serpent noir et argent de la rivière ondulant sous ses radeaux de glace a bientôt disparu sous les flocons. Aucun signe d'une ferme, d'une route ou de quoi que ce soit qui aurait un sens à mes yeux, et le ciel se réduisait à une marée grise où l'on ne distinguait aucun nuage. La montagne scintillante se dressait tel un îlot de clarté qui aurait capturé toute la lumière reflétée par la neige et la glace alentour et la gardait jalousement pour lui-même, pour dessiner ses contours improbables. Sur le mur, un millier de teintes de lumière mouvantes brillaient faiblement avant de s'évanouir, et quand je pressais mes doigts contre la froide surface, elles se diffractaient un instant en un arc-en-ciel de couleur.

« D'où… montre-moi d'où vient la nourriture », ai-je dit à Flek, après qu'elle m'a apporté mon déjeuner, un simple plateau de fines tranches de poisson et de fruits délicats intercalées pour former un cercle. Elle a hésité, en proie à la confusion, mais quand je me suis rapprochée du mur de verre pour embrasser le paysage d'un geste, elle a jeté un regard angoissé à la forêt avant de se détourner, sans me rejoindre ; puis elle a secoué la tête et simplement tendu l'index vers le bas.

J'ai considéré le plateau de nourriture avec un froncement de sourcils. « Emmène-moi là d'où vient le poisson, alors. » Je nourrissais le vague projet de m'échapper en suivant le cours d'une rivière à travers la montagne, mais avant tout je voulais sortir de ma chambre. Une reine était censée pouvoir arpenter son domaine.

Flek a eu l'air très dubitative, mais elle n'en est pas moins allée ouvrir le mur pour moi. Je n'ai pas compris comment elle s'y est prise ; elle n'a pas actionné de levier, pas fait de geste, pas prononcé de formule magique ; elle a seulement avancé vers le mur, puis elle s'est tournée vers moi, et soudain elle m'attendait sous une arche qui semblait avoir toujours été là. Je l'ai suivie dans un couloir qui aurait pu être un tunnel ; les parois en étaient aussi lisses que des panneaux de verre dont on ne voyait nulle jointure. Il descendait en suivant une pente raide, sur laquelle Flek hésitait manifestement à avancer, comme en témoignaient les nombreux regards qu'elle jetait par-dessus son épaule ; nous sommes passées devant plusieurs pièces, des cuisines, me suis-je avisée, quoi qu'il n'y brille nulle flamme. Leur mobilier se réduisait à de longues tables autour desquelles des serviteurs Staryk découpaient soigneusement des fruits pâles, des poissons à la peau argentée et de gros morceaux de viande violacée sortis de caisses.

Les voir m'a apporté un certain réconfort, car ils rendaient cet endroit un peu plus ordinaire : il y avait au moins des gens ici occupés à une tâche que je pouvais comprendre. Mais chaque fois que l'un d'eux levait les yeux et me voyait, il me dévisageait avec stupéfaction, puis Flek, qui évitait leur regard. Je suppose qu'une reine n'était pas censée se balader dans les quartiers des domestiques, et que je leur offrais un bien étrange spectacle. Je gardais cependant la tête haute dans le sillage de ma guide, et après un nouveau virage, nous avons laissé derrière nous la dernière des cuisines et avons débouché sur un grand espace dégagé. Flek s'est arrêtée là et m'a jeté un regard où brillait l'espoir que la vue des cuisines ait satisfait ma curiosité ; mais le tunnel se poursuivait, et je voulais en voir plus. « Continue », lui ai-je donc dit, et elle a repris sa progression sur la pente de plus en plus raide.

La lumière émanant des murs s'est tamisée à mesure que nous descendions, jusqu'à se réduire à d'occasionnelles lueurs qui se donnaient la chasse, dispensant une clarté diffuse et mouvante, comme si nous nous trouvions sous la surface et que seuls nous atteignaient les rayons venus d'en haut. Nous avons marché longtemps, empruntant quelquefois d'étroits escaliers en colimaçon, jusqu'à ce que Flek quitte brusquement le tunnel, franchisse une nouvelle arche, et que nous nous retrouvions dans une sorte de caverne aux murs constitués de cristaux irréguliers. Un bassin rempli d'une eau sombre en occupait le centre, bordé par une étroite passerelle.

La surface en était aussi lisse et limpide qu'une feuille de verre, mais des filets accrochés à de longues perches étaient soigneusement disposés le long des murs. Au bout de plusieurs minutes d'observation, j'ai aperçu l'éclat argenté de quelque grand poisson aveugle avant qu'il ne replonge dans les profondeurs de l'eau. Je me suis agenouillée et j'ai touché la surface. Même maintenant que j'étais capable de prendre un bain de glace à peine fondue, l'eau m'a semblé douloureusement froide. J'ai regardé les rides s'éloigner de mes doigts en cercles excentriques, seul mouvement visible, jusqu'à ce qu'elles atteignent le bord opposé et reviennent se briser sur leurs remplaçantes, avant que l'eau ne reprenne sa parfaite immobilité.

Je me suis demandé combien d'autres bassins comme celui-ci recelaient les entrailles de la montagne, et combien de vergers poussaient entre les murs cristallins ; jusqu'où s'étendait ce monde impossible enchâssé dans cette forteresse de lumière. Flek patientait silencieusement à côté de moi. Elle avait exécuté mes ordres, mais ça ne m'avait pas beaucoup avancée. Aucune fuite n'était possible par ici, sinon la noyade, et ma guide ne répondrait à aucune de mes questions. Je me suis levée. « Très bien. Ramène-moi dans ma chambre. Par un autre chemin », ai-je ajouté. Je voulais en voir davantage, si possible.

Elle a hésité, de nouveau anxieuse, mais elle est partie dans l'autre sens après que nous avons quitté le bassin et m'a entraînée vers le bas, comme s'il fallait s'enfoncer davantage dans la montagne avant de pouvoir remonter. La lumière a encore baissé, et nous avons dépassé d'autres arches s'ouvrant sur de nouveaux bassins. Plus bas, alors qu'on n'y voyait presque rien, nous sommes passées devant une pièce similaire, mais nulle eau ne reflétait les rares rayons de lumière. J'y suis entrée pour aller voir de plus près : un puits vide et très profond aux parois de cristaux bruts en occupait l'espace central. Une large fissure au fond laissait supposer qu'il s'agissait d'un bassin dont toute l'eau s'était échappée. Quand je me suis retournée, Flek se tenait près de l'arche et considérait le bassin vide, les bras raides le long du corps et le visage impassible.

Nous avons croisé quelques autres pièces sèches avant d'arriver à une intersection entre deux passages, et Flek a promptement bifurqué dans un tunnel qui remontait, soulagée apparemment de retourner dans les niveaux supérieurs. Je m'en suis bientôt voulu de lui avoir demandé de m'emmener si loin : je n'avais aucune notion du temps, mais mes jambes ont senti passer la montée, et j'étais fatiguée avant même d'avoir atteint les passages mieux éclairés. Il nous restait cependant un long chemin à parcourir. Flek m'a fait traverser une salle si vaste que je n'en discernais pas les murs dans la pénombre, occupée d'un bout à l'autre par une plantation de curieux petits champignons violet clair dont la tête oscillait au sommet d'une haute tige comme d'étranges fleurs sauvages. Deux serviteurs

Staryk s'y trouvaient, munis de paniers pour la cueillette et vêtus d'un gris plus sombre que leurs congénères. Ils ne m'ont pas dévisagée avec surprise ; ils se sont contentés de couler un regard en biais vers Flek avant de se remettre à leur tâche. Elle-même a levé un instant les yeux vers eux, puis les a braqués droit devant elle, sur le chemin, jusqu'à ce que nous ayons quitté la salle.

De là, nous avons emprunté un grand et étroit escalier hélicoïdal qui n'en finissait plus de tourner autour de son axe en cristal. La lumière s'est faite plus vive, me permettant de constater que nous montions effectivement, mais en dehors de ça, rien n'a changé, et mon calvaire ne semblait pas avoir de fin. « Fais-nous sortir de cet escalier, si tu le peux », ai-je dit quand je n'ai pu en supporter davantage. Flek s'est bornée à me lancer un regard par-dessus son épaule, puis elle a baissé la tête et continué de grimper. Mais au virage suivant, nous sommes arrivés sur un palier.

J'ignorais s'il avait été là auparavant ou non, et je m'en fichais ; j'étais juste soulagée de quitter cet escalier étouffant. Nous avions pénétré dans un vignoble qui m'a d'abord semblé n'être qu'une curiosité de plus, avant que je comprenne qu'il était mort : des ceps de vigne gris foncé flétris jusqu'à la racine se dressaient sur un sol desséché et craquelé, portant sur leurs branches de petits fruits noirs déshydratés et quelques feuilles anthracite parcheminées qui n'étaient pas encore tombées. Quand Flek a accéléré le pas, je ne me suis pas fait prier pour la suivre ; j'avais l'impression de traverser un cimetière.

Il a fallu prendre encore trois escaliers, heureusement pas aussi confinés que le précédent, avant d'atteindre un couloir plus éclairé et moins raide. Puis nous sommes inopinément passées sous une arche et sommes arrivées dans ma chambre. Je n'avais pas soupçonné que nous nous trouvions si près.

J'étais contente de ne plus marcher. Je me sentais aussi lasse que si j'avais parcouru la distance séparant mon bourg du village le plus éloigné, aller et retour, mais ici je n'avais fait que monter et descendre dans les profondeurs de leur montagne. J'étais moins contente d'avoir réintégré ma chambre, qui n'était rien d'autre qu'une cellule au cœur d'un donjon. Flek m'a apporté le verre d'eau que je lui avais commandé, puis elle s'est inclinée et m'a quittée avec une hâte manifeste, sans doute pressée de sortir avant que je puisse lui ordonner de me conduire en un autre endroit incongru et embarrassant. Ne sachant pas où j'allais et n'ayant pas le droit de poser des questions, je ne pouvais même pas être *avertie* quand je demandais à voir des lieux qu'eux-mêmes évitaient.

Après son départ, il n'y avait plus aucun moyen de quitter la chambre. Mais il n'y avait de toute façon nulle part où aller. Je me suis assise près du coffre et j'ai ramassé des poignées de pièces d'argent que j'ai changées en or à contrecœur. Je ne me dépêchais pas spécialement, mais prise dans la répétitivité de la tâche, j'en suis arrivée au bout au moment où Tsop entrait avec mon dîner sur un plateau. J'ai envisagé un instant d'insister pour que le roi Staryk vienne manger avec moi, juste pour le punir, mais j'y ai renoncé car *je* ne méritais pas une telle punition. Je me suis donc attablée seule, et il n'a fait son apparition qu'une fois le dîner terminé.

Dédaignant la table, il est immédiatement allé ouvrir le couvercle du coffre, devant lequel il est resté silencieux un long moment, le visage baigné par la lumière d'un soleil levant qui se reflétait dans ses yeux brillants d'avidité et soulignait les contours de ses stalactites d'une lueur dorée. J'ai repoussé mon plateau et l'ai rejoint. « Mes suivantes se sont bien comportées, elles ont exécuté tous mes ordres », lui ai-je dit d'une voix doucereuse. Je voulais lui faire savoir que je m'étais très bien débrouillée et que je commençais à prendre mes marques, et pas grâce à lui.

« C'est leur travail. Pose tes questions », a-t-il répliqué d'un ton outrageusement méprisant sans même lever les yeux du coffre, et j'ai compris que tout ce que j'avais réussi à faire, c'était lui ôter une épine du pied. À présent, il n'aurait même plus à se préoccuper de moi de toute la journée ; je resterais là, à changer l'argent en or et à me tourner les pouces loin de son regard ; trois questions quotidiennes n'étaient pas un lourd tribut à payer.

J'ai serré les lèvres. « Quels sont les devoirs d'une reine Staryk ? » ai-je froidement interrogé après un moment de réflexion. Je ne souhaitais pas spécialement me rendre plus utile que je ne l'étais déjà, mais la place de tout un chacun dans le monde est définie par le travail qu'il accomplit. Si j'étais devenue, chose hautement improbable au demeurant, la femme d'un archiduc, entourée de servantes, j'aurais eu une petite idée de ce que j'étais censée faire – s'occuper de la domesticité et des enfants le cas échéant, broder, tisser et tenir cour. Ici, je n'avais pas la moindre idée de ce qu'on attendait de moi, et si ça ne me plaisait pas, je voulais avoir le loisir de négliger mes devoirs délibérément, pas seulement par ignorance.

« Ils dépendent de tes talents, et tu n'en as qu'un seul. Occupe ton temps de cette façon.

— Je m'ennuierais tant à ne faire que ça que je finirais par m'arrêter. Autant que vous me disiez quels sont ces autres talents et que vous me laissiez décider ceux auxquels je m'essaierais.

— Feras-tu d'une journée d'été un siècle d'hiver ? De nouveaux arbres-neige sortiront-ils de terre à ton gré ? railla-t-il. Guériras-tu le visage de la montagne d'un geste de la main ? Tu ne seras vraiment une reine Staryk que lorsque tu auras accompli toutes ces choses. D'ici là, cesse la folie de te prendre pour ce que tu n'es pas.

Sa voix animée d'un résonnement profond, presque une mélopée, me donnait l'impression déplaisante que ses moqueries avaient des accents de vérité. Qu'une reine Staryk pouvait réellement invoquer l'hiver au milieu de l'été et rendre son intégrité à cette montagne brisée par la seule force de sa volonté. Mais il n'y avait que moi, et je n'étais ni une grande sorcière ni quelque prêtresse des glaces, juste une vulgaire mortelle avec rien d'autre à faire qu'un torrent d'or à sa gloire.

J'étais certaine que ses sarcasmes visaient à me rabaisser, et je ne voulais pas lui donner ce plaisir, aussi ai-je répliqué d'une voix glacée : « Puisque je n'ai pas encore appris à commander à la neige, je me contenterai d'être ce que je suis. Voici ma question suivante : comment puis-je savoir que le soleil s'est couché, dans le monde mortel ? »

Il a froncé les sourcils. « Tu ne le peux pas. Quel intérêt de le savoir, si tu es ici ?

— Je dois quand même célébrer shabbat. Ça commence ce soir, au coucher du soleil…

— Ça ne me regarde pas, m'a-t-il coupé avec un haussement d'épaules.

— Eh bien, si vous ne pouvez pas m'aider à déterminer quand commence shabbat, je vais devoir faire shabbat en permanence à partir de maintenant, car je suis sûre de perdre le compte des jours, sans le soleil comme point de repère. Il est interdit de travailler pendant shabbat, et je suis tout à fait certaine que changer l'argent en or compte pour du travail.

— Peut-être trouveras-tu un moyen de t'en accommoder », a-t-il fait d'une voix onctueuse, et seul un idiot n'aurait pas perçu la menace sous-jacente. Il était clair que si je n'utilisais pas mon don, je n'avais plus aucune valeur pour lui, et il se débarrasserait de moi rapidement.

Je l'ai regardé droit dans les yeux. « C'est un des commandements de mon peuple, et si je ne l'ai pas rompu pour cuisiner quand j'avais faim, pour faire un feu quand j'avais froid ou pour accepter de l'argent quand j'étais dans la pauvreté, n'espérez pas que je le rompe pour vous. »

Bien sûr, c'était absurde. S'il m'avait mis un couteau sous la gorge, j'aurais exécuté ses ordres. Mourir pour sa religion n'était pas une vertu pour mon peuple – nous n'en voyions pas la nécessité –, et l'on pouvait rompre le shabbat pour sauver une vie, y compris la sienne. Mais il n'avait pas besoin de le savoir. Il m'a jeté un regard noir, puis il est sorti de la pièce et n'est revenu qu'au bout de quelques minutes avec un petit miroir au bout d'une chaîne, enchâssé dans un cadre d'argent qui faisait comme un pendentif. Le tenant dans sa main en coupe, il l'a fixé intensément, et une chaude lueur a éclairé son visage, assez semblable à celle du tas d'or qui brillait dans le coffre. Il a laissé pendre le miroir devant mes yeux, et j'ai eu l'impression de regarder par le trou d'une serrure une tranche d'horizon où un crépuscule orange le disputait au bleu de la nuit. Mais quand j'ai tendu la main pour le saisir, il l'a ramené vers lui et m'a sèchement ordonné : « Demande-le-moi, si tu le veux tant que ça.

— Puis-je avoir le miroir ? » ai-je dit entre mes dents, et il l'a lâché au-dessus de mes mains, évitant tout contact. Puis il a tourné les talons et m'a laissée seule.

Sergey et moi n'avons pas atteint la route de Vysnia. On était partis dans cette direction, à travers la forêt, mais après environ une heure de marche, on a commencé à entendre des voix dans les bois, et des aboiements. Il n'y avait plus beaucoup de chiens au bourg. Les gens les avaient mangés à cause de l'hiver qui n'en finissait pas. On n'avait gardé que les meilleurs chiens de chasse. Et c'est nous qu'ils chassaient maintenant. On a fait une pause. Au bout d'un moment, Sergey a dit : « Je pourrais… aller les voir. »

S'ils l'attrapaient, ils s'en tiendraient sûrement là. Ils ne continueraient pas juste pour moi, la plupart d'entre eux, en tout cas. Je m'en sortirais. Alors que si on restait ensemble, si on devait courir, je m'essoufflerais la première. Sergey était plus grand et plus fort que moi, et mes jupes me gênaient pour détaler dans les bois. Mais je les ai imaginés prendre Sergey, lui passer la corde au cou et le hisser à la potence, les jambes battant l'air jusqu'à ce qu'il soit mort. Une fois, je les avais vus pendre un voleur qu'ils avaient attrapé au marché. « Non », j'ai dit, et on est repartis dans les bois tous les deux.

Pendant un moment, tout est redevenu calme, mais les bruits ont fini par revenir. D'abord un aboiement au loin, puis un autre. Ils se rapprochaient. On s'est pressés, et on n'a plus rien entendu, mais alors la fatigue nous a obligés à ralentir, et il y a eu un nouvel aboiement à droite, puis un autre à gauche. Ils nous encerclaient comme on mène les chèvres à l'enclos. Il y avait encore de la neige par terre, et on laissait des empreintes. On ne pouvait rien y faire.

D'un coup, il s'est mis à faire sombre. Ce n'était pas le soleil qui se couchait, pas encore. On avait l'impression d'avoir marché très longtemps, mais c'était seulement parce qu'on était fatigués. Là, c'était un gros nuage noir qui recouvrait tout le ciel. Une bourrasque nous a soufflé au visage, annonçant la neige. Je ne voulais pas croire qu'il allait neiger. On était trop avancés dans l'année pour qu'il y ait du blizzard. On était presque en juin. Mais les flocons ont commencé à tomber, quelques-uns d'abord, puis plus que ça, et alors on s'est retrouvés au milieu d'une clairière, seuls au milieu d'un rideau de neige.

On n'entendait plus d'aboiements, plus aucun bruit. La neige tombait drue et épaisse, et l'air chargé nous disait que ce n'était pas près de s'arrêter. Ils avaient tous dû rentrer au bourg en vitesse. On a avancé comme on a pu, sauf qu'on n'avait nulle part où aller, on ne faisait que fuir. La nouvelle neige recouvrait la vieille, du coup on ne voyait pas les plaques de verglas, les ornières ou les congères. Je me suis fait mal au genou en tombant sur une grosse pierre que je n'avais pas vue, et Sergey s'est retrouvé trempé après s'être étalé de tout son long, et alors la neige a commencé à tenir sur lui.

J'avais l'habitude des longues marches, mais là on avait marché beaucoup plus longtemps qu'entre chez moi et chez Miryem, et il n'y avait pas de sentier. Mais il fallait continuer. On ne cherchait plus à rejoindre la route. Je ne savais plus dans quelle direction elle était. Peut-être qu'on marchait en rond. Le froid remontait de mes doigts et de mes orteils dans mes membres. Mes chaussures étaient mouillées et certaines sangles avaient lâché. Même si mes pieds s'engourdissaient, je les sentais glisser de côté. Des fois, Sergey devait s'arrêter pour m'attendre. Mes chaussures ont fini par partir en morceaux, je suis tombée et la marmite s'est envolée quelque part.

On a passé un long moment à la chercher. On aurait dû la laisser là et continuer, mais ça ne nous est pas venu à l'esprit tant on était occupés à creuser la neige partout autour de nous, les mains quasiment gelées. Et puis j'ai vu un trou qui descendait tout au fond d'une congère, et j'ai réussi à la récupérer. Elle était un peu cabossée sur le côté. On l'a regardée, cette marmite dans laquelle on n'avait rien à faire cuire. On savait tous les deux qu'on aurait dû continuer sans elle, mais on ne l'a pas dit à voix haute. Sergey l'a prise, on s'est relevés pour repartir.

Mais alors j'ai jeté un coup d'œil à la congère. J'avais déneigé le dessus en creusant, et il y avait un mur en dessous, pas plus haut que ma taille, mais un mur quand même, des pierres que quelqu'un avait empilées. Il n'était pas très long. À l'autre bout, il était presque dégagé, à l'exception d'une autre congère, deux fois plus haute que Sergey. Ça aurait pu n'être que des arbres et des buissons couverts de neige, mais quand on a grimpé sur le mur et qu'on s'est rapprochés, on a vu que c'était en fait une maisonnette, avec une base en pierre et un toit de branchages. Elle était cachée sous un rideau de lierre mort qui recouvrait les murs, les fenêtres et le cadre d'une porte qui n'était plus là. Les feuilles mortes avaient gelé et la neige s'y était accumulée. Les lianes ont cassé et sont tombées quand on a essayé de les écarter.

On y est entrés sans attendre que nos yeux s'habituent à l'obscurité. Peu importe ce qu'on allait trouver à l'intérieur, ça valait toujours mieux que dehors. Mais au bout d'un moment, on a vu qu'il y avait une table, une chaise, un lit en bois et un four. Les lattes du lit et l'assise de la chaise avaient pourri, et la paillasse aussi, mais le four était robuste et en bon état. Il y avait une pile de vieilles bûches à côté de lui.

J'ai effrité quelques lattes et pris des brins de paille en guise de petit bois, et puis je me suis assise près du four pour allumer un feu. Je savais bien m'y prendre parce qu'il arrivait parfois que le feu s'éteigne à la maison, alors on devait en démarrer un nouveau. Sergey a posé notre marmite cabossée et s'est réchauffé en tapant des pieds par terre. Puis il est ressorti. J'avais réussi à faire partir une petite flamme quand il est revenu avec deux brassées de bois mouillé et un miracle : des pommes de terre. « Il y a un jardin », il a dit. Les patates n'étaient pas bien grosses, mais il avait réussi à en déterrer dix, et il n'y avait personne d'autre que nous pour les manger.

J'ai nourri le feu avec le vieux bois jusqu'à ce qu'il ait bien pris. On a étendu le bois mouillé de Sergey devant et au-dessus du four pour le faire sécher, mis les patates dans le four, avec la marmite pleine de neige à fondre, puis on s'est assis là pour se réchauffer en attendant que l'eau bouille et on a bu des tasses d'eau brûlante pour se réchauffer à l'intérieur. Après ça, on a fait bouillir plus d'eau, et j'ai coupé les pommes de terre avant de les jeter dans l'eau pour terminer la cuisson. Comme ça on pourrait manger les patates, mais aussi boire leur eau. Ça a semblé mettre un temps fou à cuire, mais alors elles ont été prêtes, et on les a mangées toutes chaudes et fumantes, en se brûlant la langue, et c'était parfait.

Pendant tout ce temps nous n'avons pensé à rien. On était tellement affamés et frigorifiés. J'avais l'habitude, mais jamais à ce point. C'était pire que l'hiver où on n'avait plus rien à manger. Alors je n'ai pensé à rien d'autre qu'à me réchauffer et à me remplir le ventre. Quand on a eu terminé de manger, qu'enfin on a eu chaud et que je nous ai rempli deux tasses d'eau de cuisson, j'ai pensé à la marmite qui tombait sur P'pa avec tout le kasha bouillant dedans, et j'ai tremblé de tout mon corps, mais pas de froid, cette fois.

J'ai continué à réfléchir. Pas à propos de P'pa, mais de nous. On ne nous avait pas attrapés, on ne nous avait pas pendus. On n'était pas morts de froid dans la forêt. Au lieu de quoi on était là, dans cette petite maison isolée au milieu des bois, on se tenait chaud près d'un feu et on avait trouvé des patates, et je savais que quelque chose n'allait pas.

Sergey le savait aussi. « Plus personne ne vit là, plus depuis longtemps », il m'a dit d'une voix forte, comme s'il voulait être sûr qu'on l'entendrait de l'extérieur.

Je voulais le croire. C'était impossible que quelqu'un vive ici. La forêt appartenait aux Staryk. Il n'y avait pas de route. Il n'y avait pas de ferme ni de champ. Juste une petite maison dans les bois prévue pour une personne seule. Elle devait être celle d'une sorcière, et on ne savait jamais si une sorcière était morte ou pas, et quand elle reviendrait.

Mais j'ai juste dit : « Oui. Celui qui vivait là est parti, maintenant. Regarde le lit et la chaise. Ils sont pourris depuis longtemps. Et de toute façon, on ne restera pas longtemps. » Sergey a hoché la tête aussi vigoureusement que moi.

On avait toujours peur de dormir dans cette cabane de sorcière, mais on n'avait nulle part où aller, donc ça ne servait à rien de penser faire autrement. On a alimenté le feu, et puis on s'est allongés sur le toit du four, où il faisait chaud. J'ai voulu dire à Sergey qu'un de nous devait monter la garde, mais je me suis endormie avant d'avoir pu le faire.

Chapitre douze

Dans ma chambre de glace et de verre, avec pour seule compagnie le soleil couchant dans le miroir, j'ai rompu le pain que Flek m'avait laissé et bu une gorgée de vin. J'aurais voulu allumer une bougie, mais mes deux suivantes m'ont regardée avec perplexité quand je leur avais demandé de m'en apporter une. J'ai chanté les prières, bien maigres à mes oreilles sans les voix de mes parents ou de mes grands-parents pour me seconder. Je me suis remémoré cette dernière soirée à Vysnia, la maison pleine de gens et de joie pour Isaac et Basia. Cette dernière aurait droit à une autre fête demain soir, avec notre grand-mère, sa mère, nos cousines et ses amies : le dernier shabbat avant son mariage. Ma gorge s'est serrée quand je me suis allongée.

Je n'avais rien à lire et personne à qui parler. J'ai respecté shabbat le lendemain en me récitant la Torah à haute voix, pour autant que je m'en souvienne. J'avoue que je n'ai jamais été très attachée aux textes sacrés. Mon père les aimait profondément ; je pense qu'il avait secrètement rêvé de devenir rabbin, mais ses parents étaient pauvres, et il ne savait pas très bien lire ; les mots et les lettres lui résistaient, alors que les chiffres lui venaient naturellement. Ses parents l'avaient donc mis en apprentissage chez un prêteur, un certain Panov

Moshel, dont il avait fréquenté la fille cadette, et c'est ainsi que mes parents s'étaient rencontrés.

Il n'empêche que mon père avait passé presque tous les shabbats à nous faire la lecture, amadouant les mots par la répétition. Mais j'avais consacré l'essentiel de ce temps à songer à quelque travail qui m'était interdit, à tromper la faim ou, en des temps meilleurs, aux questions les plus difficiles que je puisse imaginer, par jeu, pour obliger mon père à se creuser la cervelle. Mais les souvenirs s'étaient accrochés plus profondément que je ne l'aurais cru, et quand je fermais les yeux pour entendre sa voix et murmurer avec lui, je me la rappelais plus ou moins fidèlement. J'en étais à l'épisode de Joseph en prison quand le ciel s'est de nouveau assombri, signant la fin de shabbat, et mon mari est entré dans la pièce.

Je n'ai pas immédiatement ouvert les yeux, jouissant du plaisir de le faire attendre, mais à ma grande surprise il n'a rien dit. J'ai ouvert les yeux plus vite que je ne l'avais voulu, et j'ai lu de la *satisfaction* sur son visage. Cela changeait remarquablement de l'amère résignation qu'il me réservait habituellement. Je me suis redressée sur ma chaise en serrant les dents et j'ai demandé : « Qu'est-ce qui vous rend si heureux ?

— La rivière est de nouveau immobile », a-t-il répondu, mais je n'ai d'abord pas compris ce qu'il voulait dire. Puis je me suis levée et suis allée au mur de verre. La fissure dans la montagne était bouchée par une épaisse protubérance de glace, et la maigre cascade avait gelé sur place. Même la rivière en contrebas ne s'écoulait plus et formait un chemin solide et brillant. Une telle neige était tombée que la plupart des arbres de la forêt disparaissaient en dessous.

J'ignorais pourquoi il concevait une telle joie de voir son monde ainsi pétrifié, mais il y avait quelque chose de terrible et de menaçant dans ce blanc étincelant sans visage. Quelque chose qui cherchait délibérément à effacer les couleurs du monde, qui m'a fait penser à tous nos longs et rudes hivers, au seigle gelé sur pied et aux arbres fruitiers tués par le froid. Quand il est venu près de moi, j'ai contemplé la joie presque extatique qui animait son visage, et j'ai demandé d'une voix lente : « Quand il neige dans votre royaume… est-ce qu'il neige également dans le *mien* ?

— *Ton* royaume ? a-t-il craché avec un mépris égal à ma vanité. Vous autres mortels vous plaisez à croire qu'il vous appartient, avec vos feux et vos murs pour me tenir à distance, que l'hiver n'existe plus sitôt qu'il n'est plus là. Mais ça n'en est pas moins *mon* royaume.

— Eh bien, c'est également le *mien*, maintenant », ai-je répliqué, et j'ai eu la satisfaction de le voir froncer les sourcils de déplaisir en s'entendant rappeler si cruellement qu'il m'avait *épousée*. « Mais je vais reformuler la question, si vous préférez : neige-t-il aujourd'hui dans le monde du soleil, bien que nous soyons au printemps ?

— Oui. Il ne neige ici que lorsque la neige tombe dans le monde mortel ; j'ai donc travaillé dur pour obtenir ce résultat. »

Je l'ai dévisagé, presque trop choquée pour concevoir l'horreur de la chose. Nous savions que les Staryk venaient en hiver, que les tempêtes les rendaient plus forts, et qu'ils sortaient de leur royaume gelé avec les blizzards ; nous savions qu'ils tiraient leur puissance de l'hiver. Mais il ne m'était jamais venu à l'esprit – ni à celui de quiconque que je connaisse – qu'ils étaient *responsables* de l'hiver. « Mais… tous les habitants du Lithvas vont mourir de faim, s'ils ne gèlent pas avant ! Vous allez tuer toutes les cultures… »

Il n'a même pas daigné me regarder, montrant à quel point il s'en fichait ; il avait déjà reporté ses yeux clairs et brillants de satisfaction sur la blancheur infinie qui recouvrait son royaume, quand je ne voyais que famine et mort. Son visage rayonnait de triomphe, comme si c'était exactement ce qu'il avait voulu. J'ai serré les poings. « Je présume que vous êtes *fier* de vous, ai-je dit entre mes dents.

— Oui », a-t-il répliqué dans l'instant en se tournant vers moi, et j'ai compris trop tard que cela pouvait être considéré comme une question. « La montagne cessera de saigner tant que l'hiver durera, et j'ai des raisons d'être fier ; je suis resté fidèle à mes convictions, malgré le coût élevé, et mes espoirs ont été récompensés. »

S'étant acquitté de son dû, il a fait volte-face dans l'intention manifeste de me quitter, mais il s'est ravisé et m'a jeté un regard soudain. « Mais nous sommes partis sur de mauvaises bases, a-t-il ajouté brusquement. Bien que tu n'aies de pouvoirs ni de ce monde ni du tien, tu n'en es pas moins le vaisseau d'une magie puissante, et je me dois de t'honorer comme tu le mérites. Dorénavant, tu jouiras de tout le confort que tu souhaites. Je t'enverrai d'autres suivantes, des dames de haut rang, pour te servir. »

L'idée d'être entourée par une volière de nobles au sourire figé, qui me détestaient et me méprisaient sans doute autant que lui, me causait un vif déplaisir. « Je n'en veux pas ! Celles que j'ai déjà me vont très bien. Vous feriez mieux de leur dire de répondre à mes questions, si vous voulez me témoigner quelque bonté.

— Je ne le souhaite *pas* », a-t-il répondu avec la même grimace de dégoût que si j'avais suggéré qu'il puisse vouloir frapper quelque petit animal sans défense. Quoiqu'il aurait sans doute pris du plaisir à faire une chose pareille. « Mais à t'entendre, je le leur aurais interdit. C'est *toi* qui as choisi que je réponde à tes questions, alors que tu aurais pu me demander à peu près n'importe quoi d'autre. Comment pourraient-elles te donner ce que tu tiens en si haute estime ? Et comment d'humbles domestiques pourraient oser te fixer un quelconque prix ? »

J'ai failli lever les bras au ciel de frustration lorsqu'il est parti. Mais j'étais bien contente qu'il disparaisse. Sa satisfaction et son plaisir me contrariaient plus encore que l'irritation et la colère froide dont il avait fait preuve jusqu'à présent. Je suis restée assise à contempler par la fenêtre l'épais manteau de neige qu'il avait jeté sur le monde, même quand le petit miroir s'est obscurci avec la nuit. Je ne m'en faisais pas pour le duc, et pas beaucoup plus pour les citadins. Mais je savais ce qui allait arriver à *mon* peuple quand les récoltes auraient gelé sur pied et que les débiteurs seraient au désespoir.

J'ai pensé à ma mère et à mon père, seuls chez eux, à la neige qui monterait à l'assaut des murs de leur maison, à la haine encore plus froide qui se refermerait elle aussi autour d'eux. Iraient-ils à Vysnia, chez mon grand-père ? Seraient-ils à l'abri, même là-bas ? Je leur avais laissé une fortune suffisante pour partir au sud, mais je n'arrivais pas à me résoudre à croire, même alors que je l'aurais voulu de toutes mes forces, qu'ils m'aient oubliée au point de partir sans moi. Même si mon grand-père leur disait que j'avais été enlevée, ils ne m'abandonneraient pas ; je pourrais leur envoyer une lettre pleine de mensonges : *Je suis reine et au comble du bonheur, ne pensez plus à moi*, mais ils n'en croiraient rien. Ou s'ils le faisaient, je leur briserais le cœur plus sûrement que si j'étais morte. Le cœur de ma mère qui avait pleuré quand je m'étais arrogé le manteau de fourrure d'une femme qui avait craché à ses pieds. Elle penserait que le froid m'aurait rendue folle, de leur préférer un meurtrier Staryk, un roi prêt à geler le monde juste pour renforcer sa forteresse.

Le lendemain matin, quand Flek et Tsop ont débarrassé les restes de mon petit déjeuner, j'ai annoncé : « Je veux aller faire un tour en traîneau », comme si c'était là une demande parfaitement naturelle pour une noble Staryk – et peut-être un maigre espoir de fuite –, alors que je n'en savais rien. J'ai eu la main heureuse ; Flek a opiné sans hésitation, pour une fois, et m'a conduite à cet interminable escalier vertigineux qui aboutissait au grand espace voûté au cœur de la montagne.

Descendre s'est révélé bien plus périlleux que de monter : j'avais une conscience aiguë de la fragilité des marches, qu'on aurait dit taillées dans la glace, et de la hauteur qui nous séparait du sol. J'ai vu beaucoup plus clairement que je ne l'aurais souhaité les délicats arbres blancs plantés en cercles concentriques parfaits, dont les spécimens au centre étaient les plus grands et les plus feuillus, tandis que ceux des cercles les plus éloignés se réduisaient à des arbrisseaux rachitiques.

Mais nous avons enfin atteint le sol, et Flek m'a guidée dans le bosquet à travers un labyrinthe de sentiers à l'aspect aussi lisse que la surface d'un étang gelé et bordés d'une mosaïque de pierres translucides. J'aurais été incapable de distinguer un virage d'un autre même en les arpentant une journée entière. Nous avons croisé des Staryk de haut rang, qui portaient des vêtements d'un gris plus clair que ceux de Flek ; certains, qui arboraient une teinte ivoire, presque blanche, et traînaient leurs propres serviteurs derrière eux, m'ont ouvertement dévisagée ; quelques-uns d'entre eux avec un léger sourire curieux à la vue de ma peau sombre, de mes cheveux noirs et de l'or qui y brillait : j'avais pris soin de remettre ma couronne, car cela ne pouvait pas faire de mal de rappeler à tous ceux que je croisais que j'étais leur souveraine.

Arrivées du côté opposé, nous nous sommes engagées dans un nouveau tunnel, mais assez large pour laisser facilement passer un traîneau, qui émergeait dans une autre prairie intérieure où une harde de cerfs griffus paissait des fleurs translucides, non loin du traîneau qui nous attendait – je suppose qu'ils n'avaient pas besoin d'écurie ou d'un abri quelconque. Le cocher qui nous avait conduits jusqu'à la montagne était assis à proximité et tenait à la main des lanières de harnais – il travaillait peut-être dessus, mais je n'ai vu d'outil nulle part. Lorsque Flek lui a dit que je voulais sortir faire un tour, il s'est levé en silence et il est allé chercher deux cerfs qu'il a rapidement attelés. Puis il m'a tenu ouverte la portière du traîneau, et ça n'a pas été plus compliqué que ça.

En d'autres termes, il n'y aurait aucun moyen de s'évader de cette façon, c'était une perte de temps. Mais je suis quand même montée. Il a dit quelque chose aux cerfs en faisant claquer ses rênes, et nous avons bondi en avant. Nous nous sommes alors engouffrés dans un autre tunnel en accélérant sur le chemin enneigé. Je me suis agrippée aux rebords du traîneau. Il m'a semblé que nous allions beaucoup plus vite qu'à l'aller, mais peut-être était-ce parce que nous descendions, le long du tunnel sombre qui menait au portail d'argent. Les sabots des cerfs claquaient en rythme sur la glace, comme des pas de danse, jusqu'à ce qu'une ligne de lumière éblouissante perce les ténèbres devant nous : le portail s'ouvrait, nous livrant à la descente à flanc de montagne et à la route de la forêt.

Je m'accrochais toujours de part et d'autre du traîneau, mais alors que l'air froid me fouettait le visage, j'ai pris une profonde inspiration, ravie de *bouger* enfin, de *sortir*, même si je n'avais nulle part d'utile où aller. Ça valait quand même le coup d'essayer.

« Shofer », ai-je lancé. Ce dernier a sursauté de la même manière que Flek et Tsop quand je les avais nommées, avant de regarder autour de lui, comme pour s'assurer que c'était bien à lui que je m'adressais. « Je veux me rendre à Vysnia. » Il m'a retourné un regard vide, aussi ai-je ajouté : « L'endroit où tu es venu me chercher, avant le mariage. »

Il a tressailli comme si je lui avais demandé de me conduire aux portes de l'enfer. « Dans le monde du soleil ? Ce n'est pas une distance que nous pouvons franchir, sauf à emprunter la route du roi, et selon sa volonté. »

Alors qu'il le disait, j'ai pris conscience qu'il n'y avait nulle part trace des arbres blancs et de la route argentée que nous avions empruntée la fois précédente. Derrière moi, la vue n'avait pas changé : la montagne de verre s'élevait, haute et brillante, et les traces jumelles des patins du traîneau qui remontaient jusqu'au portail. Je voyais la cascade à présent gelée et la ligne étincelante de la rivière qui sinuait entre les arbres. Mais la route des Staryk aurait pu n'avoir jamais été là, et les seuls arbres dans mon champ de vision, des pins sombres, n'étaient blancs que parce qu'une neige épaisse les recouvrait.

Je me suis réinstallée dans mon siège, maussade, et comme je n'ai rien ajouté, le cocher est reparti. Comme il n'y avait pas d'*autre* route, il a lancé les cerfs sur la rivière gelée, le seul chemin que je voyais entre les arbres. Nos montures y évoluaient sans plus de difficulté que sur la neige ; peut-être que leurs griffes les y aidaient.

La forêt du royaume Staryk semblait s'étendre à l'infini. Je n'ai rien vu d'autres aux alentours, aucun autre bâtiment, et quand j'ai oublié de tenir ma langue et demandé au cocher si certains d'entre eux vivaient à l'extérieur de leur montagne de glace, il ne m'a pas répondu et m'a jeté par-dessus son épaule un regard qui disait : *Demandez au roi*. Nous avons poursuivi un certain temps sans que rien change. Il devait être près de midi, pourtant la lumière baissait à mesure que nous nous éloignions de la montagne, le gris uniforme du ciel se fondant en un crépuscule terne dans lequel les arbres et la neige autour de nous devenaient de plus en plus difficiles à distinguer.

À l'horizon apparut une ligne d'un noir profond, visible dans l'étroite trouée entre les arbres là où la rivière rejoignait le ciel. Les cerfs ont ralenti, et Shofer s'est retourné vers moi. Il ne voulait pas continuer par là, comme Flek qui n'avait pas voulu s'enfoncer plus avant dans les profondeurs de la montagne, et mes jambes percluses de courbatures me rappelaient la punition que ma curiosité m'avait value. Mais ce n'était pas en les laissant décider pour moi de la direction à prendre que je parviendrais à m'échapper.

« Devrions-nous rentrer ? » ai-je interrogé, en en faisant délibérément une question, un peu par malice, pour voir s'il pouvait être aiguillonné. Il a hésité, puis, pour toute réponse, il a lancé un ordre sec aux cerfs et nous nous sommes remis en route. Nous avons continué vers l'horizon sombre, et bientôt il a fait nuit noire sous les branches ; c'était à peine si je voyais encore les troncs. Il n'y avait ni lune ni la moindre étoile dans le ciel ; les feuilles se réduisaient à des ombres noires sur le fond anthracite. Les cerfs agitaient la tête avec nervosité ; ça ne leur plaisait manifestement pas non plus, et je doutais qu'ils se soucient de savoir qui était dans le traîneau qu'ils tiraient. La rivière gelée disparaissait dans le noir devant nous.

« Très bien, demi-tour », ai-je fini par céder, et Shofer a rapidement infléchi leur course avec un soulagement palpable. Mais j'ai jeté un dernier regard en arrière alors que le traîneau repartait en sens inverse, et je les ai vues : deux personnes apparues sur la berge de la rivière, dans le noir : deux personnes engoncées dans d'épaisses fourrures, et l'une d'elles était une reine.

Mirnatius n'a même pas tressailli quand le froid m'a finalement ramenée dans la chambre à travers le miroir. J'ai avancé à pas de loup vers la cheminée et me suis réchauffée auprès du feu, sans le quitter des yeux, à l'affût du moindre signe de réveil. Sa magie avait fait du lit un écrin pour sa beauté ; même inconscient et vautré de la sorte, il restait une œuvre d'art. Il a soupiré et remué dans son sommeil, murmurant des mots inintelligibles, un bras nu rejeté hors des couvertures, la tête de côté dévoilant la ligne de sa mâchoire, les lèvres entrouvertes.

J'aurais dû me trouver dans ce lit avec lui, jeune mariée effrayée par des choses ordinaires, la maladresse, l'égoïsme. Ç'aurait été bien assez à craindre ; je n'avais jamais espéré mieux que supporter ce qui se passait entre les murs de la chambre à coucher, et trouver d'autres moyens de gagner le respect, ce joyau sans prix. Mais avec un si beau mari, j'aurais été en droit d'entretenir quelque espoir circonspect sur ce qui jetait les femmes dans de tels troubles de l'âme qu'on ne les évoquait qu'à voix basse.

Au lieu de cela, cette perle nacrée recelait en son sein un monstre qui désirait me boire comme un verre de bon vin, me vider jusqu'à la dernière goutte, et je devais me montrer plus maligne que lui chaque jour que Dieu faisait pour jouir du simple privilège de rester en vie. Je n'étais plus certaine de savoir qui était le maître et qui le serviteur, mais ce démon avait assis Mirnatius sur le trône sept ans plus tôt et l'avait infusé de magie depuis lors. Aujourd'hui le tsar était prêt à lui livrer ma personne en retour, tout au plus s'inquiétait-il de savoir ce qu'il allait faire de mes restes, comme les lambeaux à moitié brûlés de ses vêtements éparpillés sur le sol.

J'ai jeté les haillons au feu et me suis assoupie devant l'âtre, dormant par intermittence. Sitôt le matin venu, je me suis levée, j'ai enfilé ma chemise de nuit, comme si je l'avais portée toute la nuit, puis j'ai appelé les domestiques sans attendre d'un coup de clochette. Mirnatius s'est réveillé en sursaut, cherchant des yeux l'origine de ce bruit incongru, mais ils étaient déjà là. Je leur ai demandé de faire couler un bain et de nous monter le petit déjeuner, et de faire venir quelqu'un pour m'aider à m'habiller, afin qu'ils commencent immédiatement à s'affairer sans nous laisser seuls, puis j'ai apostrophé mon époux d'une voix douce : « Avez-vous bien dormi, monseigneur ? »

Il m'a dévisagée avec une stupéfaction indignée, mais il y avait quatre autres personnes dans la pièce. « Très bien », a-t-il répondu au bout d'un moment sans me quitter des yeux, et manifestement sans non plus réfléchir à ce qu'il disait, ni mesurer l'impact de ses paroles sur sa cour, lorsque ses serviteurs rapporteraient à tous que le tsar, si désintéressé par les plaisirs de la chair que c'en devenait inquiétant, avait indéniablement dormi dans la chambre de sa femme plutôt que dans la sienne, et bien dormi.

Garder la faveur de ses courtisans ne devait pas être une priorité, quand il lui suffisait de les hypnotiser chaque fois qu'ils manifestaient leur désaccord. Il préférait se contenter de rationner leur déplaisir, ainsi ne dilapidait-il pas la magie que lui octroyait le démon. Mais je devais faire feu de tout bois. Je l'ai donc rejoint sur le lit – il s'est écarté imperceptiblement en me coulant un regard de biais – et, quand ils ont apporté le plateau, je lui ai servi le thé, qu'il buvait très sucré, aussi y ai-je ajouté plusieurs cerises confites dans la tasse avant de la lui présenter. Il semblait inquiet après l'avoir goûté, comme s'il soupçonnait qu'il fût magique, lui aussi.

Il ne pouvait rien me dire en présence des domestiques – et ils risquaient d'autant moins de quitter cette pièce, où il y avait tant de ragots à glaner, que je leur avais fourni bien assez d'excuses pour rester. En particulier les femmes de chambre. Les couvertures glissaient de ses épaules nues et découvraient son torse délicat. Les filles lui lançaient des œillades chaque fois qu'elles croyaient que je ne voyais pas leur manège et se saisissaient du moindre prétexte pour s'attarder près de lui. Elles auraient pu s'épargner leurs efforts : jamais il n'a détourné les yeux de moi, n'acceptait de nourriture que de ma main, et encore avec circonspection, et répondait machinalement à mon bavardage. Une fois la baignoire remplie, je me suis levée et j'ai annoncé : « Je vais aller dire mes prières pendant que vous vous lavez, monseigneur », et je me suis éclipsée.

Mais cette fois, lorsque je suis sortie de la chapelle, le traîneau nous attendait dans la cour avec nos bagages. « Nous partons pour Koron, ma colombe », m'a averti Mirnatius dans le hall, les yeux réduits à des fentes. Je n'avais pas le choix : j'allais devoir m'installer dans le traîneau couvert, seule avec lui, traverser les bois obscurs et l'accompagner dans son palais, rempli de ses soldats et de ses courtisans.

Je suis retournée dans ma chambre mettre mon collier d'argent, mes trois robes et mes fourrures, et je suis redescendue en portant moi-même ma boîte à bijoux : rien d'inhabituel à cela – ma belle-mère gardait la sienne sur elle partout où elle allait –, et personne n'avait besoin de savoir qu'elle ne contenait rien d'autre que ma couronne, ou que j'avais fourré tous mes colifichets dans les poches de mes vêtements pour alléger la boîte. Je l'ai calée entre ma hanche et le bord du traîneau. Si les choses en arrivaient là, je pourrais sauter avec elle, courir dans la forêt jusqu'à quelque mare gelée et m'enfuir à travers son reflet.

Mais dans les yeux de Mirnatius ne brillait pas l'éclat rouge de sa faim démoniaque lorsque nous nous sommes mis en route, et je me suis souvenue que je ne l'avais jamais vu en plein jour, seulement après le coucher du soleil. Il a attendu que nous fussions à bonne distance de la maison – dont toutes les femmes agitaient leur mouchoir pour me dire adieu – et m'a craché de sa voix humaine : « J'ignore où tu te carapates chaque nuit, mais ne crois pas que je te laisserai faire encore longtemps.

— Vous devez me pardonner, mon cher époux », ai-je répondu au bout d'un moment, pesant soigneusement mes mots : que voulais-je qu'il crût ? Jusqu'à quel point souhaitais-je qu'il sût que je savais ? « Je vous ai juré fidélité, mais quelqu'un d'autre persiste à se présenter dans ma chambre. Les écureuils fuient d'instinct, lorsqu'un prédateur se montre trop pressant. »

Il s'est écarté de moi en se raidissant et s'est muré dans un silence agité et vigilant. Je me suis laissée aller sur les coussins avec une nonchalance étudiée, en gardant les yeux droits devant moi. Nous glissions rapidement à travers les profondeurs assourdies de la forêt, sous les branches alourdies par la neige fraîche, et je me suis laissé bercer par le paysage monotone ; il faisait froid, mais ce n'était rien en comparaison du royaume de l'hiver où je passais mes soirées, et la bague à mon doigt m'apportait un réconfort glacial.

Un long moment s'est écoulé avant que Mirnatius ne reprît soudainement la parole. « Et *où* vont donc les écureuils, quand ils veulent se cacher ? »

Je l'ai regardée, légèrement décontenancée. Je venais de lui dire que j'étais au courant pour son démon et que je connaissais le sort qu'il me réservait. Comment pouvait-il croire que j'allais lui révéler quoi que ce soit, ou que je voudrais coopérer de quelque manière que ce soit ? Mais devant mon silence, il m'a jeté le regard entêté d'un enfant contrarié, s'est penché en avant et a sifflé : « *Dis-moi où tu vas !* »

La chaleur de son pouvoir a glissé sur moi, absorbée par mon anneau affamé. J'ai failli lui demander pourquoi il gâchait ses réserves de magie : il savait déjà que ça ne fonctionnerait pas. Mais je suppose qu'à tant s'appuyer sur son pouvoir, il n'avait jamais fait l'effort de réfléchir. Réfléchir était la chose la plus utile que j'eusse jamais apprise chez mon père : personne ne se souciait de ce que je désirais, ou de savoir si j'étais heureuse. Tout ce que j'avais voulu, j'avais dû le trouver par moi-même. Je n'en avais jamais conçu une gratitude plus grande qu'aujourd'hui, alors que ma vie était en jeu.

Mais je voyais bien que si je me bornais à rester assise là en silence, Mirnatius perdrait son sang-froid. Les nuages d'orage étaient déjà en train de s'accumuler sur son front, et même si son démon n'apparaissait pas avant la nuit tombée, rien n'empêchait le tsar d'ordonner à ses gardes parfaitement ordinaires de me jeter dans une geôle où je n'aurais plus qu'à attendre l'arrivée de son maître. Cela ne manquerait pas de choquer les gens, qu'il mît sa femme en prison et qu'elle disparût sans explication, et mon père serait prompt à invoquer ce prétexte… mais Mirnatius ne semblait pas faire grand cas de ce type de conséquences.

À moins que je ne lui misse le nez dessus. « Pourquoi n'avez-vous pas épousé Vassilia il y a quatre ans ? » lui ai-je vivement demandé alors qu'il s'apprêtait à vociférer de nouveau.

Ma question a eu le mérite de briser la spirale de son emportement. « Quoi ? » a-t-il fait d'un air ahuri, comme si la question n'avait aucun sens pour lui.

« La fille du prince Ulrich, ai-je précisé. Il a dix mille hommes et la mine de sel, et le roi de Niemsk serait trop heureux de faire de lui son vassal, si vous vous faisiez tuer. Vous deviez vous assurer sa fidélité, après que vous avez tué Dmitir. Alors pourquoi n'avoir pas épousé sa fille ? »

La colère et la confusion se disputaient son visage. « Tu caquettes comme une de ces vieilles poules du conseil…

— … que vous n'écoutez pas et que vous charmez quand elles se montrent trop virulentes ? » ai-je terminé, et la colère l'a emporté ; mais ce n'était pas le même genre de fureur : les leçons de politique devaient être pour lui une source d'agacement constant. « Mais vous avez tort. Le Lithvas a besoin d'un héritier, et si vous n'en produisez pas un bientôt, vous risquez d'être rapidement renversé. Et maintenant que vous m'avez épousée moi plutôt que Vassilia, il se pourrait bien qu'Ulrich ne vous en laisse pas le temps.

— Personne ne va me *renverser* », a-t-il aboyé, comme si je l'insultais.

« Comment l'en empêcheriez-vous ? Si Ulrich marie Vassilia au prince Casimir, ils ne viendront pas vous voir à Koron, et vous ne pourrez pas utiliser votre magie pour les persuader de ne pas lever une armée contre vous. Pouvez-vous contrôler leur esprit à trois cents milles d'ici ? Pouvez-vous combattre un seul des mille archers qui vous prendront pour cible sur le champ de bataille ? Désarmer dix assassins à la fois, s'ils font irruption dans votre chambre ? »

Il m'a regardée comme si ces questions ne lui étaient jamais venues à l'esprit. Il prenait probablement ses conseillers pour des idiots bilieux qui ne savaient rien de sa magie, qui le sauvait de tout ce qui pouvait menacer son autorité. Mais son démon ne semblait pas tout-puissant, et la magie de sa mère ne l'avait pas sauvée du bûcher. Son invincibilité s'effritait devant une question un tant soit peu pointue, et il ne m'a pas démentie quand j'ai évoqué les limites de son pouvoir.

« Qu'est-ce que tu en as à faire ? » m'a-t-il jeté, comme s'il pensait que je feignais quelque profonde inquiétude pour sa sécurité. « Rien ne te ferait sans doute plus plaisir.

— Mon plaisir serait de courte durée, car je serais la suivante sur la liste. Ulrich et Casimir préféreraient avoir mon père comme allié que comme ennemi, mais ils n'ont pas *besoin* de lui, et ils ne prendront pas le risque de me voir produire un héritier après qu'ils vous auront décollé la tête. À supposer que *vous* ne m'ayez pas assassinée avant cela, de façon suspecte, donnant à tous un prétexte idéal pour prendre les armes contre vous. » C'était précisément là que je voulais en venir.

Mirnatius s'est tassé dans son coin, la mine sombre. Il ne me toisait plus, ce qui était déjà une petite victoire, mais gardait les yeux tournés vers l'extérieur, ruminant les idées que je lui avais mises dans la tête, ce qu'il avait manifestement évité de faire jusqu'à aujourd'hui.

Le trajet s'est prolongé jusqu'au soir de cette froide journée ; le cocher s'est arrêté à plusieurs reprises pour ménager nos montures, et les a changées par deux fois chez des boïars quelconques où nous avons été accueillis avec toute la dignité requise. Les deux fois j'ai pris soin de sortir du traîneau, d'arpenter la cour et d'échanger quelques mots aimables avec nos hôtes, allant même jusqu'à complimenter leurs enfants qui sortaient nous saluer en trottinant. Je voulais qu'un maximum de gens se souvînt de moi, afin de compliquer la tâche de Mirnatius s'il s'avisait d'essayer de persuader tout le monde que je n'avais jamais existé. Pendant tout ce temps, le tsar se tenait à l'écart en me couvant du regard sous sa capuche, contribuant malgré lui à me faire passer pour son épouse adorée.

Entre le froid, la lumière hivernale et l'épais manteau de neige inhabituel pour la saison, on ne se serait pas attendu à ce que la nuit tardât tant à tomber. Malgré ce répit salvateur, le soleil a néanmoins fini par se coucher, allumant la lueur rouge dans les yeux de Mirnatius au moment où le traîneau s'arrêtait dans la cour de son palais à Koron. Les murs grouillaient de ses soldats, et Magreta nous attendait sur les marches du perron, les mains serrées sur sa poitrine, vieille chose menue entre les gardes qui la flanquaient. On aurait dit qu'il avait envoyé des hommes la chercher à Vysnia la nuit dernière pour la ramener coûte que coûte avant le soir.

Quand je l'ai rejointe, elle m'a prise dans ses bras en pleurant un peu et en répétant : « Dushenka, dushenka. » Elle m'a remerciée de m'être souvenue de sa vieille personne et de l'avoir fait quérir, mais j'avais été injuste avec elle : sa voix tremblait et ses mains m'étreignaient trop fort. Elle comprenait que nous étions en danger de mort.

J'ai moi aussi joué le jeu : quel époux formidable j'avais, et quelle merveilleuse surprise il m'avait réservée… Prenant sur moi, je l'ai embrassé devant ses gardes, à son grand étonnement ; je suppose qu'il n'avait jamais envisagé que *je* pusse utiliser ce genre d'arme. Il n'a pas bougé d'un pouce quand j'ai pressé ma bouche contre ses lèvres brûlantes, avant de me reculer tout aussi soudainement, comme embarrassée de ma propre hardiesse. Je me suis tournée vers les gardes et j'ai demandé à Magreta si on l'avait bien traitée, puis les ai remerciés quand elle a acquiescé et dit qu'elle s'était sentie en sécurité à chaque instant du long trajet depuis Vysnia.

« Comment vous appelez-vous ? Je m'en souviendrai », leur ai-je dit en ôtant la main de mon manchon et en la leur tendant, bague au clair. Ils se sont confondus en bredouillements et bégaiements, car leurs ordres avaient sans nul doute été d'aller chercher la vieille femme sans tenir compte des protestations de quiconque et encore moins des siennes, et eux-mêmes devaient s'être considérés davantage comme geôliers que comme escortes. Certains de ces bredouillements étaient le fait de la magie de l'anneau, mais le reste, je le soupçonnais, tenait de la magie plus subtile du contraste entre la courtoisie que je leur témoignais et la brutalité coutumière de Mirnatius. « Matas et Vladas, ai-je répété. Merci d'avoir pris soin de ma vieille nanushka. Et maintenant, entrons : allez donc aux cuisines boire un bon krupnik chaud après ce long voyage. »

Mirnatius pouvait difficilement s'opposer à cette petite attention sans éveiller de soupçons ou, au mieux, passer pour mesquin, mais voir ses hommes prendre leurs ordres de moi, quels qu'ils fussent, ne lui plaisait visiblement pas. « Toi et ta nourrice allez monter dans vos appartements et m'y attendre », a-t-il dit avec froideur en entrant dans le hall à ma suite. D'un geste sec, il a appelé à lui les deux hommes qui gardaient la porte. « Emmenez-les là-haut et attendez dans la chambre avec elles jusqu'à ce que j'arrive », a-t-il ordonné – le piège que je redoutais le plus –, avant de s'éloigner d'un pas raide dans le grand hall. J'ai vivement serré la main de Magreta tandis que nous gravissions l'escalier. Elle s'est accrochée à la mienne avec une force égale et ne m'a pas demandé si mon mari était gentil avec moi, ou si j'étais heureuse.

« Dites-moi, ai-je demandé à l'un des gardes, ai-je mal agi en envoyant vos collègues boire un krupnik ? Monseigneur désapprouve-t-il que vous consommiez de l'alcool ?

— Non, madame, a-t-il répondu en me coulant un regard de biais.

— Oh », ai-je fait en prenant un air triste, comme si l'humeur changeante de mon mari me peinait.

« Quelque affaire d'État doit lui occuper l'esprit. Ma foi, je vais essayer de l'en soulager, ce soir. Peut-être dînerons-nous dans la chambre. Magreta, je compte sur toi pour me brosser les cheveux et rafraîchir ma coiffure. »

De dimensions comparables à celles de la salle de bal de mon père, la chambre à coucher était d'une splendeur aussi déraisonnable qu'incommode. Je n'ai pas eu besoin de me forcer pour paraître émerveillée par tout ce que je voyais, de l'immense fresque de presque vingt pieds de haut – la tentation d'Ève, ce qui m'a semblé particulièrement mal choisi, étant donné les circonstances – au lit, qui aurait lui-même pu servir de chambre à coucher, niché dans une grande alcôve et encadré de rinceaux d'or, de piliers et de rideaux damassés brodés d'un motif subtil de fils plus clairs. Les fenêtres avaient été montées sur des encadrements de portes qui s'ouvraient sur un balcon pourvu d'une délicate rambarde en fer forgé et qu'ombrageaient des arbres du jardin, pour l'heure couverts de neige.

La pièce était chauffée par quatre cheminées distinctes, noires de fumée, où brûlaient des brasiers à toute heure du jour, même en mai : un serviteur les alimentait au moment même où nous sommes entrés. C'était la chambre d'un duc de Salvia ou de Longines, d'un pays où l'hiver ne s'attardait guère. Personne de sensé n'aurait conçu une telle chambre au Lithvas – et elle semblait d'ailleurs bel et bien l'œuvre d'un insensé : de petites fissures dans les murs témoignaient de la présence ancienne d'un plancher à mi-hauteur, que Mirnatius lui-même avait dû faire sauter pour bâtir cet espace ridiculement grand.

Mais malgré tous ses excès, cette pièce était d'une grande beauté – extravagante, peu pratique et inconfortable, certes, mais d'un luxe qui parvenait à ne jamais tomber dans le mauvais goût. Elle semblait être le fruit de l'imagination inventive d'un illustrateur de livres de contes de fées. L'harmonie précaire entre les différents éléments ne rendait l'ensemble que plus impressionnant ; c'était comme regarder un jongleur faire voler sept couteaux aiguisés dans les airs tout en sachant que le moindre loupé pourrait avoir des conséquences dramatiques. Même animé des pires dispositions, il eût été difficile de ne pas se laisser séduire par cette chambre. Les gardes eux-mêmes ont un instant oublié leur sévérité et leur intransigeance pour ouvrir de grands yeux.

Ils n'ont rien dit quand j'ai pris ma boîte à bijoux et emmené Magreta derrière le panneau qui dissimulait la salle de bains. Un autre feu y brûlait, réchauffant l'air autour d'une splendide baignoire – dorée elle aussi, et si grande que j'aurais pu m'y étendre de tout mon long. Plus important, à côté d'elle se dressait un miroir encore plus éblouissant ; Mirnatius aimait sans doute admirer ses formes sculpturales au sortir du bain.

Sans quitter la salle de bains, j'ai demandé aux gardes de nous faire monter du thé, tandis que Magreta, obéissant à mes gestes silencieux, me mettait le collier et la couronne. Sa perplexité a franchi un nouveau palier quand je lui ai fait enfiler mon second manteau et me suis agenouillée pour tirer à moi la lourde fourrure devant la cheminée et l'enrouler autour de ses épaules. La serrant contre elle lorsque je lui ai mis les deux pans entre les mains, elle n'a rien dit à voix haute, mais sa bouche s'ouvrait et se fermait sur les questions muettes qui se bousculaient entre ses lèvres. J'ai posé l'index sur ses lèvres et lui ai montré le miroir d'un geste.

La forêt sombre s'y trouvait, sous un épais manteau de neige. J'ignorais si ça allait marcher, si je pouvais l'emmener avec moi, mais c'était mon seul espoir. Au moment même où je cherchais la main de Magreta, j'ai entendu du bruit dans le couloir, des pas qui s'approchaient, puis la porte qui s'ouvrait violemment, et le démon siffler, avec la voix de Mirnatius : *« Où est Irina, où est ma promise ? »*

Magreta a laissé échapper un petit cri de surprise : j'avais pris sa main, et elle regardait dans le miroir, blanche comme un linge, et s'agrippant instinctivement à moi. Je l'ai serrée plus fort. « Ne me lâche pas », lui ai-je murmuré, et après avoir jeté un regard effrayé par-dessus son épaule, elle a acquiescé avec force. Me retournant vers le miroir, je suis passée au travers en la tirant à ma suite, et nous nous sommes retrouvées sur la berge gelée.

Chapitre treize

Au matin, Panov Mandelstam a tapé la neige de ses bottes en entrant et il a dit doucement à Panova Mandelstam : « Ils ne les ont pas attrapés. La neige leur a fait rebrousser chemin. » Du coup j'étais content qu'il ait neigé. Mais je ne savais pas si je devais l'être, parce que peut-être que Wanda et Sergey étaient morts de froid quelque part, et puis j'ai décidé que si, parce que j'avais déjà eu si froid en travaillant dehors que je m'étais presque endormi, et alors P'pa me mettait une claque pour me réveiller et me demandait si je voulais mourir de froid, et je ne voulais pas, mais c'était comme de s'endormir, ça ne faisait pas mal ni peur. Je me suis demandé si P'pa avait eu peur quand il était mort. On aurait dit que oui.

Au petit déjeuner, Panova Mandelstam m'a donné deux bols de porridge avec du lait dessus et des myrtilles séchées, et elle a ajouté un peu de sucre brun encore par-dessus, c'était très bon et très sucré. Après je suis sorti m'occuper des chèvres, parce que c'était ce que Wanda m'avait dit de faire. Panova Mandelstam a dit : « Elles aussi ont droit à un petit déjeuner chaud, par ce temps », et elle m'a aidé à préparer une grande marmite de purée. J'ai fait attention que mes chèvres aient une grosse part. Elles étaient toutes maigres à côté de celles des Mandelstam, qui leur avaient donné des coups de cornes et les avaient mordues la veille. Mais aujourd'hui elles étaient contentes d'avoir de la compagnie, parce qu'on leur avait tondu la laine et que les miennes avaient encore la leur, même si elle était pleine de teignes et de saleté. Elles sont toutes allées se serrer dans l'abri après avoir mangé la bouillie chaude.

Le jardin était plein de neige. J'ai pris une pelle et fait des gros tas pour que les chèvres et les poules puissent trouver l'herbe. La terre était gelée, mais j'ai sorti l'amande de l'arbre blanc, je l'ai regardée et je me suis demandé si je devais la planter ici. Mais je n'en étais pas sûr, et je ne voulais pas faire d'erreur, alors je l'ai remise dans ma poche et je suis rentré. Pour le déjeuner, Panova Mandelstam m'a donné trois morceaux de pain avec du beurre et de la confiture, deux œufs et des carottes et des pruneaux cuisinés ensemble. C'était très bon, aussi.

L'après-midi est arrivé, et je ne savais pas quoi faire. Panova Mandelstam s'est assise à son rouet et Panov Mandelstam a pris un livre, mais je ne savais ni filer ni lire. « Qu'est-ce que je dois faire ? j'ai demandé.

— Pourquoi n'irais-tu pas jouer dehors, Stepon ? » Panova Mandelstam a dit, mais je ne savais pas non plus comment faire, et de toute façon Panov Mandelstam a dit : « Les autres garçons... » et elle a serré les lèvres et hoché la tête. Ils voulaient dire que les garçons du bourg seraient méchants avec moi, parce que j'avais peut-être aidé à tuer mon père, ou juste parce que j'étais une nouvelle tête.

« Qu'est-ce que Wanda faisait quand elle était là ? » j'ai demandé, mais aussitôt je m'en suis souvenu. « Elle faisait la tournée.

— Mais tu es trop petit pour ça, Panova Mandelstam a dit. Pourquoi n'irais-tu pas cueillir quelques champignons dans la forêt ? Est-ce que tu sais différencier les bons des mauvais ?

— Oui », j'ai dit, et elle m'a donné le panier, mais il y avait beaucoup de neige dans la forêt, ce n'était pas un jour à ramasser des champignons. Et quand je suis sorti, j'ai regardé la neige et je n'ai vu aucun champignon. Je me suis dit que j'allais essayer de faire la tournée même si j'étais trop petit, parce que si les Mandelstam ne la faisaient pas et que Wanda ne la faisait pas, alors je ne voyais pas qui d'autre la ferait. Une autre personne avait aussi vécu dans la maison, Wanda en avait parlé, mais je n'arrivais pas à me rappeler son nom. Ça me faisait bizarre d'essayer de m'en souvenir et de ne pas y arriver, parce que les noms me revenaient toujours facilement. En tout cas, j'étais sûr qu'il n'y avait personne d'autre dans la maison ou dans la grange maintenant, parce que j'ai cherché partout. Si je la trouvais, je lui demanderais comment elle s'appelait et j'arrêterais de me sentir bizarre. J'ai même regardé dans le poulailler au cas où quelqu'un s'y serait glissé, mais il n'y avait que les poules. Il n'y avait vraiment personne d'autre que moi.

On était le lendemain du marché de la quatrième semaine du mois, ce qui voulait dire que Wanda aurait été faire sa tournée dans les deux hameaux au bout du chemin qui allait vers le sud-est en partant du bourg, et les noms des débiteurs étaient Rybernik, Hurol, Gnadys, Provna, Tsumil et Dvuri. J'ai dit les noms tout au long du trajet car ils faisaient une jolie chanson dans ma tête. Quand je suis arrivé là-bas, j'ai frappé à toutes les portes que j'ai vues et j'ai demandé leur nom à ceux qui m'ouvraient. S'ils disaient un de ces noms, je tendais le panier. Ils me regardaient et puis ils mettaient des choses dedans. Panova Tsumil m'a dit d'une voix douce : « Pauvre enfant ! » et m'a mis la main sur la tête. « Et ces Juifs qui te mettent déjà au travail !

— Non… » j'ai commencé à dire, mais elle a secoué la tête et elle a mis dans le panier des pelotes de laine, et puis elle m'a donné quelque chose à manger qui s'appelait un biscuit. Une fois, Wanda en avait rapporté à la maison, que Panova Mandelstam lui avait donnés, et ils étaient très bons. Donc je n'ai rien dit de plus, j'ai juste mangé le biscuit, qui était aussi très bon, je l'ai remerciée et je suis reparti.

Après, j'ai rapporté le panier à Panova Mandelstam et je lui ai dit : « Je ne suis pas trop petit, on dirait. » Elle a regardé le panier et puis elle s'est mise en colère. Je ne savais pas pourquoi, mais alors Panov Mandelstam a posé la main sur mon épaule très gentiment et m'a dit : « Stepon, nous aurions dû t'expliquer. Il est très important de ne pas commettre d'erreurs durant la tournée, et de tenir un compte précis. Crois-tu qu'en essayant très fort, tu pourrais te rappeler précisément où tu es allé et qui t'a donné quoi ?

— Oui. Ce jour du mois, Wanda va chez Rybernik, Hurol, Gnadys, Provna, Tsumil et Dvuri », et puis j'ai montré chaque chose et je lui ai dit qui me l'avait donnée. Je pensais que Panova Mandelstam était toujours en colère après ça, mais elle m'a donné des boulettes de pâte dans une sauce épaisse avec des carottes, des patates et de la vraie viande de poulet dedans, et une tasse de thé avec deux grosses cuillers de miel, alors j'avais dû me tromper.

On n'aimait pas trop rester dans la petite maison, Sergey et moi, mais on ne pouvait pas partir tout de suite. Quand on s'est réveillés le premier jour, il y avait une grosse couche de neige sur le seuil et sur les rebords de fenêtre, et de grosses congères juste derrière. On est quand même sortis, et la forêt était entièrement blanche, à part quelques taches brunes au niveau des troncs, et les branches descendaient bas. Les arbres avaient commencé à faire des feuilles avant que la neige revienne, du coup ils en accusaient le poids. On ne savait pas où la route était.

On a fouillé les alentours de la maison. On a trouvé plein de choses. Il y avait des pommes de terre et des carottes dans le jardin, et un abri où des chèvres avaient vécu, avec un tas de vieille paille et un autre de laine tondue aussi haut que moi. Elle n'avait pas été lavée, et les couches du bas étaient tachées de moisi, mais celle du haut était utilisable. Il y avait un panier sur une étagère et une pelle dans un coin, qui allaient nous permettre de déterrer les pommes de terre plus facilement. Dans la maison, on a trouvé une couverture pliée sur une étagère.

Le soleil a brillé toute la journée, et il faisait chaud malgré la neige par terre, qui a commencé à fondre rapidement. Sergey est allé chercher du bois pour le feu, et j'ai mis les patates et les carottes à cuire, après quoi je nous ai fabriqué de nouvelles chaussures en paille. Une des miennes était déjà perdue, et celle qui restait tombait en lambeaux. J'ai utilisé un peu de la laine, pour qu'elles ne fassent pas trop mal aux pieds, vu qu'on n'avait pas de semelles. La laine était pleine de teignes, de mauvaises herbes et d'épines. J'ai fait fondre de la neige et je l'ai lavée, mais je n'avais pas de peigne. Les épines me piquaient les mains, mais on avait besoin de chaussures.

J'avais terminé une paire pour Sergey quand il est rentré avec le bois. Il l'a essayée et elle n'était pas trop mal. J'ai ajouté encore de la laine dedans et c'était mieux. On a mangé les patates et les carottes. Après ça j'ai fabriqué des chaussures pour moi, puis des couvertures pour boucher les fenêtres. Sergey avait trouvé un nid dans un arbre, plein d'œufs tachetés de marron, donc on pouvait les manger. Ce qu'on a fait, et puis la nuit est tombée et on est allés se coucher.

Au matin, on a trouvé une boîte à grains que la neige en fondant avait laissée apparaître, à moitié pleine d'avoine. Il y en avait assez pour nous permettre de rester là et de manger à notre faim pendant un bon bout de temps. On s'est regardés, Sergey et moi. La sorcière n'était pas revenue, peut-être qu'elle ne le ferait jamais. Mais ça ne me plaisait pas trop, qu'on trouve tant de choses comme ça.

« Peut-être qu'on devrait partir », j'ai dit à Sergey à contrecœur. Je le voulais et ne le voulais pas. Qui sait si on trouverait la route ? Mais alors Sergey a levé les yeux au ciel, et j'ai fait pareil : le soleil se voilait. Quelques flocons s'étaient mis à tomber. On n'irait nulle part.

Sergey n'a rien dit pendant un moment. Il était mal à l'aise, lui aussi. Et puis il a dit : « On pourrait réparer la chaise et le lit, si jamais quelqu'un revenait. »

Ça m'a semblé être une très bonne idée. Si on prenait les patates, les carottes, la laine et l'avoine et qu'on restait dans cette maison sans rien donner en échange, alors on serait des voleurs. Si quelqu'un revenait, il serait furieux, avec de bonnes raisons. Il fallait qu'on rembourse.

J'ai donc emporté l'avoine à l'intérieur, et pendant qu'il cuisait on a fabriqué une nouvelle assise pour la chaise : Sergey a fait un cadre avec de fines branches arrachées à des arbrisseaux, et j'ai tissé la paille et la laine autour, comme j'avais fait pour nos chaussures, jusqu'à ce qu'il y en ait assez pour s'asseoir dessus. La chaise était réparée.

On n'avait plus qu'à faire une nouvelle paillasse pour le lit, mais quand Sergey est sorti chercher du bois pour le feu après qu'on a mangé, il est revenu presque aussitôt. Il avait trouvé un petit tas de bois sous la neige derrière la maison, à côté d'un billot dans lequel était plantée une hache. La lame était rouillée et la poignée un peu moisie et pleine d'échardes, mais Sergey a gratté la rouille avec une pierre. Elle faisait toujours mal aux mains, mais il pouvait l'utiliser pour couper du bois. Maintenant, on pouvait fabriquer un cadre tout neuf pour le lit, pas seulement y mettre une nouvelle paillasse.

On avait peur de rester, mais on avait aussi peur de partir sans avoir terminé le travail. Il semblait important d'aller au bout de la tâche qu'on s'était fixée. De toute façon, il neigeait toujours. Sergey s'est donc attelé au cadre pendant que je m'occupais de la paillasse.

Au matin, il y avait de nouveau deux pieds de neige. Au moins on avait à manger et la maison était chaude. Sergey a travaillé sur le lit, et j'ai tissé six grosses couches comme l'assise de la chaise. On les a empilées avec plus de paille et de laine propre. Alors j'ai pensé qu'on avait enfin terminé, qu'on pouvait partir si on le voulait. Il avait fait beau toute la journée et pas mal de la neige avait fondu. Sergey était d'accord, on partirait le lendemain.

Le matin suivant, quand on est sortis chercher de la nourriture dans le jardin pour l'emporter, on est tombés sur un parterre de fraises. Les plants avaient été tués par le froid, et les fraises étaient gelées, mais elles seraient quand même bonnes. Je suis rentrée dans la maison pour prendre un récipient, j'ai trouvé de vieux bocaux sur une étagère, dans un recoin sombre près du four. Je ne les avais jamais vus, alors que j'étais sûre d'avoir déjà regardé à cet endroit. Il y en avait un qui était vide, d'une taille parfaite pour les fraises. Les deux autres contenaient du sel et un peu de miel qui était encore bon.

Comme si ça ne suffisait pas, il y avait aussi sur l'étagère un vieux fuseau en bois et des aiguilles à tricoter. Ce qui voulait dire qu'on n'était pas partis : je pouvais maintenant filer la laine et tricoter mon fil, autrement dit faire un vrai matelas comme celui qu'il y avait eu sur le lit et qui avait pourri. J'ai tout montré à Sergey. « Ça va prendre combien de temps ? » il m'a demandé, mal à l'aise. J'ai secoué la tête. Je n'en savais rien.

J'ai passé le reste de la journée à filer, pendant que Sergey nettoyait de la laine pour moi. J'ai fait six grosses pelotes, aussi vite que j'ai pu, mais je me doutais qu'il en faudrait plus pour couvrir un matelas. Puis Sergey est sorti chercher plus de bois pour le feu. Il en a rapporté beaucoup, et j'ai fait une grosse marmite de porridge, comme ça on n'aurait pas besoin de sortir le lendemain. On pourrait se contenter de piocher dans la marmite toute la journée. Après quoi on s'est couchés sur le four pour la nuit.

« Wanda », Sergey a dit le lendemain matin. Il regardait la table. Je l'ai regardée aussi. Tout semblait normal. La table était débarrassée. La chaise bien rangée en dessous pour ne pas rester dans le passage. Et puis je me suis rappelé qu'on l'avait poussée contre le mur la veille. Peut-être qu'on l'avait remise en place avant d'aller se coucher. Mais j'en doutais. « Mangeons », j'ai dit.

La marmite de porridge était toujours chaude dans le four. J'ai soulevé le couvercle et me suis figée. J'avais fait une marmite entière ; elle n'était pas très grosse, et nous l'aurions mangée avant le soir. Mais quelqu'un avait déjà pris une bonne part. Je ne pouvais même pas croire que je me trompais, ou que Sergey en avait pris, car il y avait une grande cuiller en bois plantée dans le porridge, et la veille je m'étais dit que ç'aurait été bien pratique d'en avoir une comme ça ; il n'y en avait eu aucune dans la maison.

En m'entendant crier « Stop ! », Shofer a arrêté les cerfs et a jeté un regard affolé par-dessus son épaule aux deux silhouettes sur la berge de la rivière. « Seules des créatures terrestres peuvent se trouver là », a-t-il laissé échapper entre ses dents.

Mais je savais qui était la fille qui se tenait là, dans sa fourrure blanche et coiffée d'une familière couronne en argent, celle-là même qui m'avait valu la mienne : Irina, la fille du duc. Or, si elle avait trouvé un moyen de venir ici, c'est qu'il était possible de repartir. « Conduis-nous jusqu'à elles, ou bien réponds-moi : pourquoi ne le pouvons-nous pas ? » ai-je dit sans lui laisser le moindre répit. Au bout d'un moment, Shofer nous a fait faire demi-tour à contrecœur et nous a menés le long de la rivière jusqu'à leur niveau. Irina portait la couronne, le collier scintillant et la bague à son doigt, et son souffle ne gelait pas devant elle. Elle avait passé le bras autour de l'autre, une vieille femme qui tremblait terriblement malgré la lourde fourrure qui l'enveloppait. Son haleine formait d'épais nuages autour de sa tête.

« Comment êtes-vous arrivées ici ? » ai-je demandé.

Irina a tourné les yeux vers moi, mais elle ne semblait pas me reconnaître. « Nous n'avions pas l'intention de violer vos terres. Pouvez-vous nous offrir l'hospitalité ? Ma nourrice ne tiendra pas longtemps dans ce froid.

— Montez dans le traîneau », ai-je répondu, et Shofer a sursauté. Irina n'a hésité qu'un instant devant ma main tendue, les yeux tournés vers la rivière, puis elle a aidé la vieille femme à grimper dans le traîneau avant de s'y hisser à son tour. J'ai ôté mon manteau et l'ai étendu sur la vieille femme, comme une couverture. Ses frissons ont redoublé, ses lèvres ont bleui.

« Conduis-nous à l'abri le plus proche », ai-je ordonné à Shofer.

Il a de nouveau tressailli, mais quelques instants plus tard les cerfs traversaient la berge et s'élançaient en direction des arbres sombres. La nuit opaque s'étendait à notre gauche, et à droite brillait au loin le pâle crépuscule, comme si nous nous trouvions à la lisière des ténèbres. Irina regardait la rivière disparaître derrière nous, puis elle s'est tournée vers moi. Ses longs cheveux noirs opposaient un contraste saisissant sur le blanc de ses fourrures et l'argent de sa couronne, sur laquelle des flocons tombés des arbres scintillaient telles de petites pierres précieuses. Le crépuscule dans son dos faisait miroiter les contours de sa peau claire, et j'ai soudain compris qu'elle devait avoir du sang Staryk quelque part dans son lignage ; elle aurait pu échanger sa place contre la mienne et se fondre dans ce royaume comme si ç'avait été le sien. « Comment êtes-vous arrivée ici ? » ai-je répété.

Mais elle me dévisageait, les sourcils froncés. « Je vous connais. Vous êtes la femme du bijoutier. »

Elle n'aurait évidemment pas pu déduire autre chose de notre rencontre : personne ne lui avait dit mon nom ni celui d'Isaac. Que valions-nous aux yeux d'une princesse ? J'ai souhaité avec amertume qu'il en soit toujours ainsi, et qu'elle ait raison ; j'aurais largement préféré être à la place de Basia, ou tout simplement me trouver chez moi. « Non, l'ai-je détrompée. Je n'ai fait que lui apporter l'argent. Je m'appelle Miryem. »

Shofer a sursauté une fois de plus sur son banc et jeté un regard effaré par-dessus son épaule. Irina a faiblement hoché la tête, toujours pensive, puis elle a porté la main à son collier. « De l'argent venant d'*ici*, a-t-elle observé.

— Exact », ai-je répondu, en comprenant soudain. « C'est l'argent qui vous a amenées là ?

— À travers le miroir. Il m'a sauvée, *nous* a sauvées... » Mais alors elle s'est penchée sur la vieille femme. « Magra ! Magra, ne t'endors pas...

— Irinushka », a marmonné sa nourrice. Elle avait les yeux mi-clos et ne tremblait plus.

Le traîneau s'est brutalement arrêté : Shofer avait tiré un coup sec sur les rênes, et les cerfs avaient furieusement redressé la tête. Notre cocher regardait droit devant nous, le dos très droit et les épaules raides. Nous stationnions devant un muret presque invisible sous la neige, au-delà duquel brillait le faible rougeoiement familier d'un four en marche dans une maison, chaud et accueillant. D'après son expression, ç'aurait tout aussi bien pu être une foule en colère.

« Qui vit ici ? » ai-je interrogé sans réfléchir, mais Shofer m'a lancé un regard angoissé pour seule réponse, et de toute façon je ne voyais pas d'autre option que de s'y réfugier ; la vieille femme sombrait rapidement. « Aide-nous à la sortir de là », ai-je commandé, et, après avoir accroché les rênes à son banc, il est descendu avec une infinie réticence. Magra, qu'il a soulevée aussi facilement que s'il s'était agi d'un petit enfant, a gémi à son contact malgré ses fourrures et ses vêtements.

Il l'a emportée d'un pas léger qui semblait survoler la neige, tandis qu'Irina et moi pataugions péniblement à sa suite. La couche blanche s'est cependant solidifiée à l'approche du muret. La maison était toute petite, à peine une cahute de paysan dont le four occupait presque tout l'espace, mais il s'en élevait une odeur de porridge chaud, et le rougeoiement du four était visible à travers les rideaux de fortune et les jointures de la porte. Shofer s'était arrêté à bonne distance de la bâtisse ; sa peur me rendait méfiante, mais Irina s'est dirigée droit vers la porte et l'a poussée sans hésitation : ce n'était guère plus qu'un assemblage de lattes de bois doublé de paille tressée pour l'isoler du vent ; elle s'est abattue avec fracas sur le sol.

« Il n'y a personne », a annoncé Irina quelques instants plus tard.

Je suis entrée à sa suite. Il était facile de voir que la maison était vide. Dans l'unique pièce se dressait un petit lit surmonté d'un tas de paille, sur lequel Irina a étendu le manteau dont j'avais couvert Magra, et Shofer nous a rejointes de mauvaise grâce et y a déposé la vieille femme sans quitter des yeux la porte du four et le petit halo de lumière qui l'entourait. Sitôt débarrassé de son fardeau, il s'est précipitamment retiré de l'autre côté du seuil. Un tas de bois de chauffage jouxtait le four, dont j'ai ouvert la porte. Une marmite de porridge y chauffait doucement.

« Je vais lui en donner », a dit Irina, et nous avons trouvé une cuiller et un bol en bois sur une étagère, qu'elle a rempli de porridge, dont il s'élevait un nuage de vapeur. S'agenouillant à côté du lit, elle l'a mis sous le nez de Magra, qui a remué et assez repris conscience pour en avaler quelques petites cuillerées. Shofer sursautait à chaque bouchée, comme s'il observait quelqu'un s'empoisonner volontairement. Il s'est tourné vers moi et sa bouche s'est ouverte, comme s'il voulait dire quelque chose et s'était ravisé sous l'effet d'une peur encore plus grande. Je m'attendais à ce qu'une catastrophe survienne à tout instant : je scrutais le moindre recoin pour m'assurer que rien ni personne ne s'y tapissait, et puis je suis sortie faire le tour du jardin. Quelqu'un aurait *dû* se trouver à proximité, quelqu'un qui avait allumé le feu et mis le porridge à cuire, mais il n'y avait pas de traces de pas dans la neige, à l'exception de celles qu'Irina et moi avions laissées entre le traîneau et la maison. Un Staryk n'aurait pas laissé d'empreintes dans la neige, bien sûr, mais…

« Ce n'est pas une maison Staryk », ai-je dit à Shofer – une affirmation et non une question. Il n'a pas hoché la tête, mais il ne m'a pas non plus lancé le regard perplexe ou surpris dont me gratifiaient Flek et Tsop quand j'étais complètement à côté de la plaque. Je me suis de nouveau intéressée au jardin. La maison se dressait à cheval sur la ligne de démarcation : la moitié du jardin était éclairée par le crépuscule, l'autre demeurait dans la nuit. J'ai dit à Shofer : « Je vais fermer la porte.

— Je resterai à l'extérieur », a-t-il répondu du tac au tac, ce qui m'a donné de l'espoir. Je suis rentrée, j'ai ramassé la porte et l'ai remise en place. J'ai attendu un peu, puis je l'ai rouverte d'un coup sec…

Mais de l'autre côté, il n'y avait que le jardin, vide à l'exception d'un Shofer visiblement inquiet. Il s'était encore éloigné et se tenait à présent de l'autre côté du mur. Je me suis retournée, déçue. Magra avait ouvert les yeux et tenait les mains d'Irina dans les siennes. « Tu es en sécurité, Irinushka, marmonnait-elle. J'avais prié pour que tu le sois. »

Irina a levé les yeux vers moi. « Pouvons-nous rester ici ?

— Je ne sais pas si c'est sûr.

— Ça l'est plus que là d'où nous venons.

— Le tsar a refusé de vous épouser ? » J'avais dans l'idée que le duc, voyant ses plans contrariés, avait tourné sa fureur contre elle : il semblait homme à ne pas laisser un échec impuni.

« Non. Je suis bel et bien tsarine. Jusqu'à ce que la mort nous sépare », a-t-elle répondu sèchement, comme si ce terme ne lui paraissait pas si éloigné. « Le tsar pratique la magie noire. Il est possédé par un démon igné qui veut me dévorer. »

J'ai ri ; je n'ai pas pu m'en empêcher. Un rire sans joie, amer. « L'argent enchanté vous a donc pourvue d'un monstre de feu pour mari, et moi d'un monstre de glace. Et si nous les enfermions tous deux dans une pièce et les laissions faire de nous des veuves ? »

Mon trait d'humour féroce et désespéré n'a pas vraiment eu l'effet escompté, car Irina n'a pas relevé. « Le démon a dit que j'étancherais sa soif pour un long moment, a-t-elle enchaîné. Il me veut parce que… je suis *froide*.

— Parce que vous avez du sang Staryk et de l'argent Staryk », ai-je renchéri avec le même sérieux. Elle a hoché la tête. Je me suis penchée vers la porte et j'ai glissé un œil entre deux lattes : Shofer était encore posté à bonne distance de la maison, hors de portée de voix, et il ne semblait pas disposé à s'en approcher davantage. J'ai pris une profonde inspiration et me suis redressée. « Croyez-vous que le démon soit enclin à négocier ? Si nous lui proposons de dévorer un roi Staryk plutôt que vous ? »

Irina m'a montré comment l'argent Staryk lui permettait d'aller et venir : nous sommes sorties toutes les deux et avons trouvé un grand baquet derrière la maison. Nous avons versé de l'eau chaude sur la neige accumulée au fond afin d'obtenir une surface réfléchissante. Elle y a plongé les yeux et déclaré : « Voici l'endroit d'où nous sommes parties, la chambre à coucher du palais. Vous la voyez ? » m'a-t-elle demandé, mais tout ce que je voyais, c'étaient nos deux visages flottant dans l'eau mouvante, et quand elle m'a pris la main pour la faire traverser, je me suis retrouvée mouillée jusqu'au poignet, alors que la sienne en est ressortie parfaitement sèche. Elle a secoué la tête. « Je ne peux pas vous y emmener. » J'avais peut-être cessé d'exister dans le monde réel, après tout, comme si le roi Staryk en avait arraché jusqu'à mes racines.

« Alors je vais devoir *le* persuader de me ramener », ai-je fait d'un ton lugubre. Exactement comme il me l'avait dit. Je n'avais pas très envie de me trouver de ce côté de l'eau quand mon mari rencontrerait sa fin prématurée. Je doutais que ses sujets m'acceptent comme leur reine légitime une fois qu'il ne serait plus là, en tout cas pas avant que je n'aie appris à générer des hivers sans fin et à faire sortir de terre des arbres-neige ou quoi que ce soit d'autre qu'il m'ait demandé.

Nos plans ont pris forme rapidement : il n'y avait pas grand-chose à planifier, sinon l'heure et le lieu, tout le reste se résumant à un espoir insensé. « Le démon ne sort que la nuit, a expliqué Irina. J'ignore pourquoi, mais s'il pouvait apparaître le jour, il aurait déjà essayé de me dévorer : je me suis retrouvée plusieurs fois seule, aujourd'hui. » Elle s'est interrompue, pensive, et a ajouté : « Quand la mère du tsar a été condamnée pour sorcellerie, on l'a arrêtée et brûlée le même jour, avant que le soleil se couche.

— La nuit, donc. » Je suis restée silencieuse un moment, essayant d'imaginer pour quel motif un roi Staryk accepterait de me ramener dans mon monde. « Pourriez-vous persuader le tsar de retourner à Vysnia ? ai-je demandé lentement. Dans trois jours ?

— À supposer qu'il ne me tue pas avant. »

Quand nous en avons eu terminé, Irina est retournée auprès de sa nourrice et j'ai regagné le traîneau. Shofer n'a posé aucune question ; il était trop pressé de repartir. Je n'ai rien vu du trajet retour, aveuglée par les pensées qui tournaient en boucle dans ma tête et rendue nauséeuse par la bile acide qui me vrillait l'estomac.

J'étais évidemment terrifiée. D'essayer, d'échouer, de réussir. Ça avait des allures de meurtres – non, voyons les choses en face : ce *serait* un meurtre, si ça fonctionnait. Mais après tout, le Staryk semblait trouver parfaitement raisonnable de m'assassiner, *moi*, et je ne lui avais fait aucune promesse, non plus ; je n'étais même pas certaine d'être réellement mariée. Il m'avait donné une couronne, mais il n'y avait eu aucun contrat de mariage, et nous ne l'avions pas consommé. Je demanderais à un rabbin, si jamais j'en recroisais un un jour. Mais mariée ou pas, j'étais à peu près sûre qu'un tel homme de foi me dirait qu'il serait juste de prendre Judith pour modèle et de trancher la tête du Staryk s'il m'en donnait l'opportunité. Il était l'ennemi de mon peuple, pas seulement le mien. Ça ne résolvait cependant pas l'énorme problème du comment.

Shofer a arrêté le traîneau au pied du sentier raide qui menait à mes appartements. Tsop était assise sur une pierre basse, comme si elle avait attendu là que je revienne durant toute la journée – avec inquiétude, à en juger par l'expression de soulagement qui a traversé son visage quand elle m'a vue. Je suis descendue gauchement du traîneau : le trajet avait été long, et tout mon corps me faisait souffrir. Tsop m'a reconduite à ma chambre d'un pas à me faire perdre haleine, se balançant impatiemment d'un pied sur l'autre quand elle devait s'arrêter pour m'attendre. Elle jetait de fréquents regards vers le bosquet en contrebas : les bourgeons blancs se refermaient doucement, comme pour marquer l'arrivée de la nuit. Je suppose que le roi serait furieux si je n'étais pas là à temps pour lui poser mes trois questions. Peut-être se sentirait-il obligé de se soumettre à ses obligations conjugales, s'il manquait l'échappatoire que je lui avais offerte, aussi ai-je accéléré le pas autant que j'ai pu.

Il patientait dans ma chambre, les bras croisés. La colère soulignait ses pommettes et ses yeux d'un éclat lumineux. « *Pose tes questions* », a-t-il craché à l'instant où je franchissais le seuil : le soleil était presque couché dans le miroir qu'il m'avait donné.

« Qui vit dans la maison au bord de la nuit ? » Cette question m'était imposée par les circonstances : j'espérais ne pas avoir laissé Magreta à la merci de l'occupant légitime des lieux.

« Personne, a-t-il répondu instantanément. Question suivante.

— C'est faux », ai-je rétorqué, et Tsop, qui était en train de quitter la chambre en s'inclinant, a sursauté tel un cheval surpris par un coup de fouet inattendu. Les yeux du Staryk se sont écarquillés et ses poings se sont contractés ; il a avancé d'un pas vers moi, comme s'il s'apprêtait à me *frapper*. « Il y avait du porridge dans le four ! » ai-je lancé, dans un réflexe défensif.

Il s'est arrêté net. Les lèvres serrées, il a laissé passer un silence, puis a complété sa réponse : « Personne… *que je connaisse*. Question suivante. »

J'ai failli reposer la même. Il *scintillait* de colère. Une légère iridescence lui parcourait la peau, et je ne pouvais m'empêcher de songer à Shofer soulevant Magreta comme s'il s'était agi d'une balle de laine et non d'une personne, ou à Tsop et Flek transportant sans effort le coffre rempli d'argent ; si des Staryk ordinaires étaient capables de telles prouesses, que pourrait-il me faire, *lui* ? Je voulais que la tension retombe. La tentation de courber l'échine, de me faire toute petite pour laisser passer le danger m'était familière. J'étais de nouveau dans la neige, face à Oleg qui marchait sur moi, le visage déformé par la rage, ses gros poings serrés. J'aurais voulu déguerpir, supplier qu'il m'épargne, l'échine parcourue par des frissons de terreur pure.

Mais nous en revenions toujours au même choix. Le choix entre un trépas définitif et d'innombrables petites morts. Le Staryk me toisait de toute sa hauteur, surnaturel et terrifiant. Mais à quoi allait me servir la peur qu'il m'inspirait ? Ni sa force ni sa magie ne pouvaient me tuer plus efficacement que les grosses mains d'Oleg. Et si j'attisais sa fureur au point qu'il en arrive à une telle extrémité, toutes les supplications du monde ne l'auraient pas détourné de son dessein, pas plus qu'Oleg ne m'aurait prise en pitié cette nuit-là dans les bois. Il m'était impossible d'acheter ma vie au dernier moment, alors que de grosses mains se refermaient autour de ma gorge. Je ne pouvais l'acheter qu'en renonçant plus tôt, qu'en faisant d'elle un renoncement constant ; comme Shéhérazade, en demandant à mon meurtrier d'époux de m'épargner nuit après nuit. Et je savais mieux que personne que même ça n'était pas garanti.

Il n'y aurait pas de négociation. J'essaierais de le tuer, même si j'étais presque certaine d'échouer, et à partir de maintenant je cesserais d'avoir peur de lui. J'ai redressé les épaules et j'ai regardé droit dans ses yeux brillants. « Vous me devez au moins une supposition argumentée. Si vous savez qui l'a bâtie, par exemple.

— Je te *dois* ? » a-t-il craché. J'ai constaté du coin de l'œil que Tsop, qui s'était éloignée sur la pointe des pieds, avait presque couvert la distance jusqu'à la sortie. « Je te *dois* ? »

Tout à coup, il était devant moi ; il avait bougé si vite que mes yeux n'avaient pas pu le suivre. Il a enserré mon cou de ses mains, ses pouces dans le creux sous mon menton, me forçant à lever le visage vers lui. « Et moi je crois que je te *dois* deux réponses de plus », a-t-il affirmé d'une voix doucereuse, ses yeux scintillants posés sur moi.

« Croyez ce que vous voulez », ai-je dit sans me démonter, d'une voix étranglée.

« Je te le demande une fois encore : es-tu *certaine* ? » a-t-il sifflé.

La menace était claire : j'approchais dangereusement ses limites. Mais j'avais déjà fait mon choix.

Je l'avais fait deux hivers plus tôt, au chevet de ma mère, quand la toux avait failli lui coûter la vie. Je l'avais fait en me présentant devant cent portes à moitié gelées et en réclamant ce qu'on me devait. J'ai ravalé une bile acide. « Oui », ai-je répondu avec une froideur qui n'avait rien à envier à aucun seigneur de l'hiver.

Il a poussé un grognement de rage, m'a brusquement lâchée et s'est éloigné d'un pas raide jusqu'à l'autre bout de la chambre. « Tu *oses* », a-t-il dit, face au mur, les poings fermés. « Tu *oses* t'opposer à moi, tu *oses* prétendre être mon égale…

— C'est *vous* qui avez fait de moi votre égale en posant une couronne sur ma tête ! » Mes mains voulaient trembler, de triomphe, de colère, ou des deux. Je les ai serrées l'une contre l'autre. « Je ne suis ni votre sujet ni votre serviteur, et si vous voulez pour femme une petite souris effrayée, allez donc en chercher une qui soit capable de changer l'argent en or. »

Sifflant de frustration et de contrariété, il est resté là encore un moment, ses épaules se soulevant au rythme de sa respiration agitée. Puis il a dit : « Une puissante sorcière qui en avait assez que les mortels lui demandent des faveurs s'est bâti cette maison en lisière du monde du soleil, pour leur échapper quand elle avait besoin de tranquillité. Mais elle est partie il y a longtemps et je suis sûr qu'elle n'est pas revenue ; un si grand pouvoir ne passe pas inaperçu dans mon royaume. »

Je respirais tout aussi fort que lui, toujours folle de rage ; sa réponse, cette victoire, ne me suffisait pas. Cela semblait sortir de nulle part. « Que voulez-vous dire par *il y a longtemps* ? » ai-je demandé, un peu trop vite.

« Crois-tu que je me soucie des moments éphémères qui rythment le passage de votre vie dans le monde du soleil, à moins que je n'y sois obligé ? Des enfants mortels nés à cette époque sont morts depuis longtemps, et les enfants de leurs enfants sont maintenant vieux, c'est tout ce que je peux dire. Pose ta *dernière* question. »

Une bonne réponse, étant donné les circonstances : j'avais au moins l'espoir qu'aucune monstrueuse et puissante sorcière n'apparaîtrait pour faire de Magreta son dîner. J'aurais voulu savoir qui avait préparé le porridge et allumé le feu, mais je ne pouvais pas me permettre de le demander ; j'avais une question plus urgente. « J'ai promis à ma cousine que je danserais à son mariage, qui aura lieu dans trois jours. »

J'avais cru devoir argumenter davantage, mais il s'était déjà retourné, les yeux animés d'un nouvel éclat : vu le prix qu'ils accordaient aux promesses, il avait immédiatement compris qu'il me tenait à sa merci. « Il semblerait donc que tu doives me demander mon aide, a-t-il roucoulé avec un plaisir évident. Et espérer que je ne te la refuse pas.

— Ma foi, vous ne le ferez certainement pas pour me venir en aide », ai-je fait observer, et il a poussé un petit grognement amusé. « Et vous m'avez bien fait comprendre que je n'étais bonne qu'à une chose à vos yeux. Alors dites-moi, quelle quantité d'or voulez-vous que je change, pour m'escorter au mariage de Basia ? »

Il m'a jeté un regard noir, teinté d'un soupçon de regret, comme s'il s'était attendu à ce que je me prosterne à ses pieds et que je le supplie de m'aider, mais il avait assez de sens pratique pour ne pas laisser ces considérations l'arrêter. « Je possède trois réserves d'argent, chacune plus vaste que la précédente, et tu vas changer chaque pièce qu'elles contiennent en or auparavant que je ne t'y emmène : et tu ne dois pas perdre un instant, car si tu n'as pas terminé à temps, je ne t'y conduirai pas, et tu seras parjure », a-t-il achevé triomphalement, comme s'il tenait une hache au-dessus de ma tête, ce qui était peut-être le cas ; je soupçonnais que si je ne respectais pas ma promesse, il considérerait cela comme un crime punissable de mort.

« D'accord. »

Il a eu un mouvement de recul et m'a lancé un regard consterné. « *Quoi* ?

— D'accord ! Vous venez de me demander…

— Et voilà que, pour la première fois, tu ne fais aucun effort pour négocier… » Il s'est arrêté net, le visage miroitant de colère à nouveau, et j'ai eu un très mauvais pressentiment lorsqu'il a ajouté, amer : « Marché conclu. Puisses-tu accomplir ta tâche au moins en partie.

— Quelle taille font exactement ces réserves ? » me suis-je enquise, mais il quittait déjà la pièce sans perdre de temps.

Je n'en ai pas perdu non plus. J'ai agité frénétiquement ma clochette, et Tsop est revenue timidement en me jetant des regards en coin pour voir si j'avais été, je ne sais pas, étranglée, battue ou châtiée d'une façon ou d'une autre pour mon épouvantable témérité. « Il y a trois réserves d'argent dans le palais, ai-je dit. J'ai besoin que tu m'y emmènes.

— Maintenant ? a-t-elle fait d'une voix dubitative.

— Maintenant. »

Chapitre quatorze

J'ai regardé Miryem partir, puis je suis rentrée. Magra était pelotonnée près du four, ensevelie sous ses couches de vêtements, les capes et la fourrure. Je lui ai demandé de se rallonger, mais elle a secoué la tête : il n'y avait rien d'autre sur le lit qu'un tas de paille, trop dur pour ses vieux os. « Dors, dushenka », a-t-elle dit. Elle avait déjà trouvé de quoi s'occuper les mains, un rouet et une balle de laine ; elle n'avait jamais aimé rester inactive. « Étends-toi et repose-toi, je vais te chanter une chanson. »

Le lit était étroit, raide et inconfortable, mais je n'avais pas bien dormi depuis ma nuit de noces, et mes os n'étaient pas vieux. Au son de la voix surannée de Magreta, je me suis profondément assoupie. Il faisait toujours sombre à l'extérieur quand je me suis redressée, mais je me sentais si reposée que nous ne pouvions nous trouver au milieu de la nuit. Magra somnolait sur la chaise. J'ai enfilé mon manteau de fourrure et je suis sortie.

La ligne de démarcation entre la nuit et le crépuscule n'avait pas bougé et coupait toujours le jardin en deux. Les bois se dressaient, épais et silencieux, de l'autre côté du muret, apparemment vides de toute vie ; les bruits des oiseaux et des petits mammifères, avalés par le silence assourdissant, me manquaient. J'ai contourné la maison pour jeter un coup d'œil dans le baquet. Miryem m'avait aidée à le pousser contre le mur derrière lequel se trouvait le four, aussi l'eau n'avait-elle pas entièrement gelé. Après avoir brisé la glace qui s'était formée à la surface avec un bâton, le liquide sombre m'a montré la chambre à coucher du tsar, aux dorures étincelantes. Mirnatius était debout et faisait les cent pas, boitant légèrement comme sous l'effet d'une douleur. Des serviteurs empressés, la tête basse et les épaules courbées, lui servaient son petit déjeuner. J'ignorais comment ils interprétaient mon absence.

Je suis rentrée et j'ai embrassé Magra sur la joue ; elle s'était remise à filer la laine près du four. « Irinushka, tu ne devrais pas y retourner, a-t-elle chevroté en m'étreignant les mains. Votre plan est trop dangereux. Cette chose maudite veut dévorer ton âme.

— Nous ne pouvons pas rester ici pour toujours.

— Alors attendons qu'il ait le dos tourné, m'a-t-elle exhorté. Et puis nous y retournerons et nous fuirons.

— Fuir le tsar ? Nous faufiler hors du palais sans qu'il nous voie ? » J'ai secoué la tête. « Et après ?

— Nous irons chez ton père… » Magra n'a pas terminé sa phrase. Mon père aurait vengé ma mort, mais il n'aurait pas pu me protéger de mon mari. Il n'aurait même pas essayé.

Je n'ai pas retiré mes mains des siennes ; je réfléchissais. « Si je disparais maintenant, quelle qu'en soit la cause, ce sera la guerre. Père ira voir Ulrich et Casimir et leur fournira le prétexte dont ils ont besoin. Mirnatius et son démon ne se laisseront pas faire. Ils brûleront la moitié du Lithvas sans sourciller, *l'un ou l'autre*. Peu importe qui l'emporte, le royaume sera anéanti. Et les Staryk viendront nous enterrer sous la glace.

— Dushenka, ce n'est pas à toi de te préoccuper de ça », a objecté Magra, mal à l'aise.

« Et à qui d'autre ? Je suis la tsarine. » Ce qui, techniquement parlant, limitait mon rôle à la production d'un tsarévitch et à la transparence le reste du temps, mais peu de tsarines s'en étaient contentées, et ce n'était pas une option, dans mon cas. « Je dois y retourner.

— Et si le démon ne voulait pas de ce roi Staryk ? Tu ne devrais même pas essayer de négocier avec une telle créature. »

Elle n'avait certes pas tort. J'ai néanmoins lâché ses mains et lui ai dit doucement : « Coiffe-moi, Magreta » en ôtant ma couronne et en m'asseyant par terre, dos à elle. Elle a laissé sa main sur mon épaule un moment. Puis elle a sorti le peigne d'argent et la brosse de son petit sac et a commencé le démêlage. Le poids de ses mains et la traction sur mes cheveux m'étaient aussi familiers que le goût du pain. Une fois sa tâche accomplie, nous avons remis ensemble ma couronne sur ma tête, puis je suis retournée au baquet.

Les domestiques avaient laissé Mirnatius seul. Il était pour l'instant assis dos au miroir et buvait dans son gobelet à intervalle régulier, avec irritation ; son assiette demeurait intouchée. J'ai traversé le baquet aussi lentement et discrètement que possible et suis ressortie par l'un des immenses miroirs dorés derrière lui. Je m'en suis éloignée de quelques pas et j'ai ouvert à tâtons dans mon dos l'une des portes-fenêtres du balcon, afin de lui laisser croire que j'étais arrivée par là. « Bonjour, mon époux », ai-je lancé, et il est tombé de sa chaise en laissant choir son gobelet. Une tache de vin rouge a commencé à se répandre à ses pieds alors qu'il se retournait vivement vers moi.

Je me trouvais à bonne distance de lui : je pouvais remercier les dimensions extravagantes de sa chambre, sans lesquelles il m'aurait instantanément tordu le cou ; le temps qu'il parvînt jusqu'à moi, j'avais repris la poignée de la porte-fenêtre en main et j'ai lâché : « Faites cela et je pars pour de bon, et nous verrons ce qu'en dira votre démon. Êtes-vous disposé à discuter de la situation ? »

Il s'est arrêté et a considéré les portes du balcon – la neige s'était engouffrée par l'ouverture et se déposait à mes pieds, comme si l'hiver qui m'avait soufflé là pouvait me reprendre à tout instant. « Qu'y a-t-il à *discuter* ? a-t-il aboyé. Pourquoi persistes-tu à revenir ?

— Les impôts de mon père. » J'avais réfléchi à la meilleure façon d'attirer son attention – la sienne, pas celle du démon ; j'avais besoin de lui comme intermédiaire, et j'étais raisonnablement certaine que son ambition se résumait à nourrir son démon pour éviter d'être à nouveau l'objet de son courroux. « Savez-vous combien ils lui rapportent ? Savez-vous combien *vous* recevez ?

— Bien sûr que je sais ce que je prélève ! » a-t-il aboyé, me confirmant par là même qu'il ignorait tout des affaires de mon père, alors qu'il aurait dû le savoir. « Qu'est-ce que je dois comprendre ? Tu veux que j'allège les impôts de ton père…

— N'avez-vous rien remarqué d'anormal ? l'ai-je coupé d'une voix tranchante. Vos rentrées d'argent n'ont-elles pas baissé ?

— Si, bien sûr, elles s'effondrent d'année en année. Je voulais augmenter les impôts, mais ça a provoqué un tollé au conseil… Mais pourquoi diable me parles-tu de *ça* ? a-t-il explosé. Est-ce que tu te moques de moi ?

— Non. *Pourquoi* les rentrées s'effondrent-elles ? Pourquoi le conseil refuse-t-il que vous augmentiez les impôts ?

— Parce que les… » a-t-il vociféré, mais il s'est interrompu et a poursuivi d'une voix plus calme. « Parce que les hivers empirent. »

Au moins n'était-il pas stupide. Alors qu'il finissait sa phrase, ses yeux se sont portés sur le balcon derrière moi où s'entassait une neige épaisse en ce dernier jour de mai. Quelques flocons continuaient à tomber derrière moi pour se fondre dans le blanc de ma fourrure. Il a alors compris qu'il ne s'agissait pas d'un caprice de la météo. Sitôt qu'il a cessé de voir ça comme un événement isolé, le reste a commencé à lui apparaître : la recrudescence des blizzards, les récoltes perdues, les paysans affamés, la révolte de ses vassaux, les armées bien nourries de ses voisins marchant sur la capitale, son palais brillant s'écroulant tout autour de lui, et le feu affamé qui l'attendait. Son visage a traduit ces visions une à une, et il a pris peur. C'est précisément là que je voulais en venir.

« Ce sont les Staryk, ai-je affirmé. Ce sont eux qui prolongent l'hiver. »

Il était toujours contrarié, mais il m'a écoutée après cela. Il s'est jeté sur un de ses divans de velours aux surpiqûres dorées tandis que je prenais place dans un autre en face de lui. Entre nous se dressait une grande table dont le plateau, un miroir d'argent, me montrait un paysage nocturne enneigé où j'aurais pu plonger. Quand, en me reculant, j'ai soustrait mon image au reflet, le ciel d'hiver a disparu au profit du plafond de la chambre, et le serpent vert enroulé autour de la pomme s'est étiré entre Mirnatius et moi. Le tsar s'est laissé aller contre le dossier du divan, une main sur les lèvres, et m'a écoutée dans un silence boudeur.

Nous étions tombées d'accord avec Miryem : nous devions faire venir le roi Staryk ici, pas l'inverse. De ce côté du miroir, j'avais le nom et la puissance de mon père à ma disposition, et une couronne de tsarine sur la tête. Si nous avions de la chance et que nos deux monstres s'anéantissaient mutuellement, les soldats de Mirnatius exécuteraient probablement mes ordres, sans plus personne à qui obéir, et mon père avait deux mille hommes prêts à se rallier à ma bannière. Il n'aurait pas plus de considération pour ce que je voudrais qu'il n'en avait jamais eu, mais en l'occurrence nous voudrions la même chose : sauver ma tête.

Je n'ai pas partagé ces détails de mon plan avec Mirnatius. Je me suis contentée de lui expliquer comment les Staryk étiraient l'hiver pour renforcer leur royaume. « Votre démon me veut pour mon sang Staryk, ai-je conclu. Que ne ferait-il pas pour un Staryk pur, sans parler de leur roi ? S'il accepte, je vous l'amènerai, et ainsi vous sauverez votre royaume tout en nourrissant votre démon.

— Explique-moi en détail pourquoi je devrais te croire ?

— Pourquoi pensez-*vous* que je persiste à revenir ? Vous avez dû arriver à la conclusion que rien ne m'y oblige, et que vous ne pouvez rien faire pour m'empêcher de partir. Croyez-vous vraiment qu'entasser plus de gardes autour de moi soit d'une quelconque utilité ? Si c'était le cas, pourquoi courrais-je le risque de revenir ?

— J'ignore totalement quel est ton intérêt dans tout cela ! a-t-il rétorqué en faisant un geste dédaigneux de la main. En quoi cela *te* dérangerait-il que les Staryk gèlent le royaume ? Tu es presque l'une d'entre eux. »

C'était une bonne question : Magreta aussi l'avait posée. Je n'avais pas su lui répondre. « Les écureuils n'auraient plus rien à manger, et les arbres mourraient.

— Les écureuils ! » Il m'a lancé un regard furieux, mais alors que j'avais voulu me montrer désinvolte, les mots m'avaient paru receler une étrange vérité en sortant de ma bouche.

— Oui, les écureuils », ai-je répété, et je le pensais. « Et les paysans, les enfants, les vieilles femmes, tous ces gens que vous ne voyez même pas car ils vous sont inutiles, tous ceux qui mourront avant vous et vos soldats. » J'ignorais ce que je ressentais, ce qui motivait mes paroles. La colère, je pense. Je ne me souvenais pas en avoir jamais ressenti. La colère m'avait toujours semblé vaine, tel un chien courant après sa queue. À quoi aurait servi d'être en colère contre mon père, ou ma belle-mère, ou les serviteurs qui me traitaient avec rudesse ? Les gens étaient parfois en colère à cause du temps qu'il faisait, parce qu'ils s'étaient cogné l'orteil contre une pierre ou coupés avec un couteau, comme si ces choses étaient responsables de leurs malheurs. Tout cela m'avait toujours semblé parfaitement inutile. La colère était un feu dans un âtre, et je n'avais jamais eu de bois pour la nourrir. Jusqu'à aujourd'hui, apparemment.

Mirnatius m'a gratifiée du même regard mauvais que sept ans plus tôt, quand je lui avais dit de laisser tranquilles ces cadavres d'écureuils. Comment osais-je penser qu'ils avaient une valeur supérieure à son plaisir ? Ma colère a redoublé, et ma voix s'est faite tranchante. « Qu'en avez-vous à faire, de mes motivations ? Que je mente ou non ne change rien à votre situation.

— Admettons, mais tu ne me dis pas toute la vérité, a-t-il riposté. Tu ne m'as toujours pas expliqué comment tu disparais, ni où tu vas. Et tu ne t'es pas étendue non plus sur la façon dont tu comptes me fournir ce seigneur Staryk.

— Bien sûr que non. Pourquoi vous ferais-je confiance ? Depuis que nous avons échangé nos vœux, vous vous appliquez à me donner en pâture à votre démon.

— Comme si j'avais le choix. Crois-tu vraiment que je souhaitais me marier avec *toi* ? Je ne l'ai fait que parce qu'*il* te voulait.

— Et *je* ne l'ai fait que parce que mon père voulait m'asseoir sur le trône. Trouvez-vous une autre excuse.

— Ah bon ? Je croyais que vous m'aviez épousé dans l'espoir de sauver les écureuils et les bouseux », a-t-il ironisé, mais sans croiser mon regard. Après un silence, il a ajouté : « Très bien. Ce soir, je lui demanderai s'il serait disposé à prendre la vie d'un seigneur Staryk en échange de la vôtre.

— Parfait. Et d'ici là, vous ferez mander vos ducs. Qu'ils viennent célébrer notre union. Quand vous écrirez au prince Ulrich, dites-lui bien que j'insiste pour revoir ma chère amie Vassilia. Je ferai d'elle ma confidente. »

Il a froncé les sourcils. « Quel rapport avec…

— Nous ne pouvons pas la laisser épouser Casimir », lui ai-je rappelé avec une pointe d'impatience ; nous en avions *déjà* parlé.

« Si Casimir et Ulrich veulent me renverser, crois-tu que cela fasse la moindre différence ?

— Une grande, car il n'y aura pas de lien de sang entre eux. L'idéal serait qu'il y en ait un entre Ulrich et *vous*, plutôt. Nous la marierons sitôt qu'elle sera là. Avez-vous un parent qui pourrait convenir à la cour – quelqu'un de jeune et beau, de préférence ? Laissez tomber », ai-je ajouté en voyant sa confusion. Il avait deux tantes, fortes chacune d'une descendance nombreuse. Je n'avais pas rencontré tous leurs représentants, mais il y avait fort à parier que l'un d'eux au moins fût toujours célibataire, ou veuf. « *Je* vais m'en occuper. Vous devez de toute façon me présenter aujourd'hui à la cour.

— Et pourquoi ça ? Je t'assure que l'expérience te sera des plus déplaisantes. Ma cour est très à cheval sur les standards de beauté. »

Il n'avait évidemment pas prévu que je vive assez longtemps pour ça. Peut-être était-ce toujours le cas. « Je suis votre tsarine, ils vont devoir s'habituer à mes insuffisances. Nous devons tuer toute rumeur dans l'œuf. Les serviteurs ont sans nul doute déjà répandu la nouvelle de ma disparition dans tout le château, et nous ne pouvons pas nous *permettre* ces commérages. Les récoltes seront mauvaises cette année, même si nous parvenons à mettre un terme à l'hiver. Et vous vous êtes déjà mis un grand nombre de vos nobles à dos. »

Je voyais bien qu'il ne voulait pas en rester là, mais un regard inquiet à la neige entassée sur le balcon l'a réduit au silence. Il n'était pas stupide, après tout ; mais il n'avait visiblement jamais pris le temps de s'arrêter sur ces considérations politiques. J'imagine qu'il n'avait jamais rien désiré de plus que les attributs du pouvoir, la richesse, le luxe et la beauté, mais rien du travail que cela impliquait : il n'avait aucune ambition.

S'il avait eu le moindre sens politique, il n'aurait pas manqué de poser la question la plus importante entre toutes : à qui allions-nous marier *Casimir* ? Et la réponse qui en découlait n'était autre que *moi* – sitôt Mirnatius et son démon congelés, carbonisés, ou pour le moins exposés en place publique de telle sorte qu'ils n'eussent d'autre choix que de fuir et que j'obtinsse l'annulation de ce mariage qu'opportunément nous n'avions pas consommé.

Je n'aimais pas particulièrement le prince Casimir. Il avait une fois séjourné chez mon père, et comme je ne présentais aucun intérêt à ses yeux, il n'avait pas jugé utile de cacher sa muflerie. Il avait fait asseoir une servante sur ses genoux et l'avait obligée à sourire d'aise tandis qu'il lui pelotait les seins et lui claquait les fesses ; cela dit, quand il était parti, trois jours plus tard, elle avait au cou un collier d'or qu'elle n'aurait jamais pu s'offrir avec ses gages, donc au moins l'avait-il récompensée. Il avait à peu près l'âge de mon père et consacrait l'essentiel de sa vie à des choses superficielles. Mais il n'était pas idiot ni cruel. Et j'étais raisonnablement certaine qu'il n'essaierait pas de dévorer mon âme. Mes attentes en matière de mariage en étaient là.

J'étendrais notre influence à tout le Lithvas. Ma main et le trône satisferaient Casimir. Le mariage de Vassilia avec un neveu du précédent tsar mettrait un frein aux ambitions d'Ulrich, car je murmurerais à l'oreille du prince qu'il serait opportun que ma vieille amie et moi tombions enceintes en même temps, ainsi n'aurait-il pas à renoncer à voir son petit-fils monter un jour sur le trône. Cela contenterait tant ses aspirations que celles de la parenté de Mirnatius. Mais avant, je devais évacuer Mirnatius du tableau, et il s'était fort à propos lui-même juché sur une trappe menant directement aux entrailles de l'enfer, si seulement j'arrivais à la basculer.

Pour cela, il fallait d'abord que son démon tue le roi Staryk, sans quoi il n'y aurait plus de Lithvas à sauver. Je me suis levée du divan et me suis figée, les sourcils légèrement froncés, comme si une idée m'était soudainement venue. « Attendez. Nous devrions célébrer le mariage chez mon père. Quand vous écrirez aux princes et aux archiducs, dites-leur de se rendre à Vysnia plutôt qu'ici.

— Pourquoi… Oh, peu importe », a-t-il grommelé en lançant impatiemment sa main en l'air, aussi gracieuse qu'un oiseau prenant son envol, ses manchettes en dentelles faisant comme une longue queue. J'étais soulagée ; j'avais préparé quelques explications, mais elles étaient un peu légères. Je n'avais pas l'intention de lui révéler dès maintenant qu'avec un peu de chance le roi Staryk s'y trouverait dans trois jours, pour participer à une tout autre célébration.

Lundi après-midi, quand je rentrais chez Panova Mandelstam après la tournée, je suis tombé sur deux garçons du bourg qui jouaient dans les bois. Je n'étais pas aussi costaud que Sergey, mais toujours plus qu'eux, donc ils n'ont pas essayé de se battre avec moi, mais Panova Mandelstam avait quand même raison car ils ne voulaient pas jouer avec moi non plus. Un d'eux m'a crié : « Ça te fait quoi, d'avoir tué ton père ? »

Et ils ont détalé dans les bois sans attendre que je réponde, mais j'y ai pensé tout le reste du trajet. Je n'étais pas sûr d'avoir tué mon père, parce que j'avais seulement voulu qu'il ne frappe pas Wanda avec le tisonnier ; je n'avais pas voulu qu'il trébuche sur moi. Mais il *avait* trébuché sur moi, et c'est en partie pour ça qu'il était mort, alors peut-être que ça ne comptait pour rien que je ne l'aie pas voulu. Je ne savais pas.

Ce que je savais, c'est que c'était bon de vivre avec Panov et Panova Mandelstam. Je n'avais plus faim, même pas un peu. Mais chaque fois que je pensais à Sergey et à Wanda, même si j'étais assis à table, j'avais l'impression d'avoir avalé des cailloux et non de la nourriture. Je me serais senti très bien si Sergey, Wanda et moi, on vivait tous les trois avec Panov et Panova Mandelstam. La maison était petite, mais moi et Sergey, on aurait pu dormir dans la grange. Mais on ne pouvait pas, parce que Sergey avait poussé mon père et qu'il était mort.

Alors je me suis demandé si je préférais vivre seul chez les Mandelstam ou avec mon frère et ma sœur chez mon père. J'ai décidé que ça valait mieux de vivre chez mon père, si Sergey et Wanda étaient là et en bonne santé. Sauf que ça n'aurait pas pu arriver, même si mon père n'était pas mort, parce qu'il allait marier Wanda au fils de Kajus. Alors je me suis demandé si c'était mieux seul chez les Mandelstam ou n'importe où ailleurs avec Sergey et Wanda. C'était dur de penser à ça parce que je ne savais pas à quoi ressemblait n'importe où ailleurs, mais après y avoir réfléchi longtemps, j'ai décidé que je préférais être avec Sergey et Wanda. Je ne pouvais pas être heureux avec des cailloux dans le ventre.

L'amande de l'arbre blanc était dans ma poche. J'avais encore pensé à la planter dans le jardin des Mandelstam, mais je ne l'avais toujours pas fait. Je l'ai sortie, je l'ai regardée et j'ai dit à voix haute : « M'man, je ne peux pas planter l'amande ici, parce que Sergey et Wanda ne pourront plus jamais revenir ici. Je ne la planterai pas avant d'avoir trouvé un endroit où moi, Sergey et Wanda, on pourra vivre ensemble en sécurité. » Et puis je l'ai remise à sa place. J'étais triste de ne pas être capable de planter l'amande, parce que ça me manquait de ne pas sentir M'man toute proche, mais ça m'a quand même paru être la bonne décision. Sergey et Wanda m'avaient donné l'amande à planter, mais M'man voudrait qu'ils puissent venir la voir.

Je suis arrivé à la maison avec le panier. Pendant que Panov Mandelstam écrivait tout soigneusement dans le livre, je lui ai demandé : « Est-ce que quelqu'un sait où sont Sergey et Wanda ? »

Il s'est arrêté et il m'a regardé. « Les hommes les ont encore cherchés aujourd'hui. Ils n'ont trouvé personne. »

J'en étais content, mais après j'ai réfléchi et je me suis dit que ce n'était pas une si bonne chose. « Mais moi, je dois les retrouver », j'ai dit. Si personne d'autre ne le pouvait, même tous ces adultes, comment est-ce que j'allais faire ?

Panov Mandelstam a posé la main sur ma tête. « Peut-être te feront-ils passer un message quand ils seront en lieu sûr », il a dit, mais trop gentiment, comme quand on essaie de faire venir une chèvre pour l'attacher. Ça ne voulait pas dire qu'il allait me faire du mal, seulement qu'il préférait que je reste dans un endroit chaud et sûr plutôt que d'aller mourir quelque part dans la neige. Mais si je restais dans cet endroit chaud et sûr, je ne reverrais jamais Sergey et Wanda.

« Ils ne pourront pas me faire passer de message. S'ils le faisaient, alors tout le monde ici saurait où ils sont, et on irait les chercher. »

Panov Mandelstam n'a rien dit, il a seulement regardé Panova Mandelstam, qui s'était arrêtée de filer et qui l'a regardé aussi. C'est comme ça que j'ai su que j'avais raison, parce que si j'avais tort, ils me l'auraient dit.

J'ai dit : « Sergey et Wanda allaient à Vysnia. Ils voulaient demander du travail à quelqu'un. » J'ai dû réfléchir parce que ce quelqu'un était le grand-père de quelqu'un d'autre, mais je ne me rappelais plus qui était ce quelqu'un d'autre, ce qui était bizarre. Mais je connaissais le nom du grand-père. « Panov Moshel.

— C'est mon père », Panova Mandelstam a dit, et puis elle a dit à Panov Mandelstam : « Le mariage de Basia aura lieu mercredi. Nous pourrions y aller. Et… » Elle a laissé traîner sa phrase, les sourcils froncés. « Et… » elle a répété, comme si elle s'attendait à ce que quelque chose sorte de sa bouche, mais rien ne venait. Lui aussi avait l'air perplexe. Elle s'est levée du rouet et s'est mise à marcher en rond dans la pièce, les mains serrées l'une contre l'autre, les yeux dans le vide, et puis elle s'est arrêtée devant l'étagère au-dessus du four. Elle a regardé les poupées de bois qui étaient là. « *Miryem* est là-bas, elle a dit soudain. *Miryem* est partie voir mon père. »

Elle a dit ça comme s'il lui fallait pousser contre un mur pour faire sortir le nom. Panov Mandelstam s'est levé si vite que sa plume est tombée par terre, et il est devenu tout blanc. J'allais leur demander qui c'était, mais le temps que j'ouvre la bouche, je ne me rappelais déjà plus le nom. Panova Mandelstam s'est retournée en levant la main. « Joseph », elle a dit, et sa voix montait et descendait. « Joseph… depuis combien de temps… ? » Elle s'est tue. Je n'aimais pas regarder son visage. Il me faisait penser à celui de mon père allongé sur le sol, qui faisait des bruits, et puis qui était mort.

« Je vais aller louer un traîneau », Panov Mandelstam a dit. Il était déjà tard, mais il a mis son manteau comme s'il allait partir sur-le-champ. Panova Mandelstam s'est ruée sur le pot caché dans la cheminée et a mis six pièces d'argent dans une bourse, qu'elle lui a tendue. Il a pris la bourse et est sorti.

Panova Mandelstam a ensuite attrapé un sac et est allée le remplir dans la chambre. J'étais content qu'on aille chercher Sergey et Wanda, mais ça ne me plaisait pas de la voir se dépêcher comme ça. C'était comme si elle avait peur que quelque chose de mal arrive si elle s'arrêtait de s'agiter. Elle s'est agenouillée et a commencé à prendre des habits dans un coffre. Je l'ai aidée en tenant le sac ouvert pour chaque vêtement qu'elle y jetait, mais à un moment elle s'est arrêtée. Elle est restée assise sur ses talons à regarder dans le coffre. Dedans il y avait des robes trop petites pour elle, et une petite paire de bottes en cuir. Elles étaient usées et rapiécées, mais encore bonnes. Elle les a touchées d'une main qui tremblait.

« C'étaient les vôtres ? » j'ai demandé. Elle n'a rien dit, seulement secoué la tête. Elle a mis quelques autres choses dans le sac et a refermé le coffre. J'ai cru qu'on avait fini, mais elle est restée agenouillée devant le coffre, les mains sur le couvercle, et alors elle m'a regardé et l'a rouvert. Elle a pris les bottes et me les a données. Je les ai essayées. Elles étaient un peu grandes, mais tellement douces à l'intérieur. Je n'avais jamais eu de chaussures en cuir, avant.

« Enfile une autre paire de chaussettes », elle a dit en en prenant une à grosses mailles épaisses dans le coffre et en me la tendant. Les bottes me sont allées parfaitement après ça. J'avais très chaud aux pieds, même quand je suis sorti m'occuper des chèvres. Je pouvais marcher dans la neige, je ne sentais rien.

« Qui va nourrir les chèvres et les poules pendant qu'on ne sera pas là ? j'ai demandé en rentrant.

— Je vais aller demander à Panova Gavelyte », elle a dit, et elle a mis son manteau et son fichu, elle a pris quelques pennies dans le pot et elle est sortie. Je l'ai regardée par la porte ouverte traverser la rue et aller frapper à la maison d'en face. Panova Gavelyte ne l'a pas fait entrer. Elle a croisé les bras sur sa poitrine comme pour faire un mur de son corps et l'a laissée parler sur le perron. Le mur a tenu jusqu'à ce que Panova Mandelstam lui tende les pennies, qu'elle a pris avant de rentrer vite fait à l'intérieur en lui claquant la porte au nez.

Panova Mandelstam avait l'air fatigué quand elle est rentrée, comme si elle revenait de très loin ou avait travaillé dur toute la journée aux champs, mais elle n'a rien dit. Elle a pris un panier et l'a rempli de nourriture pour le voyage. Puis elle a remué les braises dans le four et a jeté des cendres dessus jusqu'à ce que le feu s'éteigne. Quand elle a terminé, le traîneau s'arrêtait déjà devant la porte. Panov Mandelstam était assis sur le banc. Il est descendu, a pris le panier et le sac et a aidé sa femme à monter à l'arrière du traîneau. Je me suis assis à côté d'elle, et il a posé deux manteaux de fourrure et d'épaisses couvertures sur nous, puis il a fermé la porte de la maison, le portail, et il est monté dans le traîneau. Je me suis retrouvé coincé entre les deux.

Le cocher était un garçon maigrichon de l'âge de Sergey. Il portait un manteau trop grand pour lui, et peut-être deux autres en dessous, du coup il avait l'air costaud sur le banc. Il a fait claquer sa langue et ses chevaux nous ont tirés d'un coup sec vers l'avant. On a pris la route qui traversait le bourg. Elle était bondée. Tout le monde semblait avoir terminé son travail pour la journée. De toute façon, il n'y avait pas grand-chose à faire dans les champs, vu que la neige n'avait pas encore fondu. Les gens ont jeté des regards furieux à notre passage. Au bout de la route, quelques hommes sont sortis d'une énorme maison avec une grande cheminée et une pancarte où était dessinée une grosse tasse de krupnik fumant. Ils ont arrêté le traîneau sur la route et ils ont dit à Panov Mandelstam : « Tu croyais pouvoir aider des meurtriers à échapper à la justice sans qu'on s'en aperçoive, Juif ?

— Nous nous rendons à Vysnia pour un mariage », Panov Mandelstam a tranquillement répondu.

L'autre a reniflé. Il s'est tourné vers notre cocher. « T'es le fils d'Oleg, pas vrai ? Algis ? » Le cocher a hoché la tête. « Reste avec les Juifs. Garde un œil sur eux. Compris ? » Algis a encore hoché la tête.

J'ai regardé vers la maison. Kajus était debout sur le seuil, les bras croisés sur le torse et le menton levé, comme s'il était fier de quelque chose. Je me suis demandé de quoi. Je l'ai fixé. Quand il s'en est aperçu, il a froncé les sourcils, mais il n'avait plus l'air si fier. Il s'est retourné et il est rentré très vite. Algis a secoué les rênes et les chevaux sont repartis. Personne n'a parlé dans le traîneau. On n'avait rien dit avant non plus mais, là, c'était un silence désagréable. Même si on était dans un traîneau ouvert, j'avais l'impression qu'on était blottis à l'intérieur. Les arbres se sont mis à défiler rapidement une fois qu'on a quitté le bourg. Quand je tournais la tête pour les regarder passer, ils faisaient comme un mur construit le long de la route qui gardait l'entrée de la forêt.

Je me doutais un peu de ce que j'allais trouver quand Tsop m'a conduite aux réserves, mais la vision qui s'est offerte à moi quand les portes de la première et plus petite salle se sont ouvertes m'a causé un choc : elle était à elle seule trois fois plus vaste que le coffre-fort de mon grand-père. Des malles et des sacs remplis d'argent s'empilaient le long de ses murs jusqu'au plafond. J'ai emprunté l'étroit chemin qui serpentait entre eux jusqu'à la deuxième salle, qui était trois fois plus grande que celle-ci, mais il s'y trouvait au moins un peu plus d'espace entre chaque pile, et les trésors s'entassaient sur des étagères.

Mais à l'autre bout de la pièce se dressaient deux lourdes portes en bois blanc encadrées d'argent qui marquaient l'entrée de la troisième salle. La cavité qui s'étendait au-delà avait probablement été taillée dans la montagne un millier d'années plus tôt ; immense et forte de véritables collines de sacs et de piles de pièces brillantes qui s'élevaient à une hauteur vertigineuse. La rivière elle-même, sortant d'une bouche sombre pour disparaître dans une autre du côté opposé, y étirait ses méandres glacés, étape cruciale de sa course à travers les profondeurs de la montagne entre le bosquet d'arbres blancs et la cascade. Il m'avait fallu une journée entière pour transmuter un seul coffre. La quantité de magie et le temps dont j'allais avoir besoin étaient inconcevables. Plus que je n'en avais.

Tsop, debout près de moi, me couvait d'un regard dubitatif. « Va me chercher à boire et à manger », lui ai-je ordonné d'un ton maussade, et je suis retournée dans la première salle.

Après une si longue journée, je n'aspirais qu'à dormir. Au lieu de quoi je me suis attelée à vider des sacs, prenant les pièces d'argent par poignées et les remettant à leur place une fois changées en or. J'ai bien essayé de plonger les mains dans un sac pour en convertir tout le contenu d'un coup, mais ça n'a pas bien fonctionné : certaines pièces demeuraient en argent. Il était hors de question que j'arrive au bout de ces trois salles et me fasse trancher la gorge par le roi au prétexte que j'avais manqué une pièce. J'étais absolument certaine que, s'il en restait ne serait-ce qu'une en argent, il la *trouverait*. Je perdrais moins de temps à m'appliquer maintenant qu'à devoir revérifier le contenu de chaque sac par la suite. Mais ça n'en était pas moins long et fastidieux. Je n'étais venue à bout que de quelques sacs quand Tsop est revenue avec mon repas sur un plateau.

Après avoir avalé quelques bouchées, j'ai pris la serviette qui recouvrait le plateau et l'ai étendue sur le sol, puis j'ai vidé la moitié du sac suivant dessus. Les pièces y formaient une couche uniforme, ainsi pouvais-je m'assurer que je n'en avais pas raté une seule. Au prix de plusieurs essais, j'ai trouvé un moyen de les changer en passant simplement ma main au-dessus – pas trop vite, sans quoi la transmutation n'était pas uniforme, mais si je procédais avec régularité et sans relâcher ma concentration, toutes devenaient or.

« Apporte-moi une nappe d'une teinte sombre, la plus grande que tu trouveras », ai-je dit à Tsop, et quand elle est revenue avec, j'ai renversé le contenu de plusieurs sacs et coffres dessus. Je pouvais en mettre deux ou trois sur la nappe, et lorsque j'avais terminé une fournée, je tirais le tissu par en dessous pour le reposer par-dessus la couche de pièce désormais en or, et ainsi de suite.

C'est devenu ennuyeux, et je mesure l'ironie de mes paroles. J'étais capable de changer d'immenses quantités d'argent en or du bout des doigts, mais cela a rapidement cessé d'être magique. J'aurais aimé transformer certaines pièces en oiseau, ou simplement y mettre le feu. Cet or a même fini par perdre toute valeur à mes yeux, comme lorsqu'on répète un mot *ad nauseam* jusqu'à le vider de son sens. J'étais fatiguée, courbatue, j'avais mal aux pieds et aux doigts, mais je ne devais pas m'arrêter. Je marchais, m'asseyais, dérapais sur des tas d'or en allant chercher toujours plus d'argent sur les étagères, tandis que la pile informe de sacs vides et de coffres retournés n'en finissait plus de grossir dans un coin. Le temps s'est étiré, mais j'ai fini par arriver au bout des dernières pièces de l'ultime sac de cette salle. D'un pas chancelant, j'ai passé en revue chacune des étagères pour traquer le moindre oubli, et n'en ayant trouvé aucun à la troisième vérification, je suis restée immobile un instant, l'esprit vacant, avant de m'étendre sur ma montagne d'or tel quelque improbable dragon sur son trésor et me suis endormie sans pouvoir rien y faire.

Je me suis réveillée en sursaut. Le seigneur Staryk se dressait au-dessus de moi, inspectant le magot que je lui avais constitué ; il avait pris une poignée de pièces dans ses mains en coupe et contemplait leur éclat chaud avec une expression de cupidité dévorante. Je me suis précipitamment relevée, manquant perdre l'équilibre sur les pièces. Lui n'avait aucun mal à rester debout. Il m'a même attrapée par le bras, moins par gentillesse que pour m'empêcher de m'écraser à ses pieds. « Quelle heure est-il ? » me suis-je exclamée.

Il m'a ignorée, ce qui signifiait que nous n'étions pas encore le soir ; je n'avais pas perdu une journée entière. Je n'avais pas non plus l'impression d'avoir dormi longtemps, car je peinais à ouvrir les yeux. J'ai pris une profonde inspiration. Il s'était éloigné pour poursuivre son inspection, jetant un coup d'œil aux sacs et aux malles vides, sans lâcher les pièces entre ses mains. « Voyez. Si j'en ai loupé une, dites-le-moi maintenant.

— Non, a-t-il répondu en laissant les pièces s'écouler entre ses doigts et rejoindre leurs congénères en tintant. Tu as changé toutes les pièces de la première réserve. Il en reste deux autres. » Il s'était exprimé presque poliment, avec même un très léger hochement de tête, ce qui m'a tant surprise que je fixais toujours l'endroit où il s'était tenu après son départ. Puis je me suis secouée et j'ai dévalé le tas d'or jusqu'à la porte, avant de regagner ma chambre en courant.

Le miroir qu'il m'avait confectionné m'attendait sur le lit. Le soleil levant y jetait ses rayons rose et or. Je me suis assise sur le lit avec un bruit sourd et désespéré, sans quitter le miroir des yeux. J'avais passé la nuit entière ou presque sur la plus petite des trois salles. Je pouvais espérer terminer la deuxième, si je veillais à nouveau, mais j'aurais à peine entamé la troisième avant que mon temps ne soit écoulé.

J'ai envisagé de m'enfuir. Je pourrais peut-être atteindre la maisonnette dans les bois, mais à quoi cela me servirait-il ? Il m'était impossible de sortir de son royaume. Mais je ne suis pas redescendue pour autant. J'ai fait tinter ma clochette et j'ai demandé à Tsop et à Flek de m'apporter mon petit déjeuner, que j'ai mangé sans me presser. Je suis restée assise à ma table, à me nourrir de plateaux entiers de poisson et de fruits froids, comme si je me fichais de tout, et plus encore de l'épée d'argent suspendue au-dessus de ma tête. La courtoisie de mon mari me confortait dans l'idée qu'un échec allait me coûter la vie. Tsop et Flek ont même échangé des regards perplexes quand elles croyaient que je ne les observais pas, comme si elles se demandaient ce que je faisais. Mais à quoi bon même essayer, si cela signifiait seulement lui laisser un tas d'or plus gros sur lequel me trancher la tête ? Leur loi ne laissait aucune place à l'erreur, et si vous ne pouviez respecter vos engagements, ils rétablissaient l'équilibre de leur monde en vous en éjectant.

J'étais sur le point de me servir un autre verre de vin – pourquoi ne pas vivre mes dernières heures complètement ivre, pour ce que ça changeait ? –, mais je me suis brusquement ravisée. Je me suis levée et j'ai dit à mes deux suivantes : « Accompagnez-moi aux réserves. Et demandez à Shofer de nous y rejoindre. Dites-lui de prendre le plus grand traîneau qu'il trouvera à l'écurie et de me l'apporter. »

Tsop m'a dévisagée. « *Dans* la réserve ?

— Oui. La rivière est gelée, n'est-ce pas ? Alors dites-lui de le descendre depuis le bosquet jusque-là. »

Les cerfs affichaient une mine pour le moins dubitative en émergeant du tunnel et en se frayant un chemin précautionneux entre les collines d'argent : Shofer avait dû mettre pied à terre pour les mener par le licou. Les trois serviteurs se sont montrés encore plus sceptiques quand je leur ai expliqué ce que j'attendais d'eux. J'ai pris soin de ne rien leur demander, me bornant à leur donner des ordres. « Mais… où voulez-vous que nous les *emportions* ? » a interrogé Tsop au bout d'un moment.

J'ai montré la bouche sombre où disparaissait la rivière de l'autre côté de la pièce. « Faites entrer le traîneau là-dedans et jetez-les là. Assurez-vous de laisser assez de place pour que tout rentre.

— On les… *pose* là, c'est tout ? s'est enquise Flek. Dans le tunnel ?

— Vous avez peur qu'on vienne les dérober ? » ai-je demandé froidement. Tous trois ont tressailli et se sont empressés d'éviter mon regard, si jamais l'idée me venait de lire la réponse sur leur visage. Je me moquais bien de savoir si l'endroit était sûr. Ce qui m'importait en revanche, c'est que j'avais promis de changer chacune des pièces d'argent *qui se trouvaient dans ces réserves*. Il fallait donc qu'il y en ait le moins possible, et très vite. Et si mon mari n'appréciait pas leur nouvelle situation, il pourrait toujours les remettre ensuite à leur place.

Un moment plus tard, Shofer soulevait trois sacs dans chaque main et les jetait dans le traîneau, où ils atterrirent avec un bruit sourd auquel les cerfs ont réagi. Peu après, Flek et Tsop se joignaient à lui.

Quand j'ai eu la certitude qu'ils exécutaient mes ordres, je suis retournée dans la deuxième salle et me suis remise au travail avec ma nappe. La tâche était encore plus pénible que la veille : tous mes muscles me faisaient souffrir, et cette fois je n'avais pas la fatigue pour me détourner de l'ennui ou la douleur. Mais je n'en continuais pas moins de vider un sac après l'autre pour changer l'argent en or, encore et toujours, avant de rejeter les pièces valides dans les travées vides. Je ne me suis interrompue ni pour boire ni pour manger ; dans le miroir, que je m'étais accroché autour du cou, la course du soleil semblait s'être affolée. D'innombrables coffres remplis d'argent s'alignaient le long d'énormes rayonnages, et je n'en étais même pas à la moitié du premier que l'éclat de midi commençait déjà à décroître. J'avais à peine entamé le deuxième que le soleil couchant jetait ses rayons orange sur les bords du miroir. Le premier de mes trois jours était écoulé.

Mon mari est apparu quelque temps plus tard, précis comme une horloge meurtrière. Il a ramassé une poignée de pièces sur le tas d'or informe à l'entrée de la salle et les a laissées s'écouler entre ses doigts en évaluant l'avancée de ma tâche ; pressant ses lèvres l'une contre l'autre et secouant la tête, comme agacé par l'ampleur du travail restant à accomplir, il a demandé : « À quelle heure est le mariage ? »

Malgré ma concentration – j'avais découvert que je pouvais changer deux couches de pièces à la fois, en m'appliquant –, la question m'a interrompue. Je me suis assise en soufflant. « J'ai promis de danser à leur mariage, et les musiciens joueront jusqu'à minuit, ai-je répondu d'une voix glaciale. J'ai donc jusque-là. » Je pouvais bien fanfaronner, mais je n'en menais pas large : il me restait seulement deux jours et deux nuits pour creuser un tunnel avec une petite cuiller.

« Tu n'en as pas terminé ici, et il te reste encore toute la troisième réserve à changer », a-t-il dit – avec amertume, alors que c'était lui qui m'avait en premier lieu demandé l'impossible. Heureusement que les portes étaient fermées, ainsi ne voyait-il pas ce qui se passait dans la salle d'à côté. « Eh bien, tu feras ce que tu pourras avant d'échouer. » Je lui ai lancé un regard noir. Si je n'avais aucun espoir de réussite, j'aurais certainement arrêté d'essayer à cet instant précis.

Il a ignoré ma mauvaise humeur et s'est contenté d'ordonner d'une voix dure : « Pose tes questions. »

J'avais besoin de temps plus que de réponses. Je suppose que j'aurais pu lui demander ce qu'il allait me faire si j'échouais, mais je n'avais pas vraiment envie d'ajouter l'anticipation à la peur. « Existe-t-il un moyen de procéder plus rapidement que je ne le fais ? » Je n'avais pas grand espoir, mais il connaissait certainement mieux le fonctionnement de la magie que moi.

« Tu peux seulement te dépêcher », a-t-il répondu en me lorgnant d'un œil suspicieux, comme si la question était si stupide qu'il n'en revenait pas que je l'aie posée. « Comment le saurais-je, alors que toi-même l'ignores ? »

J'ai secoué la tête de frustration et me suis essuyé le front d'un revers de main. « Qu'y a-t-il au-delà des limites de votre royaume ? Là où la lumière s'arrête.

— Les ténèbres.

— Ça, je m'en suis rendu compte toute seule ! me suis-je exclamée avec rudesse.

— Alors pourquoi me le demandes-tu ? a-t-il rétorqué avec une irritation comparable.

— Parce que je veux savoir ce qu'il y a *dans* les ténèbres !

— Mon royaume ! a-t-il concédé avec un geste impatient. Mon peuple et notre force profonde, dont la montagne tire sa puissance. Durant des siècles de vos vies mortelles, nous avons érigé nos murs étincelants. Ensemble nous avons gagné ce répit sur l'obscurité et avons forgé un éternel hiver. Le crois-tu si fragile que tu puisses en franchir aveuglément les frontières pour en gagner un autre ? » Puis il a embrassé du regard la pièce et le tas d'argent et s'est radouci. « Peut-être regrettes-tu le mortel empressement de ta promesse, et te demandes-tu où tu pourrais bien t'enfuir quand tu auras rompu ton serment ? N'imagine pas trouver le chemin des royaumes des nains, ou que ces derniers t'hébergeront contre rétribution. »

Il m'a regardée d'un air dédaigneux, comme si j'aurais dû avoir honte de vouloir lui échapper. En l'occurrence, j'aurais pris mes jambes à mon cou si je l'avais pu, mais je ne savais pas plus comment rejoindre les royaumes des nains que la lune, et j'étais tout à fait disposée à le croire sur parole quant à l'accueil qu'on m'y réserverait. Mais ça me laissait sans plus de question à lui poser. Je n'avais plus le moindre intérêt pour ses coutumes ou son royaume : d'une façon ou d'une autre, je le quitterais, et la seule chose que je souhaitais, c'était me remettre au travail. « Pouvez-vous m'être d'une quelconque utilité ?

— Aucune, que je sache. Et même si tel était le cas, tu n'as plus rien à troquer contre mon aide. Tu as survendu ton talent, et je doute que tu puisses t'acquitter du prix que tu lui accordes. »

Il est parti là-dessus. J'ai regardé autour de moi les funestes montagnes d'argent, et me suis dit qu'il avait probablement raison.

Chapitre quinze

Il faisait si froid dans la maison après le départ d'Irina ; les arbres blancs semblaient s'être rapprochés des fenêtres, comme s'ils voulaient y faire pénétrer leurs branches. Gardant l'épais tapis de fourrure serré autour de mes épaules, j'ai tiré la chaise près du four et, tremblante, m'y suis assise pour manger une autre portion de porridge. Mes os me faisaient tant souffrir que je les sentais frotter les uns contre les autres dans toutes mes articulations au moindre mouvement. Mais la solitude était pire encore, perdue dans ce terrible hiver. J'ai jeté une nouvelle bûche dans le four pour relancer le feu, dans l'espoir de me sentir moins seule et de tenir à distance ce froid immuable. Une vieille femme, une femme au bout de sa vie, n'avait rien à faire ici. « N'approche pas des bois ou les Staryk te prendront et t'emmèneront dans leur royaume », me disait ma mère quand j'étais enfant. Et voilà que je me cachais dans leur repaire comme une petite souris. Que se passerait-il quand le feu s'éteindrait, quand la marmite de porridge serait vide ? Au moins le tas de bois près du four était-il conséquent.

L'occupant des lieux avait quelque chose de déconcertant. Pendant qu'Irina s'était entretenue avec cette étrange Juive, j'avais trouvé des fraises, du miel, du sel, de l'avoine et six énormes pelotes de laine grossière, aussi inégales qu'un porridge grumeleux, non loin d'un antique rouet. Le fil accrochait sous mes doigts, mais la laine en dessous était bonne ; elle avait seulement été filée sans soin et sans avoir été peignée, par quelqu'un de beaucoup trop pressé pour le faire correctement. Madame la duchesse m'aurait tapé sur les doigts avec sa badine si je lui avais présenté un tel travail. Pas l'actuelle duchesse, bien sûr – Galina était une bonne dirigeante, mais le filage lui importait peu ; ni la mère d'Irina, qui, lorsqu'elle se mettait à son rouet, produisait un fil brillant comme l'albâtre, les yeux tournés vers la fenêtre en fredonnant, sans un regard pour le travail d'autres mains que les siennes. Mais la duchesse qui était là avant elles deux.

Elle était partie pour le couvent il y avait bien longtemps ; dix ans qu'elle était morte, avais-je entendu dire, Dieu la garde. La dernière fois que je l'avais vue, c'était ce jour terrible où le père d'Irina avait brisé les remparts de la ville, au cours de cette bataille qui avait fait de lui le duc et installé le père du tsar sur son trône. Moi et ses autres servantes avions suivi la progression de la fumée des combats depuis le palais, jusqu'à ce qu'elle atteigne la citadelle. Madame s'était alors détournée de la fenêtre et nous avait emmenées toutes les six dans une petite pièce tout au fond des caves, pourvue d'une porte taillée dans la même pierre que le mur, et nous y avait enfermées. C'était la dernière fois que je l'avais vue.

Je n'avais jamais oublié le froid, l'obscurité et le confinement, et ils ressurgissaient aujourd'hui dans cette petite cahute que l'hiver pressait de ses assauts. Alors, nous nous étions serrées les unes contre les autres, en pleurant et en tremblant. Les soldats nous avaient quand même trouvées. Ils avaient tout trouvé dans la maison – bijoux, meubles, la jolie petite harpe en or dont dame Ania jouait, avant que la fièvre l'emporte ;

je l'ai vue en morceaux dans le hall. Ils étaient tellement, on aurait dit des fourmis se ruant sur chaque miette oubliée.

Mais le temps qu'ils viennent à bout de la porte de notre refuge, il était très tard ; ils n'étaient plus qu'une poignée, si fatigués que beaucoup d'entre eux s'étaient endormis. Ils ne nous avaient trouvées que parce que, dans notre état de peur extrême, nous pensions être là depuis des jours, alors que cela ne faisait que quelques heures, et qu'une des filles avait commencé à se balancer d'avant en arrière en disant que personne ne nous découvrirait jamais et que nous mourrions emmurées. Sa terreur nous avait si bien contaminées que, lorsque nous avions entendu des voix passer à proximité, une de nous d'abord, puis toutes ensemble, nous avions appelé à l'aide. Quand ils nous avaient tirées de là, nous étions tombées dans leurs bras en pleurant, et ils avaient fait preuve de gentillesse, nous avaient donné à boire. L'un d'eux, un sergent, nous avait conduites à son seigneur et lui avait expliqué que nous étions enfermées à la cave.

Erdivilas, le baron Erdivilas à l'époque, se tenait dans l'étude du duc, déjà chez lui. Ses propres papiers jonchaient le bureau et ses propres hommes allaient et venaient. À mes yeux, cela ne faisait pas une grande différence. Je n'étais venue ici qu'une ou deux fois. Je n'étais pas assez jolie pour que le duc requière ma présence, et pas assez laide pour que la duchesse m'envoie lui porter ses messages. Le nouveau duc avait un visage plus dur que le précédent, mais après nous avoir considérées, il avait déclaré : « Très bien. Emmenez-les là-haut, dans les quartiers des femmes, et dites aux hommes de les laisser tranquilles ; nous ne sommes pas toujours obligés de nous comporter comme des brutes. Faites ce que vous pouvez pour les autres », avait-il ajouté à notre intention. J'avais fait du mieux que j'avais pu, et quand je n'avais rien pu faire de plus, j'étais allée filer la laine qui restait dans les appartements de madame. Tandis que dans la ville on éteignait les feux, j'avais confectionné de nombreux écheveaux de fil de qualité, si bien qu'il m'avait gardé dans sa maisonnée quand les choses s'étaient tassées, contrairement à ceux qui n'avaient pas su se rendre utiles.

Je lui en avais été reconnaissante, comme je l'avais été avec les soldats ennemis qui nous avaient libérées de cette cave. Je n'avais ni mari, ni dot, ni amis. Ma mère avait été l'épouse d'un chevalier désargenté qui avait laissé son domaine au jeu et aux Juifs. Il lui avait obtenu une place auprès de la duchesse et s'en était parti mourir en croisade, et la duchesse m'avait gardée avec ses suivantes par bonté d'âme quand ma mère était morte à son tour – de la même fièvre et le même hiver qu'Ania ; après tout, je n'avais que quelques années de moins. Mais je n'étais plus une enfant quand la ville était tombée, et elle était en route pour le couvent avant même que je sois sortie de la cave.

Plus personne n'était là pour moi. J'étais seule depuis la mort de ma mère. Je demeurais dans les quartiers des femmes à filer, et plus les années passaient, plus mes mains me faisaient souffrir et plus mes yeux me faisaient défaut. La précision de ma couture s'en ressentait. Si bien que lorsque Silvija, la mère d'Irina, était morte en couches avec son garçon, je ne m'étais pas jointe aux concerts des pleureuses. Je m'étais glissée dans la crèche où dormait la petite. Personne ne l'aimait, pas plus qu'on n'aimait sa mère, peut-être parce que ni l'une ni l'autre ne semblait vouloir être aimée. Elle était trop calme, tout le temps, et quoiqu'elle n'ait pas eu les étranges yeux de sa mère, elle paraissait réfléchir en permanence. Irina était assise dans son lit quand j'étais entrée, comme si les pleurs l'avaient réveillée. Elle ne versait pas une larme. Elle avait seulement levé ses yeux sombres sur moi, et je m'étais sentie mal à l'aise ; malgré tout, je m'étais assise près d'elle en fredonnant et je lui avais dit que tout irait bien. Quand Erdivilas était entré dans la pièce, il m'avait trouvée en train de m'occuper d'elle, et m'avait dit de continuer.

J'ai accueilli avec soulagement cette position qui m'assurait une certaine sécurité, mais quand il avait quitté la pièce, Irina m'avait regardée pensivement, comme si elle comprenait pourquoi j'étais venue m'occuper d'elle. Bien sûr, j'en suis venue à l'aimer très vite. Je n'avais personne d'autre à qui donner mon amour, et bien qu'elle n'ait pas été mon enfant, on me l'avait mise entre les mains. Mais je n'avais jamais vraiment su ce qu'elle ressentait pour moi. Les autres petits enfants couraient vers leurs nourrices ou leurs mamans les bras grands ouverts. Pas elle. Je m'étais faite à l'idée que tel était son caractère, froid et posé comme la neige fraîche, mais au fond de mon cœur je n'en avais jamais été certaine, pas jusqu'à ce que les hommes du tsar ne viennent me chercher pour lui faire du mal, et que je ne constate que ça aurait marché. Oh, se réjouir d'une telle chose est bien étrange, je le concède.

Elle avait dormi quelques heures sur le lit, dans la maisonnette, tandis que je chantais pour elle, pour ma petite, assise près du feu comme au bon vieux temps, et je savais à présent qu'elle était à moi, pas juste une enfant qu'on m'avait confiée un certain temps. Le fil que j'avais trouvé était assez lâche pour que j'en sépare aisément la laine, même avec mes mains tordues par l'arthrose, et j'avais le peigne et la brosse d'argent, les deux seuls objets que Silvija avait laissés à sa fille. J'avais donc peigné la laine pour l'adoucir et repris le filage de zéro. Chaque fois que j'avais terminé un écheveau, je remettais une bûche dans le feu. Le temps a ainsi filé jusqu'à ce qu'Irina se réveille.

Mais elle était à présent retournée auprès de lui, cette créature monstrueuse tapie dans son palais, ce noir démon qui se cachait sous les atours de la beauté. S'il lui faisait du mal, s'il refusait de l'écouter… Mais à quoi servait-il de s'inquiéter ? Que pouvait donc une vieille femme portée ici et là par le courant de la vie, aujourd'hui rejetée sur cet étrange rivage ? Que pouvais-je faire ? Je l'aimais et j'avais pris soin d'elle du mieux que j'avais pu, mais je ne pouvais la protéger des hommes et des démons. J'avais tressé ses cheveux une fois encore, je l'avais coiffée de la couronne, et je l'avais laissée partir. Et après cela, j'avais fait la seule chose que je savais faire : je m'étais assise et j'avais filé pour passer le temps, jusqu'à ce que mes mains s'engourdissent, et alors j'avais fermé les yeux un petit moment.

Je me suis réveillée en sursaut au craquement de la dernière bûche. J'ai entendu des pas dehors. J'étais effrayée et confuse, je ne me souvenais plus où j'étais ni pourquoi il faisait si froid. Les pas se sont rapprochés, et Irina a ouvert la porte. L'espace d'un instant terrifiant, je ne l'ai pas reconnue – étrange apparition sur le seuil, le front ceint d'argent et l'hiver se pressant dans son dos, comme si elle lui appartenait. Mais son visage m'était familier, et mon trouble est passé. Elle est entrée, a refermé la porte, puis elle s'est arrêtée en considérant cette dernière. « C'est toi qui as fait ça, Magra ?

— Fait quoi ? ai-je demandé sans comprendre.

— La porte. Elle est attachée au mur, maintenant. »

Je ne voyais pas de quoi elle voulait parler : ne l'avait-elle pas été jusque-là ? « Je suis seulement restée là à filer », ai-je dit, mais quand j'ai voulu lui montrer le fil, impossible de me rappeler où j'avais mis les écheveaux ; ils n'étaient pas sur la table. Mais cela n'avait aucune importance. Je me suis levée et suis allée étreindre les mains froides de ma petite ; elle m'avait rapporté un panier plein de toutes sortes de choses. « Tu vas bien, dushenka ? Il ne t'a pas fait de mal ? » Elle était en sécurité pour un moment, un petit moment de plus. Après tout, la vie n'était-elle pas qu'une succession de moments ?

Sergey et moi, on a regardé la marmite de porridge sans rien dire. Puis on s'est retournés et on a regardé le reste de la maison. Je me suis subitement rappelé que j'avais rangé mon fil sur l'étagère avec le rouet et les aiguilles à tricoter, mais maintenant tout était en tas sur la table. Et d'ailleurs ce n'était pas mon fil. Celui-ci, assemblé en écheveaux, était plus lisse, plus doux et bien plus délicat que le mien. À côté, il y avait un peigne en argent, le genre de peigne qui pourrait appartenir à une tsarine, décoré de deux cerfs avec leur ramure en train de tirer un traîneau dans des bois enneigés.

J'ai cherché mon fil sur l'étagère, mais il n'y était pas. L'autre était de la même couleur. Et quand j'ai regardé de près, j'ai vu qu'il avait été filé avec la même laine, mais pas de la même façon, comme pour me montrer comment faire.

Sergey inspectait la réserve à bois. Elle était à moitié vide. On s'est regardés. La température avait beaucoup baissé durant la nuit, donc un de nous avait dû descendre remettre des bûches dans le feu. Mais je savais que ce n'était pas moi, et je voyais bien au visage de Sergey que ce n'était pas lui. Alors il a dit : « Je vais voir si je ne peux pas nous trouver un écureuil ou un lapin. Tant que j'y suis, je vais rapporter du bois. »

Il restait pas mal de la laine que Sergey avait lavée pour moi. Je n'avais jamais obtenu de fil aussi fin que celui-ci, mais j'allais essayer de mieux faire. J'ai peigné la laine un long moment avec le peigne en argent, en m'efforçant de ne pas casser une dent, et quand j'ai enfin commencé à filer, je me suis soudain souvenue que ma mère me disait de resserrer mon fil. *Essaie d'aller un peu plus vite, Wanda.* J'avais oublié. J'avais cessé de prêter attention à mon filage après qu'elle était morte. Personne à la maison ne savait mieux que moi comment on était censé faire. J'ai jeté un coup d'œil à ma jupe, grossièrement tricotée à partir de mon fil maladroit. Avant de mourir, ma mère confectionnait de grosses pelotes de laine de nos chèvres et les emportait chez nos voisins, à trois maisons de là, ceux qui avaient un métier à tisser, et elle revenait avec des habits. Mais le tisserand n'avait jamais accepté ma laine, alors j'avais dû tricoter nos vêtements.

Il m'a fallu des heures pour filer ne serait-ce qu'une pelote de bon fil. Sergey est revenu au moment où je la terminais. Il avait attrapé un lapin, brun et gris. J'ai préparé une nouvelle marmite de porridge pendant qu'il le dépeçait et le vidait. J'ai ajouté la viande et les os au porridge pour faire un ragoût, ainsi que des carottes. J'en ai fait autant que la marmite pouvait en contenir, plus que nous ne pourrions en manger. Sergey n'a rien dit, et moi non plus, mais on pensait tous les deux la même chose : on ne voulait pas que celui qui mangeait notre porridge et filait la laine ait faim. S'il ne mangeait pas le porridge, qui sait ce qu'il aurait mangé à la place.

Pendant que ça cuisait, je me suis dit que j'allais commencer à tricoter. Je voulais voir quelle surface du lit je pouvais couvrir avec ce que j'avais déjà, histoire de ne pas perdre de temps à filer plus que nécessaire. J'ai tricoté une bande de deux fois la largeur du lit, la mesurant jusqu'à ce qu'elle soit assez longue, puis j'ai continué à partir de là. Ça n'allait pas vite. Je faisais attention à ce que la maille soit uniforme et sans nœuds, mais je n'avais pas l'habitude de tricoter si soigneusement. Ça me demandait un effort constant. Et puis, à un endroit, j'ai trop serré ma maille, et je ne m'en suis rendu compte qu'après avoir tricoté trois rangées de plus, quand j'ai dû forcer pour faire passer mes aiguilles. Alors j'ai essayé de continuer en m'appliquant mieux, mais les trois dernières rangées étaient si denses que j'allais très lentement ; c'était comme d'essayer de courir dans la boue. J'ai fini par abandonner et par défaire ces trois rangées ratées pour recommencer.

Quand je suis arrivée au bout du premier écheveau, je me suis arrêtée et j'ai regardé ce que j'avais fait jusque-là. Ma bande était à présent large comme ma main. L'écheveau avait été si bien assemblé et le filage si finement réalisé qu'il y avait plus de fil que je ne l'aurais cru. J'ai mesuré la longueur du lit et compté dix fois la longueur de ma main. Il me restait cinq écheveaux et la pelote d'aujourd'hui. Il me suffisait d'en faire trois autres et ce serait assez. J'ai soigneusement replié mon tricot, l'ai posé sur l'étagère et me suis remise à filer.

Ça m'a occupée tout l'après-midi. Il faisait de plus en plus froid. De petits nuages de vapeur se formaient là où l'air du dehors entrait dans la maison par les fissures de la porte et des fenêtres, et il commençait à y avoir du givre à certains endroits. Comme Sergey ne pouvait pas m'aider, il a fabriqué des gonds en bois pour tenir la porte. Il avait trouvé de vieux clous et une petite scie rouillée dans un coin de l'abri. Il en a profité pour clouer davantage de branches au chambranle afin de réduire l'ouverture et ainsi d'empêcher le vent d'entrer. Puis il a fait la même chose avec chaque fenêtre et a enduit le tout d'un torchis de boue et de paille. L'air froid a arrêté de pénétrer dans la maison et on a enfin été bien. Le four et le porridge diffusaient une bonne odeur. C'était bizarre d'être là, au chaud et en sécurité, et d'avoir à manger. C'était bizarre parce que je m'y étais déjà habituée. C'était facile de s'y habituer.

On s'est mis à table quand je me suis arrêtée de filer. « Je pense que j'aurais terminé dans trois jours », j'ai dit à Sergey, pendant qu'on mangeait ce bon porridge à la viande. La marmite était encore bien remplie.

« On est là depuis combien de temps ? » il a demandé.

J'ai dû m'interrompre pour compter dans ma tête. J'ai commencé au jour où j'avais vendu les tabliers au marché. Après quoi j'étais rentrée à la maison, et Kajus était là. Même en pensée, j'ai sauté la suite, mais tout ça s'était passé le même jour. Et puis on s'était enfuis dans les bois et on avait marché jusque tard dans la nuit, jusqu'à ce qu'on tombe sur la maison. On aurait cru qu'il s'était écoulé plus de temps, mais non, tout ça était arrivé le même jour. « On est lundi, j'ai fini par dire. Ça fait cinq jours qu'on est ici. »

Après ça, on s'est tus tous les deux, penchés sur nos bols. On n'avait pas l'impression d'être là depuis cinq jours ; c'était comme si on habitait cette maison depuis toujours.

Et puis Sergey a dit : « Peut-être qu'ils ont fait passer le mot à Vysnia, pour nous. »

J'ai arrêté de manger et je l'ai regardé. Il voulait dire qu'on devrait peut-être ne pas y aller. Qu'on devrait rester ici. « Ç'aurait été dur d'envoyer quelqu'un, avec toute cette neige », j'ai dit en pesant mes mots. Je ne voulais pas partir non plus. Mais j'avais quand même peur de cet endroit où les choses surgissaient de nulle part, où quelqu'un filait ma laine, mangeait notre porridge et brûlait notre bois. Et je ne voyais pas comment justifier notre présence. Tant que c'était pour ne pas mourir de froid dehors, d'accord. On n'avait pas eu le choix. Et on avait payé pour la nourriture. La chaise était réparée, et bientôt le lit le serait. On avait isolé la porte et les fenêtres. Mais ça n'en faisait pas *notre* maison, on ne pouvait pas y rester. Quelqu'un l'avait construite, et ce n'était pas nous. On ne savait pas qui c'était, et on ne pouvait pas lui demander l'hospitalité.

« On est coincés encore trois jours, de toute façon, Sergey a dit. Peut-être que la neige aura fondu d'ici là.

— On verra, j'ai répondu au bout d'un moment. J'en aurais peut-être pour moins long que ça. »

Mais quand la table a été débarrassée, je suis retournée à l'étagère où j'avais laissé mon tricot, et il n'y était plus. Il y avait à la place une demi-miche de pain encore frais et, sous une serviette joliment cousue, un petit jambon, une meule de fromage et une motte de beurre, dont il ne manquait chaque fois qu'une seule part. Il y avait aussi une grosse boîte de thé et même un bocal de cerises au sirop, comme celui que Miryem avait un jour rapporté du marché. Il y avait même un panier assez grand pour contenir tout ça.

Je suis restée figée si longtemps que Sergey s'est inquiété et m'a rejointe. On ne savait pas quoi faire. On n'avait aucune explication. On ne pouvait pas prétendre que cette nourriture avait été là avant, où que quelqu'un était venu la déposer. Aucun de nous n'avait dormi.

On aurait bien voulu goûter à toutes ces bonnes choses. Ma bouche se souvenait du goût de ces cerises, de l'épais sirop sucré au goût d'été. Mais on avait peur, encore plus que lorsqu'on avait trouvé l'avoine et le miel. Cette nourriture ne faisait même pas partie de la maison. Et comme on venait de manger, on n'avait pas vraiment faim.

« On devrait garder ça pour plus tard, j'ai dit au bout d'un moment. On n'en a pas besoin maintenant. »

Sergey a hoché la tête. Puis il a pris la hache. « Je vais aller fendre des bûches », il a dit, et il est sorti dans le jardin, alors même qu'il faisait nuit. Il nous fallait plus de bois. On n'avait pas nourri le feu de la journée, mais la réserve était presque vide.

J'ai trouvé mon tricot sur le lit. Il avait l'air différent, et quand je l'ai déplié, l'étoffe était toujours de la même taille, mais on l'avait reprise du début. Il y avait maintenant un joli motif, comme une plante grimpante en relief, avec des fleurs que je sentais sous mes doigts. Je n'en avais jamais vu de pareils, sauf en vente au marché, et pas d'aussi beaux.

J'ai détricoté un peu de l'étoffe pour essayer de comprendre comment continuer le motif, mais chaque rang étant unique et chaque maille étant différente de celle d'avant, je ne voyais pas comment on pouvait se rappeler laquelle venait ensuite. Et puis je me suis dit que ça ne pouvait qu'être de la magie. J'ai alors sorti du feu un bâton au bout brûlé et j'ai utilisé la magie que Miryem m'avait apprise. En démarrant au début du motif, j'ai compté combien de mailles il y avait dans chaque rang et j'ai noté le nombre. S'il y avait un point en avant, je faisais une marque au-dessus, et pour un point en arrière, en dessous. Je devais aussi marquer les points qui étaient assemblés, ou ceux qui s'ajoutaient. Il fallait que j'écrive petit, comme dans le livre de Miryem. J'ai compté trente rangs différents avant de revenir au premier.

Une fois que j'ai eu terminé, le motif complet s'étalait sur le sol, mais en chiffres. Ça n'était pas très ressemblant. Je doutais que ça puisse être la même chose. Mais je me suis rappelé comment ces petits signes dans le livre de Miryem devenaient de l'argent et de l'or, alors j'ai repris l'étoffe et j'ai commencé un nouveau rang, sans regarder le motif. Je devais me fier aux chiffres. Je les ai suivis tout au long de ces trente rangs, et quand je me suis arrêtée pour regarder mon travail, la plante était là, avec toutes ses feuilles et ses fleurs, tout aussi belle. J'avais réussi. La magie avait marché.

Sergey est rentré en tapant ses chaussures. Il y avait de la poudre blanche sur ses épaules. Il a déchargé une grosse brassée de bois dans la réserve, mais ça n'a suffi à la remplir qu'à moitié. « Je dois aller en chercher d'autres. Il s'est remis à neiger. »

« Tu as assez chaud, Stepon ? » Panova Mandelstam m'a demandé. J'ai dit oui, même si ce n'était pas la vérité vraie, parce que de toute façon on ne pouvait rien y faire. J'étais à la meilleure place du traîneau, coincé entre Panov et Panova Mandelstam sous les couvertures et les fourrures. Au début, j'ai cru que j'avais froid à cause des regards que nous jetait Algis, mais non. Il avait fait de plus en plus froid cet après-midi, et dans le ciel il y avait des nuages noirs de plus en plus épais. On n'était même pas à mi-chemin de Vysnia qu'il s'était mis à neiger. Seulement un peu, au début, puis de plus en plus fort, jusqu'à ce qu'on ne voie plus ce qu'il y avait devant la tête des chevaux. Au bout d'un moment, Panova Mandelstam a dit : « Peut-être devrions-nous nous arrêter au prochain village pour la nuit. Il ne doit pas être bien loin. »

Mais on n'a croisé aucune maison, et pourtant les chevaux ont galopé longtemps. Panov Mandelstam a fini par demander au cocher : « Algis, tu es sûr qu'on est toujours sur la route ? »

Algis s'est tassé un peu dans ses manteaux et nous a regardés par-dessus son épaule. Il n'a rien dit, mais il y avait de la peur sur son visage. Il savait qu'il avait quitté la route. À un moment, elle avait fait un virage, et les chevaux étaient passés entre deux arbres qui n'étaient pas de part et d'autre de la route, mais simplement un peu espacés. La neige recouvrait le sol et les buissons, et Algis n'avait pas fait attention. Il avait juste continué. Et maintenant on était perdus dans cette grande forêt où il n'y avait aucune maison loin de la route ou de la rivière. Les Staryk tuaient tous ceux qui s'installaient trop loin de la rivière.

Les chevaux n'allaient plus très vite. Ils étaient fatigués et marchaient d'un pas lourd. Leurs gros sabots s'enfonçaient dans la neige fraîche, et ils devaient les en ressortir pour continuer à avancer. Ils s'arrêteraient bientôt. « Qu'est-ce qu'on fait ? » j'ai demandé.

Algis s'était remis dans le sens de la marche et s'est recroquevillé sur les rênes. Panov Mandelstam a regardé son dos, et puis il a dit : « Ne t'inquiète pas, Stepon. Nous allons nous arrêter quelque part où il n'y a pas trop de vent, on mettra des couvertures aux chevaux et on leur donnera du grain et toute l'herbe qu'on trouvera. On se serrera entre eux sous les fourrures et on se tiendra chaud jusqu'à ce qu'il fasse jour. Quand le soleil sera là, on verra où on est. Je suis sûr que tu vas trouver l'endroit idéal, Algis. »

Ce dernier n'a rien dit, mais un peu plus tard il a tiré sur les rênes et on s'est arrêtés au pied d'un très gros arbre. Si on avait encore un doute, on pouvait être sûrs qu'on était bien dans la forêt, parce qu'il n'y avait aucun arbre aussi gros près de la route, sans quoi quelqu'un l'aurait déjà coupé. Le tronc était aussi large qu'un cheval de la tête à la queue, et il y avait un creux pourri d'un côté qui faisait comme un petit abri.

Panova Mandelstam et moi, on a tenu les rênes pendant que Panov Mandelstam et Algis tassaient la neige autour de l'arbre avec leurs pieds et montaient un mur autour d'un espace vide. Les chevaux sont beaucoup plus gros que les chèvres. J'avais un peu peur d'eux, mais ils ne bougeaient pas, ils ne sautillaient pas comme les chèvres, et je voyais qu'ils étaient très fatigués. Finalement on les a menés de l'autre côté du mur et on les a recouverts avec toutes les couvertures du traîneau. Panov Mandelstam a pris les sacs et les a mis dans l'espace restant, puis il a aidé Panova Mandelstam à descendre du traîneau et à aller s'asseoir sur eux.

Après il s'est redressé et a regardé Algis, qui était près de l'arrière du traîneau. Il avait la tête basse. Il a dit, pas très fort : « Je n'ai pas rempli le seau. » Il parlait du seau à grain. Les chevaux n'avaient rien à manger.

Panov Mandelstam n'a rien dit pendant une minute. Le silence a paru durer très longtemps. Enfin, il a dit : « On a de la chance que ce soit une neige tardive. Il doit y avoir de l'herbe en dessous. Nous allons creuser et ramasser tout ce que nous pourrons trouver pour les nourrir. »

Sa voix était toujours gentille, mais il n'avait pas l'air de *ressentir* de la gentillesse, et c'est pour ça qu'il n'avait rien dit pendant si longtemps. Je me suis dit qu'il devait être très inquiet. Alors j'ai été inquiet, moi aussi. J'ai fait de mon mieux pour les aider à creuser. Avec les bottes que Panova Mandelstam m'avait données, je chassais la neige à coups de pied pour atteindre le sol. Mais sous le grand arbre, il y avait surtout des aiguilles de pin toutes sèches.

On est partis dans des directions différentes. « Garde toujours l'arbre en vue, Panov Mandelstam m'a dit. La neige va recouvrir tes traces et tu ne pourras pas les suivre pour retrouver ton chemin. Retourne-toi tous les dix pas pour t'assurer que tu le vois. »

L'arbre était si gros que je le voyais de loin. J'ai avancé en levant les yeux tous les dix pas jusqu'à ce que j'arrive à un grand espace dégagé. Un grand arbre mort faisait comme une bosse sous la neige. Il avait été là, et puis il était tombé, et à la place il y avait une clairière. J'ai creusé sous la neige avec mes bottes et avec une branche cassée, et j'ai trouvé de l'herbe. Elle était en train de mourir à cause de la neige, mais elle n'était pas complètement morte, et aussi il y avait de la vieille herbe sèche en dessous. J'en ai arraché le plus que j'ai pu. Ça n'en faisait pas beaucoup, mais chaque bouchée est bonne à prendre, quand on a très faim. Je me suis dit que c'était sûrement vrai pour les chevaux, si ça l'était pour les gens. Quand j'en ai eu une brassée entière, je suis retourné au gros arbre. Panova Mandelstam était restée avec les chevaux. Elle leur caressait la tête et leur fredonnait des chansons. Ils avaient la tête basse. Au moins elle leur avait donné de l'eau. Je ne savais pas où elle en avait trouvé qui ne soit pas de la neige, mais alors j'ai vu qu'elle tremblait, et j'ai compris. Elle avait mis de la neige dans leur seau d'eau et s'était serrée contre lui pour que la neige fonde.

J'ai donné la moitié de ma récolte à chacun d'eux. Au début, ils n'ont rien mangé, mais Panova Mandelstam en a pris deux poignées et leur a donné à la main. Et alors ils ont tout mangé, très vite. Panov Mandelstam et Algis sont eux aussi revenus. Ils n'avaient pas trouvé d'herbe, mais Algis avait rapporté du bois pour faire un feu. Mais il était mouillé, alors je ne voyais pas comment il aurait pu brûler.

« Il y a encore de l'herbe, là où je suis allé, j'ai dit.

— Je vais l'accompagner », Algis a dit à Panov Mandelstam, toujours sans lever les yeux. Je pense qu'il avait honte de s'être perdu et de ne pas avoir rempli le seau à grain, et maintenant il essayait de dire pardon. Je n'avais pas vraiment envie de l'entendre dire pardon, mais j'étais quand même content qu'il m'accompagne à la clairière. Algis a étendu son pardessus dans la neige et on a arraché de l'herbe jusqu'à ce qu'il y en ait un gros tas dessus. Puis Algis a emporté le tout pendant que je cherchais encore de l'herbe en attendant son retour.

C'était plus facile avec Algis, parce qu'il était plus grand et plus fort que moi. Mais j'aurais préféré que ce soit Sergey et Wanda avec nous. Ils étaient tous les deux plus grands et plus forts qu'Algis, ils auraient pu rapporter plus d'herbe. Et puis ils n'auraient pas oublié de remplir le seau à grain, pour commencer. S'ils ne l'avaient pas fait, ç'aurait seulement été parce qu'il n'y avait plus de grain, mais ils n'auraient jamais oublié de le faire. Et ils ne nous espionneraient pas.

Je ne me sentais pas du tout gentil. Je me disais qu'on allait peut-être tous mourir de froid. Et si on ne mourait pas de froid, c'étaient les chevaux qui allaient mourir d'avoir trop été poussés sans avoir assez à manger, et on se retrouverait dans la forêt sans aucun moyen de transport, et ce serait comme si on bâtissait une maison. Alors peut-être que les Staryk viendraient pour nous. Je n'aimais pas penser à ce que les Staryk avaient fait à Sergey, mais je ne pouvais pas m'empêcher d'y penser parfois, le soir. J'y pensais maintenant.

On a fini par arriver au bout de la clairière. Maintenant, quand on dégageait la neige à coups de pied, on retombait tout le temps sur des endroits où on avait déjà arraché toute l'herbe. On est revenus. Les chevaux ont mangé toute l'herbe, mais leur tête pendait toujours après ça : ils avaient encore faim. Ils avaient froid aussi, parce qu'on n'avait pas de feu. Panov Mandelstam avait bien essayé, mais le bois et les brindilles étaient trop mouillés pour faire une étincelle. Il y avait de la nourriture pour nous, celle que Panova Mandelstam avait prise dans le panier. Elle non plus n'oublierait pas de remplir le seau à grain. Mais elle a quand même partagé la nourriture avec Algis, et lui a même donné une portion aussi grosse que celle de Panov Mandelstam.

Quand on a terminé de manger, un des chevaux a poussé un très grand soupir et s'est lentement couché. Le sol était très froid, mais il était trop fatigué pour se relever, même quand Panov Mandelstam et Algis ont essayé de l'aider. Panova Mandelstam tenait l'autre par les rênes et essayait de le maintenir debout, mais lui aussi a fini par se coucher. Leurs têtes étaient encore plus basses. Je me suis dit qu'ils allaient peut-être mourir. Et même si nous, on restait vivants, au matin on serait seuls au cœur des bois. Comme Sergey et Wanda, mais on n'était pas aussi forts que Sergey et Wanda. Ils m'avaient laissé en arrière parce qu'ils pouvaient marcher longtemps dans les bois et que je ne le pouvais pas. À moins qu'ils n'aient pas réussi. Peut-être qu'ils avaient dû s'arrêter dans la forêt et qu'ils étaient morts dans la neige comme nous, bientôt.

Il n'y avait rien que je puisse faire. Je n'étais même pas assez grand pour tirer sur les rênes des chevaux. Quand ils ont abandonné, Panova Mandelstam m'a fait asseoir entre elle et le flanc d'un cheval, et on s'est mis sous une couverture et une cape en fourrure. Le corps du cheval nous protégeait du vent, et l'arbre aussi, un peu. On avait encore froid, mais on ne pouvait rien faire de plus. Panov Mandelstam et Algis étaient assis près de l'autre cheval, de la même manière. J'ai mis les mains dans mes poches et je me suis blotti contre Panova Mandelstam. L'amande était toujours là ; j'ai refermé mes doigts autour d'elle et je l'ai serrée très fort.

Quand le roi Staryk m'a quittée, je me suis levée et je suis retournée dans la plus grande des trois salles pour voir comment ça avançait. Je ne nourrissais guère d'espoirs – il y avait tant d'argent. C'était toujours mieux que pas d'espoir *du tout*, et, indéniable avantage, cela irriterait mon mari au plus haut point, même s'il se débarrassait de moi.

Mais Tsop, Flek et Shofer avaient abattu plus de travail que je n'aurais cru possible. Il était certainement plus rapide d'évacuer une telle fortune que de l'amasser, et la force Staryk allégeait la tâche : ils avaient déjà dégagé un large espace circulaire au milieu de la cavité, et le traîneau était encore à moitié plein. Ils avaient sorti presque tous les sacs, il ne restait plus que des pièces éparses. Beaucoup, cependant. Tous trois se sont raidis à mon entrée ; force magique ou pas, ils avaient l'air fatigués, eux aussi. Bazarder l'argent de mon mari ne me posait aucun problème, mais je les faisais travailler comme des forçats, et si je voulais avoir une chance d'y arriver, j'avais besoin qu'ils tiennent jusqu'au bout des deux jours et des deux nuits à venir. Je devais mettre à profit toutes les heures dont je disposais jusqu'à la fin de la fête – par chance, le mariage de Basia ne commencerait pas avant une certaine heure, en bonne citadine qu'elle était. Sans sommeil ni repos, tant pour eux que pour moi, sauf que c'était moi qui m'étais mise dans le pétrin, et en quoi devraient-ils se sentir concernés ?

« J'ai besoin de manger et de boire, ai-je déclaré. Allez vous chercher quelque chose, vous aussi. Et si cette aventure ne me coûte pas la vie, ai-je ajouté, vous m'apporterez tout l'argent que vous possédez ou que vous pouvez emprunter, et je le transformerai en or pour vous récompenser. »

Tous trois sont demeurés parfaitement immobiles et silencieux. Au bout d'un moment, ils se sont entregardés – pour s'assurer qu'ils avaient bien entendu ? –, et Tsop a lâché : « Nous sommes des *serviteurs*.

— J'aime autant que vous ayez d'autres raisons de m'obéir », ai-je précisé, circonspecte. Ça n'a pas vraiment aidé. Ils avaient toujours l'air aussi mal à l'aise que si je les avais invités à traverser une pièce pleine de serpents. Flek se tordait les mains devant elle et ne les quittait pas des yeux.

Puis Shofer s'est écrié : « Généreuse », disant cela comme s'il s'agissait d'un nom propre. « Quoique vous ne sachiez pas ce que vous faites, j'accepte votre promesse, et m'acquitterai de ma part avec équité, si vous consentez à cet échange. » Il a serré le poing au niveau de sa clavicule et s'est incliné devant moi. Tsop a dégluti et dit : « Et moi pareillement », en s'inclinant elle aussi. Elle a regardé Flek, qui semblait déchirée par l'angoisse, mais qui a fini par murmurer d'une voix à peine audible : « Moi aussi », en plaquant les deux mains sur sa poitrine et en se fendant à son tour d'une petite révérence.

Shofer n'avait pas tort, je ne *savais* pas ce que j'avais fait, mais j'avais fait *quelque chose*, et ça en valait le coup. « Parfait », ai-je conclu, et Flek est partie en courant nous chercher de quoi boire et manger, tandis que Tsop et Shofer jetaient les derniers sacs dans le traîneau comme si leurs vies en dépendaient à présent, et pas seulement la mienne. C'était peut-être le cas, pour ce que j'en savais. Cela me paraissait valoir beaucoup plus que de l'or, mais s'ils se plaisaient à le croire, je n'allais pas m'en plaindre.

« Il faut que je change les cerfs », m'a dit Shofer quand Flek est revenue et que je les ai rejoints dans la grande salle pour manger. J'ai acquiescé. Nous avons avalé notre repas en quelques bouchées, j'ai bu un peu d'eau froide et je suis retournée travailler seule dans la deuxième réserve.

Je pense que je me suis endormie une ou deux fois au cours de cette nuit, mais pas longtemps ; j'ai somnolé un petit moment assise et me suis réveillée au claquement des sabots dans la salle d'à côté, alors qu'un nouveau chargement partait dans le dépotoir du tunnel. Les yeux brûlant de fatigue, le dos et les épaules endoloris, j'ai fini de changer les pièces devant moi et recommencé le processus.

Certaines heures s'étiraient indéfiniment, d'autres filaient à toute allure. Je voulais mettre un terme à cette agonie, mais quand le soleil est apparu sur la ligne d'horizon du miroir, mon cœur s'est mis à tambouriner. Je progressais plus rapidement maintenant que j'arrivais à changer deux couches à la fois : j'aurais bientôt terminé la troisième étagère. Mais il en restait encore trois : je ne devais pas perdre le rythme pour espérer parvenir au bout. Il me fallait cependant faire une pause pour manger : Tsop m'a apporté de la nourriture et un verre d'eau sur un plateau ; mes mains tremblaient tant que j'ai failli renverser le contenu du verre. J'ai avalé le tout sans même en sentir le goût, et me suis remise à ma tâche éreintante dont je ne voyais pas la fin.

Mon mari a réapparu pile au moment où le soleil disparaissait de mon miroir. Je me suis assise sur mes talons et me suis essuyé le front de l'avant-bras. Je ne transpirais pas, mais j'avais l'impression que j'*aurais dû* le faire. Il a embrassé la pièce du regard avec un froid dédain, estimant l'ampleur du travail à accomplir. J'avais presque fini la quatrième étagère à ce moment-là, mais il ne restait plus qu'une nuit et un jour, et il n'avait aucune raison de croire que je n'avais pas la troisième et monstrueuse salle à faire également.

« Quelle signification ont les cadeaux, chez vous ? » Je voulais vraiment savoir ce que j'*avais* fait, avec mes serviteurs.

Il a froncé les sourcils. « Un *cadeau* ? Une chose donnée sans rien en retour ? » Le mot semblait synonyme de meurtre, dans sa bouche.

J'ai réfléchi à la façon dont je pouvais décrire ce que j'avais fait. « Quelque chose donné en récompense d'un service qu'on aurait simplement pu exiger. »

Il ne s'est pas départi de son expression de dédain. « Seul un propre à rien imaginerait pareille idiotie. Il doit y avoir une contrepartie. »

Cela ne l'avait pas dérangé le moins du monde de me faire changer de l'argent en or sans aucune contrepartie, avant que j'en exige une, mais je ne le lui ai pas fait remarquer. « Vous m'avez donné des choses sans contrepartie », ai-je dit plutôt.

Ses yeux d'argent se sont agrandis. « Je t'ai donné ce qui te revient de droit et ce que tu as exigé de moi, rien de plus », a-t-il répliqué en toute hâte, comme s'il croyait que j'aurais pu me sentir offensée, puis il a ajouté : « Tu es déjà ma femme ; je ne vais pas en plus faire de toi mon antrustion. »

Un cadeau avait donc forcément… ceci pour contrepartie.

« Qu'est-ce qu'un antrustion ? »

Il s'est figé, abasourdi une fois de plus par mon ignorance abyssale des choses les plus évidentes. « Quelqu'un dont le destin est lié à un tiers », a-t-il répondu en détachant ses mots, comme s'il parlait à une enfant.

« Cette explication ne me suffit pas », ai-je âprement protesté.

Il a levé les mains avec impatience. « Quelqu'un dont le destin est lié à un tiers ! Les antrustions suivent leur seigneur dans la grandeur comme dans la décadence ; si son nom est sali, le leur l'est aussi, et ils doivent le laver de leur sang. »

Je l'ai dévisagé, le cœur au bord des lèvres. Je n'avais pas *vraiment* cru que Flek, Tsop et Shofer risquaient leur vie, et même si je soupçonnais déjà qu'un échec signerait ma mort, se l'entendre ainsi énoncer me glaçait le sang. *Sali*, comme un vêtement qu'on ne pouvait ravoir qu'en le teignant de sang rouge. « Cela me semble être un lien terrible », ai-je commenté, la gorge serrée, en essayant de tirer de lui un maximum d'informations ; peut-être avais-je mal compris. « Je n'imagine pas ce qui motiverait quelqu'un à se placer dans cette situation. »

Il a croisé les bras. « Si l'imagination te manque, ce n'est pas faute de t'avoir répondu. »

J'ai serré les lèvres ; je ne m'étais pas montrée assez subtile. J'ai formulé ma dernière question avec plus de soin. « Très bien. Pourriez-vous m'éclairer en me citant plusieurs raisons pour lesquelles quelqu'un accepterait ou refuserait une telle opportunité ?

— Pour s'élever socialement, bien sûr, a-t-il répondu du tac au tac. Un antrustion se situe juste un rang en dessous de son seigneur. Ses enfants héritent du lien et du rang, mais ses petits-enfants n'héritent que du rang. Quelle que soit la position de l'antrustion au moment de leur naissance, elle leur revient de droit. Ne refusent que ceux qui ont déjà un rang élevé, ou qui craignent de se retrouver liés à un seigneur sur le point de tomber en disgrâce : seul un imbécile lierait son destin sans l'espoir d'un gain conséquent. » La pertinence de sa réponse a semblé le combler d'aise, mais il est soudain devenu méfiant. « Pourquoi vous intéressez-vous tant aux antrustions ? a-t-il interrogé.

— Est-ce que *je* vous dois des réponses ? » ai-je demandé, du ton le plus suave, et en prenant bien soin d'en faire une question. Il a ouvert la bouche et l'a refermée aussitôt en me jetant un regard irrité, puis il est parti d'un pas pressé sans un mot de plus : pas question de me donner une réponse gratuite.

Mais au lieu de me remettre immédiatement au travail, je suis restée un moment immobile et silencieuse. Je n'avais pas su ce que je faisais avec Shofer, Tsop et Flek, et j'essayais maintenant de me convaincre que j'aurais agi de même en connaissance de cause. Je leur avais simplement fait une offre, après tout, et ils avaient choisi de l'accepter en toute conscience.

Mais je ne pouvais m'empêcher de songer à ces cercles concentriques lors du mariage, et à tous ces serviteurs vêtus de gris, la tête pudiquement baissée, aux confins des cercles extérieurs. Je ne leur avais pas simplement promis la richesse. Je leur avais subitement déroulé un tapis doré conduisant aux plus hauts rangs de la noblesse, telle une fée leur présentant d'une main un fruit empoisonné, un rêve devenu réalité de l'autre. Qui laisserait passer une occasion pareille, même au risque de sa vie ? Un frisson m'a parcouru l'échine : Flek *avait* presque décliné mon offre. Shofer et Tsop avaient eu peur, mais ils avaient accepté : *elle* avait vraiment hésité.

Je ne voulais pas savoir pourquoi. Je ne voulais pas y penser. Je ne pouvais pas le lui demander ; j'ai essayé de me réfugier derrière cet argument, mais mes mains tremblaient tant que je ne parvenais pas à transmuter les pièces. J'ai fini par me lever et pousser les portes de l'autre salle, celle où Shofer, Tsop et Flek hissaient de l'argent dans le traîneau, le visage fermé et las et leurs yeux de glace couverts d'un voile brumeux. Ils avaient vidé près de la moitié de la réserve. Il me restait une chance, une chance que j'avais arrachée à leur force et à leur courage. Ils se sont interrompus et m'ont regardée. Je ne voulais pas prononcer les mots. Je ne voulais pas m'en préoccuper.

Mais j'ai déclaré, la gorge serrée : « Si vous avez des enfants, dites-moi combien. »

Tsop et Shofer sont restés silencieux, mais leurs regards se sont tournés vers Flek, qui évitait le mien. « Une seule », a-t-elle murmuré, avant de se détourner et d'envoyer une nouvelle pelletée dans le traîneau, où les pièces ont fait un vacarme métallique d'enfer en tombant sur le plancher.

Chapitre seize

Je ne voulais pas me réveiller, mais j'ai cru entendre M'man m'appeler d'une voix qui ressemblait à un bruit de cloche, alors j'ai ouvert les yeux. Les chevaux avaient de la neige sur le dos, et il y en avait aussi dans les creux de la fourrure que Panova Mandelstam avait tirée sur nous. Tous les autres s'étaient aussi endormis. Je me suis dit que je devrais peut-être les réveiller, mais il neigeait toujours et il faisait très froid, et je pensais que nous mourrions probablement avant de voir le jour se lever. Ça ne semblait pas valoir la peine de les réveiller, si c'était juste pour qu'ils aient peur. J'avais peur aussi, mais alors j'ai entendu un bruit. Le même tintement qui m'avait réveillé. Il n'était pas très loin.

Au bout d'une minute, je me suis forcé à sortir de sous la fourrure. Je me suis immédiatement mis à trembler à cause du froid, mais je me suis dirigé vers le tintement, et j'ai rapidement reconnu le bruit d'une hache. Alors je me suis arrêté. Quelqu'un fendait du bois, mais je ne voyais pas qui pourrait faire ça au milieu de la nuit, alors qu'il neigeait. C'était très étrange. Mais si cette personne fendait du bois à la hache, c'est qu'elle voulait probablement des bûches pour faire un feu, et si elle avait un feu, elle nous laisserait nous réchauffer, et nous ne mourrions pas.

Alors j'ai repris mon chemin. Le tintement est devenu plus fort jusqu'à ce que je voie l'homme qui coupait du bois, et d'abord j'ai cru que c'était Sergey, mais bien sûr je savais que ce n'était pas Sergey, il lui ressemblait seulement. Et puis j'ai dit : « Sergey ? », et il s'est retourné, et *c'était* Sergey, et j'ai couru vers lui. Je me suis dit qu'on était peut-être tous morts et que c'était le paradis dont parlait le prêtre à l'église quand P'pa nous y emmenait, ce qu'il faisait de temps en temps quand le prêtre le voyait en ville. Mais je ne pensais pas que j'aurais froid ou faim si j'étais au paradis. J'espérais qu'on ne soit pas en enfer pour avoir tué P'pa.

« Non, on est bien vivants ! Sergey a dit. D'où est-ce que tu viens ? »

Je l'ai pris par la main, je l'ai conduit au gros arbre et je lui ai montré tout le monde qui dormait. « Mais lui, c'est un espion, j'ai dit en pointant le doigt sur Algis. Les hommes du village lui ont dit de les prévenir s'il vous voyait. »

Sergey a haussé les épaules au bout d'un moment. Il voulait dire qu'on ne pouvait pas laisser Algis mourir de froid, même si c'était un espion, même s'il avait oublié de remplir le seau à grain et même s'il nous avait perdus. Je me suis dit que c'était vrai. Et puis, s'il ne nous avait pas perdus, je n'aurais pas trouvé Sergey, alors peut-être que je pouvais ne plus être en colère contre Algis.

On a réveillé les Mandelstam et Algis, et tous ont été très surpris de voir Sergey, mais bien sûr ils étaient contents, mais Algis avait peur aussi. Malgré ça il était quand même heureux qu'on ait un endroit chaud où aller. Sergey est allé voir les chevaux. Un d'eux était mort, et l'autre ne voulait pas se lever, mais Sergey a mis ses bras autour de ses jambes avant et a poussé pendant qu'Algis tirait sur les rênes et que Panov Mandelstam,

Panova Mandelstam et moi, on aidait à pousser par en dessous. Le cheval s'est finalement levé.

Sergey nous a menés dans la forêt jusqu'à l'endroit où il fendait du bois, et puis il a continué, et quelques pas plus loin j'ai vu la lueur d'un feu. Les autres aussi l'ont vue, et on s'est mis à marcher plus vite, même le cheval. Il y avait une petite maison avec une cheminée et un grand abri avec un tas de paille. Une fois que Sergey l'a mis dans l'abri, le cheval a commencé à manger la paille tout de suite. « Il y a de l'avoine a l'intérieur, Sergey a dit. Entrez. »

Wanda était dans la maison, mais elle avait ouvert la porte parce qu'elle nous avait entendus. Panova Mandelstam a poussé un petit cri quand elle l'a vue et elle a couru vers elle, l'a entourée de ses bras et l'a embrassée sur les joues. Je voyais que Wanda ne savait pas trop quoi faire, mais elle avait quand même l'air contente, et elle a dit : « Venez. » Alors on est entrés dans la maison, où il faisait très chaud et où ça sentait bon le porridge. Il n'y avait qu'une seule chaise et un billot pour s'asseoir, mais il y avait aussi un lit et une paillasse au-dessus du four. On a donné la chaise à Panova Mandelstam et on l'a installée près du feu, et Wanda a mis une grande couverture sur elle. Panov Mandelstam s'est assis sur le billot à côté d'elle. Algis s'est recroquevillé par terre près du feu. Wanda m'a dit de grimper sur le four, alors je l'ai fait et j'ai eu très chaud.

« Je vais faire du thé », Wanda a dit, et je me suis demandé comment elle allait faire du thé, et d'où la maison venait, et je me suis surtout dit que ça serait bon de boire un thé chaud, mais je me suis endormi avant qu'il soit prêt. Je ne me suis pas réveillé avant le petit matin, quand j'ai entendu un bruit de bois frottant contre du bois et senti un courant d'air froid sur mon visage. J'ai levé la tête. J'étais toujours sur le four, et

Panov et Panova Mandelstam dormaient tous les deux autour de moi. Wanda et Sergey dormaient par terre devant le four.

C'était la porte qui se refermait que j'avais entendue. Algis était sorti dans la neige. Je me suis rallongé. Mais alors j'ai relevé la tête et j'ai dit : « Sergey ! », mais il était trop tard. Quand on est sortis, Algis n'était déjà plus là. Il avait pris le cheval. Sergey lui avait donné de l'avoine à manger, avait frotté ses jambes et lui avait donné de l'eau chaude à boire pour qu'il aille mieux au matin. C'était un cheval grand et fort, habitué à tirer un traîneau. Avec seulement Algis sur son dos, il serait rapide. Il y avait des chances qu'il sache retourner à son écurie, si Algis le laissait faire. Et alors Algis dirait à tout le monde au village où on était.

« Nous devons essayer d'aller à Vysnia avant que la neige fonde », Panova Mandelstam a dit, alors qu'on était assis autour de la table. Wanda avait fait du thé, et maintenant elle préparait du porridge pour nous tous pour qu'on se remplisse le ventre avant de partir. Sergey et Panov Mandelstam avaient rapporté quelques autres souches pour qu'on puisse tous être assis. « Nous avons de la nourriture et des capes épaisses. Nous allons regagner la route et trouver quelqu'un pour nous y emmener. Personne ne nous dénoncera dans le quartier, et il y a de l'argent à la banque. On paiera quelqu'un pour vous faire changer de nom, si on peut. Mon père saura qui aller voir.

— Je dois finir le matelas avant qu'on parte », Wanda a dit. Elle est allée chercher la grosse couverture qu'elle était en train de tricoter, et j'ai vu que ce n'était pas une couverture mais un couvre-matelas. Il était très beau. Il y avait un joli dessin de feuilles dessus.

« Wanda, c'est magnifique, Panova Mandelstam a même dit en le touchant. Tu devrais l'emporter. »

Mais Wanda a secoué la tête. « On doit réparer le lit. »

Je ne savais pas pourquoi, mais si elle le disait, c'était sûrement vrai. J'ai regardé le lit et le couvre-matelas. « C'est presque fini, non ? j'ai demandé. Ça fait la bonne taille. »

Wanda a levé le couvre-matelas au-dessus de sa tête et il faisait bien la bonne taille. Il était plus grand qu'elle. Quand elle a tendu les bras, il touchait presque par terre. Elle l'a reposé et j'ai trouvé qu'elle avait l'air un peu effrayée, mais je ne savais pas ce qui pouvait l'effrayer là-dedans ; après tout, elle voulait qu'il soit fini. « Oui, elle a dit, je n'en ai plus pour très longtemps, maintenant.

— Wanda », a dit Panov Mandelstam, comme s'il allait poser une question, mais Wanda a secoué la tête avec force, parce qu'elle ne voulait pas en parler, et même si Panov Mandelstam adorait les mots, il a vu lui aussi qu'elle ne voulait pas parler, alors il n'a rien dit.

« Très bien, Wanda, Panova Mandelstam a dit au bout d'un moment. Fais ce que tu as à faire. Je vais préparer encore du porridge. »

Wanda a rapidement cousu les deux bords du couvre-matelas, et puis elle l'a rempli d'un gros tas de laine. Après quoi elle a cousu le dernier morceau et elle a posé le matelas sur le lit. Le lit était très beau avec son matelas. Pendant ce temps-là, Panov Mandelstam et moi, on a aidé Sergey à ranger le jardin et l'abri. On a remis des bûches dans la réserve à bois. On l'avait vidée durant la nuit. Je ne savais pas pourquoi le four avait besoin d'autant de bois, mais je comprenais pourquoi Sergey était allé en couper dans la forêt en pleine nuit, et heureusement qu'il l'avait fait. Panova Mandelstam m'a demandé de lui rapporter un long bâton, au bout duquel elle a attaché de la paille pour balayer le sol de la maison.

Comme le porridge était prêt, on l'a mangé. On est sortis avec nos assiettes – des morceaux de bois creux que Sergey avait découpés sur un arbre – et on les a frottées avec de la neige pour les laver, et puis on les a rangées sur une étagère à l'intérieur de la maison. Wanda a rempli une nouvelle marmite d'avoine et d'eau et l'a mise à chauffer dans les braises, alors même qu'on partait. Elle a refermé la porte du four et on a regardé autour de nous. La maison était belle et bien rangée. Elle n'était pas aussi grande que notre ancienne maison, mais je la préférais. Les planches étaient bien serrées, le four était très solide et le toit était douillet. J'étais triste de partir, et je me suis dit que Sergey et Wanda l'étaient aussi.

« Merci de nous avoir donné refuge », Wanda a dit à la maison, comme si c'était une personne. Puis elle a pris le panier et elle est sortie. On l'a tous suivie.

Les minutes filaient entre mes doigts avec les pièces d'argent, les premières disparaissant à mesure que les secondes se changeaient en or. Je me trouvais maintenant assez près des portes pour entendre le léger raclement des pelles dans la salle d'à côté, pressées par la même échéance fatale, mais je ne me suis pas autorisée à aller voir où ils en étaient. Nous avions travaillé toute la nuit sans interruption. Quand les premiers rayons du soleil ont commencé à illuminer le miroir, j'ai dû me faire violence pour ne pas perdre ma concentration : la tête m'a tourné et je me suis sentie nauséeuse quand j'ai levé les yeux. Il restait une étagère entière à transmuter. Un instinct primaire me poussait à renverser tous les coffres alignés là et à essayer de changer leur contenu d'un coup. J'ai serré les poings et les paupières un moment avant de pouvoir continuer.

Je ne me suis pas arrêtée pour petit déjeuner. J'étais vaguement soulagée que mon mari ne soit pas venu inspecter mes progrès ce matin-là – si tant est que quoi que ce soit puisse me soulager à ce stade. Mon corps me faisait aussi mal que si j'avais été battue. Mais la terreur que m'inspirait mon sort me permettait de tenir. Comment s'y prendraient-ils ? Que feraient-ils ? Mettraient-ils un couteau dans la main de la fillette et attendraient-ils qu'elle se tranche la gorge, ou la tueraient-ils eux-mêmes ? Lui laisseraient-ils voir l'agonie de sa mère, ou l'inverse ? Obligeraient-ils *Flek* à le faire ? Quelle que soit la méthode, j'étais au moins sûre d'une chose : il n'y aurait aucune pitié, aucune bonté, puisqu'un mort n'a rien à donner en échange.

Dans la réserve intermédiaire, j'ai vidé tous les coffres l'un après l'autre pour en changer le contenu, jusqu'à la dernière pièce. Puis j'ai retiré la nappe une ultime fois et je me suis relevée en titubant. Dans le miroir, le bleu du ciel s'assombrissait à l'approche du coucher du soleil. Il me restait peut-être une heure avant l'expiration de mon sursis. Tirant la nappe derrière moi, j'ai ouvert les portes.

La réserve était presque vide. Le traîneau se trouvait tout à l'autre bout de la salle, presque plein à nouveau, et je voyais dans la bouche du tunnel l'éclat de l'argent empilé de la surface gelée de la rivière au plafond. Flek et Tsop travaillaient dans le dernier coin, le plus proche de la rivière, et Shofer était de l'autre côté. J'ai couru vers les deux femmes. « Allez l'aider ! » ai-je crié à Flek et Tsop. Sans même hocher la tête, elles ont rejoint Shofer. J'ai étendu ma nappe et jeté dessus de pleines poignées de pièces d'argent pour les changer en or. Il ne restait plus qu'une pile minuscule, presque pathétique dans cet immense espace, à peine quelques croûtes de miel que l'on gratte sur les bords du pot quand il n'y a plus rien d'autre à manger. Mais c'était un gros pot, et même ces petites croûtes devaient être en or, pas en argent.

Mes mains tremblaient tandis que je transmutais les dernières pièces. Shofer était allé vider une autre cargaison dans le tunnel. Le temps qu'il en vienne à bout, Flek et Tsop avaient évacué le dernier coin et formé une pile au bord de la rivière, qu'ils ont pu charger rapidement lorsque Shofer est revenu avec le traîneau. Je les ai laissés faire, pendant que je fouillais le moindre recoin à la recherche d'une pièce oubliée. Mon miroir avait presque viré au noir.

Mais ils avaient consciencieusement vidé la salle. Je n'ai trouvé qu'une seule pièce demeurée sur une saillie du mur. Les sabots des cerfs ont cliqueté sur la glace quand Shofer a fait faire demi-tour au traîneau : mes serviteurs avaient si bien rempli le tunnel qu'il était obligé d'y entrer en marche arrière afin d'avoir la place de décharger le dernier monticule d'argent que le traîneau contenait encore. Flek et Tsop se sont approchées de moi lentement. J'ai levé la dernière pièce devant moi, qui s'est teintée d'une lueur dorée au moment même où les grandes portes de la réserve s'ouvraient sur mon mari.

La colère sinistre dans ses yeux s'est envolée d'un coup. Il s'est figé, bouche bée, en contemplant sa réserve vide. Je tremblais de fatigue et d'anticipation, mais j'ai levé le menton et, d'une voix rauque et pleine de défi, j'ai déclaré : « Voilà. J'ai changé en or chacune des pièces contenues dans vos réserves. »

Il s'est tourné vers moi d'un mouvement brusque. Je m'étais attendu à sa fureur ; au lieu de quoi il avait l'air… perplexe, comme s'il n'avait pas la moindre idée de ce qu'il allait faire de ça, de moi. Sa tête a lentement pivoté, passant de l'argent entassé dans le tunnel à Shofer affalé sur le banc du traîneau, à Flek et Tsop chancelant comme de jeunes saules dans le vent, avant de revenir à moi. Il a traversé la salle d'un pas pesant, m'a pris la dernière pièce des doigts et l'a regardée un instant. Puis il l'a brisée en deux à mains nues.

« C'est de l'or, partout ! ai-je aboyé.

— Oui, a-t-il confirmé d'une voix absente. En effet. » Il est resté immobile encore un moment avant de sortir enfin de son hébétement. Il a posé les deux moitiés de la pièce sur la saillie et s'est incliné devant moi, de manière formelle et distinguée. « La tâche que je vous avais confiée est accomplie. Je vous emmènerai dans le monde du soleil, comme je l'ai promis, afin que vous alliez danser au mariage de votre cousine. Posez vos questions, à présent, madame. »

Cette courtoisie m'a désarçonnée ; je m'étais préparée à lutter âprement. Je lui ai retourné un regard ahuri. Aucune question ne me venait. Au bout d'un moment, j'ai dit : « Ai-je le temps d'aller prendre un bain ? » Je ne ressemblais à rien, après trois jours et trois nuits quasi consécutifs passés à transmuter l'argent en titubant.

« Préparez-vous à votre convenance. Vous avez autant de temps que nécessaire. » Ça ne ressemblait pas vraiment à une réponse, mais s'il en était si certain, je n'allais pas argumenter. « Il vous reste deux questions. »

J'ai regardé Flek, Tsop et Shofer, et j'ai dit : « Je leur ai promis de changer tout leur argent en or, en échange de leur aide. Ils ont accepté, et m'ont fait don de leur personne en retour. Sont-ils mes antrustions, désormais ?

— Oui », a-t-il confirmé, et il s'est incliné devant eux, comme si leur subite élévation de serviteurs à nobles ne lui posait aucun problème. Il n'en allait cependant pas de même pour eux trois ; ils ont commencé à se fendre d'une révérence solennelle avant de s'interrompre à mi-parcours, et quand Flek s'est redressée, elle a soudain semblé se rendre compte que nous avions réussi, que tout était terminé. Elle s'est secouée comme une poupée de chiffon, s'est retournée et s'est caché le visage dans les mains en étouffant un petit cri à mi-chemin entre l'angoisse et le soulagement.

J'aurais voulu m'asseoir et me laisser aller à pleurer, moi aussi. « Ai-je le temps de changer leur argent dès maintenant ? » ai-je interrogé. Je n'avais pas l'intention de revenir en ces lieux si je pouvais l'éviter.

« Cela, vous me l'avez déjà demandé, et je vous ai répondu. Posez-en une autre. »

C'était assez agaçant de devoir, pour une fois, me creuser la tête pour trouver des questions. « Qu'est-ce que ça veut dire ? En quoi est-ce la même chose, que je veuille prendre un bain ou changer leur argent ? »

Il a froncé les sourcils. « Puisque vous vous êtes montrée précise, je le serai aussi, à un degré égal », a-t-il dit, avec un peu de mauvaise humeur. « Je poserai la main sur le flot du temps, au besoin, afin que vous en ayez autant qu'il vous en sera nécessaire. Allez donc vaquer à vos occupations, et quand vous serez prête, nous partirons. »

Il s'est interrompu pour embrasser la réserve du regard une fois encore, tandis que j'intégrais péniblement ces informations. « Vous auriez pu m'emmener là-bas à n'importe quel moment ! » ai-je fini par exploser, mais je m'adressais au vide, qui devait se soucier de mes états d'âme à peu près autant que lui.

Je fixai encore l'espace où il s'était trouvé quelques instants plus tôt, quand Tsop a dit d'une voix timide : « Non, il ne l'aurait pas pu.

— Quoi ? »

Tsop a fait un geste circulaire. « Vous avez accompli une tâche inouïe, aussi peut-il vous accorder une faveur d'égale importance en retour. Toute magie a un prix.

— Qu'est-ce que ça a d'inouï, de planquer la moitié de son trésor dans un tunnel ? ai-je fait d'une voix exaspérée.

— On vous a lancé un défi irréalisable, et vous avez trouvé le moyen de le relever.

— Oh. » Et puis, ça m'a frappée… « Vous m'avez répondu ! Deux fois !

— Je suis votre antrustion, à présent, Généreuse », a-t-elle expliqué, un peu surprise. « Plus besoin de passer de marché.

— Donc maintenant, vous *allez* répondre à mes questions ? » Tous trois ont hoché la tête. Juste au moment où je n'en avais plus une seule. Enfin, j'en avais bien quelques-unes, mais il me semblait malavisé de les poser à voix haute : comment tuait-on un roi Staryk, de quelle magie disposait-il, gagnerait-il contre un démon… Au lieu de ça, j'ai déclaré : « Eh bien, si j'ai tout le temps du monde devant moi, à présent, je vais le prendre, ce bain. Et puis je changerai votre argent avant de partir. »

J'ai rédigé moi-même les lettres destinées aux princes Ulrich et Casimir, mais Mirnatius les a signées, et il m'a même emmenée à contrecœur dîner à sa table – après certains préparatifs. « Tu as déjà porté ça il y a deux jours », avait-il dit quand j'étais sortie de l'alcôve d'habillage, et mon cœur avait manqué un battement. Je pensais qu'il avait fini par remarquer mes bijoux Staryk, mais alors j'avais compris qu'il se plaignait de ma robe gris clair, le chef-d'œuvre des couturières de ma belle-mère, que j'avais en effet prévu de remettre, sans une arrière-pensée. Pas même une archiduchesse ne serait assez riche pour porter une nouvelle robe chaque jour.

Mais, visiblement, *lui* mettait un point d'honneur à arborer une tenue inédite tous les matins, une extravagance si outrageuse qu'il avait sans doute dû hypnotiser ses conseillers pour les empêcher de hurler chaque fois qu'ils jetaient un coup d'œil à ses comptes. Et il entendait apparemment que je fisse de même. « Vous devriez vraiment en savoir un peu plus sur les impôts », avais-je maugréé tandis qu'il fouillait mon coffre de mariée avec un regard mécontent, comme s'il n'en revenait pas que j'eusse seulement – *seulement* – trois robes convenables, déjà plus portées qu'il n'était acceptable pour *sa* tsarine.

Il s'était redressé et m'avait toisée, puis il avait soudain posé les mains sur mes épaules, et ma robe avait déployé des pans de velours vert et de brocart bleu ciel, tel un papillon coloré s'extirpant de son cocon gris, des manches bouffantes se déroulant avec un bruit sourd lorsque des glands d'argent avaient frappé le sol. Lui-même portait du bleu ciel et une cape en tartan vert bouteille, aussi étions-nous assortis quand nous étions descendus rencontrer la cour. Mon apparence ne le satisfaisait toujours pas, loin de là. « Au moins êtes-vous décemment coiffée », avait-il murmuré d'une voix dédaigneuse en contemplant l'arrière de ma natte complexe ; il s'attendait ni plus ni moins à être moqué pour son choix.

Je n'avais pas remis les pieds à Koron depuis quatre ans, mais j'avais entendu suffisamment de grommellements à la table de mon père pour savoir ce que me réservait la cour. Mirnatius l'avait faite à son image, autant que possible : elle était bien sûr composée pour partie des nobles les plus puissants qui possédaient une maison en ville, et c'étaient eux qui comptaient vraiment, mais le reste, les courtisans et les parasites qu'il tolérait rivalisaient de beauté et d'extravagance. La moitié des femmes allaient épaules et gorge nues, quand bien même un pied de neige s'amoncelait sur le rebord des fenêtres, et les hommes arboraient des soies et des velours aussi peu adaptés à l'équitation que les siens, sans le soutien de la magie pour les maintenir dans un état impeccable ou les changer à l'envi. Ils s'entre-lorgnaient comme des loups affamés en quête de la moindre faute de goût, et j'aurais eu de la peine pour n'importe quelle fille que Mirnatius eût choisi de leur jeter en pâture, belle ou pas.

Mais éblouis par l'argent Staryk, ils se sont montrés moins enclins à me juger. Tandis que nous faisions notre entrée, tous ces yeux plissés se sont tournés vers moi, d'abord moqueurs, puis perplexes et enfin si abasourdis que leurs propriétaires en ont oublié toute formule de politesse. Certains des hommes me couvaient d'un regard avide alors même qu'ils s'adressaient à Mirnatius. Quand le quatrième a trébuché sur l'estrade royale parce qu'il ne parvenait pas à me quitter des yeux, Mirnatius a tourné les siens, médusés, vers moi. « Vous les avez ensorcelés, ou quoi ? » a-t-il soufflé entre deux révérences ; deux nobliaux de rang égal étaient en train de prendre le héraut à partie pour savoir lequel devait m'être présenté en premier.

Je n'avais pas particulièrement envie de partager tous mes secrets. J'ai pris un air de conspiratrice. « Ma mère était assez magicienne pour m'octroyer trois dons », ai-je dit, et il s'est instinctivement penché pour m'écouter. « Le premier était la sagesse ; le deuxième, la beauté ; et le troisième... que ces talents passent inaperçus aux yeux des imbéciles. »

Il a viré au rouge. « Ma cour est remplie d'imbéciles. Il semblerait donc qu'elle se soit trompée. »

J'ai haussé les épaules. « Ma foi, même si je les avais ensorcelés, ce serait encore bien peu de chose, comparé à vous. Les sorciers finissent toujours par perdre leur beauté quand leurs pouvoirs s'étiolent, n'est-ce pas ? Au fond, leur véritable apparence se révèle sitôt qu'ils cessent de la dissimuler par des enchantements. »

Ses yeux se sont écarquillés. « Je ne *dissimule* rien ! » s'est-il exclamé, mais alors qu'il me croyait inattentive, il s'est subrepticement tâté le visage du bout des doigts, comme s'il craignait d'y trouver un troll hideux caché sous le masque de sa beauté. Au moins cela a-t-il eu pour vertu de détourner son attention.

« Lesquels de ses hommes sont vos parents ? » ai-je demandé pour garder son esprit occupé, et il a désigné une douzaine de cousins d'un index irrité. Ils étaient pour la plupart bâtis sur le modèle du défunt tsar : grands, dotés d'une barbe fournie et de bottes crottées, ils donnaient l'impression de ne s'être accommodés des standards vestimentaires de la cour qu'à contre-cœur. Tous étaient plus âgés que Mirnatius, évidemment, puisqu'il était le fruit des secondes noces de son père. Mais il y avait parmi eux un magnifique jeune homme à la moue boudeuse, qui se tenait à côté de la tante de Mirnatius, une vieille femme vêtue de brocart somptueux qui pour l'heure somnolait près du feu. Il ne faisait aucun doute qu'il était son petit dernier, et s'il n'égalait pas le tsar en beauté, au moins avait-il pris son cousin pour modèle d'élégance, et il était grand et large d'épaules. « Est-il marié ?

— Ilias ? Je n'en ai pas la moindre idée », a répondu Mirnatius, mais à sa décharge il s'est levé et est allé me présenter sa tante, qui nous a fort obligeamment renseignés sur ce point.

« Qui est votre père ? m'a-t-elle demandé d'une voix forte. Erdivilas… Quoi ? Oh, le duc de Vysnia ? » Sur ce, elle m'a considérée d'un œil dubitatif – pas même un archiduc ? –, mais elle a fini par secouer la tête et se tourner vers Mirnatius. « Fort bien, fort bien. Il était grand temps que tu te maries. Peut-être que *celui-ci* sera le prochain à combler sa mère par un mariage », a-t-elle ajouté en enfonçant son doigt chargé de bagues dans les côtes d'un Ilias manifestement agacé.

Il s'est incliné sur ma main avec une remarquable froideur, en dépit de mon argent, ce qui s'est expliqué assez simplement quand il s'est ensuite intéressé à Mirnatius. Le tsar était plongé dans un examen minutieux des larges revers de la veste d'Ilias, sur lesquels étaient brodés deux paons avec des yeux en pierres précieuses. « Un bien joli motif », a-t-il commenté, et son cousin a rayonné de satisfaction, avant de me jeter un nouveau regard d'une jalousie aussi violente que pitoyable.

« Au moins vous serait-il loyal », ai-je fait remarquer alors que nous regagnions nos sièges. C'était une garantie insuffisante à mes yeux, bien sûr, mais sa mère aux yeux rusés me confortait dans mon choix : tout noble de quelque importance venait lui présenter ses hommages, et la moitié des cousins de Mirnatius étaient ses enfants. Ilias serait malheureux d'assister à la chute de Mirnatius, mais sa mère se réjouirait de mettre son cher petit dans le lit de Vassilia – que ça lui plaise ou non –, et je gageais qu'elle acceptât volontiers la fortune de son fils en contrepartie de la disgrâce de son neveu.

« Qu'est-ce qui vous fait dire ça ? a demandé Mirnatius avec aigreur. Ici la loyauté a pour nom intérêt.

— Et il *est* intéressé », ai-je sèchement répliqué.

J'ai cru qu'il allait s'offenser, mais il s'est contenté de lever les yeux au ciel avec impatience. « Ils sont *tous* intéressés par *ça* », a-t-il ricané. Cela m'a semblé bizarre, mais au bout d'un moment je me suis rendu compte que j'avais entendu la même chose de nombreuses fois, quoique toujours dans la bouche d'une femme, et le plus souvent d'une servante : deux des plus jeunes femmes de chambre devisant en astiquant l'argenterie de la vitrine près de l'escalier de service, qui était le chemin le plus court pour moi jusqu'au grenier, un autre chaperon parlant de Magreta lors d'un bal, la mère d'une fille plus jolie avec un père moins puissant. Il y avait un ressentiment là-dedans qui ne seyait guère à sa couronne : comme s'il sentait le poids d'yeux affamés sur lui et savait devoir être sur ses gardes.

Mais sa mère avait été brûlée pour sorcellerie quand il était encore jeune, et son frère, un jeune homme prometteur aux yeux de la cour, était encore en vie à cette époque ; je me souvenais vaguement de lui, beaucoup plus proche physiquement de tous ces costauds autour de nous que de son demi-frère. Mirnatius avait été un poids mort à la cour après cela, le fils trop beau d'une sorcière condamnée… jusqu'à ce qu'une fièvre opportune emportât son père et son frère coup sur coup et fît de lui le tsar. Le marché qu'il avait passé, le don de sa personne en échange de sa couronne, n'avait peut-être pas été seulement motivé par l'avidité.

Si tel était le cas, je ressentais de la compassion pour lui, mais juste un soupçon. Son propre père, son frère, l'archiduc Dmitir… le démon les avait pris en guise d'apéritif. Mirnatius avait délibérément acheté leur mort, sa couronne, son confort. Et il avait payé tout cela d'innocentes victimes qu'il avait données en pâture au démon au fil des ans depuis qu'il l'avait laissé ramper le long de sa gorge et prendre ses quartiers dans son ventre. J'avais la froide certitude de n'être pas le premier mets qu'il offrait à la créature furieuse dans l'âtre, pour apaiser sa faim et sa soif dévorantes.

J'ai quitté mon siège avant la fin des réjouissances. Le ciel couvert m'empêchait de connaître le moment exact du crépuscule. Je ne voulais pas devenir le prochain repas du démon, et je n'avais toujours pas *son* accord, même si Mirnatius avait approuvé le plan. Je ne faisais confiance ni à l'un ni à l'autre. « Je dois aller m'entretenir avec les domestiques avant d'aller me coucher – à moins que vous n'ayez de nouveau l'intention de m'enfermer dans notre chambre ? » J'avais dit cela comme si je m'adressais à un enfant capricieux.

« Faites donc », a-t-il lâché distraitement par-dessus son gobelet de vin. Il fixait derrière moi les hautes fenêtres malcommodes de sa salle de bal : dehors, des flocons de neige pelucheux s'empilaient sur le sol verglacé.

Une fois dans les cuisines, les serviteurs, légèrement décontenancés mais obéissants, ont préparé un panier de nourriture sur mon ordre. Je l'ai emporté dans les salons de réception et en ai trouvé un vide, à l'exception d'une harpe au milieu de canapés en velours, dans l'attente du virtuose qui lui donnerait vie. Dans le miroir au cadre doré accroché au mur, j'ai vu l'endroit que j'avais quitté peu auparavant : le jardin et son muret, les arbres sombres au-delà. Je l'ai traversé avec mon lourd panier et me suis retrouvée près de la maisonnette.

Il ne neigeait pas, du moins pas pour le moment, mais ç'avait été le cas depuis mon départ, ici comme au Lithvas, à en juger par les congères qui montaient à l'assaut des murs de la maison. Mes pas crissaient sur l'épaisse couche de glace qui coiffait ces dernières. J'ai fait halte dans le jardin solitaire juste à l'orée du crépuscule, là où il coupait la maison en deux, et, prise d'une impulsion subite, j'ai émietté un morceau de pain sur la neige. Peut-être y avait-il ici des êtres vivants, qui ne devaient pas avoir beaucoup plus à se mettre sous la dent que les écureuils au Lithvas.

Magreta dormait quand je suis entrée ; des rides profondes creusaient son vieux visage et des fils d'argent parsemaient sa chevelure. Ses mains reposaient pour une fois inactives sur son giron, comme si quelqu'un lui avait pris son tricot. Le feu menaçait de s'éteindre, mais au moins la réserve à bois était-elle pleine. Alors que j'ajoutais une bûche dans le four et attisait les braises, elle a marmonné : « Il fait encore nuit. Va te recoucher

Irinushka », comme elle le faisait quand, petite, je me levais trop tôt. Puis elle s'est réveillée, m'a gentiment chassée du feu et a insisté pour faire elle-même bouillir l'eau du thé et couper le jambon et le fromage. Elle n'avait jamais aimé que je m'approche des flammes ou d'un couteau.

J'ai somnolé sur le lit durant ces heures sombres, regardant d'un œil les aiguilles de Magreta s'agiter dans la lueur du feu comme je le faisais jadis dans la petite chambre où j'avais grandi, sous les toits de la maison : glacée en hiver, étouffante en été. La froidure du royaume des Staryk s'insinuait dans la cahute comme elle s'était infiltrée autour des fenêtres et sous l'avant-toit de la maison de mon père, s'y glissant comme une lame de couteau. Je la préférais toutefois au palais du tsar.

Chapitre dix-sept

Ma tsarine chérie avait de nouveau disparu après le dîner, quelque part entre les cuisines et ma chambre à coucher. J'étais à peine surpris, désormais. Je ne m'y étais pas non plus opposé. Après plusieurs années à me faire la leçon sur l'importance du choix d'une épouse et sur les innombrables facteurs ennuyeux à prendre en compte, tous les vieux barbons de mon conseil s'étaient précipités pour me féliciter de m'être enchaîné à une fille qui ne possédait ni dot ni le moindre intérêt politique qui leur était pourtant si cher. Et comme si ça ne suffisait pas, tous les *jeunes* barbons de ma cour s'étaient eux aussi précipités pour me féliciter de l'époustouflante beauté du tromblon qui me servait de femme.

Même mon cynique le plus loyal, sire Reynauld, à qui j'avais en toute confiance donné mille pièces d'or pour qu'il trouvât quelque chose de vicieusement insultant à dire de toute femme que je présenterais à la cour – à sa manière exquisément polie, naturellement –, s'était traîné jusqu'à mon trône tard ce soir-là et m'avait dit sans sourciller que j'avais fait un choix aussi intelligent qu'inattendu, après quoi il avait embrassé la pièce du regard et avait demandé où elle était passée, d'un ton si artistiquement désintéressé que j'ai failli m'étouffer d'indignation en comprenant qu'il était *passionnément* intéressé par la question.

J'en étais à me demander si elle ne m'avait pas dit la vérité à propos de l'enchantement de sa mère. Rendre les imbéciles aveugles à sa beauté semblait être davantage une malédiction qu'une faveur, étant donné le nombre d'idiots que comptait la noblesse, mais – comme j'étais bien placé pour le savoir – les mères n'étaient pas forcément très fiables en la matière, quoi qu'en disent les contes et les chansons. Ou peut-être avais-je vu juste et cela marchait-il dans l'autre sens.

Sauf pour ma tante Felitzja, qui n'était certainement pas une imbécile – l'embrouiller m'avait coûté des quantités phénoménales de magie. Elle avait péniblement marché jusqu'à moi au bras d'Ilias et m'avait déclaré d'une voix résignée : « Eh bien, tu t'es marié comme beaucoup d'autres pour un joli minois. Espérons que ça en vaudra la peine et que nous verrons un baptême avant que s'écoule une année. » À côté d'elle, Ilias, qui avait déployé des trésors d'ingéniosité pour se glisser dans mon lit avant même de savoir ce qu'il y ferait – les poèmes exécrables qu'il m'avait infligés étaient au-delà de toute description –, s'efforçait de ne pas éclater en sanglots.

J'avais envie de me lever et de leur crier à tous que ma femme n'avait rien d'une beauté divine, qu'elle n'était même pas d'une intéressante laideur, que sa conversation se limitait à des insultes, de terribles avertissements et d'ennuyeuses leçons que je ne pouvais même pas ignorer, et qu'ils étaient tous extraordinairement crétins de croire que j'avais assez de mauvais goût pour être tombé amoureux d'une mégère insipide au visage chevalin. La seule raison pour laquelle je n'ai pas cédé à la tentation de le faire, c'est que cela m'aurait obligé à expliquer pourquoi je l'*avais* épousée. « Parce que mon démon me l'a ordonné », n'est généralement pas considéré comme un motif acceptable, même lorsque vous portez une couronne. Le fait est que j'aurais soulevé plus d'objections si j'avais su dans quel pétrin je me fourrais.

Habituellement, quand mon ami voulait un repas, ça ne durait jamais très longtemps. Je retenais ma respiration et plongeais très profond en moi jusqu'à ce que les cris s'éteignissent, puis je couvrais ses traces, quitte parfois à envoyer une compensation sonnante et trébuchante au destinataire approprié. Je lui avais déjà fait la leçon sur l'embarras que pouvait causer la consommation de certaines personnes, comme des nobles ou les parents d'enfants en bas âge, ce qu'il avait admis à contrecœur, mais uniquement parce qu'il n'était pas très regardant sur la marchandise. À moins que je ne fisse quelque chose de stupide comme adresser un sourire encourageant à une femme de chambre ou à un valet de pied bien mis, même en plein jour, auquel cas j'étais certain de retrouver leur corps inanimé dans mon lit quelques nuits plus tard. « Pourquoi n'as-tu pas épousé la fille du prince Ulrich ? » Tu parles ! Il prenait plaisir à faire ce genre de choses – et même doublement plaisir quand il s'agissait de surprendre l'infortuné persuadé d'avoir gagné une nuit de délices et une récompense conséquente au matin. Je redoutais le jour où Ilias deviendrait vraiment entreprenant et graisserait les bonnes pattes jusqu'à ma chambre à coucher. Ma tante en serait pour le moins courroucée. Quant à la fille du prince Ulrich, si j'avais laissé mes conseillers la jeter dans mon lit, elle aurait sans nul doute élevé quelques objections par la suite, sinon avant.

Mais pas la douce et innocente Irina, que ces ardentes horreurs laissaient de glace. Avec le recul, j'aurais dû deviner que la cour ne lui poserait aucun problème ; une femme capable de négocier froidement avec un démon désireux de lui arracher son âme n'avait pas grand-chose à craindre de sire Reynauld d'Estaigne. Ni, *a fortiori*, de son *mari*.

Je voyais déjà se dérouler devant moi le futur horrible qui m'attendait. Je serais *coincé* avec elle. Mon foutu démon saisirait sa proposition de ses deux mains crochues, tante Felitzja serait ravie d'avoir l'occasion de marier Ilias à une riche princesse, ma cour était déjà sous le charme de sa prétendue beauté, et mes conseillers allaient *adorer* trouver en ma femme une oreille attentive à leurs récriminations, après quoi elle viendrait me bassiner pendant des heures avec leurs histoires d'impôts, puisque je ne pourrais pas me débarrasser d'elle. Et tout le monde l'aimerait autant qu'on me détestait.

Oh, et d'ici cinq minutes, elle ne manquerait pas d'exiger que nous consommions notre union, histoire de gagner encore un peu plus de popularité en pondant un héritier ou deux. Et après ça, je ne serais pas le moins du monde étonné de me réveiller un matin avec un couteau planté dans le dos. Tel était mon funeste destin. Ma vie n'avait été qu'une suite de monstres me ballottant au gré de leurs caprices ; j'avais un sens infaillible pour voir arriver les coups.

Et la prochaine volée était pour maintenant. J'ai descendu la moitié d'une bouteille de cognac alors que les rayons obliques du soleil filtraient par les fenêtres de la salle de bal et j'ai emporté l'autre moitié dans la chambre à coucher. J'ignorais où les serviteurs croyaient qu'Irina était passée, *cette fois*, et je m'en fichais, d'ailleurs. Elle n'avait qu'à se soucier elle-même des rumeurs dont elle était l'objet, si c'était si important pour elle.

Sauf que, me suis-je avisé avec morosité, de telles rumeurs finiraient à n'en point douter par *me* retomber dessus. Ce serait moi, le vilain farfadet qui enfermait sa pauvre femme innocente dans un placard quelque part, et si je refusais de m'allonger et de me laisser monter quand elle aurait décidé de prendre les choses en main, je passerais pour un impotent pathétique incapable de faire un enfant à celle que tout le monde semblait voir comme la plus belle femme du monde.

J'étais de fort méchante humeur en arrivant dans mes appartements, et pour ne rien arranger, j'ai à peine eu le temps d'avaler la dernière gorgée du cognac que le feu a grimpé à l'assaut de ma nuque et m'a secoué comme une poupée de chiffon. « *Où est-elle passée ?* » a-t-il sifflé par ma bouche en fouillant de ses griffes mon esprit et mes souvenirs, juste assez longtemps pour découvrir qu'elle était de nouveau partie. Poussant un cri de fureur, il s'est alors détaché de moi et s'est mis à tourner autour de mon corps telle une boule de feu déchaînée.

« *Où l'as-tu laissée aller ?* » a-t-il grondé, et sans me laisser le temps de répondre, il a expulsé un brandon dans ma gorge pour étouffer mes cris, m'a mis à terre et m'a attaqué sauvagement, chaque coup de fouet enflammé produisant une douleur insoutenable sur ma peau. Il n'y avait rien d'autre à faire qu'attendre la fin de cet orage de feu. Heureusement, il m'avait jeté sur le dos : j'avais découvert que suivre des yeux les motifs de la frise dorée bordant le plafond m'aidait à supporter ces souffrances. Le démon était en forme, ce soir : j'avais réussi à faire cinq fois le tour de la frise avant qu'il ne s'interrompe pour me projeter finalement devant l'âtre avec une irritation contenue. Il est venu s'avachir sur les flammes crépitantes et m'a craché : « *Quel marché ?* » Donc il avait déjà trouvé ça dans ma tête – ce qui ne l'avait pas empêché de mener à terme son passage à tabac en règle.

Je ne pouvais même pas bouger une paupière sans souffrir le martyre, et ma gorge était aussi écorchée que si j'avais avalé du verre pilé, mais cela n'avait au fond aucune importance. Le démon semblait être attaché aux termes du marché original : la beauté, une couronne et le pouvoir, quelles que fussent les circonstances, aussi supposais-je que me laisser bardé de cicatrices ne servait pas ses intérêts. Mais il était devenu expert en la matière au fil des ans, et parvenait à produire une douleur persistante sans laisser aucune trace.

« Elle contre le roi des Staryk », ai-je dit d'une voix parfaitement maîtrisée. L'empêcher de trembler m'a demandé un effort considérable, mais le démon affectionnait les larmes et la détresse, aussi m'efforçais-je de ne pas le satisfaire sur ce point ; l'encourager à multiplier ce genre de divertissement était la dernière chose que je souhaitais. Ces temps-ci, je tenais plus à ses yeux de l'accessoire utile que du jouet excitant. J'avais trouvé le bon équilibre entre la servilité, dont il raffolait, et la provocation, qui déclenchait invariablement sa fureur. Cela faisait presque un an qu'il ne m'avait pas molesté de la sorte. Enfin, jusqu'à ce qu'Irina chérie entre en scène. Si quelque chose *d'autre* le rendait fou et que j'étais la seule cible à sa portée – ce qu'inévitablement j'étais –, je ne pouvais rien y faire.

J'étais plus que réticent à l'idée de l'aiguillonner davantage, mais la proposition d'Irina avait eu un remarquable effet : le démon avait de nouveau quitté la cheminée pour se lover autour de moi tel un chat ronronnant. Ses flammes continuaient de me lécher la peau, mais seulement par accident ; il n'essayait plus de me blesser. Il n'y avait cependant plus rien pour me protéger de ses volutes piquantes, car il avait causé des dommages irrémédiables à mes vêtements. Irina avait reniflé de mépris quand j'avais mis un point d'honneur à ce qu'elle ne portât pas la même robe deux fois. Je suppose qu'elle eût préféré faire l'aumône aux pauvres ou à une bande de moines radoteurs quelque part ;

cela allait parfaitement avec les balivernes bigotes dont elle essayait de me gaver. Mais j'étais allé très loin pour m'assurer que tout le monde sût que *je* n'apparaissais jamais deux fois dans la même tenue. Je voulais éviter à tout prix que quiconque se demandât ce qu'il était advenu de mon pantalon préféré ou de ces dispendieuses bottes d'équitation que je portais l'avant-veille. Mieux valait passer pour un flambeur que pour un sorcier – et il aurait paru curieux que je n'en demandasse pas autant de ma tsarine.

« Comment ? » a soufflé le démon à mon oreille, alors que des griffes enflammées s'enroulaient autour de mon épaule, envoyant de nouvelles ondes de douleur le long de mon échine. J'ai serré les dents pour ne pas laisser échapper un gémissement ; il me lâcherait dans un moment si je n'attisais pas son intérêt. *« Comment va-t-elle me le donner... ?*

— Elle ne s'est pas étendue sur les détails, ai-je articulé. Elle prétend que c'est lui qui fait durer les hivers. »

Le démon a poussé un rugissement guttural et s'est écarté de moi, laissant des traces fumantes sur les tapis alors qu'il regagnait la cheminée. J'ai fermé les yeux et respiré profondément avant de me ressaisir et de revenir à la charge : « Elle ment certainement sur pas mal de choses, mais elle se cache bien *quelque part*. Et ces deux blizzards depuis l'équinoxe de printemps n'ont rien d'un hasard.

— *Certes, certes*, a-t-il crépité pour lui-même en plantant ses dents dans une bûche. *Il les a mises en sécurité sous la neige, et elle s'échappe dans cet endroit où je ne peux la suivre... Mais comment peut-elle me l'amener ? »*

Malgré le peu de confiance que j'accordais aux habiles explications d'Irina – je n'imaginais pas une seule seconde que *mon* bien-être figurât en tête de liste de ses priorités –, elle avait avancé quelques excellents arguments. « Si elle ne pensait pas que c'était possible, elle n'essaierait même pas. Es-tu sûr que tu peux le battre, si elle y parvient ? »

Il a éclaté de son rire vacillant. *« Oh, j'étancherai ma soif, je boirai tout mon soûl*, a-t-il marmonné. *Seulement il faut le contraindre rapidement ! Une chaîne d'argent pour l'attacher, un anneau de feu pour étouffer son pouvoir… Amène-le-moi !* m'a-t-il sifflé. *Amène-le-moi et prépare-toi !*

— Elle veut ta promesse, bien entendu. » Sous ses airs de petite sainte et en dépit de son intelligence, Irina semblait plutôt encline à se fier à la parole d'une créature maudite, mais elle avait manifestement décidé que j'avais moi-même passé un marché avec lui pour obtenir le trône. Et, de fait, j'étais assis dessus, pour le meilleur et pour le pire. J'aurais cru que ma situation illustrait davantage l'idée qu'il faut faire bien attention à ce que l'on souhaite.

« Oui, oui, elle sera tsarine et portera une couronne d'or, et tout ce qu'elle désire sera sien, mais laisse-la me l'amener ! »

J'avais donc vu juste : je *serai* coincé avec ma délicieuse Irina chérie pour le restant de mes jours, et je n'aurais pas vraiment voix au chapitre.

Le matin venu, mon Irina est retournée voir le démon. Concentrée sur mon tricot, je n'avais pas vu passer la nuit. Après son départ, j'ai aplani la laine de mes doigts tremblants, alors qu'ils étaient restés fermes lorsque je travaillais. J'avais fait des fleurs et des plantes grimpantes, une courtepointe pour un lit nuptial, et il me semblait en fermant les yeux les voir pousser tout seuls, plus vite que mes mains n'avaient pu les tricoter. J'ai somnolé au coin du feu sous le poids de la couverture sur mes genoux, jusqu'à ce que le bruit de la porte se refermant me réveille. La main d'Irina était posée sur mon épaule. « Irinushka, tu m'as fait une frayeur. C'est déjà la nuit ?

— Non. Le marché est passé, Magreta. Il me laissera tranquille et prendra le roi Staryk à ma place. Viens. Nous partons immédiatement pour Vysnia. Nous devons y être dans deux jours. »

J'ai laissé mon tricot sur le lit et l'ai suivie. Quelqu'un viendrait peut-être un jour dans cette petite maison et en aurait besoin. Je n'ai pas protesté. Sans s'en rendre compte, elle affichait la même détermination que son père, donc je savais que ça ne servirait à rien. C'était l'expression qu'il avait eue dans le bureau du vieux duc, puis lorsqu'il avait mené sa fille à l'autel : ses pieds semblaient marcher droit devant eux, et s'il y avait des virages, il les ignorait. C'est ainsi qu'elle était, aujourd'hui.

J'espérais seulement que je n'aurais plus si froid, lorsqu'elle m'a conduite au palais, dans une pièce sombre remplie de miroirs étincelants et de silence où trônait une harpe dorée dont personne ne jouait. Mais les rebords des fenêtres étaient chargés de neige, et il n'y avait ici aucun feu où réchauffer mes mains. Nous n'aurions aucune chance d'en trouver un autre allumé. Les domestiques s'agitaient en tous sens quand nous sommes sorties, mais sitôt qu'ils voyaient Irina, ils s'interrompaient pour s'incliner devant elle. Elle a demandé son nom à chacun d'eux, et quand ils repartaient, elle le répétait trois fois – une astuce dont son père usait également, quand il rencontrait de nouvelles recrues de son armée. Mais en quoi les filles de cuisine et les valets de pied lui seraient-ils utiles, avec deux démons à ses trousses ?

Je l'ai suivie jusque dans la cour du palais : un traîneau royal se tenait prêt à partir, un grand char repeint de frais de blanc et d'or, peut-être le matin même. Le tsar était là aussi, vêtu de fourrures noires ornées de glands dorés et de gants en laine rouge et en fourrure, noire également ; oh, quel garçon vaniteux ! Ses yeux se posaient sur ma petite, et je ne pouvais plus rien faire pour l'en protéger.

« Magra, le tsar est un sorcier », m'avait-elle dit, alors qu'elle n'avait que dix ans, tandis qu'assise au coin du feu je brossais la rivière de ses cheveux d'ébène, dans une petite chambre du palais du vieux tsar. « Le tsar est un sorcier », avait-elle déclaré aussi simplement et calmement que ça, comme s'il s'agissait d'un commentaire anodin que n'importe qui aurait pu faire à n'importe quel moment, qu'une enfant aurait pu partager à table devant toute la cour comme au sortir du bain avec sa vieille nanushka ; une enfant qui n'était que la fille d'un duc dont la nouvelle femme était déjà pleine.

Mais c'était encore pire que cela : après que je l'avais giflée avec la brosse et lui avais interdit de dire des choses pareilles, elle avait porté sa main à sa joue dont la rougeur s'estompait déjà, m'avait dévisagée et avait répondu : « Mais c'est vrai », comme si cela avait une quelconque importance, et elle avait ajouté : « Il laisse des écureuils morts sur mon chemin. »

Après cela, je l'avais confinée dans notre chambre, malgré sa peau qui pâlissait à vue d'œil et l'apathie dans laquelle l'avaient jetée les longues heures de filage à mes côtés. Avec les écheveaux que nous avions confectionnés, j'avais soudoyé la fille qui récurait notre sol pour qu'elle me prévienne chaque jour du moment où le tsar quittait la table : elle le savait par sa sœur, de deux ans son aînée et suffisamment digne de confiance pour servir le repas ; pour du fil de cette qualité, elle débarrassait l'assiette du tsar, grimpait la moitié de l'escalier en vitesse et avertissait sa sœur, qui couvrait l'ascension restante jusqu'aux chambres du grenier, et seulement alors j'emmenais Irina manger les restes froids du repas, quelques minutes avant la fin du service.

Il avait fallu endurer ça pendant sept semaines, car le tsar se mettait tard à table et y restait longtemps ; mais tous les matins, alors que nous patientions, affamées et frigorifiées, je brossais les cheveux d'Irina jusqu'à l'arrivée de la servante, et tous les soirs je lui faisais carder la laine jusqu'à ce que nous puissions aller glaner de quoi manger en toute sécurité.

Et puis, un matin, maigre et blanche, elle s'était levée subitement de sa chaise et avait gagné la fenêtre : une bise glacée soufflait les premières gelées de l'année. Elle s'était écriée : « L'hiver sera bientôt là, je veux sortir ! », et avait fondu en larmes. Mon cœur s'était brisé, mais je n'étais plus une jeune fille effrayée à l'idée de rester cloîtrée derrière une porte close. Je savais que cette porte garantissait notre sécurité, qu'elle ne serait pas éternellement fermée, aussi ne l'ai-je pas laissée sortir. Ce soir-là, le valet de son père nous avait rendu visite, agacé que notre absence de la salle à manger l'ait obligé à grimper jusque-là ; il nous avait dit avec brusquerie que les routes ayant gelé, nous partirions au matin. J'ai remercié les saints après son départ.

Les sept années de sécurité qui s'étaient ensuivies avaient bien valu ces sept semaines de patience. Mais le regard de pierre qu'il lui jetait à présent les réduisait à néant. Ces sept années étaient passées si vite, et je ne pouvais plus lui fermer la porte au nez. Quelqu'un de plus puissant que moi la tenait ouverte. Il a tendu sa main gantée, et Irina s'est détachée de moi ; elle m'a murmuré : « Va t'asseoir dans l'autre traîneau, avec les gardes. Ils veilleront sur toi. »

C'étaient de jeunes hommes, des soldats, mais elle avait raison ; j'étais une vieille femme aux cheveux blancs, et ma maîtresse n'était autre que leur tsarine. Ces rudes garçons m'ont aidée à m'installer dans le traîneau et m'ont fourni des couvertures et une chaufferette pour mes pieds. Ils m'appelaient baba ou vieille nanushka, mais la plupart du temps ne s'intéressaient pas à moi ; ils comparaient les mérites des divers débits de boissons de Vysnia, se plaignaient en grommelant que les cuisines du duc n'étaient guère généreuses et, quand ils m'ont crue endormie, ont commencé à parler des filles.

Ils aiguillonnaient l'un des leurs à grand renfort de coups de coude, un jeune type bien charpenté avec une moustache, assez beau garçon pour avoir toutes les filles à ses pieds, et qui ne disait rien, jusqu'à ce qu'un autre s'exclame en rigolant : « Ah, laissez donc Tilmur tranquille, je sais où est son cœur : dans la boîte à bijoux de la tsarine. » Tous se sont esclaffés, mais pas longtemps, et ils ont cessé de le mettre en boîte ; quand je me suis redressée en bâillant pour leur laisser croire que je dormais vraiment, je l'ai vu, le regard meurtri comme s'il venait de prendre une flèche. Il fixait devant lui l'espace au-delà du cocher où le traîneau blanc avançait à vive allure. La chevelure sombre d'Irina était clairement visible sous son bonnet de fourrure blanche.

Mirnatius ne m'a pas adressé plus de mots que nécessaire durant le trajet, le visage fermé par une expression d'amertume. « À ta convenance, avait-il lâché quand je lui avais dit que je souhaitais partir immédiatement pour Vysnia. Et quand précisément ce Staryk est-il censé se matérialiser ? Les réserves de patience de mon ami ne sont pas infinies, comme tu peux t'en douter.

— Demain soir, à Vysnia. »

Il avait grimacé, mais n'avait élevé aucune protestation. Il m'avait fait asseoir à côté de lui dans le traîneau, sans jamais me regarder, sauf quand nous nous sommes arrêtés chez un de ses nobles pour couper le trajet en deux. La maisonnée nous a accueillis dans la cour, ainsi que le prince Gabrielus lui-même, le visage altier sous sa chevelure blanche. Il avait combattu aux côtés du vieux tsar, et l'une de ses petites-filles avait prétendu au titre de tsarine, aussi le ressentiment offensé qu'il affichait lorsqu'on me l'a présenté s'expliquait-il aisément, mais il s'est radouci en tenant ma main dans la sienne plus longtemps que nécessaire, et a dit, sans me quitter des yeux : « Madame », en s'inclinant trop bas.

Mirnatius a passé le dîner à me lancer des œillades aussi désespérées que courroucées, comme s'il devenait fou à se demander ce que le reste du monde me trouvait. « Non, nous ne resterons *pas* pour la nuit », a-t-il dit par la suite au prince avec une grossièreté féroce, puis il m'a tirée jusqu'au traîneau d'une main qui pouvait passer pour possessive. Les mâchoires serrées, il s'est jeté dans son coin et a aboyé au cocher de fouetter les chevaux. Alors que nous démarrions, il m'a décoché des regards fugaces, presque réticents, comme s'il croyait pouvoir surprendre ma mystérieuse beauté et la saisir avant qu'elle ne fuît ses yeux.

Au bout d'à peine une heure, il a brusquement ordonné une halte au milieu de la forêt et demandé à un valet de pied qu'il lui apportât une boîte à dessin : un bel objet marqueté et incrusté d'or logé dans une espèce de petit chevalet, et qui contenait un carnet de fin papier. Il a fait signe au cocher de repartir et l'a ouvert. Tandis qu'il tournait les pages, j'ai aperçu des croquis, des motifs et des visages. Certains, d'une beauté aveuglante, m'étaient familiers pour les avoir vus à la cour, mais, le temps d'un battement de paupière, un faciès étrange et terrifiant m'est apparu. Ce n'était même pas un visage, ai-je songé une fois qu'il eût disparu ; seules quelques ombres ici et là en dessinaient les contours, comme de fines volutes de fumée, mais cela suffisait à suggérer l'horreur.

Il s'est arrêté sur une page vierge, vers la fin du carnet. « Assieds-toi et regarde-moi », a-t-il dit d'une voix sèche, et j'ai obéi sans discuter, un peu par curiosité ; je me suis demandé si la magie continuerait de fonctionner si l'on regardait une image de moi. Il s'est mis à dessiner d'une main sûre, les yeux plus souvent sur moi que sur son papier. Malgré le mouvement du traîneau, mon visage a rapidement pris forme sur sa page ; quand il a eu terminé, il l'a considéré un instant avant de l'arracher au carnet d'un geste furieux et me l'a tendu. « Qu'est-ce qu'ils *voient* ? »

Je le lui ai pris et me suis vue pour la première fois avec ma couronne. Ces quelques traits sur la page me révélaient davantage, me semblait-il, qu'aucun miroir l'avait jamais fait. Il n'avait pas été désobligeant, mais pas flatteur non plus. Il m'avait composée à partir de différents éléments : ma bouche fine, mon visage étroit, mes épais sourcils, le nez d'aigle de mon père – celui qu'il aurait eu s'il ne l'avait brisé deux fois –, un œil légèrement plus haut que l'autre. Mon collier se résumait à un gribouillage, et ma couronne ainsi que ma double tresse reposant sur mon épaule donnaient une impression de lourdeur et de brillance. C'était un visage ordinaire et sans grâce, mais indéniablement le mien, bien qu'il n'y eût qu'une poignée de traits sur la page.

« Moi », ai-je répondu, et je le lui ai rendu, mais il ne l'a pas pris. Il m'observait, les rayons obliques du soleil allumant une lueur rouge dans ses yeux. Puis il s'est penché en avant et m'a dit d'une voix de fumée horrible et caressante : « *Oui, Irina, c'est toi qu'ils voient, douce et froide comme la glace. Tiendras-tu ta promesse ? Amène-moi le roi de l'hiver, et je ferai de toi la reine de l'été.* »

Froissant le papier entre mes mains, j'ai affermi ma voix et répondu. « Je vous conduirai au roi Staryk, et le mettrai en votre pouvoir. Et vous allez jurer de me laisser tranquille après ça, moi et tous ceux que j'aime.

— *Oui, oui, oui*, a dit le démon, presque avec impatience. *Tu auras la beauté, le pouvoir et la richesse, les trois ; une couronne d'or et un château ; je te donnerai tout ce que tu désires, mais amène-le-moi…*

— Je ne veux pas de vos promesses ou de vos présents, et j'ai déjà une couronne et un château. Je vous l'amènerai pour mettre fin à l'hiver, pour le Lithvas, mais je m'occuperai moi-même de mes désirs une fois que vous nous aurez laissés tranquilles, moi et les miens. »

Ça ne lui plaisait pas. Ce que j'avais aperçu dans le carnet, cette ombre horrible, a semblé se surimposer au visage de Mirnatius, et j'ai dû me faire violence pour ne pas reculer. « *Mais que veux-tu, que vais-je te donner en retour ?* s'est-il lamenté. *Préfères-tu la jeunesse éternelle, ou une flamme magique au creux de ta main ? Le pouvoir d'obscurcir l'esprit des hommes et de le plier à ta volonté ?*

— Non, non et encore non. Je ne veux rien. Vous refusez ? »

Il a poussé un sifflement mauvais et s'est pelotonné dans une position qui n'avait rien d'humain sur la banquette du traîneau, levant les jambes de Mirnatius et enroulant les bras autour, balançant sa tête d'avant en arrière, comme une flamme cramponnée à une bûche. « *Mais elle va l'amener… elle va me l'amener…* » a-t-il murmuré en me lorgnant de ses yeux rouges, puis il a sifflé : « *D'accord ! D'accord ! Mais si tu échoues, un festin je ferai, de toi et de tous ceux que tu aimes.*

— Menacez-moi encore, et je partirai vivre avec eux en pays Staryk, ai-je fanfaronné, et vous mourrez de faim dans l'hiver éternel, car vous n'aurez plus rien à manger et votre feu s'éteindra. Demain soir, vous aurez votre roi Staryk. D'ici là, laissez-moi tranquille. Votre compagnie m'est encore plus insupportable que la *sienne*, et ce n'est pas peu dire. »

Il m'a encore sifflé au visage. Soit il se fichait de ma menace, soit il n'appréciait pas ma compagnie non plus ; telle une étincelle à court de combustible, il a réintégré le corps de Mirnatius. Le tsar, dont les yeux ont perdu leur éclat rouge, s'est affalé sur les coussins en haletant, les paupières serrées jusqu'à ce qu'il retrouve son souffle. Après quoi, il tourné la tête vers moi. « Vous avez *décliné* sa proposition, m'a-t-il jeté avec une colère contenue.

— Je ne suis pas assez idiote pour accepter les présents d'un monstre, *moi*. D'où croyez-vous qu'il tire ses pouvoirs ? Rien de tout ceci n'est gratuit. »

Il a poussé un rire perçant. « Oui, l'astuce est d'avoir quelqu'un sous la main qui paie pour vous », a-t-il expliqué, avant de crier au cocher : « Koshik ! Trouve-nous un endroit où passer la nuit ! » et de se vautrer derechef sur les coussins, la main sur le visage.

Il n'avait pas vraiment mesuré les conséquences de sa décision de nous faire reprendre la route, et moi non plus, occupée que j'étais à déclamer de grands discours à son démon. Il faudrait nous contenter de la modeste maison d'un boïar, rien d'aussi grandiose que si nous étions restés chez le prince Gabrielius. Naturellement, le boïar a laissé sa chambre et son lit à baldaquin au tsar et à la tsarine, mais caser les autres a été plus difficile. La température avait tant chuté qu'il avait fallu rentrer les chevaux et le bétail ; personne n'aurait pu dormir dehors, et il restait peu de place dans l'étable. En conséquence de quoi quelques serviteurs devaient dormir à même le sol de notre chambre, m'interdisant toute escapade, et quoique le démon ne fût pas là, mon *mari* l'était.

Ma nuit de noces m'avait mise en contact avec de telles forces hideuses et contre nature que j'en avais oublié l'horreur banale de devoir m'étendre au côté d'un étranger. Je me suis rassurée en me disant qu'au moins il ne voulait pas de moi ; peu importait que je dusse endurer le déplaisir de partager son lit. Quand les valets ont commencé à le déshabiller et qu'il a remarqué que j'étais toujours là, il a jeté un regard résigné au lit. Et une fois que les bougies ont été soufflées et que nous nous sommes retrouvés allongés avec raideur l'un à côté de l'autre sous les couvertures, le froid hivernal s'insinuant par le moindre interstice malgré les murs en bois et le feu dans l'âtre, il a poussé un soupir agacé et s'est tourné vers moi, résigné comme un condamné allant à l'échafaud.

Posant la main contre sa poitrine pour le tenir à distance, je l'ai observé dans la pénombre rose, le cœur battant soudain plus vite. « Eh bien, mon épouse adorée ? » a-t-il dit d'une voix amère et trop sonore, une parodie de tendresse à destination de notre public, et j'ai compris qu'il avait l'intention de consommer notre mariage. J'en suis restée sidérée, l'esprit totalement vide. Quatre serviteurs nous entouraient : si je disais *non*, si je disais *pas encore*, s'ils m'entendaient… Et puis sa main a froissé ma robe et a remonté le fin tissu sur mes cuisses, et ses doigts se sont attardés sur ma peau.

J'ai sursauté, prise d'un frisson involontaire, et mes joues se sont douloureusement colorées de rouge. Puis je me suis exclamée : « Oh, mon *aimé* », et j'ai posé les deux mains sur sa poitrine pour le repousser aussi fort que j'ai pu.

Il ne s'y était pas attendu ; en équilibre instable sur ses bras, il s'est affalé sur le lit ; il s'est redressé avec une expression outrée, car au fond il n'en avait pas plus envie que moi ; je me suis penchée en avant et j'ai murmuré avec férocité : « Faites rebondir le lit ! »

Il m'a dévisagée. Je me suis mise à gesticuler de telle sorte que le bois a protesté bruyamment, et il s'est joint à moi avec un regard à moitié incrédule, jusqu'à ce que je lâche un petit cri pour donner le change à notre public. Il a alors attrapé un oreiller et a plongé le visage dedans, secoué d'un rire si violent que je l'ai un instant cru de nouveau sous l'emprise du démon.

Tout à coup, il ne riait plus, il sanglotait, si silencieusement que je ne m'étais rendu compte de rien avant qu'il ne s'écarte de l'oreiller pour reprendre son souffle. Même si on l'avait entendu de l'autre côté des rideaux, il n'y avait aucune raison de douter de la véracité de nos ébats ; le tsar ne laissait s'échapper que de petits halètements.

Je suis restée assise là, aussi immobile qu'une statue ; je ne savais pas quoi faire. Je ne voulais rien ressentir ; je n'éprouvais que du ressentiment à le voir pleurer devant moi, comme s'il était en droit d'attendre ma compassion. Mais je n'avais jamais vu personne sangloter ainsi. J'avais eu peur, j'avais été blessée, et j'avais eu ma part de chagrin, mais je n'avais pas de tels pleurs en moi. Il m'en aurait remplie, s'il m'avait jetée en pâture à son démon. Comme s'il se faisait dévorer lui-même, peut-être.

Il ne pouvait s'en prendre qu'à lui-même, me répétais-je férocement. Son corps se ramollissait près de moi comme de la neige au soleil, tandis qu'il sombrait dans les limbes de l'épuisement. Malgré ma réticence, j'étais cependant navrée pour lui ; il était finalement parvenu à s'attirer ma compassion. J'ai ramené mes genoux sous mon menton et les ai entourés de mes bras, en essayant de réprimer mes sentiments, jusqu'à ce qu'il eût l'air de dormir. Risquant un regard par-dessus son épaule, j'ai constaté qu'il avait les yeux ouverts, mais dépourvus de l'éclat et de la rougeur qui les animaient un peu plus tôt. Il les a fermés et a un peu plus enfoncé le visage dans l'oreiller.

Chapitre dix-huit

J'avais eu peur que Stepon et la mère de Miryem aient du mal à marcher, quand on était partis de la maison, avec toute cette neige. Mais elle avait gelé, si bien qu'on ne s'y enfonçait pas. Sauf Sergey, deux fois, et on a tapé la neige de ses habits pour qu'elle ne lui tienne pas froid en fondant. De toute façon, ça n'a pas duré très longtemps. On marchait depuis peut-être une demi-heure, en tenant compte des chutes de Sergey, quand il a soudain dit : « Je crois que je vois la route », et il avait raison. On est sortis de sous les arbres pour tomber sur la rivière gelée et la route qui la longeait. Il y avait déjà des traces de traîneau dans la neige.

On a croisé beaucoup de maisons – parfois des villages – au cours de la journée. Elles étaient très rapprochées les unes des autres car nous arrivions en vue de Vysnia, d'après la mère de Miryem. Je ne comprenais pas comment on avait pu être si près de tant de maisons. Quand on avait trouvé la petite maison, on était au cœur de la forêt, loin de la route. C'était étrange, parce qu'on n'avait entendu aucun bruit d'activité humaine, et que Sergey n'avait jamais vu personne en allant chercher du bois. Mais les maisons, les villages étaient là. J'avais un peu peur quand on croisait des gens, mais personne n'a fait attention à nous. Quand il a commencé à faire sombre, le père de Miryem nous a dit de l'attendre sur la route, et il est allé frapper à la porte de la maison la plus proche, une ferme. Il en est revenu avec un panier de nourriture et il a dit qu'il avait donné de l'argent aux gens qui habitaient là pour nous laisser dormir dans la grange au-dessus des animaux. Le matin, on a encore marché quelques heures jusqu'à Vysnia.

J'avais cru que Vysnia ressemblerait au bourg, en plus gros, mais en fait, on aurait dit un bâtiment. Tout ce qu'on voyait, c'était un mur qui s'étendait à perte de vue dans les deux directions. Il était fait de briques rouges empilées les unes sur les autres et montait si haut qu'on ne pouvait pas voir par-dessus. Plus haut que ça même. Il n'y avait aucune fenêtre, mais de très étroites ouvertures près du sommet, si petites qu'on ne pouvait sans doute y glisser qu'un seul œil. Il n'y avait qu'une seule entrée, une porte tout au bout de la route, si grande qu'un énorme traîneau tiré par quatre chevaux avec un plein chargement de laine aurait pu y passer.

En dehors de la route, il n'y avait aucun moyen de s'approcher du mur. Un grand fossé avait été creusé tout autour. Il était rempli de neige, mais on le voyait quand même parce que le niveau de la neige était beaucoup plus bas à cet endroit, et que des troncs d'arbres taillés en pointe en ressortaient à intervalle régulier. Visiblement, ils ne voulaient pas que quelqu'un passe par là.

Mais il y avait beaucoup, beaucoup de monde qui attendait à la porte de la ville. Je n'en avais jamais vu autant. La file s'étirait sur la route comme des poulets marchant à la queue leu leu. Quand on a été assez près pour voir le mur et la file de gens, je me suis serrée contre Sergey, et Stepon a glissé sa main dans la mienne et a tiré dessus. Il a attendu que mon oreille soit tout proche de sa bouche pour chuchoter : « On ne pourrait pas retourner dans la maison ? »

Mais les parents de Miryem ne semblaient pas inquiets. Sa mère a dit : « Il va falloir attendre longtemps, aujourd'hui. Le duc reçoit sans doute un invité de marque. Regardez, ils ont dégagé les abords de la porte pour lui faire de la place.

— Le tsar, d'après ce que j'ai entendu », a dit une femme devant nous dans la file en se retournant. Elle portait une robe de laine brune de qualité, à l'ourlet brodé, un châle rouge couvrait ses cheveux et un panier pendait à son bras ; son fils, un grand échalas silencieux, avait les mêmes boucles derrière les oreilles que Panov Mandelstam, donc c'étaient aussi des Juifs.

« Le tsar ! » la mère de Miryem s'est exclamée.

L'autre a hoché la tête. « Il a épousé la fille du duc la semaine dernière. Et ils sont déjà de retour ! J'espère que ce n'est pas mauvais signe.

— La pauvre fille doit avoir le mal du pays. Quel âge a-t-elle ?

— Oh, elle est assez vieille pour se marier. Ma sœur me l'a montrée en ville l'an dernier, alors qu'elle se baladait avec ses serviteurs. Pas de quoi se réveiller la nuit, si vous voulez mon avis, mais on dit que le tsar est tombé amoureux au premier regard.

— Ma foi, le cœur a ses raisons… » Panova Mandelstam a commencé.

Je ne l'avais jamais entendue parler à personne de cette façon. J'ai cru qu'elles se connaissaient, mais un moment plus tard, la mère de Miryem a demandé : « Vous avez de la famille en ville ? », et la femme a répondu : « Ma sœur vit ici, avec son mari. Nous avons une ferme à Hamsk. Et vous, d'où êtes-vous ?

— De Pavys. À une journée d'ici. Nous sommes venus pour le mariage de ma nièce, Basia. »

La femme a laissé échapper un cri joyeux et l'a prise par les épaules. « Je suis la tante d'Isaac ! » elle a dit, et elles se sont embrassées sur les joues et sont tombées dans les bras l'une de l'autre. Et puis elles se sont mises à parler de gens que je ne connaissais pas : elles étaient amies, aussi simplement que ça. Je ne comprenais pas comment c'était possible qu'elles se soient retrouvées l'une derrière l'autre dans cette si longue file. On aurait dit de la magie.

On a attendu longtemps. J'aurais cru qu'il était plus facile de rester debout que de marcher, mais je me trompais. La femme avait de la nourriture dans son panier, et elle a insisté pour qu'on mange. Comme j'en avais aussi, on a tout partagé. On a balayé la neige qu'il y avait sur des souches et de gros rochers au bord de la route pour s'y asseoir un petit moment.

Pendant qu'on mangeait, le sol sous nos pieds a commencé à vibrer en rythme, et on a entendu des grelots tinter au loin. Des hommes sont sortis par la porte de la ville et ont descendu la file en repoussant encore plus les gens de la route. Quand ils sont arrivés à notre niveau, ils nous ont sèchement dit de nous lever et de nous préparer à nous incliner. Ils avaient des épées à la ceinture, de vraies épées, pas des jouets. On est restés debout encore un long moment alors que le tintement se rapprochait petit à petit, et puis il est soudain apparu tout près de nous. J'ai vu des chevaux noirs habillés de rouge et d'or, un long traîneau bas, doré lui aussi, et gravé de grands aigles aux ailes déployés, où était assise une fille avec une couronne d'argent. Ils sont passés devant nous en un clin d'œil. Ce gros traîneau est entré dans le grand bâtiment qu'était la ville par la porte et a disparu sans même ralentir. J'ai entendu quelqu'un crier : « La tsarine ! La tsarine ! » On avait oublié de s'incliner, mais ce n'était pas grave, on pouvait quand même le faire parce qu'il en venait d'autres : des traîneaux remplis de coffres et de gens, assez pour constituer un village, comme si le tsar n'était pas vraiment une personne mais toutes celles-ci.

Une fois qu'ils sont tous passés, que tout le tsar s'est retrouvé dans la ville, les gardes ont commencé à nous faire entrer. Nous avions attendu tout ce temps juste pour que le tsar, lui, n'ait pas à le faire. La file était encore plus longue derrière nous que devant. Même une fois qu'ils nous ont ouvert la porte, il nous a encore fallu quelque chose comme une demi-heure pour l'atteindre. J'étais si fatiguée d'attendre ; je ne voulais rien d'autre que franchir cette porte, mais Stepon marchait très lentement, tellement que les gens derrière ont commencé à nous talonner avec impatience. Il ne lâchait pas la porte des yeux.

« Et si on ne pouvait plus jamais ressortir ? » il m'a dit.

Je ne savais pas quoi répondre à ça. Et puis nous sommes arrivés près de la porte et j'ai vu que les gens ne se contentaient pas de passer. Les hommes aux épées leur posaient des questions et écrivaient des choses. J'ai soudain pris peur. Et s'ils nous demandaient qui on était, d'où on venait et pourquoi on était là ? Je ne savais pas ce que je dirais.

Mais Panova Mandelstam m'a rattrapée, m'a pris la main que Stepon ne tenait pas, l'a serrée et a chuchoté : « Ne dis rien. » Quand nous avons atteint la porte, Panov Mandelstam a parlé à l'homme avec une épée, et je l'ai vu lui donner une pièce d'argent. Alors l'homme a dit : « C'est bon, c'est bon », et nous a fait signe de passer.

J'étais si soulagée que je me suis contentée d'avancer sans y penser, et je me suis retrouvée à l'intérieur de la ville. Le mur était si épais qu'il fallait vingt pas entre le début et la fin de la porte. Le bruit est devenu de plus en plus fort à mesure qu'on avançait. Puis on est arrivés de l'autre côté et le ciel a réapparu au-dessus de nos têtes. Il y avait des bâtiments partout autour de nous, comme si la ville les avait avalés dans son ventre avec nous et toutes les autres personnes.

Stepon s'est arrêté et a mis ses mains sur ses oreilles ; il ne voulait plus aller nulle part. Quand je l'ai touché, il tremblait. Panova Mandelstam a dit : « Venez, ça sera plus calme quand nous aurons quitté les rues animées », mais il ne bougeait toujours pas, alors Sergey a dit : « Allez, Stepon, je vais te porter sur mon dos. » Il ne l'avait pas fait depuis longtemps, depuis que Stepon était tout petit, et aujourd'hui les jambes de Stepon étaient si longues que les bottes que lui avait données Panova Mandelstam frottaient contre les cuisses de Sergey à chaque pas. Mais il a caché son visage dans le dos de Sergey et ne l'a plus relevé de tout le trajet.

Ce n'était pas facile d'avancer. Pour que les gens puissent marcher, on avait entassé la neige de chaque côté de la rue, où elle formait des murs percés de trous pour les portes. Mais les rues n'étaient pas très larges, et comme il avait de nouveau neigé la veille, les murs étaient plus hauts que nos têtes, et là où on n'avait pas pu la dégager, la chaussée était recouverte d'une gadoue de crasse mêlée de neige à moitié gelée sur laquelle on glissait. Il y avait de grandes maisons partout, serrées les unes contre les autres, avec des toits si hauts qu'ils donnaient l'impression de se pencher vers nous pour nous observer. Il y avait des gens où qu'on regarde.

On a suivi Panova Mandelstam. Elle savait où elle allait. J'ignorais comment. Chaque coin où elle tournait ressemblait à tous les autres. Mais elle marchait d'un bon pas, comme si elle n'avait pas besoin de réfléchir à la direction à suivre, et elle ne s'est pas trompée, parce qu'on est enfin arrivés à un autre grand mur, mais pas aussi grand que le premier. Il y avait encore une porte, gardée par deux autres hommes avec des épées. Panov Mandelstam leur a aussi donné une pièce, et ils nous ont laissés passer. Je me suis dit qu'on allait quitter la ville, mais elle continuait de l'autre côté du mur. Sauf que, de ce côté, tous les gens autour de nous étaient juifs.

Je n'avais jamais vu d'autres Juifs que la famille de Miryem, sauf la femme dans la file et son fils. Et maintenant je ne voyais qu'eux. Ça faisait bizarre. Peut-être que quand Miryem avait dû aller dans le royaume Staryk, ça lui avait fait la même impression. D'un coup, tout autour de vous, les gens étaient semblables entre eux mais différents de vous. Et puis j'ai pensé que c'était déjà comme ça pour Miryem, avant. C'était comme ça chaque fois qu'elle allait au bourg. Alors peut-être qu'elle avait l'habitude.

J'en suis venue à penser à Miryem et à me demander comment ça allait pour elle, et c'est seulement alors qu'il m'est venu à l'esprit que Panova Mandelstam était ici pour elle. Je me suis figée au milieu de la rue. Je ne leur avais pas demandé pourquoi ils étaient venus. J'avais tant été remplie de joie lorsque je les avais vus dans la forêt, et Stepon, qu'il n'y avait plus guère de place pour les questions. Mais c'est évidemment pour ça qu'ils étaient là. Elle cherchait Miryem. Mais elle ne la trouverait pas ici.

Je devais me remettre en marche si je ne voulais pas perdre de vue Panova Mandelstam, et si on s'égarait, Sergey, Stepon et moi, on ne saurait pas quoi faire. Je n'avais pas la moindre idée de comment on ressortait de cette ville. C'était comme d'être dans une maison avec mille chambres dont toutes les portes étaient pareilles. On a traversé un grand et bruyant marché, où tout un tas de gens achetaient et vendaient, puis on a bifurqué dans une rue qui serait passée pour silencieuse après un tel vacarme, mais qui restait très bruyante par rapport à la forêt. Bientôt, le calme est revenu, et les maisons qu'on croisait sont devenues plus grandes, leurs murs percés de larges fenêtres en verre. Des escaliers émergeant de la neige, ici empilée plus proprement, menaient aux portes d'entrée. Enfin on est arrivés devant une immense bâtisse où l'on entrait par une arche ouvrant sur une cour ; il y avait là des chevaux et des gens qui transportaient des choses, l'air très occupé.

La mère de Miryem s'est arrêtée devant les marches du perron. Elle avait passé le bras sous celui de Panov Mandelstam, qui a regardé la porte. J'ai eu l'impression qu'il ne voulait pas entrer, mais alors ils ont grimpé les marches tous les deux, et elle s'est retournée pour nous faire signe de la suivre, alors c'est ce qu'on a fait. « Rakhel ! » s'est écriée une femme à l'intérieur ; ses cheveux étaient tout en nuances de gris, d'argent et de blanc, et quelque chose dans son visage me faisait penser à Panova Mandelstam ; quand elles se sont embrassées, j'ai compris que c'était la grand-mère de Miryem. La mère de Miryem avait une mère, elle aussi, qui était toujours vivante. « Et Joseph ! Ça fait si longtemps. Entrez, entrez, mettez-vous à l'aise », disait-elle en embrassant les joues de Panov Mandelstam.

J'avais peur que Panova Mandelstam lui demande immédiatement où était Miryem, mais non. D'autres femmes sont sorties de la cuisine et tout le monde s'est salué joyeusement en échangeant des bavardages. J'ai d'abord cru qu'elles parlaient trop vite pour que je comprenne, mais je me suis alors rendu compte qu'elles utilisaient des mots que je ne connaissais pas, et d'autres si. J'ai soudain eu envie de repartir à toutes jambes pour la petite maison dans la forêt. Assise à la table de Panova Mandelstam, toutes les fois où j'avais mangé la part de Miryem, j'avais pensé dans le secret de mon cœur que je pourrais peut-être me glisser à sa place, mais maintenant je sentais que je ne connaissais pas du tout la place de Miryem. J'en avais vu un bout, pas l'ensemble. Ici aussi, c'était la place de Miryem, et ce n'était pas une place pour moi. Ma présence n'était pas du tout souhaitée ici.

Je serais partie si j'avais su où aller. Sergey se tenait à côté de moi, et Stepon, qui était descendu de son dos, s'était lové contre ma jambe et avait tiré mon tablier sur son visage. Ils seraient venus avec moi. Mais on ne savait même pas par où partir. C'est alors que j'ai entendu mon nom : Panova Mandelstam avait éloigné sa mère du bruit et des bavardages et lui parlait à voix basse de moi, de nous, et sa mère l'écoutait en nous regardant, l'air inquiet. J'aurais voulu savoir ce qu'elles se disaient, ce qui l'inquiétait tant, et je me suis demandé ce que nous ferions si elle ne voulait pas de nous ici, même pour une nuit. Nous amenions des problèmes, et elle ne nous connaissait pas.

Mais ce n'est pas ce qui s'est passé. La mère de Miryem est revenue vers nous avec un sourire qui semblait dire que tout irait bien, mais sans en être tout à fait sûre, et puis elle nous a emmenés plus loin dans la maison. On l'a suivie dans un escalier qui menait à un grand palier au sol tapissé, et au bout duquel il y avait un autre escalier. On l'a aussi grimpé, et puis un troisième aux marches en bois, et on s'est retrouvés dans un vestibule où il n'y avait pas de tapis, juste un parquet en bois aussi, et deux portes, une de chaque côté, plus une troisième au plafond d'où pendait un cordon. Elle a ouvert la porte de gauche et nous a fait entrer dans une chambre qui faisait la taille de la maisonnette dans la forêt. La maison était si grande qu'on pouvait grimper trois escaliers et encore trouver une maison entière tout en haut, et la ville elle-même était si vaste que ce genre de maisons s'alignaient au point qu'on ne pouvait pas les distinguer les unes des autres.

Mais il y avait une fenêtre au milieu du mur en face de la porte, et Stepon m'a lâché la main et a couru coller son visage contre la vitre avec un petit cri. J'ai cru qu'il était chamboulé, mais il a dit : « On est des oiseaux ! Wanda, Sergey, regardez, on est des oiseaux ! » Je l'ai rejoint, un peu effrayée, et j'ai regardé dehors à travers le verre ; Stepon avait raison, on était des oiseaux. On était montés si haut qu'on voyait les toits des autres maisons et les rues de très haut. Le marché qu'on avait traversé m'apparaissait si petit que je pouvais le cacher derrière ma main si je la posais sur la vitre ; le grand mur de la ville se réduisait à une fine ligne orange, comme un serpent qui en ferait le tour, un serpent orange avec de la neige sur le dos, et la forêt au-delà n'était qu'une grosse chose noire couverte d'une épaisse couche de neige si blanche qu'elle me blessait les yeux. Il y en avait aussi sur les toits de toutes les maisons, et quoique les rues aient été toujours sombres et sales, ça n'était pas si moche vu d'en haut.

« Installez-vous ici et reposez-vous », a dit la mère de Miryem. Je n'avais même pas regardé la chambre, à cause de la fenêtre. Il y avait trois lits, de vrais lits en bois, avec des matelas, des couvertures et des oreillers. Et aussi une petite cheminée, vide pour le moment, mais de toute façon il faisait très chaud, et il y avait encore une petite table devant la fenêtre, avec une chaise, ainsi que deux autres devant l'âtre. Les coussins qui les recouvraient étaient à peine usés. « Vous devez avoir faim. Je vais vous faire monter à manger. Je suis désolée de vous faire dormir si haut, dans les quartiers des domestiques : toutes les autres chambres sont déjà occupées par des invités. Mais certains partiront demain, après le mariage, et nous aurons plus de place. »

On ne savait pas quoi dire, alors on n'a rien dit, et elle est partie. On s'est chacun assis sur un lit et on a échangé des regards d'un bout à l'autre de la chambre. Je savais que le grand-père de Miryem était riche, mais je ne savais pas ce que ça voulait dire avant ce jour. Riche signifiait que cette chambre avec trois lits, une table, des chaises et une fenêtre en verre était quelque chose dont on devait s'excuser. Elle était même encore plus grande que je l'avais d'abord cru, parce que quand on s'est assis il restait encore un grand espace vide entre nous où il n'y avait rien pour cuisiner, pas de tas de bois et pas de casserole, de hache ou de balai sur les murs. Au-dessus de mon lit était accroché un petit dessin de la ville vue de la fenêtre, mais au printemps, avec des arbres verts et des oiseaux dans le ciel.

Panova Mandelstam est revenue au bout d'un moment, accompagnée d'une fille, une costaude avec un fichu qui portait un grand plateau chargé de nourriture, qu'elle a posé sur la table avant de hocher la tête en regardant Panova Mandelstam. Je l'ai regardée partir et j'ai pensé que cette fille était moi ; je ne pourrais même pas espérer porter des choses pour eux, puisqu'ils avaient déjà quelqu'un pour le faire.

Stepon et Sergey ont commencé à manger immédiatement, mais pas moi. J'avais faim, mais j'avais aussi mal au ventre en regardant la nourriture, et j'ai dit à Panova Mandelstam : « On ne vous sert à rien, ici », et j'ai presque ajouté *On devrait partir*, mais je ne le pouvais pas parce qu'on n'avait nulle part où aller, à moins de se changer en oiseaux et de nous envoler par la fenêtre.

Panova Mandelstam m'a regardée avec surprise. « Wanda ! elle a dit. Après tout ce que tu as fait pour nous ? Tu crois que je dirais : *Oh, mais à quoi donc pourrait-elle bien me servir, maintenant ?* » Elle a pris mon visage dans ses mains et m'a un peu secouée d'avant en arrière. « Tu es une bonne fille, avec un bon cœur. Tout ce travail que tu as accompli sans jamais te plaindre. Depuis que tu es entrée dans ma maison, je n'ai jamais eu à lever le petit doigt. Avant même que je songe à faire quelque chose, c'était fait. J'étais malade, mais grâce à ton aide, j'ai guéri. Et tu n'as jamais rien demandé. Tu n'as pris que ce qu'on mettait dans ta main. Alors maintenant tu dois me laisser m'occuper de toi.

— Ce que vous mettiez dans ma main était plus que tout ce que j'avais ! » j'ai dit, parce que ça me faisait mal d'entendre toutes ces choses qui n'étaient pas vraies, comme si je ne l'avais aidée que par bonté, et pas pour l'argent et la sécurité.

« Alors c'est que tu n'as pas assez, et moi j'ai bien plus qu'il ne me faut. Chut, ma chérie. Tu n'as plus de mère, alors laisse-moi te parler avec sa voix une minute. Écoute. Stepon nous a raconté ce qui s'est passé chez toi. Il existe des hommes qui sont des loups à l'intérieur, et qui veulent dévorer les autres pour se remplir le ventre. Tu as vécu avec un tel homme toute ta vie. Mais à présent tu es avec tes frères, vous n'avez pas été mangés et il n'y a pas de loup en vous. Vous vous êtes nourris les uns les autres, et vous avez tenu le loup à distance. C'est là tout ce qu'on peut faire pour les autres en ce monde, tenir le loup à distance. Et s'il y avait de quoi manger chez moi pour vous, alors je suis heureuse, de tout mon cœur. J'espère que ce sera toujours le cas. »

« Chut, ne pleure pas », elle a dit encore, et ses pouces essuyaient les larmes sur mon visage, mais elles venaient plus vite qu'elle ne pouvait les enlever. « Je sais que tu as peur et que tu t'inquiètes. Mais aujourd'hui, c'est un jour de mariage. Un jour de réjouissances. Aujourd'hui il n'y a aucune place pour le chagrin dans cette maison. D'accord ? Assieds-toi et mange, maintenant. Repose-toi un peu. Si tu le souhaites, après, tu pourras descendre m'aider. Il y a encore beaucoup de travail, mais du travail joyeux. Nous installerons l'auvent pour les mariés, mettrons la nourriture sur les tables, et nous mangerons et nous danserons tous ensemble, et le loup gardera ses distances. Pour le reste, on verra demain. »

J'ai hoché la tête sans rien dire. Je ne pouvais rien dire. Elle m'a souri en essuyant encore quelques larmes, avant de sortir un mouchoir de sa jupe et de me le donner. Et puis elle m'a encore touché la joue et elle est sortie. Sergey et Stepon étaient assis à table et regardaient intensément la nourriture. Il y avait de la soupe, du pain, des œufs, et quand je me suis assise avec eux, Stepon a dit : « Je ne savais pas que c'était de la magie, quand tu l'as rapportée à la maison. Je pensais que c'était juste de la nourriture. »

J'ai tendu les mains vers eux, tout à coup : une vers Sergey d'un côté, l'autre vers Stepon, et ils les ont prises dans les leurs, ont joint leur autre main, et nous les avons serrées fort, fort ; nous formions un cercle, mes frères et moi, autour du repas qu'on nous avait servi, et il n'y avait pas de loup dans la chambre.

Aux premières heures du jour, Mirnatius a tiré les rideaux et envoyé les serviteurs s'activer avant même que j'eusse ouvert un œil ; on nous a apporté du thé chaud sur un plateau, du pain grillé avec du beurre et de la confiture, et d'épaisses tranches de jambon et de fromage sur une autre assiette : de la nourriture roborative, sans doute ce qu'ils avaient de meilleur, mais à peine un cran au-dessus d'une ration de paysan. Le tsar a fait la grimace et s'est contenté de picorer. Je me suis forcée à manger, les yeux baissés pour éviter de regarder sa robe de chambre luxueusement brodée, ses mains, sa bouche. Le feu me chauffait la joue, mais l'autre était chaude également. Je gardais le souvenir de ses doigts sur ma cuisse, et ma bague ne pouvait rien contre cette chaleur-ci.

Il a exigé de prendre un bain, et j'ai dû supporter ça : ils ont installé la baignoire devant le feu, et deux servantes l'ont savonné, tandis que je m'efforçais de ne pas observer leurs mains aller et venir sur son corps, de ne pas ressentir une quelconque jalousie. Ce n'était pas lui qui me rendait jalouse, mais ce qu'il me faisait ressentir, ce tiraillement qui aurait dû être suscité par un homme que j'aurais *laissé* me toucher ; un homme qui aurait *voulu* me toucher, qui aurait vraiment pu être mon mari. Je voulais que ce frisson le long de ma jambe fût un cadeau que je n'avais jamais attendu ; je voulais être capable de le regarder dans son bain, de rougir et d'en être *heureuse*. Au lieu de quoi, je devais détourner les yeux, car si les choses se passaient comme prévu, je le jetterais le soir même au fond d'un puits avec un roi Staryk et je les enterrerais tous les deux. Tout ça pour me marier avec une brute de l'âge de mon père.

Vainquant sa timidité, Magreta s'est glissée dans la chambre, avec son peigne et sa brosse ; ses mains sur mes épaules me posaient une question tremblante à laquelle je ne pouvais plus répondre. Elle m'avait expliqué, en termes brefs et prosaïques, comment les choses se passaient entre un homme et une femme, alors que j'étais encore assez jeune pour trouver cela complètement idiot et jurer sans l'ombre d'une hésitation que je ne laisserais aucun homme me faire une chose pareille avant que nous ne soyons mariés. « De toute façon, tu ne te retrouveras *jamais* seule avec un homme, dushenka », avait-elle ajouté après un silence, en me caressant les cheveux : elle m'avait seulement transmis un discours qu'on lui avait tenu longtemps auparavant ; un discours qu'elle avait entendu et auquel elle avait obéi toute sa vie.

Quelques années plus tard, quand j'avais été suffisamment grande pour comprendre ce que le *mariage* signifiait pour une fille de duc, et pourquoi on ne me laisserait jamais seule avec un homme assez longtemps pour que mes choix se réduisissent à un seul, elle m'en avait reparlé de façon rassurante, comme de quelque chose qu'il fallait endurer : ça n'est pas si mal, ça ne dure que quelques minutes, ça n'est pas trop douloureux, et seulement la première fois. Mais j'étais déjà trop vieille pour être rassurée de la sorte. Je comprenais qu'elle mentait, pas précisément *sur quel point* ; peut-être que ça ferait mal à chaque fois, peut-être était-ce extrêmement douloureux, ou interminable – un vaste éventail de déplaisantes possibilités. Quand je lui avais demandé comment elle le savait, elle s'était empourprée et m'avait répondue, embarrassée : « Tout le monde le sait, Irinushka, tout le monde le sait », ce qui signifiait qu'elle n'en savait rien.

Mais elle ne m'avait jamais parlé des autres possibilités ni ne m'avait dit pourquoi elle m'avait fait promettre en premier lieu. Je me demandais à présent si elle avait eu ce genre d'appétits, et comment elle les avait assouvis ; quelles croûtes de pain elle avait fourrées dans sa bouche pour s'empêcher d'avaler les graines d'un désastre. Ses mains me tressaient consciencieusement les cheveux, tandis que je gardais les miennes serrées sur mon giron, l'argent de mon anneau reflétant l'or des flammes, comme la peau de mon mari, baignée de lumière ambrée alors qu'il sortait tout dégoulinant de son bain.

Il se dressait telle une statue devant le grand âtre. Sous mes yeux, les servantes essuyaient son corps avec un peu trop d'empressement, ce que j'ai essayé de ne pas remarquer. Toutes deux étaient très jolies, évidemment, choisies pour flatter l'œil du tsar. Mais il s'est borné à remuer les épaules comme un cheval chasse des mouches et a ordonné d'une voix impatiente : « Mes vêtements. » Elles se sont rapidement écartées, poussées par ses propres valets de pied qui lui ont fait enfiler les différentes couches de soie et de velours de sa tenue, aussi complexe que l'armure de mon père, essuyant tout du long ses commentaires exaspérés sur tel faux pli ou telle autre bosse.

J'étais déjà habillée. Les valets se sont inclinés devant Mirnatius quand il les a congédiés, puis ils se sont tournés vers moi au moment où Magreta posait la couronne sur mes cheveux nattés. Ils sont restés là un moment à me regarder en silence, puis ils se sont de nouveau inclinés, plus bas cette fois. Les deux servantes ont exécuté une révérence solennelle, puis elles se sont glissées hors de la pièce, main dans la main, avec leurs paniers de linge et leurs savons, en échangeant des murmures pâmés. Mirnatius les a regardées partir avec une indignation perplexe, puis il a brutalement saisi son carnet dans la sacoche qui reposait contre le mur. Sans même s'asseoir, il a grossièrement dessiné mon visage à traits rapides et furieux, puis il s'est retourné pour attirer l'attention d'un domestique qui vidait la baignoire avec un seau. « Regardez ça ! Est-ce là un beau visage ? »

Le pauvre homme a paniqué, bien entendu, et n'a regardé le dessin que pour essayer de deviner la réponse que le tsar voulait entendre. « C'est la tsarine ? » a-t-il demandé sans tarder en levant les yeux sur moi. Il les a ensuite reportés sur le croquis avant de jeter un regard impuissant au tsar.

« *Eh bien ?* a aboyé Mirnatius. Est-il beau ou pas ?

— Oui ? » a-t-il répondu d'une toute petite voix, au désespoir.

Mirnatius a grincé des dents. « Pourquoi ? En quoi est-il beau ? *Regardez* et dites-moi, ne bêlez pas ce que vous croyez que je veux entendre ! »

L'homme a dégluti, terrifié, et a dit : « C'est un bon portrait ?

— *Vraiment ?*

— Oui ? Oui, très bon, a répondu l'homme avec plus de conviction alors que Mirnatius faisait un pas vers lui. Mais je n'y connais rien, Majesté ! Pardonnez-moi ! a-t-il ajouté en courbant la tête.

— Laissez-le partir, suis-je intervenue par compassion, et demandez plutôt au boïar. »

Mirnatius m'a lancé un regard noir, mais il a congédié le serviteur, avant d'aller effectivement porter le dessin au boïar et de le lui fourrer entre les mains sur le pas de la porte, alors que toute notre suite s'entassait dans les traîneaux. Le boïar et sa femme ont considéré le croquis, et cette dernière l'a même touché du bout des doigts.

« C'est magnifique, Majesté, a-t-elle commenté.

— Pourquoi ? a-t-il craché en se tournant brusquement vers elle. Quels traits vous plaisent ? Qu'ont-ils de spécial ? »

Elle l'a dévisagé, stupéfaite, avant de baisser de nouveau les yeux sur le papier. « Eh bien… Aucun en particulier, je suppose, Majesté. Mais je vois le visage de la tsarine quand je le regarde. » Elle lui a décoché un sourire soudain. « Peut-être est-ce là ce que vos yeux voient », a-t-elle ajouté avec une sincère bienveillance. Le souffle coupé par la rage, il a fait volte-face et s'est engouffré dans le traîneau, leur laissant la page arrachée.

Il m'a encore croquée une douzaine de fois ce jour-là, sous toutes les coutures ; il m'attrapait le menton et tournait ma tête dans une direction ou une autre, éperdu de frustration. Je l'ai laissé faire sans me plaindre. Je repensais malgré moi à ses pleurs silencieux. Son carnet se remplissait de croquis qu'il montrait aux serviteurs, et au boïar chez qui nous avons fait halte en milieu de matinée. Nous sommes arrivés à Vysnia un peu après midi, et le traîneau s'est arrêté devant le perron de la maison de mon père. Nous n'étions pas tout à fait immobilisés que Mirnatius sautait déjà à terre ; sans même un salut, il a jeté le carnet à mon propre père et lui a demandé, presque avec sauvagerie : « Eh bien ? »

Mon père l'a feuilleté lentement, en tournant les pages du bout de son index calleux, le visage empreint d'une étrange expression. J'étais descendue avec l'aide d'un serviteur, et ma belle-mère m'a tendu les bras pour m'accueillir. Je suis allée l'embrasser, et quand je me suis redressée, mon père s'attardait sur le dernier dessin : mon visage de profil tourné vers les arbres chargés de neige, le bord du traîneau réduit à une simple trace, mes traits à quelques cils, le coin de ma bouche et la ligne de mes cheveux. « Elle ressemble un peu à sa mère sur celui-ci », a-t-il déclaré en rendant abruptement son carnet à Mirnatius, les lèvres serrées, avant de venir m'embrasser.

Je n'avais jamais dormi dans la suite. J'y avais déjà jeté des coups d'œil, pour tester ma témérité, quand il n'y avait pas d'invités d'honneur et que Magreta me laissait faire. Elle m'était toujours apparue comme une pièce imposante. Les rebords de fenêtres étaient taillés dans la pierre, à l'instar du massif et dangereux balcon qui surplombait la forêt et la rivière. « C'étaient les appartements de la vieille duchesse », m'avait expliqué Magreta. Des tapisseries couvraient les murs : ma nourrice en avait raccommodé certaines, mais je ne cousais pas assez bien pour qu'on m'y autorisât. J'avais brodé une partie de deux des coussins de velours qui garnissaient le lit, avec ses gros pieds griffus qui m'avaient toujours plu. Les armoiries du précédent duc avaient représenté un ours, et une demi-douzaine de vieux meubles arboraient encore des pieds comme ceux-là.

Mais après le faste délicat du palais du tsar, la suite me paraissait étriquée et étouffante. Je suis sortie sur le balcon pendant que les valets apportaient nos bagages et s'affairaient dans la pièce, accueillant avec plaisir le vent froid sur mon visage. Le soleil entamait à peine sa course descendante. Magreta est entrée à ce moment-là, surveillant d'un œil sévère les domestiques qui portaient mon coffre à robes, puis elle est venue me rejoindre et m'a pris les mains pour les frictionner en silence.

Quand tout le monde est parti, nous laissant seules un moment, je lui ai chuchoté : « Je voudrais que tu envoies un de nos serviteurs à la recherche de la maison de Panov Moshel. Elle est quelque part dans le quartier juif. Un mariage s'y tiendra ce soir, et le cocher devra connaître le chemin. Et trouve-moi un cadeau à leur offrir.

— Oh, dushenka », a-t-elle dit d'une voix douce où résonnait la peur. Elle a porté ma main à son visage et l'a embrassée avant de partir exécuter mes ordres.

Un garde de Mirnatius est entré, un des soldats qui nous avaient accompagnés depuis le palais. Il n'était pas vraiment un valet de pied, mais contrairement aux autres domestiques qui bourdonnaient dans la pièce, il ne me voyait pas comme la fille du duc ; pour lui, j'étais la tsarine. Quand je l'ai regardé, il s'est profondément incliné et s'est mis au garde-à-vous. « Voulez-vous aller dire à mon père que je souhaite le voir ?

— Tout de suite, Majesté », a-t-il répondu d'une voix qui sonnait comme la note la plus grave d'un instrument à cordes, et il est sorti.

Quand mon père est arrivé, il s'est arrêté sur le seuil de la porte. Je me suis retournée sans quitter le balcon, le dos droit. Son regard pesant me jaugeait, estimait ma valeur, comme il l'avait toujours fait. Au bout d'un moment, il a traversé la pièce et m'a rejointe. En contrebas, le blanc quasi immaculé de la forêt et de la rivière gelée recouvrait la campagne. « Les récoltes seront mauvaises, cette année », ai-je déclaré.

Je m'étais à moitié attendue à ce qu'il fût irrité ou même furieux que je l'eusse fait mander, et à ce qu'il me répondît vertement : à ses yeux, je n'étais sûrement qu'un pion qui s'était révélé utile, contre toute attente. Je n'étais pas censée voler de mes propres ailes. Mais il s'est contenté de dire : « Oui. Le seigle a pourri sur pied.

— Je suis désolée que vous deviez vous mettre en frais, mais nous allons célébrer des noces durant notre séjour. Nous marions Vassilia à Ilias, un cousin de Mirnatius. »

Il s'est figé et m'a fixée un long moment en fronçant les sourcils. « Ça ne devrait pas poser de problème, a-t-il dit en pesant ses mots. Longtemps après son arrivée ?

— Dans l'heure. » Nous avons échangé un regard, et j'ai su qu'il me comprenait parfaitement.

Il s'est frotté la bouche pensivement. « Je vais m'assurer que le père Idoros se tienne prêt dans la chapelle quand les chevaux d'Ulrich franchiront le portail. La maison sera bondée, mais ta mère et moi leur laisserons notre chambre. Elle dormira en haut avec ses suivantes, et j'irai avec ton cousin Darius. On pourra prendre quelques hommes de la suite de ton mari pour faire de la place. »

J'ai acquiescé. Par ailleurs, je n'aurais pas à m'inquiéter qu'Ulrich cherchât un moyen de faire disparaître sa précieuse fille de sous son nouveau mari.

« Attend-on également le prince Casimir ? » s'est enquis mon père au bout d'un moment, sans me quitter des yeux.

« Je crains qu'il n'arrive qu'après-demain. Notre messager a perdu du temps au départ. Un problème avec son cheval. »

Mon père a tourné le regard vers la chambre. Les serviteurs s'affairaient toujours, mais aucun ne se trouvait à proximité du balcon. « Comment se porte ton mari ?

— Bien, la plupart du temps. Mais il a… une affection nerveuse. Héritée de sa mère, je pense. »

Mon père a encore froncé les sourcils. « Est-ce que ça lui pose des… difficultés ?

— Jusqu'ici, oui. »

Il est resté silencieux un instant, puis il a dit : « Je m'entretiendrai avec Casimir quand il sera là. Ce n'est pas un imbécile. Un homme sensible, et un bon soldat.

— Je suis heureuse que vous soyez dans de bonnes dispositions à son égard. »

Mon père a levé la main et l'a posée sur ma joue, un geste si inattendu que je me suis figée, perplexe. « Je suis fier de toi, Irina », a-t-il déclaré d'une voix basse et intense. Puis il m'a lâchée. « Ton mari et toi descendrez dîner ?

— Pas ce soir », ai-je répondu au bout d'un moment. Parler m'a demandé un effort. Je n'avais jamais pensé chercher la reconnaissance de mon père. Cette option m'avait jusqu'alors semblé interdite, aussi ignorais-je que ça m'importait. J'ai dû lutter pour retrouver ma voix. « Encore une chose. Quelque chose… d'autre. »

Il a scruté mon visage avant de hocher la tête. « Dis-moi. »

J'ai attendu en silence que la chambre se vide. « Les Staryk sont la cause de cet hiver. Ils veulent nous geler jusqu'au dernier. » Il s'est raidi, le doigt suspendu à mi-chemin des chaînes de ma couronne d'argent. « Leur roi a l'intention de faire tomber la neige tout l'été. »

Son regard s'est fait dur. « Pourquoi ? »

J'ai secoué la tête. « Je ne sais pas. Mais il y a une façon d'y mettre un terme. »

J'ai mis à profit ces quelques instants d'intimité pour lui exposer notre plan sans détour ni subtilité. Lorsque je lui avais parlé de politique, j'avais su comment lui dire mille choses sans qu'un seul de mes mots attirât l'attention d'oreilles indiscrètes, sans jamais craindre qu'il ne me comprît pas. Mais parler de seigneurs de l'hiver et de démons ignés était une tout autre affaire. Ils n'appartenaient pas plus à notre langue qu'à notre monde. Je ne me dépêchais pas seulement pour ne pas être entendue, mais parce que je voulais m'y attarder le moins possible : cette histoire n'avait rien de commun avec la réalité tangible de nos vies.

Mais mon père m'a écoutée attentivement, et n'a rien dit comme *Ne sois pas idiote* ou *C'est de la folie*. Quand je me suis tue, il a dit : « Il y avait une tour autrefois, à la pointe sud des remparts, près du quartier juif. Nous l'avons démolie lorsque nous avons pris la ville. Nous avons reconstruit le mur immédiatement après, et les fondations de la tour se sont retrouvées à l'extérieur, encombrées de gravats. Mes deux plus fidèles hommes et moi avons creusé un tunnel permettant d'y accéder depuis les caves du palais, alors que la ville se remettait à peine des incendies. » Je hochais vigoureusement la tête : il avait ménagé une sortie de secours en cas de siège, ce que le précédent duc avait négligé de faire. « Une fois par an, la nuit, j'emprunte le tunnel pour m'assurer qu'il n'est pas obstrué. Ce soir, j'irai le dégager de mes propres mains et je t'attendrai là, à l'extérieur des remparts. Tu as la chaîne ?

— Oui, dans ma boîte à bijoux. Et douze grandes bougies, pour faire un cercle de feu. »

Il a acquiescé. D'autres serviteurs sont entrés et nous nous sommes tus. Il n'a fait aucun commentaire tandis qu'ils déballaient deux autres coffres de riches étoffes, velours, soie et brocart. Il observait leur manège, mais sans y porter le moindre intérêt ; je voyais son esprit dérouler un fil emmêlé avec une patience infinie, le suivre d'un bout à l'autre à travers un dense fourré.
« Qu'y a-t-il ? » me suis-je enquise quand ils sont repartis.

Il est resté silencieux encore un moment avant de répondre : « Des hommes vivent ici depuis longtemps, Irina. Mon arrière-grand-père avait une ferme non loin de la ville. Les Staryk dominent la forêt, convoitent notre or et déferlent au beau milieu des tempêtes de l'hiver pour nous le prendre, mais jamais ils ne s'étaient mis en travers du printemps. » Mon père a tourné vers moi ses yeux clairs et froids, et ses paroles suivantes ont résonné comme un avertissement : « Il serait bon de savoir *pourquoi*. »

J'avais la promesse du roi Staryk, mais je ne voulais pas y prêter foi ; la panique que j'avais ressentie dans les réserves ne m'avait pas quittée. Mais j'étais si fatiguée que je me suis assoupie sitôt entrée dans mon bain. Je suppose que j'aurais pu dormir aussi longtemps que je l'aurais voulu, mais alors que je somnolais dans l'eau, j'ai rêvé que je me tenais sur le seuil de la salle de bal de la maison de mon grand-père, sombre et vide, et que le Staryk m'accablait de ses railleries : « Tu t'es trompée de date ! »

Je me suis réveillée en sursaut, terrorisée, le cœur battant. Confuse un moment, j'ai contemplé le mur de ma chambre en face de moi, qui n'était plus transparent mais d'une opacité blanche. Je me suis péniblement extirpée de la baignoire, m'enroulant dans une serviette en trébuchant. Ce n'était pas le mur qui avait changé, mais le monde entier au-delà qui n'était plus que blancheur. La forêt avait disparu sous une épaisse couche de neige ; les sapins les plus proches se distinguaient encore à leur sommet pointu, mais plus une seule aiguille verte n'était visible nulle part. La rivière était indécelable, et le ciel s'était fondu en un blanc nacré.

Je suis restée là à observer le paysage, les mains serrées sur ma serviette, en songeant à toute cette neige tombant sur ma maison, sur Vysnia, jusqu'à ce qu'une des servantes dans mon dos ne demande timidement : « Madame, voulez-vous vous habiller ? »

Flek, Tsop et Shofer avaient disparu, puisqu'ils étaient maintenant bien plus que de simples domestiques, mais ils avaient pourvu à tous mes besoins avant de partir. Shofer avait ordonné à un des autres cochers de préparer le traîneau pour mon voyage, et une foule de servantes avaient été réquisitionnées ; elles m'obéissaient avec une promptitude et un silence d'un genre différent, comme si des rumeurs avaient déjà traversé le royaume, jetant sur ma personne un éclairage nouveau.

Elles m'ont apporté une robe de soie blanche épaisse et un pourpoint de brocart assorti brodé d'argent, ainsi qu'un col en dentelle d'argent couvrant tout le cou et des pierres précieuses transparentes à accrocher sur mes épaules. Elles ont posé la lourde couronne d'or sur ma tête – d'abord dépareillée, mais à peine ai-je eu le temps de m'en faire la remarque que déjà l'argent prenait une teinte ambrée, jusqu'à l'ourlet brodé de ma jupe. Les femmes autour de moi ont lâché la soie et ont détourné les yeux.

Ma tenue détonnerait bien plus au mariage de Basia ; j'aurais l'air d'une fantastique poupée entre les mains d'un créateur à l'imagination et au budget illimités.

Je ne leur ai toutefois pas demandé de m'en apporter d'autres. J'amenais un roi Staryk à un mariage, que j'espérais tuer au beau milieu des festivités ; mes vêtements seraient le cadet de mes soucis. Et si j'avais assez de chance pour survivre à cette nuit avec ma robe, je la revendrais à quelque aristocrate afin de me constituer une dot pour un vrai mariage. Je doutais de pouvoir changer l'argent en or dans le monde du soleil, mais cette seule tenue me permettrait de vivre confortablement jusqu'à la fin de mes jours.

J'ai donc relevé la tête sous le poids de ma couronne et gagné l'espace principal de ma chambre d'un pas majestueux. Tsop et Shofer m'y attendaient, portant chacun un petit coffret rempli d'argent : de petits bijoux, surtout, un gobelet ou deux, des couverts épais et quelques pièces tout autour. Ils s'étaient changés, optant pour des habits de l'ivoire le plus pâle. Tsop avait transféré ses boutons d'or sur sa nouvelle tenue. Les servantes se sont inclinées devant eux tout en leur lançant des regards de biais.

Puis Flek est entrée, elle aussi vêtue d'ivoire et les bras chargés d'un coffret. Une fillette la suivait. C'était le premier enfant Staryk que je voyais, et je la trouvais encore plus étrange que les adultes. Elle semblait aussi frêle qu'une stalactite, et sa peau presque translucide laissait apparaître des ombres et des veines bleu foncé, telle une fine couche de glace. Si les autres Staryk s'apparentaient à des collines enneigées, elle en était le cœur gelé que la neige n'avait pas encore recouvert. Elle m'a dévisagée avec une grande curiosité, sans un mot.

« Généreuse, voici ma fille, qui est aussi votre antrustion, à présent », a dit Flek d'une voix douce. Elle lui a touché l'épaule, et la fillette s'est inclinée avec application. Une fine chaîne en argent pendait entre ses mains, un bijou tout simple qu'elle n'avait de toute évidence pas voulu mettre dans le coffret ; je me suis accroupie devant elle pour le toucher avant tout le reste.

La chaîne s'est aussitôt teintée d'or sur toute sa longueur au prix de la plus légère impulsion de ma volonté. L'enfant a poussé un petit soupir ravi et carillonnant, et je me suis sentie plus magicienne que je ne l'avais jamais été. J'ai ensuite posé la main sur le contenu du coffret de Flek, qui s'est intégralement changé en or, sans le moindre effort, comme si la pratique avait affûté mon talent – désormais, j'aurais peut-être réussi à transmuter les trois réserves sans avoir besoin de tricher. Puis je me suis occupée de l'argent de Tsop et de Shofer ; ni l'un ni l'autre n'a semblé surpris par la facilité du processus. Cela terminé, je leur ai demandé : « M'est-il permis de vous dire merci, ou ferais-je preuve de grossièreté ? »

Ils se sont entre-regardés, et Tsop a répondu, un peu mal à l'aise : « Madame, nous ne saurions refuser aucun de vos présents, mais nous avons toujours entendu dire que dans le monde du soleil, les mortels se disent *merci* en lieu et place d'une contrepartie, or vous nous avez déjà donné de quoi justifier une vie à votre service ; vous nous avez explicitement nommés, vous nous avez élevés au plus haut rang, vous nous avez couverts d'or. Que seraient vos remerciements à côté de tout cela ? »

Présenté ainsi – encore que je n'avais pas envisagé les noms dont je les avais affublés comme des *cadeaux* –, cela m'amenait à réfléchir au sens que je voulais donner au mot merci, au-delà de la simple politesse. J'ai dû me creuser la cervelle ; j'avais été brutalement tirée du sommeil, et je me sentais toujours vaseuse, comme si mon crâne était bourré de coton. « Ce que je veux dire… ce que nous entendons par là… C'est comme un crédit, me suis-je écriée avec une pensée soudaine pour mon grand-père. Les cadeaux, les remerciements… Nous acceptons de quelqu'un ce qu'il peut nous donner quand il peut nous le donner, et nous le lui repayons quand il le souhaite, si nous le pouvons. Certains trichent, certains ne remboursent pas leurs dettes, mais d'autres le font, avec des intérêts compensatoires. Alors je vous remercie, ai-je subitement ajouté, car vous avez pris le risque de tout perdre pour m'aider, et même en tenant compte de ce que vous avez obtenu en retour, je ne l'oublierai jamais et je serai heureuse de faire encore plus pour vous, dans la mesure de mes moyens. »

Tous trois m'ont dévisagée. Au bout d'un moment, Flek a posé la main sur la tête de sa fille et a dit : « En ce cas, madame, je vous demande ceci, si vous pensez que cela n'excède pas le montant de votre dette : voudriez-vous donner à mon enfant son véritable nom ? » Ma perplexité a dû se lire sur mon visage ; Flek a baissé les yeux. « Celui qui l'a engendrée n'a pas souhaité assumer ce fardeau lorsqu'elle est née, et il l'a laissée sans nom. Si je lui demande de la baptiser, il acceptera, mais il aura le droit de demander ma main en retour, et je ne souhaite plus la lui accorder. »

Je ne savais rien du droit matrimonial des Staryk, mais je savais exactement quoi penser d'un homme qui refusait de reconnaître son enfant : je n'aurais pas voulu de lui non plus. « D'accord. Comment dois-je procéder ? » ai-je demandé, et elle m'a expliqué. Alors j'ai tendu la main vers la fillette et je l'ai emmenée tout au bout du balcon. Là, je me suis penchée vers elle et j'ai murmuré à son oreille : « Tu t'appelles Rebekah bat Flek », un nom qui devrait donner du fil à retordre à tout Staryk qui tenterait de l'interpréter.

Elle s'est mise à rayonner de tout son corps, comme si j'avais allumé une flamme en son for intérieur. Elle a couru jusqu'à sa mère et s'est écriée : « Maman, maman, j'ai un nom ! J'ai un nom ! Je peux te le dire ? », et Flek s'est agenouillée près d'elle, l'a prise dans ses bras et l'a embrassée. « Garde-le dans ton cœur cette nuit, mon petit flocon, et dis-le-moi demain matin. »

Leur joie m'a redonné du baume au cœur : j'ai senti à cet instant que j'*avais* fait amende honorable pour cette journée et cette nuit de terreur qu'ils avaient vécues à mes côtés, et si je ne les revoyais jamais, j'avais l'espoir qu'ils s'en sortent pour le mieux. Je ressentais une pointe de culpabilité, car je ne savais pas précisément ce qu'il adviendrait si mon plan fonctionnait et laissait le trône Staryk vacant. Cela signifierait-il que je perdrais mon rang, et eux le leur ? Avec un peu de chance, ils ne seraient pas relégués trop loin dans la hiérarchie nobiliaire. Je devais quand même le faire, pour le bien de mon peuple, enterré vivant sous la neige qui tombait sans fin derrière mes fenêtres.

J'ai pris une profonde inspiration. « Je suis prête à partir », ai-je annoncé, et presque instantanément le mur de verre s'est ouvert sur mon mari. Mon mari, que je prévoyais d'assassiner. Pour la bonne cause, certes, mais je ne m'en sentais pas moins nauséeuse, et je ne parvenais pas à le regarder en face. J'avais jusqu'alors évité de le faire à cause de son aspect terrible et étranger, ce miroitement de stalactites animées d'une vie propre ; à présent je fuyais son regard car il me semblait soudain être devenu *quelqu'un*, une personne. J'avais tenu la main de cette petite statue de glace devenue ma filleule par la force des choses, et lorsque j'observais Flek, Tsop et Shofer, leurs visages étaient réchauffés par le reflet de l'or dans leurs coffrets, et c'étaient les visages de mes amis, ceux qui m'avaient aidée et m'aideraient à nouveau s'ils le pouvaient. Qu'importe que les faveurs n'existent pas dans leur *langue* ; elles existaient dans leur *cœur*, et leurs *mains* me l'avaient prouvé. C'était tout ce qui comptait à mes yeux.

Mais à cause de cela, il était devenu difficile de ne voir que l'hiver dans *son* visage. Il n'était pas mon ami ;

il n'était rien d'autre qu'un monstrueux bloc de glace aux arêtes tranchantes, qui voulait m'ouvrir en deux pour m'arracher mon or pendant qu'il avalait mon monde. Mais un monstre pour l'heure repu : je m'étais moi-même ouverte en deux et j'avais rempli d'or deux de ses réserves. Il devait à présent égaler mon exploit pour amender son honneur, aussi s'est-il présenté à moi dans une tenue au moins aussi splendide que la mienne, comme un sacrifice consenti à la plus élémentaire courtoisie, et s'est-il incliné devant moi telle la reine que j'étais censée être. « Venez donc, madame, et rendons-nous à ce mariage », a-t-il dit, faisant preuve d'une politesse inattendue, au moment même où j'aurais voulu qu'il se montre froid, réticent et amer. Je suppose que cela n'aurait pas dû me surprendre : il n'avait jamais accédé au moindre de mes désirs sans que je l'y oblige au préalable.

J'ai échangé un dernier regard avec mes amis en inclinant la tête en guise d'adieu, et je suis sortie derrière lui. Nous sommes descendus ensemble dans la prairie. Le traîneau nous y attendait, chargé de fourrures sans aucun signe particulier. Ma robe et ma couronne étaient si lourdes que j'ai cherché à prendre appui sur les bords du traîneau pour m'y hisser, mais avant que je ne le puisse, mon mari m'a prise par la taille et m'a soulevée sans effort jusqu'à ma place et s'est installé à côté de moi.

Les cerfs se sont brusquement ébranlés quand le cocher a secoué les rênes, et la montagne a commencé à défiler autour de nous. Un vent puissant et doux me fouettait le visage, alors que nous dévalions le passage menant au portail d'argent, au rythme léger des sabots et au son murmurant des patins sur la neige. À peine quelques minutes plus tard, nous foncions vers la forêt. Les cerfs et le traîneau semblaient survoler la neige fraîchement tombée sans laisser plus que des empreintes légères, et les arbres à demi ensevelis paraissaient curieusement petits autour de nous.

J'ai observé le Staryk pour voir s'il allait user d'un sort ou d'une incantation quelconque pour nous ouvrir un chemin vers le monde du soleil, mais il s'est contenté de se tourner vers moi et de me retourner le même regard calculateur, comme s'il se demandait si *je* n'allais pas mettre en œuvre une magie inattendue. Et puis il a lâché : « Je ne répondrai à aucune de vos questions, ce soir.

— Quoi ? » me suis-je écriée, la voix presque brisée par l'angoisse ; un instant j'ai cru qu'il avait *deviné*, qu'il savait ce que j'avais prévu et que nous ne nous rendions pas au mariage, mais à son exécution. « Nous avons un marché !

— Seulement en échange de mes devoirs conjugaux. Vous ne m'avez rien donné en échange des *vôtres*. Je ne leur ai accordé aucune valeur, et je me rends compte à présent que le marché est faussé… » Il s'est brusquement interrompu et a regardé vers l'avant. « Est-ce la raison pour laquelle vous avez demandé à ce que je réponde à ces questions idiotes en retour ? Pour montrer votre mépris à l'égard de mon insulte ? » Il est resté un moment assis en silence, mais avant que je ne puisse le détromper, il a éclaté d'un rire soudain, comme un chœur de cloches dont l'écho portait loin sur la neige, un bruit déconcertant ; je n'avais jamais imaginé qu'il puisse rire. Je me suis figée, bouche bée, aussi surprise qu'outrée, puis il s'est de nouveau tourné vers moi, m'a pris la main et l'a embrassée ; le contact de ses lèvres contre ma peau m'a fait l'effet d'un souffle sur une vitre mangée de givre.

Il m'avait tant prise par surprise que je n'ai rien répondu, ni même retiré ma main, puis il m'a dit d'une voix pénétrante : « Je vais faire amende honorable ce soir, madame, et vous montrer que je connais à présent votre valeur ; je n'aurais pas besoin d'une nouvelle leçon. » Et d'un grand geste, il a embrassé le vaste paysage étouffé par la neige.

Confuse, j'ai regardé autour de moi, me demandant ce qu'il avait bien voulu dire, mais il n'y avait rien d'autre à voir que cet hiver insondable. Un siècle d'hiver concentré en une journée d'été, alors que les Staryk auraient dû rester cloîtrés derrière les murs de verre de leur montagne, à attendre le prochain hiver. D'un autre côté, les Staryk n'avaient jamais jusqu'ici réussi à différer le printemps si longtemps.

Un siècle d'hiver concentré en une journée d'été. La gorge soudain serrée, je me suis exclamée : « Ce n'est pas *vous* qui êtes responsable de cet hiver.

— Non, madame », a-t-il confirmé, et dans son regard brillait une immense suffisance, comme s'il avait trouvé un trésor caché dans une auge. Ou plutôt de cet or que les Staryk convoitaient plus que tout ; c'est quand ils avaient intensifié et multiplié leurs raids que les hivers avaient commencé à empirer chaque année. Et maintenant… et maintenant… il y avait deux vastes salles remplies d'or brillant et gorgé de soleil ; la chaleur de l'été piégé dans le métal froid stocké au cœur de sa montagne, tandis qu'il ensevelissait ma maison sous une chape de neige.

Il m'a *souri*, sans me lâcher la main ; il m'a souri, puis il s'est tourné vers le cocher et a lancé : « Allez ! » Une embardée plus tard, nous nous trouvions sur la route blanche ; la chaussée du roi, selon Shofer ; moi, j'avais toujours appelé ce ruban étincelant qui serpentait entre les arbres sombres la route des Staryk. Elle ondulait devant nous comme si elle avait toujours été là, et s'étirait derrière nous aussi loin que portait le regard, corridor voûté sans fin. Les étranges arbres d'une blancheur surnaturelle s'alignaient de part et d'autre de la route, leurs branches ployant sous le poids des stalactites de glace et des feuilles. Le traîneau effleurait à peine sa surface bleutée et parfois dissimulée sous des nappes de brume, quand soudain m'est parvenue la senteur puissante des aiguilles et de la sève des pins, témoin d'une lutte désespérée pour la vie. Au-delà de la canopée blanche, le gris s'est teinté d'azur d'un côté et d'or et d'orange de l'autre, ciel d'été posé sur la forêt hivernale, et j'ai su que nous avions quitté son royaume pour mon propre monde.

Il tenait toujours ma main dans la sienne. Je l'y ai délibérément laissée, en songeant à Judith chantant de sa plus douce voix pour endormir Holopherne, à ce qu'elle avait enduré avant ça. Je serais forte. La colère m'avait instantanément changée en un bloc de glace. Qu'il croie m'avoir amadouée, qu'il croie tenir mon cœur entre ses mains. Qu'il croie que je trahirais mon peuple et mon foyer pour monter sur son trône. Il pouvait bien garder ma main tout le long du trajet si ça lui chantait, en juste contrepartie du cadeau qu'il venait de m'offrir, la seule chose que je voulais de lui, après tout : je n'avais désormais plus le moindre scrupule à le tuer.

Chapitre dix-neuf

Quelques-uns des serviteurs se rendaient parfois dans le quartier juif : Palmira, la suivante de Galina, allait y voir leurs étals, quand sa maîtresse cherchait un bijou. Elle était autrefois d'un rang trop élevé pour me parler avec autre chose que de l'impatience, quand ma propre maîtresse n'était que la fille mal-aimée de la première femme ; les danses complexes qu'on exécutait dans les grandes salles de bal et dans les chambres à coucher n'avaient rien à envier à celles auxquelles on se livrait dans nos modestes quartiers. Mais j'étais à présent la servante de la tsarine, qui m'avait accordé assez de valeur pour me faire mander auprès d'elle, si bien que lorsque j'ai toqué à la porte du vestiaire de la duchesse, Palmira a délaissé les bijoux qu'elle était en train de polir pour venir m'embrasser sur les deux joues, m'a demandé si le voyage ne m'avait pas trop fatiguée, m'a fait asseoir sur sa propre chaise, située près du mur jouxtant la cheminée de la chambre à coucher, et a envoyé une fille de cuisine me chercher une tasse de thé. Je me suis assise avec reconnaissance près du mur chaud et ai bu le thé : oh oui, j'étais fatiguée.

« Le banquier ? » s'est-elle écriée, quand j'ai prononcé le nom de Moshel. « Je ne sais pas où il vit, mais l'intendant le saura. Ula, a-t-elle dit à la fille, va nous chercher des kruschiki et des cerises, et préviens

Panov Nolius que cette chère Magreta est ici. Demande-lui s'il veut bien venir boire un thé avec nous : nous n'allons pas faire courir Magreta dans toute la maison après un voyage si éprouvant. » Encore un petit pas de danse : il lui plaisait que l'intendant vienne jusqu'à *elle*, ce qu'il n'aurait pas fait en temps normal, mais il se trouvait que j'étais là. De fait, j'étais là, à me réchauffer contre le mur, trop vieille pour me prêter encore à ce genre de danse. Je me suis donc contentée de boire mon thé, puis un autre accompagné de cerises et d'un kruschik craquant et fondant, et j'ai remercié Panov Nolius quand il a daigné venir partager notre collation.

« Panov Moshel habite la quatrième maison de la rue Varenka, a-t-il répondu avec froideur à ma question. Sa Majesté souhaite-t-elle contracter un emprunt ? Je serais heureux de lui servir d'intermédiaire.

— Un emprunt ? La tsarine ? » me suis-je étonnée, confuse ; quand Irina avait parlé d'un homme dans le quartier juif, je m'étais imaginé un de ces prêteurs sur gages dans leurs petites échoppes, qui observaient à travers leurs petites lunettes rondes la bague en argent de votre mère et vous donnait de l'argent en échange. Trois fois rien, à côté de ce qu'elle valait pour vous, mais trois fois rien dont vous aviez un besoin urgent, parce qu'une des filles qui avait partagé avec vous cette petite pièce sombre pendant des heures était sortie en douce voir un des soldats qui vous avaient libérées, et maintenant elle avait besoin d'un docteur qui ne consentait à se déplacer au milieu de la nuit que contre de l'argent. Voilà ce qu'évoquait pour moi un homme qui prêtait de l'argent dans le quartier juif. Un tsar ou une tsarine ne traitait pas avec ce genre d'individus.

Nolius se rengorgeait de mon ignorance ; j'avais beau être la suivante de la tsarine, je restais une vieille idiote à la vision du monde étroite, alors que lui était le fidèle intendant du duc. Il s'est alors un peu détendu, a pris un kruschik et m'a expliqué d'un ton pédant. « Non, non, Panov Moshel a une banque : c'est un homme de bien, dont la réputation n'est plus à faire. Il a fourni une aide précieuse, et discrète, quand il a fallu financer la reconstruction des remparts, après la guerre. Sa Grâce l'a reçu ici pour affaires à huit reprises, et chaque fois il a ordonné qu'on le traite avec le plus grand respect. Jamais Moshel n'a tenté d'en profiter. Il vient toujours à pied, pas en carrosse ; les femmes de sa famille s'habillent sobrement, et il vit dans une maison modeste. Il n'a jamais demandé la moindre faveur en retour. »

J'avais toujours imaginé les remparts de la ville comme l'œuvre des soldats, pas de l'argent, mais bien sûr, il en avait fallu ; pour payer les pierres, le mortier, la nourriture et les vêtements des ouvriers… Mais même si j'avais réfléchi jusque-là, je me serais dit que l'argent devait provenir d'une quelconque chambre forte ou d'un coffre rempli d'or comme devait en avoir un duc ou un tsar, pas des mains d'un homme sans histoire aux habits ordinaires dédaignant les carrosses.

Nolius s'est penché en avant, comme pour s'assurer que je comprenne bien qu'il me confiait une information partagée par peu de privilégiés : « On lui a fait savoir que s'il se convertissait, des portes s'ouvriraient pour lui. » Puis il s'est reculé et a haussé les épaules en ouvrant les paumes. « Mais il n'a pas fait ce choix, et le duc s'en est félicité. Je l'ai entendu déclarer : “Je préfère voir mes affaires gérées par un homme repu que par un homme affamé. Les risques, je les garde pour le champ de bataille.” Je le recommande sans réserve à Sa Majesté si elle souhaite prendre quelque arrangement financier.

— Oh, non. Non, c'est une tout autre affaire, une affaire de femmes. Sa petite-fille lui a fait un cadeau auquel elle tient beaucoup, et elle souhaite lui retourner la politesse à l'occasion de son mariage. Elle m'a demandé de lui trouver un présent. »

Nolius, l'air décontenancé, a jeté un coup d'œil à Palmira : ils pensaient que je m'étais mélangé les pinceaux, et ils n'avaient pas tort. Je m'étais trompée sur un point ou un autre. Mais peu importait. Mieux valait laisser l'histoire en l'état, elle était déjà assez bizarre comme ça. « Un cadeau qui lui a été fait avant son mariage, ai-je cependant ajouté pour la rendre plus crédible.

— Ah ! » a fait Palmira, très délicatement, et ils ont décidé d'un commun accord de ne pas creuser le sujet. Ils n'avaient aucun intérêt à évoquer cette époque où ils avaient pu se montrer grossiers avec moi quand nous nous croisions dans les couloirs ; l'époque où Irina et moi vivions dans deux chambres glacées, un peu trop haut dans la maison pour une fille de duc ; l'époque où ma maîtresse pouvait se réjouir du cadeau de la petite-fille d'un Juif – une jeune femme prévoyante, et bien plus avisée qu'eux, qui avait su planter une graine de gratitude au bon endroit et en récoltait aujourd'hui les fruits.

« Eh bien, il faut que ce soit quelque chose de remarquable », a affirmé Nolius d'un ton sans appel : quiconque *avait* reconnu Irina à sa juste valeur devait être récompensé, sans quoi ceux qui l'avaient négligée seraient punis. « Pas de bijoux, bien sûr, ni d'argent. Peut-être quelque chose pour son intérieur…

— Nous devrions demander conseil à Edita », est intervenue Palmira, en parlant de la gouvernante, ce dont Nolius est volontiers convenu : après tout, pourquoi devait-il être le seul à s'abaisser à venir en ces lieux ? Elle nous a donc rejoints quelques minutes plus tard, a bu un thé avec des cerises et m'a posé des questions sur le palais du tsar.

« Il y fait trop froid pour une vieille femme. Il y a des fenêtres partout ! Hautes comme deux fois ce mur, et le mur est aussi long que la salle de bal, et je ne vous parle là que de la chambre à coucher. Six feux allumés en même temps, pour éviter de geler sur place, et tout est en or, absolument tout : des fenêtres aux pieds de la table et de la baignoire, tout. Il faut six femmes pour nettoyer la pièce. »

Tous trois ont soupiré de ravissement, et Edita a dit à Nolius : « Je n'envie pas celui ou celle qui gouverne cette maisonnée ! Tant de monde à gérer ! », et il lui a répondu d'un hochement de tête entendu. C'était bien sûr tout l'inverse, mais quoiqu'ils ne soient pas dans la même situation, au moins pouvaient-ils se gargariser du fait qu'eux aussi avaient une grande domesticité à régenter et, à la différence des autres, ils savaient à quel point c'était difficile.

La conversation était cependant loin d'être anodine : elle nous permettait de rester assis là à nous reposer un peu plus longtemps, dans cette chambre chauffée par le feu qui brûlait de l'autre côté du mur, à boire du thé, et c'était une excuse dont nous avions besoin pour ne pas passer pour des serviteurs négligeant leurs tâches. La duchesse ne s'encombrait pas de fainéants. Edita a bu une petite gorgée et m'a demandé d'un ton pensif : « Et pourquoi pas cette nappe, chère Magreta ? Vous voyez de laquelle je parle ? Le présent pour le mariage de la fille du boïar, qui finalement n'a pas eu lieu ? Elle était magnifique. »

Je voyais, oui, je voyais très bien. Ce boïar avait combattu aux côtés du duc, aussi le duc avait-il insisté pour lui faire un beau cadeau. Mais la duchesse et ses suivantes étaient déjà surchargées de travail, et, les années passant, j'avais petit à petit ralenti le rythme pour ménager mes mains, tandis qu'Irina grandissait ; je disais, oh, j'ai déjà toutes ses affaires à coudre, m'excusais, et exécutais les tâches que me confiait Edita un peu moins vite qu'elle l'aurait voulu, si bien qu'elle avait fini par m'en donner moins. Mais Irina ayant fêté son quatorzième anniversaire cette année-là, elles avaient monté les paniers de soie et de laine dans nos petits appartements, et Edita avait souri et dit qu'il était temps qu'Irina apprenne le travail délicat ; je pouvais lui enseigner. Et que ce soit prêt dans un mois, chère Magreta.

Au final, elle avait donc été dédommagée de tout le travail que j'avais essayé d'épargner à mes mains. C'est moi qui avais filé la soie jusque tard dans la nuit, les yeux et les doigts douloureux, pendant que ma petite dormait. Elle n'était déjà pas très belle, avec son visage étroit, son teint blême et son nez pointu, et je craignais que le manque de sommeil et le dur labeur n'aggravent encore les choses. Elle n'aurait jamais droit à un grand mariage, me disais-je alors, mais il n'était pas impossible qu'un foyer l'attende quelque part ; peut-être un homme plus âgé qui ne l'embêterait pas trop, une chambre qui ne serait pas au dernier étage et une certaine autorité sur sa maisonnée. Et peut-être y aurait-il un coin pour moi, un bébé à bercer et de petites choses à tricoter.

J'avais filé la soie, puis j'avais pris mes plus fines aiguilles pour tricoter les plantes grimpantes et les fleurs des armoiries du duc, de telle sorte qu'à chaque fête, lorsqu'ils déploieraient la nappe, ils la regardent et pensent à leur suzerain, et à la grande faveur qu'il leur avait accordée. Et de fait, ça n'avait servi à rien ; une fièvre avait emporté la fille du boïar avant le mariage, et le fiancé avait épousé une prétendante moins bien née. Toutes ces heures de travail et toute cette douleur avaient été pliées dans du papier et remisées dans le placard de la duchesse, en attendant qu'on ait besoin d'un autre présent.

« Merci, Edita, si tu peux t'en séparer. » C'*était* un authentique acte de bonté, tout autant qu'une façon de s'excuser, car elle n'avait pas été assez avisée pour me donner un peu d'aide et en faire *notre* travail. Quoi qu'il en soit, la prochaine fois que la duchesse aurait besoin d'un cadeau remarquable, Edita n'aurait pas cette nappe pliée dans du papier à produire, et c'est elle qui devrait confectionner autre chose, sans une paire de mains supplémentaire au grenier à mettre à contribution. Et à présent Irina avait un cadeau à offrir, ce qu'elle pouvait faire parce que j'avais assez ménagé son apparence pour que son père ne la relègue pas indéfiniment au grenier et ne fasse pas d'elle une paire de mains utile à ses belles-sœurs ; son père avait posé une couronne sur ses cheveux noirs et brillants que j'avais peignés, et l'avait pourvue d'un démon pour mari.

« Après tout ce que tu as enduré pour la livrer à temps, c'est la moindre des choses », a répondu Edita, plus à l'aise maintenant que j'avais accepté ses excuses ; tous me souriaient, soulagés, parce que j'étais trop vieille et trop fatiguée pour danser avec eux et me montrer aussi hautaine que j'aurais dû l'être, avec la tsarine pour maîtresse, et parce que je ne souhaitais pas grand-chose en contrepartie des vieilles dettes qu'ils avaient accumulées à mon endroit ; les collecter m'aurait demandé trop d'efforts. Et, oh, j'aurais tellement voulu grimper au dernier étage, m'enfermer dans ces étroites chambres et installer ma chaise inconfortable près de l'étroite cheminée. Mais il était trop tard pour ça.

Quand nous avons terminé notre thé, elle m'a apporté la nappe. Nolius m'a fait un petit dessin du quartier où était située la maison, et je suis repartie. Le duc se trouvait sur le balcon avec Irina. Leurs visages tournés l'un vers l'autre se réduisaient à des ombres se découpant sur le gris du ciel, tel un motif de tricot en miroir ; elle était aussi grande que lui et possédait le même nez. Tête baissée, je me suis carapatée dans un coin en attendant qu'il parte, ce qu'il a fait quelques minutes plus tard. « Merci, Magra », a-t-elle dit d'une voix absente quand elle est rentrée à son tour, en considérant la nappe dans son papier à moitié dépliée sur le lit. Elle a pris sa petite boîte à bijoux, l'a ouverte et a déposé la nappe sur l'épaisse chaîne en argent et les douze bougies de cire blanche qui en garnissaient le fond. Elle en a tâté l'étoffe, mais sans réellement la voir ; elle ne pensait ni à la nappe, ni au fil, ni au temps qu'avait nécessité leur confection. Elle n'avait pas à le faire. Je l'avais laissée dormir, et maintenant elle pouvait se consacrer aux couronnes et aux démons ; elle le devait, sans quoi elle mourrait.

Elle a refermé la boîte au moment où le tsar entrait dans la pièce avec une armée de valets : il était venu se changer. Il a jeté un regard froid à Irina. « N'avez-vous rien d'autre à vous mettre ? » a-t-il demandé en se vautrant dans un fauteuil et en tendant une jambe après l'autre ; les serviteurs lui ont ôté ses bottes, puis il s'est levé et s'est tenu au milieu de la pièce sans rien faire pendant qu'ils le débarrassaient de son pourpoint, de sa ceinture, de sa chemise, de son pantalon et de tout le reste dans une grande agitation.

« Tu as ta robe bleue », ai-je murmuré à Irina, celle que j'avais cousue pour elle. Elle avait été mise de côté dans la précipitation du mariage : elle n'avait pas pu être finie à temps pour aller dans son trousseau, et elle n'aurait de toute façon pas convenu à une tsarine ; je l'avais faite pour qu'elle la porte à la table de son père, de telle façon qu'elle mette sa tresse en valeur et redonne un peu de couleur à son visage. Mais Irina et son trousseau étaient partis dans un traîneau avec le tsar, et j'étais restée seule dans ces chambres glacées. Je m'attendais au minimum à ce qu'ils y logent d'autres servantes, mais j'espérais qu'ils me laissent au moins demeurer avec elles. J'avais donc sorti la robe bleue et l'avait reprise, malgré mes mains douloureuses, dans le but d'en faire un vêtement seyant à une duchesse, quelque chose que j'aurais pu donner à Palmira en présence de Galina. Peut-être l'apprécierait-elle assez pour me garder à son service. Quoi qu'il en soit, la robe était terminée.

Irina a acquiescé. Je ne la lui ai pas rapportée moi-même. Je suis sortie et j'ai trouvé une des autres servantes, à qui j'ai demandé d'aller me la chercher là-haut, et elle s'est exécutée parce que j'étais maintenant assez importante pour passer une heure à prendre le thé avec Palmira, Nolius et Edita. Quand je suis retournée dans la chambre, Irina était ressortie sur le balcon, les yeux tournés vers la forêt pendant que le tsar se tenait complètement nu devant le feu, refusant tel pourpoint, telle chemise, tel gilet que ses valets tiraient des sacs et des coffres empilés autour de lui comme un fortin. Aucun de nous ne comptait, bien sûr, mais son indifférence n'avait rien à voir avec notre état de domestique : même Galina ou le duc ne resteraient pas plantés devant un miroir dans le plus simple appareil en vidant leur garde-robe, comme s'ils n'avaient aucune raison d'avoir honte de leur nudité dans le secret de leur cœur. Mais pour le tsar, sortir de la chambre habillé ou exposer sa tenue d'Adam à toutes et tous ne semblait faire aucune différence ; comme s'il ne consentait à porter des vêtements que pour le plaisir de rehausser sa beauté, et si rien ne le satisfaisait, il ne voyait pas d'inconvénient à forcer les autres à détourner le regard ou à faire semblant qu'il n'était pas nu.

Mais pour Irina, j'ai déplié un paravent afin de lui créer un peu d'intimité dans un coin sombre. La fille est revenue avec la robe bleue, et nous avons aidé Irina à la passer, après quoi on a replié le paravent, pour découvrir que le tsar était prêt ou presque : il portait un pourpoint de velours rouge, un gilet assorti brodé de fils d'argent, et on était en train de lui enfiler des chaussures élégantes aux coutures doublées de rubis. Il s'est levé, s'est tourné dans notre direction, a toisé Irina avec un déplaisir manifeste et nous a dit à tous : « Sortez. » Je n'ai pas eu d'autre choix que de la laisser, mais je l'ai observée un moment depuis la porte, et elle n'avait pas l'air d'avoir peur ; elle lui rendait son regard sans céder un pouce de terrain, ma petite impassible.

Ils sont ressortis un peu plus tard, et la robe n'était plus la même ; elle était devenue plus ample et plus pleine. De la taille à l'ourlet d'où jaillissait une cascade de jupons, un dégradé de bleu, allant des nuances les plus sombres au gris pâle, avait remplacé la teinte unie. Des broderies d'argent doublées de rubis que je n'avais jamais cousues soulignaient chaque couture. Irina tenait sa boîte à bijoux dans ses bras. Les longues manches avaient laissé place à une gaze aussi vaporeuse qu'un voile d'été, où d'autres rubis traçaient des lignes courbes, comme s'il l'avait aspergée de gouttes de sang crachées par son pourpoint rouge. J'ai serré les mains l'une contre l'autre et baissé les yeux à leur passage, pour ne pas voir. Cette robe, comme la nappe, avait été le fruit d'un long et douloureux labeur ; je savais ce qu'elle m'avait coûté. Je savais donc ce qu'aurait coûté celle-ci, et je ne voulais pas songer à la façon dont elle avait été payée.

Wanda et Sergey sont descendus aider pour le mariage. « Tu veux venir, Stepon ? » Sergey m'a demandé, mais j'ai frissonné en pensant à toutes ces personnes entassées ensemble, dans la maison et dans les rues. Je ne pensais pas qu'il y avait autant de gens dans le monde. Alors j'ai dit : « Non, non, non », et ils ne m'ont pas forcé, mais ils sont partis, et au bout d'un moment le soleil a commencé à se coucher, et ça ne me plaisait plus trop d'être seul dans la chambre. J'étais vraiment tout seul, sans même les chèvres, et Wanda et Sergey étaient partis. Et s'ils étaient partis pour de bon ? Si quelqu'un était venu les chercher et qu'ils s'étaient enfuis ? J'ai ouvert la fenêtre, j'ai tendu le cou dehors et j'ai regardé en bas. J'entendais le bruit qui venait de la rue. Il y avait beaucoup de gens dehors, et des chevaux aussi, mais il y faisait sombre, même si le soleil entrait encore par la fenêtre, et je ne voyais pas leurs visages. En tout cas je ne voyais pas Wanda ni Sergey. Il y avait une femme avec les cheveux jaunes, mais je n'étais pas sûr que ce soit elle.

J'ai rentré la tête à l'intérieur, mais la maison était maintenant si pleine de gens que le bruit a continué même quand j'ai refermé la fenêtre. Il venait de la cheminée et de sous la porte. Il devenait de plus en plus fort, et puis la musique a démarré. Elle aussi était forte, et les gens dansaient dessus. Je la sentais dans mes pieds et pas seulement dans mes oreilles. Je me suis assis sur le lit et je me suis bouché les oreilles, mais je la sentais encore monter à travers toute la maison.

Et ça n'en finissait pas. Il faisait tout noir dehors maintenant, et j'avais vraiment peur. Je ne comprenais pas pourquoi Wanda et Sergey restaient en bas avec tout ce bruit. Peut-être que quelque chose de mal les y obligeait. J'avais le visage pressé contre les genoux et les bras sur la tête quand on a frappé à la porte. Je n'ai pas dit d'entrer, parce qu'il aurait fallu que j'enlève les bras de ma tête, mais Panova Mandelstam est entrée quand même. « Stepon, est-ce que tu vas bien ? » elle a demandé. Elle a dit ça comme ça, en pensant à autre chose. Mais comme je n'ai rien répondu et que je n'ai pas relevé la tête, elle a commencé à s'inquiéter. Alors elle est allée chercher la bougie qu'elle avait laissée sur la table pour nous et elle a pris deux morceaux de cire, puis a soufflé dessus jusqu'à ce qu'ils soient chauds et a dit : « Tiens, Stepon, mets la cire dans tes oreilles. »

Je me suis dit que j'allais essayer. J'ai éloigné ma main juste un petit peu et j'ai pris la cire. Elle était encore chaude et moelleuse. J'ai mis un morceau dans mon oreille et quand il s'est écrasé dans le trou, il a refroidi et le bruit a diminué de ce côté. Je le sentais encore dans mon corps, mais je l'entendais beaucoup moins. Comme ça marchait, j'ai mis le deuxième morceau de cire dans mon autre oreille, et c'était encore mieux.

Panova Mandelstam m'a caressé la tête. J'aimais bien ça. Mais ses pensées étaient déjà ailleurs. Elle a regardé dans la pièce, comme si elle cherchait quelque chose, et elle avait l'air inquiète. « Est-ce que Wanda et Sergey vont bien ? » j'ai demandé, parce que ça m'a rappelé que moi aussi, j'étais inquiet. J'étais si soulagé de moins entendre le bruit que je l'avais oublié pendant une seconde.

« Oui, ils sont en bas », Panova Mandelstam a dit. J'avais la drôle d'impression qu'elle parlait de très loin à cause de la cire, mais je la comprenais quand même.

Alors ça m'a rassuré, et je n'étais plus inquiet. Mais elle, si, alors je lui ai demandé : « Qu'est-ce que vous cherchez ? »

Elle est restée debout un moment à regarder dans la chambre, puis elle s'est tournée vers moi. « Tu sais quoi ? J'ai oublié. C'est idiot, non ? » Elle a souri, mais sans vraiment sourire. Ce n'était pas un vrai sourire. « Veux-tu descendre avec moi manger un macaron ? »

Je ne savais pas ce qu'était un macaron, mais je me suis dit que si tout le monde était en bas pour en manger malgré le bruit, c'est que ça devait être bon.

Et j'étais désolé de ne pas pouvoir l'aider à trouver ce qu'elle avait oublié. « D'accord, j'ai dit. Je vais essayer. »

Elle m'a tendu la main, je l'ai prise, et on est descendus ensemble. Le bruit est devenu plus fort, mais pas autant que je l'avais craint. Plus on s'approchait, moins il résonnait dans mes dents. Maintenant j'entendais la musique et des gens qui chantaient, même si la cire dans mes oreilles m'empêchait de comprendre les mots. Ils avaient l'air heureux. Panova Mandelstam m'a conduit dans une pièce énorme et remplie d'hommes. J'ai eu peur à nouveau, parce que certains étaient rougeauds, bruyants et qu'ils sentaient l'alcool, mais ils n'étaient pas en colère. Ils souriaient, rigolaient fort, dansaient en cercle en se tenant la main, enfin ce n'était pas vraiment un cercle, parce que la pièce n'était pas assez grande, alors ils étaient surtout entassés et se marchaient les uns sur les autres, mais ça ne semblait pas les déranger. J'ai repensé à quand on était là-haut et qu'on se tenait les mains avec Sergey et Wanda : ça faisait le même effet. Sergey était avec eux, et au milieu de cette ronde, il y avait un jeune homme qui dansait, et chacun son tour allait danser avec lui.

On est passés dans la pièce suivante, et elle était pleine de femmes qui dansaient, et au centre il y en avait une qui portait une robe rouge avec des motifs d'argent brillant et un voile qui pendait presque jusqu'à terre. Elle riait et elle était très jolie. Panova Mandelstam m'a emmené jusqu'à une table contre le mur, avec des chaises vides. Il y avait là un plateau de biscuits qui étaient sucrés et légers comme un nuage que quelqu'un aurait cuisiné. Elle l'a mis devant moi et m'a donné d'autres choses à manger, aussi, tellement de nourriture : d'épaisses tranches d'une viande tendre que je n'avais jamais mangée et qu'elle a dit s'appeler du bœuf, du poulet rôti, du poisson, des patates, des carottes, des boulettes, de petits légumes verts, et un gros morceau de pain jaune moelleux et doux. Je suis resté assis là à manger encore et encore, et tout le monde était content, moi le premier, sauf Panova Mandelstam, qui était assise à côté de moi. Elle n'arrêtait pas de regarder à droite, à gauche, à la recherche de quelque chose qui n'était pas là. Les gens venaient lui parler, et ça lui changeait les idées un petit moment, mais quand ils partaient, elle se rappelait et se remettait à chercher.

« Où est Wanda ? j'ai demandé.

— Dans la cuisine, chéri. Elle nous a aidés à faire le service », Panova Mandelstam a répondu, et alors je l'ai vue quand elle me l'a montrée du doigt, donc ce n'était pas Wanda qu'elle cherchait. Elle regardait la mariée, qui dansait de nouveau au milieu de la pièce, et elle essayait de sourire, mais elle n'y arrivait pas.

Tout le monde s'est mis à taper dans ses mains, et les hommes sont entrés dans la pièce, guidés par le marié. Tous ceux qui étaient assis se sont levés, et on a poussé les chaises et les tables contre les murs, et les femmes ont fait de la place pour les hommes dans leur ronde. Un des hommes a pris une chaise qui n'était à personne et l'a mise au milieu du cercle, pour le marié, et une des femmes a fait la même chose pour la mariée. J'attendais de voir ce qu'ils allaient faire, mais ils n'ont rien fait. Ils se sont arrêtés, car quelqu'un avait frappé à la porte.

Il y avait tant de bruit dans la pièce. Tout le monde chantait, riait et criait pour se faire entendre par-dessus la musique. Mais les coups à la porte avaient réussi à couvrir tout ça. Ç'avait été si puissant que les deux morceaux de cire dans mes oreilles sont tombés par terre. Mais le bruit de la pièce ne me dérangeait plus, parce qu'après ces coups, il n'y en avait plus. Personne ne parlait, et la musique s'était arrêtée.

Il y avait deux grandes portes d'un côté de la salle, qui donnaient sur la cour, et c'est de là que les coups étaient venus. Au bout d'un moment, il y en a eu un autre. Ça faisait le même effet que la musique quand on l'entendait de là-haut. Ça résonnait pareil. Ça a résonné dans mes os, et ça m'a fait peur.

Alors Panova Mandelstam s'est levée et a traversé la pièce en courant, en poussant les autres sur son chemin, et Panov Mandelstam a fait de même, depuis le coin des hommes. Ils sont arrivés aux portes et les ont ouvertes. Personne ne les a arrêtés. J'aurais voulu dire *Non, non, non*, mais rien n'est sorti de ma bouche. J'aurais voulu me cacher les yeux, mais c'était un coup à imaginer des choses pires que la réalité.

En fait, la réalité était bien pire que tout ce que j'aurais pu imaginer. C'étaient les Staryk.

Sergey et Wanda étaient près de moi. Ils m'avaient rejoint quand ils avaient entendu frapper à la porte. Sergey avait posé la main sur le dossier de ma chaise. Il était si grand qu'il pouvait voir par-dessus toutes les autres têtes ; je l'ai entendu prendre une inspiration, comme s'il avait peur. J'ai eu peur aussi. Tout le monde était terrorisé. C'étaient les Staryk. Ils étaient deux, avec une couronne sur la tête, un roi et une reine. Eux aussi se tenaient la main. Le roi était aussi grand que Sergey. Pas la reine, mais sa couronne était si haute que ça compensait presque. Il y avait de l'or partout, même sur sa robe blanche. Ils sont restés là, sur le seuil, et personne n'a fait un mouvement.

Alors un homme est sorti de la foule. Il était vieux et avait la barbe et les cheveux blancs. Il s'est arrêté devant les Staryk et a dit : « Je suis Aron Moshel. Vous êtes chez moi. Que voulez-vous ? »

Le Staryk a un peu reculé quand le vieil homme a dit son nom, et maintenant il le regardait. J'avais peur qu'il lui fasse du mal. J'ai cru qu'il allait tendre la main, le toucher, et que le vieil homme allait tomber par terre et s'étendre comme Sergey avait été étendu dans les bois, comme s'il n'y avait plus personne dans son corps. Mais au lieu de ça le Staryk lui a répondu : « Nous sommes là en réponse à une invitation et pour honorer la promesse que ma femme a faite de venir danser au mariage de sa cousine. »

Dans sa voix, on entendait craquer un arbre couvert de glace. Puis il a tourné la tête vers la reine, et Panova Mandelstam a poussé un petit cri, et la reine l'a regardée, et j'ai compris qu'en fait, ce n'était pas une Staryk. Juste une fille avec une couronne, qui pleurait, et Panova Mandelstam pleurait aussi, et je me suis dit : c'est sa fille, et je me suis enfin souvenu : Panova Mandelstam avait une fille. Elle avait une fille qui s'appelait Miryem.

Personne ne parlait, et alors le vieil homme, Panov Moshel, a dit : « En ce cas, entrez et soyez les bienvenus à notre fête », et j'ai pensé *Non, non, non* encore une fois, mais ça n'était pas ma maison, c'était la sienne, et le Staryk est entré avec Miryem. Il y avait deux chaises vides face à la piste de danse, et ils s'y sont assis. Même après ça, personne n'a dit un mot ou fait un geste. Mais Panov Moshel a dit aux musiciens : « C'est un mariage ! Jouez ! Jouez la *hora* ! » d'une voix forte et farouche. Alors les musiciens ont commencé à jouer, doucement d'abord, et il les a accompagnés en tapant dans ses mains, et s'est tourné vers le reste des invités en leur montrant de faire comme lui, et petit à petit tout le monde s'est mis à frapper dans ses mains et à taper du pied, comme s'ils essayaient de faire plus de bruit que ces coups à la porte.

À mon avis, c'était impossible. On n'était que des hommes. Mais les musiciens ont joué plus fort, et tout le monde s'est mis à chanter, et la chanson est devenue de plus en plus forte, et tous ceux qui étaient autour de nous se sont levés pour rejoindre ceux qui étaient déjà debout. Tous se sont pris par la main et ont repris leur danse : des enfants qui étaient encore plus petits que moi se sont levés pour aller danser, et aussi des très vieux. Ceux-là restaient à l'extérieur et tapaient dans leurs mains, mais tous les autres ont reformé de grands cercles en dansant très vite, une ronde d'hommes et un cercle de femmes. Les mariés étaient au milieu des cercles, comme si tous les autres voulaient les protéger.

Parfois, les danseurs s'avançaient vers le milieu et levaient tous les mains en même temps, avant de revenir à leur position d'avant. Tout le monde dansait, à part Wanda, Sergey et moi : on restait à l'extérieur des cercles en les regardant, effrayés, et de l'autre côté de la pièce, le roi Staryk et Miryem les regardaient aussi, assis sur leurs chaises. Il lui tenait toujours la main. Je ne connaissais pas tous ces gens qui passaient devant nous dans le cercle, mais alors j'ai vu Panova Mandelstam qui venait vers nous, et elle a lâché la main de la femme à côté d'elle pour la tendre à Wanda, qui l'a prise.

Panov Mandelstam venait vers nous dans l'autre cercle, mais je ne voulais pas aller avec lui. J'aurais voulu me cacher sous la table. Mais Panova Mandelstam nous demandait de venir grossir la ronde, et j'étais terrifié et je ne voulais pas, mais Wanda s'est levée et y est allée, et je ne pouvais pas la laisser y aller toute seule, alors quand Panov Mandelstam a tendu la main, j'ai donné la mienne à Sergey et on est entrés dans la danse.

Maintenant tout le monde dansait dans la maison, sauf le Staryk et Miryem. Mais la ronde continuait de tourner, et Panova Mandelstam a tendu la main à Miryem. Je ne voulais pas qu'elle le fasse, je ne voulais pas danser avec le Staryk et sa reine, même si c'était la fille de Panova Mandelstam. Mais Miryem a pris sa main, s'est levée et s'est trouvée entraînée dans le cercle, et le roi Staryk ne lui a pas lâché la main. Il s'est levé à son tour et il est venu danser avec elle.

Quelque chose d'étrange est arrivé quand il a commencé à danser. On était en deux cercles, mais je ne sais pas trop comment, une fois qu'il est entré dans la ronde, il n'y avait plus qu'un seul cercle, avec tout le monde dedans, et je tenais la main de Wanda, alors que je n'avais jamais lâché celle de Panova Mandelstam. Et pendant qu'on tournait, tous les vieux qui étaient restés à l'extérieur sont entrés dans la ronde et se sont mis à danser malgré leur âge, et les enfants aussi, même ceux qui n'étaient pas assez grands pour attraper une main.

Et il y avait de la place pour tout le monde, alors que la pièce avait été bondée jusqu'à maintenant. D'ailleurs, on n'y était plus. Il n'y avait plus de plafond au-dessus de nos têtes. On était dehors, dans une clairière enneigée entourée d'arbres blancs, des arbres blancs comme celui de M'man, et le ciel était si gris qu'on ne savait pas trop si c'était le jour ou la nuit. J'étais trop occupé à danser pour avoir peur ou froid. Je ne connaissais pas les pas ni les paroles ni la chanson, mais ce n'était pas grave parce que tous les autres m'aidaient et me tiraient, et tout ce qui comptait, c'est qu'on avait décidé d'être là.

Les mariés étaient toujours sur leurs chaises au milieu de la ronde. Ils se serraient fort la main. On s'est avancés vers eux, puis on a reculé, et puis certains hommes sont sortis du cercle, mais sans cesser de danser. Ils sont venus au milieu, se sont penchés en avant et ont soulevé les chaises des mariés, qui étaient toujours dessus, et ils ont commencé à les porter ici et là, en haut, en bas, sans arrêter de chanter la chanson. Elle était maintenant plus forte que les coups du Staryk contre la porte. Elle était si forte qu'elle me traversait le corps, mais elle ne me faisait pas peur, pas comme le bruit dans la chambre. Ça ne me dérangeait pas de la ressentir dans mon corps. J'avais l'impression que mon cœur battait avec elle, au même rythme, et je n'avais plus de souffle, mais j'étais heureux. Tout dansait. Les arbres dansaient également, avec leurs branches qui se balançaient et leurs feuilles qui avaient l'air de chanter elles aussi.

On dansait sans s'arrêter, et on allait très vite, mais je ne me fatiguais pas. Ceux qui portaient les chaises, eux, fatiguaient, mais d'autres les ont remplacés, et ils ont continué à porter les mariés ici et là. Même Sergey l'a fait, et puis il est revenu à sa place. Personne ne voulait s'arrêter de danser. On a dansé et dansé sous ce ciel gris, et j'ai pensé qu'on ne s'arrêterait jamais, mais le ciel a commencé à s'assombrir.

Pas à s'assombrir comme quand le soleil se couche. Plutôt comme quand les nuages s'effacent dans un ciel d'hiver, et d'abord quelques-uns d'entre eux se sont écartés pour laisser apparaître un coin de ciel dégagé, puis de plus en plus, jusqu'à ce qu'il n'y ait plus que la voûte étoilée du ciel au-dessus de nos têtes, mais ce n'étaient pas les étoiles du printemps ; c'étaient celles de l'hiver, scintillant dans ce ciel clair, et toute la neige sous nos pieds et les fleurs blanches se sont mises à scintiller à leur tour. On s'est tous arrêtés de danser et on a levé les yeux, et alors on n'était plus à l'extérieur, mais de retour dans la maison, et tout le monde riait et applaudissait, parce qu'on avait chanté la chanson. Malgré l'hiver, malgré le Staryk, on était arrivés au bout de la chanson.

Mais alors il y a eu un gros bruit de métal, comme la cloche d'une église, mais tout proche, juste de l'autre côté de la porte, et tout le monde a cessé de rire. C'était la cloche qui avait commencé à sonner minuit. La journée était terminée, et la chanson aussi. La musique s'était arrêtée. Le mariage était fini, et le Staryk était toujours là. On avait chanté la chanson malgré lui, mais ça ne l'avait pas fait partir. Il était debout au milieu de la pièce et il tenait encore la main de Miryem.

Il s'est tourné vers elle et il a dit : « Venez, madame, la danse est terminée. » Quand il a parlé, tout le monde s'est écarté de lui autant que possible. On voulait suivre le mouvement, Sergey et moi, mais on n'a pas pu parce que Wanda nous tenait la main et qu'elle ne bougeait pas.

Panova Mandelstam serrait toujours l'autre main de Miryem, sans bouger elle aussi. Elle ne voulait pas la laisser partir, et Panov Mandelstam tenait l'autre main de Panova Mandelstam, et Miryem ne voulait pas les lâcher non plus. Le Staryk les a regardés en fronçant tout le visage, et ses sourcils faisaient comme des stalactites pointues et brillantes. Il a dit : « Laissez-la, mortels, laissez-la. Une danse, c'est tout ce qu'elle a obtenu de moi. Vous ne devez pas la garder. Elle est ma dame, maintenant, et n'appartient plus au monde du soleil. »

Mais ni Panov Mandelstam ni Panova Mandelstam n'ont lâché. Panova Mandelstam regardait le Staryk, le visage blanc et malade, et elle n'a rien dit ; mais elle a légèrement secoué la tête. Il a levé la main, et Miryem a crié : « Non ! » et elle a essayé de dégager sa main de celle de sa mère, mais Panova Mandelstam refusait de la lâcher, et alors les portes se sont rouvertes en claquant si fort que tous ceux qui se trouvaient près d'elles ont sursauté ou se sont écartés. Elles ont cogné les murs dans un grand fracas.

Un autre roi et une autre reine se tenaient sur le seuil. Seule la reine portait une couronne, mais l'autre, je savais que c'était un roi, parce que c'étaient le tsar et la tsarine qu'on avait vus un peu plus tôt dans leur traîneau alors qu'ils passaient la porte devant laquelle on avait tant et tant attendu. Et le tsar a regardé le

Staryk et a éclaté d'un rire bizarre, comme si c'était un feu qui riait, et le Staryk n'a plus bougé.

« Irina, Irina, a dit le tsar, tu as tenu ta promesse, il est là ! Donne-moi la chaîne ! »

La tsarine a ouvert la boîte qu'elle tenait et en a sorti une chaîne en argent, qu'elle lui a donnée, et il s'est avancé dans la pièce en souriant de toutes ses dents. Personne ne lui a emboîté le pas. On était tous serrés contre les murs, aussi loin que possible.

Mais le Staryk a dit soudain d'une voix féroce : « Tu penses pouvoir m'attraper si facilement, dévoreur ? Je n'avais jamais vu ton visage, mais je connais ton nom, *Tchernobog*. » Il a bondi en avant et pris la chaîne des deux mains par le milieu. De la glace s'est propagée sur toute sa longueur, et des longues stalagmites pointues ont poussé dessus, comme si un blizzard s'était levé d'un coup, et la glace est remontée tout du long jusqu'aux mains du tsar, et même sur elles. Il a poussé un hurlement et a lâché la chaîne. Le Staryk l'a jetée par terre derrière lui où elle a atterri dans un boucan d'enfer, et puis il a frappé le tsar du revers de la main.

P'pa m'avait déjà frappé comme ça, ou Wanda, ou même Sergey, et même si P'pa était grand et fort, quand il me frappait, je tombais juste par terre. Mais quand le Staryk a frappé le tsar, c'était comme s'il avait frappé un bonhomme de paille. Les pieds du tsar ont décollé du sol, et même après qu'il est retombé lourdement, son corps a glissé par terre jusqu'à ce qu'il s'écrase contre la scène, où plusieurs instruments se sont écroulés dans un horrible fracas vibrant.

J'ai cru qu'il était mort, après un tel coup. Quand P'pa avait pris le tisonnier pour frapper Wanda, j'ai pensé qu'il allait la tuer, s'il la frappait avec ça, mais même avec le tisonnier, il n'aurait pas pu la frapper assez fort pour lui faire traverser la pièce comme ça. Et pourtant, le tsar n'était pas mort. Il n'est même pas resté étendu là, content d'être encore vivant, et il n'a pas essayé de se cacher pour éviter un autre coup. En fait, il s'est remis debout. Il ne s'est pas juste relevé, il s'est redressé d'une torsion bizarre, et il y avait du sang qui coulait de sa bouche et lui faisait les dents toutes rouges, et il a sifflé sur le Staryk, et quand il a sifflé, le sang est sorti de sa bouche en grésillant et en fumant, et ses yeux étaient rouges.

« Sortez ! a soudain crié la tsarine. Tout le monde, sortez de la maison ! »

Ç'a été comme un signal d'alarme. Tout le monde s'est précipité hors de la pièce. Plusieurs personnes l'ont dépassée et ont franchi les portes pour aller dans la cour, d'autres ont couru dans l'autre pièce, là où les hommes avaient dansé, et d'autres encore se sont réfugiées dans la cuisine. Les mariés sont allés par là, sans se lâcher la main. On récupérait les enfants et on aidait les vieux. Tout le monde partait.

Je me suis dit qu'on devrait faire pareil, mais Wanda ne bougeait pas. Miryem essayait de faire sortir Panova Mandelstam avec tous les autres, mais elle ne bougeait pas non plus. Elle serrait la main de Miryem des deux siennes et ne voulait pas la lâcher.

Miryem a dit : « Père, je t'en prie ! Maman, il va te tuer ! », et Panova Mandelstam lui a crié : « Je préfère encore mourir ! », et Panov Mandelstam a dit : « *Tu* viens avec nous », en essayant de mettre son bras autour d'elle.

Et Miryem a secoué la tête, s'est retournée et a crié : « Wanda ! Wanda, s'il te plaît, aide-moi ! »

On ne pouvait plus partir, Sergey et moi, parce que Wanda a couru jusqu'à elle. Miryem a poussé sa mère vers Wanda et elle a dit : « S'il te plaît, emmène-la !

— Non », Panova Mandelstam a dit, toujours sans la lâcher.

Wanda ne savait pas quoi faire. Elle voulait faire ce que Wanda voulait, et elle voulait faire ce que Panova Mandelstam voulait. Elle voulait faire les deux choses si fort qu'elle ne pouvait pas quitter la pièce, et donc moi non plus, parce que je ne pouvais pas les laisser là, elle et Sergey.

Pendant qu'elles se disputaient, le tsar et le Staryk se battaient. Mais le tsar ne se battait pas comme un tsar. Je pensais qu'un tsar se battrait avec une épée. Sergey m'avait raconté des histoires de chevaliers qui tuaient des monstres, que M'man lui avait racontées. Une fois, un chevalier est passé sur notre route. J'étais avec les chèvres et je l'ai vu arriver de loin. Je ne l'ai pas vu utiliser son épée, mais j'ai suivi la route aussi loin que j'ai pu pour ne pas le perdre de vue. Je l'ai fait pendant longtemps, parce qu'il n'allait pas très vite. Il avait une épée et une armure, et deux garçons qui marchaient avec lui en tirant un autre cheval et une mule avec les bagages. Après que je l'ai vu et que je savais ce qu'était un chevalier, parfois je me battais à l'épée dans les champs quand j'étais avec les chèvres, sauf que c'était juste un bâton, mais je disais que c'était une épée.

Je pensais que le tsar serait comme un chevalier, avec une plus belle armure et une plus grosse épée, mais le tsar n'avait pas d'armure du tout. Il portait un pourpoint de velours rouge qui avait été très beau, mais qui était maintenant déchiré, mouillé et brûlé. Et il n'avait pas d'épée. Il se battait à mains nues, en essayant d'attraper le Staryk, mais il n'y arrivait pas. Je ne sais pas comment il faisait pour manquer son coup, parce que le Staryk était juste là, mais quand il essayait de l'attraper, le Staryk n'était plus là, et il n'attrapait que le vide. Et s'il prenait une chaise ou une table qui lui gênait le passage, il y avait une odeur de fumée, et quand il enlevait sa main, ça laissait une marque brûlée à la forme de ses doigts. Il y avait quelque chose dans son visage, mais je ne pouvais pas le regarder trop longtemps, sinon j'avais l'impression qu'il posait cette main brûlante sur moi, à l'intérieur de ma tête.

Je me suis dit que ce n'était pas vraiment un tsar. C'était Tchernobog, ce nom que le Staryk avait dit, et c'était le nom de quelque chose qui était comme le Staryk, un monstre. Et si je ne voulais pas que le Staryk gagne, je ne voulais pas non plus que Tchernobog gagne. J'espérais qu'ils se battent pour toujours, ou au moins assez longtemps pour qu'on puisse s'en aller. Mais je voyais bien que le Staryk allait gagner. Tchernobog était un monstre, mais il était quand même à l'intérieur d'une personne. Chaque fois qu'il le manquait, le Staryk lui mettait un coup, comme une partie où ils joueraient chacun leur tour, et le tsar commençait à avoir du sang partout. Son visage devenait bizarrement enflé, et ça m'a fait penser au visage de P'pa quand le kasha est tombé dessus. Je ne voulais pas regarder son visage, mais je ne pouvais pas m'en empêcher. Si je me cachais les yeux, j'avais peur que le Staryk gagne pendant que je ne regardais pas. Alors il tuerait Panova Mandelstam et Panov Mandelstam. Je ne pensais pas que je pouvais l'en empêcher en le regardant, et je ne voulais pas regarder si ça arrivait, mais je ne voulais pas non plus relever les yeux et me rendre compte que c'était arrivé.

La tsarine avait contourné le combat pour rejoindre Miryem. « La chaîne en argent ! elle a dit. On a besoin d'une chaîne en argent pour l'attacher ! »

Alors Panov Mandelstam s'est retourné et a ramassé la chaîne par terre. Elle était cassée en deux parties qui n'avaient pas l'air assez longues pour faire le tour du Staryk. Mais la tsarine a mis les mains autour de son cou et a décroché son collier. Il était fait d'argent brillant et beau comme des flocons tombant devant une fenêtre éclairée. Elle a passé le collier dans le dernier maillon de chaque bout de chaîne, puis elle l'a refermé, et ça ne faisait plus qu'une seule longue chaîne. Alors Panov Mandelstam la lui a prise des mains.

Le tsar s'est de nouveau rué sur le Staryk en sifflant, alors même que son visage était maintenant tout rouge de sang, et pas seulement son visage. Certains de ses doigts étaient pliés dans le mauvais sens, et ses jambes faisaient comme des branches mortes brisées en plusieurs endroits, mais il lançait quand même ses bras en avant. Le Staryk l'esquivait chaque fois, comme quand on essaie d'attraper une mouche et qu'on pense avoir réussi, mais quand on ouvre la main, elle n'est pas là, et on l'entend bourdonner à nouveau. Mais ce n'était pas une mouche. Il était debout près de la cheminée. Quand ils avaient commencé à se battre, ils étaient au milieu de la pièce, mais maintenant ils étaient tout au bout. Pendant tout ce temps, le Staryk avait obligé le tsar à se rapprocher de la cheminée. Il l'avait fait exprès, et maintenant qu'ils étaient là, alors que le tsar le manquait une fois de plus, c'est *lui* qui l'a attrapé.

Un gros nuage de vapeur s'est élevé des mains du Staryk, et il a eu l'air d'avoir mal, mais il a quand même attrapé le tsar, et puis il l'a jeté dans la cheminée, en disant : « Retourne d'où tu viens, Tchernobog ! Par ton nom, je te l'ordonne ! »

Un horrible crépitement rugissant est sorti de la bouche du tsar, et dans sa bouche et dans ses yeux ouverts, il y avait du feu, mais tout le reste de son corps ne bougeait plus. Le crépitement est devenu une voix qui a dit : *« Lève-toi ! Lève-toi ! »*, comme s'il se parlait à lui-même, mais il ne s'est pas obéi. Il ne s'est pas levé. Il est resté étendu dans le feu, sans un mouvement.

Le Staryk se tenait au-dessus de lui, les mains jointes, attendant de voir s'il allait sortir de la cheminée. C'est alors que Panov Mandelstam a couru vers lui et a essayé de passer la chaîne autour de lui.

Je n'ai pas vu ce qui se passait, parce que je me suis caché les yeux sitôt qu'il s'est élancé. Je pensais que le Staryk allait le tuer et je ne voulais pas voir ça. Alors j'ai baissé la tête et j'ai mis mes bras autour, et Panova Mandelstam a crié : « Joseph ! », et Miryem a crié : « Non ! » et je n'ai pas pu m'empêcher de regarder. Panov Mandelstam était allongé par terre et il ne bougeait plus. J'ai cru qu'il était mort, mais alors il a bougé, donc il n'était pas mort, mais la chaîne n'était pas non plus autour du Staryk. Elle était aussi par terre, loin de lui. Panova Mandelstam avait couru jusqu'à Panov Mandelstam et elle était agenouillée près de lui. Miryem se dressait devant le Staryk, et elle a soudain enlevé sa couronne et l'a jetée par terre dans un grand fracas métallique, et elle a dit très fort : « Je ne repartirai jamais avec vous si vous leur faites le moindre mal ! Je mourrai d'abord ! Je le jure ! »

Le Staryk avait la main levée comme s'il s'apprêtait à faire quelque chose à Panov Mandelstam, mais il s'est arrêté en entendant ça. Il ne voulait pas s'arrêter ; il était furieux. « Tu m'agaces comme une pluie d'été ! il a crié à Miryem. Il s'est jeté sur moi avec sa chaîne ! Suis-je censé laisser ce crime impuni ?

— C'est vous qui nous avez agressés le premier ! elle a crié en retour. Quand vous êtes venu m'enlever. »

Le Staryk était toujours furieux, mais au bout d'un moment il a poussé un genre de grognement et il a laissé retomber sa main. « Bon, très bien ! » Il a dit ça comme si ça ne lui plaisait pas beaucoup, mais peut-être qu'il épargnerait Panov Mandelstam. Puis il a tendu la main à Miryem. « Maintenant venez ! Il est tard, et le temps est écoulé. Plus jamais je ne vous amènerais ici, si c'est pour me faire insulter par des mains faibles qui osent croire qu'elles peuvent vous arracher à moi ! »

Il a fait un geste vers les portes, qui se sont ouvertes. Mais dehors, ce n'était plus la cour. C'était la forêt dans laquelle on avait dansé, et où il n'y avait plus d'étoiles, seulement ce ciel gris et le traîneau tiré par des monstres, qui les attendait.

Miryem ne voulait pas aller avec lui. Je n'aurais pas voulu non plus, donc j'étais désolé pour elle, mais quand même, je voulais qu'elle y aille. Je voulais qu'elle prenne sa main, parce qu'alors il ne prendrait qu'elle, s'en irait et ne reviendrait pas. Tchernobog coincé dans la cheminée et le Staryk parti, on serait enfin en sécurité. Panov et Panova Mandelstam ne mourraient pas. Je croisais les doigts pour qu'elle parte.

Elle s'est tournée vers ses parents de telle façon que j'ai vu son visage, et j'ai ressenti un immense soulagement car j'ai compris qu'elle allait partir. J'étais triste parce qu'elle pleurait, et ça m'a retourné l'estomac d'imaginer que c'était moi à sa place et que Panova Mandelstam était ma mère, et que je doive la quitter pour aller avec le Staryk, mais j'étais quand même soulagé. J'avais peur, aussi, qu'elle change d'avis, mais elle ne l'a pas fait. Elle a seulement regardé autour d'elle une dernière fois, puis elle s'est tournée vers le Staryk, toujours en pleurant, et elle a fait un pas dans sa direction.

Panova Mandelstam a crié : « Non ! », mais elle ne tenait plus la main de Miryem, elle était près de Panov Mandelstam, dont la tête reposait sur ses genoux. Elle a quand même tendu la main et crié : « Miryem, Miryem ! »

Le Staryk a poussé un hurlement de colère. « Tu oses encore ! il a craché à Panova Mandelstam. Crois-tu pouvoir l'enchaîner ? La victoire est venue à moi ce soir, et le dévoreur est vaincu ! Je vais à présent fermer la route blanche le temps d'une vie mortelle, et j'accélérerai son écoulement dans mon royaume, jusqu'à ce que tous vous sachiez que le nom de ma dame est mort, et je ne vous laisserai même pas des bribes de souvenirs auxquels vous raccrocher ! »

Il a alors attrapé la main de Miryem et l'a tirée jusqu'à la porte, et j'étais si content qu'il le fasse que je n'avais pas remarqué ce que Wanda faisait. Je n'ai même pas eu le temps d'avoir peur ou de me cacher les yeux qu'elle lançait la chaîne autour de lui.

J'ai compris comment il s'en était échappé la fois précédente, car il a presque réussi à refaire la même chose. Il s'est baissé en pivotant sur lui-même pour la faire passer au-dessus de lui, mais cette fois Miryem s'est jetée par terre, et parce qu'il la tenait toujours, ça l'a un peu déséquilibré, et Wanda a baissé les bras assez vite pour que la chaîne reste autour de lui. Du coup, quand il s'est relevé, la chaîne était toujours autour de lui. Il y avait tant de colère dans son visage qu'une lumière blanche s'y est allumée. Il n'a pas lâché la main de Miryem, mais il a tendu l'autre main pour attraper les deux côtés de la chaîne et a tiré un grand coup.

Il a presque fait décoller Wanda du sol, mais Sergey a traversé la pièce en courant et a lui aussi attrapé la chaîne. Il tenait un côté et Wanda tenait l'autre, et alors tous les deux se sont retrouvés à tirer de toutes leurs forces, les pieds bien plantés dans le sol, comme s'ils essayaient de déterrer une souche. Sauf que la souche tirait dans l'autre sens et qu'elle avait l'air de prendre le dessus. J'avais peur, j'avais si peur, mais je me suis dit que c'était pareil que danser, alors je suis sorti de sous la table, j'ai couru jusqu'à eux et j'ai attrapé le nœud du tablier de Wanda et la vieille ceinture en corde de Sergey et j'ai fermé le cercle.

Quand j'ai fait ça, le Staryk a poussé un cri perçant qui ressemblait au bruit de la glace quand elle se brise à la surface de la rivière à la fin de l'hiver. C'était un bruit terrible, mais je n'ai pas lâché, et il s'est tu. Il est resté là à taper du pied et il a dit à Wanda d'une voix furieuse : « Très bien, tu m'as attaché ! Que veux-tu en échange de ma liberté ? »

On est restés sans bouger un moment, et puis Wanda a dit : « Laissez Miryem et partez ! » Miryem, toujours par terre, essayait de se dégager, mais il tenait encore sa main.

Le Staryk a lancé à Wanda un regard noir et brillant. « Non ! Tu m'as attrapé avec de l'argent, mais tes bras n'ont pas la force de me retenir. Je ne te laisserais pas ma dame ! »

Alors il s'est de nouveau jeté sur la chaîne et a essayé de nous faire lâcher prise. Mais on n'était plus seuls : Panov Mandelstam s'était relevé et était venu aider Wanda à tenir la chaîne, et Panova Mandelstam tirait du côté de Sergey, et tous les deux se tenaient la main derrière mon dos pour m'aider à tenir bon. On tirait tous très fort, et il a presque réussi à nous faire lâcher prise, mais il n'y est pas arrivé, alors il a arrêté et il avait de nouveau l'air en colère quand il a dit à Wanda : « Que veux-tu pour lâcher cette chaîne ? Demande quelque chose d'autre, ou crains ce qui t'arrivera quand tu commenceras à fatiguer ! »

Mais Wanda a secoué la tête et a dit : « Laissez Miryem tranquille ! » et il a de nouveau poussé son cri perçant et a craché : « Jamais ! Je ne renoncerai pas à vous, ma reine, ma dame d'or ; j'ai été dupé une fois, ça n'arrivera plus ! » et il s'est remis à lutter, si fort qu'il nous a tirés à travers la pièce. Nos pieds dérapaient par terre, et on est presque tombés. On n'allait pas pouvoir le retenir encore très longtemps. Les mains de Wanda et de Sergey glissaient sur la chaîne. Ils avaient passé les doigts dans les maillons, mais ils transpiraient des paumes et la chaîne leur échappait maillon après maillon, et ils ne pouvaient pas prendre le risque de la lâcher le temps de raffermir leur prise, sans quoi il se libérerait d'un seul coup.

Mais on a encore une fois tenu bon, et il s'est arrêté. Il a pris trois grandes inspirations. De gros nuages de givre s'échappaient de ses lèvres. Alors il s'est redressé de toute sa hauteur, et de la glace s'est formée sur lui. Une fine couche transparente a commencé à le recouvrir, puis une deuxième est venue par-dessus et ainsi de suite jusqu'à ce que ça devienne une carapace hérissée de piquants dégageant un froid intense. Sergey et Wanda essayaient de s'en tenir écartés, mais le froid se propageait le long de la chaîne jusqu'à leurs doigts.

Le Staryk n'a pas poussé son cri perçant. Au contraire, quand il a parlé à Wanda, c'était d'une voix douce, comme quand la neige a cessé de tomber et que tout est calme dehors. « Lâchez, mortels, lâchez, et demandez-moi une autre faveur. Je vous donnerai des coffres entiers de pierres précieuses, ou un élixir de longue vie ; je vous rendrai même le printemps, en juste récompense de votre force. Mais vous allez trop loin, vous outrepassez les limites en me réclamant ma reine. Mettez-moi encore une fois au défi, et je planterai l'hiver dans votre chair, j'ouvrirai votre cœur en deux et laisserai geler votre sang sur cette neige : vous n'avez aucun pouvoir, aucun don de magie pure, et l'amour seul ne peut pas vous donner la force de me retenir. »

Quand il a dit ça, j'ai su qu'il ne mentait pas. On l'a tous compris. Miryem s'était relevée. Elle avait cessé de tirer sur la main du Staryk qui lui serrait toujours le poignet. Elle a dit : « Wanda », pour dire qu'elle devait lâcher le Staryk.

Mais Wanda a regardé Miryem, et elle a dit : « Non », et c'était le même non qu'elle avait dit à notre père, quand il avait voulu la marier à Lukas.

Je n'avais pas eu l'intention de lui dire non, ce jour-là. Je ne lui avais jamais dit non, parce que je savais que si on le faisait, il nous battrait. Il nous battait de toute façon, mais il nous aurait battus encore plus fort si on lui avait dit non. Je n'aurais même pas pensé à dire non, quoi qu'il fasse, parce qu'il pouvait toujours faire pire. Et quand Wanda lui avait dit non, j'ai dit non aussi, mais je n'avais pas vraiment décidé de le dire, je l'ai juste dit. Mais maintenant je comprenais que je l'avais dit parce qu'il ne pouvait rien me faire de pire que de frapper Wanda à mort avec ce tisonnier, sous mes yeux. S'il avait fait ça, alors j'aurais aussi bien pu être mort moi-même, ça n'aurait pas été pire que de le regarder faire ça.

Et maintenant Wanda disait non parce que le Staryk ne pouvait rien lui faire de pire que d'emmener Miryem. Je n'étais pas sûr de penser la même chose, mais ce que je savais, c'est que je ne pouvais pas lâcher sans forcer Panov et Panova Mandelstam à lâcher aussi, vu qu'ils avaient leurs bras autour de moi. Et la mort ne serait pas pire que de devoir regarder Panova Mandelstam après lui avoir fait ça.

D'un autre côté, le Staryk ne mentait pas. Cette fois, Sergey n'allait pas entrer au bon moment pour le pousser dans le feu. Sergey aidait déjà autant qu'il le pouvait, et aucun d'entre nous n'était aussi grand et aussi fort que le Staryk. Donc on allait tous mourir. On ne pouvait rien y faire, sinon lâcher. Et personne n'allait lâcher.

Et alors une affreuse voix rauque et mouillée a dit : *« Une chaîne en argent pour l'attacher et un cercle de feu pour étouffer sa puissance »*, et tout autour de nous brûlaient douze grandes bougies. J'ai tourné la tête et j'ai vu le tsar, debout. La tsarine avait installé ce grand cercle de bougies pendant qu'on essayait de retenir le Staryk, et puis elle était allée auprès du tsar et l'avait aidé à se relever. Elle l'avait maintenu debout, et ces mots étaient sortis de sa bouche brisée avec de grosses bulles de sang. Il avait tendu une main qui tremblait et dont les doigts étaient affreusement tordus, mais il avait quand même réussi à pointer l'un d'eux, et des bougies avaient jailli des flammes d'une hauteur impressionnante.

À l'intérieur de la chaîne, le Staryk a fait un bruit étranglé, et son armure de glace s'est brisée en gros morceaux qui se sont fracassés par terre en tintant. Il est devenu tout blanc. Alors le tsar a éclaté de rire, sauf que ce n'était pas le tsar, mais Tchernobog, le monstre. On aurait dit un crépitement terrible. Et puis il a fait un pas hors de la cheminée, et alors certains de ses doigts tout tordus se sont redressés. Un autre pas et son épaule démise s'est remboîtée, et son nez est aussi revenu à sa place, et plus il approchait, plus il reprenait son apparence normale. Son visage a retrouvé sa perfection, et même son pourpoint déchiré est redevenu impeccable. Mais il n'y avait rien de normal en lui, et il venait droit vers nous.

Il a levé le bras et fait un moulinet avec sa main, et la chaîne s'est envolée des mains de Wanda et de Sergey pour aller s'enrouler fermement autour du Staryk, lui coinçant les bras le long du corps. Miryem s'est libérée de sa main et a fait un bond en arrière, et on s'est tous reculés aussi vite qu'on a pu, le plus loin possible de Tchernobog. Mais il ne faisait pas attention à nous. Il se tenait maintenant devant le Staryk en souriant. Les deux derniers maillons de la chaîne se sont ouverts comme des mâchoires et se sont refermés sur d'autres maillons, du côté opposé, et le Staryk s'est retrouvé saucissonné.

« Je te tiens, je te tiens », Tchernobog a roucoulé. Il a touché le visage du Staryk d'un doigt qu'il a fait descendre le long de sa joue et de sa gorge, et de la vapeur s'est élevée, et le Staryk serrait les dents à cause de la douleur. Tchernobog a fermé les yeux à moitié et a laissé échapper un petit craquement de joie, mais de joie pour quelque chose d'horrible. J'aurais voulu remettre la cire dans mes oreilles, mais je ne savais pas où elle était. Je m'accrochais à la main de Wanda, et Sergey se tenait devant nous, et Miryem et ses parents se serraient les uns contre les autres.

« Dis-moi, Tchernobog a continué. Dis-moi ton nom. » Et il l'a encore touché.

Le Staryk a frissonné de partout, mais il a murmuré : « Jamais. »

Tchernobog a crépité de colère et posé toute sa main à plat sur la poitrine du Staryk. Un horrible nuage blanc s'est élevé en tourbillonnant autour d'eux, et le Staryk a crié. « Ton nom, ton nom ! Tchernobog a sifflé. Tu es attaché, tu es à moi ; tu es entièrement à moi ! Dis-moi ton nom ! Par ce lien je te l'ordonne ! »

Le Staryk avait fermé les yeux et tremblait dans sa chaîne d'argent, et la peau de son visage était tendue, comme si on avait l'avait tirée sur les bords. Il semblait ne rien pouvoir faire d'autre que respirer, ne pas pouvoir penser à autre chose qu'à ça, mais quand il a pu se concentrer sur autre chose, il a rouvert les yeux et il a dit d'une voix faible : « Ce n'est pas *toi* qui m'as attaché, Tchernobog ; tu tiens mes chaînes, mais je ne te dois aucune reddition. Je ne suis lié ni par ta main ni par ta ruse. Cette victoire ne t'a rien coûté, imposteur, tricheur. Je ne te *donnerai* rien. »

Tchernobog a poussé un grondement sifflant et a pivoté vers nous – ou plutôt vers la tsarine. « Irina, Irina, que veux-tu ? Nomme un don, et il sera tien, nommes-en même deux ou trois ! Accepte un paiement de ma part et *donne-le-moi vraiment*. »

Mais la tsarine a secoué la tête. « Non. Je vous l'ai amené, comme je l'avais promis, et c'est tout ce que j'avais promis. Je ne veux rien de vous. Je l'ai fait pour le Lithvas et pas par cupidité. N'est-il pas attaché ? Ne pouvez-vous pas briser son hiver ? »

Tchernobog était très en colère. Il s'est mis à faire les cent pas autour du Staryk en marmonnant, en craquant et en sifflant pour lui-même, mais il n'a pas dit non. « Je me repaîtrai de toi tous les jours », il a grommelé en tournant autour du Staryk, puis il a posé la main sur son visage et fait courir ses doigts le long de ses joues où ils ont laissé de profondes marques fumantes. « Chaque bouffée me sera douce et fraîche. Chaque toucher te brûlera à vif. Combien de temps vas-tu encore me dire non ?

— L'éternité, le Staryk a murmuré. Même si tu te repais de moi jusqu'à la fin des temps, je ne t'ouvrirai jamais les portes de mon royaume, et tu n'auras rien de moi que tu n'auras volé.

— Je te volerai tout ! Tu es enchaîné, je te tiens. Je volerai les fruits de tes arbres blancs et je les dévorerai tous ; je boirai tes serviteurs et ton trône, je mettrai ta montagne à terre !

— Et même alors, je me refuserai à toi. Mes gens marcheront dans les flammes et garderont leur nom dans leur cœur ; tu ne le leur soutireras pas, pas plus qu'à moi. »

Tchernobog a rugi de fureur et lui a pris la tête des deux mains, et le Staryk a poussé un cri bien pire que le précédent, un peu comme P'pa quand le kasha lui était tombé dessus, et j'ai caché mon visage dans la jupe de Wanda et je me suis bouché les oreilles, mais ça ne suffisait pas à arrêter le son, même si elle a mis ses mains sur les miennes. Quand ça s'est arrêté, je tremblais. Le Staryk était à genoux, toujours enchaîné, et Tchernobog était debout au-dessus de lui. Ses mains dégoulinaient, mais il en a porté une à sa bouche et l'a nettoyée avec sa langue. « Oh, quel goût délicieux, et comme le froid demeure ! Roi de l'hiver, roi de la glace, je vais te lécher jusqu'à ce qu'il ne reste plus de toi qu'un tout petit morceau, que je prendrai entre mes dents, et que vaudra ton nom, alors ? Ne préfères-tu pas me le donner maintenant et emporter ta dignité dans les flammes ? »

Le Staryk a tremblé de tout son corps, et il a dit, très faiblement : « Non », et c'était le même *non* que le nôtre, c'était un non qui disait que Tchernobog pourrait bien lui faire ce qu'il voulait, ça ne pourrait pas être pire que de lui donner son nom.

Tchernobog a crépité de déception. « Alors je vais te garder attaché dans cet argent et dans ces flammes jusqu'à ce que tu changes d'avis ! Appelle-les ! il a crié d'une voix perçante. Qu'ils l'emmènent et le cachent quelque part ! » et soudain il a failli tomber, trébuchant sur les chaises jusqu'à ce qu'il en trouve une assez stable pour le maintenir debout, même s'il tremblait et qu'il avait la tête basse. La tsarine a alors traversé la pièce pour le rejoindre, et il l'a regardée, comme une personne regarde une autre personne ; ce n'était plus Tchernobog. Au bout d'un moment il a dit, presque en murmurant : « Les gardes », et sa voix était très belle, on aurait dit de la musique bien qu'il parle tout doucement.

Il s'est retourné et a pointé l'index vers les portes, comme il l'avait fait avec les bougies, sauf que cette fois sa main était droite et parfaite, et elles se sont ouvertes. Le traîneau n'était plus là, il y avait juste la cour, vide. « Gardes ! » le tsar a appelé, et des hommes ont traversé la cour en courant. Ils avaient des épées et des armures, mais quand ils ont vu le Staryk, ils se sont arrêtés, effrayés, et ont ouvert des yeux ronds. Ils ont fait des signes de la main devant eux.

Le tsar a pointé son doigt vers eux, comme il l'avait fait avec les portes et les bougies, mais la tsarine le lui a fait baisser. Elle a dit à ces hommes : « Courage ! » Ils ont tous tourné les yeux vers elle. « Voici le seigneur des Staryk, qui a provoqué ce maudit hiver. Grâce à

Dieu, il a été capturé. Nous devons l'enfermer pour ramener le printemps au Lithvas. Êtes-vous croyants ? Alors signez-vous, et que chacun de vous prenne une bougie. Elles doivent toutes rester autour de lui ! Et il faut que nous trouvions une corde, que nous attacherons à la chaîne pour pouvoir le tirer jusqu'à sa prison. »

Ces gardes avaient l'air terrorisés, mais l'un d'eux, qui était très grand, aussi grand que Sergey, et qui avait une grosse moustache, a dit à la tsarine : « Majesté, je l'oserai, puisque vous me le demandez », et il est allé chercher une corde dans la cour et il a marché sans s'arrêter jusqu'au Staryk et il a attaché la chaîne très vite, et quand il a reculé en grimaçant, j'ai vu que le bout de ses doigts était abîmé, tout blanc, comme gelé. Mais il avait la corde, et d'autres hommes sont venus l'aider à tirer. Le Staryk s'est levé pour qu'ils n'aient pas à le traîner tout du long. Les autres gardes avaient pris les bougies et restaient autour de lui.

Mais quand ils ont essayé de le tirer, il n'est pas tout de suite parti avec eux. Au lieu de ça, il a regardé Miryem. Elle était avec ses parents et le dévisageait. Ils avaient leurs bras autour d'elle, et son visage était tout retourné et inquiet, comme si elle avait encore peur, même si le Staryk était attaché. Mais il n'a pas essayé de s'en prendre à elle. Il a seulement dit, comme s'il était très surpris : « Madame, je ne pensais pas que vous puissiez répliquer, lorsque je vous ai emmenée de chez vous sans votre permission, et que je n'ai accordé de valeur qu'à votre don. Pourtant vous l'avez fait. Vous m'avez donné une juste contrepartie pour cette insulte par trois fois proférée, et vous avez fondé votre valeur : plus haute que ma vie, que mon royaume et que tous ceux qui y vivent, et bien que vous ayez voué tous les miens aux flammes, je ne peux me prévaloir d'aucune dette. Justice est faite. »

Il s'est incliné devant elle, très bas, puis il s'est détourné et il est parti avec les gardes, et Miryem a posé les mains sur son front et a fait un bruit comme si elle allait se mettre à pleurer, mais elle a dit : « Que puis-je faire ? Que vais-je faire ? »

Chapitre vingt

Ça n'a pas vraiment été une surprise de découvrir que le père de ma tsarine adorée avait un donjon secret hors les murs de la citadelle, enterré sous un tapis d'herbe et de paille. C'était le même genre de préparatif soigneux et bien conçu que je commençais à reconnaître chez ma reine chérie ; les chiens ne font pas des chats.

Il y avait une poterne dans les remparts du côté du quartier juif, une ouverture étroite au bout d'une venelle coincée entre deux maisons, pas très loin de celle où s'était tenu le mariage. Irina nous y a tous conduits ; la silhouette silencieuse du Staryk, statue de sel au milieu des gardes et de leurs bougies, et moi, qui fermait la procession. Nous incarnions l'image même de la sorcellerie. Dans mon ventre, le démon – Tchernobog, quel plaisir d'avoir enfin un nom à mettre sur mon passager ; nous commencions enfin à être intimes après toutes ces années – se tortillait en ronronnant de joie. Heureusement, il était tard, et il n'y avait plus personne dehors, sinon les inévitables ivrognes et mendiants.

Une fois les remparts atteints, Irina a écarté un rideau de lierre et ouvert la poterne avec une clef tirée de sa bourse, et, à son commandement, les hommes ont prudemment franchi le sas l'un après l'autre, en maintenant le cercle de feu autour de notre prisonnier, avant que le grand, beau et excessivement courageux garde de tête ne le tirât à travers l'ouverture. Le Staryk a suivi sans protester, alors qu'on n'aurait jamais pu l'y traîner de force. J'éprouvais toujours des douleurs fantômes dans tout le corps, partout où il m'avait frappé, chaque coup m'ayant fait l'effet d'un marteau sur une enclume, comme si j'avais été un morceau de métal en fusion qu'il fallait aplatir.

Mais le démon avait persisté à me jeter contre lui, refermant furieusement mes mains brisées sur le vide tandis que mes côtes me perçaient les poumons, que mes hanches démises laissaient pendre mes jambes inutiles, que mes dents tombaient de ma mâchoire décrochée tels des cailloux déchaussés. Si je m'étais fait écraser comme du moût de raisin, je ne doute pas que Tchernobog eût piétiné la flaque de mon sang pour s'en vernir les bottes. Quand le Staryk nous avait finalement poussés dans le feu et avait contraint le démon à y rester, j'aurais pu pleurer de gratitude et de soulagement, si seulement il avait eu l'obligeance de mettre un terme à mon agonie en me broyant le crâne une bonne fois pour toutes d'un coup de botte bien placé.

Mais il m'avait laissé là. Et alors ma douce Irina avait mis ses bras autour de moi, grotesque parodie d'une miséricorde qu'elle aurait pu m'accorder en me tranchant la gorge. Elle avait cependant besoin de moi, elle aussi – à croire que je suis *infiniment* utile. Elle s'était agenouillée près de moi et m'avait dit d'une voix tendue : « Le cercle de feu. Pouvez-vous allumer les bougies ? » Il me semble avoir sangloté, ou ri, pour autant qu'un son pût sortir de ma bouche. Le souvenir était un peu flou. Mais elle m'avait pris par les épaules et m'avait dit d'une voix farouche : « Vous serez piégé ici pour l'éternité si nous ne l'arrêtons pas ! », et l'horrible certitude qu'elle avait raison m'avait brutalement tiré de ma léthargie.

Oh, je crois que je savais déjà quel funeste destin pire que la mort m'attendait ; comme j'avais été naïf, si ridiculement naïf. N'étant pas assez brisé pour mourir, j'étais condamné à rester étendu là, dans les braises et les cendres. J'imaginais les occupants de cette maison et de toutes celles des environs fuir à toutes jambes la vision d'horreur de mon corps fracassé dans l'âtre. Ils barricaderaient les portes et les fenêtres, peut-être même brûleraient-ils tout le bâtiment pour m'enterrer sous une montagne de gravats fumants, où je résiderais pour l'éternité en compagnie de mon démon hurlant, qui n'aurait rien d'autre à dévorer que les restes de ma personne.

Je m'étais donc levé et, d'une voix rauque et fébrile, j'avais invoqué quelques miettes de la magie que mon démon m'avait octroyée, comme on jette un os à un chien obéissant, et j'avais capturé le roi Staryk pour ma reine chérie et pour mon maître adoré. Et j'avais été bien récompensé : j'étais de nouveau entier ! Je respirais sans vomir une cascade de sang ! Je me tenais debout, je marchais, je voyais par mes deux yeux… Oh, j'en étais infiniment reconnaissant, mais je savais que mon cauchemar était loin d'être terminé. J'avais seulement gagné un peu de temps. Mon destin me rattraperait, tôt ou tard. Tchernobog ne me laisserait jamais tranquille, pas même dans la mort. Pourquoi le ferait-il ? Rien ne l'y obligeait. J'avais été cédé sans réserve ; sans limitations d'usage et sans petits caractères. Je ne pouvais rien y faire de plus que ce que j'avais fait jusqu'à maintenant, c'est-à-dire attraper au vol ces petits bouts de vie quand ils passaient à ma portée, les dévorer et lécher mes doigts graisseux, et essayer de rendre mon existence supportable chaque fois que j'en avais l'occasion.

J'ai donc inspiré une grande bouffée d'air nocturne en contemplant mes belles mains régénérées, et j'ai suivi ma reine et mes gardes dans ce dédale de rues et à travers cette poterne. Tant que Tchernobog avait un Staryk à se mettre sous la dent, je n'aurais rien à craindre. Le monstre repu et somnolent pesait lourd dans mon estomac. Pût-il rester ainsi endormi le plus longtemps possible.

Une fois de l'autre côté du mur, Irina nous a fait gravir une colline, en haut de laquelle se dressait un arbre rabougri. Là, elle a ordonné aux gardes de poser les bougies en cercle autour du Staryk, et puis elle a déclaré : « Vous avez servi le Lithvas et Dieu, ce soir. Vous serez récompensés pour ce que vous avez fait. Vous allez à présent regagner la ville, mais avant de retourner au palais, passez par l'église et remerciez le Seigneur, et ne parlez à personne de ce que vous avez vu. »

Ces hommes, manifestement plus sensibles qu'ils ne le paraissaient, ne se le sont pas faire dire deux fois, sauf notre jeune héros, qui a soigneusement posé la corde à l'intérieur du cercle des bougies et a demandé à Irina : « Majesté, ne puis-je rester pour vous servir ? »

Irina l'a regardé et s'est enquise : « Comment vous appelez-vous ?

— Timur Karimov, Majesté. » Oh oui, il était *très* désireux de la servir, mais il ne manquerait pas d'en demander le paiement tôt ou tard. Cependant, sitôt que je m'en suis fait la réflexion, une idée m'est venue… Il avait comme moi du sang tatar : le teint de peau sombre, les traits délicats, les épaules larges, et à en juger par sa moustache, il devait avoir les cheveux bruns qui seyaient à ses yeux clairs. Et si Irina n'insistait pas pour que je m'acquitte de mes devoirs de reproducteur, *quelqu'un* allait devoir s'y coller.

« Timur Karimov, vous avez prouvé votre valeur », suis-je intervenu, et il a sursauté en se rappelant que oui, c'était bien son mari qui se trouvait là, son mari le tsar du Lithvas qui pouvait d'un simple mot lui sortir les yeux, lui trancher la langue et lui clouer la tête et les mains à la porte du château. Le spectacle de sa nervosité m'aurait donné quelque satisfaction, mais au lieu de ça il m'a semblé… *chiffonné*, plein d'une misérable envie, comme s'il n'espérait même pas jouir d'une quelconque faveur, mais se contentait de rêver de loin à son idéal, dont il avait momentanément oublié qu'il était hors de sa portée. Eh bien, peut-être pourrais-je le guérir de son manque d'ambition. « Je vous fais séance tenante capitaine de la garde personnelle de la reine. Puissiez-vous toujours protéger mon plus grand trésor avec le courage dont vous avez fait preuve ce soir. »

J'avais un peu surjoué, certes ; il a mis un genou à terre à mes pieds, m'a pris la main et l'a baisée. « Majesté, j'en répondrai de ma vie », a-t-il dit d'une voix vibrante, comme s'il se croyait dans une pièce de théâtre, sauf qu'il avait vraiment l'air d'être sur le point de fondre en larmes.

« Bon, très bien », ai-je abrégé en retirant ma main. Irina a manifesté sa perplexité d'un léger froncement de sourcils ; j'ai jeté un regard sans équivoque à la tête inclinée du jeune galant à mes pieds, et alors la lumière s'est faite : ses joues de jeune vierge se sont teintées d'un rouge tout à fait inconvenant ! Elle ne pouvait pas faire semblant de ne pas comprendre, après toutes les leçons de succession dynastique dont elle m'avait gratifié. « Et maintenant ? » l'ai-je interrogée. Je ne voyais aucun inconvénient à ce que Timur restât ; il ne révélerait les secrets de sa belle tsarine à personne.

Irina devait être arrivée à la même conclusion, car au bout d'un moment, elle a désigné un endroit sur le sol aux pieds du Staryk et lui a dit : « Creusez ici. »

Découvrir la trappe sous les pierres n'a pas demandé beaucoup d'effort ; sitôt que nous l'avons eu dégagée, Irina y a toqué. Un instant plus tard, elle s'ouvrait vers le bas, et j'ai vu le visage de mon beau-père émerger de l'obscurité. Il a hoché la tête en regardant Irina et nous a fait de la place pour que nous descendions le Staryk. Lui non plus n'avait pas chômé : il avait pioché un sillon circulaire dans le sol, parmi les rochers, et l'avait rempli de charbon. Un autre cercle de bougies brûlant autour du sillon formait une deuxième rangée de fortifications, et il y en avait en supplément dans une brouette contre le mur, prêtes à remplacer les premières. Tout avait été parfaitement organisé.

Timur a tiré le Staryk à l'intérieur du cercle de charbon, est remonté et a laissé tomber la corde à ses pieds. Le Staryk l'a ignoré ; il se tenait au milieu du cercle et nous toisait par-dessus les stalactites luisantes de son visage, le menton haut et fier malgré la chaîne d'argent qui l'enserrait, d'une impossible étrangeté : c'était *l'hiver* lui-même que nous avions emprisonné dans cette cave. Il ne semblait pas entièrement être une créature vivante. Son visage avait quelque chose de curieux qui ne restait jamais le même quand vous y regardiez à deux fois, comme si ses arêtes étaient en fusion et en reformation constantes. Il n'était pas beau, il était terrifiant ; et puis il était beau, et ensuite il était les deux, impossible de s'en faire une idée précise d'un instant à l'autre.

Quelque chose dans ma tête s'est mis à me démanger ; j'aurais aimé le dessiner, le saisir avec une plume et de l'encre, pas seulement avec du feu et de l'argent. J'ai regardé Irina dans l'obscurité de ce puits : un peu de la lumière froide et bleutée du Staryk se réfléchissait sur son visage, sur sa couronne d'argent et sur les rubis de sa robe, et j'ai soudain compris que c'était *cela* qu'ils voyaient en elle : ils la voyaient comme une Staryk, mais assez proche d'une mortelle pour être touchée.

Dans mon ventre, Tchernobog a remué et eu un renvoi, une sensation inédite et monstrueusement déplaisante. Cela m'a presque fait l'effet d'un coup de fouet ; j'ai grincé des dents et ouvert les doigts en direction du cercle de charbon, d'où se sont élevées des flammes rouges. Timur a eu un mouvement de recul. Le Staryk n'a même pas tressailli, mais j'ai eu l'impression qu'il aurait bien voulu le faire, si ça n'avait pas été si éloigné de sa conception de la dignité. J'ai réprimé l'envie de lui dire qu'il pouvait tressaillir tout son soûl. Tchernobog n'avait aucune considération pour la dignité, pour ce que j'en savais. Que sa victime en ait ou pas ne changeait rien à son plaisir.

« On s'en va ? ai-je pressé Irina. Je suis navré de devoir renoncer aux charmes évidents de cet endroit, mais il me semble que nous avons demain un autre mariage à célébrer, n'est-ce pas ? Il faut croire que c'est dans l'air du temps. »

Irina s'est détournée du Staryk. « Oui », a-t-elle répondu sombrement. Elle ne semblait pas particulièrement satisfaite du résultat final de son plan parfait, bien qu'il se fût déroulé sans le moindre accroc, pour autant que je pusse en juger. À moins bien sûr qu'ils n'eussent un corollaire qu'elle n'avait pas partagé avec moi – dans lequel, par exemple, je restais *effectivement* coincé pour toujours dans la cheminée, lié par une chaîne en or et un cercle de glace ; cela eût été poétique. Oui, plus j'y réfléchissais, plus j'acquérais la certitude que cela avait été à l'ordre du jour. Ah, quel idiot j'étais… *j'avais été.* Le couteau destiné à se planter dans mon dos était toujours en chemin.

« Un homme de confiance ? » a demandé le duc à Irina en désignant Timur. Elle a acquiescé. « Bien. Il va remonter avec moi, m'aider à camoufler la trappe et monter la garde. Continuez tout droit dans le tunnel. Ne tournez pas. Il croise d'anciens égouts. »

Notre petite promenade n'en serait que plus pittoresque. J'ai souri à Irina en invoquant les dernières miettes de l'affection sincère qui naissait pour elle en moi, et lui ai présenté mon bras de façon très formelle. Elle m'a regardée, toujours aussi terne et inexpressive qu'un glaçon, et a posé la main au creux de mon coude. Nous avons laissé derrière nous le Staryk à son attente silencieuse et solitaire dans ses liens de feu et d'argent et nous sommes mis en route dans ce trou à rats puant d'une impénétrable noirceur d'où pendaient, tels des vermisseaux, des racines d'arbres. J'ai allumé entre mes mains un petit feu, dont la lumière rougeoyante dansait sur la terre des parois.

« Que voilà une commode issue de secours. Il faudra que je m'en souvienne, si un jour ton père décide de se rebeller contre la couronne. Quoique ce ne soit plus guère probable – ou l'est-ce ? » Elle s'est contentée de me regarder. « Je suppose que tu me prends pour un imbécile », ai-je ajouté d'un ton cassant. Son silence était encore plus insupportable que ses leçons. Je n'avais rien voulu de tout ça : ni l'épouser, ni l'aider à survivre, ni me faire réduire en bouillie pour elle. Tchernobog couvait comme une braise rassasiée dans mon ventre, *content* de lui – et d'elle, ça ne faisait aucun doute. Je ne pouvais même pas la pousser dans un de ces tunnels obscurs et m'enfuir en courant.

« Est-ce que vous allez bien ? » m'a-t-elle demandé subitement.

J'ai éclaté de rire devant l'absurdité de sa question. « Tu veux dire, en dehors d'une petite agonie et d'une blessure mortelle ici et là ? ai-je ironisé. À dire vrai, je m'en moque. Je suis enchanté de pouvoir t'être utile. Hmm, *enchanté*… Est-ce bien le mot qui convient ? Ça demande réflexion. Qu'attends-tu exactement de moi ? Devrais-je t'être *reconnaissant* ? »

Elle s'est arrêtée. Après un silence, elle a dit : « L'hiver va prendre fin. Le Lithvas…

— Arrête avec le *Lithvas*, lui ai-je craché. Il n'y a que les vers pour t'entendre ici. Comme si le *Lithvas* signifiait autre chose que les lignes imaginaires où se sont entre-tués les derniers contingents de soldats. Qu'est-ce que j'en ai à faire, du Lithvas ? Les nobles ne rêvent que de me trancher la gorge, les paysans ne savent pas qui les gouverne, la terre s'en soucie comme d'une guigne, et je ne dois rien à personne, surtout pas à toi. Je ne peux pas t'empêcher de me mouvoir comme un pion sur l'échiquier, mais ne compte pas sur moi pour te remercier humblement de me permettre de t'être utile, ma dame, comme l'autre singe rampant, là-haut. Arrête d'essayer de me faire croire que tu n'aurais pas préféré me laisser là-bas en mille morceaux sanglants. Le prochain tsar ne t'attend-il pas quelque part dans une des ailes du château ? Ça me semble être le genre de précaution à laquelle tu aurais pensé, juste au cas où. »

Elle est heureusement restée silencieuse un moment, mais pas assez longtemps à mon goût. Nous avons atteint le bout du tunnel et franchi une arche creusée à même la pierre qui aboutissait dans une petite pièce sombre et exiguë, guère plus qu'un placard. Un des murs pivotait habilement pour donner accès à la cave à vin. Une fois que nous sommes sortis et que j'ai refermé la paroi derrière moi, il était impossible de déceler le subterfuge. C'est à peine si je pouvais détecter l'interstice en faisant courir mes doigts le long des briques, et uniquement parce qu'il manquait un peu de mortier. Tchernobog a fredonné de satisfaction dans son sommeil : il y retournerait demain, il festoierait de nouveau…

Irina me scrutait dans la pénombre ; j'avais refermé ma main sur la flamme, et seule la lumière de l'escalier se reflétant dans les étangs noirs de ses yeux me révélait son visage.

« Vous n'avez que faire de tout cela. Et pourtant vous avez passé ce marché pour prendre la place de votre frère… »

Ses paroles m'ont fait à peu près le même effet que lorsque le Staryk m'avait enfoncé les côtes dans le cœur. Oh, comme je la haïssais. « Je crains que Karolis ne t'eût pas plu davantage que moi, chère enfant, ai-je répondu entre mes dents. Qui m'a appris à tuer les écureuils, d'après toi ? Personne d'autre n'avait une minute à consacrer au rejeton de la sorcière, jusqu'à ce qu'il soit… »

Je me suis interrompu ; le sujet était encore trop douloureux pour les sarcasmes. Tchernobog a remué un peu et m'a infligé un coup de langue dans la tête, se repaissant paresseusement de cette friandise délicieuse et inattendue qu'était ma souffrance. Quel plaisir de constater que je pouvais encore lui donner satisfaction, même quand il était si rassasié.

Elle me dévisageait. « Vous l'aimiez. Et vous avez quand même passé ce marché ?

— Oh, non, ai-je explosé. Je n'ai jamais eu l'occasion de passer le moindre marché. Vois-tu, ma mère n'était pas aussi chanceuse que toi, douce Irina. Au départ, elle n'avait ni couronne ni beauté magique, et pas de roi Staryk pour les lui acheter. Alors à la place, elle les a payées avec un billet à ordre, et l'encre de mon contrat était déjà sèche avant même que je fusse venu au monde. »

Quand Irina est revenue, je cousais dans un coin de sa chambre, aussi vite que je le pouvais. J'étais allée voir Palmira pour lui dire que le tsar ne laisserait pas sa tsarine porter deux fois la même robe, et si elle en avait une que je puisse reprendre pour le lendemain, je lui donnerais la bleue, celle avec les rubis, qu'elle pourrait elle-même reprendre pour Galina. Ni la duchesse ni Palmira ne savaient d'où venaient les pierres précieuses. Mieux valait l'ignorer. Pour elles, ce ne seraient que des joyaux luxueux et délicats que quelqu'un avait achetés avec de l'or et non du sang. Ainsi dépourvues de la cruauté qui les avait créées, ces pierres pouvaient n'être que belles. Et j'aurais du travail pour toute la nuit, cette longue nuit d'attente sous la lampe à me demander si Irina reviendrait un jour.

« Mais elle doit être splendide, avais-je précisé. Sinon ça n'ira pas : vous avez vu comment *il* s'habille ? Il n'acceptera pas qu'elle ne soit pas à la hauteur. » Alors Palmira m'avait donné une robe de brocart vert émeraude rehaussée de soie d'un vert plus clair, et brodée de tant de fils d'argent que j'ai dû demander l'aide d'une servante plus jeune pour la porter jusque dans la chambre. De petites émeraudes y étaient fixées : leur valeur était moindre que celle des rubis, mais il y en avait assez pour faire étinceler la robe dans la lumière. Galina l'avait portée jeune fille, avant son premier mariage. Elle était à présent trop petite pour elle, mais on l'avait quand même gardée pour sa fille si elle en avait une un jour, ou plus probablement pour une bru. Pas pour une belle-fille, en tout cas jusqu'à aujourd'hui, mais elle irait à Irina sans trop de modifications. Ma maîtresse avait juste un peu moins de poitrine. J'avais presque terminé le corset quand elle est entrée, le visage blême et terne, par contraste avec les gouttes de sang rubis de sa robe.

Le tsar est allé directement à la cheminée et a réveillé ses valets en leur aboyant d'aller lui chercher du vin chaud. Puis il a étendu les bras pour qu'ils lui ôtent son pourpoint de velours rouge, comme si de rien n'était.

J'ai essayé de prendre les mains fines de ma petite, mais elle ne m'a pas laissée les voir ni n'a ouvert son manteau. Mais j'ai passé le bras autour de ses épaules et je l'ai tirée jusqu'à ma chaise, où je l'ai assise. Elle n'avait pas froid, elle ne tremblait pas. Mais elle avait le regard aussi vide qu'un champ enneigé, et une terrible odeur de brûlé flottait. Quand elle s'est assise, j'ai vu que sa robe était maculée de sang, du vrai sang séché et sombre, et il y en avait aussi sous ses ongles et sur ses paumes, comme si elle avait débité de la viande dans cette tenue. Je lui ai caressé la tête. « Je vais faire couler un bain, lui ai-je murmuré. Je te laverai les cheveux. » Elle n'a pas protesté, aussi ai-je demandé aux valets de nous apporter la baignoire, et de l'eau froide pour nettoyer la robe.

Le tsar, déjà en robe de chambre, sirotait son vin pendant qu'on chauffait son lit. Le temps que le bain soit prêt, il était déjà couché, rideaux tirés. Après avoir renvoyé tous les autres serviteurs, j'ai ôté sa couronne à Irina – elle a sursauté et tendu la main vers elle, puis elle a coulé un regard vers le lit pour s'assurer qu'il dormait avant de me laisser faire. Elle n'avait plus son collier, mais je ne lui ai pas demandé ce qui lui était arrivé.

J'ai commencé par lui laver les mains et les bras dans la bassine. Sous la lumière tamisée, l'eau a seulement paru sale et troublée, pas rouge. J'ai ensuite emporté le récipient sur le balcon en frissonnant et j'ai vidé son contenu sur les pavés loin en contrebas. Les hommes du duc s'entraînaient sur cette place. Un peu plus de sang par terre passerait inaperçu. Puis j'ai dévêtu Irina et mis sa robe bleue à tremper dans l'eau froide. Les taches étaient récentes ; elles partiraient.

Après l'avoir aidée à entrer dans la baignoire, j'ai frotté ses cheveux avec du myrte séché que j'avais récupéré dans le placard de notre ancienne chambre.

Il a fallu trois lavages pour qu'enfin la douce odeur des branches et des feuilles remplace celle de la fumée. Une fois sortie du bain, je l'ai séchée avec une serviette et l'ai fait s'asseoir près de la cheminée tandis que je lui brossais les cheveux. Le feu baissait, mais je n'ai pas remis une autre bûche, car il ne faisait pas si froid dans la pièce. Ses yeux se fermaient peu à peu. Je lui ai chanté une chanson tandis que je faisais disparaître les derniers nœuds, et elle a posé la tête contre le dossier de la chaise et s'est endormie.

Le sang sur la robe bleue était parti. Je l'ai égouttée et j'ai sorti la bassine sur le balcon pour la vider à nouveau. Mais cette fois, il ne faisait plus froid. Un air doux m'a soufflé au visage les senteurs de la forêt et de l'humus, ce parfum de printemps que j'avais presque oublié. Je suis restée là avec ma bassine d'eau rouge à respirer cette odeur, l'esprit vide, jusqu'à ce que mes bras tremblent ; la bassine commençait à se faire lourde. Je suis parvenue à la faire passer par-dessus le garde-fou et à la renverser, puis je suis rentrée. Je n'ai pas refermé la porte, afin de laisser le printemps s'insinuer dans la chambre. Ma petite, ma courageuse petite, avait réussi. Elle y était allée, était revenue couverte de sang, et nous avait rapporté le printemps. Et elle était revenue, elle était revenue, ce qui valait plus à mes yeux que tous les printemps du monde.

J'ai frotté la robe bleue jusqu'à en faire disparaître les dernières taches ; j'étais très soigneuse mais, de toute façon, les rubis, solidement cousus, ne se sont pas détachés. Je l'ai ensuite mise sur le dossier d'une chaise et l'ai sortie pour la faire sécher ; plus tard, je pourrais la donner à Palmira, et elle ne saurait jamais qu'elle avait été tachée. Quand je me suis retournée pour rentrer, Irina se tenait debout près du fauteuil, serrant la serviette autour d'elle, les yeux perdus au-delà de la fenêtre ; ses cheveux cascadaient librement sur ses épaules, presque secs déjà. La nuit s'éclaircissait, le soleil se levait. Elle est sortie pieds nus sur le balcon. J'ai failli dire : *Tu vas attraper froid, dushenka*, mais je me suis ravisée et j'ai déplacé la chaise pour qu'elle puisse venir s'appuyer à la rambarde. J'ai passé le bras autour de son corps menu pour lui tenir chaud. Une cacophonie de jacassements et de petits cris d'animaux de toute sorte s'est fait entendre au loin et s'est peu à peu rapprochée de nous, jusqu'à nous environner totalement ; j'ai vu des écureuils bondir comme des ombres entre les arbres du jardin en contrebas pendant quelques instants avant que les rayons dorés n'atteignent les feuilles et les bourgeons, et tous ensemble, Irina, moi, les oiseaux joyeux, avons contemplé le soleil se lever sur une nature verte, débarrassée de son manteau blanc.

Je lui ai caressé la tête et j'ai dit à voix basse : « Tout va bien, Irina, tout va bien.

— Magreta, a-t-elle demandé sans me regarder, a-t-il toujours été si beau, Mirnatius, même enfant ?

— Oui, toujours », ai-je répondu sans réfléchir. Je n'en avais pas besoin, je m'en souvenais. « Toujours. C'était un enfant magnifique, même au berceau. Nous étions allés à son baptême. Ses yeux étaient comme des joyaux. Ton père espérait en faire son pupille – ta mère n'avait pas encore d'enfants, et il pensait pouvoir persuader le tsar qu'il serait mieux chez lui que dans la maison d'un homme ayant de si nombreux fils. Mais ta mère n'a jamais pu tenir le bébé. Elle restait là, immobile, comme pétrifiée, et ne faisait aucun geste pour le prendre. Les nourrices ne parvenaient même pas à le lui mettre dans les bras. Oh, comme ton père était en colère. »

J'ai secoué la tête à ce souvenir : le duc avait crié, lui avait ordonné d'aller prendre le bébé, de dire qu'il était beau et combien elle était triste de ne pas avoir d'enfant à elle ; et pendant tout ce temps, Silvija était restée silencieuse, les yeux baissés devant lui…

Et puis, cela m'est subitement revenu, comme une goutte d'huile flottant à la surface de l'eau : il avait crié tant et plus, et quand il s'était enfin tu, Silvija avait levé ses yeux d'argent sur lui et avait déclaré calmement : « Non. Il y aura bientôt un autre enfant dans la maison, et il portera une couronne d'hiver. » Il n'avait plus crié, lui avait pris les mains et les avait embrassées, et il n'avait plus parlé de faire du prince son pupille. Mais Irina n'était née que quatre ans plus tard, et j'avais tout oublié à ce moment-là.

Et la voilà qui contemplait le printemps, ma tsarine avec sa couronne d'hiver et les yeux de faucon de son père. Son visage était encore si pâle. Je l'ai légèrement serrée contre moi, j'ai essayé de la consoler de ce qui l'avait blessée, quoi que ça puisse être. « Rentrons, dushenka, ai-je murmuré. Tes cheveux sont secs. Je vais les tresser, et tu pourras dormir un peu. Viens t'allonger sur le canapé. Je ne laisserai personne entrer. Rien ne t'oblige à partager son lit.

— Non. Je sais. »

Elle est rentrée, j'ai tressé ses cheveux, elle s'est allongée sur le canapé, et j'ai posé une couverture sur elle. Puis je suis sortie dans le couloir dire aux valets de faction que le tsar et la tsarine étaient très fatigués de leurs festivités et qu'il ne fallait pas les déranger, puis je suis retournée à l'intérieur et j'ai emporté la robe émeraude à la fenêtre pour terminer ma couture dans l'air printanier.

Quand je me suis réveillée le lendemain matin dans la maison de mon grand-père, la pièce était une étuve. À moitié endormie, j'ai titubé jusqu'à la fenêtre pour faire entrer de l'air. Mon père et ma mère étaient encore couchés. J'ai marché pieds nus sur la robe incrustée d'or froissée sur le plancher. La veille au soir, je m'en étais dépouillée comme un serpent de sa mue et j'avais rampé au pied du lit, alors même que mes parents me parlaient encore. Leurs mots avaient cessé d'avoir du sens. Ils s'étaient enfin tus, se contentant de me caresser la tête. J'ai sombré dans l'inconscience au son d'une chanson qu'ils ont fredonnée, dans les odeurs familières de feu de bois et de laine, dans la chaleur, dans la chaleur enfin.

J'ai soulevé le loquet de la fenêtre, et un air chaud m'a soufflé au visage. Je me trouvais assez haut dans la maison de mon grand-père pour voir les remparts et les champs et les forêts qui s'étendaient au-delà, et tout cela était vert, vert, vert : vert du seigle qui se dressait aussi haut que s'il mûrissait depuis quatre mois, vert des nouvelles feuilles que l'été assombrissait déjà, et toutes les couleurs des fleurs sauvages écloses. Les arbres fruitiers de ma grand-mère dans le jardin en contrebas ployaient sous les pétales multicolores, le prunier, le cerisier, le pommier, même la jardinière était fleurie, et j'entendais partout autour de moi un léger bourdonnement grave, comme si toutes les abeilles du monde s'étaient donné rendez-vous. Il n'y avait aucune trace de neige nulle part.

Après un petit déjeuner insipide à mon goût, j'ai plié la robe or et argent et l'ai enveloppée dans du papier. Une foule de gens arpentait les rues quand je suis sortie avec mon paquet. Des chants me sont parvenus au moment où je franchissais les portes de la synagogue, inhabituellement bondée pour un jour de semaine en milieu de matinée. Au marché, personne ne travaillait.

Tout le monde racontait sa version des événements survenus la veille, comment Dieu avait étendu Sa main pour livrer le Staryk au tsar, et comment il avait mis fin à cet hiver surnaturel.

La robe, dont il m'a suffi de montrer un coin à un domestique, m'a servi de laissez-passer dans la maison du duc. Elle ne m'a néanmoins pas empêché d'attendre une heure devant l'entrée de service avant que quelqu'un ne finisse par prévenir Irina de ma présence et qu'elle me fasse monter – parce qu'elle était la tsarine, celle qui avait sauvé le royaume, et que je n'étais qu'une modeste prêteuse du quartier juif vêtue d'une robe de laine brune. Mais quand le message lui est parvenu, elle a immédiatement envoyé quelqu'un me chercher, son vieux chaperon, Magreta, qui m'a couvée d'un regard anxieux et dubitatif, comme si elle pensait que ma robe et ma coiffure très ordinaires étaient un déguisement. Elle m'a néanmoins fait monter.

Irina se trouvait dans sa chambre à coucher. Quatre femmes cousaient frénétiquement près du feu, pour reprendre une robe presque aussi splendide que la monstruosité que j'avais apportée ; elle assistait à un autre mariage le jour même, semblait-il. La tsarine était sur le balcon, où elle émiettait du pain pour les oiseaux et les écureuils : eux aussi étaient tous de sortie, maigres et affamés après ce long hiver et prêts à tolérer la proximité des humains en échange d'un repas. Lorsqu'elle lançait une poignée de miettes, ils se précipitaient à ses pieds pour subtiliser leur part, avant de repartir tout aussi vite la manger, et le manège recommençait.

« Je dois le voir, ai-je déclaré.

— Pourquoi ?

— Nous avons fait plus que simplement l'arrêter ! Si vous le gardez pour… » J'ai jeté un coup d'œil par-dessus mon épaule au remue-ménage dans la chambre, et n'ai pas prononcé son nom « … que cette chose le dévore, ça ne mettra pas seulement fin à l'hiver, ça détruira son royaume. *Tous* les Staryk mourront ! »

Irina a terminé d'émietter son pain puis elle a ouvert devant moi ses mains vides et nues à l'exception de l'anneau d'argent Staryk, fin ruban de lumière froide même sous les rayons du soleil. « Mais qu'attendez-vous de nous ? » Je n'ai pas détourné le regard. « Miryem, les Staryk razzient ce royaume depuis que les premiers hommes s'y sont installés. Ils nous traitent comme la vermine qui rôde dans leurs forêts, mais avec plus de cruauté.

— Une poignée ! La plupart d'entre eux ne peuvent pas plus venir ici que nous dans leur royaume. Seuls les plus puissants peuvent ouvrir une route… » Je me suis interrompue en prenant conscience que mes paroles ne rendaient pas les choses plus faciles, au contraire.

« Et ceux-là ont le pouvoir de décider pour les autres, a complété Irina. La mort de tous les Staryk ne me fait pas plaisir, mais c'est leur roi qui a commencé cette guerre. Il nous a volé le printemps ; il aurait laissé tous les *nôtres*, tout le Lithvas, mourir de faim. Êtes-vous en train de me dire qu'il ne savait pas ce qu'il faisait ?

— Non, ai-je répondu sombrement. Bien sûr qu'il le savait. »

Irina a imperceptiblement hoché la tête. « Je n'ai pas non plus l'impression d'avoir les mains propres, après ce qui s'est passé hier soir. Mais je ne vais pas les laver dans le sang de mon peuple. Et je ne vois rien que nous puissions faire.

— S'ils nous proposent un traité en échange de sa vie, ils s'y tiendront. Ils ne rompent jamais leurs promesses.

— Qui serait en position de nous faire une telle proposition ? Et quand bien même… » Elle a jeté un coup d'œil dans la chambre à coucher, sa chambre à coucher, qu'elle partageait avec le tsar et cette chose noire de fumée qui vivait en lui. Son visage était livide. « Je ne prétends pas être satisfaite du marché que nous avons passé. Mais le printemps est là, et il y aura du pain à la table de chaque paysan cet hiver. » Elle a reporté les yeux sur moi. « Voilà ce que j'ai acheté pour eux, a-t-elle ajouté d'une voix posée. Même si le coût en est faramineux. »

Je suis donc partie sans rien tirer de ma visite qu'une horrible nausée. Alors que je quittais la chambre, son chaperon m'a arrêtée pour me demander combien je voulais pour la robe. J'ai secoué la tête et continué mon chemin, d'humeur morose. Je pouvais me débarrasser de ma robe de reine Staryk, mais j'avais endossé ce rôle trop longtemps pour simplement oublier. Et pourtant, je ne pouvais pas dire à Irina qu'elle avait tort ; je ne pouvais même pas la taxer d'égoïsme. Elle *allait* payer, un prix dont j'avais moi-même refusé de m'acquitter : elle allait devoir s'allonger au côté de ce démon, et même si elle ne l'avait pas laissé glisser les doigts dans son âme, elle les sentirait ramper sur sa peau.

Et pour ce prix, elle ne nous achetait pas seulement le printemps, mais aussi l'été, et un hiver où aucune route Staryk ne brillerait entre les arbres et où nul cavalier à cape blanche ne viendrait piller notre or. Au lieu de ça, nos bûcherons, nos chasseurs et nos fermiers iraient dans la forêt, avec des haches et des pièges pour attraper les animaux à fourrure blanche. Elle nous avait acheté la rivière, dont l'eau irriguerait les champs et la forêt. Dans dix ans le Lithvas deviendrait un royaume prospère, tandis que quelque part dans les entrailles du palais, Tchernobog croquerait un par un les enfants des Staryk, pour que nous tous ayons chaud.

Je suis retournée chez mon grand-père. Ma mère m'attendait dehors, assise sur les marches, l'air anxieux, comme si elle ne supportait pas que je sorte de son champ de vision. Je suis allée m'asseoir à côté d'elle. Elle a passé un bras autour de mes épaules, m'a embrassé le front et m'a attirée contre elle pour me caresser les cheveux. De nombreuses personnes entraient et sortaient de la maison autour de nous : des invités du mariage qui partaient avec les sourires de circonstance. Ils oubliaient déjà cette nuit à danser sous les arbres blancs, l'hiver et l'ombre brûlante qui s'était mêlée à nous.

Seul mon grand-père en gardait quelque souvenir. Je m'étais glissée hors de la chambre ce matin-là, laissant mes parents dormir, pour aller boire un thé et manger un croûton de pain dans la cuisine, comme pour remplir le vide glacé en moi. Il était encore tôt, et seuls deux domestiques s'activaient dans la maison, commençant à dresser la table pour les invités qui allaient bientôt se réveiller. Mais peu de temps après, l'un d'eux est venu me voir pour me dire que mon grand-père me réclamait. J'étais montée dans son bureau. Il se tenait devant la fenêtre et considérait le printemps avec un froncement de sourcils. À mon entrée, il s'était retourné, m'avait regardée droit dans les yeux et m'avait interpellée brusquement : « Eh bien, Miryem ? » de la même façon qu'il le faisait quand je venais lui montrer mes livres de comptes et qu'il me demandait s'ils étaient propres et équilibrés. Cette fois, j'avais été incapable de lui répondre.

Je m'étais donc rendue au palais du duc, et j'en revenais sans plus de réponse qu'à mon départ. Ç'aurait dû être facile. Le Staryk lui-même m'avait donné sa bénédiction : il s'était incliné devant moi sans haine ni même un reproche, comme si j'avais le droit de faire la même chose que lui, de mettre le feu à son royaume comme il avait essayé d'enterrer le mien sous la glace. Et peut-être était-ce le cas, mais je n'étais pas une Staryk. J'avais *remercié* Flek, Tsop et Shofer, et j'avais baptisé cette petite fille à laquelle je ne voulais pas penser. J'avais des comptes à lui rendre, à elle entre tous.

« Nous retournerons chez nous demain, a murmuré ma mère dans mes cheveux. On rentre à la maison, Miryem. » Je n'aspirais qu'à ça, à cet espoir qui m'avait permis de tenir jusque-là, mais aujourd'hui je n'y croyais plus. Cela me semblait aussi irréel qu'une montagne de verre et une route d'argent. Allais-je vraiment regagner mon village, nourrir mes poules et mes chèvres, et subir les regards malveillants de ceux que j'avais sauvés au péril de ma vie ? Ils n'avaient aucun droit de me haïr, mais ils le feraient quand même. Les Staryk n'étaient qu'un conte qu'on se racontait l'hiver à la veillée. Mais *moi*, j'étais leur monstre, offert à leurs regards et à leurs pires appétits. Ils ne croiraient pas que j'avais fait quoi que ce soit pour les aider, même s'ils entendaient le récit de mes exploits.

Et ils auraient raison, car je ne l'avais pas du tout fait pour eux. C'est Irina qui les avait sauvés, et ils l'adoreraient pour ça. Je l'avais fait pour moi, pour mes parents, pour mon grand-père, pour Basia, pour ma cousine Ilena, qui maintenant descendait l'escalier et nous a embrassées avant de grimper dans la charrette qui la ramènerait chez elle, dans un hameau où elle vivait au milieu de sept autres maisons honnies par tous les villages alentour. Je l'avais fait pour les hommes et les femmes qui passaient dans la rue devant chez mon grand-père. Le *Lithvas* n'était pas mon foyer ; juste le nom du cours d'eau sur les rives duquel mon peuple vivait blotti, et parfois une vague montait à l'assaut de la berge et emportait l'un des nôtres dans les profondeurs aquatiques où les poissons le dévoraient.

Je n'avais pas de pays à sauver, seulement des gens. Et Flek, Tsop et Shofer n'étaient-ils pas des gens, eux aussi, qui avaient lié leur vie à la mienne ? Et cette petite fille à laquelle j'avais fait cadeau d'un nom juif, avant de partir détruire son monde ?

Mais ce qui était fait était fait, et je n'avais pas le pouvoir de revenir en arrière. Je n'étais personne ici. Juste une fille, une prêteuse dans un bourg sans importance, avec un peu d'or en banque, et ce qui m'avait autrefois semblé une fortune me paraissait être aujourd'hui une maigre poignée de pièces, pas même de quoi remplir un seul coffre des réserves de mon roi Staryk. J'avais pris une fourchette en argent ce matin et l'avais tenue dans ma main, incertaine de savoir ce que je voulais en faire. Mais ce que je voulais ne comptait pas. Rien ne s'était produit. La fourchette était restée en argent ; le peu de pouvoirs que j'avais jamais possédés demeurerait dans ce royaume d'hiver où je ne retournerais jamais. Un royaume qui bientôt disparaîtrait pour toujours, pris dans la même vague. Et je n'avais plus voix au chapitre.

Je suis donc rentrée dans la maison avec ma mère. Dans la chambre, nous avons empaqueté les quelques affaires que mes parents avaient emportées de chez nous, puis nous sommes redescendues aider : il y avait encore beaucoup de gens dans la maison, certains que je n'avais jamais rencontrés, mais qui n'en étaient pas moins de la famille ou des amis, et il y avait de la cuisine et de la vaisselle à faire, la table à mettre puis à débarrasser, des enfants à nourrir et des bébés à bercer. Une foule de femmes autour de moi s'activaient à cet océan de tâches ménagères qui jamais ne se tarissait, jamais ne changeait et toujours avalait le temps que vous y consacriez, entité dévorante qui en voulait toujours plus. Je m'y suis immergée comme dans un bain rituel et l'ai laissé se refermer autour de ma tête. J'aurais voulu que l'eau m'obstrue les oreilles, les yeux et la bouche. Je pouvais m'inquiéter de savoir s'il y aurait assez à manger, si le pain levait bien, si le ragoût avait cuit assez longtemps, s'il y avait assez de chaises à table ; ces choses-là étaient à ma portée.

Personne n'était surpris de me voir. Personne n'a demandé où j'avais été. Tous m'embrassaient quand ils me revoyaient pour la première fois depuis mon départ, s'étonnant que je sois devenue si grande, et certains m'ont demandé quand est-ce qu'ils viendraient danser à *mon* mariage. Ils étaient contents que je sois là, contents que je donne un coup de main, mais en même temps ça n'avait pas vraiment d'importance. J'aurais pu être n'importe laquelle de mes cousines. Je n'avais rien de spécial, et j'étais heureuse, si heureuse d'être redevenue une personne ordinaire.

Je me suis finalement attablée et me suis servi une assiette, fourbue de m'être affairée en cuisine, assez en tout cas pour ne pas penser. Le repas n'était pas tout à fait terminé que déjà certains invités nous faisaient leurs adieux sur le pas de la porte. J'étais complètement immergée, un poisson dans un banc, indiscernable des autres. Mais le flot des départs s'est soudain tari. Les derniers convives ont quitté le seuil, et un valet dans la livrée du tsar, rouge, or et noire, s'est présenté, jetant sur les lieux un regard dédaigneux de supériorité empruntée.

Je me suis levée à son entrée. Ce n'était pas à moi de le faire, simple jeune fille sans époux dans la maison de mon grand-père, mais je me suis levée et lui ai lancé d'un ton âpre par-dessus la table : « Que voulez-vous ? »

Il s'est figé et m'a regardée en fronçant les sourcils, et il a dit d'une voix très froide : « J'ai une lettre pour Wanda Viktus. C'est vous ? »

Tout l'après-midi, Wanda avait nagé avec moi dans ce banc de femmes ; elle avait porté de lourdes piles d'assiettes et de grands seaux d'eau, et nous nous étions à peine parlé, mais nous avions échangé des regards, et nous avions exécuté ensemble ces tâches simples et rassurantes. Elle était au fond de la pièce, à l'entrée de la cuisine ; au bout d'un moment, elle s'est avancée en essuyant ses mains rouges sur son tablier, et le valet lui a remis la lettre, une épaisse feuille de parchemin pliée et scellée par un gros cachet de cire rouge noircie par la fumée. Quelques gouttes écarlates s'étaient éparpillées autour de celui-ci avant que la cire ne sèche, faisant comme des projections de sang.

Elle l'a prise, l'a ouverte et l'a regardée un long moment, puis elle s'est couvert la bouche de son tablier, les lèvres pincées. Elle a ensuite hoché la tête sèchement, deux fois, a replié la lettre et est partie en direction de l'escalier en la serrant contre sa poitrine. Le valet nous a jeté un regard méprisant – nous ne comptions pas, nous n'avions aucune importance –, a fait demi-tour et a quitté la maison aussi vite qu'il était arrivé.

J'étais toujours debout près de la table. Autour de moi, les conversations ont repris, le flot a repris ; *quand reviendras-tu en ville, quel âge a ton aîné maintenant, comment vont les affaires de ton mari*, le ressac continuel, mais je ne voulais pas retourner dans l'eau. J'ai écarté ma chaise de la table et je suis montée dans le bureau de mon grand-père. Il s'y trouvait avec plusieurs autres hommes, qui tous parlaient d'une voix profonde de leur travail respectif en fumant la pipe ou le cigare. Ils m'ont regardée en fronçant les sourcils : je n'étais pas à ma place ici, à moins que je ne sois venue leur apporter du cognac, du thé ou de la nourriture.

Mais mon grand-père, lui, ne fronçait pas les sourcils. Il a posé son verre et son cigare, m'a dit : « Viens », et il m'a emmenée dans le petit cabinet jouxtant son bureau où il gardait ses papiers importants dans des vitrines sous clef. Il a fermé la porte derrière nous et a baissé les yeux sur moi.

« J'ai une dette, ai-je déclaré, et je dois trouver un moyen de la rembourser. »

Chapitre vingt et un

Au matin, j'avais des cloques rouges sur les paumes là où j'avais tenu la chaîne avec Sergey et Stepon. La nuit précédente, avant de partir, la tsarine m'avait dit : « Comment puis-je vous dédommager ? » Je n'avais pas su quoi lui répondre, parce que normalement c'était l'inverse ; c'était moi qui dédommageais les autres. Miryem m'avait emmenée de chez moi pour six kopeks, quand je ne valais que trois cochons pour mon père, qui l'avait volée avec ses mensonges. Sa mère avait mis du pain dans mon assiette et de l'amour dans mon cœur. Son père avait chanté des bénédictions sur ce pain avant de me le donner à manger. Je n'avais rien compris à ce qu'il avait dit, mais ce n'était pas grave. Ils me l'avaient donné même quand je ne savais pas ce que ça signifiait pour eux, même quand je les prenais pour des démons. Miryem m'avait donné de l'argent pour mon travail. Elle m'avait tendu la main et avait serré la mienne, comme si j'étais en droit de passer un marché pour moi-même, et pas quelqu'un qui volait son propre père. Il y avait eu à manger pour moi dans sa maison.

Et ce Staryk avait voulu l'emmener pour rien. Il l'avait obligée à lui donner de l'or juste pour garder la vie, comme si elle lui appartenait parce qu'il était assez fort pour la tuer. Mon père avait été assez fort pour me tuer, mais ça ne voulait pas dire que je lui appartenais. Il m'a vendue pour six kopeks, pour trois cochons, pour un pot de krupnik. Il avait essayé de me vendre encore et encore comme si j'étais toujours à lui, sans se soucier qu'il m'avait déjà vendue plusieurs fois. Et c'était comme ça que le Staryk pensait. Il voulait la garder pour lui et en obtenir toujours plus d'or, et peu importait ce qu'elle voulait, parce qu'il était fort.

Mais j'étais forte, moi aussi. Assez forte pour permettre à Panova Mandelstam de guérir, assez forte pour apprendre la magie, la magie de Miryem, et l'utiliser pour changer trois tabliers en six kopeks. Assez forte, avec Sergey et Stepon, pour empêcher mon père de me vendre ou de me tuer. Et la nuit dernière, je ne savais pas si je serais assez forte pour arrêter le Staryk, même avec une chaîne d'argent, même avec Sergey et Stepon, même avec la mère et le père de Miryem. Mais je n'avais pas su non plus que j'étais assez forte pour faire aucune de ces choses avant de les avoir faites. Je devais faire le boulot, sans savoir. Après, Stepon avait caché son visage dans mon tablier et avait pleuré, parce qu'il avait encore peur, et il m'avait demandé comment je savais que la tsarine allait faire de la magie et empêcher le Staryk de nous tuer, et j'avais dû lui dire que je ne le savais pas. Je savais seulement qu'il fallait d'abord faire le boulot.

Alors quand la tsarine m'avait demandé comment elle pouvait me dédommager, je n'avais pas su quoi dire. Je ne l'avais pas fait pour elle. Je ne la connaissais pas. C'était peut-être la tsarine, mais je ne savais même pas comment elle s'appelait. Un jour, quand j'avais dix ans, un de nos voisins était venu chez nous et nous avait dit que le tsar était mort, et quand j'avais demandé ce que ça voulait dire, on m'avait répondu qu'il y aurait un nouveau tsar. Donc je ne voyais pas vraiment en quoi un tsar était important. Et maintenant que j'en avais vu un, je ne voulais rien avoir à faire avec lui. Il était terrible et plein de feu. Je lui aurais bien dit qu'elle pouvait me rembourser en emportant son tsar loin d'ici, mais il était déjà sorti de la maison avec les gardes qui escortaient le Staryk.

Mais le père de Miryem l'avait entendue me poser la question, et il avait vu que je ne savais pas quoi dire. Il avait un énorme bleu sur tout un côté du visage, et ses mains étaient tremblantes et tout abîmées là où il avait serré la chaîne avec moi. Il était assis avec Panova Mandelstam, et tous deux avaient leurs bras autour de leur fille, lui embrassaient la tête et lui touchaient le visage comme si elle valait plus pour eux que des kopeks d'argent, de l'or ou tout ce qu'ils possédaient. Mais quand il avait vu que j'étais perdue, il avait embrassé le front de Miryem, il s'était levé et il avait boité jusqu'à la tsarine. Il lui avait dit : « Cette courageuse jeune fille et ses frères sont venus en ville avec nous parce qu'ils avaient des ennuis chez eux. » Puis il avait posé les mains sur mes épaules et m'avait dit à voix basse : « Va t'asseoir et te reposer, Wanda, je vais lui raconter. »

Alors j'étais allée m'asseoir avec Sergey et Stepon et je les avais pris dans mes bras, et ils m'avaient pris dans leurs bras. On était trop loin pour entendre ce que Panov Mandelstam disait, parce qu'il parlait tout doucement. Mais il était resté un petit moment avec la tsarine, et puis il avait boité jusqu'à nous et nous avait dit que tout irait bien. On l'avait cru. La tsarine était en train de sortir à ce moment-là. Elle avait passé les grandes portes donnant sur la cour où d'autres gardes l'attendaient. Deux d'entre eux étaient rentrés le temps de lui tenir les portes et les avaient fermées derrière eux. Et on s'était retrouvés seuls dans la maison.

La pièce était sens dessus dessous. Près des murs, des mouches bourdonnaient autour de la nourriture en train de tourner. Des chaises étaient renversées un peu partout, et il y avait sur le plancher des traces de brûlé qui venaient de la cheminée, qui faisaient comme les empreintes de pas d'un homme qui marchait dans la neige avec de grosses bottes. La grande couronne en or que Miryem avait portée était par terre près de l'âtre, tordue et presque fondue. Personne n'aurait pu la mettre sur sa tête. Mais ça n'avait aucune importance. On avait regardé la famille de Miryem, et ils nous avaient regardés, et on s'était tous levés, et Panov Mandelstam avait mis son bras autour du dos de Sergey, et j'avais mis le mien autour de celui de Panova Mandelstam, et on avait formé un cercle tous ensemble, tous les six : on était une famille et on avait tenu le loup à distance ; cette fois encore, on avait tenu le loup à distance.

Et puis on était montés se coucher. On n'avait pas nettoyé le bazar. J'ai dormi longtemps dans cette grande chambre magnifique et calme tout en haut des escaliers, et quand je me suis réveillée, le printemps était là, partout, et j'avais l'impression qu'il était aussi en moi. Même si j'avais des ampoules aux mains, je me sentais si forte que je ne m'inquiétais même pas un peu de ce qui nous était arrivé. J'ai embrassé Sergey et Stepon et je suis descendue aider les autres femmes de la maison, et je me fichais de ne pas comprendre ce qu'elles racontaient. Quand quelqu'un me disait quelque chose que je ne comprenais pas, je lui souriais, et cette personne me souriait aussi et disait : « Oh, pardon, j'avais oublié ! » et elle me redisait la même chose mais avec des mots que je connaissais.

J'ai fait le service. Il y avait des tables dans toutes les pièces et des chaises serrées les unes contre les autres pour que les gens mangent assis. Ils étaient moins nombreux que la veille, mais encore assez pour remplir la maison. La pièce où on avait dansé était elle aussi pleine de tables. On avait mis de l'ordre, et les marques noires par terre n'étaient plus visibles, cachées sous un tapis et sous les tables. Il n'y avait aucun feu dans la cheminée tellement il faisait chaud ; au contraire, on avait ouvert les fenêtres. L'odeur de brûlé était partie.

Et il y avait de la nourriture partout, tant qu'on ne trouvait presque plus de place sur les tables pour déposer de nouveaux plats. Quand j'ai eu faim à mon tour, je me suis assise à une place et je me suis gavée, et après ça j'ai encore aidé à apporter de quoi manger à d'autres personnes. Ça n'arrêtait pas. Plus tard dans la journée, Miryem et sa mère nous ont rejointes, et nous avons toutes travaillé ensemble.

Mais je venais juste de poser deux seaux, remplis d'eau que je rapportais de la fontaine un peu plus bas dans la rue, quand j'ai entendu du bruit dans la pièce qui donnait sur la rue, et puis j'ai entendu Miryem demander, haut et fort : « Que voulez-vous ? » comme si quelqu'un était venu nous faire du mal à nouveau. Je suis sortie de la cuisine et me suis approchée : il y avait un valet vêtu de beaux habits qui a dit mon nom, et qu'il avait une lettre pour moi. D'abord j'ai eu peur, mais j'étais dans cette maison, avec tous ces gens, et j'ai pensé : je suis assez forte pour ça aussi ; alors je me suis avancée, j'ai tendu la main et je l'ai laissé y poser sa lettre.

Sur cette lettre, il y avait un gros pâté de cire rouge sang, pressée avec une forme de couronne. Je l'ai cassé pour l'ouvrir et j'ai regardé les mots. Je savais les dire, parce que Miryem m'avait appris, alors je les ai formés en silence avec ma langue et ma bouche l'un après l'autre, et voici ce que la lettre disait : *Que tous ceux qui vivent dans Notre domaine du Lithvas sachent que par Notre impériale volonté la dénommée Wanda Viktus, son frère Sergey Viktus et son frère Stepon Viktus sont pardonnés de tous les crimes dont ils sont accusés.*

Qu'aucune main humaine ne se dresse contre eux, et que chaque homme et chaque femme de Notre peuple leur rende hommage pour le grand et courageux service qu'ils ont rendu, à Nous et au Lithvas. Nous leur accordons par ailleurs la permission d'aller dans la Grande Forêt, d'y choisir un terrain vacant et de revendiquer en Notre nom toute la terre qu'ils pourront mettre en culture ou clôturer pour l'élevage, et ce pendant trois ans, après quoi elle leur appartiendra de plein droit, à eux et à leurs héritiers.

Et sous ces mots il y avait un grand gribouillage d'encre qui n'était pas un mot mais un nom, *Mirnatius*, puis : *Tsar du Lithvas et du Roson, Grand Duc de Koron, d'Irkun, de Tomonyets, de Serveno, Prince de Maralia, de Roverna, de Samatonia, Seigneur de Markan et des Marches de l'Est*, et après toute cette liste : *Seigneur et Maître de la Grande Forêt du Nord.*

J'ai regardé la lettre et j'ai compris en quoi un tsar était important. C'était de la magie comme celle de Miryem. Le tsar, ce terrible tsar, pouvait me donner cette lettre, et à présent on était en sécurité. Je n'avais plus besoin d'avoir peur du tout. Personne au bourg n'essaierait de nous pendre, Sergey ou moi, après avoir lu cette lettre. Ils verraient le nom du tsar sur ce papier et auraient peur de lui, même s'il était loin.

Mais on n'avait même pas à retourner au bourg. On n'avait pas à retourner chez notre père, où il était peut-être toujours étendu par terre, et on n'avait pas à retourner dans cette ferme où pas grand-chose ne poussait et où le collecteur d'impôts passait tous les ans. Cette lettre disait qu'on pouvait aller dans la forêt et prendre le terrain qu'on voulait. Ça pourrait être le meilleur terrain qu'on trouverait, plein de grands arbres qu'on pourrait couper et vendre très cher. Je savais qu'un grand arbre valait beaucoup parce que l'année avant la mort de ma mère, il y avait un arbre sur la propriété de notre voisin, qui était tombé, et notre voisin avait travaillé très dur et très vite pour le couper avant que les hommes du boïar ne viennent l'emporter, et il en avait caché deux gros morceaux dans les bois. P'pa avait vu ça et avait dit d'une voix aigrie : « C'est un malin, lui, il va se faire dix kopeks avec ce bois. »

Mais M'man avait secoué la tête et dit : « Ça ne lui appartient pas, il va avoir des problèmes », et P'pa l'avait giflée et lui avait dit : « Qu'est-ce que tu en sais ? », mais le lendemain les hommes du boïar étaient venus avec un grand chariot et ils avaient mis les morceaux de l'arbre dedans, et il y avait avec eux un homme qui avait regardé ces morceaux et qui avait compris d'une façon ou d'une autre qu'il en manquait, et qui l'avait battu jusqu'au sang pour savoir où était le reste. Il avait été malade pendant longtemps à cause de ça, et sa femme avait dû faire les semis toute seule parce qu'il ne pouvait pas marcher. L'hiver suivant elle était venue mendier de la nourriture chez nous, et M'man lui en avait donné. P'pa l'avait cognée pour ça, même si son ventre commençait déjà à être gros.

Mais personne ne nous corrigerait si nous coupions des arbres, car dans cette lettre, le tsar disait qu'on pouvait. Il disait qu'ils nous appartenaient. Il disait que toute cette terre, autant qu'on serait capables de cultiver, serait à nous. On pourrait avoir des chèvres, des poules, planter du seigle. Et on n'aurait même pas à construire de maison. On pourrait habiter la cahute, celle qui nous avait sauvés, où il y avait déjà un jardin et une grange, et on pourrait faire une ferme à partir de là. Le papier disait que c'était possible parce qu'il n'y avait personne qui vivait là. J'ai pensé qu'on pourrait aller là-bas, dans la maison, et promettre de bien s'en occuper, et on promettrait que si quelqu'un avait un jour vécu là et qu'il voulait y revenir, on lui donnerait le meilleur lit, et toute la nourriture qu'il voudrait, et qu'il pourrait rester avec nous aussi longtemps qu'il le voudrait.

Et puis je me suis dit que si quelqu'un, n'importe qui, venait à la maison, quelqu'un qui avait faim ou qui avait des problèmes, on le laisserait rester. Il y aurait à manger chez nous pour quelqu'un comme ça, et on serait contents. Comme Panova Mandelstam. Voilà ce que la lettre disait. On pouvait faire une maison comme la sienne et nourrir tous ceux qui y viendraient.

Je suis allée montrer la lettre à Sergey et à Stepon. Sergey avait aidé à s'occuper des chevaux et Stepon l'avait aidé un temps malgré le bruit, mais après il avait dû remonter parce qu'il avait peur, et Sergey était remonté avec lui. Je suis entrée dans la chambre et je leur ai montré la lettre, et même s'ils ne savaient pas lire, ils ont vu le gros sceau rouge, et ils ont touché le papier doux et épais, et je leur ai dit exactement ce que ça disait, et alors je leur ai demandé s'ils voulaient faire ce que je voulais faire, je leur ai demandé s'ils voulaient aller à la petite maison dans la forêt et en faire une ferme, et accueillir tous ceux qui auraient des ennuis. Je n'ai pas dit : *Nous allons faire ça*, même si c'était ce que je voulais. Je leur ai demandé s'ils le voulaient aussi.

Sergey a prudemment tendu la main et a pris le papier. Je l'ai laissé faire. Il a tout doucement touché la forme d'une des lettres avec son doigt pour voir si elle s'effaçait. Elle ne s'est pas effacée, même pas un peu. « Oui, il a soufflé. Oui. »

Stepon a dit : « Est-ce qu'on peut leur demander de venir vivre avec nous ? » Il parlait de la famille de Miryem. « On peut leur demander de venir ? Et je pourrais planter l'amande, et alors M'man sera là avec nous, aussi. On sera tous ensemble, et ce sera la meilleure des choses. »

Quand il a dit ça, je me suis mise à pleurer parce qu'il avait raison, ce serait la meilleure des choses, ce serait si bien que je n'avais même pas été capable d'y penser. Sergey a passé le bras autour de mes épaules, et il a dit à Stepon : « Oui. On va leur demander de venir », et j'ai soigneusement essuyé mes larmes pour qu'aucune ne tombe sur la lettre.

Quand j'ai quitté le bureau de mon grand-père, je me suis rendue dans la chambre de mes parents. Ils étaient assis autour de la cheminée, avec Wanda et ses frères ; Wanda avait apporté la lettre du tsar et l'avait donnée à mon père, qui la considérait avec étonnement. « On peut aller chercher les chèvres », disait Wanda, en s'adressant à lui et à ma mère. « Et les poules. Il fait chaud, maintenant. On pourra agrandir la maison d'ici à l'hiver. Couper des arbres. Il y aura de la place », et quand je me suis approchée et que j'ai constaté que la signature du tsar portait la mention *Seigneur et Maître de la Grande Forêt du Nord*, j'ai compris : Irina commençait déjà à étendre sa main. Elle avait donné une ferme à Wanda pour qu'avec ses bras puissants et ceux de ses frères elle aille éclaircir la forêt, planter des cultures et construire une maison, la première avant beaucoup d'autres.

« Quitter notre maison ? a lentement dit ma mère. Mais nous y vivons depuis si longtemps », et alors j'ai également compris que Wanda demandait à mes parents de venir habiter avec eux, dans cette ferme que le tsar leur avait octroyée ; elle voulait qu'ils abandonnent notre bourg, notre maison, cette étroite petite île qui risquait à tout instant d'être submergée.

« Et qu'y a-t-il à gagner à y rester ? suis-je intervenue. Ce n'est pas la nôtre, mais celle du boïar. Toutes les améliorations que nous y avons portées, nous les avons faites pour lui, pour rien ; nous ne pourrions même pas l'acheter, si nous le voulions. Mais avec votre aide, Sergey et Wanda pourront dégager plus de terrain et enrichir la ferme. Bien sûr que vous devriez y aller. »

Ma mère s'est figée ; ils m'ont tous regardée en entendant ce que je n'avais pas dit. Elle m'a pris la main. « Miryem ! »

J'ai péniblement dégluti. Les mots me brûlaient les lèvres : *Attendez demain pour partir, restez un jour de plus*, mais j'ai pensé à Rebekah, fine comme un éclat de glace bleutée. Combien de temps avait-elle encore avant de fondre ? « Vous devriez partir maintenant. Aujourd'hui, avant le coucher du soleil.

— Non », a catégoriquement refusé mon père en se levant : mon doux et gentil père, enfin en colère. « Miryem, non. Ce Staryk… il avait raison ! Il *mérite* ce qui lui arrive ! C'est le sort des êtres malfaisants.

— Il y a une enfant », ai-je expliqué, la gorge nouée et douloureuse. Ma mère m'a serré la main. « Je lui ai donné un nom. Vais-je laisser un démon la dévorer, parce qu'*il* était malfaisant ?

— Chaque hiver, ils déboulent de leur royaume de glace, pour piller et assassiner des innocents », a dit mon père après un silence, faisant écho aux paroles d'Irina, mais alors il m'a demandé, d'une voix presque implorante : « Y en a-t-il ne serait-ce que dix de vertueux parmi eux ? »

J'ai pris une profonde inspiration, toujours effrayée mais également à moitié soulagée : la réponse à cette question était évidente. « Il y en a au moins trois. » J'ai recouvert la main de ma mère de mon autre main et l'ai serrée à mon tour. « Je dois le faire. Vous le savez. »

J'ai emporté la couronne d'or déformée à l'étal d'Isaac, tenu en son absence par son plus jeune frère, qui l'a minutieusement fondue pour moi en barres d'or. J'ai caché ces dernières dans un sac et j'ai quitté le grand marché pour me rendre en centre-ville, où je les ai échangées l'une après l'autre, sans me soucier de savoir si j'en tirais un bon prix ; j'étais pressée. J'en ai obtenu une charrette, deux robustes chevaux pour la tirer, une caisse pleine de poules, une hache, une scie, des marteaux et des clous. J'ai acheté une charrue, un coutre, deux faux aiguisées, un sac de grain de seigle et un autre de haricots. Sergey et Wanda m'ont rejointe et ont tout chargé dans la charrette. Enfin, j'ai acheté deux longues pèlerines, identiques, d'un gris terne ; cette fois, j'ai fait une bonne affaire, leur prix étant bien inférieur à celui qu'elles affichaient la veille, sur une table au milieu de nombreuses autres.

Conduire la charrette surchargée jusqu'à la maison de mon grand-père nous a pris un temps infini : les rues étaient si encombrées que personne n'avançait ou presque. Alors que nous progressions à allure d'escargot, Wanda a dit : « Il y a un mariage », et en jetant un coup d'œil dans une rue transversale en direction de la cathédrale, j'ai aperçu une princesse qui en descendait les marches, vêtue de ma robe Staryk blanche et or et coiffée d'un diadème ; elle affichait un sourire triomphant, tout comme son mari près d'elle, parmi une foule de nobles aux tenues splendides. La robe avait meilleure allure ici que dans la maison de mon grand-père. J'ai cherché Irina des yeux : elle se trouvait déjà au pied des marches, flanquée du tsar, et grimpait dans un carrosse ouvert. La lumière du soleil accrochait sa couronne d'argent. Mirnatius seul était assis, appuyé sur un coude, arborant une expression d'ennui irrité, mais je n'ai vu aucun signe du démon tapi sous sa peau. J'ai vite détourné les yeux.

Il commençait à se faire tard, le temps que nous arrivions à la maison, mais le soleil n'était pas encore couché : nous étions presque en été, après tout. Nous n'avons pas attendu le souper. C'était notre tour de partir et de faire nos adieux à une foule désormais clairsemée. Quand je me suis penchée pour embrasser mes grands-parents attablés, mon grand-père m'a attirée à lui et m'a déposé un baiser sur le front. « Tu te rappelles ? m'a-t-il demandé à voix basse.

— Oui. Dans la rue derrière chez Amtal, près de la synagogue. » Il a hoché la tête.

Nous avons grimpé dans la charrette et nous sommes éloignés de la maison. Tout le monde était sorti nous saluer de la main. Sergey et mon père étaient assis sur le banc, à l'avant. Les chevaux avaient coûté cher, mais ils étaient robustes et bien entraînés ; ils n'étaient pas difficiles à mener. Je portais une des pèlerines que j'avais achetées, la capuche remontée sur la tête. Même à cette heure, les rues étaient encore très animées : les aubergistes installaient des tables et des chaises dehors afin que leurs clients puissent profiter de l'air vespéral, si bien que nous avons dû emprunter une rue plus étroite uniquement bordée de maisons, où les enfants qui jouaient dehors étaient appelés à rentrer dîner. À mi-chemin de cette rue, nous nous sommes retrouvés tout seuls ; ma mère a étendu la deuxième pèlerine sur les deux sacs au fond du chariot, comme si j'étais allongée là, endormie. Stepon a enlevé ses bottes – celles qui m'appartenaient autrefois – et les a coincées de telle façon qu'elles pointent au bas du manteau. Puis je me suis glissée hors de la charrette.

Je suis restée cachée entre deux maisons le temps que la charrette arrive au bout de la rue et tourne en direction des portes du quartier juif. Là, puis ensuite aux portes de la ville, on demanderait à mon père le nom de tous les passagers, et il inscrirait le mien avec les autres, et paierait le passage pour chacun ainsi qu'un petit supplément pour accélérer le processus. Si Irina avait des soupçons et envoyait des hommes à ma recherche le lendemain pour me demander si je savais où était passé le Staryk, tout le monde leur dirait en toute honnêteté que j'avais quitté la ville avant la tombée de la nuit avec ma famille ; ils trouveraient les registres entre les mains de leurs propres gardes, et personne n'admettrait avoir bâclé la chose quand on leur avait graissé la patte pour le faire.

Une fois la charrette hors de vue, j'ai tiré la capuche devant mon visage et courbé les épaules comme une vieille baba, puis j'ai rejoint la synagogue sans quitter les ruelles. Là, j'ai demandé à un jeune homme qui venait prier où se trouvait la maison d'Amtal, et il me l'a indiquée. Les vieux pavés émoussés de la rue qui longeait l'arrière de la bâtisse laissaient apparaître de profondes ornières, et beaucoup étaient disjoints tant il manquait de mortier. Une saillie dans le mur derrière la maison abritait une étroite ouverture, juste assez large pour une personne et bloquée par des sacs de gravats, que j'ai dégagés pour accéder à la grille menant aux anciens égouts. Je l'ai ouverte sans effort, révélant l'échelle qu'on avait placée là, non loin de la synagogue, pour évacuer le quartier au cas où des hommes s'y introduiraient avec des torches et des haches, comme cela s'était produit à l'ouest, là où la grand-mère de ma grand-mère avait grandi.

Une fois à l'intérieur, j'ai remis la grille en place au-dessus de ma tête, puis j'ai entamé la longue descente dans l'étroit tunnel humide. Je n'avais pour lumière que le disque tamisé du crépuscule au-dessus de moi, qui s'étrécissait à mesure que je progressais vers le bas. Je n'avais ni torche ni lanterne, mais je n'en aurais pas voulu, car cela aurait trahi ma présence de loin. C'était là un chemin qu'il fallait emprunter dans le noir.

Arrivée en bas, je me suis mise dos à l'échelle et j'ai tâté le mur à la recherche d'un petit trou en forme d'étoile à six branches. Quand je l'ai trouvé, je me suis mise en route en gardant ma main à la même hauteur. Au bout de dix pas, je suis tombée sur une deuxième étoile.

J'ai parcouru ainsi ce qui m'a semblé une longue distance, mais qui ne devait pas l'être : la synagogue n'était pas si éloignée des remparts de la ville. Mais la lumière de la grille d'égout a rapidement disparu derrière moi, me laissant aveugle et sourde à l'exception du bruit de ma respiration étouffée. Mais je continuais de compter jusqu'à dix, et quand je ne trouvais pas l'étoile, je palpais le mur à sa recherche, quitte à faire un pas en arrière. Une fois, j'ai dû en faire deux, sans rien trouver d'autre que le mur lisse sous mes mains, puis j'en ai refait quatre vers l'avant, affolée, avant de la repérer enfin. Puis je suis arrivée à la dernière étoile et le mur a disparu sous ma main. Je me suis pris les pieds dans une arête du sol et suis tombée en avant dans une flaque collante. Après m'être relevée, je me suis essuyé les mains sur la pèlerine et j'ai tâtonné dans le noir jusqu'à retrouver le coin que j'avais manqué, au-delà duquel commençait le mur en terre du tunnel.

« Il y avait une tour dans le mur à cet endroit, avant le siège », m'avait expliqué mon grand-père à voix basse, dans son petit cabinet. « Les hommes du duc l'ont démolie quand ils ont pris la ville. Après ça, quand le duc a rebâti les remparts, il n'a pas voulu la reconstruire. Les fondations étaient solides. Il y avait assez d'argent. Il a choisi de ne pas le faire. Pourquoi pas ? » Mon grand-père avait écarté les mains et haussé les épaules. « Une tour pour garder l'arrière de la ville, pourquoi pas ? Quoi qu'il en soit, quand les remparts ont été terminés et les ouvriers partis, mon frère Joshua et moi sommes descendus dans les égouts avec une corde, pour ne pas nous perdre. Et nous avons trouvé le tunnel qu'il avait creusé.

« Personne d'autre n'est au courant. Seulement ton grand-oncle, moi, ta grand-mère, Amtal et le rabbin. Amtal veille à ce que la grille ne soit jamais bloquée. Je le rémunère pour ça, je paie son loyer. Quand il sera vieux, il révélera ce secret à son fils. Nous ne l'utilisons jamais : ni pour faire de la contrebande ni pour éviter le péage. Personne ne sait que nous savons. C'est là qu'ils l'auront mis, ton mari, dans les fondations de la tour au bout de ce tunnel.

« Maintenant, écoute-moi bien, Miryem. Tu dois comprendre ce que représente ce tunnel. C'est la vie. Si leur prisonnier s'échappe, et même si tu ne te fais pas attraper, tous ces puissants, le duc, le tsar, ne vont pas hausser les épaules et se dire, ah, tant pis. Ils voudront savoir comment. Ils chercheront des empreintes. Peut-être qu'ils condamneront les égouts. Ou alors ils les suivront et trouveront la grille. Peut-être même qu'en voyant la maison d'Amtal à la sortie, ils menaceront ses enfants d'un couteau, et Amtal leur dira qui le paie pour entretenir la grille.

« Je te dis ça pour que tu comprennes que je n'ai aucune certitude. Même si Amtal leur donne mon nom et qu'ils viennent ici, j'aurai plusieurs options. J'ai beaucoup d'argent, et je suis utile au duc. Il ne va pas s'empresser de m'écraser, ce n'est pas ce genre d'homme. Et il y a aussi une chance qu'ils ne fassent rien de tout cela. Peut-être se diront-ils que c'est une créature magique, après tout, qu'il est parvenu à s'échapper sans emprunter les égouts. Peut-être ne chercheront-ils pas plus loin.

« Je ne suis pas en train de te dire qu'en faisant cela tu mettras ma tête et celle de ta grand-mère sur le billot. Je t'informe des dangers. Certains sont plus probables que d'autres. Mesure-les, mets-les bout à bout, et tu connaîtras le coût. Et alors *tu* devras te poser la question : est-ce là le montant de ta dette ? En dois-tu autant à ce Staryk, qui est venu te prendre sans ton consentement ni le nôtre, au mépris de la loi ? La responsabilité de ce qui est arrivé pèse sur ses épaules, pas sur les tiennes. Un voleur qui se coupe avec le couteau qu'il a volé ne peut pas en tenir rigueur à la femme qui l'a aiguisé. »

Sans attendre de réponse, il avait posé la main sur ma joue puis il était ressorti du cabinet. Je me trouvais maintenant à la jonction de l'égout et du tunnel, prête à fermer pour toujours la route de la sécurité à mon peuple pour sauver celui du Staryk. Peut-être que je me ferai simplement prendre, s'il y avait des gardes postés au bout, et tout cela n'aurait servi à rien. J'avais déjà répondu à la question, mais je devrais continuer d'y répondre à chacun de mes pas, et ce jusqu'au bout du tunnel.

Quand Miryem est descendue de la charrette, j'ai enlevé mes bottes et je les ai mises sous le manteau pour faire comme des pieds. Ça ne me dérangeait pas de les enlever parce qu'il faisait chaud, et de toute façon j'étais assis dans une charrette. J'étais tellement content de quitter cette horrible ville. C'était encore pire qu'avant. Les rues étaient bondées maintenant qu'il n'y avait plus de neige, et tout le monde voulait être dehors, parler en même temps et faire beaucoup de bruit. Je me suis allongé au fond de la charrette à côté des sacs qui faisaient semblant d'être Miryem et j'ai essayé de faire semblant d'être un sac moi-même, mais je n'en étais pas un. Je devais rester allongé et me couvrir les oreilles en attendant qu'on soit sortis. Ça nous a pris un temps fou d'atteindre la porte de cette immense ville, et Panov Mandelstam est descendu donner de l'argent à l'homme à la porte, parce que la ville était un endroit si terrible qu'il fallait payer pour en sortir.

Mais après ça, Sergey a secoué les rênes et fait claquer sa langue comme un vrai cocher, et les chevaux ont accéléré, et on est partis. Après un petit moment, on a tous été en sécurité. Sergey a continué sur la route jusqu'à ce qu'elle tourne tellement qu'on ne pouvait plus voir la porte en s'asseyant dans la charrette et en regardant derrière. J'ai essayé quand il a arrêté les chevaux et je ne l'ai pas vue, même si je voyais encore la fumée qui montait de toutes les maisons qu'il y avait là-bas. Alors Sergey a donné les rênes à Panov Mandelstam, puis il est descendu, nous a regardés, Wanda et moi, et il a fait au revoir de la tête à tout le monde. Il allait se cacher derrière les remparts pour attendre que Miryem sorte, si jamais elle sortait.

Ça ne me plaisait pas de laisser Sergey en arrière. Et si Miryem ne sortait pas, ou si le Staryk sortait tout seul ? Il pourrait tuer Sergey. Il pourrait le laisser par terre tout vide, comme la dernière fois. Et si c'était le tsar qui sortait ? Ça serait tout aussi mauvais, voire pire.

Panov Mandelstam avait voulu y aller à la place de Miryem, et puis il avait voulu y aller avec Miryem, et Miryem lui avait dit non et non. D'abord elle avait dit non parce que le Staryk ne lui ferait pas de mal, et puis elle avait dit non parce qu'une personne seule serait plus discrète s'il y avait un garde, et enfin elle avait dit non parce que ce serait impossible de gruger les gardes s'il manquait *deux* personnes dans la charrette, mais tout ça, ce n'était pas la vraie raison. La vraie raison, c'était que Panov Mandelstam était blessé. Il avait des bleus partout.

Je le savais parce qu'il y avait des marques violettes sur son cou au-dessus du col de sa chemise, même si le Staryk ne l'avait pas frappé là. Je savais qu'il fallait frapper très fort quelqu'un pour que les bleus apparaissent ailleurs. C'est comme ça que le Staryk l'avait frappé, donc je savais qu'il y avait des marques violettes partout sous ses vêtements aussi, et même si je n'avais pas su ça, j'aurais quand même su qu'il était blessé, parce qu'il boitait et des fois il mettait la main sur ses côtes et respirait difficilement, comme si ça lui faisait mal, et il s'était déjà endormi deux fois dans la journée.

Miryem n'avait pas parlé de ça, elle avait seulement dit les autres raisons, et finalement Panov Mandelstam avait dit : « Je t'attendrai à l'extérieur de la ville, alors », et Miryem avait encore dit non à ça, mais Panov Mandelstam avait secoué la tête, il lui avait laissé dire non jusque-là, mais il ne voulait plus entendre un seul *non*, et il avait dit qu'elle ne savait même pas où était la maison.

C'est alors que Sergey avait dit à Panov Mandelstam : « C'est moi qui l'attendrai. Vous ne pouvez pas marcher vite. Je l'amènerai à la maison. » Et Panov Mandelstam était toujours inquiet, mais Sergey était déjà plus grand et plus fort que lui, et pas blessé, et Miryem avait dit : « Il a raison, on ira plus vite », alors il avait été décidé que Sergey irait attendre Miryem et que pendant ce temps-là on continuerait notre chemin, comme ça si quelqu'un venait à la maison avant qu'ils soient revenus, on serait déjà là-bas à travailler et on dirait que Miryem et Sergey étaient allés chercher les chèvres.

Miryem avait dit : « Mais on sera revenus bien avant ça », comme si c'était certain, comme si tout ce que Sergey et elle avaient à faire était de marcher tranquillement de la ville à la maison, mais elle ne le pensait pas vraiment. Au début, j'ai cru qu'elle était bête, parce qu'elle ne pouvait pas savoir si elle allait sortir. Mais elle n'était pas bête ; c'est juste qu'elle ne le pensait pas. Je l'ai découvert parce que quand on était montés rassembler nos affaires, Miryem était montée aussi et elle avait dit à Sergey : « Merci. Mais ne viens pas aux remparts. Quand tu descendras de la charrette, reste dans la forêt près de la route. Je te trouverai, si je le peux. »

C'est comme ça que je savais qu'elle ne le pensait pas vraiment. Elle ne savait pas non plus si elle allait sortir, et elle était contente que Sergey ait dit qu'il l'attendrait parce qu'elle ne voulait pas que son père soit blessé, et elle savait que Panov Mandelstam n'aurait pas été d'accord pour rester dans la forêt. Mais elle avait dit à Sergey de le faire, et j'étais content, mais alors Sergey l'avait regardée et avait dit : « Je l'attendrai près des remparts. Peut-être que tu auras besoin d'aide. »

Alors Miryem avait levé les mains et elle avait dit : « Si j'ai besoin d'aide, ce sera plus que tu ne pourras m'en fournir. Et si je n'en ai pas besoin, je m'en sortirai sans toi. »

Mais Sergey avait haussé les épaules et il avait dit : « J'ai dit que j'attendrais », et c'était comme ça, il allait attendre près des remparts qu'un Staryk, un démon ou peut-être juste des hommes avec des épées sortent de là. Ces hommes aux épées qu'on avait vus dans la maison et qui avaient emmené le Staryk étaient tous grands et forts comme Sergey, et ils avaient des épées et de gros manteaux qui n'avaient pas l'air de se couper facilement, alors même s'ils n'étaient pas aussi mauvais qu'un tsar ou un Staryk, ils n'étaient quand même pas commodes. Je ne voulais pas que Sergey se fasse tuer par aucun d'entre eux. Pas plus que Miryem, mais je ne la connaissais pas encore tant que ça, et même si je ne voulais pas que Panova Mandelstam soit triste, je voulais encore moins l'être moi-même, ce qui serait arrivé si Sergey se faisait tuer.

Et j'en avais marre d'avoir peur tout le temps. J'avais l'impression d'avoir peur depuis toujours, sans que ça s'arrête jamais. Je ne savais même pas à quel point j'avais peur, jusqu'à ce matin où je n'avais plus eu peur juste un petit moment, quand Wanda était entrée dans la chambre avec cette lettre magique du tsar et que j'avais cru que tout était terminé, que je n'aurais plus *jamais* besoin d'avoir peur, que je pouvais arrêter d'avoir peur de tant de choses, c'était tellement agréable, et j'étais tellement content, mais maintenant j'avais peur à nouveau.

Mais ça ne dépendait pas de moi. Ça dépendait de Sergey, et il n'allait pas attendre dans la forêt. Alors je me suis assis dans la charrette quand Panov Mandelstam a redémarré et j'ai vu Sergey s'éloigner de la route au milieu des arbres, mais en prenant une direction qui lui permettrait de rejoindre l'arrière de la ville, cette terrible ville, et je l'ai regardé jusqu'à ce qu'il ait disparu. Et puis je me suis allongé au fond de la charrette à côté des sacs. Ils n'avaient plus besoin d'être Miryem maintenant, alors Panova Mandelstam a mis la cape sur moi et m'a laissé poser la tête sur un sac pour faire comme un oreiller, et j'ai mis la main dans ma poche autour de l'amande que m'avait donnée M'man et je me suis dit que tout irait bien. On irait à la maison et Sergey reviendrait et je planterais l'amande et M'man pousserait et elle serait avec nous et on serait tous ensemble.

La charrette avait avancé tout doucement dans la ville bondée, mais maintenant qu'on était dehors, sur la route, elle allait très vite. C'était bizarre d'être sur la route sans neige. Il n'y en avait nulle part. On a vu plein d'animaux, des écureuils, des oiseaux, des cerfs et des lapins qui couraient partout, heureux que ce soit le printemps. Ils mangeaient de l'herbe, des feuilles, des glands, ils étaient si excités que ça ne les dérangeait même pas qu'on soit là. Même les lapins nous regardaient passer au bord de la route, sans s'arrêter de manger ; ils avaient tellement faim qu'ils avaient oublié d'avoir peur. Ça me faisait plaisir de les voir. Je me suis dit qu'on les avait aidés, eux aussi. Wanda avait dit qu'on donnerait à manger à tout le monde dans notre maison. On avait déjà commencé avec les animaux.

On savait qu'on approchait de la maison parce qu'on en a croisé une autre sur la route dont on se souvenait avec une grosse roue de chariot accrochée sur la façade de leur grange et de fleurs peintes sur le côté. On n'avait vu que le haut des fleurs à cause de la neige, mais la neige était partie et on voyait maintenant les fleurs entières. Elles étaient grandes et belles, en rouge et bleu. Le fermier de cette maison se tenait près de la grange à regarder pousser le seigle dans son champ. Il a levé les yeux à notre passage, alors je lui ai fait un signe de la main et il m'en a fait un aussi en souriant.

« Nous n'allons pas pouvoir faire le trajet d'une traite jusqu'à la maison », Panov Mandelstam a dit, parce qu'il n'y avait plus de route et que les arbres avaient été très serrés la première fois qu'on était passés, mais soit il s'est trompé, soit notre souvenir était faux. On a vu l'endroit par où on était sortis de la forêt, marqué par deux grands arbres, et il y avait la place pour laisser passer les chevaux. Et puis on a continué, et c'était juste assez large pour qu'on s'y faufile. Il commençait à faire sombre, alors Panova Mandelstam a dit : « Peut-être qu'on devrait s'arrêter pour la nuit. Il ne s'agirait pas de la manquer », mais à ce moment-là Wanda a dit : « Je vois la maison », et je l'ai vue aussi, alors j'ai sauté de l'arrière de la charrette même si Panov Mandelstam continuait de conduire, et j'ai couru à côté, et j'ai dépassé les chevaux et j'ai traversé le jardin jusqu'à la maison qui nous attendait.

Si seulement Sergey était là, tout aurait été parfait, mais ce n'était déjà pas mal. J'ai aidé Panov Mandelstam à enlever le harnais des chevaux, et on les a brossés et nourris. J'atteignais presque leur dos mais pas tout à fait, mais ils sont restés tranquilles même quand je m'étirais pour les brosser tout en haut. J'ai été arracher deux carottes dans le jardin et je les ai données aux chevaux qui ont aimé ça, et j'ai aidé à débarrasser la charrette de toutes les bonnes choses qu'il y avait dedans, et on a tout rangé, et Wanda a libéré les poules et les a laissées picorer. Demain, on leur ferait un poulailler. Pendant ce temps, Panova Mandelstam cuisinait à l'intérieur, et une bonne et chaude odeur est sortie de la maison, et la lumière s'est allumée aux fenêtres et à la porte qui était restée ouverte.

« Va te laver les mains avant de passer à table, Stepon », Panov Mandelstam m'a dit, et je suis allé derrière la maison où il y avait un grand baquet plein d'eau. J'ai rempli un bol, et j'allais me laver les mains, mais alors j'ai pensé que si je me les lavais, je ne voudrais pas me les resalir, et après on mangerait, et après il serait l'heure d'aller se coucher. Il était déjà tard. Et je ne voulais plus attendre.

Alors ce que j'ai fait, c'est que j'ai emporté le bol devant la maison, et juste devant la porte j'ai creusé un trou dans le sol. Puis j'ai sorti l'amande de ma poche et je l'ai mise dans le trou, où je l'ai bien enfoncée. J'ai dit : « On est en sécurité, M'man. Maintenant tu peux pousser et être avec nous », et j'étais sur le point de reboucher le trou et de l'arroser avec de l'eau quand j'ai compris que quelque chose n'allait pas. J'ai regardé l'amande blanche. Elle était là dans la terre marron et chaude, et elle n'avait pas du tout l'air à sa place. On aurait dit que j'essayais de planter une pièce en espérant qu'il pousse un arbre à argent. Mais aucun arbre ne poussait à partir d'une pièce.

Je l'ai ramassée, j'ai enlevé la terre qu'il y avait dessus et je l'ai tenue dans ma main. « M'man ? » j'ai dit à l'amande, et au bout d'un petit moment, j'ai senti qu'on me posait la main sur la tête, mais très légèrement, comme si on ne pouvait pas vraiment me toucher. Je n'ai entendu aucune réponse.

Chapitre vingt-deux

Vassilia était arrivée fâchée à ses noces, bien sûr ; presque autant que son père. Tout le bon sens du monde l'avait portée à croire qu'elle deviendrait tsarine. Et me voilà, triomphante, à sa place, la laissant entre les mains d'un déplaisant archiduc de trente-sept ans qui avait déjà enterré deux femmes, au lieu d'un beau tsar dans la fleur de l'âge qui aurait mis une couronne sur sa tête.

Comme si ça ne suffisait pas, je lui avais fait traverser tout le pays dans la neige et le froid jusqu'à Vysnia, une petite ville de province à côté du fief de son père à l'ouest, avec son immense citadelle de brique rouge aux murs imprenables, et elle savait précisément pourquoi, car elle savait précisément comment elle se serait comportée à ma place. Elle se serait pavanée devant les princesses et les filles des ducs du royaume, sa tête couronnée fièrement levée ; quand nous serions venues à ses noces, elle aurait incliné cette tête et daigné lâcher quelques mots du bout des lèvres à celles qui l'avaient assez flattée pour s'attirer ses bonnes grâces. Ce qui n'aurait pas été mon cas. Elle savait donc que je l'avais traînée ici pour qu'elle se prosterne devant moi et me donne du Majesté, sous les gloussements et les sourires suffisants de ses pairs.

Elle s'était si bien représenté la scène que lorsqu'elle avait monté les marches à ma rencontre en me dévisageant sous ma couronne d'argent, elle avait serré les poings, prête à recevoir son humiliation, et n'avait su qu'en faire quand j'étais descendue pour l'accueillir plus tôt que ne le prévoyait l'étiquette, la prendre par les épaules et l'embrasser sur les deux joues. « Ma douce Vassilia, avais-je dit. Cela fait trop longtemps que nous ne nous sommes vues. Cher oncle Ulrich », avais-je ajouté en me tournant vers lui, qui se tenait, interdit, sur la marche au-dessus de moi, où il avait grimpé pour saluer Mirnatius et mon père ; en voyant mon visage alors que je lui tendais la main, il avait pour un instant oublié son courroux. « Pardonnez-moi : il est difficile pour une fille de vivre si loin de ses proches. Verriez-vous un inconvénient à ce que nous coupions court au protocole ? Rentrons, buvons le verre de l'amitié et laissez-moi vous voler votre fille. »

Je l'avais emmenée à l'étage, dans la grande chambre au balcon, j'avais renvoyé tous les serviteurs et je lui avais dit à voix basse qu'il fallait un héritier pour le Lithvas que le mariage de Mirnatius seul ne suffirait pas ; je l'avais laissée tirer ses conclusions. Puis mon père et lui étaient entrés, suivis par un Ilias maussade, et j'avais tenu la main de Vassilia tandis que le tsar déclarait d'une voix plus froide que des cendres : « Les joies de l'hymen sont multiples, et nous avons décidé d'en faire profiter le plus grand nombre ; Ilias, mon cher cousin, permets-moi de te présenter ta fiancée. »

Mirnatius était resté près de moi durant tout l'office, la bouche tordue par une moue cynique. Vassilia était heureuse, et pour cause : je lui avais donné la robe dorée de Miryem, un vêtement si splendide qu'il la faisait paraître plus tsarine que moi, et elle épousait un beau jeune homme qui la déflorerait cette nuit avec un minimum d'égards. Mon père avait vu les regards sombres d'Ilias, et pendant que mes suivantes habillaient Vassilia, il l'avait emmené sur le balcon et lui avait dit que s'il ne jouait pas le jeu, on trouverait un autre candidat. En revanche, s'il se comportait comme un homme sensé et comblait les attentes de la grande héritière à laquelle il était sur le point de s'unir, il cesserait d'être la marionnette de sa mère et deviendrait un prince et un meneur d'hommes de plein droit à la mort d'Ulrich. Quand ils étaient revenus dans la chambre, Ilias avait baisé la main de Vassilia et s'était fendu de quelques compliments bien placés. Finalement, il suffisait de pas grand-chose pour susciter la passion.

Ulrich, lui, avait encore assez de colère pour eux deux, mais il ne pouvait rien y faire : nous les avions conduits directement de la chambre à la chapelle, et Mirnatius avait revendiqué le privilège de mener lui-même la future mariée à l'autel. Pendant ce temps, j'avais pris le bras d'Ulrich et je lui avais parlé. Même s'il eût préféré faire charger notre procession par un bataillon de ses soldats, l'argent brillait à mon front ; tant qu'il me regardait, il oubliait sa colère, et des bruits couraient déjà en ville, qui étaient sans doute parvenus aux oreilles de ses hommes : l'hiver aurait été vaincu par magie.

Le banquet avait été raisonnablement splendide. Même s'il n'y avait rien eu d'autre, les fruits et les légumes empilés sur les tables nous auraient comblés : personne, pas même un archiduc, n'avait mangé de laitue ces derniers mois. Il y avait des montagnes de fraises ramassées à la hâte dans les bois par toutes les mains que mon père avait pu réquisitionner, et quoiqu'elles fussent encore petites, leur jus sucré et rouge éclatait sur la langue. Mirnatius avait ordonné à un serviteur de lui en donner un bol entier et les mangeait délicatement l'une après l'autre, sans cesser de sonder la pièce de son regard dur. Nous n'avions pas échangé un mot. Chaque fois que je le regardais, me revenait à l'esprit la note perçante dans sa voix, lorsque nous étions dans les caves.

Ma mère n'avait guère de réalité à mes yeux. Je ne me souvenais ni de sa main sur ma peau ni du son de sa voix. C'est Magreta qui avait joué ce rôle pour moi. Mais ma mère m'avait par deux fois offert la sécurité ; elle m'avait portée dans son ventre jusqu'à ce que je sois capable de respirer et elle m'avait transmis la dernière goutte de magie qui coulait dans notre sang, assez pour me permettre de trouver le chemin de l'hiver à travers un miroir. J'avais si longtemps tenu ces deux présents pour acquis qu'il ne m'était jamais venu à l'esprit d'en éprouver de la reconnaissance. Et encore moins pour mon père ambitieux et corrosif, qui m'aurait donné pour mari une brute ou même un sorcier sans la moindre hésitation. J'avais toujours su qu'il n'existait aucune limite aux plans qu'il nourrissait à mon égard. Mais au souvenir de Tchernobog crépitant dans la cheminée, crachant flammes et fumées, j'ai eu la certitude que mon père, qui m'avait dit être fier de moi, n'aurait jamais vendu mon âme à un démon pour une couronne.

C'était là une bien maigre consolation. Il s'était toujours montré froid avec moi. Mais même cette sévérité était plus que Mirnatius n'avait jamais eu. Je pouvais difficilement lui en vouloir de son indifférence. Existait-il quelque chose qui pût lui importer ? *Personne d'autre n'avait une minute à consacrer au rejeton de la sorcière*, avait-il dit, les seuls mots gentils qu'il avait jamais dit de quiconque ; du seul être qui s'était un jour montré bon avec lui.

En temps normal, le fils d'une épouse exécutée aurait été envoyé quelque part dans un somptueux monastère, pour l'empêcher d'avoir des enfants embarrassants, une fois que son frère, couronné, n'aurait plus eu besoin d'un suppléant. J'avais vu dans le désir d'éviter ce destin, qu'un homme ambitieux aurait vécu comme un châtiment, une des raisons qui l'avaient poussé à accepter ce marché. Mais je m'étais trompée. L'homme qui utilisait la magie du démon pour forger les barreaux de sa propre cage dorée et qui consacrait plus de temps à ses carnets de croquis qu'à ses impôts aurait accueilli cette retraite sans aucun regret. Mirnatius y aurait passé ses journées avec ses crayons, son encre et ses dorures à modeler la beauté et en aurait été content. Au lieu de quoi le démon avait assassiné ce frère qu'il aimait pour mettre sur sa tête une couronne dont il n'avait jamais voulu.

Et à présent je le tirais par la main comme une enfant négligente traîne une poupée brisée derrière elle, négociant avec le démon tapi dans ses entrailles l'avenir de ce royaume dont il ne s'était jamais soucié, comme s'il n'était même pas là. Comme s'il ne comptait pas, lui qui n'avait jamais compté pour personne. Pas étonnant qu'il me haït.

Ce que j'avais fait ne s'embarrassait cependant d'aucune culpabilité à son égard. J'avais déjà bien assez de remords sans ça. Miryem s'était révoltée contre l'horreur de ce qui s'était passé dans ces caves, mais je n'avais pas besoin d'elle pour savoir qu'il était mal d'enchaîner une victime sacrificielle destinée à être dévorée pour l'éternité par un démon igné. Simplement, je faisais passer l'intérêt général avant mes sentiments, comme l'aurait fait mon père. J'avais de la compassion pour les enfants Staryk, et je n'aurais pas hésité à arrêter leur roi par d'autres moyens, si je l'avais pu. J'aurais aussi libéré Mirnatius, si j'en avais eu l'occasion, plutôt que d'ajouter à sa servitude. Mais le monde que je voulais n'était pas celui dans lequel je vivais, et si j'attendais de pouvoir tout réparer d'un coup, je pourrais attendre longtemps.

Il m'était même impossible de lui présenter des excuses. Il ne m'aurait pas crue sincère, et il aurait eu raison. Le Lithvas souffrait toujours d'une ligne de fracture, et un démon était assis sur son trône. J'étais contente que nous ayons mis fin à l'hiver, peu importe comment, mais je n'étais pas assez idiote pour croire que nous pourrions faire d'un monstre comme Tchernobog un allié. La nuit précédente, j'avais eu le choix entre l'aider ou laisser le roi Staryk nous enterrer sous la glace, alors j'avais choisi… pas le moins grave des deux maux, mais le moins immédiat. Je savais néanmoins que lorsque Tchernobog en aurait fini avec les Staryk, il se retournerait contre nous, et je n'avais pas l'intention de laisser le Lithvas sans défense contre cette menace.

C'est pourquoi le lendemain, quand Casimir arriverait, encore plus enragé qu'Ulrich, mon père murmurerait une promesse de trahison à son oreille. Ainsi, quand le roi Staryk se serait fait dévorer entièrement, tous trois iraient s'entretenir avec les vieux prêtres qui, vingt ans plus tôt, avaient sorti les chaînes bénies du reliquaire de la cathédrale pour attacher une tsarine convaincue de sorcellerie et la passer par les flammes. Et ce jour-là, à l'aube, quand le démon partirait se cacher du soleil, ils mèneraient mon mari au bûcher et le brûleraient comme sa mère, pour nous libérer tous de son emprise.

Tout cela se produirait et je ne ferais rien pour l'empêcher, même si je savais Mirnatius innocent. Je ne sauverais pas sa demi-vie, s'il fallait pour cela condamner le Lithvas aux flammes, pas plus que je n'épargnerais les enfants Staryk au prix d'un marché garanti par la vie de mes semblables. Je sauverais le Lithvas parce que j'étais assez froide pour faire ce que j'avais à faire.

Mais ce froid me rongerait de l'intérieur. Je regardais Vassilia rougir aux propos qu'Ilias lui murmurait à l'oreille, et je l'enviais plus qu'elle ne l'avait jamais espéré, maintenant qu'il m'était interdit de rêver, même à moitié réticente, à la chaleur de mon lit nuptial. C'était là la seule chose que je pusse faire pour Mirnatius. Je ne prétendrais pas lui offrir ma tendresse. Je ne lui demanderais ni reconnaissance ni pardon, pas même d'être courtois. Et je ne voudrais rien de lui, je ne serais pas cette louve affamée qui se pourlèche les babines à la vue d'un os à nu.

Je ne lui ai donc pas dit un mot du repas, réservant le meilleur de ma conversation à Ulrich assis de l'autre côté, le flattant et l'amadouant autant qu'il m'était possible de le faire. Quand le soleil est passé sous la ligne des fenêtres, Mirnatius s'est levé, et nous avons tous formé une procession pour conduire les jeunes mariés à leur chambre nuptiale, au bout du couloir où se trouvait la nôtre. Ulrich a vu les membres mâles de la famille de Mirnatius s'installer dans la chambre contiguë, et Vassilia sourire à Ilias, qui avait pris son bras sous le sien et embrassait le bout de ses doigts l'un après l'autre, et tous deux rougissaient, ivres de vin et de triomphe. Ulrich a grincé des dents, mais il a accepté l'invitation de mon père à boire du cognac dans son bureau et à trinquer à la santé de leurs futurs petits-enfants. La réconciliation n'était pas encore à l'ordre du jour, mais au moins avait-il rendu les armes.

« Mais toi, ma chère promise, je crains que tu ne doives te résigner à dormir dans un lit froid », a amèrement ironisé Mirnatius, quand nous nous sommes retrouvés seuls dans notre chambre, tandis qu'il jetait négligemment son bandeau et ses bagues sur la coiffeuse. Les rayons horizontaux du soleil entraient par le balcon. « À moins que tu ne souhaites faire mander ce garde pour le moins *enthousiaste* ; dans ce cas, vous avez deux bonnes heures devant vous pour vous amuser. Le trajet aller et retour est plutôt fatigant, et je suppose que mon *ami* va vouloir s'attarder un peu avec son repas. »

Je l'ai laissé me cracher ces mots, sans rien répondre. Il m'a jeté un regard noir, et puis il s'est subitement mis à sourire, les yeux rouges – oh, comme je les préférais noirs. *« Irina, Irina*, a chantonné Tchernobog de sa voix enfumée. *Je te le demande une fois encore. Ne veux-tu pas un de mes inestimables cadeaux en échange du roi de l'hiver ? Donne-le-moi, dis-moi ton prix, je t'offrirais n'importe quoi ! »*

Je n'étais pas tentée le moins du monde. Mirnatius m'en avait prémunie. Je ne crois pas que j'aurais pu désirer quoi que ce soit suffisamment fort pour l'accepter de ses mains, avec le sourire démoniaque qui étirait son visage vide. J'ai essayé d'imaginer ce qui aurait pu me convaincre : un enfant dont le visage m'était encore inconnu mourant dans mes bras ; la guerre sur le point de dévorer le Lithvas tout entier ; les hordes à l'horizon et l'imminence de ma propre mort. Pas même ça, non. Toutes ces choses avaient une fin. J'ai secoué la tête. « Non. Contentez-vous de me laisser tranquille, moi et les miens. Je ne veux rien d'autre de vous. Partez. »

Il a sifflé, grommelé, et m'a toisée de son regard de braise, mais il a quitté la pièce d'un pas furieux. Magreta s'est aussitôt glissée à l'intérieur, comme si elle s'était cachée juste derrière la porte. Elle m'a aidée à me déshabiller, a mis ma couronne de côté puis elle a commandé du thé. Elle est ensuite venue s'asseoir sur sa chaise, et je me suis installée à ses pieds, la tête sur son giron, comme je ne l'avais jamais fait quand j'étais petite, car alors elle avait toujours les mains occupées. Mais ce soir-là, elle n'avait pour une fois ni couture ni tricot, et elle m'a caressé la tête en me disant : « Irinushka, ma petite courageuse. Ne te morfonds pas tant. L'hiver est fini.

— Oui », ai-je articulé, la gorge douloureuse. « Mais il n'a pris fin que parce que j'ai nourri le feu, Magra, et il demande plus de bois. »

Elle s'est penchée et m'a embrassé le front. « Prends du thé, dushenka », a-t-elle dit en ajoutant du sucre à ma tasse.

Il n'y avait plus d'étoiles à suivre sur les murs ; il me suffisait d'avancer en ligne droite, mais je progressais toujours très lentement. Je m'efforçais de marcher au milieu du tunnel, le plus silencieusement possible, et je laissais ma pèlerine traîner derrière moi pour effacer mes traces : elle était si longue que l'ourlet était désormais maculé de boue. Peu de temps après, les ténèbres ont commencé à s'éclaircir. Une faible lueur émanant d'un coude à quelque distance donnait aux parois une forme réconfortante, ponctuée de racines et de cailloux : je n'étais plus aveugle, et une forte odeur de fumée commençait à m'emplir les narines. Une centaine de pas plus loin, une étoile de lumière jaune m'apparaissait au loin.

Elle brillait tant dans l'obscurité du tunnel que je ne voyais plus rien d'autre. Je me suis mise en route dans cette direction, ralentissant à mesure que son intensité augmentait ; à chaque pas, la question résonnait plus fort à mes oreilles. Il avait été plus facile de dire à mes parents que je devais être courageuse dans la sécurité de la maison de mon grand-père, ma main dans celle de ma mère, ou même de me dresser face au Staryk. Au moins avais-je été soutenue par la *colère*, alors ; j'avais pour moi la vengeance et le désespoir, et rien à perdre que je chérisse. À présent, certaines choses pesaient lourd dans la balance : mon peuple, mon grand-père, ma famille ; Wanda et ses frères, qui m'avaient sauvée. Ma propre vie, cette vie que je m'étais battue pour retrouver. Rien ne m'obligeait à faire ça. Je pouvais encore rebrousser chemin et quitter ce tunnel sans me trahir, aussi intelligente et courageuse que je me flattais de l'être.

Mais alors que je me rapprochais, si proche maintenant que je commençais à distinguer les murs de pierre de la pièce au bout du tunnel et les flammes qui s'y reflétaient, j'ai senti un souffle chaud dans mon dos, et la lumière s'est mise à trembloter. Tous mes poils se sont hérissés quand j'ai compris ce qu'il y avait derrière moi. Ce qui avait ouvert une porte, s'était engagé dans le tunnel, et se dirigeait droit sur moi.

J'avais l'occasion de me poser la question une dernière fois. Je me trouvais tout au bout de la ville, pas très loin de l'égout, alors que la distance d'ici au palais du duc était beaucoup plus grande. J'avais encore le temps de faire demi-tour. Personne ne saurait jamais que j'étais venue. Mais au lieu de ça, j'ai pressé le pas en direction de l'arche, aussi silencieusement que possible. J'ai risqué un rapide coup d'œil dans la salle et n'y ai vu aucun garde, seulement la courbure d'un cercle de bougies dont la cire liquéfiée s'écoulait jusqu'au sol, et au-delà un deuxième cercle rougeoyant de braises enflammées à même le sol. L'air était chargé de fumée, mais pas autant que je l'aurais cru, car elle s'échappait par un courant d'air ascendant.

Alors j'ai pris une profonde inspiration et j'ai pénétré dans la salle. Le Staryk s'est retourné. Il est resté immobile un long moment, puis il a légèrement incliné la tête vers moi. « Madame, que faites-vous ici ? »

Il se tenait seul au milieu de l'anneau de braises dont les flammes l'environnaient dangereusement. La chaîne serrée autour de lui avait laissé des marques sur ses vêtements argentés. Je voulais encore le haïr, mais il était difficile de détester une personne enchaînée dans l'attente de cette chose dans le tunnel. « Vous me devez toujours trois réponses, ai-je déclaré.

— On dirait bien, oui, a-t-il répliqué au bout d'un moment.

— Si je vous laisse partir, promettrez-vous de ne pas ramener l'hiver ? De laisser mon peuple tranquille, de ne pas essayer de l'affamer ? »

Il a eu un mouvement de recul, s'est redressé, scintillant, et m'a répondu d'une voix glacée : « Non, madame. Je ne vous ferai pas une telle promesse. »

Je l'ai fixé du regard. J'avais soigneusement réfléchi à mes questions, tout au long du trajet. Une pour mettre fin à l'hiver, une pour qu'il me laisse tranquille, et une autre pour lui faire promettre d'arrêter les raids. J'étais dans la meilleure position qui soit pour négocier. Il ne m'était même pas venu à l'esprit qu'il puisse... Il était lié, lié à sa mort, à *toutes* leurs morts, et pourtant il refusait... « Vous souhaitez donc si ardemment notre mort, me suis-je étranglée d'horreur, plus que votre salut ou celui de votre peuple... Vous nous haïssez tant que vous préférez mourir ici, entre les crocs de...

— Sauver mon peuple ? a-t-il dit en élevant la voix. Croyez-vous que j'aie dilapidé ma force, le trésor de mon royaume jusqu'à la dernière pièce, et que je me sois uni à une mortelle que je croyais sans valeur... » Malgré sa colère, il s'est interrompu et a incliné la tête comme pour s'excuser. « ... pour moins que ça ? »

Je suis restée silencieuse. Les mots s'étaient bloqués dans ma gorge. Il m'a couvée d'un regard sombre et a ajouté, amer : « Et après tout ce que j'ai fait, vous venez encore me poser une question de lâche ? Est-ce que je vais racheter ma vie avec une promesse qui les laissera à la merci de ce monstre ? *Jamais*. » Sa voix rageuse me jetait les mots au visage comme des pierres.

« Je lui résisterai tant que mes forces me le permettront et, après ça, quand je ne pourrai plus tenir la montagne face à ses flammes, au moins les miens sauront que je suis parti avant eux, et que j'ai gardé leurs noms dans mon cœur jusqu'au bout. » Il a férocement secoué la tête. « Et vous me parlez à *moi* de haine ? C'est *votre* peuple qui a choisi cette vengeance contre nous ! C'est vous qui avez couronné le dévoreur, qui en avez fait votre roi ! Tchernobog n'avait pas la force d'abattre notre montagne sans votre soutien !

— Nous ne le savions *pas* ! » ai-je éclaté, la voix brisée par l'horreur à nouveau. « Aucun de nous ne savait que le tsar avait passé un marché avec un démon !

— Êtes-vous donc si idiots que vous avez involontairement donné les clefs de votre royaume à Tchernobog ? a-t-il craché avec mépris. Vous aurez mérité ce qui vous arrivera. Vous croyez qu'il tiendra ses promesses ? Il le fait pour la forme, pour se protéger, mais dès qu'il voit une occasion d'étancher sa soif, il s'en affranchit sans hésitation. Quand il nous aura vidés de toute substance, il se retournera contre vous et fera de votre été un désert de sécheresse, et je me délecterai à la pensée que vous vous serez humiliés avec moi et les miens. »

J'ai plaqué mes mains contre mes tempes ; la fumée et l'horreur de ses paroles me tournaient la tête. « Nous ne sommes pas idiots ! Nous sommes mortels, nous n'avons pas de magie à moins que vous ne nous en enfonciez dans la gorge. Mirnatius est devenu tsar parce que son père l'était avant lui et que son frère est mort ; il était le suivant sur la liste, voilà tout. Il est impossible de voir si un démon se cache dans un tsar ; nous n'avons pas de haute magie pour nous protéger, que nous soyons sincères ou non ! Vous n'avez pas eu besoin de mon nom pour me menacer et pour m'enlever de chez moi. Et vous avez pensé que ça faisait de moi quelqu'un d'indigne, alors que c'était *vous* qui l'étiez. »

Il a tressailli comme si je l'avais frappé, et ses contours sont devenus à la fois plus nets et irréguliers dans sa prison. « Vous m'avez donné tort pour la troisième fois », a-t-il fini par concéder entre ses dents qui grinçaient comme deux blocs de banquise frottant l'un contre l'autre. « Je ne peux plus vous traiter de menteuse désormais, même si je le voulais. Mais je m'en tiens à ma réponse. *Non*. Je ne promettrai pas. »

Je me suis désespérément creusé les méninges. « Si je vous laisse partir, ai-je proposé après un silence, promettez-vous de mettre fin à l'hiver une fois que Tchernobog ne sera plus sur le trône, et de nous aider à trouver un moyen de l'en éjecter ? La tsarine sera de notre côté ! ai-je ajouté. Elle-même veut se débarrasser de lui. Elle nous aidera aussi longtemps que cela lui permettra de sauver son peuple de la glaciation ! Et les seigneurs du Lithvas la soutiendront, afin de mettre un terme à l'hiver. Nous aiderez-vous à le combattre, au lieu de simplement nous tuer pour l'affamer ? »

Ne pouvant bouger dans sa chaîne d'argent, il a tapé du pied. « Je l'avais vaincu ! a-t-il explosé. Je l'avais terrassé et lié par son nom ! Ce sont vos actes qui l'ont délivré !

— Parce que vous essayiez de m'emmener malgré mes cris, parce que vous vouliez m'obliger à passer le reste de ma vie à étendre vos hivers, parce que vous menaciez ceux que j'aimais ! lui ai-je rétorqué sur le même ton. Ne vous avisez pas de dire que c'est ma faute… Ne vous avisez pas de dire que tout ceci est notre faute ! Le tsar n'a été couronné qu'il y a sept ans. Mais vous envoyez vos chevaliers nous voler notre or depuis que des mortels se sont installés dans la région, et après tout, qui leur aurait reproché de prendre un peu de bon temps au passage en pillant et en violant ?

Nous n'étions pas assez forts pour vous résister, alors vous avez baissé les yeux depuis votre montagne de verre et vous avez décidé que nous étions négligeables ! Vous méritez d'être enchaîné ici et de vous faire dévorer par un démon, bien fait pour vous ! Mais la fille de Flek ne mérite pas ça ! Je vous sauverai pour son bien, si vous m'aidez à sauver les enfants de mon monde ! »

Il s'apprêtait à répondre, mais il s'est ravisé en jetant un coup d'œil dans le tunnel. J'ai suivi son regard : une faible lueur rouge se rapprochait dans les ténèbres, un feu naissant. Il s'est tourné vers moi et a dit : « Très bien ! Libérez-moi et je promettrai de ne pas faire perdurer l'hiver une fois que Tchernobog sera hors d'état de nuire et que mon peuple sera à l'abri de sa faim, et de vous aider à le vaincre. Mais ma promesse ne s'étend pas au-delà !

— Parfait, ai-je aboyé. Et si je vous libère, promettez-vous… » Je me suis interrompue en me rendant soudain compte qu'il ne me restait qu'une seule question, pas deux. Je l'ai rapidement reformulée : « Promettez-vous pour vous-même et pour tous les Staryk de nous laisser tranquilles, moi, mon peuple… tout le Lithvas ? Plus de raids, plus de viols, plus de meurtres pour notre or ou quoi que ce soit d'autre… »

Il m'a regardée et il a déclaré : « Libérez-moi, et voici ce que je promettrai : il n'y aura plus aucune chasse à l'homme dans le blizzard ; nous viendrons, nous chevaucherons dans la forêt et dans les plaines enneigées, nous chasserons les animaux à fourrure blanche qui nous appartiennent, et si certains d'entre vous sont assez fous pour se mettre en travers de notre chemin ou profaner notre forêt, peut-être se feront-ils piétiner ; mais nous ne ferons plus couler volontairement le sang des mortels ni ne prendrons vos trésors, pas même l'or où brille le soleil – sauf si vous vous en prenez à l'un de nous, auquel cas nous nous vengerons à la hauteur du préjudice subi –, et nous ne forcerons aucune femme qui nous aura refusé sa main.

— Pas même *vous*, ai-je insisté.

— C'est ce que j'ai dit ! » Il a jeté un nouveau coup d'œil dans le tunnel où la lumière rougeoyante avait gagné en intensité et rebondissait sur les murs. Elle progressait vite, maintenant. « Brisez les cercles de feu ! »

Je me suis baissée pour souffler sur une des flammes, mais elle s'est contentée de sauter sans s'éteindre. La cire chaude avait si bien collé la bougie au sol que je n'arrivais même pas à l'en déloger. J'ai dû courir jusqu'à l'entrée du tunnel gratter de la terre pour l'étouffer, comme on le fait quand l'huile s'embrase sur le fourneau : ça ne m'a pas empêchée d'avoir les mains brûlées quand je suis arrivée à la dernière. Les braises du deuxième cercle étaient cependant si chaudes que des poignées entières de terre n'y ont pas suffi. J'ai enlevé ma pèlerine et l'ai pliée de telle façon que la partie mouillée se retrouve en bas, et je l'ai jetée sur les braises.

« Vous devez me faire sortir du cercle ! » s'est-il écrié, et j'ai tendu le bras par-dessus l'anneau incandescent, attrapé la corde et l'ai fait avancer sur la pèlerine. Juste à temps : le vêtement s'est enflammé sous ses pieds au moment où il le franchissait, et les flammes se sont élevées avec une telle fureur que le bout pointu de sa botte s'est embrasé. Une soudaine explosion de flammes et de fumée lui a brûlé la jambe, et il s'est effondré sur moi en haletant. J'ai bien failli tomber sous son poids, et n'ai réussi qu'*in extremis* à le faire pivoter pour qu'il prenne appui contre le mur. Il tremblait, les yeux presque clos, transparent sous l'effet de la douleur ; un réseau arachnéen de fines lignes rougeâtres s'étendait de son pied à son genou, où pendait le bas de son pantalon brûlé qui fumait encore.

J'ai empoigné la chaîne en argent pour essayer de la faire passer par-dessus sa tête, puis par en bas, mais même en pesant dessus de tout mon poids, impossible de la faire bouger. J'ai regardé autour de moi, désespérée ; quelqu'un avait laissé une pelle appuyée contre une brouette pleine de charbon. J'ai pris le roi Staryk par les épaules et l'ai fait s'allonger par terre, de telle sorte que je puisse coincer la lame de la pelle dans un des maillons argentés. Je suis montée sur la lame comme si je m'apprêtais à la planter en terre, bloquant le maillon entre le fer durci et les pierres au sol : il ne mesurait pas plus d'un pouce de long, et n'était pas plus épais que mon petit doigt, mais il ne cédait pas. Il ne cédait pas, et j'ai soudain entendu un hurlement de rage dans mon dos.

Je ne me suis pas retournée : à quoi cela aurait-il servi ? J'ai levé la pelle et l'ai abattue avec l'énergie du désespoir, puis je l'ai lâchée, me suis agenouillée et j'ai pris la chaîne entre mes mains. J'ai essayé de la transmuter ; j'ai fermé les yeux et j'ai invoqué le souvenir des coffres dans les réserves, la sensation de l'argent se changeant en or sous mes paumes, le monde glissant entre mes doigts d'un simple effort de volonté. Mais la chaîne a seulement chauffé entre mes mains, presque à me brûler. Un bruit de course nous parvenait du tunnel, et les braises se sont soudain mises à cracher des flammes rugissantes, même les morceaux de charbon dans la brouette, tandis qu'une épaisse fumée s'élevait autour de nous.

Il m'a alors pris les mains et a murmuré : « La pelle. Vite. Posez la lame sur ma gorge. Tuez-moi, et il ne pourra pas dévorer mon peuple à travers moi. »

Je l'ai regardé, au comble de l'horreur. Je voulais sa mort, mais pas de son sang sur mes mains ; je n'étais pas Judith, pas à ce point. « Je ne peux pas, ai-je croassé.

Je ne peux pas… vous regarder dans les yeux et vous trancher la gorge !

— Vous avez dit que vous sauveriez l'enfant ! m'a-t-il dit sur un ton *accusateur*. Vous l'avez dit ! Le feu *nous emportera tous les deux*, voulez-vous vous présenter devant votre créateur la bouche pleine de mensonge ? »

J'ai inspiré une bouffée de fumée noire et carbonisée qui m'a brûlé la langue, le nez et la gorge et m'a fait pleurer. Je ne voulais pas mourir, je ne voulais pas tuer ; je ne voulais pas aller au-devant de la mort avec du sang sur les mains. Ma parjurer me semblait un moindre mal. Mais il allait mourir quoi qu'il arrive, de bien pire façon, et ils périraient tous avec lui. Il existait mille façons de trépasser, et toutes ne se valaient pas. « Mettez-vous à plat ventre, ai-je murmuré, et j'ai repris la pelle et me suis levée, les yeux ruisselant de larmes. La fumée l'a enveloppé comme un linceul quand il s'est retourné…

… et à travers elle a brillé un unique éclat au milieu de son dos entravé : un éclat froid comme un clair de lune, bleuté comme une congère, là où Irina avait utilisé son collier d'argent Staryk pour lier les deux bouts de la chaîne brisée. J'ai lâché la pelle et me suis précipitée dessus. Un poing s'est subitement refermé sur mes cheveux et m'a tiré la tête en arrière, et j'ai senti le feu prendre parmi mes mèches et l'horrible odeur de leur combustion, mais j'ai eu le temps d'attraper le collier du bout des doigts, et il s'est changé en or à mon toucher.

Le poing m'a lâchée. Je suis tombée par terre en toussant, étouffée par la fumée s'échappant de mes propres cheveux, quand un nouveau rugissement s'est élevé. Mais il a perdu de son intensité et s'est mué en un cri suraigu quand une rafale de blizzard a balayé la salle, tout aussi mordante que les flammes l'avaient été, et autour de moi tous les feux se sont éteints : les braises ont instantanément noirci et les bougies ont été soufflées. Ne brillaient plus dans le noir que les deux points rouges des yeux féroces au-dessus de moi.

L'air glacé que j'ai inspiré, aussi propre et froid que celui qui suit un blizzard, a apaisé ma peau roussie et ma gorge en feu. Dans le noir, le Staryk a clamé : « Tes liens sont brisés, Tchernobog ; la haute magie et un marché équitable m'en ont libéré ! » Les pierres renvoyaient l'écho de sa voix. « Tu ne peux pas me retenir ici et maintenant. Vas-tu fuir, ou vais-je éteindre tes flammes pour toujours et t'enterrer dans la poussière ? » Et avec un nouveau glapissement de rage étranglé, les yeux rouges ont disparu. J'ai entendu des pas lourds s'éloigner en courant dans le tunnel ; j'ai fermé les yeux et me suis roulée en boule sur les pierres glacées, engloutissant l'air frais de l'hiver.

J'ai dormi un bon moment après que Magreta m'avait convaincue de me rallonger ; j'étais fatiguée et courbatue. J'avais été réveillée par un courant d'air qui s'était engouffré par les portes ouvertes du balcon. Je me suis levée pour aller jeter un coup d'œil. Rien n'était visible dans le noir au-delà des torches qui brûlaient sur les murs du château, mais le vent sur mon visage était de nouveau froid, et j'ai compris que le Staryk avait été libéré. Et j'étais sûre qu'il l'avait été par Miryem. J'ignorais comment elle s'y est était prise, mais j'en avais la certitude.

Il n'y avait pas de colère en moi, seulement de la peur. Je comprenais son choix, quoiqu'il ne fût pas le mien : elle ne voulait pas nourrir la flamme. Moi non plus, mais elle avait délivré l'hiver pour soulager sa conscience. La neige reviendrait : peut-être pas ce soir, mais demain matin, et toutes les jeunes pousses mourraient.

Il ne faudrait pas attendre longtemps pour voir d'autres cadavres. Les animaux que j'avais nourris le matin même étaient efflanqués, il ne leur restait pas longtemps à vivre. Seule la soudaine abondance de feuilles et de baies avait conféré à la table de mon père la dignité de son rang. Il n'y avait eu ni bœuf ni cochon entier rôti à présenter aux convives : le gibier comme les bêtes d'élevage étaient trop étiques pour qu'on les montrât. Il avait sans doute fallu en abattre deux fois plus qu'en temps normal pour obtenir la même quantité de viande, et j'avais vu les musiciens tremper leurs croûtons longtemps dans le maigre brouet qu'on leur avait servi, car le pain avait moisi. Et si de telles choses arrivaient à la table d'un duc, lors d'un mariage princier, je savais ce qu'il en était des tables plus pauvres, à l'extérieur de la ville.

Mais que faire ? Nous n'avions attrapé le roi Staryk qu'avec l'aide de Miryem, et malgré ça il nous avait presque vaincus. Il ne commettrait pas deux fois la même erreur. J'aurais aimé croire que Miryem avait passé un marché avec lui, ce traité dont elle avait parlé pour mettre fin à l'hiver – mais les flocons portés par le vent m'affirmaient le contraire, et l'heure n'était plus aux négociations. Si la neige tuait le seigle, la liesse tournerait à la révolte sitôt que les rues seraient déblayées. Et si elles ne l'étaient jamais, nous mourrions tous de faim, que nous vivions dans une modeste maison ou dans un palais. Serions-nous capables de façonner un miroir assez grand pour y faire traverser nos armées ? Et après ? Les chasseurs Staryk, avec leurs épées au fil d'argent, fauchaient les hommes aussi facilement que des épis de blé, lors de leurs raids. Notre sacrifice ferait une bonne chanson, mais ceux que nous laisserions derrière nous ne se nourrissaient pas de musique.

Magreta a posé mon manteau de fourrure sur mes épaules. J'ai baissé les yeux sur son visage triste et effrayé. Le froid ne lui avait pas échappé. « Ta belle-mère apprécierait que tu lui fasses l'honneur d'une visite dans ses appartements », a-t-elle dit à voix basse.

J'ai cependant entendu le sens caché de ses paroles : quittons cette chambre avant le retour du tsar. Car il reviendrait avec Tchernobog, et la colère du démon serait féroce et brûlante. La glace et le feu se disputaient l'horizon, et mon petit royaume d'écureuil était pris en tenaille entre eux. Mais Mirnatius représentait aussi mon seul espoir de trouver le moyen de le sauver.

« Va voir mon père. Dis-lui que je veux qu'il éloigne Galina et les garçons… qu'il les envoie en vacances dans l'ouest, ce soir, sans attendre. Et qu'ils emportent des patins de traîneau. Dis-lui que je veux que tu les accompagnes.

Elle m'a serré les mains. « Viens avec nous.

— Je ne peux pas. Je porte une couronne. Si cela a un sens, c'est celui-ci.

— Alors laisse-la. Laisse-la, Irinushka. Elle ne sert qu'à t'accabler davantage. »

Je me suis penchée pour lui embrasser la joue. « Aide-moi à la mettre », ai-je dit d'une voix douce, et, les yeux pleins de larmes, elle est allée la chercher et l'a posée sur ma tête. Après quoi je l'ai gentiment poussée vers la porte, et elle est partie d'un pas rapide dans le couloir, les épaules basses.

Le froid se faisait plus mordant dans mon dos. Le feu était éteint dans la cheminée, mais une odeur de fumée, d'abord comme celle que pouvait dégager une pièce qu'on n'avait pas aérée depuis trop longtemps, puis comme celle que produirait la combustion d'une trop grande quantité d'amadou, m'est parvenue aux narines avant que je n'entendisse des pas pressés et pesants dans le couloir et que la porte ne s'ouvrît. Tchernobog est entré dans la chambre comme un incendie non maîtrisé, les yeux d'une teinte rouge sombre. De fines lignes de chaleur crépitante parcouraient la peau de Mirnatius. Un instant plus tard, la porte claquait derrière lui et il me hurlait de toute la force des poumons du tsar : « *Il est parti ! Il s'est évadé, on l'a libéré ! Tu as rompu ta promesse, tu l'as laissé s'échapper !*

— Je n'ai rien rompu du tout. J'avais promis de vous l'amener et je l'ai fait ; il n'est pas libre par ma volonté, mais contre elle. Moi non plus, je ne souhaite pas qu'il replonge le Lithvas dans l'hiver. Comment peut-on le remettre dans sa prison, ou l'arrêter ? Dites-moi ce qu'on peut faire.

— *Il a fui, il s'est échappé là où je ne peux aller ! Il va condamner son royaume derrière un mur de glace et de neige, pour m'empêcher de festoyer !* » Son discours s'est réduit à des craquements furieux ; il s'est mis à errer en volutes paresseuses au-dessus du sol, telle une flamme. « *Il est libre, il connaît mon nom, il m'a déjà lié une fois... Je serais mort de faim sur la pierre glacée, je n'aurais rien eu à manger d'autre que des os... Je ne peux pas entrer dans son royaume !* » Il s'est interrompu un instant, tremblant, puis il a craché, comme des bûches qui éclatent dans le feu : « *Je l'ai profondément goûté. Il est devenu trop fort, trop grand. Ses mains sont pleines d'or. Son hiver va m'étouffer, son froid infini va moucher ma flamme.* »

Puis il a tourné vers moi ses yeux rougeoyants. « *Irina*, a-t-il roucoulé, *Irina, douce et froide comme l'argent, tu as failli. Tu ne m'as pas apporté mon festin d'hiver.* » Il s'est rapproché de moi. « *Je tiendrai donc ma promesse, je te dévorerai* toi *à la place, toi et tous ceux que tu aimes. Si je ne peux pas avoir le roi de l'hiver, je me contenterai de ta douceur sur ma langue. Tu me rendras mes forces !*

— Attendez ! me suis-je écriée en levant la main tandis qu'il s'avançait encore. Attendez ! Si *je* vous emmène au royaume Staryk, pourrez-vous le vaincre ? »

Il s'est immobilisé, ses yeux brillant comme une étincelle nourrie par des brins de paille. *« Tu vas enfin me révéler ton secret, Irina ?* a-t-il soufflé. *Tu vas enfin me montrer ta route ? Ouvre-la et conduis-moi ; pourquoi me contenter d'un seul roi ? Je festoierai dans son palais, et quand j'en aurai fini de lui, j'aurai encore tous les autres sous la main. »*

J'ai pris une profonde inspiration, les yeux sur la psyché qui se dressait près de moi, mon ultime refuge. Une fois qu'il connaîtrait mon secret, je n'aurais plus nulle part où me cacher. Mais il ne me restait que deux options : je pouvais traverser seule et le laisser dévorer tout le monde derrière moi, ou le faire traverser en sachant qu'il pourrait revenir me chercher, affamé. J'ai tendu la main. « Alors venez. Je vous y emmène. »

Il m'a tendu en retour celle de Mirnatius, dont les longs doigts se sont refermés autour des miens. Sa peau était chaude, et la fumée qui s'était retirée autour de son poignet lui faisait comme un épais bracelet. Je me suis positionnée face à la psyché, et quand il a tourné la tête vers elle et pris une soudaine inspiration sifflante, j'ai compris qu'il voyait la même chose que moi : le royaume d'hiver, les épais flocons de neige qui tombaient parmi les pins sombres. Je suis passée à travers le miroir en le tirant derrière moi, et nous nous sommes retrouvés dans la forêt enneigée.

C'est une silhouette de cendres et de flammes qui a émergé à mes côtés. Entre ses dents brûlait une fournaise dans laquelle surnageait une langue calcinée, comme si Mirnatius n'était qu'une enveloppe dont il pouvait se défaire à l'envi. À présent, son corps se résumait à une braise vive environnée de fumée. Le blizzard m'a violemment sauté au visage. Tchernobog, réduit à un morceau de charbon et de cendre mouillé, a poussé un petit cri perçant. Mais au terme d'une brève lutte, son rougeoiement intérieur est revenu : sa combustion était bien trop puissante et profonde pour être mise à mal si facilement. Sa chaleur a créé une bulle autour de nous où ni le froid ni les flocons ne pénétraient. Nous nous trouvions derrière la petite maison, à l'endroit que j'avais précédemment quitté ; alors que je tournais les yeux vers le baquet plein d'eau, la croûte de glace s'est fissurée puis s'est brisée en petits morceaux qui ont fondu rapidement.

Tchernobog prenait de grandes inspirations avec gourmandise. « *Oh, le froid*, a-t-il soupiré. *Oh, les doux courants d'air dont je vais m'abreuver. Quels festins m'attendent ici… Irina, ma chère Irina, laisse-moi te récompenser, avant que je me mette en route.*

— Non », ai-je jeté avec mépris. Il croyait pouvoir tromper son monde encore et encore, sans que personne s'en aperçoive. La mère de Mirnatius n'avait pas vraiment tiré profit du marché qu'elle avait passé avec lui, même si elle avait été enterrée avec la couronne contre laquelle elle avait troqué son enfant. « Je ne veux toujours rien, sinon que vous nous laissiez tranquilles, moi et les miens. »

Il a émis un petit bruit plaintif, mais il était trop distrait pour s'en soucier : une bise tranchante comme la lame d'un couteau lui soufflait au visage. Il s'est tourné face au vent et a bondi vers lui comme s'il allait l'étreindre. Et peut-être le pouvait-il, car alors qu'il sautait, il a écarté les bras, et le vent qui s'est engouffré entre eux en ressortait chaud. Tandis qu'il se précipitait vers les arbres qui descendaient à la rivière, ses pieds creusaient de larges et profondes empreintes sous lesquelles apparaissait l'herbe fraîche écrasée par la neige. Chacun de ses pas laissait s'échapper l'odeur humide du printemps. Même après qu'il a disparu de ma vue, les empreintes ont continué de s'étendre, dévorant la neige qui les séparait.

Chapitre vingt-trois

Le Staryk m'a prise dans ses bras, ou peut-être était-ce un vent d'hiver ; l'un ou l'autre, j'ai été soulevée dans les airs comme un flocon de neige porté par un courant qui m'a fait franchir une trappe carrée et m'a déposée sur la pente d'une colline, à une centaine de pieds des remparts derrière lesquels brillaient les lumières de la ville. J'ai atterri sur le sol avec un bruit sourd et disgracieux, et je suis restée étendue là, la gorge en feu, à tenter de reprendre mon souffle. La terre était chaude et couverte partout ailleurs d'une herbe grasse, mais un cercle de cristaux givrés se dessinait autour du Staryk agenouillé, dont la peau luisait d'un voile humide, comme s'il fondait.

Il s'est néanmoins relevé en titubant, un de ses pieds toujours dénudé et, les yeux brillants, a levé les bras. Le cercle de glace a commencé à s'étendre autour de lui : les brins d'herbe se sont rabougris sous les cristaux de glace, la terre a durci sous moi, comme si, maintenant qu'il était libre, il pouvait ranimer l'hiver que nous avions chassé. « Attendez ! » ai-je protesté en me mettant pesamment à genoux.

Il a baissé les yeux sur moi et a répliqué férocement : « Il a déjà commencé à boire mon peuple ! Je ne vais pas le laisser… »

Il s'est interrompu net et s'est retourné une seconde trop tard ; j'ai laissé échapper un cri en voyant la lame d'une épée le traverser de part en part, passant sous les côtes et ressortant dans son dos constellée de givre et environnée d'un nuage de vapeur froide. C'était l'un des soldats du tsar, celui qui avait pris la corde pour emmener le Staryk de chez mon grand-père. Il avait dû monter la garde à l'extérieur de la tour : il était livide sous sa moustache mais déterminé, les yeux écarquillés, les mâchoires verrouillées et les deux mains serrées autour de la poignée de son épée.

Il a essayé de la tirer hors du corps du Staryk, mais sans succès, et le givre commençait à s'attaquer à ses mains gantées. Ses doigts se sont détendus presque de leur propre volonté quand le froid les a gagnés, et le Staryk est tombé lourdement sur le sol, les yeux couverts d'un voile blanchâtre. Le soldat est resté là sans bouger, tremblant et serrant ses mains l'une contre l'autre ; le bout de ses gants était blanc. J'étais moi aussi figée, les mains sur la bouche, retenant un autre cri. L'épée transperçait entièrement le corps du Staryk. Je ne voyais pas comment il aurait pu y survivre ; cette blessure semblait presque irréelle. Une étrange sensation de vide s'est emparée de moi ; mon cerveau refusait de se remettre en route.

Mais le Staryk a remué les bras et trouvé à tâtons la poignée de l'épée, qui est devenue entièrement blanche sous ses mains, disparaissant sous des couches de givre toujours plus nombreuses. L'épée tout entière était en train de geler. Le garde et moi nous sommes remis en mouvement ; lui a tiré une longue dague de sa ceinture, et j'ai crié : « Attendez ! » une fois encore, haletante, en me remettant péniblement debout pour retenir son bras. « Écoutez-moi ! C'est le *démon* que nous devons arrêter, pas lui !

— Tais-toi, sorcière ! m'a craché le soldat. C'est *toi* qui as fait ça, *toi* qui l'as délivré, qui as sapé le travail de notre tsarine bénie », puis il m'a frappée au visage de son autre poing, et mes dents se sont entrechoquées sous ce coup parfaitement ordinaire dont l'onde de choc m'a ébranlée tout entière. Je suis tombée par terre, hébétée et nauséeuse, et il s'est tourné vers le Staryk pour le poignarder.

C'est alors que Sergey, sortant de l'obscurité, a arrêté son geste en l'attrapant par le bras. Tous deux ont lutté un certain temps au-dessus du corps du Staryk. Sergey était grand et fort. Jamais je ne remercierais assez ma mère pour chaque verre de lait, chaque œuf et chaque tranche de poulet rôti qu'elle lui avait donnés. J'avais maugréé en mon for intérieur, compté les pennies, mais je m'en voulais à présent de ne pas m'être montrée plus généreuse : si j'avais mis plus à manger dans son assiette, peut-être aurait-il été assez fort pour prendre le dessus. Mais ce n'était pas le cas ; il n'était qu'un garçon face à un adulte caparaçonné de maille et entraîné à tuer pour le tsar. Le soldat a écrasé de son épaisse botte les pauvres pieds de Sergey chaussé de sabots de paille et l'a lourdement fait tomber, libérant sa main qui tenait la dague.

Mais alors il s'est figé. Une étrange pâleur sereine est montée de sous son armure à l'assaut de son cou et de son visage. L'épée en travers de la poitrine du Staryk s'était brisée en grosses échardes bleutées d'acier gelé éparpillées sur l'herbe autour de lui. Il était toujours allongé sur le dos, les yeux clos, ses sourcils ourlés de givre soulignés par le violet pâle de ses joues, mais il avait refermé sa main sur la jambe du soldat à sa portée. La glace s'étendait à partir de ce point à tout le corps du malheureux, le gelant sur place.

Son visage s'est assombri, la peau de ses pommettes s'est fendue et s'est racornie, noire, sous la morsure du froid. Je me suis caché les yeux jusqu'à ce que tout soit terminé et qu'il ne reste plus de lui que des éclats de glace. La dague, brillante et mortelle, est tombée à son tour.

Je me suis laborieusement hissée sur mes genoux ; la peau de mon visage était douloureuse et sensible au toucher. Sergey s'était lui aussi assis en grimaçant, en se frictionnant les pieds. Le Staryk étendu étincelait toujours. Le givre formait autour de lui un cercle qui s'élargissait, et dont les motifs délicats couchaient les brins d'herbe au rythme de sa respiration ; le point d'entrée de l'épée était à présent bouché par une protubérance de glace, comme s'il avait rempli la cavité de neige tassée. Mais il ne s'est pas assis. Sergey l'a fixé un instant avant de tourner les yeux vers moi. « Qu'est-ce qu'on fait ? » m'a-t-il demandé dans un souffle. Je lui ai retourné son regard. Je n'en avais pas la moindre idée ; qu'étais-je censée faire d'un roi Staryk inconscient qui répandait l'hiver autour de lui comme une tache d'encre.

Je me suis penchée sur lui. Il a ouvert ses yeux embrumés et les a posés sur moi. « Pouvez-vous invoquer votre route ? l'ai-je interrogé. Votre traîneau ? Sont-ils venus vous chercher ?

— Trop loin, a-t-il murmuré. Trop loin. Ma route ne peut pas se déployer entre les arbres verts. » Puis il a refermé les yeux et n'a plus bougé, impuissant, blessé et peut-être sur le point de mourir, juste au moment où je ne voulais plus sa mort. Il était déterminé à m'être tout aussi inutile qu'il l'avait été jusque-là. J'aurais voulu le *secouer*, l'obliger à se lever, mais j'avais peur qu'il se brise en mille morceaux à partir de la ligne de fracture tracée par l'épée dans son corps. Sergey ne m'avait pas lâchée du regard. « Il va falloir qu'on le porte. »

Sergey ne voulait pas le toucher directement, et je ne pouvais pas vraiment l'en blâmer. J'ai ôté ma cape mouillée et tachée de cendres et l'ai étendue par terre, et nous avons précautionneusement fait passer ses jambes dessus, puis ses épaules, avant de soulever son bassin pour faire passer le reste du tissu. Il n'a même pas tressailli. « Très bien, ai-je dit. Prends-le sous les épaules, je porterai les pieds. » Mais quand Sergey a fait mine de saisir le haut de la cape, le Staryk a enfin remué et tenté une attaque fébrile.

Sergey s'est vivement reculé, terrorisé, et j'ai lâché ses pieds, qui sont retombés avec un bruit sourd. « Qu'est-ce que vous faites ? » l'ai-je interrogé.

Il a tourné la tête vers moi et a murmuré : « Il m'est venu en aide sans que je le lui aie demandé, sans même ma permission ! Dois-je autoriser cette veule créature, ce voleur fourbe, à faire de moi son obligé à jamais, afin qu'il puisse me demander ce qu'il lui plaira ? »

J'aurais pu aller ramasser la dague et la lui planter moi-même dans le cœur. « Tchernobog siège dans ce château, prêt à nous dévorer tous, vous êtes à moitié mort et vous ne pensez qu'à votre fierté. Gardez-la pour quand vous l'aurez vaincu ! »

Il s'est borné à me toiser avec *réprobation*. « Madame, je serai fier alors, et même avant ça ; ma fierté n'a aucune limite. »

J'ai grincé des dents, puis j'ai dit à Sergey : « Demande-lui quelque chose ! » Il m'a dévisagé comme s'il croyait que j'étais devenue folle. « Que veux-tu qu'il te donne pour ton aide ? Et vois grand », ai-je ajouté, revancharde. « À la hauteur de son orgueil. »

Au bout d'un moment, Sergey a dit, du bout des lèvres, comme s'il ne me faisait pas confiance. « En échange de mon aide, je veux… que mes récoltes ne gèlent jamais ? » J'ai hoché la tête, et comme le Staryk ne lui a pas sauté dessus, il s'est enhardi et a ajouté « Et que mon bétail ne se perde jamais dans un blizzard ?

Et… » Je lui faisais signe de continuer. « … pouvoir chasser les animaux blancs dans la forêt ? »

Le Staryk a froncé les sourcils, aussi Sergey s'est-il arrêté net, mais je pensais que ça suffirait. « Voilà ! Est-ce que ça ira ? Passerez-vous ce marché, en échange de la sécurité ? Ou préférez-vous rester ici jusqu'à ce que le printemps vous fasse fondre ?

— Il n'y va pas de main morte, pour un voleur de bas étage, a grommelé le Staryk. Mais la fortune sourit aux audacieux ; très bien, j'accepte. » Puis il a laissé sa tête retomber sur la cape et a relâché ses muscles. Sergey s'est très lentement rapproché du bord de la cape et l'a ramassé plus doucement encore, sans lâcher le Staryk des yeux. « C'est bon, l'ai-je rassuré. Il a accepté », mais Sergey s'est contenté de me lancer un regard, l'air de dire qu'il prendrait quand même son temps, merci.

Nous l'avons finalement soulevé et sommes partis cahin-caha, son poids se balançant entre nous dans sa civière de fortune. C'était un drôle de paquet à porter. Après que nous avons marché dix minutes sans qu'il ait invoqué un blizzard, essayé de tuer quelqu'un ou même qu'il se soit assis pour dire un mot, Sergey m'a lancé à voix basse : « Attends, je vais le prendre sur mon dos. » Nous l'avons donc hissé sur ses pieds, puis j'ai aidé Sergey à l'installer sur son dos, la cape toujours enroulée autour de lui. Sergey a un peu titubé à cause du poids, et frissonné, mais après ça nous avons progressé plus rapidement.

Le froid était mordant. Pas autant qu'au plus fort de l'hiver, mais cela n'avait plus rien à voir avec le milieu du printemps, et quand j'ai regardé derrière nous, une traînée de givre s'attachait à nos pas et, dans les arbres qui nous surplombaient, les jeunes feuilles noircissaient et se flétrissaient. N'importe qui aurait pu nous suivre. Je craignais le démon, les gardes, ou un pogrom ordinaire perpétré par des gens désespérés par le retour de l'hiver. Mais personne ne nous a suivis ; en revanche, nous avons entendu le bruit d'une charrette qui arrivait en sens inverse. Nous nous sommes alors arrêtés et nous sommes cachés en toute hâte sous les arbres en bordure de route : notre camouflage n'était guère efficace, avec les échardes de glace étincelantes qui s'épanouissaient autour de nous comme des fleurs, mais au moins faisait-il encore sombre. La charrette est passée devant nous, visible entre les arbres avec sa lanterne, et s'est arrêtée. J'ai entendu la voix de mon père appeler doucement dans le noir : « Miryem ? »

Nous sommes sortis du sous-bois et avons installé le Staryk dans la charrette. Je me suis assise à côté de lui tandis que mon père et Sergey faisaient pivoter les chevaux. Nous sommes partis au son grinçant des roues et des lattes du plancher prises dans le givre. Les chevaux ont tendu des oreilles inquiètes vers l'arrière et ont accéléré le pas, mais ils n'avaient nulle part où s'échapper : nous transportions l'hiver avec nous. Au moins le trajet n'a-t-il pas pris longtemps. D'après ce que mon père m'avait dit, j'avais cru que la maison se situait plus loin de Vysnia. Mais au bout d'une heure à peine, nous avons émergé des arbres devant une maisonnette entourée d'un jardin et d'un muret en pierre, et ils ont arrêté les chevaux.

Wanda est sortie nous ouvrir le portail, et Sergey est descendu mettre les chevaux dans le petit abri. J'ai secoué le Staryk juste assez pour qu'il m'écoute. « Le même marché, pour tous ceux qui vivent ici, contre notre aide. »

Il m'a regardée à travers les fentes de ses paupières et a lâché un oui du bout des lèvres, avant de retomber dans l'inconscience.

« On le met au lit ? » a demandé mon père, qui se tenait derrière la charrette, mais j'ai secoué la tête.

« Non. Dans l'endroit le plus froid que nous puissions trouver. Il y a une cave ? »

Sergey, qui m'avait entendue en revenant de l'abri, a haussé les épaules et dit : « On peut toujours chercher », comme s'il croyait possible qu'un sous-sol ait mystérieusement apparu. Il a donc pris une lanterne pour aller inspecter derrière la maison, puis il est reparti derrière l'abri, d'où sa voix nous est parvenue faiblement. « Il y a une trappe, là. »

Mon père a tenu la lanterne pendant que Sergey tirait le battant de bois : un courant d'air froid nous est parvenu, accompagné d'une odeur de terre gelée. Nous avons fait descendre le Staryk par l'échelle, au bas de laquelle nous attendait une vaste cavité aux murs de terre et pourvue d'un sol de pierre glacé. Lorsque nous l'y avons allongé et que nous lui avons ôté la cape, le givre s'est rapidement étendu autour de lui, s'accumulant en couches plus épaisses maintenant que nous avions cessé de le déplacer ; mon père a poussé une petite exclamation en sentant ses doigts s'engourdir quand il a tiré la cape.

Nous avons tous reculé d'un pas en observant le Staryk : il avait les traits fatigués et les muscles contractés par la douleur. Le voile humide sur ses pommettes s'est cependant solidifié sous nos yeux, et j'ai trouvé qu'il respirait un peu mieux.

« De l'eau, peut-être », ai-je proposé au bout d'un moment. Wanda, restée à l'extérieur, nous a fait passer un seau et une tasse en bois. J'ai rempli cette dernière et soulevé la tête du Staryk, qui a remué et bu quelques minuscules gorgées. La tasse a gelé au contact de ses lèvres, et une pellicule de glace se formait déjà à la surface de l'eau quand je l'ai éloignée. J'ai regardé son pied brûlé, un peu difforme, comme un bonhomme de neige à moitié fondu et difficilement reconnaissable. J'ai prélevé la fine couche de glace à la surface de la tasse et l'ai appliquée sur la blessure la plus profonde, où elle s'est incrustée dans la chair et l'a un peu régénérée. J'ai levé les yeux vers Wanda qui nous observait depuis l'ouverture. « Y a-t-il de la glace quelque part ? La rivière… est-elle encore en partie gelée ? »

Elle y était déjà allée chercher de l'eau, aussi a-t-elle secoué la tête. « C'est tout fondu. Même au bord des rives.

— On pourrait le mettre dans la paille, a suggéré mon père sans grande conviction. Comme pour conserver la glace jusqu'en été.

— Ce qu'il faut, c'est le ramener dans son royaume », ai-je déclaré. Si Tchernobog nous trouvait ici, il n'aurait besoin d'aucune aide pour enchaîner le Staryk et le lier dans les flammes. Il s'en occuperait lui-même, cette fois, et peut-être arriverait-il à lui faire céder son nom et son peuple. Mais je ne savais pas quoi faire. Sa route ne viendrait pas jusque sous les arbres verts, et cette cave était tout ce qui restait de l'hiver. Quand on en est ressortis, Wanda m'a aidée à grimper les derniers barreaux de l'échelle, dont les attaches, à l'instar de l'encadrement en métal de la trappe, étaient blanches de givre et douloureuses au toucher. La terre autour de la trappe avait gelé, et les brins d'herbe qui la recouvraient encore cassaient sous nos pieds.

Mais alors que je l'observais une dernière fois par l'ouverture, étendu tel un gisant dans son linceul de glace, un puissant courant d'air chaud m'a soudain ébouriffé les cheveux. La traînée de givre que nous avions laissée derrière nous sur le chemin s'était déjà changée en rosée, que le soleil du matin s'empresserait bientôt de chasser.

J'avais souhaité sa mort, et je refusais que ma colère s'éteigne. Il n'éprouvait aucun remords pour ce qu'il m'avait fait ; tout au plus regrettait-il de n'avoir pas cru que je puisse l'obliger à *payer*. Mais j'avais arpenté ce tunnel pour sauver Rebekah, Flek, Tsop et Shofer, et lui-même avait bravé les ténèbres pour la même raison. Il s'était offert en sacrifice pour eux ; il s'était assis sur sa fierté et avait épousé une mortelle, pas pour les richesses ou la gloire, mais pour sauver son peuple d'un terrible ennemi. Et à présent, la vision de son corps mourant, l'idée même que lui et les siens puissent disparaître avec le royaume qu'ils avaient arraché au néant me retournait l'estomac.

La couronne d'argent était étrangement chaude sur ma tête. Serrant les pans de ma fourrure blanche autour de moi, j'observais le faible rougeoiement de Tchernobog évoluer entre les arbres au loin, ce feu que j'avais déchaîné sur le royaume de glace où j'avais un temps trouvé refuge. Le vent me charriait des cendres au visage, et non plus des flocons, et l'odeur du bois brûlé. J'étais navrée pour Miryem. Mais ç'avait été nécessaire, et je savais ce que j'avais à faire maintenant : retourner chez moi et dire à mon père d'aller chercher ses prêtres et leurs chaînes bénies. J'ignorais combien de temps les vies des Staryk occuperaient Tchernobog, mais sitôt qu'il en aurait fini avec eux, il reviendrait. Et durant le jour, tandis qu'il dormirait, repu, dans le ventre de Mirnatius, nous l'enchaînerions et le brûlerions, un feu en emportant un autre.

Mieux valait ne pas traîner ; nous devions être prêts à son retour. Mais je restais là à regarder les flammes s'élever. « Je suis désolée », ai-je dit, quoique personne ne pût entendre mes excuses. Je me trouvais seule dans un jardin dont la neige ne recouvrait qu'en partie l'herbe verte. Aucun enfant Staryk n'était là pour me lancer un regard accusateur, ni même mon propre mari prisonnier ; le seul être vivant à la ronde était un écureuil isolé qui était venu grignoter les miettes que j'avais éparpillées là quelques jours plus tôt. Et s'il y avait quelqu'un d'autre, il était parfaitement silencieux. Mes excuses ne comptaient pour rien ; seuls les actes importaient.

« Je sauverais ton royaume aussi, si je le pouvais », ai-je dit à l'écureuil, qui ne prêtait aucune attention à moi : il ne s'intéressait qu'aux miettes, qui au moins étaient utiles à quelqu'un, contrairement à mes regrets. Je suis retournée au baquet. L'eau me renvoyait l'image de ma chambre, partiellement occultée par la coiffeuse sur laquelle Mirnatius avait jeté ses bagues et sa cape, posée négligemment. Un feu ravivé derrière moi, et un autre à venir. J'ai fermé les yeux un moment tandis que des larmes dévalaient la pente de mes joues et se mêlaient à l'eau.

Les paupières toujours closes, j'ai plongé la main dans le baquet, mais au lieu de l'air chaud de ma chambre à coucher, ma main n'a rencontré que l'eau glacée. Sous la surface, une autre main a touché la mienne et a mis quelque chose dedans. J'ai fait un bond en arrière, sidérée, et j'ai regardé ce qu'elle contenait : une amande provenant d'un arbre étrange, ovale, douce et blanche comme du lait. Un peu de saleté s'accrochait à ses flancs. J'ai reporté le regard dans l'eau : la chambre était toujours là, à m'attendre. J'ai avancé mon autre main, non sans hésitation, et cette fois je n'ai pas senti l'eau, je l'ai vue émerger de l'autre côté.

Mais au lieu de traverser, je l'ai ramenée. J'ai de nouveau regardé l'amande. J'ai lentement fait demi-tour et suis retournée dans le jardin devant la maison. Il y avait, non loin de la porte, un carré de terre à nu, à cheval sur la ligne de démarcation entre la nuit et le crépuscule, où la neige avait fondu : on aurait dit que quelqu'un avait bêché cette parcelle, que la terre avait été retournée. Je me suis dit que ça vaudrait peut-être la peine d'essayer de la planter là. Je ne savais pas quoi en faire d'autre, et elle avait été envoyée ici, dans le royaume Staryk ; ce n'était sans doute pas pour que je la rapporte aussitôt.

J'ai posé l'amande et me suis mise à creuser un petit trou dans la terre, mais alors l'écureuil s'est approché en deux bonds et l'a subtilisée. « Non ! » me suis-je écriée. Je ne savais pas trop si je faisais bien de planter l'amande, mais j'étais *certaine* qu'elle n'était pas censée finir dans l'estomac d'un rongeur. J'ai essayé de l'attraper par la queue alors qu'il s'enfuyait en sautant, geste ridicule et voué à l'échec. Mais l'écureuil n'est pas allé plus loin que le portail du jardin qui disparaissait à moitié sous la neige, où il s'est mis à creuser la congère.

Je me suis levée et j'ai essayé de l'approcher sans l'effrayer, tâche rendue difficile par la neige épaisse ; détrempée et lourde là où elle n'avait pas entièrement fondu, elle collait à ma jupe et à mes fourrures. Près de la porte, elle m'arrivait encore aux genoux. L'écureuil a lâché l'amande dans son trou et s'est enfui dans les bois. Il n'avait pas creusé très profond, mais dans cette petite cavité glacée, le fruit a brillé d'un éclat lunaire semblable à l'argent Staryk, comme s'il se trouvait là, sous la surface, quelque chose de vital.

J'ai mis l'amande en sécurité dans ma poche et j'ai entrepris d'araser la congère à mains nues. Mes doigts me piquaient et me brûlaient, et mes jambes, trempées jusqu'aux genoux, communiquaient le froid au reste de mon corps, mais je ne me suis pas arrêtée pour autant. J'ai bien essayé d'envelopper mes mains dans mon manteau de fourrure, mais il me ralentissait ; j'ai renoncé à les protéger et j'ai continué jusqu'à ce qu'elles s'engourdissent et que mes doigts me parussent doubler de volume – ce qui n'était bien sûr pas le cas, en revanche, ils étaient blancs de gel.

J'ai enfin atteint le sol durci par le froid et plein de cailloux. Il a fallu que j'aille chercher un bâton dans la réserve à bois pour déloger les plus grosses pierres et briser la croûte de verglas. Je me suis cassé les ongles et j'ai saigné dans la terre en creusant. Mais j'ai continué jusqu'à ce qu'un trou apparût, pas très profond, et j'ai pris l'amande blanche de mes mains ensanglantées et l'y ai déposée, avant de reboucher la cavité avec de la terre gelée et de la neige.

Je me suis levée et j'ai attendu que quelque chose se produise. Mais il ne s'est rien passé. Il n'y avait plus un bruit dans les bois, pas un écureuil, pas un oiseau. Même le rougeoiement de la flamme de Tchernobog avait disparu. J'ignorais ce que ça signifiait. J'aurais voulu que ça eût une signification, que quelqu'un ou quelque chose eût entendu mes excuses et me donnât l'occasion de m'amender. J'espérais au moins avoir satisfait mon petit écureuil. Mais peut-être avait-il seulement agi ainsi pour voir un arbre pousser et revenir un jour faire un festin d'amandes ; ou peut-être ne m'était-il pas permis de savoir ce que j'avais fait. Je n'avais pas le droit de demander des réponses et des explications : j'étais venue en ces lieux avec une armée d'invasion.

Mes mains et mes pieds gelés me faisaient trop souffrir pour rester plus longtemps, aussi me suis-je traînée jusque derrière la maison avec ma cape mouillée et ai-je traversé le baquet. Quand j'ai émergé de l'autre côté, Magreta s'est précipitée vers moi en s'exclamant d'horreur à la vue de mes mains sales, sanglantes et gelées, qu'elle a lavées dans des litres et des litres d'eau.

Tandis que je veillais mon roi Staryk endormi dans la cave, Wanda s'est approchée de moi, m'a doucement prise par les épaules et m'a dit : « Viens à l'intérieur. On va mettre quelque chose de froid sur ton visage. Ça te fera du bien. »

Nous avons donc pris le chemin de la maison. Alors que je réfléchissais à ce que j'allais faire, j'ai ralenti le pas et me suis arrêtée pour observer le jardin, puis l'abri – le petit abri familier – et l'arrière de la maison. Le toit de chaume pentu n'était plus recouvert de neige, mais la forme était la même, tout comme la lumière du feu qui jetait une lumière accueillante à travers la fenêtre.

Wanda m'a dépassée de quelques pas avant de se rendre compte que je n'étais plus à son niveau ; tous m'ont jeté un regard intrigué. J'ai fait demi-tour et j'ai couru à l'arrière de la maison, où j'ai trouvé le profond baquet rempli d'eau par lequel Irina avait essayé de me faire traverser. J'y ai observé le reflet de mon visage. « C'est la même maison », ai-je affirmé d'une voix forte. Wanda m'a rejointe, a considéré le baquet, puis moi à nouveau. « Cette maison existe aussi dans le royaume Staryk, ai-je expliqué. Dans les deux mondes. »

Elle est restée muette un instant, puis elle a dit : « On trouvait des nouvelles choses tous les jours. Des choses dont on avait besoin, qui n'étaient pas là le soir d'avant. Quelqu'un filait la laine pour moi et mangeait notre nourriture. »

J'ai songé au chaperon d'Irina, Magreta, que nous avions cachée là pour qu'elle échappe au démon. « C'est *toi* qui as fait le porridge ? » lui ai-je demandé, et elle a hoché la tête.

J'ignorais à quoi pourrait me servir de le savoir. Il y aurait de la neige, là-bas, de l'autre côté ; il y aurait des stalactites sous l'avant-toit. Mais je ne pouvais pas les attraper. Je suis retournée dans la cave. Le Staryk avait l'air d'aller un peu mieux ; la légère coloration disparaissait de ses joues. « C'est la maison, ai-je annoncé quand ses yeux se sont ouverts en papillonnant. La maison de la sorcière dont vous m'avez parlé. Celle qui existe dans les deux royaumes. Y a-t-il un moyen de passer dans le vôtre à partir d'ici ? »

Il m'a dévisagée pendant un petit moment avant de comprendre ce que je lui disais, puis il a murmuré : « J'ai scellé l'accès ; il ne reste que des fissures. Je ne voulais plus voir de mortels déambuler de l'un à l'autre. Il doit être rouvert...

— Comment ? Avec quoi ? »

Il a fermé les yeux. Puis il a pris une profonde inspiration et m'a regardée. « Aidez-moi à me lever. »

Avec mon assistance, il a réussi à se traîner jusqu'à l'échelle. Il a observé le rectangle de lumière au-dessus de nos têtes, les étoiles qui scintillaient contre le noir du ciel, et a légèrement frissonné. « Votre état ne va-t-il pas empirer si nous grimpons là-haut ? Il fait chaud.

— Et ce n'est qu'un début. À partir de maintenant, mes forces ne feront que décliner. Je dois agir tant qu'il m'en reste un peu. »

Il s'est lentement hissé en haut de l'échelle avant de gagner la maison en boitant et en se tenant les côtes, mais il s'est immobilisé devant la porte, fixant sur la lueur orange des flammes dans l'âtre un regard vide d'expression, et je me suis souvenue que Shofer avait lui aussi craint le feu. « Attendez », ai-je dit, et je suis entrée rapidement pour jeter une pelletée de cendres sur les braises avant de fermer la porte du four. Puis je me suis retournée et me suis arrêtée un instant : mes parents se tenaient côte à côte en se serrant les mains, les yeux braqués vers la porte ; Wanda était près d'eux, et Sergey avait empoigné un tisonnier. Stepon était déjà caché en haut du fourneau sous la cape, mais même lui dressait la tête. Tous ont observé le Staryk se courber pour franchir le linteau de la porte.

Mais il ne leur a pas rendu leurs regards. Il s'est contenté d'embrasser la pièce des yeux, de lever les mains et de les laisser retomber dans un geste désespéré. Puis il s'est approché d'une commode dans un coin à sa gauche et l'a ouverte. Ma mère a écarquillé les yeux. « Ce meuble était là… ? » a-t-elle demandé à mon père, mais le Staryk fouillait déjà à l'intérieur, jetant le contenu des tiroirs au fur et à mesure qu'il les vidait : un collier de perles vertes, une cape pourpre déchirée et tachée de sang, un bouquet de roses fanées, un petit sac qui s'est ouvert en tombant, répandant des pois secs partout sur le plancher…

Il a fait volte-face et, prenant conscience des regards qui pesaient sur lui, a aboyé : « Aidez-moi ! Sans quoi vous n'honorerez pas votre part du marché !

— Qu'est-ce qu'on cherche ? suis-je intervenue.

— Quelque chose de mon royaume ! Quelque chose de l'hiver, qui me permette d'ouvrir un passage. »

Wanda a contourné le four pour aller inspecter les étagères qui le jouxtaient, mais il n'y avait pas grand-chose dessus. « Il n'y a nulle part ailleurs où chercher », a-t-elle déclaré.

Il a manifesté son impatience d'un claquement de langue. « Ici ! Et là ! » a-t-il indiqué en montrant du doigt deux portes de part et d'autre du four.

Nous sommes restés médusés : nous n'aurions pas pu ne pas les remarquer plus tôt. Mais le Staryk s'est simplement retourné vers le placard et a continué de jeter tasses, mouchoirs et cuillers à un rythme frénétique. Au bout d'un moment, Wanda est allée ouvrir la porte de gauche, qui donnait sur une autre chambre à coucher que les dimensions extérieures de la maison n'auraient pas pu contenir. Un grand lit en bois tendu de rideaux en occupait le centre, encadré par deux lourdes armoires. Derrière l'autre porte résonnait faiblement un tambourinement sourd. Mon père l'a ouverte avec prudence et nous avons découvert un cellier au plafond duquel pendait de l'ail séché et des bouquets de lavande qui s'émiettaient. Sur la table massive au centre de la pièce, il y avait un pilon et un mortier, dont le contenu remuait encore légèrement, comme si l'on venait de l'utiliser. Une odeur d'herbes écrasées flottait dans l'air.

« L'un de nous devrait tenir la porte », a dit ma mère d'un air méfiant tandis que nous investissions la chambre à coucher. Wanda s'est postée dans l'encadrement, et nous nous sommes mis à fouiller les armoires ainsi que le coffre en bois au pied du lit, rempli de linge de maison parfaitement ordinaire et mangé par les mites, de robes aux poches pleines de poussière, de vieilles bottes moisies, de capes et de couvertures. Mais dans une des poches des robes qui paraissait plus rebondie, j'ai trouvé une poignée de cailloux noirs et lisses à l'étrange brillance ; je les ai apportés en courant au Staryk, qui m'a aboyé : « Que voulez-vous que j'en fasse ? Je pourrais errer dix mille ans dans les tréfonds du royaume des gobelins sans jamais repérer la sortie ; enlevez ça de ma vue ! »

Sous l'oreiller, ma mère a découvert une vieille pièce en cuivre terni, qu'il a également rejetée. « Je ne peux pas non plus rentrer chez moi en rêvant. » Dans le cellier, nous avons déniché sur une étagère une jolie petite fiole de parfum bouchonnée, qui contenait encore quelques gouttes, mais qui ne lui a tiré qu'un haussement d'épaules. « Poison ou élixir ; quelle différence, à présent ? » a-t-il demandé en ouvrant un nouveau tiroir ; trois souris grises en ont jailli et ont couru jusqu'à la porte de la maison. Le ciel pâlissait à l'horizon, et la blessure à nu du Staryk laissait une marque humide sur les lattes en bois du parquet.

« Peut-être qu'il n'y a rien ! » ai-je avancé.

Sa tête dodelinait ; il a pris appui contre le mur. « Il y a quelque chose ! s'est-il entêté. Forcément. Je sens le vent de mon royaume sur mon visage, il murmure à mes oreilles et le long de mes arêtes, mais je n'arrive pas à savoir d'où il vient. Nous devons trouver son origine.

— Je ne sens rien d'autre que la chaleur, quoique le feu soit presque éteint », ai-je répliqué.

Il est resté silencieux un instant, puis il a relevé la tête et m'a retourné un regard terrifié et abasourdi. « Oui, a-t-il dit d'une voix blanche. Le vent est chaud. »

Je l'ai dévisagé sans comprendre. « Qu'est-ce que ça veut dire ?

— Tchernobog est là-bas. Il est entré dans mon royaume. Il est *là-bas* ! » Il s'est brutalement détourné et, avec l'énergie du désespoir, s'est mis à arracher un par un les petits tiroirs du haut de placard, les jetant sur le sol où la moitié d'entre eux se brisaient, éparpillant leur contenu : des billes, des plumes pour écrire, des mouchoirs, une poupée de chiffon, de la ficelle emmêlée, une poignée de pennies, une vieille bougie dans un sac, des morceaux de laine cardée, mille et une choses rangées à la va-vite dans ces diverses cavités, mais aucune provenant du royaume de l'hiver.

« Nous ne trouverons rien de plus », m'a dit ma mère à voix basse en ressortant une fois encore de la chambre à coucher, épuisée et poussiéreuse. « Nous avons fouillé trois fois le moindre recoin, alors à moins qu'il puisse nous montrer un autre endroit où chercher…

— C'est ici ! a-t-il dit en pivotant vers elle avec un air féroce. Quelque part ! »

J'ai levé les mains en signe d'impuissance, et elle a reculé, perplexe. Mais alors, la voix de Stepon, réduite à un murmure, nous est parvenue du haut du fourneau : « J'ai ça, mais je ne peux pas la faire pousser. »

Nous nous sommes tournés vers lui. Wanda et Sergey s'étaient figés. Stepon tenait dans sa main un fruit très pâle, de la forme d'une amande fraîche. Le Staryk a poussé un cri lorsqu'il l'a vue, et s'est précipité vers le garçon. « Comment te l'es-tu procurée ? s'est-il enquis d'un ton accusateur. Qui te l'a donnée ? »

Il a tendu les mains comme pour la lui arracher. Stepon a refermé ses doigts autour d'elle et l'a ramenée vers lui, et Wanda s'est interposée entre eux. « C'est M'man qui lui a donnée ! s'est-elle exclamée. Ça vient d'elle, d'elle dans l'arbre, et c'est à lui, pas à vous ! »

Le Staryk s'est immobilisé et l'a regardée. « Il n'y a pas assez de souffle dans une vie mortelle pour récolter les fruits d'un arbre-neige ! Même en le nourrissant d'une, de deux, de trois vies, vous auriez à peine vu pousser quelques feuilles. De quel sang l'avez-vous arrosé, pour vous en arroger la propriété ?

— P'pa a enterré cinq bébés au pied de l'arbre », a expliqué Wanda. Son visage blême exprimait une dureté et une colère que je ne lui connaissais pas. « Mes cinq frères morts. Et, au bout du compte, M'man. C'est elle qui a donné ça à Stepon ! C'est à lui ! »

Le Staryk les a considérés l'un après l'autre, elle, Sergey et Stepon, comme s'il mesurait les six vies manquantes à l'aune de ce qu'il voyait : cinq frères qui n'avaient jamais vu le jour et une mère qui les avait suivis dans la tombe. Puis il a laissé retomber ses mains. Son visage s'est terni, misérable. Il a regardé l'amande blanche qui disparaissait à moitié sous les doigts de Stepon, et a murmuré : « Elle est à lui. » Une concession qui sonnait comme l'acceptation de sa propre mort.

Il s'était à ce point résigné que même Wanda s'est radoucie. Nous nous tenions tous là, autour de ce fruit aux mêmes reflets de lune que l'argent Staryk ; mon mari ne le quittait pas des yeux, silencieux et désespéré, incapable d'imaginer les termes d'un marché à la hauteur de l'enjeu. Comment cela aurait-il été possible ? Que pouvait-on offrir pour juste prix de toute cette douleur, de ces années de chagrin ? Je n'aurais pas échangé ma mère contre un millier de royaumes.

Stepon a de nouveau posé les yeux sur l'amande, avant de la lui tendre en silence. Le Staryk l'a regardée, puis l'a regardé lui, frappé de stupeur ; il n'a pas cherché à la prendre, comme s'il ne pouvait s'en saisir, même offerte.

Alors ma mère s'est penchée et a embrassé Stepon sur le front. « Elle serait fière de toi », lui a-t-elle dit, et prenant l'amande dans sa main, elle l'a tendue à son tour au Staryk. « Acceptez-la et sauvez les enfants de votre peuple. Quel meilleur usage pourriez-vous en faire ? »

Il s'est borné à la regarder sans bouger, jusqu'à ce que je m'en saisisse sous ses yeux sidérés et désespérés. « Qu'est-ce qu'on fait ? Comment l'utilise-t-on ?

— Madame, faites-en l'usage qu'il vous plaira. Elle ne m'appartient pas. »

Je lui ai jeté un regard indigné. « Que *feriez*-vous, *si* elle vous appartenait ?

— Je la mettrais en terre et je l'invoquerais, et j'ouvrirais ma route sous ses branches. Mais cela m'est impossible. Je n'ai aucun droit sur cette graine ; elle ne répondra pas à ma voix. Et je ne vois pas comment vous pourriez faire cela vous-même. Un arbre-neige ne pousse pas au printemps, et vos mains ne savent pas créer l'hiver, seulement l'or du soleil.

Puis il m'a couvé d'un regard pénétrant… rempli d'*espoir*, comme si je l'avais surpris si souvent qu'il s'attendait à ce que je le fasse à nouveau, alors qu'aucune idée ne me venait. « Nous allons réessayer de la planter », ai-je dit, faute de mieux. « Pouvez-vous venir geler la terre ? »

Il a incliné la tête. Mais lorsque nous avons ouvert la porte, il a eu un mouvement de recul, presque terrassé par la vague de chaleur qui s'est engouffrée dans la maison, chargée d'une odeur de terreau mouillé et de printemps. Il est néanmoins vaillamment sorti, courbé comme un homme affrontant le plus terrible des blizzards.

Non loin de la porte, nous avons trouvé le monticule où Stepon avait déjà essayé de planter l'amande, un endroit idéal pour faire pousser un arbre et ombrager la maison. Mais lorsque le Staryk a touché la terre, seul un filet de givre a quitté ses doigts, aussi éphémère que de la buée sur une vitre. J'ai rapidement mis l'amande dans le trou et essayé de l'enfoncer avec sa main ; ses doigts ont dispensé un bref éclat argenté, qui s'est de nouveau évanoui.

Il a retiré sa main, et nous avons observé la terre un instant, mais il a secoué la tête. J'ai déterré l'amande et l'ai gardée dans ma main en réfléchissant. Elle ne pousserait pas au printemps. Puis m'est venue une pensée subite : comment Tchernobog avait-il pénétré dans le royaume Staryk, alors que jusqu'ici il n'avait réussi qu'à y ouvrir une brèche à distance ?

Je me suis relevée et j'ai couru derrière la maison, au baquet. Je l'ai considéré un instant. Ce n'était guère plus que de l'eau dans un récipient, ici, mais c'était peut-être davantage de l'autre côté… Irina s'y trouvait peut-être, avec sa couronne d'argent, après avoir emmené Tchernobog se repaître du royaume de l'hiver dans l'espoir de sauver le Lithvas du roi Staryk que j'avais libéré.

J'ignorais si elle était là, et plus encore si elle accepterait de m'aider. Et quand bien même ces deux conditions seraient réunies, je serais incapable de lui expliquer ce que j'attendais d'elle. Mais je savais en revanche que je ne pouvais rien faire de plus de ce côté-ci, seule. J'ai pensé aux portes, aux chambres et aux placards sortis de nulle part, et j'ai fermé les yeux en plongeant la main dans l'eau, tout entière tendue vers un espoir.

Mes doigts n'ont pas touché le fond. Ils ont continué de s'enfoncer et, l'espace d'un instant, j'ai senti une main de l'autre côté, dans laquelle j'ai glissé l'amande. J'ai ensuite retiré le bras de l'eau et contemplé ma paume vide. J'ai également vérifié l'intérieur du baquet, dont le fond m'apparaissait clairement, mais il n'y avait aucune trace de l'amande.

Je suis restée là encore un instant, à moitié incrédule, puis j'ai rejoint l'avant de la maison en courant. Tous les autres avaient formé un cercle autour du Staryk, qui s'appuyait contre la façade. Sa peau aussi fine que du papier luisait, presque comme s'il transpirait, et une douleur atroce se lisait sur son visage. Je l'ai attrapé par le bras. « Elle est passée de l'autre côté ! Que dois-je faire d'autre ? »

Il a ouvert les yeux, mais je doutais qu'il me voie ; un voile bleuté les recouvrait. Il a murmuré : « Invoquez-la. Invoquez-la si vous le pouvez.

— Comment ? » lui ai-je demandé, mais il a refermé les paupières et s'est assis sans un mot de plus.

Alors mon père a pris la parole. Je me suis tournée vers lui au comble du désespoir. « Miryem, ce n'est pas le bon mois, mais les arbres n'ont pas été en fleurs, et les fruits n'ont pas encore poussé. Nous pouvons dire la bénédiction. » Il a jeté un coup d'œil à Stepon, Wanda et Sergey, et il a ajouté avec douceur : « On raconte même qu'elle aide ceux dont l'âme est revenue au monde sous forme de fruit ou d'arbre à poursuivre leur chemin. »

Ma mère, lui et moi nous sommes tenu la main comme nous le faisions toujours au printemps devant l'unique pommier de notre jardin, et nous avons prononcé ensemble la bénédiction qui l'aidait à fleurir : *« Baruch ata adonai, eloheinu melech haolam, shelo hasair b'olamo kloom, ubara bo briyot tovot v'ilanot tovot, leihanot bahem b'nai adam.* » J'avais toujours aimé la dire : c'était un profond soupir de soulagement, synonyme d'espoir, qui témoignait de la fin de l'hiver et de l'abondance à venir. Quand j'étais petite, aux premiers jours du printemps, je sortais dans le jardin tous les matins et je scrutais les branches à la recherche des premiers bourgeons, et je courais prévenir mon père quand l'heure était venue de bénir le pommier. Mais cette fois je l'ai dite avec plus de conviction que jamais, en essayant de m'imprégner de chacun des mots, en imaginant que leurs lettres d'argent se changeaient en or à mesure que je les prononçais.

Nous sommes ensuite restés silencieux. Il ne s'est d'abord rien passé, rien de visible, en tout cas. Puis Stepon a poussé un cri et est parti en courant vers le portail en agitant ses mains pour chasser le petit oiseau qui venait d'atterrir pour picorer. Le garçon est resté là, les yeux baissés vers le sol et les poings serrés, jusqu'à ce que Wanda, Sergey, puis nous tous l'ayons rejoint. Une petite pousse blanche était en train d'émerger du sol en se tortillant tel un vermisseau.

Nous l'avons observée. J'avais déjà vu des graines germer, des haricots sortir de terre, mais celle-ci était bien plus rapide ; tout un printemps se déroulait sous nos yeux en quelques instants : la pousse est devenue arbrisseau, qui s'est dressé vers le ciel comme on grimpe à une corde, en s'arrêtant à intervalles réguliers pour reprendre son souffle avant de se hisser un peu plus haut. Une couronne de délicates feuilles blanches, d'une pâleur fantomatique, se sont déployées au sommet comme autant de petits drapeaux, pressées de s'élever vers la lumière. Quand il a atteint la hauteur de mon genou, de minuscules vrilles se sont déroulées à partir du tronc, et de nouvelles feuilles sont apparues. Nous avons dû reculer pour lui laisser la place de croître, ce qu'il faisait à présent avec plus d'aisance et de régularité.

Je me suis retournée et j'ai couru vers le Staryk toujours inerte. Il était appuyé contre le mur de la maison, la peau plus fine et plus bleue que jamais, comme si sa carapace de glace réduite à néant révélait le cœur même de son être. Quand je l'ai touché, de l'eau s'est déposée sur mes mains, mais Wanda est venue m'aider. Ensemble nous l'avons tiré jusqu'à l'arbre et l'avons allongé à la base du tronc. Le sol s'est soudain mis à geler sous lui, et une pellicule de glace a commencé à les recouvrir, l'arbre et lui, sous laquelle la coloration bleue a progressivement disparu. Expirant une bouffée d'hiver, il a ouvert sur les branches des yeux embués de larmes qui gelaient aussitôt, ne laissant sur son visage qu'un éclat brillant.

Quand il s'est levé, l'arbre était déjà assez grand pour que le roi se tienne sous ses branches, alors qu'il n'avait pas semblé si haut l'instant précédent. Il a posé ses deux mains sur le tronc, et des fleurs d'argent veinées d'or se sont épanouies. Tendant le bras, il en a touché une du bout des doigts, stupéfait.

« Il a poussé, il a poussé », répétait Stepon entre deux sanglots qui semblaient hésiter entre la joie et la tristesse. Ma mère, agenouillée près de lui, avait passé les bras autour de ses épaules et lui caressait la tête.

Le Staryk s'est alors détourné et a ouvert le portail, derrière lequel était apparue une route blanche bordée d'autres arbres identiques, mais elle ne s'étendait plus à perte de vue au cœur de l'hiver : elle se perdait dans des ténèbres brûlantes et enfumées. Il l'a considérée un instant, le visage fermé, puis il a franchi le portail et s'est avancé de quelques pas sur la route. Un cerf blanc est sorti des bois en bondissant. Nous avions suivi le Staryk jusqu'au portail, mais à la vue de cet animal, tous les autres se sont réfugiés dans le jardin. L'espace d'un instant, je l'ai vu tel qu'ils le voyaient : des griffes aiguisées, des crocs monstrueux recouvrant la lèvre supérieure et la langue écarlate, mais ce n'était rien de plus qu'une monture ordinaire, pour moi. Le Staryk l'a enfourché, et j'ai constaté que son pied n'était plus à nu, mais chaussé d'une botte d'argent, et quand j'ai relevé les yeux, son armure et ses fourrures blanches avaient fait leur réapparition. Il me regardait.

Alors il a tendu la main vers moi et a déclaré : « Tchernobog arpente mon royaume. Je respecterai ma promesse : s'il est banni et si mon peuple retrouve la sécurité, je ne ramènerai pas l'hiver. L'alliance que vous avez requise est-elle toujours fondée maintenant qu'il n'est plus dans votre monde ? Viendrez-vous m'apporter votre aide ? »

Je lui ai retourné son regard, manquant de lui demander, à moitié indignée, à quoi je pourrais bien servir dans une lutte à mort contre un démon igné. J'avais les ongles noirs de crasse, mon visage me faisait souffrir, ma joue était encore rouge et enflée du coup que j'avais reçu, j'étais exténuée et je n'étais qu'une mortelle un peu trop vantarde pour son propre bien. Mais j'ai considéré l'arbre blanc à côté de moi, ses hautes branches couvertes de fleurs, et je me suis avisée que ma question n'aurait pas servi à grand-chose. Il se serait contenté de hausser les épaules et de me lancer son regard plein d'espoir, l'espoir d'une magie qui n'apparaissait qu'à l'instant où l'on arrivait à remplir le costume trop grand que l'on s'était dessiné par trop de mots et de promesses.

« Oui, ai-je répondu. Je viendrai et je ferai ce que je peux… *à condition* que vous me rameniez ici après !

— Ma route ne s'étend toujours pas sous les arbres verts, madame. Et vous m'avez déjà fait promettre de lever l'hiver, si nous sommes victorieux. Mais l'été ne durera pas éternellement, même si je ne fais rien pour y mettre un terme. Voici donc ce que je peux vous proposer de mieux : le jour même où tombera la prochaine neige, j'ouvrirai ma route et vous ramènerai chez vous. »

Je me suis retournée : mes parents se tenaient dans le jardin, et ils n'étaient pas seuls. Ils avaient Wanda, Sergey et Stepon, et la maison derrière eux comptait à présent de nombreuses chambres. Ils seraient en sécurité, ils seraient tous en sécurité, même si je disparaissais définitivement sur cette route blanche ; ils auraient quelqu'un avec qui partager leur vie, leur amour, leur chagrin, ils se serreraient les coudes.

Ils me semblaient déjà loin. Quelques pas de plus et leurs visages paraîtraient tout droit sortis d'un rêve. J'ai couru les embrasser un par un, et j'ai murmuré à ma mère « Attends-moi au premier jour de l'hiver », et ses doigts se sont détachés des miens alors que je franchissais le portail et saisissais la main du roi Staryk, qui m'a hissée sur la croupe de son cerf.

Chapitre vingt-quatre

Tant la cendre que la neige nous fouettaient le visage tandis que nous arpentions la route blanche. Les flocons brûlants me piquaient les bras, mais nous progressions vite ; la route se réduisait à une tache argentée floue sous les sabots du cerf, qui allait aussi vite que le Staryk le voulait, aussi vite qu'il le pouvait ; un bond plus tard, nous nous trouvions au cœur du terrible incendie qui dévorait la forêt de pins ; encore un et nous en émergions le long de la rivière.

Mais une rivière déchaînée, où des morceaux de glace s'entrechoquaient violemment en nous dépassant vers l'aval, où surnageaient des pièces d'argent éparses. Le Staryk a poussé un cri d'horreur quand il a vu devant nous la cascade, libre à nouveau, cracher un torrent rugissant qui s'écrasait au pied de la montagne dans d'épais nuages de vapeur. Tchernobog était là, les bras levés, lancé dans une danse tourbillonnante qu'il accompagnait de cris perçants. Il ne brûlait plus tout ce qu'il touchait.

S'il avait conservé une silhouette humanoïde, il avait abandonné toute mesure et se présentait sous la forme d'une braise aux dimensions monstrueuses couverte d'une épaisse couche de cendres et lardée de profondes fissures d'un rouge incandescent, crachant ici et là un jet de flammes. Il a plongé la tête dans l'eau dont il a goulûment avalé une quantité impressionnante, gagnant encore un peu de volume, comme s'il y puisait quelque combustible. Des pièces d'argent Staryk charriées par la cataracte lui faisaient une carapace brillante sur le visage et sur les épaules.

Il n'était pas seul : une poignée de chevaliers Staryk tentaient de le combattre, en projetant sur lui des lances d'argent depuis les rivages du bassin qui grossissait, mais ils ne pouvaient s'approcher davantage. La forêt de lances brisées et brûlées qui flottait à la surface de l'eau ne le dissuadait pas d'étancher son effroyable soif. Le roi Staryk a sauté à terre et m'a crié : « Nous devons tenir la montagne coûte que coûte, faites ce que vous pouvez ! », puis il a tiré son épée d'argent et a couru jusqu'au bassin, à la surface duquel il a posé le pied. Sous ses pas, l'eau se gelait instantanément, dessinant une route de glace qui le menait droit sur le démon. Tout à son festin extatique, Tchernobog ne l'a pas vu arriver ; d'un coup d'épée, le roi a profondément entaillé sa jambe monumentale. Le démon a poussé un rugissement furieux tandis qu'une vague de glace balayait la surface.

J'ai remonté la route en courant jusqu'au portail à flanc de montagne et y ai tambouriné de toutes mes forces. Il avait été fermé et barré. « Laissez-moi entrer ! » ai-je crié, et un crissement a soudain retenti de l'autre côté ; Shofer était là, les bras chargés de l'immense poutre en argent qui avait bloqué la porte, qu'il a entrouverte juste assez pour que je m'y glisse. Un courant d'air s'en est échappé, et son froid m'a fait prendre conscience de la chaleur qui régnait déjà à l'extérieur. Ces quelques secondes ont suffi au visage de Shofer pour commencer à fondre. Il a tiré le portail derrière moi, remis la barre en place et s'est reculé en vacillant.

« Shofer ! » me suis-je écriée en essayant de le soutenir. Il n'était pas seul ; derrière lui, une compagnie entière de chevaliers et de seigneurs Staryk gardaient la porte, épaule contre épaule, armés de hauts écus de glace translucide renforcée d'argent. Ils s'étaient éloignés de la porte, mais une fois celle-ci refermée, ils se sont de nouveau rués en avant, et des mains nous ont aidés à franchir cette barrière de glace. Maintenant à l'abri, Shofer a essuyé son visage humide et s'est péniblement remis debout.

Je l'ai aussitôt attrapé par le bras. « Shofer, la montagne… Où est-elle brisée ? Par où la cascade s'écoule-t-elle ? Tu peux m'y emmener ? »

Il a posé sur moi un regard humide et brumeux, mais il a hoché la tête. Côte à côte, nous avons remonté la route en courant jusqu'au cœur de la montagne, manquant de perdre l'équilibre presque à chaque pas ; la surface était devenue glissante et recouverte par endroits de petits filets d'eau. Quand nous avons finalement émergé dans la grande prairie voûtée, le plafond semblait déjà plus bas, et le bosquet était rempli de femmes Staryk qui se serraient les unes contre les autres sous les arbres blancs, comme une citadelle en miniature. J'ai aperçu entre elles les corps bleu foncé d'enfants qu'on protégeait de la chaleur montante. Ils ont levé à notre passage des yeux désespérés ; le sol devenait plus tendre sous nos pieds, et les branches des arbres blancs pendaient misérablement. Le petit ruisseau jaillissait de sa source en gargouillant, traversait le bosquet et s'enfonçait dans les murs de la montagne.

Shofer m'a entraînée dans un tunnel parallèle au courant, dont les murs exhalaient un léger brouillard autour de nous et portaient à nos oreilles les craquements d'un lac gelé dont la surface commençait à se briser au printemps. Nous avons alors abouti dans un autre tunnel aux parois très lisses dans lequel la rivière se déchaînait. Mon guide s'est arrêté au bord de l'eau, jetant sur les flots furieux un regard effrayé et misérable. « Je peux le suivre à partir d'ici ! ai-je crié. Pars ! »

Je me suis débarrassée de mes chaussures et me suis mise à courir dans l'eau le long du tunnel sombre dont j'éclaboussais copieusement les murs. Je suis arrivée à la grande réserve vide, que j'ai traversée sans m'arrêter avant de me faufiler dans l'espace que l'eau et les piles de pièces d'argent entassées rendaient étroit. Le courant en emportait un grand nombre vers la cascade droit devant. De mon point de vue, Tchernobog se résumait à une tache floue qui caracolait de l'autre côté de la montagne, une ombre rougeoyante. J'étais parvenue à me hisser sur une gigantesque colline de pièces qui s'étaient accumulées dans le tunnel à l'orée de la fissure dans la montagne, gueule béante de verre brisé ourlée de dents émoussées par les sept années qui s'étaient écoulées depuis le couronnement de Mirnatius.

Je me figurais un séisme ou une secousse ébranlant tout le royaume Staryk, et la chaleur de l'été s'introduisant par la fissure grandissante. Je voyais même où ils avaient essayé de la combler ou de bloquer son passage, en dépit de l'eau qui n'en finissait pas d'arriver et d'élargir l'ouverture, drainant chaque année un peu plus de la force que Tchernobog se contentait de laper sur son trône. Leur roi avait donc combattu l'été chaque année, aussi longtemps qu'il l'avait pu ; il nous avait volé de plus en plus de lumière du soleil piégée dans l'or, afin de provoquer des blizzards et des tempêtes de neige à l'automne et au printemps et ainsi maintenir la rivière gelée à défaut de pouvoir reboucher la brèche. Et il était finalement venu me chercher, moi, une mortelle qui se vantait de pouvoir changer l'argent qui remplissait ses salles au trésor en une réserve invincible.

Des pièces d'argent suivaient le courant comme des poissons bondissants, ricochant contre les tessons de verre, un trésor qui ne valait rien à côté de l'eau elle-même : ce liquide froid et clair était leur vie, toutes leurs vies, qui s'écoulait de la montagne pour étancher une soif infinie. Tchernobog boirait la montagne tout entière et tous les Staryk qu'elle abritait, puis il retournerait dans le Lithvas et assécherait tous ceux qui s'y trouvaient. Même si le roi Staryk ne me l'avait pas dit, je l'aurais deviné. Je reconnaissais cette faim qui sacrifiait tant de vies sur l'autel du plaisir au mépris de la loi et de la justice qu'elle prétendait servir.

Le roi Staryk était en bas avec tous ses chevaliers alignés sur le pourtour d'un cercle de glace que leur suzerain maintenait autour de Tchernobog. Ils se battaient ensemble, déterminés ; partout où leurs épées d'argent le frappaient, le gel s'épanouissait. Mais cela ne suffisait pas à éteindre son feu. Il poussait des cris de rage, et le gel s'évaporait en nuages de vapeur, chassé par des éruptions de flammes. Ils ne parvenaient pas à atteindre son cœur. Il était devenu trop massif, et il continuait de croître ; il drainait leurs forces alors même qu'ils le combattaient. Mettant ses mains en coupe sous la cataracte, il portait à sa bouche d'effroyables gorgées d'eau, rejetant la tête en arrière avec un rire entrecoupé d'horribles gargouillements. Et chaque gorgée le nourrissait un peu plus.

Je me suis penchée à l'extérieur en agrippant fermement les bords de la fissure et j'ai crié : « Tchernobog ! Tchernobog ! » Il a levé vers moi des yeux de métal en fusion, et j'ai poursuivi : « Tchernobog, je te donne ma parole ! Par la magie qui est la mienne, je vais refermer cette brèche et te bannir une bonne fois pour toutes ! »

Ses yeux se sont agrandis. *« Jamais, jamais ! C'est à moi, à moi, c'est mon puits ! »* a-t-il vociféré en se jetant sur la pente de la montagne et en entamant l'ascension jusqu'à moi.

Je me suis vivement reculée dans le tunnel, crapahutant parmi les collines et les vallées d'argent, puis j'ai attendu que son visage arrive au niveau de la brèche. Quand il m'a repérée dans le noir, il a éclaté d'un rire tonitruant et s'est mis à marteler les bords de l'ouverture de ses poings pour l'agrandir, brisant un peu plus la paroi cristalline. *« Je vais entrer et boire tout mon soûl ! »*

Des projections de vapeur jaillissaient de ses mains et de son ventre alors qu'il se glissait à l'intérieur et rampait vers moi dans l'espace exigu. À un moment, il a plongé la tête dans le courant et aspiré une formidable lampée, rejetant la tête en arrière pour déglutir avec un plaisir manifeste. Puis il m'a souri en laissant l'eau ruisseler de part et d'autre de sa bouche, avant de reprendre sa progression. J'ai quant à moi reculé jusqu'à la dernière colline d'argent qui marquait l'entrée de la réserve. À mesure qu'il approchait, le tunnel se teintait d'une lueur rougeoyante. L'eau entrait en ébullition à son contact et la vapeur grimpait à l'assaut des murs ; seule une rivière d'argent demeurait derrière lui, les pièces se collant à sa poitrine, son ventre et l'avant de ses jambes. Leur bord se ternissait, mais elles ne fondaient pas. Son rire démoniaque se réverbérait dans le boyau. Il a levé sa main caparaçonnée de pièces d'argent et l'a agitée dans ma direction en me criant d'un ton railleur : *« Reine Staryk, petite mortelle, pensais-tu qu'une chaîne d'argent allait m'arrêter,* moi ?

— D'argent, non. Mais un ami m'a dit que vous n'étiez guère friand du soleil », ai-je riposté, et j'ai appliqué ma main sur le dernier tas d'argent devant moi, sur ces pièces qui n'étaient pas encore trop chaudes au toucher, sur ces pièces qui n'étaient qu'une infime partie d'un immense trésor ; et, d'un seul geste, j'ai changé en or jusqu'à la dernière d'entre elles.

Il a poussé un cri d'horreur. Les pièces se sont immédiatement liquéfiées et mêlées les unes aux autres, emplissant le tunnel d'une clarté si puissante qu'elle m'a tiré des larmes. Quand elle s'est propagée à travers le cristal à toute la montagne, il a poussé un cri perçant et s'est caché le visage dans les bras en essayant désespérément de sortir du tunnel en marche arrière.

Mais partout où la lumière le touchait, son enveloppe de braise et de cendres craquait, exposant la lave en fusion au cœur de son être. Les pièces accumulées sur sa tête et ses épaules ont commencé à ruisseler, dessinant d'épaisses toiles d'araignées sur tout son corps, et des mares d'or lui enrobaient l'abdomen. Des pans entiers de lui se sont détachés dans la lumière. Il rétrécissait à vue d'œil tandis qu'il se traînait dans le tunnel en gémissant. L'eau arrivait toujours, ruisselant entre mes jambes, mais au lieu de le nourrir, elle refroidissait la large coulée de métal fondu qu'il abandonnait devant lui en reculant et s'évaporait en nuages qui se collaient aux parois sans jamais l'atteindre.

La vapeur le cachait presque à ma vue. Ses membres, devenus filiformes à mesure que son corps s'affinait, se brisaient en longues sections dont les extrémités se séparaient en doigts et en orteils qui se consumaient presque immédiatement dans une explosion de flammes. Il s'était suffisamment rabougri pour pouvoir se retourner, et il avait presque atteint la brèche devant lui. Je l'ai entendu pleurer et geindre à la vue des monstrueux tas d'or qui l'en séparaient encore. Le tunnel autour de lui était plus lumineux que le soleil de midi – un siècle d'été remboursés en une fois, scintillant à travers les profondeurs de la montagne avant de lui revenir –, et chaque seconde qui passait le voyait rétrécir un peu plus.

Tandis que l'or se fondait en un océan de lumière autour de lui, il s'est jeté avec l'énergie du désespoir à l'assaut de cette dernière pente et a réussi à ramper jusqu'aux bords irréguliers de la brèche, dans laquelle il s'est encastré en se tortillant. Les crocs de cristal lui ont arraché d'énormes morceaux de métal en fusion, des membres entiers qui ont disparu dans des gerbes de flammes. Le mur de verre lui-même s'est liquéfié, et ses coulures incandescentes ont fini par reboucher l'ouverture. Perdant à nouveau un pan entier de lui-même, Tchernobog, à présent réduit à une petite chose frétillante, est tombé de la montagne en poussant un cri strident.

Debout sur le lit de la rivière de métal terne hérissée çà et là de protubérances dorées qui n'avaient pas fondu, je peinais à reprendre ma respiration sous la pluie qui tombait du plafond du tunnel. Alors que la lumière du soleil faiblissait au cœur de la montagne – retournant d'où elle venait, du moins l'espérais-je –, le torrent a grimpé la pente pour atteindre la fissure dans un grand nuage de vapeur, solidifiant instantanément le verre et le métal et scellant le versant de la montagne d'un cristal incrusté de métal doré.

La température dans le tunnel est vite retombée, assez pour refroidir la sueur qui avait perlé sur ma peau. Les rigoles d'eau qui s'écoulaient sur les murs étaient déjà gelées, et de fines stalactites brillantes pendaient au plafond, tandis que la glace commençait à former une croûte à la surface de la rivière. J'ai fait demi-tour et suis retournée dans la réserve vide en luttant contre le courant qui gelait rapidement : le temps que j'y parvienne, la rivière s'était changée en une masse d'échardes de glace acérées comme des tessons de verre qui montait et descendait telle une vague. Les portes de la grande salle du trésor se sont ouvertes à la volée sur le roi Staryk.

Il s'est précipité vers moi, m'a attrapée par la taille et m'a hissée sur la berge. Il respirait difficilement ; il avait laissé une partie de ses arêtes tranchantes dans la bataille, fondues en de douces courbes veinées de bleu, mais de nouvelles fines couches de glace s'accumulaient déjà sur sa peau, aussi vite qu'à la surface de la rivière, et des grappes de stalagmites poussaient sur ses épaules, blanches de givre d'abord, mais acquérant rapidement une solidité translucide.

Il m'a tenue par la taille encore un moment, observant avec sidération le tunnel et l'entrelacement de métal qui avait scellé le flanc de la montagne. Puis il a tourné son visage vers moi et m'a serré les deux mains avec intensité. Dans ses yeux brillait une lueur presque aussi vive que la lumière du soleil réverbérée par les parois de la montagne. Je lui ai retourné son regard et j'ai cru un instant qu'il allait… Mais il m'a lâché les mains, s'est reculé d'un pas et a cérémonieusement mis un genou à terre devant moi. Inclinant la tête, il a dit : « Madame, quoique vous ayez choisi pour foyer le monde du soleil, vous êtes à n'en point douter une reine Staryk. »

La pauvre chevelure de mon Irina pendait en une masse emmêlée, froide, mouillée et incrustée de la même terre qui noircissait ses ongles cassés et ses mains gelées et contusionnées. Je lui ai retiré sa couronne et lui ai lavé les mains jusqu'à ce que le sang et la poussière en disparaissent et qu'elles retrouvent des couleurs. Elle avait la tête et les épaules basses, mais alors que je lui bandais les mains, elle a soudain levé le menton et a regardé dans le miroir, pâle comme un fantôme.

« Irina, qu'est-ce qu'il y a ? ai-je soufflé.

— Le feu. Le feu revient. Magreta, va-t'en vite… »

Mais c'était trop tard. Une main est sortie du miroir, comme un poisson crevant la surface immobile d'un lac, et a attrapé le cadre du bout des doigts. On aurait dit une bûche se consumant lentement, noire de suie sous la croûte de cendres grises, mais incandescente à l'intérieur. Une seconde a émergé à son tour, suivie peu après de la tête et des épaules du démon. Je suis restée interdite. J'étais un lapin, un faon figé entre les arbres, m'efforçant de me faire toute petite, immobile et invisible ; je me cachais dans une cave obscure, derrière une porte secrète en espérant qu'on ne m'entendrait pas. Ma voix était bloquée dans ma gorge.

Le démon est sorti du miroir et a rampé sur le plancher de la chambre à une vitesse prodigieuse, traînant ses jambes noircies derrière lui, sans plus essayer de maintenir l'illusion de son humanité. De la fumée s'élevait en volutes de son dos. Il s'est levé en s'agrippant d'un geste imprécis au pied de la table, celle-là même sur laquelle reposait la couronne magique. *« Irina, ma douce Irina, comme tu m'as trahi !* a-t-il sifflé. *Plus jamais je ne festoierai dans les couloirs de l'hiver ! Il est revenu, il est revenu, le roi de l'hiver ; la reine a scellé la montagne derrière moi ! Ils m'ont banni, ils ont morcelé mes forces, elle a volé ma flamme pour condamner leur mur ! »*

Il s'est retourné et, d'un grand geste de son bras fumant, a renversé le miroir et la table ; le verre a explosé en mille morceaux, tandis que la couronne roulait sous le lit. Irina m'a poussée en direction de la porte, mais le démon est parti d'une course aussi soudaine que violente malgré sa jambe estropiée et nous a bloqué le passage. Ses pas ont résonné lourdement sur le plancher, et la vitesse a un instant ravivé les flammes sur ses cuisses ; quelques étincelles ont même jailli de ses pieds, telles des braises chaudes sur lesquelles on souffle. *« J'ai une telle soif, je suis si desséché !* s'est lamenté le démon en crépitant. *Je dois boire encore ! Je voulais te faire durer, Irina ! Ton goût aurait subsisté longtemps sur ma langue ! Verse au moins quelques larmes pour moi, ma douce Irina, et donne-moi la mesure de ta douleur. »*

Moi, je pleurais, de peur ; mais Irina se dressait devant moi, face au démon, et elle a dit d'une voix froide comme la glace : « Je vous ai amené le roi Staryk, Tchernobog, comme je l'avais promis, et je vous ai fait entrer dans son royaume. J'ai déjà versé des larmes pour ce que vous auriez pu y faire. Je vous ai donné tout ce que vous m'avez demandé. Je ne vous donnerai rien de plus. »

Avec un grondement sourd, il s'est précipité sur nous. De terreur, mes jambes ont cédé sous moi, et je me suis écroulée sur le canapé derrière moi ; je n'ai même pas réussi à détourner les yeux quand il s'est jeté à travers la pièce pour attraper Irina par le bras, en nous soufflant son horrible haleine brûlante au visage… Mais alors il a reculé d'un bond en hurlant et en serrant ses mains l'une contre l'autre, comme si c'était lui qu'on brûlait.

Elles avaient l'air de morceaux de charbon frais qui n'avaient jamais vu un feu. Il a gémi, sifflé, s'est lamenté sur ses mains, les ouvrant et les fermant par intermittence comme après une journée de dur labeur. Des jets de vapeur s'en élevaient alors qu'il les étirait, jusqu'à ce qu'une flammèche s'allume à leur surface et qu'elles se remettent à luire d'un rouge incandescent. Puis il a levé des yeux où se lisait une fureur brûlante vers Irina. *« Non ! Non ! Tu es mienne ! Mon festin ! »* s'est-il écrié de rage en tapant du pied. Puis il s'est tourné… vers moi. Ma gorge s'est enfin libérée et j'ai poussé un cri alors qu'il tendait les mains dans ma direction.

Je n'ai senti ses effroyables doigts sur mon visage qu'un instant. Une chaleur fiévreuse, moite et écœurante s'en dégageait. Mais c'était la fièvre d'un autre, qui ne m'a pas atteinte. Le démon a bondi en arrière avec un autre gémissement crépitant, alors que le bout de ses doigts perdait une nouvelle fois ses couleurs. Il m'a dévisagée, la gueule ouverte sur un cri de rage muet, et tout au fond brûlait une fournaise. Irina a posé la main sur mon épaule. « Moi et les miens, a-t-elle articulé. Vous devez nous laisser tranquilles, moi et les miens, Tchernobog ; vous avez donné votre parole, et je n'ai rien de plus pour vous. »

Il la transperçait du regard quand la porte s'est ouverte. Une fille de cuisine a timidement passé la tête à l'intérieur pour s'assurer que tout allait bien, m'ayant sans doute entendu crier. Lorsqu'elle a avisé le démon, sa mâchoire s'est décrochée. Tout n'allait pas bien, non. Elle aussi s'est figée d'horreur. Le monstre s'est retourné et l'a vue ; il s'est brusquement avancé dans sa direction, mais il s'est arrêté avant de fondre sur elle, suspicieux désormais, et s'est contenté d'effleurer la peau ferme et douce de sa joue alors qu'elle se tassait sur elle-même, terrorisée, les mains levées devant elle.

Je me suis couvert la bouche des deux mains ; j'ai failli crier encore, mais Irina près de moi n'a même pas tressailli. Elle est restée droite et fière, toisant le démon de ses yeux clairs et froids, et aucune surprise ne s'est lue sur son visage quand il a précipitamment retiré ses doigts en grondant. Faisant volte-face, il est revenu vers nous, enragé – mais pas assez pour tenter de s'en prendre une nouvelle fois à nous, malgré l'envie qui le taraudait. Au lieu de ça, il s'est arrêté net et a tapé du pied furieusement. *« Non ! Non ! Je n'ai promis la sécurité qu'à toi et aux tiens !*

— Oui, et elle en fait partie. Comme toute âme qui peuple le Lithvas. Vous ne lèverez plus jamais la main sur aucune d'entre elles. »

Le démon ne l'a pas quittée du regard. Les flammes avaient diminué d'intensité dans ses orbites, et ses dents étaient noires comme du charbon. Il les a serrées et a craché : *« Menteuse ! Tricheuse ! Tu m'as volé mon festin ! Tu m'as volé mon trône ! Mais je n'en resterai pas là. Je vais trouver un nouveau royaume, un nouveau foyer, un moyen de me nourrir encore ! »*

Son corps tout entier a été secoué d'un frisson. La flamme intérieure qui l'animait s'est éteinte, de la peau s'est reformée sur ses chairs à nu et les traits du tsar sont venus recouvrir l'horreur de son visage. Même ses beaux habits – soie, velours et dentelle – ont réapparu. Je me suis couvert les yeux pour ne pas voir et me suis pelotonnée dans le canapé tandis qu'il se tournait vers la porte. Irina m'a lâché l'épaule et a dit d'une voix cassante : « *Lui* aussi est un des miens, Tchernobog. Vous devez le laisser tranquille. »

J'ai levé des yeux horrifiés : elle s'était mise en travers de son chemin. Le démon s'est arrêté, la couvant d'une lueur rouge qui brillait toujours dans les yeux du tsar. *« Non !* a-t-il craché. *Non, certainement pas ! Il m'a été cédé en paiement d'un marché équitable, rien ne m'oblige à te le donner !*

— Mais vous l'avez déjà fait, quand vous l'avez forcé à m'épouser. Les droits d'une femme passent avant ceux d'une mère », a-t-elle dit, et elle a ôté l'anneau d'argent de sa main avant d'attraper celle du démon. Il a tenté de se libérer, mais elle le tenait fermement, et elle a réussi à lui passer la bague au doigt.

Une fureur écarlate lui déformait le visage ; sa bouche s'est ouverte sur un nouveau cri perçant, mais aucun son n'en est sorti, et le corps entier du démon s'est courbé comme un arc tendu. Une vive lueur au fond de son ventre s'est élevée, précédée par une lumière rouge, comme une bougie masquée par le coin d'un couloir enténébré dont l'éclat augmente à mesure qu'elle s'approche, et soudain le tsar, pris d'une convulsion, a expulsé par la bouche une énorme braise qui a atterri sur le tapis devant la cheminée. Elle s'est mise à siffler, à crépiter furieusement et à cracher des flammes tourbillonnantes et une fumée âcre, et s'apprêtait à pousser un rugissement bestial par la bouche rougeoyante qui s'était ouverte en son cœur.

Mais, quoiqu'à moitié avachie contre le mur et les yeux écarquillés d'horreur, la servante s'est instinctivement jetée sur le seau de sable et de cendres près de l'âtre et l'a déversé sur les flammes, avant de le plaquer sur le monticule avec un bruit sourd, les étouffant pour le compte.

Elle l'a laissé là et s'est reculée précipitamment. De fines volutes de fumée s'élevaient de sa base, autour de laquelle un cercle noir a commencé à s'étendre en consumant le tapis, mais il n'est pas allé bien loin. Au bout d'un moment, même la fumée s'est tarie. Elle ne le quittait pas du regard, le souffle court, puis elle a tourné vers moi des yeux agrandis par l'effroi et a touché sa joue, où il y avait encore une petite marque noire. Mais comme elle avait les doigts pleins de suie, il est vite devenu impossible de distinguer la trace originale.

Je tremblais de tous mes membres. Je n'arrivais pas à détacher les yeux du seau. J'ai attendu que la dernière volute de fumée ait disparu pour me tourner brusquement vers ma petite, ma tsarine. Le tsar tenait la main de sa femme contre sa poitrine ; l'anneau à son doigt brillait du même argent que les larmes qui traçaient des sillons sur ses joues ; il la dévorait de ses yeux émeraude, comme si elle était la plus belle chose au monde.

Chapitre vingt-cinq

Sergey et moi, on est retournés à Pavys trois semaines plus tard, une fois que Papa Mandelstam s'est assez bien porté pour s'occuper des arbres fruitiers avec Stepon quand on ne serait pas là. De toute façon, ils poussaient très bien. Sergey était allé voir le fermier qui avait la grange aux fleurs et lui avait demandé de l'aider à couper quelques arbres et à dégager du terrain contre une partie du bois. On avait emporté ce bois à Vysnia et on l'avait vendu au marché pour pouvoir acheter les jeunes plants de pommiers, de pruniers et de griottiers. Tous étaient en fleurs.

Pendant que Papa Mandelstam récupérait, il a écrit tout un tas de lettres qu'on devait emporter : une pour chacun de ses débiteurs, qui disait : « Nous avons eu de la chance. À notre tour de nous montrer généreux. L'hiver a été dur pour tout le monde. » Je pense qu'il se disait aussi que, si on arrivait avec ces lettres, alors les gens seraient heureux et auraient moins envie de nous pendre. On a aussi pris la lettre du tsar avec nous : elle nous serait plus utile à Pavys qu'ici, où personne ne viendrait nous chercher querelle, avec tout le travail qu'il y avait à faire aux champs.

Et on a bien fait. Quand on est arrivés au bourg, Panova Lyudmila, qui balayait sa cour, nous a lancé : « Bien le bonjour, voyageurs ! Voulez-vous vous arrêter pour casser la croûte ? » et on l'a regardée, et alors elle nous a reconnus et a crié en levant les bras en l'air, et des hommes sont arrivés en courant, mais ils se sont arrêtés net, nous ont dévisagés et l'un d'eux a dit : « Vous n'êtes pas morts ! » comme si on aurait dû l'être.

« Non, j'ai dit. On n'est pas morts, et on a été pardonnés par le tsar », et j'ai sorti la lettre, l'ai ouverte et la leur ai montrée.

Il y a eu un sacré charivari. J'étais contente que Stepon ne soit pas avec nous. Le prêtre est arrivé avec le collecteur d'impôts, qui a pris la lettre et l'a lue d'une grosse voix, et tous ceux du bourg l'ont écouté. Le collecteur d'impôts m'a rendu la lettre, s'est incliné et a dit : « Ma foi, nous devons tous trinquer à votre bonne fortune ! » et ils ont apporté des tables et des chaises de l'auberge et de chez Panova Lyudmila, et des pots de krupnik et de cidre, et tout le monde a bu à notre santé. Kajus n'est pas venu, pas plus que son fils.

Je me suis demandé tout du long pourquoi ils pensaient qu'on était morts, mais je ne voulais pas poser la question. Au lieu de ça, j'ai sorti les lettres de Panov Mandelstam et les ai distribuées aux personnes qui étaient là, et j'ai confié les autres au prêtre pour qu'il les donne aux absents. Alors tout le monde a été heureux, et ils ont même porté un toast à la santé de Panov Mandelstam.

Après ça, on est allés chez les Mandelstam et on a tout emballé dans la charrette. Panova Gavelyte était la seule qui n'était pas contente de nous voir. Je pense qu'elle avait prévu de dire à Panova Mandelstam que les chèvres et les poules étaient à elle, maintenant, et que Panova Mandelstam ne pouvait pas les récupérer. Mais elle savait pour la lettre du tsar, comme tout le monde au bourg, donc quand Sergey et moi, on est allés la voir, elle a seulement dit : « Les leurs sont là », en montrant du doigt des chèvres faméliques.

Je l'ai regardée dans les yeux et j'ai dit : « Vous devriez avoir honte. » Puis je suis entrée dans l'enclos et j'ai pris toutes nos chèvres, les nôtres et les leurs, et nous les avons attachées à la charrette. Puis je suis allée chercher les poules et les ai mises dans une caisse. On a pris les meubles, les bibelots sur les étagères et on les a soigneusement empaquetés, et on a mis le grand-livre sous le banc, sous une couverture.

C'était terminé, on pouvait repartir, mais Sergey restait assis en silence sur le banc. Je l'ai regardé, et il a dit : « Tu crois que quelqu'un l'a enterré ? »

Je n'ai rien répondu. Je ne voulais pas penser à P'pa. Mais Sergey pensait déjà à lui, et au final moi aussi. Et je continuerais à penser à lui allongé par terre, dans la maison, sans sépulture. Et Stepon y penserait aussi. Alors P'pa resterait allongé là pour toujours, même s'il n'y était plus. « On y va », j'ai fini par dire.

On a mené la charrette jusqu'à notre ancienne maison. Le seigle poussait. Il était plein de mauvaises herbes, parce que personne ne s'en occupait, mais il était quand même haut et bien vert. On a arrêté la charrette dans le champ pour que les chèvres et le cheval puissent en manger, puis on est allés voir l'arbre blanc. On s'est tenu la main. Il était silencieux. M'man n'était plus là, et l'arbre devant notre maison ne nous parlait plus. Mais M'man n'avait plus besoin de nous parler en passant par un arbre, parce que nous avions Maman Mandelstam, maintenant, et elle parlait pour elle.

Il y avait des fleurs argentées aux branches. On en a cueilli six et on en a déposé une sur la tombe de M'man, et les cinq autres sur chacune des tombes des bébés. Puis on est allés à la maison. Personne n'avait enterré P'pa, mais ç'aurait pu être pire. Des animaux étaient venus, et il ne restait que des os et des vêtements déchirés. Ça ne sentait même pas mauvais, parce que la porte était restée ouverte. On a trouvé un sac et on a mis tous les os dedans. Sergey a pris la pelle. On est retournés à l'arbre blanc avec le sac, on a creusé une tombe et on a enterré P'pa à côté de toutes les autres tombes, celles qu'il avait creusées, et j'ai posé une pierre dessus.

On n'a rien pris d'autre dans la maison. On est retournés à la charrette et on a fait le trajet retour jusqu'au bourg. Il commençait à se faire tard, mais on a décidé de continuer. On s'arrêterait pour la nuit dans le prochain village. Ça faisait une dizaine de milles, mais la route était dégagée et c'était une belle soirée. Le soleil n'était pas encore complètement couché. Alors qu'on quittait le bourg, une charrette est arrivée en sens inverse, avec un seul cheval. Comme elle roulait à vide, le charretier s'est mis sur le bas-côté pour nous laisser passer, parce qu'on était plus chargés, et quand on s'est approchés et qu'on l'a dépassée, j'ai vu qui la conduisait : Algis, le fils d'Oleg. On s'est arrêtés un moment et on l'a regardé, et il nous a regardés. On n'a rien dit, mais alors on a compris qu'il n'avait raconté à personne où on était. Il était juste rentré chez lui et n'avait dit à personne qu'il nous avait vus. On l'a salué de la tête, Sergey a repris les rênes et on est partis. On est partis à la maison.

Les parois de la montagne de verre étaient à présent consolidées, mais même ainsi, l'été et l'automne avaient été difficiles : de nombreux bassins avaient été asséchés par l'attaque de Tchernobog, et d'autres vignobles et vergers étaient morts. Mais nous avions nourri les enfants en priorité, et nous avions partagé ce qui restait, et le roi Staryk m'avait dit : « Ils se rempliront l'hiver prochain », quand nous avions inspecté les couloirs inférieurs.

Nous avions enterré les morts et soigné les blessés étendus en rangs silencieux sous les arbres blancs : le roi avait soigneusement prélevé des copeaux de glace à la source même du torrent et les avait appliqués sur leurs blessures, en posant les mains autour pour les encourager à croître et à fusionner avec leurs corps. Certaines des grandes cavernes s'étaient refermées comme des tortues rentrant la tête dans leur carapace, et devaient être rouvertes ; nous avions coupé la vigne desséchée et abattu les arbres morts, et nous avions bouturé ce qui avait survécu pour préparer de nouveaux plants.

Au moins étais-je désormais capable de retrouver mon chemin. Soit j'avais pris le coup sans m'en rendre compte, soit la montagne elle-même m'était reconnaissante, car lorsque je cherchais telle pièce ou telle caverne, les bonnes portes s'ouvraient pour moi. Et avec tout ce travail, je n'avais eu aucun mal à me faire une place. Les Staryk étaient totalement ignorants en matière de registres ou de plans : je suppose qu'on ne pouvait rien attendre d'autre de gens qui ne contractaient pas de dettes et qui avaient l'habitude de voir des pièces entières aller et venir à leur guise comme des chats.

Mais avec la confusion qui régnait, il nous fallait quelque chose de mieux. J'avais dû réquisitionner du papier et des plumes auprès de leurs poètes simplement pour pouvoir garder la trace des cultures et des bassins, de leur état, et de ce que nous espérions en tirer pour tenir jusqu'à l'hiver. J'ai ainsi défini des rations quotidiennes afin que nul ne manque de rien.

Le compte de ces jours m'avait paru long, au début, mais ils étaient bien remplis. À la fin, ils glissaient si vite que les premières neiges sur les arbres à l'extérieur de la montagne m'ont prise par surprise. La route du roi était rouverte. Mes parents me manquaient, et je brûlais de leur faire savoir que j'allais bien, pourtant je suis restée un bon moment à observer le paysage avant d'appeler mes servantes à m'aider à me préparer.

Cela ne m'a pas pris longtemps. J'avais enseigné à Flek et à Tsop comment tenir une comptabilité, et mes livres étaient exacts ; mon grand-père n'y aurait trouvé aucune erreur. Je n'ai emporté que quelques affaires qui me tenaient à cœur : une poignée de fleurs d'argent séchées, une paire de gants que Rebekah avait – très mal – cousue pour moi, et la robe que j'avais portée à la fête du solstice d'été. Ce n'était pas un vêtement d'apparat ; la fête avait exprimé simplement notre joie de vivre, quelques semaines après que nous avions enterré nos morts, et nous n'avions eu ni le temps ni le courage d'organiser des festivités somptueuses. Ce n'était guère plus qu'un simple fourreau, mais taillé dans une soie argentée qui filait entre les doigts comme de l'eau et qui accrochait la lumière passant à travers la montagne. J'avais à cette occasion tressé mes cheveux avec des fleurs, et j'avais rejoint la ronde de mes amis, les fidèles de la première heure comme les nouveaux, tous ceux qui avaient œuvré à mes côtés. À la fin, le roi était venu s'incliner devant moi, et nous avions conduit deux files de danseurs sous les branches des arbres blancs qui perdaient leurs dernières feuilles avant le retour de la neige.

Il avait tenu ses promesses ; il n'avait plus fait valoir aucun droit sur moi, et le traîneau m'attendait dans le bosquet. J'ai pris une dernière grande inspiration et j'ai quitté ma chambre par l'étroit escalier. Les arbres blancs étaient de nouveau en fleurs ce matin-là. Il restait des trouées dans les cercles, là où certains avaient péri durant l'attaque de Tchernobog. Mais dans chaque espace vide, on avait enterré un chevalier tombé au combat, avec un fruit d'argent sur la poitrine, et de jeunes pousses blanches étaient sorties de terre à l'appel de ma bénédiction. Elles continueraient de s'épanouir, même après mon départ. Savoir que je laissais la vie derrière moi me remplissait de joie.

Mais alors que j'arrivais assez bas pour voir sous les branches, je me suis arrêtée, le cœur serré : derrière le traîneau s'était assemblée une entière compagnie de Staryk, éblouissants sur le dos de leurs cerfs aux bois acérés. Les nobles et des chevaliers, vêtus de tuniques de cuir pâle ornées de pierres précieuses et d'argent, avaient des faucons blancs sur leurs poings gantés de joyaux, et des chiens de chasse, blancs également, s'ébattaient à bas de leurs montures. J'avais vu la plupart d'entre eux au portail ou parmi les blessés après la bataille. Mais il n'y avait pas qu'eux : des fermiers les avaient rejoints, l'air à la fois excités et effrayés à l'idée de se rendre dans le monde du soleil ; ils avaient revêtu leurs plus beaux atours pour m'escorter et avaient noué leurs cheveux avec de l'argent. Et au premier rang, juste derrière le traîneau, m'attendaient Flek, Tsop et Shofer. Rebekah avait pris place sur le banc, où elle montrait des signes de nervosité et ouvrait de grands yeux, les doigts fermement serrés sur les rênes tressées.

J'avais sous les yeux le tableau vivant de tout ce que l'hiver pouvait receler de beau et de dangereux. Lorsque je suis arrivée à son niveau, le roi m'a tendu la main pour m'aider à me hisser dans le traîneau. Je suis restée debout un moment, sans lâcher sa main, et je les ai observés l'un après l'autre, en finissant par lui, pour garder cette image dans mon cœur une fois que les portes du royaume de l'hiver se seraient refermées derrière moi.

Je me suis assise en battant des cils pour chasser les larmes, et il s'est installé à côté de moi alors que le traîneau se mettait en branle sur la neige. Nous sommes sortis de la montagne en un instant et avons gagné le couvert des arbres blancs alignés de part et d'autre de la route brillante qui s'étirait devant nous. Tandis que nous filions sous leurs branches constellées de stalactites argentées, un vent froid nous fouaillait le visage ; derrière nous venait le grand équipage précédé par le chant fantomatique des cors de chasse. Le peuple du Lithvas n'aurait plus à craindre cette musique. Les Staryk ne se mêleraient plus à nous ; tout au plus entendrait-on leurs murmures au détour d'un arbre enneigé, et l'on s'en souviendrait à peine. Peut-être aurais-je une fille un jour, et quand j'entendrais ce son mélancolique par une froide nuit d'hiver, je lui raconterais l'histoire d'une montagne de verre étincelant et de ceux qui vivaient à l'intérieur, et je lui dirais comment j'avais combattu un démon aux côtés de leur roi.

Je l'ai observé, assis à côté de moi. Ces derniers mois, je l'avais plus souvent vu porter des vêtements usés aussi grossiers que ceux de n'importe quel ouvrier, quoique d'un blanc immaculé, alors qu'il travaillait à la réouverture des chambres les plus profondes et des tunnels qui s'étaient effondrés, pansant les blessures de la montagne comme il guérissait ses gens. Mais sa tenue du jour surpassait n'importe quelle autre en splendeur, et il se tenait fier et scintillant, une main serrant fermement le garde-fou du traîneau. Il n'a pas fait durer le voyage, qui s'est terminé trop rapidement. J'avais l'impression que nous étions à peine partis quand un vent frais a porté à mes narines l'odeur des pins, et les arbres blancs se sont écartés pour former une clairière au centre de laquelle un arbre unique, jeune mais vigoureux et chargé de feuilles pâles, poussait derrière un portail en bois. Derrière lui se dressait une maison dont le toit disparaissait sous un beau manteau de neige.

Je n'ai pas pu retenir un sourire sitôt que je l'ai reconnue : comme ils l'avaient déjà embellie ! Mes yeux se sont embués de larmes, brouillant la vue des petits éclats de lumière dorée s'échappant par les interstices des fenêtres et de la porte. D'accueillants panaches de fumée s'élevaient des trois cheminées qui marquaient l'emplacement de la pièce à vivre et des chambres à coucher, et l'abri flanquait désormais une grange digne de ce nom. J'ai vu un grand poulailler, des caisses de grain ; quelques chèvres qui vagabondaient dans le jardin ; juste derrière la maison, de petits arbres fruitiers plantés en rang formaient un verger ; et une lanterne pendue à un piquet près de la porte éclairait un chemin pavé du plus bel effet qui s'étirait jusqu'au portail.

Le traîneau s'est arrêté devant, au niveau de l'arbre blanc. Le Staryk est descendu et m'a tendu une main secourable. L'équipage était toujours rassemblé derrière nous, mais Flek, Tsop et Shofer avaient mis pied à terre et confié les rênes de leurs montures à un de leurs compagnons. Ils se sont inclinés devant moi. J'ai pris une profonde inspiration et suis allée les embrasser l'un après l'autre sur les deux joues. Quand je suis arrivée à Rebekah, j'ai ôté le collier en or que je portais pour le lui passer autour du cou. Elle a levé les yeux vers moi et m'a dit : « Merci, Généreuse », d'une petite voix hésitante, et Flek a tressailli comme si une alarme s'était mise en route ; mais je me suis penchée, l'ai embrassée sur le front et j'ai dit : « De rien, petit flocon. » Après quoi j'ai gagné le portail et posé la main dessus.

Il a pivoté tout seul à mon toucher. L'une des chèvres qui broutait sous la neige au pied d'un piquet a sursauté et a poussé un bêlement retentissant avant de partir en courant vers la grange, sans doute outrée de voir des étrangers s'introduire dans son confortable jardin. La porte de la maison s'est ouverte aussitôt, et ma mère se tenait dans l'encadrement, un châle passé autour des épaules et le visage rempli d'espoir, comme si elle avait attendu là tout ce temps ; elle a laissé échapper un cri et a couru vers moi dans l'allée, perdant son châle au passage, tache écarlate sur la neige fraîche. J'ai moi aussi couru dans sa direction et suis tombée dans ses bras en riant et en pleurant, et tous mes regrets ont été balayés par la joie de cet instant. Mon père se trouvait juste derrière elle, et Wanda, Sergey et Stepon se pressaient dans son dos ; ils sont tous venus m'entourer : mes parents, ma sœur, mes frères, et même un chien de berger au pelage épais que je n'avais jamais vu, mais qui sautait autour de nous et essayait de nous lécher tous en même temps, et puis il s'est immobilisé et a poussé deux aboiements puissants et un glapissement avant de retourner précipitamment aux pieds de Sergey, derrière lesquels il a observé la scène qui se déroulait devant lui.

Je me suis retournée : l'équipage scintillant n'avait pas disparu, et le roi Staryk était entré dans le jardin à ma suite, personnage de conte d'hiver presque irréel sous la chaude lumière dispensée par la lanterne, sa présence rendue possible uniquement par le froid éclat bleuté de la neige derrière lui. Ma mère et mon père ont imperceptiblement resserré leur prise sur moi en lui jetant un regard méfiant, mais j'avais sa parole, je n'avais aucune raison de m'inquiéter. J'ai dégluti, j'ai redressé le menton et je lui ai souri. « Me laisserez-vous vous remercier, cette fois, de m'avoir ramenée chez moi ? »

Il a secoué la tête. « Madame, je m'en voudrais de vous obliger pour si peu », a-t-il répondu. Puis il s'est retourné et a fait signe à Flek, Tsop et Shofer, qui ont à leur tour pénétré dans le jardin. Chacun portait un coffre, et Rebekah qui les suivait, une petite boîte. Ils les ont posés par terre et les ont ouverts : deux d'entre eux étaient remplis d'argent, le troisième d'or, et la petite boîte contenait des pierres précieuses transparentes. Le Staryk s'est tourné vers mes parents et leur a dit : « Vous avez une fille non mariée, dont je voudrais vous demander la main ; je suis le seigneur de la forêt blanche et de la montagne de verre, et je suis venu ici accompagné des miens pour qu'ils témoignent de mes intentions, et de ces présents pour vous prouver ma valeur. Ainsi je vous demande la permission de la courtiser. »

Mes parents ont tourné vers moi des yeux effarés. Je ne pouvais prononcer un mot. J'étais trop occupée à le dévisager : *six mois*, et il ne m'avait rien dit ; car il était à présent déterminé à faire les choses selon les règles insensées auxquelles devait se conformer un roi Staryk lorsqu'il courtisait une dame. Je n'aurais pas été surprise que cela implique un dragon à pourfendre, quelques quêtes immortelles et potentiellement une guerre ou deux. Non, *merci*.

« Si vous voulez vraiment me courtiser, vous devez le faire selon les lois de *ma* famille, et m'épouser de la même manière. Ne perdez pas votre temps ! »

Il s'est figé et m'a regardée, et ses yeux se sont soudain allumés ; il a fait un pas vers moi, m'a tendu la main et a lancé sans hésitation : « Et pourquoi pas ? Quelles que soient vos coutumes, je suis prêt à m'y plier, pourvu que vous me donniez de l'espoir.

— Voyez-vous cela », ai-je dit en croisant les bras, sachant que les choses n'iraient pas plus loin, bien évidemment. Et je ne le regrettais pas ; je ne le regretterais jamais. Je n'aurais pas voulu d'un homme qui n'était pas prêt à faire ce sacrifice, et peu importait qui il était et ce qu'il avait à m'offrir ; cette promesse faite à mon peuple m'avait accompagnée toute ma vie : mes enfants seraient les filles et les fils d'Israël, quel que soit l'endroit où ils vivraient. Même si, dans un coin reculé de mon esprit, j'avais pu songer, une ou deux fois, et encore très brièvement, qu'un mari plus prompt à se trancher la gorge qu'à me mentir ou à me tromper puisse avoir quelque valeur, je n'en aurais pas voulu s'il ne m'avait pas estimé à la hauteur de sa propre fierté. Je ne me céderais pas pour moins que ça, je n'épouserais pas un homme qui m'aimerait moins que tout ce qu'il possède, fût-ce un royaume d'hiver.

Je le lui ai dit, sans tristesse, et quand j'en ai eu terminé, il m'a regardée en silence pendant un moment. Alors ma mère a ajouté : « Et la possibilité de revenir voir sa famille chaque fois qu'elle en a envie ! » J'ai levé sur elle des yeux incrédules ; elle me serrait la main et lui opposait un regard farouche.

Il s'est tourné vers elle. « Ma route ne s'ouvre qu'en hiver, a-t-il rappelé. Mais alors, je l'emmènerai vous voir à sa convenance : est-ce que cela vous satisfait ?

— Tant que l'hiver ne disparaît pas dès que vous n'avez pas envie qu'elle vienne ! » a-t-elle rétorqué sèchement. J'ai subitement eu envie de fondre en larmes et de m'accrocher à elle de toutes mes forces, mais j'étais en même temps si heureuse que j'aurais pu chanter à tue-tête, et quand les yeux du Staryk sont revenus sur moi, j'ai pris sa main dans la mienne.

Nous nous sommes unis deux semaines plus tard : un mariage modeste dans cette petite maison, que mon grand-père et ma grand-mère, venus de Vysnia avec le rabbin dans le carrosse personnel du duc, ont honorée de leur présence. Ils avaient apporté un cadeau, un grand miroir encadré d'or envoyé depuis Koron. Mon mari m'a tenu les mains sous l'auvent, a bu le vin avec moi et a brisé le verre.

Et sur le contrat de mariage, devant moi, mes parents, le rabbin et nos témoins – Sergey et Wanda –, il a signé de son nom dans une encre argentée.

Mais je ne vous le révélerai jamais.

13226

Composition
NORD COMPO

Achevé d'imprimer en Slovaquie
par Novoprint SLK
Le 12 avril 2021

Dépôt légal : mai 2021
EAN 9782290232705
OTP L21EPGN000699N001

ÉDITIONS J'AI LU
87, quai Panhard-et-Levassor, 75013 Paris

Diffusion France et étranger : Flammarion